ReR 557

Aldo Busi

El especialista de Barcelona

Dalai *editore*

www.bcdeditore.it

ISBN 978-88-6762-088-3

a Aung San Suu Kyi,
al martire Federico García Lorca, all'ex giudice Baltasar Garzón,
al magistrato Antonio Ingroia

La massa degli uomini vive vite di quieta disperazione. Quella che viene chiamata rassegnazione è disperazione istituzionalizzata.

HENRY DAVID THOREAU, *Walden* (1854)

1

‘C’erano una volta gli altri… 𝄞ay ay ay ay ay ay cantaaabaaa𝄞…’

Che brezza d’incanto, puntuale, frizzante, gentile, e l’odore di piscio non è ancora così forte. Nella mia memoria, voglio dire, perché sono vent’anni che qui l’odore di piscio è scomparso, almeno a quest’ora del giorno; dal tramonto in poi qui è dominio delle prostitute nigeriane, le più aggressive, insolenti cacciatrici di polli da spennare e, se ci scappa anche un certo qual che di veloce tra le gambe e le labbra all’aria aperta delle colonne di Plaza Sant Josep dove c’è il Mercat de la Boqueria a poche centinaia di metri da qui, figuriamoci una pisciatina da mezzanotte a alba inoltrata contro i platani della Rambla! Ma se vuoi davvero sapere come qui era avvolgente, selvaggiamente innocente e picaresco alla buona l’odore di piscio vent’anni fa, e anche fino a dieci anni fa, adesso devi andare a Madrid a Plaza Tirso de Molina, tre uccelli di media e di colori diversi che in qualsiasi momento della giornata, tra la giostrina dei bambini, il muretto della fontana, i chioschi delle fioraie e alberi a parte, vengono sgrullati alla grande, senza fretta, con dovizia di saltelli e sospironi ognuno secondo il suo estro, la sua etnia e il suo grado di disoccupazione. Magari questo fine settimana, a conclusione della sua Giornata Mondiale della Gioventù, il Buon Pastore tedesco-romano potrebbe farci una scappatina: Barcellona tutta è dell’umanità il precario presente, Plaza Tirso de Molina a Madrid lo stabile avvenire. Sempre utile saperlo in anticipo per qualunque carismatico teorico della realtà, no? Lui annusa le cortecce di Plaza Tirso de Molina e tutta la teologia fa un salto di stupore e quindi di qualità.

Bene, anche oggi sono fortunato, dal Café Zurich vedo che la mia sedia di ferro preferita è libera. Il tempo che scatti il verde e con un balzo vi sarò sopra.

‘Ma che fa quell’imbesuito con la croce stampata sulla maglietta?

Mica vorrà occuparmela lui! Mia, mia, arrivato prima io… 𝄞ay ay ay ay ay gemìììaaa𝄞…' – queste ì però con la bacchettina dall'altra parte, niente di grave.

L'emorroide vagante, più un tocco di infiammazione di prostata da abbuffata di salchichòn picante… la ò col suo cicciolo d'accento pure dall'altra parte… e un tramestio di acidità di stomaco, si predispone a regalarmi quella strizza a intermittenze intrisa di romanticismo e sanguigna passione consona alla mia età.

Altre strizze non vi saranno mai più… d'amore, intendo… strizza di terrore a parte, anche se mi sembra che all'occasione sarebbe momentaneo anch'esso e che resterei terrorizzato il tempo, velocissimo, di abbassare le palpebre dalla poco sorprendente sorpresa e rassegnarmi con serenità all'evento, a qualsiasi evento.

Basta che i miei persecutori nell'ombra facciano alla svelta con l'*elicotterino assassino* che avranno adottato per farmi fuori, corda veleno cuscino pallottola coltello calce viva cappio discarica che sia resterei impassibile, anzi, farei finta di non rendermene conto. Anche se, mi lasciassero pure come sto ora, mica li si può rimproverare di non aver centrato il bersaglio. L'unico tipo di altri che semmai c'è ancora sono loro, i miei sicari nell'ombra, altri non ne sono rimasti.

Sono un morto civile, uno fatto fuori senza spargimento di sangue esterno, senza colpo ferire e senza sollevare polveroni, nessun coccodrillo e nessuna indagine in vista, la cosa ormai mi diverte e, invece di dissanguarmi ulteriormente, rigenera la mia allegria già di carattere: l'affare l'ho fatto io, aver fallito il riconoscimento del mio valore da vivo è l'estremo brillio della mia sudatissima medaglia di vivissimo, non salterò su una delle loro onorifiche mine antiuomo, le ho schivate tutte.

Hai mai messo bene a fuoco le facce dei satrapi dalle pappagorge di testuggine che appuntano decorazioni sul petto di un disgraziato dal successo corrente che ce l'ha fatta a piacere, a omologarsi e a farsi dare un abbraccio accademico o chiesastico? L'opaca porcinità dei loro sguardi benevolenti? La pettoruta ridicolaggine delle loro funzioni solenni in vita e non appena post mortem? Ce l'ho messa tutta nel farmi considerare persona non degna e non grata da questi qui e ci sono riuscito.

Io non sono una volpe alla Esopo dissociata dalla sua sconfitta, sono io, e la loro uva acerba mi fa schifo tanto è marcia, inutile che continuino a abbassarmela, ormai mi arriva a fior di labbra: la vera uva da rubare è un'altra, l'uva più matura e prelibata e irraggiungibile resto io per loro. Non riusciranno mai a afferrarmi. Ci creperanno, del loro disprezzo per me per averli io dissociati da me.

La furbizia serve a difendersi, l'intelligenza a andare all'attacco. Basterebbe invertire le armi e gli scopi e è fatta, ottieni ciò che vuoi da chi vuoi, sei portato in trionfo alto sulle teste della folla acclamante di uomini buoi e di donne vacche: un cadavere esemplare per scaltro quieto vivere in cui qualunque ipocrita sentimentaloide si rispecchia.

Avendo vissuto seguendo solo le mie intuizioni civili e poetiche, cioè politiche tout court, e contrastando a muso duro e testa alta qualsiasi convenzione volesse inibirmi e censurarmi e corrompermi e favorirmi e castrarmi, mi sembra di aver vissuto seimilatrecento anni. Certo, le budella mi si attorcigliano ancora di più, se ci penso, se penso a tutte le soperchierie che continuano a piovermi addosso per non adeguarmi al sistema delle bestie feroci contro le bestie inermi in attesa di inferocirsi, gli umani sono tutti umani a pari grado, che novità! Ma non c'è niente da fare, ci sono gli umani-plancton che servono e gli umani-squali che se ne servono, io sono tutt'al più un pesce piccolo al quale fa orrore il plancton che gli spetterebbe, mi nutro solo di alghe e però sto attento a non farmi mangiare. Ci riesco da secoli, mi sembra, vivo per miracolo da tenacia e per grazia ricevuta che mi faccio da me ma vivo. Squame e coda e pinne un bel po' smangiate via ma vivo da secoli, forse da millenni. Perciò e però sono il più moderno, il più fresco, il più fanciullesco dei matusalemme del regno animale avanzato, un po' di fatalismo ormai ci sta, e anche un bel po' di stitichezza, ancora tanto che non mi sia mineralizzato dallo sterno all'inguine, a meno che, per l'appunto, non me ne sia accorto.

Può accadermi qualsiasi cosa, da una canna di pistola in bocca al taglio della lingua al Nobel per la Solita Zuppa di Lingua Salmistrata, basta che, se non è zuppa con impegno rosa, sia pan bagnato in rose di passione, ma ciò che non accade tra me e me non accade più. Non ho bisogno di agnizioni e di riabilitazioni e non ci sono ovili nel cui seno ritornare, e non devo guarire da alcunché, a parte lasciare che la memoria spifferi via, perché la mia memoria mica è mia, è subìta come per chiunque, e, siccome non posso cambiarla, voglio disperderla prima di morire, non portarmi appresso questo stupido, obsoleto fardello degli altri, degli umani che mi sono capitati in vita…

"*Repulisti! Repulisti!*"

…da dove sbuca adesso questa chioccia vocina da cappone, daaa… fagiano accapponato?

E da seduto mi dimentico al meglio. Del karaoke sociale con sottofondo di urla e di spari e dei lamenti dei reprobi, della cultura della pancia da riempire e di tutto ciò che comunque sta sotto la cintura, mi dimentico dell'alienazione altrui, ecco, quindi di me che la subisco e che, anziché puntare su un altro umanottero… che tanto si rivelerà uno che non ha letto niente e niente vuole sapere più di quel che ignora e che l'unico trasporto che sente verso di me, un esempio irraggiungibile che gli morde l'amor proprio, se non proprio la coscienza, è o uccidermi o fare il bel gesto di risparmiarmi… punto a una sedia.

Por ejemplo, dimenticarmi - lasciando perdere gli altri diecimila libri dai quaranta ai sessantatré anni di ora anche campandoci un bel po' - che da bambino fino ai quaranta avrò letto, preso in mano, consultato circa ventimila titoli delle più svariate discipline e letto a fondo i mille e tre capolavori della letteratura universale, e senza camparci, facendo svariati altri lavori, manuali e di fatica, mica di passacarte segretariale, per mangiare e poco più, senza contare il milione e mezzo di pagine di quotidiani e riviste che m'è passato tra le mani in italiano, francese, inglese, tedesco, spagnolo… il catalano dell'*especialista de Barcelona* non lo conto… e le decine di migliaia di esercizi per imparare le forme grammaticali di questa o quella lingua, i milioni di volte che ho cercato un termine in un dizionario, e se l'ho fatto io, senza mezzi di famiglia e senza istruzione scolastica perché mio padre a scuola non mi ci ha mandato e me ne sono andato via da casa a quattordici anni e da allora mi sono sempre mantenuto da me, non poteva farlo chiunque? Ricchi e poveri, cugini di campagna e nomadi inclusi?

'𝄞Cucurrucucùùù palooomaaa𝄞… Ma pensa te, anche la u con l'accento acuto dovrei strapparmi dalle cervella adesso, perché quelle ù col grave mica me la cantano giusta.'

Perché i figli del popolo, gli operai, le commesse, quelli dei call center, i contadini, gli impiegati, i precari, gli esodati, i disoccupati, i sottoposti tutti, i neoproletari, insomma, per un salario da fame e spesso senza neanche quello, invece di andare in giro a fare casino negli stadi e a impasticcarsi nelle discoteche e a peggiorare il loro stordimento e quindi la loro situazione contrattuale, non restano a casa loro a leggere cercando anche di capire cosa c'è nero su bianco? Capirlo come fatto che apparentemente non ti riguarda e palesemente non ti piace, innanzitutto, prima di proiettarvi la pochezza della tua interpretazione e dei tuoi *sentimenti*, di quello che tu chiami "il tuo vissuto"?

E se non proprio i capolavori della grande letteratura universale da Omero a me, leggere almeno gli scritti del conte Joseph-Marie de Maistre, por ejemplo, quello dell'infallibilità papale... il vero Dio in Terra e in Cielo è il Papa, Dio non ne è che il vicario, un pretesto suscitatore del testo da dimenticarsi processión facendo, devi credere al Papa, è Lui insieme al Re, anzi, è il Papa Re che orienta il tuo credo e la Verità, se il Papa ti dice che il Lambrusco di Sorbara è un vino bianco secco che si sposa con le capesante, devi evincere da te che il Pinot grigio è un rosso schiumoso che va a braccetto col pesce san pietro e attenertici fino alla Sua prossima sbornia, che cambierà le etichette in tavola e quindi nella tua cantina... il controrivoluzionario e antilluminista e monarchico più sistematico dell'Ottocento, il de Maistre, quella demoniaca sentinella dell'ordine naturale, e dunque legittimo, voluto da Dio - al quale lui crede un bel po' di meno di quanto è convinto che Dio creda in lui -, il mastino del cristianesimo... Pascal, al confronto, è un barboncino, e Chateaubriand un peluche... secondo il quale l'origine di tutti i mali dell'Occidente risiedeva nella riforma protestante, nonché, se ben ricordo, nella cocciuta selvatichezza senza speranza degli abitanti della Barbagia e in particolar modo delle sue baffute nerovestite, perché era finito a fare il ministro nel Regno di Sardegna e anche lì il pazzerellone le sparava più grosse di un intestino di elefante e tanto flatulente che, volendo, si potrebbe pensare che dicesse tutto l'opposto di quanto dava a intendere intendesse dire – che facesse il doppiogioco, ecco, che affermasse una cosa per incitare i sudditi oppressi all'altra, a quella opposta, a ammazzare re e preti come nel 1789, cosa assolutamente improbabile, ma a questa interpretazione, secondo la quale l'ultrarealista conte de Maistre sarebbe un marchese de Sade pervertito nec plus ultra, mica ci sono arrivato da me: ci sono arrivato grazie alla Fata della candeggina con quella sua citazione "dove c'è un altare, c'è anche una religione" e quindi dove c'è un altare c'è un boia per chi non vi si inginocchia, allorché sarebbe stato più logico per un fervente fedele reazionario all'ultimo sangue come de Maistre scrivere il contrario, "dove c'è una religione, c'è anche un altare" e quindi dove c'è una religione c'è un angelo custode per ognuno dei suoi credenti.

Lei, la mia sbiancante Fatina, neppure si rese conto di avermici portato, perché lo fece involontariamente, se no se ne sarebbe guardata bene. I suoi erano repulisti al contrario: invece di ridurre all'osso, aggiungeva protesi a protesi. Del resto, il suo business universalistico quello era.

Illuminata era illuminata, ma per oscurare gli altri, mica per illuminarli, *lei*.

O no?

Insomma, lavoratore condannato alle assunzioni a progetto e alla stabile miseria da sfruttamento programmato da un centro produttivo all'altro del Globo globalizzato, o vai a farti rintronare dai decibel di uno che canta in playback, di nascosto ti metti da te una pasticca di Rohypnol o di una qualsiasi altra paradroga nel tuo mojito... *Settimo cielo*, *Sali da bagno*, *Lucidante per cerchioni*, *Eden a progetto*... e ti stupri e ti prendi a morsi da solo e sempre più fattone continui a timbrare per quegli ottocento-mille euro al mese che forse neppure più vali o resti intelligente e a casa tua, accendi un abat-jour e leggi de Maistre, e in pieno e tra le righe, e ti alzi solo per istinto, per andare a affilare tra una pagina e l'altra un coltello o lubrificare la vecchia carabina del nonno in attesa di fare squadra con quelli come te.

Oh, *drogadicto* milleurista analfabeta o sniffante laureato analfabeta del web, crea una catena di sant'Antonio, presta gli scritti di Joseph-Marie de Maistre al tuo vicino di catena di montaggio o di banco fattone come te! Ammira con quale lucidità e fermezza il Giuseppe-Maria cesella il suo elogio del boia per te e tutti quelli come te che osassero alzare la testa e ribellarsi all'ordine divino di una multinazionale, di Confindustria, della Cgilcisluil o di qualsiasi altra Fabbrica del Duomo e del Nulla Globale Garantito!

Poi, magari e per l'appunto, voi cosiddetti lavoratori umili sfigati sfruttati scioperati sbeffeggiati disoccupati lavativi, presi e crumirizzati e licenziati e depensionizzati senza presente e senza futuro, e stabilmente assunti solo in cielo, potreste abbinare uno scritto di de Maistre con uno qualsiasi scritto da me e a fine lettura di entrambi... a parte i soldi che vi ritrovereste in tasca avendo risparmiato in notti brave, anfetamine & company, battesimi e comunioni, travesta, cresime, mojito... cuba libre, daiquiri... avemarie matrimoniali, gratta-e-vinci e marcette funebri del piffero per non dire dell'organo... vi verrebbe voglia di organizzarvi in diecimila per volta e andare in giro finalmente con un forcone a testa e una ghigliottina da passeggio a gruppo e sterminare tutti i tipini Dio&Ordine alla de Maistre e darli in pasto ai maiali, se possibile non scambiando me con lui – perché io "non so cosa sia la vita di un mascalzone, non lo sono mai stato, ma quella di un uomo onesto è abominevole", ovvietà che potrei ascrivere alla mia di vita se quel doppio criminale legittimato dal potere di Giuseppe-Maria col Papa in mezzo nella greppia e ai lati un doppio popolo bue inasinito non l'avesse ascritta alla propria.

Con tutti i politici, i preti, i giudici, i poliziotti, i sindacalisti, i presidenti di regione, i parlamentari e i parlamentari in pensione... e che pensione... i banchieri, gli industriali, i mafiosi triturati nel pastone delle troie da insaccare non ci sarebbe nucleo abitativo di forcaioli con una scorta di salami e ossi dello stomaco e pancette e coppe e prosciutti di una qualità così unica e invidiabile che levati – in attesa, breve, che gli ex forcaioli, diventati politici preti giudici poliziotti sindacalisti presidenti di regione parlamentari e parlamentari in pensione... e che pensione... banchieri industriali mafiosi vengano a loro volta infilzati dai neoforcaioli, dati in pasto ai nuovi maiali, triturati nel pastone delle troiette fresche di giornata e così via.

Due, tre repulisti così a secolo per i prossimi duecento anni in ogni Stato del mondo possono poi raddrizzare l'umanità per millenni.

Che cosa posso mai farci, io, assieme a uno o a una che non ha letto né de Maistre né me, se non stargli alla larga come se fosse lui o lei il mio vero nemico, non i loro despoti che si sono cercati e meritati e che imitano e ammirano e che di conseguenza sono anche i miei senza essere io un filino correo? Sempre qui tra l'incudine del despota e il martello del finto debole despota mancato, uffa!

Lo sento: neanche oggi ci sarà pace sotto i platani della Rambla, e se fossero ulivi ce ne sarebbe anche meno. I salici piangenti, poi, da quando uno nascose ai soldati di Erode la sacra famigliola nella sua fuga d'Egitto causando per millenni una strage degli innocenti via l'altra, li toserei a zero e poi ne flagellerei la corteccia con i loro stessi rami. Toh, ecco là la mia foglia di riferimento, è sempre su. Non mi resta che andare a sedermi.

'Hai visto Calisto? Calisto l'hai visto? No, il Calisto non l'ho visto... 𝄞Cucurrucucùùù Calistooo, ayayayayaaa in del cul te lo pistooo𝄞...'

Da quando ho capito, dando così il colpo di grazia alla psicanalisi, che se ti piace la bellezza della vita devi fartene piacere le bruttezze cui non c'è rimedio e che come accogli la gioia devi accogliere il terrore, il dolore e lo sfinimento da eterno giro dell'oca e guardarli in faccia con la stessa gratitudine con cui sorrideresti a una cornucopia colma di cose buone, niente di ciò che accade può dissanguarmi di più. Che gli umani se la vedano tra di loro d'ora in avanti, mi chiamo fuori. Se mi ricordano o mi dimenticano, se mi stringono la mano o mi sorvolano con sufficienza o gli sono indifferente, che differenza fa nell'economia delle mie terminazioni nervose e del mio sentimento di ciò che, non essendo mai stato... un po' di riposo vegliato da qualcuno che non volesse che dormissi per sempre... non ha più alcuna possibilità di accadere? Quanto ci guadagno è quanto ci smeno. Nessuno mi darà un briciolo di identità ponendosi a tu per tu con me. Nessuno mi permetterà di vedermi guardandolo. Non ho alcuna aspettativa sociale o sentimentale o amicale, a parte che se pago qualcosa con una banconota superiore al suo costo si continui a darmi il resto.

Se dico "grazie" e mi si risponde "prego" o se addirittura si dice "grazie" a me, ho già fatto il pieno di ogni mio eventuale e possibile sogno a occhi aperti.

'Su, semaforo verde, sbrigati o ci si siede qualcun altro... 𝄞ay ay ay ay ay cantaaabaaa𝄞...'

Be', è presto detto perché è la mia sedia preferita: è una delle poche a essere fissata al lastricato per conto suo di tutto il chilometro e passa della Rambla, che poi altro non è che un'ex cloaca a cielo aperto, una pavimentazione sopra la naturale canalizzazione delle acque spurie che ancora nel Medioevo defluivano verso il mare, tutte le altre sedie sono fissate a due a due e formano delle panche vere e proprie.

La mia preferita sola sola non è, ma è pur sempre, di sbieco, a un metro di distanza dalla panca a doppia sedia alla mia destra, l'altro ieri non ho spiccicato parola, ieri invece sono venute a sedervisi due minute, rosate… incipriatissime… e eleganti sorelle di Jerez de la Frontera con ombrellino parasole a campanula dai sobri colori nazionali che sembravano la versione della mutua della Fata della candeggina e che, pur essendo molto più giovani di *lei*, parevano sue nonne.

Una dopo l'altra e entrambe con ammiccamenti da fatalona sciupauomini, non hanno fatto altro che rivolgermi la parola per dirmi e ripetermi e confermarmi che erano sorelle e che erano originarie di Jerez de la Frontera, non molto, sempre che non fosse una parola d'ordine tra spacciatrici e consumatori, invero non un granché come storia per due così vicine ai novanta e alla terraferma di una fossa cimiteriale, e io a dirgli e a ripetergli e a confermargli che c'ero stato a Jerez de la Frontera, al ritorno da Cadice avevo passato una notte a Jerez de la Frontera in attesa del volo, e la sorella dalla folta chioma color platino che diceva alla sorella dai capelli rosso punk non così folti, "Di' al signore che siamo sorelle e che veniamo da Jerez de la Frontera e che abitiamo qui dietro", "Noi siamo sorelle e veniamo da Jerez de la Frontera", "Ah, molto lieto, sono stato a Jerez de la Frontera, al ritorno da Cadice, per via dell'aeroporto", "Noi ci siamo nate a Jerez de la Frontera", "Ah, ma davvero?", "Sì, signore, tutte e due. Sa, siamo sorelle. Siamo di Jerez de la Frontera e abitiamo qui dietro", e io a fare il sorpreso, compiaciuto che abitassero in centro e non sui Pirenei, è durata un'ora e venti, chi ci avesse sentito non avrebbe saputo dire chi era la più svanita… delle tre, intendo… fino a che il primo a cedere e a salutare e a correre via sono stato io.

Sospiro: tre falcate e avrò raggiunto la mia estremità della terra.

Oggi mi sa che non verranno più. Se le stanno traslando a Jerez de la Frontera, meglio per tutti.

'Hola, hoja! E buongiorno signora foglia del platano di fronte. Allora, che ha deciso? Non cade nemmeno oggi? Mi sa dire perché un oscuro e complessato imbianchino della domenica diventa Hitler e uno Scrittore luminoso e illuminato nemmeno ministro degli Interni o di Grazia e giustizia, nemmeno un deputato qualsiasi del Parlamento, neanche un volontario all'Ufficio stranieri del suo comune di nascita e di residenza?'

'Buenos días, mio caro italiano, alla í con l'accento giusto per stavolta ci penso io per te. Tanto per cominciare, nel tuo comune di nascita e di residenza Montichiari-Munticiàr un Ufficio stranieri neanche c'è', e oscilla un poco, non abbastanza, non capisco la sua ostinazione a non staccarsi, ciondolante com'è. 'Sogni, sogni a occhi aperti o cosa? Sveglia! Più realtà, più realtà! Serve nient'altro?'

Oh, l'amore coronato, il successo, l'ammirazione altrui, il culo nel burro per sempre!

Nemmeno da giovane ero uno che sognava a occhi aperti cose e persone e orizzonti che non ci sarebbero stati, già allora sognare a occhi aperti era un'attività troppo gastroenterica per me e che presuppone di saperne fare solo un'altra, digerire, per l'appunto: alta percezione del proprio ruolo sulla Terra e crassa animalità vanno a braccetto.

Andare in giro eretto per mero effetto di autoconvinzione è il sogno a occhi aperti di ogni lombrico appena appena sapiens, tutti che sognano e digeriscono, digeriscono e sognano e non producono mai un grammo di ragione e di volontà e di disciplina e di sacrificio e di cura civile della vita o almeno di buonsenso, di responsabilità, di pudore dei propri limiti, il sogno a occhi aperti dell'impennato, svettante sentimento di sé in amore e in carriera direttamente proporzionale al bolo ingurgitato e alla sua composizione, se speziata o in bianco, carnivora o vegetariana, liquida o solida che ti fa strisciare comunque.

E questo "io" in testa a ogni frase pronunciata... allarga un po' la o e "i-ò, i-ò, i-ò" e è il raglio dell'asino, a allungare bene le orecchie... e all'inizio di ogni emissione a mente! Io, por ejemplo, quando tento di cominciare qualcosa dicendo "io" divento subito pedante e barboso, non mi reggo io per primo, io non so parlare di me che in modo sincero secondo me e quindi riduttivo secondo gli altri. Non mi piaccio per niente, poi, quando scrivo qualcosa usandomi come filtro per parlare di me stesso: non è un filtro, è un colabrodo. Quanti buoni sentimenti! Ma è anche vero che non ne ho altri da decenni, non posso inventarmeli per fare l'interessante con il trucco della morbosità o delle passioni negate o delle mire segrete che dovrei far finta di covare: io sono davvero mondo, io male non ne ho fatto a nessuno e non ho frustrazioni o brame in agguato e non mi sento né umiliato né dimezzato, e offeso solo quel tanto che basta per fare un po' di scena tra me e me per il piacere di scapricciarmi con i piccoli piaceri della solitudine.

'Vedi?' interviene piccata la foglia del platano di fronte, 'Sei pedante e barboso, non c'è niente da fare. Come entri in scena tu, gli spettatori escono; come stai dietro le quinte e porti in scena gli altri per come sai dirigerli tu, gli spettatori accorrono raddoppiati. Elìminati o non farai mai teatro a lungo. Non potresti saltare un po' di divagazioni e entrare nel vivo della storia dei due *pactantes de bodas gay*?'

Il mio sogno a occhi aperti invece era quello di tenerli ben aperti e basta e riuscire a afferrare la realtà e snidarla da dove andava a rifugiarsi o a nascondersi e distruggere le proiezioni che piccinamente me ne facevo con questo "io" a coda di pavone sempre tra i piedi. Argo dai cento occhi, pur tenendone cinquanta aperti mentre gli altri cinquanta dormivano, in confronto a me era un cieco, io li tenevo aperti tutti e me ne innestavo sempre di nuovi – solo da alcuni anni ho cominciato a chiuderne uno via l'altro, ma restano sempre troppi quelli aperti e il sonno troppo poco.

Mela sessuale, mela bacata, mela avvelenata, comunque mela per eccellenza della coscienza e quindi della conoscenza, ho sempre avuto un debole per la realtà e non per me che volevo immaginarmela, aggiustarmela, sagomarmela, menarmela a mia immagine e somiglianza.

I suoi trabocchetti, gli alt altrui alle tue brame, le cadute, le umiliazioni, le illusioni, le delusioni, gli stenti, lo stringere i denti, gli inganni, i tradimenti, la scalogna, la malattia, gli incidenti, i lutti... degli altri, mai fatto in tempo a patirne uno... le infamie, le pugnalate alle spalle, i pettegolezzi, le menzogne, i voltafaccia, la disoccupazione, i rovesci di fortuna, la povertà improvvisa, gli altri e gli altri che non la vedono come te e ovviamente anche i ciliegi in fiore a primavera e quel tappeto di violette nel mio giardinetto, le imperterrite violette che inondano il quartiere di quel loro profumo che tanto esalta la puzza degli scarichi a tradimento delle porcilaie nei campi vicino al fiume Chiese di Montichiari-Munticiàr, quel tappeto di abbacinante bellezza sempre umiliata nella sua essenza naturale e sempre ripristinata che mi lasciai alle spalle quando accettai l'ospitalità dei due promessi sposi un due anni fa, ma che dico, no, meno, meno... o di meno o di più, ecco... e talvolta la realtà di una pera condivisa a metà, la più rischiosa se c'è di mezzo un ago e non un picciolo... e parlo per te, lavoratore tossicodipendente standard a spasso anche quando sei assunto, io ho evitato persino le aspirine... e poi i mesti finali di ogni realtà, l'abbandono, la segregazione, l'amarezza, l'incontinenza, lo sguardo nel vuoto in un recinto d'ospizio o di un notaio con uno sconosciuto al suo fianco che ti fissa in fibrillazione, la circonvenzione d'incapace, deceduto per morte naturale, per morte violenta, l'accanimento terapeutico, il netto e il brutto dell'ultimo respiro... insomma, la realtà è tanto più divertente sempre e comunque!

Più è deprimente più alla lunga mette buonumore, così ingovernabile e civettuola e tragica e menefreghista, come compagna di vita è mille volte meglio di ogni principe e principessa con i loro castelli e cavalli bianchi e valletti in divisa e eserciti a presidio di un mondo fatato dove a nessuno possa mai venire in mente di gridare in pubblico "Il re è nudo, questa è la realtà".

Perché chi sogna a occhi aperti soggiace al folle e donnesco fascino della sottomissione totale, ebbra, indiscriminata, sensuale all'uomo forte, al salvatore, al dux... al caudillo... o alla mantide religiosa dominatrice, santa, puttana, mamma, soggiogato dal carisma, infine, di un cialtrone psicopatico o di una megera incattivita però con la fanfara bene oliata della sua arte attoriale e della sua strategia della comunicazione, e io invece volevo liberarmi da tutte le ubbidienze dovute per principio trascendente e liberarmi innanzitutto da un tipo così, il padre che mi ritrovavo addosso e mi schiacciava, e i sottomessi per interessata debolezza o per calcolo deliberato mi facevano rabbia e ribrezzo, a cominciare dai miei due copartoriti maggiori, che non vennero mai picchiati, loro, dal nostro comune coglione generatore, ubbidienti zitti e mosca, succubi com'erano di quel poco di buono democristiano con la vocazione del negriero fatto in casa, l'Io per eccellenza, ma che anzi gli davano man forte, e ho passato la mia infanzia e la mia prima giovinezza dalle manacce dell'uno a quelle degli altri due e di quell'altra, quell'ossessa ossessionata che mi aveva partorito, anzi, che con me "aveva partorito per niente".

Che me ne sarei fatto del lieto fine melenso di una fiaba di massa, della pienezza del sogno a occhi aperti da figlio della serva senza arte né parte e del sogno di te che ti sogni incontrastato nelle ambizioni, nell'accumulo esponenziale di capitali e privilegi, negli affetti dei tuoi cari, nelle amicizie, nell'amore ricambiato che dura più che per sempre, anzi, di te coadiuvato dagli eventi uno più favorevole dell'altro perché tutto filasse liscio e potessi vivere felice e contento con lui o con lei tirandoci dentro anche un aldilà oltre il tempo accordato?

Perché poi, più uno è un cretino psicopatico, più sente che il suo Dio collabora.

E un tantino annoiato e noioso e succhiasangue e da decapitare alla prima occasione, nooo?

Perché più sono carogne, parassiti, delinquenti, spie, traditori inadempienti ai principi più elementari dell'umana e civile e transeunte convivenza, più aspirano all'eternità, e figliare figli degni di cotanto padre e di cotanta madre ne sarebbe l'antipasto, eh.

Il sogno a occhi aperti è presto circoscritto, la realtà, qualunque cosa si intenda per essa, mai.

Faccio già una tale fatica a digerire e a andare di corpo che da decenni energia per sognare a occhi aperti, por ejemplo, occhi chiusi che si aprirebbero per me, vizza bocchina di rosa, non me ne resta, quindi ora mi siederò.

L'unica maniera per essere felice è essere infelice a modo tuo, non come lo ha deciso qualcun altro per te o almeno non solo, e evitare le corsie preferenziali, il cordone sanitario degli eletti, e, se ti tocca e per quella volta che ti tocca, bere tutto, anche la feccia, che non ha un valore nutritivo inferiore al mosto appena spremuto.

Che ore sono? Solo mezzogiorno e qualcosa? Ah, c'è tempo per la barbona che fa i suoi comodi al suo platano preferito dirimpetto trasversale alla mia sedia e poi viene a chiedermi l'euro, ma quella è inodore come pipì santa.

Sempre che sia solo pipì, per quanto lei si illuda che sia io a fissarla solo perché lei non cessa un istante di fissare me e quindi, secondo lei, dovrei essere il primo a brindare alla salute del suo regolare metabolismo se invece la fa giù dura. Che teppa di donna!

Certo che è sudicia, accidenti, se si togliesse le mutande sono sicuro che starebbero in piedi da sole e si metterebbero a saltellare per conto loro giù verso il mare come un babau... chissà chi raccoglie e ha cura di questi cadaveri, se gli dà a forza quella lavata che da vivi hanno respinto e se, una volta ripuliti e coperti da un lenzuolo immacolato, riacquistano quella fattezza umana indistinguibile per tutti, borghesi e no, civili e inselvatichiti, o se la cera con il ghigno del barbone è la marchiatura a vita che li rende unici anche da morti e tanto valeva né lavarli né stirarli su un'asse se poi gli restano quelle stigmate lì, se quindi l'unico problema che pongono è dove metterli nella raccolta differenziata, il carrello ormai sgangherato in "vetri e lattine", quello che c'è dentro nei "rifiuti generici" e loro nell'umido, a meno che non li buttino direttamente nelle discariche o nei crematori o in un altoforno da ferriera pietosa e compiacente o se infine li reclama un parente che ha una fabbrica di hamburger... comunque ho visto e annusato anche di peggio.

"Por ejemplo", come mi fu scritto sul menu del giorno che i miei due anfitrioni desideravano per cena, non ho mai visto in casa di una coppia tanto puzzolente sudiciume... perché l'amore o fa piazza pulita o raddoppia lo sporco, e figuriamoci se a porco si affianca porco... come quello che ho trovato in casa, d'affitto, di una coppia di uomini di Barcellona che stavano insieme da sei anni e che avevano l'intenzione di sposarsi, perché oltretutto il giovane, di ventotto anni, potesse un giorno, papale papale, subentrare per legge al contratto d'affitto alle stesse vantaggiose condizioni del futuro coniuge, il cattedratico *especialista* di madrigali portoghesi di cinquantotto, o forse un due di più, al momento del nostro rincontro un tre, no, un due anni fa, anzi, meno, e, allora, ancora in buona salute e nullatenente, a parte l'appartamento non suo dal quale per legge solo un terremoto avrebbe potuto farlo sloggiare – le ultime notizie per interposta persona che ho di lui... saranno di un anno fa circa, ma no, che dico, molto meno... dicevano che dopo tutte le ingessature e le degenze e le riabilitazioni a seguito dell'incidente con il camion della nettezza urbana adesso dovevano anche operarlo alla milza, e che, dopo la faccenda delle burlesche nozze gay che per un momento ha fatto traballare tutto l'impianto delle parentele e della famiglia, è stato allontanato da tutti i suoi cari, cari si fa per dire, estromesso dal fiorente business delle nipotine… e chissà se ha poi traslocato nel grandioso appartamento accanto alla sua bicocca al settimo piano, chissà se già non l'ha dovuto vendere per vivere alcuni mesi in quella crapula sfrenata, mattoide, che di nuovo lo avrà innalzato, almeno agli occhi dei suoi gigolò, all'altezza assoluta, e dissoluta, da lui tanto agognata. E chissà che ne è stato degli altri sei piani di quel superbo palazzo tra Gràcia e Sant Gervasi, a chi sono toccati in eredità… oh, io un'idea sento che sta per venirmi a cavallo di una scopa stregata… chissà che cosa ci hanno trovato davvero dentro!

Sarà stato comunque come entrare di girone in girone, ascendente o discendente, nel museo delle cere anatomiche di Firenze.

Solo che lì, in quel gabinetto multistrato più delle tenebre soggettive da travet del male… il più banale e efferato… che delle meraviglie oggettive, non saranno state cere…

E maledetto il momento del giorno prima di questi due anni fa circa… circa di parecchio… in cui ho accettato di andare ospite da loro, in fondo per vedere bene la cucina e dove potevo incastrare il regalo di nozze che gli avrei fatto, solo per questo, e riprendere il mio viaggio da solo e non con l'*especialista de Barcelona*, come avevo sperato di chiedergli allorché, dopo per l'appunto sei anni circa di rottura, ci sentivamo di nuovo al telefono e lui mi disse questa cosa delle nuove nozze con un uomo e io rimasi così piacevolmente divertito dalla sua proposta che mi ero dimenticato di dirgli del mio piano vacanziero e se poteva accompagnarmi, anche solo per qualche giorno, ospite mio in tutto e per tutto, sia in treno che noleggiando un'auto, a patto che guidasse lui, perché io non ho tanta pazienza con tutte quelle pecore e quelle vacche per strada non appena esci dai centri e in questo senso la Spagna è cambiata molto negli ultimi venti anni, per vedere greggi e mandrie ultimamente bisogna uscire dai centri città, riservati ai branchi di artisti di strada e alle mute di adolescenti ispanoamericani e, in questo preciso momento, agli indignados e ai Mossos d'Esquadra che arrivano alla cieca da tutte le parti e gli danno la carica pestandoli a sangue e ai colorati cortei di protesta spinti in piazza dalla crisi, mai un corteo di grigia gente che, tanto per citarmi, scenda in strada a protestare contro se stessa e si pesti a sangue da sé.

'Spinellano dalla mattina alla sera, si coltivano i dreadlocks, sono pieni di anelli al naso e alle orecchie, tatuati dalle caviglie alla fronte, pieni di cani di supporto, non leggono nemmeno de Maistre e poi si lamentano che nessuna multinazionale gli dia lavoro quali responsabili delle risorse umane o almeno nelle pubbliche relazioni' – sia chiaro: è la voce della foglia del platano quasi di fronte, non la mia; io, quando occorre e cioè con gli sfaccendati parassiti in piena salute e gioventù, sarei ben più reazionario e sommario, via, al gulag di rieducazione e riabilitazione i cani e loro a Milanovendemoda per l'intera settimana.

E non avrei mai dovuto mettermi a pulirgli la casa quella volta là di tanti anni addietro, addirittura otto o nove anni prima della nostra riconciliazione di due, tre anni fa, no, di nemmeno due dopo un sei anni di rottura... il tempo traballa tutto, ormai, se solo riuscissi a ricordarmi a che edizione dell'"Isola che non c'è" ho partecipato, se quella del 2009 o del 2010, quindi o l'anno scorso o al massimo due anni fa, ricordo solo che feci una gran piazzata in diretta e che piantai lì quel set in pieno Oceano Atlantico... o Indiano? e rientrai tra fine febbraio e i primi di marzo e poi in televisione non mi hanno più voluto, bandito a vita, un trionfo unico, storico, be', e gli rimisi in ordine quel cesso di appartamento intanto che il mio buon *especialista de Barcelona* se la prendeva comoda col *chapero* serbo nella camera da letto senza neanche tenere chiusa la porta, nemmeno fosse un bardo inviato a leggere pubblicamente un bando di gara a chi faceva meglio l'imitazione dei versi degli animali in calore.

Ho capito solo dopo perché lui - alla mia seconda telefonata di quella metà o fine di marzo... o dei primi di aprile? dei primi di marzo? ricordo solo che a Barcellona c'era un'afa, ma un'afa, a meno che non fosse a causa delle vampate da seconda o terza andropausa... di quell'anno lì che mi sembra appartenere ormai a un calendario maya e che invece se non è stato nella primavera del 2009 è stata quella del 2010 e quindi l'anno scorso - aveva tanto insistito che non andassi in albergo ma stessi da loro, sempre che piano deliberato di turlupinarmi non ci sia stato, a parte forse la perdonabile intenzione di dirmi che era in serie difficoltà economiche e se potevo fargli come regalo di nozze il banchetto a *La Circe de Mar-Pescado y nada màs* con la pinna dorsale sull'altro versante della à: voleva che andassi a stare da lui... da loro due... perché era memore e della mia pragmatica generosità e della mia alacre operosità domestica che inconsciamente cerca di stare al ritmo di chi intanto in un'altra stanza si gode la vita alla pecorina e ne tiene al corrente l'insperata colf provvisoria... non solo a costo zero ma che ti nutre pur di servirti in tavola come feci io... e forse i vicini, in tempo reale.

A me mica me la dava a bere: l'unico modo perché un sessantenne abbia simili orgasmi da soprano matta del tutto è che, ormai del tutto femminilizzato, li reciti presumendosi sul palco dell'Arena di Verona e a beneficio dell'udito dell'ultimo spalto.

Ma io non ne volevo sapere di rinunciare alle comodità di un bell'albergo e tentavo di sottolineare che avevo avuto l'intenzione di chiedergli di venire in viaggio con me dalla Navarra alle Asturie, passando da Saragozza e poi da Bilbao a vedere anche l'ultimo Guggenheim della serie, non che intendevo restare a Barcellona tutto un mese, tanto che poi, per vincere la mia resistenza a accettare l'ospitalità, mi aveva passato anche il suo promesso... dal nome di re mago, non Baldassarre, e neanche Gaspare, quell'altro, quello che era anche il nome dell'amico del cuore di mio padre... be', mi verrà in mente... il quale, lasciato un attimo sul palcoscenico il Nuraghe Quartet di Macomer che riprovava, come mi disse poi perché glielo traducessi e non ne fui capace, "Morti candu bolis beni e pigamindi", aveva insistito ancora di più e mi ero trovato tra due fuochi di premura e per non smorzarne il tepore affettuoso via etere mi sono arrostito sulla mia stessa brace di accidia fatalista e dato in pasto.

Certo... mi dico intanto che arrivando a Plaza de Catalunya dal Banco Sanfecundo - chissà se una volta riuscivo a dare una sbirciatina al signor cassiere Calisto - anche oggi mi installo sparpagliando per bene le chiappone nella mia sedia preferita all'inizio della Rambla proprio dopo la prima edicola accanto al semaforo che affianca la discesa alla metropolitana... che prontezza di riflessi nell'architettare quel piano per circuirmi, se è vero che anche la prima telefonata sono stato io a fargliela e lui in tre secondi ha visto e acchiappato al volo la palla che io non sapevo di lanciargli.

Però, che coincidenza lo stesso nel sincronismo tra calamita in disuso e ferrovecchio: dopo circa sei anni di silenzio, lui pensa di fare pace invitandomi a nozze e io, negli stessi minuti, penso che lo devo chiamare per farmi compagnia invitandolo a quel viaggio con me su al Nord anch'io per fare pace, anzi, io per fare pace, lui per fare quello che gli era balenato in testa, d'accordo con quell'intercettatore di vecchi... soli e benestanti o ricchi nonni di famiglia altamente ricattabili, mica sgocciolature di ospizio comunale... del suo complice neanche trentenne prossimo alle nozze e tuttavia "disposto a viaggiare" nonché a "visite in albergo".

Ma potrebbero essere tutte fantasie.

Però è sicuro che ci stavamo attirando l'un l'altro, che il nostro reciproco disprezzo era un bene che non si era estinto, che era rimasta lama da limare e da affondare.

Voglio aggiungere subito questa sfumatura: che mentre io capivo il mio disprezzo per *el especialista de Barcelona* e potevo delimitarlo entro certe ragioni e quindi entro limiti mai debordanti dall'affetto sincero che provavo o almeno dalla sua recita, il suo nei miei confronti mi risultava incomprensibile, diciamo inafferrabile, perché era, davvero, un disprezzo tanto sottile quanto sconfinato, come se fosse più parte di un suo inconfessabile segreto che non di una mia oggettiva umana debolezza e sorda insensibilità. La sua finzione dell'affetto per me non gli veniva tanto bene come la mia per lui, non voleva che gli venisse bene del tutto come volevo io nella finzione del mio affetto per lui, lui mi disprezzava davvero, e di tutto cuore.

Talvolta ho pensato che la sua potesse essere invidia per i miei successi letterari e i miei proventi in costante aumento grazie anche alla televisione, in cui trovavo immorale andare gratis e sui quali lo delucidavo a fronte di precise domande, o forse era astio per la mia generosità troppo dispendiosa e spensierata per non essere sospetta e vista come una prova di forza di sociale arroganza impunibile: non poteva certo accusarmi di essere un bieco profittatore della sua naturale bontà perché lo facevo sentire in obbligo di accettare i miei inviti nei più scelti ristoranti della città! Però sapevo che a nessuna di queste ragioni terra terra era riconducibile il suo disprezzo per me: secondo me, non sapeva nemmeno lui perché mi odiasse da una profondità così assurdamente insondabile.

Comunque, io ho le spalle larghe: se non entro in un buco, peggio per il buco; se mi sta bene stare con le gambe penzoloni nel vuoto, mi appoggerò agli orli sui gomiti. Faccio anche più alla svelta a uscirne fuori. Inoltre, non ci si può detestare, anzi, disprezzare e per il resto continuare a essere buoni amici per venticinque anni come una qualunque coppia? Se le relazioni fossero solo tra chi si apprezza e si stima, avremmo di sicuro un mondo migliore: di misantropi ognuno nel suo buco senza un capello che tracimi fuori.

Prendiamo il modo che aveva, por ejemplo, di fissarmi un appuntamento in una città per me straniera, per quanto un agglomerato grande e in continua espansione come Barcellona possa mai diventare familiare anche a uno che ci abita: mi diceva, "Allora ci vediamo alle otto davanti al Coliseum, si trova alla Gran Via con Casp", ci arrivo, non c'è alcuna traccia del Coliseum e gli faccio la prima telefonata, verso le sei, "Io sono andato a vedere dov'è perché così poi stasera ci arrivo direttamente senza più doverlo cercare, anzi, mi ci trovo davanti, ma qui non c'è alcun Coliseum e quel film che mi hai detto tu qui non lo danno, qui c'è Comedia, non Coliseum", e lui, "Oh, scusa, è più avanti, poco più avanti, sempre lì nella Gran Via, vedi delle colonne, è un antico teatro", "Sì, da qui le vedo, le colonne, allora ciao, a stasera alle otto", arrivo davanti al Coliseum, guardo dentro e fuori le colonne, in alto, a destra e a sinistra, lo richiamo, "Scusa, magari sarò stordito io, ma... sì, sono qui davanti al Coliseum-La caja mágica..." - lo stavo leggendo, non potevo sbagliare l'accento della a - "...ma qui non danno film, qui sembra esserci un teatro, cioè, qui stasera danno una commedia o un saggio di equitazione, ci sono dei cavalli sul cartellone, e basta, film niente", "Ma certo, ma io non intendevo il Coliseum Coliseum ma il Club Coliseum, si trova a Rambla Catalunya, è sempre lì vicino", "Colonne anche lì?", "No", "Allora perché specifichi qualcosa che c'è per un posto che non è quello?": risatina.

Due chilometri sprecati girando in tondo su me stesso, e lui sapeva che ogni passo per me è una fitta, lui sapeva del mio alluce sinistro martoriato da una trentina di operazioni per asportare una verruca fino a quella finale che mi ha lasciato mezzo alluce, coi nervi tranciati e senza più irrorazione sanguigna su cui cresce un callo a cuspide in entrambe le direzioni, e mezzo zoppo.

Lo faceva apposta di depistarmi in continuazione? Lo faceva per umiliarmi? A causa di quale mia schiacciata nei confronti delle sue palle? Perché voleva punirmi a ogni costo?

No, non se ne rendeva conto, ma lo faceva ogni volta che poteva, l'incoscienza non lambiva la consapevolezza, e quando arrivava al posto a me costato un peggioramento di ernie e di crampi ai piedi e mi vedeva a spalle basse e sguardo spossato gli brillavano gli occhi di una ebbrezza infantile, insensata, pre e sovrumana, e mi squadrava dall'alto in basso, lui, riducendomi in altezza morale, ecco, per la mia dabbenaggine e mancanza di senso dell'orientamento che mi avevano fatto prendere la strada più lunga, l'indirizzo sbagliato, il senso di marcia opposto a quello, secondo lui, indicatomi con ogni possibile chiarezza e pazienza.

A fine anni Novanta, dopo i primi quindici anni di grande spirito di sopportazione, mio di sicuro, non suo, avanti e indietro seguendo le sue indicazioni stradali quanto strampalate ad arte non saprei dirlo nemmeno oggi, quando ho posto il veto assoluto a che mi desse appuntamento in posti che non conoscevo ancora e gli ho limitato la scelta tra le due case-monumento più maestose a Passeig de Gràcia o al chiostro con le oche della cattedrale dell'Eulalia o all'Ateneo Barcelonés, il suo inqualificabile e misterioso disprezzo si fece ancora più sottotraccia, più annacquato e perciò più invadente, perché non lo poteva sfogare gorgogliante come prima mascherandolo da depistamento compiuto da me stesso a mio proprio danno. Poi, visto che rischiavo che non mi desse più nemmeno bidoni, tolsi il veto e ripresi a subire appuntamenti da un punto all'altro di una città sempre più immaginaria dove nessuna strada o monumento o bar o stazione di metro indicatimi corrispondevano a niente che fosse rimasto al suo posto almeno il tempo di raggiungerli per raggiungerlo.

Perché mi disprezzava? Perché mi faceva scarpinare tanto costringendomi a telefonargli cinque volte per chiedergli di dirmi dove si trovava e talvolta dove mi trovavo io, in che punto del Camp Nou, por ejemplo, sempre ammesso che fosse normale dare un appuntamento davanti a uno stadio quando stanno per uscire ottantamila depressi esaltati e tu sei l'unico a andare nel senso di marcia opposto a tutti quanti? E quella volta mica mi aveva detto che c'era la partita, e che partita, il derby Real Madrid-Barca… c con la cediglia battuta a centrocampo, a sapersela giocare bene.

Che gli avevo mai fatto di male?

Che sole anche oggi, alle dodici e mezza già si cuoce, ci saranno quaranta gradi; i platani ombra qui alla Rambla non ne hanno mai fatta neppure quando le foglie non le perdono tanto sono alti, ma c'è questa brezza piacevole e costante che sale dal mare a un paio di chilometri da qui e la sedia di ferro non è proprio un refrigerio ma è un gran comoda e non costa niente, se anche fai un sonnellino e non hai un orologio di marca anche finto al polso o una macchina fotografica al collo nessuno ti disturba veramente... e non so per quanto ancora, ma puoi fumare, dicono che tra un po' sarà proibito anche negli spazi pubblici, e pensare che contro i platani sono tuttora più gli uomini che i cani a pisciare, perché poi il piscio che sento del tutto psichico non è, ogni tanto arriva uno e si libera la vescica, come faranno a proibire questa simpatica usanza della vescica nazionale e parecchio interrazziale non si sa, ancora tanto se, insieme agli africani più dinoccolati e fischiettanti e ai russi più abbacchiati e sbronzi, non vi si accomodano le comari.

Io penso che pisciare contro un albero quando ti scappa, sia in una giungla che in centro città, è bello e buono e socialmente utile per la promozione dell'uguaglianza tra le genti, l'abbiamo sempre fatto da che mondo è mondo, le mie nonne lo facevano in piedi allargando le gambe e tendendo sul davanti con i pugni il sottanone, se passava qualcuno diceva "Pìset, Margherìtô?" all'una e "Pìset, Marìô?" all'altra guardandole in faccia per buona creanza e la risposta di entrambe era "Mé sé, e té?" senza distogliere lo sguardo benaugurante e addio mio bell'addio l'armata se ne va, ogni zolla di terra era buona per loro donne, quelle si sentono sempre in dovere di fecondare qualcosa anche quando pisciano, un albero è più da uomini, ma per entrambi i generi era il disbrigo di un'urgenza come un'altra, come chiedere alla vicina se può prestarti un lumino o una ciotola di lisciva che sei rimasto senza e anche un fiasco spagliato per sbattere la panna del latte perché ti si è rotto il tuo.

L'unico aspetto incivile e antidemocratico semmai è che al giorno d'oggi lo facciano solo i maschi e i cani, quindi io applaudirei la prima signora spagnola distinta che si sollevasse la gonna, si calasse le mutandine... in raso di seta blu petrolio, meglio, che così se c'è la padella del marchese non si vede... e si accucciasse a fare pipì a un metro dal mio naso come se niente fosse proprio perché niente è, farla perché ti scappa e non sai dove andare o non hai il tempo di andarci, però femmina distinta, sottolineo, non una barbona, perché quella lo fa già proprio in questo momento tenendosi aggrappata con una mano alle grate del suo carrello da supermercato, lo fa ogni giorno all'una in punto, si ricompone e poi viene da me a dirmi se ho un euro, come fosse la tassa del guardone, è il terzo che le do, glielo darei lo stesso anche se non si mettesse tanto in evidenza in linea retta spaccata al millimetro, anzi, gliene darei due se la smettesse di fissarmi allargando le cosce per farmi vedere al meglio quelle sue grandi labbra così rosee e gonfie e spelacchiate che sembrano gli zebedei di un babbuino.

Ecco che la bocca della metro vomita l'ennesimo branco di papa-boys&girls che esibiscono le loro croci gialle stampate sulle magliette rosse e innalzano i loro inni dementi, sono dei noleggiati a tempo pieno festosi per niente: finita l'infanzia dove potevano brandire la bacchetta magica di Harry Potter declamando formule magiche, a prolungarla c'era pronto il suo sostituto in croce con litania d'accompagnamento che scacci il male dal mondo e che è del tutto inefficace, visto che non scaccia loro incenerendogli l'ugola all'istante e dando fuoco al resto attaccato, e ho anche un residuo di otite da trasformatore elettrico che quella giunta di leghisti forzisti-in-lista-mista-forse-civica incompetenti e ignorantoni di Montichiari-Munticiàr mi ha piazzato sotto le finestre di casa, erigendolo invece di interrarlo come fanno dappertutto, illudendosi che sloggi io prima di lei, e basta un calo di corrente perché i decibel da mugghio costante diventino un boato apocalittico e mi levino il sonno per giorni e giorni. Per non parlare di tutta una teoria di lastroni in bronzo con via crucis incastonati in are di marmo erette sul colle di san Pancrazio e cappelle votive disseminate qui e là come funghi, praticamente una cappella velenosa per ogni cazzetto di abitante.

Be', però, a ben pensarci, quel ronzante mostro ecologico sotto le finestre è il segno del mio successo, del mio unico e incontrastato successo possibile: pensa alla vergogna se quelli lì del fazzoletto verde e del cerchio magico e del rito dell'ampolla sul Monviso in comunella mangiatoria con quelli del Contratto con gli Italiani... in accordo sottaciuto col Distratto degli Italiani per eccellenza, il segretario del Partito Democratico... mi avessero invece deviato la strada e costruito intorno un parco per la mia più onorata e fertile tranquillità, non chiuderei occhio nemmeno qui ora... A meno che io non fossi io, ma io io lo sono stato in ogni istante della mia vita da quando me la dimentico e io io lo sono e non prevedo cambiamenti, a parte semmai proprio un secondo trasformatore elettrico dal lato opposto della casa per disintegrarmi del tutto.

Infine, perché no, mi sono detto la scorsa primavera preparandomi la valigia… che poi a chiamarla valigia o solo trolley gongola, è una robina incolore dura, sfregiata, un paio di bitorzoli, con una rotella storta… starò da lui, anzi, da loro due anziché in albergo, nella vita non si può sempre dire di no, lo si può dire svuotandolo con un mezzo sì dal settecentesco garbo veneziano, di chi fa cortesia del corpo intanto che vi disgiunge la mente per acclimatarsi a una corte forestiera.

Magari l'*especialista* ci teneva proprio a farmi vedere quanto la sua vita fosse cambiata in meglio e in quale dignitoso appartamento tirato a nuovo viveva ora… anzi, vivevano: magari non aveva più bisogno del mio elettrodomestico in regalo e dovevo inventarmene un altro.

2

L'appartamento, piccolo a occhio e croce, dell'*especialista de Barcelona* io non l'avevo mai perlustrato, ci ero capitato di sfuggita e non in tutta fretta solo un paio di volte in lontanissimi anni precedenti, una volta... sarà stato a fine anni Ottanta, primi anni Novanta... trattenutovi quasi a forza da lei, la moglie ancora moglie e i due bambini ancora lì e non traslocati in un'isola, e poi un'altra volta, una dozzina di anni dopo, quando, sul punto di uscire, gli era arrivato in casa quel serbo e io sono rimasto a leggere sul terrazzino e poi abbiamo rotto, forse la sera stessa o il giorno dopo o magari la volta dopo, di sicuro era già stato introdotto l'euro da un bel po', io a Barcellona o a Madrid ci andavo che c'era ancora su Francisco Franco, e in tempi recenti e quasi ogni trimestre, anche a Siviglia o a Granada o a Cadice o a Valencia o a Salamanca o a Malaga, mi è sempre piaciuto portare i miei soldi di turista a sostegno della laicità non del tutto elasticizzata di Zapatero, con tutto che si è scoperto che la Chiesa cattolica, oltre a non pagare un centesimo di tasse nemmeno lì, si succhia dallo Stato spagnolo ben undici miliardi di euro l'anno, e poi noi italiani ci lamentiamo per quei miseri sette che le diamo in cambio di tutto il bene che ci fa... l'*especialista* e io abbiamo rotto non so per quale futile motivo, lui a quella cena in quel ristorante non certo per camionisti a menu fisso era già alterato per conto suo, ricordo che uno gli aveva rotto naso e montatura degli occhiali, no, non era stato uno del Pen Club, ma c'entrava il Pen e una città del Pen... ah sì, e poi in casa sua, impregnata di marijuana, c'ero stato un'oretta quella volta che lui era già divorziato da un po' e gli erano capitati tra capo e collo i figli ormai adolescenti dall'isola in cui erano stati spostati dalla madre risposatasi e *el especialista de Barcelona* non sapeva dove parcheggiarli e se potevo io andare da lui fino a che non trovava "una lesbica *canguro* a ore della lgbt", che non sapevo neanche che cacchio fosse un canguro di questa lgbt che mi si impappina il cervello anche adesso solo a sillabarla a mente, cioè, in parole con qualche vocale, lui stava aspettando una babysitter dichiarata, forse di nazionalità australiana, iscritta a un album professionale molto particolare e un po' aborigeno, chissà, e invece poi saltò fuori che era solo una canaria di Las Palmas iscritta all'associazione lesbianas gays bisexuales trans che, intanto che portava a spasso i suoi di animali, prendeva su anche i bambini degli altri per cento pesetas all'ora. E infatti poi arrivò un'obesa con un marsupio stretto in vita e due biondi cuccioli di alano che mi sembrarono già vitelli, non avevano membro sottopancia e quindi saranno state o due cagne rese conformi o due cani resi conformi anche loro e quindi iscritti di diritto all'Arcigay locale.

Se posso dire la mia, già che ci sono, lei, la moglie dell'*especialista de Barcelona*, secondo me si era rimaritata per la stessa ragione per cui si era a suo tempo maritata: dopo averne circuito uno giovane di belle speranze, adesso aveva circuito un vecchio che le aveva realizzate alla grande, e tutte pronto cassa. La sua era stata un'ambizione sotto la brace, che non si doveva vedere, tanto lei ci teneva a apparire superiore a tutto e innanzitutto alle miserie delle vanità umane, prima tra tutte la ricerca della ricchezza e, in una donna di vera statura intellettuale dell'eleganza... in tanti anni non credo di averla mai vista con indosso qualcosa di particolarmente carino o particolarmente nuovo, sembrava una crisalide viva ma impolverita che avesse deciso per sconosciute ragioni di non liberare mai la relativa farfalla, ammesso ce ne fosse o ce ne fosse stata dentro una, eppure emanava una sua luce, ma non sono mai riuscito a capirne la fonte e il bersaglio... ma non c'era stata rinuncia e rassegnazione in lei negli anni di matrimonio con *el especialista*, a me sembrava che facesse gavetta e intanto predisponesse qualcosa di grosso, e ecco che il vecchio ingegnere a riposo le era caduto a fagiolo, come manna in bocca, senza dar a vedere alcun piano, un accidente come un altro, un accidente, però e quasi per caso, milionario.

Milionario alla luce del sole di quest'isola che non mi viene in mente, come non mi viene in mente il nome di questa strana donna, che poteva essere sia il ragno che la mosca... anche digerita da un bel po'... ma, almeno al momento, non la ragnatela in cui mi pareva si muovesse in modo strategico, forse solo per spocchia o istinto di circospezione connaturata, appunto, e quindi in modo inutilmente strategico, infine. Ma allora, negli anni Ottanta, quando ancora non esistevano i cellulari e la gente si telefonava al fisso, un paio di volte era venuta lei a rispondere per dirmi che il marito era all'estero per il Pen e io l'ho ogni volta invitata, con i due piccolini, al ristorante: non una volta che non abbia inventato una scusa per declinare l'invito.

Non voleva seminare informazioni indirette su di sé, punto.

E di sicuro, non a me.

Ci eravamo cordialmente e reciprocamente antipatici, questo sì, da parte mia solo per aderire simpaticamente alla sua diffidenza nei miei confronti, tanto che avevo imparato a non guardarla mai dritta negli occhi neppure se qualche battuta veniva scambiata senza la mediazione del marito, ma, guardandoci entrambi di sbieco, talvolta il nostro sguardo si è pure fulmineamente incrociato e vi ho letto solo odio che covava sotto la cenere, un odio di cordialità mondana, però inconseguente. Per lei non contavo niente, forse perché, non avendo io seconde intenzioni o avendo lei deciso quali fossero in realtà, non avevo sviluppo nell'economia della sua vita, però da sola a quattrocchi non voleva vedermi, era chiaro, e smisi di invitarla fuori senza di lui.

Non voleva forse tradire un segreto? Temeva che lo spifferassi poi al marito? Quindi, se lei aveva un segreto, segreto era anche per lui.

Be', lei pensava così perché non mi conosceva: io non farei mai una cosa così, di tradire alla carlona un segreto confidatomi da chicchessia, dovrei come minimo lasciar passare venticinque anni e poi imbastirci intorno un romanzo in cui le persone in comune con i personaggi avrebbero solo la lunetta delle unghie. Figuriamoci! Non ne ho più alcuna voglia, ho chiuso per sempre con queste ubbie. Io non scrivo niente da più di dieci anni e non ho nessuna intenzione di ricominciare.

Sì, grande l'appartamento dell'*especialista de Barcelona* non doveva essere, un settanta, ottanta metri quadri, anche se io avevo visto solo il salotto e il piccolo studio adiacente e, tanto per dire, non ero mai stato neanche in bagno, in cucina sì ma in bagno no, allora non ero di vescica debole come adesso anche se questa sedia di ferro ha virtù taumaturgiche tali che non mi scappa mai o forse non mi scappa perché so che al ritorno la troverei occupata e addio duetti con la foglia ciondolante del platano di fronte, ma sapevo che doveva pur esserci quella che era stata la camera dei bambini, mica mi avrebbero messo nel corridoio se insistevano tanto per ospitarmi, e poi, dopo tanti anni, chissà che rinnovamenti, per l'appunto, e che rinfrescata e che arredo nuovo aveva portato con sé la convivenza con qualcuno che si ama e che, amandoti, si fa in due per arrivare dove non arriva l'altro.

Con il piumino della polvere, por ejemplo.

E visto che arrivava un ospite abituato piuttosto bene, tra l'Abac, l'Alma e il Majestic Aqua Spa, chissà che pulizie di Pasqua! Perché, se tanto mi dà tanto, anche se non ricordo bene in che periodo fu, quelle lui avrebbe dovuto comunque iniziarle un trimestre prima della distribuzione dei rametti di ulivo benedetto per risorgere dal pattume e andare a filo con la festività e il suo festival delle pulizie. Quelle, almeno quelle di Pasqua, almeno superficiali, giusto per non impantanarsi, scivolare e finire avviluppati nelle ragnatele, ecco.

E poi, bello il palazzo, fuori e dentro.

Avevo notato anche in precedenza quelle poche volte che sbuffando ero salito su perché lui non era ancora pronto per scendere, così come lo notai dopo che era scattata la molla del portone al mio arrivo valigia in mano... e anche in seguito nell'androne e anche a aspettare l'ascensore fermo al settimo soprattutto quando risalivo dalle spese pomeridiane... che nella hall c'era un certo qual viavai di uomini piuttosto eleganti, sempre spaiati, di ceto medio alto e di signore sui quaranta, quindi sui cinquanta, sempre spaiate, tutte in tailleur *professional* e ventiquattrore in pugno, distintissime, con la pashmina su una spalla tipo delegata di Fondo Monetario o dei Casalesi, sebbene con questo vezzo provinciale di portare tutti occhiali da sole anche dopo il crepuscolo e negli interni, però, anche se nessuno si dava la pena di salutare... e io per principio non saluto uno sconosciuto che mantiene lo sguardo mascherato, anzi, non lo considero proprio, non mi faccio vedere a rivolgergli la benché minima attenzione per quanto di sfuggita, per me devono morire nella più assoluta indifferenza quelli che portano occhiali da sole senza il sole e scrutano non visti.

Sì, tutto sommato era abitato piuttosto bene, inoltre superbissimi davvero gli inquilini tra i venti e i trenta, rari, pure loro occhialuti e quindi squadrati da dietro e mai guardati in faccia una sola frazione di istante per non farli sentire interessanti... anche se, a parte forse un filippino o cingalese o thailandese che vedevo al mio stesso mercato e che non arrivava ai banconi e che ai negozianti allungava con un verso da volatile tropicale un foglio scritto e che di tutto, bottarga a parte, di cui l'ho visto comprare anche due confezioni da centoventicinque grammi per volta, prendeva porzioni da fringuello, non mi pare di avervi mai incontrato due volte la stessa persona in quasi una settimana che ho abitato dalla coppia di promessi sposi o, meglio, che sono stato a servizio non alla pari ma alla dispari, ecco, e che quel paio di volte che ho preso l'ascensore e che per gentilezza ho chiesto a che piano andasse la persona che entrava dentro con me, mi è sempre stato risposto, "Al settimo" e tutti sono scesi con me.

Gli inquilini degli altri appartamenti agli altri piani come ci entravano in casa loro, volando dentro e fuori dalle finestre, servendosi delle scale antincendio? Mah!

Fuochi di paglia, premura a parole quella dei due convolanti a nozze, eh.

Dopo dieci minuti che avevo messo giù la valigia nel pertugio riservatomi... con due letti a castello dove stavo fuori dalle ginocchia in giù in quello sotto e battevo la fronte in quello sopra, sgomento, come fulminato e impossibilitato alla benché minima reazione dal loro calore sincero e dalla loro carezzevole solerzia senza l'offerta di un bicchiere, per quanto senza crepe, che non fosse di acqua fresca e dal frigo vuoto che mi avevano ipnotizzato, perché il pelo sullo stomaco quando è tanto ti incanta più di una semplice treccia bionda attorno a una nuca virginale... in cucina distolsi gli occhi da un forno a microonde che in casa mia non entrerà mai e che in quella doveva essere entrato bianco alla boa del millennio e mai scrostato e aprii bocca per dire un'altra cosa a squarciagola imprecando, prendere su la mia valigia e addio per sempre, invece mi uscì un querulo, "Avete almeno un grembiule?" – ma se non avevano nemmeno un calendario! cos'è mai una cucina senza il suo bel calendario in bella vista che ti dica l'ora legale, i pleniluni, i solstizi, quando piantare la cicoria, l'infuso ideale per i mali delle donne o almeno che giorno è e, nel mio caso, talvolta anche il mese?

"No", risposero i fidanzati simultaneamente con sbigottimento da intellettuali abituati a tematiche ben più universali e prioritarie.

"Fa niente", conclusi, e... loro non c'erano già più, l'erculeo fidanzatino aveva tagliato la corda bofonchiando "Il Nuraghe Quartet di Macomer! Provare per credere! Nemmeno Lady Gaga se la tira un quarto" e l'altro dietro che lo prendeva a male parole, gridava giù per le trombe delle scale che era tutta una scusa, che andava a farselo "mettere in culo come l'ultima delle messaline, hai tentato con tutti, perfino con Salieriii! Zorraaa!" – zorra vuol dire "porca", sottinteso "brutta".

Pensai fosse tutto un teatrino, una allegoria mozartiana particolarmente velenosa nel loro lessico di attori della gelosia come segno estenuato di reciproca appartenenza non altrimenti dimostrabile... dopo quella sulla dissolutezza imperialcesarea, il Salieri Antonio ci stava a pennello, anche se non è dimostrato che il mediocre compositore veronese, stravolto dall'invidia, abbia davvero avvelenato il genio assoluto della musica per rubargli l'ultima sinfonia e ascriverla a sé... e cominciai la mia corvè, una trottola che la collera repressa rendeva inarrestabile, scopa, straccio, secchio, candeggina prestatami da una vicina, la signora, come diceva la placca d'ottone sulla porta, Hada Espejismo, una truccatissima un po' sui generis che mi aprì in négligé nerofumo ti-vedo-non-ti-vedo, e via avanti e indietro a raschiare, lavare, raddrizzare, stipare nei sacchetti di plastica.

Quella stanza da bagno, quel vano doccia, il calcare, le piastrelle sollevate! Lo scaldabagno fuori uso, l'acqua fredda. E la tazza del water? Un mondo galleggiante a parte. Lo specchio dell'armadietto sopra il lavandino, poi, era rimasto all'altezza dell'*especialista de Barcelona*, roba da farsi venire il colpo della strega per chiunque altro volesse farsi la barba a parte lui.

Di WcNet nemmeno l'ombra. Non ero malcontento, in fondo.

Mi sentii vivo, mi sentii qualcuno, mi sentii utile come un dio spazzacamino e provvidenziale come un volontario del reality "Monatti senza frontiere" e in entrambi i casi potevo lamentarmi tra me e me a ragione senza usare la mia. E mi sentii ringalluzzito al pensiero di essere vecchio, sciancato e acciaccato e rassegnato a strizzare fuori dal mio cervello l'altro che ti risponde come fanno i bambini, pazienza se da vecchio ti risponde picche anche lui, l'immaginario amico del cuore, ma felicissimamente, sovranamente da solo.

Stando lì con quei due, di sicuro avrei rafforzato la mia unica ma solidissima felicità, una specie di beatitudine infausta, sì, ma alla mia portata, ritrovandomi quando volevo da solo nella mia bella casa pulita, ben organizzata, piena di bei fiori recisi… anche se la vanità di toglierli dalla carta e infilarli nell'acqua di un vaso diventa sempre più faticosa, ma è il mio stesso disamore per l'acqua che dovrei bere e non bevo a farli appassire lì nella carta dei fioristi come i miei intestini nella mia pancia… di lenzuola pulite, la mia scorta di brodo di cappello del prete per irrorare le feci pietrigne e senza estranei in pianta stabile a seccarmele ancora di più.

Al momento non m'importava il numero di rospi da ingoiare, intanto facevo incetta della consapevolezza di quanto fossi privilegiato a non dover condividere normalmente niente con nessuno.

E poi era solo per due giorni.

Quando al cellulare gli chiesi dove erano le lenzuola, mi disse stranito, "Con quest'afa da effetto serra?", quelle che c'erano erano in lavatrice ma non l'aveva fatta andare perché era rimasto senza detersivo e non ne avevano di scorta e io su una cerata a quadrettoni bianchi e blu, che sarà stata lì sul letto a castello da quando i suoi bambini se la facevano addosso, cioè un trent'anni anni prima, non avevo ancora dormito, quindi andai a comprarmele, insieme alle federe, e già che c'ero presi vino, prosciutto, tre tipi di formaggi uno col buco uno senza buco uno col verme, parmigiano preconfezionato ma pur sempre Fiorucci e una *tetilla* galiziana semistagionata a parte, che poi è un seno vero e proprio di *suave* stracchino di circa un chilo col capezzolo, tre baguette, bistecche, caffè, zucchero, latte a alta digeribilità per me, sale, verdure a foglia larga, zucchine, limoni, pompelmi, arance, mandarini, un ananas, salvia-rosmarino-prezzemolo, la santa trinità che non deve mai mancare in una cucina sapiente, più uno scapricciamento officinale da vero intenditore se devi fare il pesce al cartoccio, il finocchio selvatico e la menta piperita, poi un cespo di riccia, e burro, olio, tre sogliole più la loro farina bianca speciale per i fritti, spaghetti e pancetta affumicata in mancanza del guanciale e uova e tre teste di aglio e, per sicurezza, una mezzaluna e, a parte gli altri prodotti base per la casa come la paglietta di ferro, due bottiglie di candeggina… in effetti erano flaconi di plastica, ma ai tempi di quando ci si prestava la roba la candeggina la si vendeva in bottiglie di vetro e chiamarle flaconi mi sembra una violenza di genere… due perché una dovevo restituirla alla vicina che aveva tutti quei visitatori che uscivano con me dall'ascensore e andavano difilati alla sua porta e che proprio donna-donna non mi sembrava, insegnante anche lei di qualcosa.

E infatti poi saltò fuori… ma anche questo fu un depistaggio… che la vicina era un ex vicino che faceva parte delle nuove leve didattiche imbarcate dalla Moncloa di Zapatero a pari merito con quelle già di ruolo malgrado non ancora operate in un verso o nell'altro, in particolare delle donne del genere femminile già in dotazione dalla nascita, le disgraziate di natura-natura, intendo dire – anzi, non io, ma il plagio che subii da una certa persona dalla misoginia cronica non molto distante da quella tana di appartamento dei due promessi, però chissà se mai ci arriverò a ricordarmi fino a lei, alla Fata della candeggina, tanto per non creare finte suspense, e ai suoi stringati sproloqui sulle donne.

Donne: donne-donne, poverine. E è detto tutto.

Una specie tra la gallina già spennata e pronta nel suo cellophane e la carta da forno. E lo disse *lei*, non lo dico io, e nemmeno la foglia.

Saltò fuori di malavoglia e di malagrazia, visto che l'*especialista de Barcelona* fu molto contrariato dalla mia iniziativa di andare a suonare i campanelli dei suoi vicini chiedendo acido muriatico o candeggina in prestito, perché avevo cominciato dalle tre porte del piano di sotto ma non era venuto a aprirmi nessuno e, disperando di un esito migliore con le quindici degli altri cinque piani, allora ho suonato alla porta della vicina di ballatoio, la "Senora Hada Espejismo"… una *senora* con la tilde, a trovargliela.

Ma che c'era di male, sua nonna o sua madre o lui stesso da piccolo, mandato da loro, non aveva mai chiesto una manciata di sale o un bicchiere di zucchero o un uovo o un quartino di latte o due cucchiai di strutto in prestito alla vicina, che te ne dava il doppio a cuor contento? Io da bambino non avevo fatto altro che andare a chiedere in prestito e dare in prestito, restituire e vedermi restituito di ogni, anche una lampada a carburo per andare a lumache, e allora?

Lui disse che il punto non era questo, che ne andava del suo buon nome, che io ero benintenzionato ma avventato, che oggi nessuno può aprire a uno sconosciuto… e qui lasciai perdere perché se le stava proprio andando a cercare… e io a ribadire che sì, la sua vicina operata sarà stata una avventata anche lei, ma ancora tanto saggia e coraggiosa da aprire la porta e chiedermi che cosa desiderassi a differenza di quelli del piano di sotto, murati vivi, e che i rapporti di buon vicinato consistono in questo: aprire e farsi aprire una porta, riconoscere e farsi riconoscere, chiedere in prestito bazzecole come se in quel momento fossero il bene più prezioso del mondo e restituirle con un "grazie, neh" come si era fatto da che mondo è mondo, e lui a dirmi che cambiavo discorso e che "da che mondo è mondo" non era precisamente ciò che si intendeva per modernità oggi, che non si faceva e basta, che, se proprio lo volevo sapere, né sua nonna né sua madre né lui avevano mai fatto una cosa così, che uno "l'anguria, pardon, la candeggina" se la va a prendere o ne fa a meno, e che "non fa i salti mortali per far giù due ragnatele", espressione circense che mi sembrò fuori luogo tanto era esagerata per avere schiacciato alcuni campanelli forse nemmeno quattro volte ciascuno e troppo riduttiva, perché gli avevo ribaltato e ripulito quella discarica domestica da cima a fondo e con le sue "due ragnatele" avrei potuto aprire una filanda.

Lui, infatti, era più di vent'anni che o aspettava qualcuno che gliela comperasse, la candeggina, o ne faceva a meno, che ragionamento! Ma me lo tenni per me.

La vicina, tuttavia, era una chimera sotto molti punti di vista che di sicuro avrei trovato al suo matrimonio, anche data l'apertura radical-libertaria e l'impegno nel sociale dell'*especialista de Barcelona* che, sciccosissimo e *divina izquierda* divina a oltranza, propugnava l'assunzione delle trans negli asili nido e tra i camalli del porto, però ebbe un che di risentito e di superiore, come dire, di classe superiore per censo e per status nell'essere costretto a parlarmi di lei, perché concluse che, sì, insegnava anche lei, ma al serale, e come dama di carità senza un vero e proprio incarico del Provveditorato, insegnava spagnolo "ai filippini, ai balinesi, ai cingalesi e a quella gente lì". E che, ovviamente, era *loca* e che "Senora" - sempre abbuonandomi la tilde - "Hada Espejismo" non era il suo vero nome, era il suo nome d'arte, e che dovevo separare i due attributi e leggerli "Hada-Espejismo", che vuole dire "Fata Morgana" ovvero "Specialista in miraggi".

Un altro *especialista*, dunque, un collezionista-distributore di chissà quali coloniali della sua privata Angola? Perché i madrigali che davano la pagnotta all'inclito professore accademico neppure erano del portoghese continentale, no, erano della colonia africana, anche se un po' di letteratura generale propriamente lusitana la faceva, arrivava fino a Pessoa.

"E poi che non ti salti in mente di andarle a risuonare il campanello perché magari ti manca un assorbente, e né agli altri piani perché tanto..." e si interruppe mordendosi la lingua.

"Perché tanto cosa?"

"Perché è così, e basta."

E aggiunse, come se gli fosse sfuggito o per rendere più rotonda e sfuggente la sua bianca bugia che ancora ignoravo fosse tale, che la specialista in miraggi lavorava in proprio anche oltre il serale.

"Maga?" chiesi senza alcuna malizia; che cosa potevo mai presupporre, data la veneranda età dell'interessata, che faceva l'istruttore di lancio con paracadute da voli notturni? O maga o esorcista laica, si sarà guadagnata la pagnotta con le sedute spiritiche, toh, mica poteva fare numeri di altro genere a parte, mettiamo, introdurre perette di acqua benedetta in orifizi fissati col peccato e il lupo mannaro che cala al calar delle tenebre.

"Lasciamo perdere, se non ti dispiace."

"Non mi dispiace" ma dispiacque a lui che lo prendessi alla lettera al volo, tuttavia mi sembrò sospetto che in tanti e tanti anni che ci conoscevamo non avesse mai sprecato una parola su una vicina tanto atipica e romanzesca. Tra scrittori... Vuoi fare le pulizie? Comincia a farle in casa tua. Vuoi scrivere? Comincia da quello che hai sottomano.

Lì mi parve di udire una specie di remoto gong avvisare che quella partita era chiusa.

"Hai sentito?" gli chiedo.

"Cosa?"

"Una specie di gong."

"No. Anche le voci senti, adesso?" e ridacchiò a denti stretti.

Aveva i canini avvelenati contro la Fata di pianerottolo, era chiaro, ma non volli avere a che fare con i morsi di quest'altra sua memoria sedimentata nel rancore e cambiai discorso, anch'io sapevo cosa significava avere inquilini molesti e a tal punto da abbandonare del tutto il mio appartamento a Roma, la fetida e violenta e malavitosa e terrona e per soprammercato leghista e forzista Roma ministeriale, papalina e televisiva e cortigiana di suprema cazzazione, non avevo proprio voglia di ascoltare le sue beghe di pianerottolo e di cosa campasse l'esoterica vicina non m'importava un ette.

Non sono un pettegolo io, e poi uno si guadagna da campare come può, basta che faccia quel tanto di male pattuito a chi lo paga per questo e amen.

Tutto quello che potevo dire di lei era che con me era stata gentile anche se non mi aveva fatto oltrepassare la soglia e che dal suo appartamento usciva un buon odore di pulito maniacale, che ricordava un uso, forse smodato, di olio di paraffina, ma che, uscendo io dal fetore dell'appartamento accanto, mi sembrò olezzo di prataiole e tuberose, malgrado un tocco di falò di copertoni o di pesante tendaggio di velluto che abbia preso fuoco o di resina in combustione, ma tanto, tanto più oleoso, una remotissima puntina, ecco, esoticamente sgradevole – di incenso da messa nera, se così riesco a farmi intendere.

Del resto, il fatto che avesse della candeggina in casa testimoniava che non è la donna l'anima della casa ma la candeggina, e che una casa senza una donna è concepibile, una senza candeggina no, e che a una casa con due uomini senza candeggina era preferibile, anche secondo categorie filosofico-liturgiche che risalivano alle voci bianche e al gotico già col vizietto del barocco, una casa con castrata con candeggina che, per perfezione assoluta, mi sembrava l'unica evoluzione possibile della vanitas con teschio e liuto.

Ah sì, e mentre io a proposito dell'inventore di quella benemerita usanza chirurgica di evirare i maschi per farli cantare anche da adulti alle funzioni gli citavo san Paolo, "... le donne dovevano stare zitte nelle chiese" - per risparmiare il fiato che gli serviva per ricominciare a pulire paramenti e pavimenti a messa finita e ciucciare l'ostione non benedetto degli officianti deglutendoci sopra un ingoio di vinsanto -, il mio *especialista de Barcelona* chiuse l'inopportuna divagazione sulla signora Espejismo, ma non so se riferendosi con una certa qual altera sufficienza a lei o a me, con la morale tipica dell'ingordo alla canna del gas: "El dinero no es todo".

Furono giorni di spese trafelate, anche due volte al giorno. Dentro e fuori da una merceria a una macelleria a un fruttivendolo a una pescheria a un salumiere a una ferramenta, sotto quella canicola anche se era appena iniziata gloriosa, beffarda, estiva la primavera - tanto che potrei affermare che agosto adesso è primaverile pari pari -, già quel primo pomeriggio rientrai carico come un mulo da obici e con i piedi che mi facevano male, un calletto birichino sul mignolino del sinistro che però, pur non tenendo conto della spina che sentivo nell'alluce dello stesso piede passo dopo passo, controbilanciava un inizio di unghia incarnita all'alluce del destro, ma soddisfatto perché per una settimana a venire la mia parte l'avevo fatta e, anzi, messa di scorta tanta ne avanzava; quando rientrarono salutandomi di sfuggita, gli lasciai l'involto del prosciutto nostrano... due etti, centotrenta euro al chilo, un maiale nutrito a ghiande e a polvere di perle, cazzarola... e una baguette, li cacciai fuori dalla cucina tutti e due come una zia burbera e bonaria e mi misi ai fornelli, contento di trovarvi almeno il gas già installato di suo.

Tribolai non poco perché, cavatappi pubblicitari a profusione, ma la batteria era carente di tutto l'indispensabile, solo la pasta, per dire, la dovetti far bollire in due pignattini diversi, ma, dio dei lavandini e delle lavande gastriche, cosa non riuscirono a cacciare giù in quelle gore senza fondo! Una voracità, una golosità, un'ingordigia piena di tale gratitudine, repressa, senza osare un solo complimento tale era la deferenza, da farmi venire le lacrime agli occhi. E dopo le tre sogliole, perché gli avevo dato da spartire anche la mia, mi chiesero se, prima dei formaggi, potevo fargli le bistecche che pensavo fossero per l'indomani, io ero ancora così scosso da quello che mi era successo tra le gambe... e che qui tralascio di dire perché non è il caso... che mi ci misi anche la coda e corsi a preparargliele, burro, salvia, sale e pepe, limone. Tutte e tre.

Il giovanottone che grazie allo sposalizio doveva ereditare il contratto dell'appartamento, poi, mangiava in proporzione alla stazza, mai visto niente di simile se non nei film sulla fame antica dei napoletani, pensavo che con l'ultima baguette aperta con le mani e farcita della *tetilla* sprimacciata dentro crosta e tutto nel suo chilo intero... che, con morsi da orco antropofago, stava accompagnando all'ananas da me intagliato e disposto a barchette dalla nobile semplicità possibile forse solo al Canova... sarebbe finita quell'orgia gastrica da pronto soccorso e invece mi sbagliavo, non erano che all'antipasto, e dalla mattina del secondo giorno mi ritrovai appeso al lavello, pieno delle carte oleose delle restanti vettovaglie in frigo ingollate come ladri di notte, il menu che avrebbero tanto desiderato gli cucinassi per cena.

Nei desiderata scritti in stampatello, tanto per cominciare, carattere riservato dai signori alle serve analfabete sempre che gli analfabeti non siano loro, e senza neppure degnarsi di mettere l'accento sulla prima a degli asparagi, venivo informato che c'era un vero, magnifico mercato appena un po' più in là della metro di Fontana e proprio attaccato al ferrocarril di Gràcia, là i prodotti erano davvero migliori di quelli nei negozi al minuto, senza primizie, si chiamava Mercat de la Libertad, dove invece... oltre ai prodotti italiani doc, vino e olio a parte, ché se agli spagnoli chiedi una marca straniera dei loro prodotti per eccellenza ti prendono a bottigliate... c'erano "LOS ESPARRAGOS CHILENOS, EL CALDO DE TORTUGA Y EL FILETE DE LA CARNE DE LA FELICIDAD DEL BUEY DE LA SIERRA DE MADRID, por ejemplo", "por ejemplo" normale.

Avrebbero almeno potuto dirmelo a voce, ma avevano orari strani, entravano e uscivano alle ore più impensabili, a volte se russava uno, taceva l'altro, anche se non sapevo chi dei due russava così o cosà, a volte mi sembravano gatto e topo, altre il Gatto e la Volpe, fatto sta che quando andai in cucina a farmi il primo caffè, pronto a portarglielo a letto se m'avessero fatto un fischio, in casa regnava un silenzio di tomba, la porta della loro camera era spalancata e, alle sei del mattino, in casa non c'erano.

Il lavello era immacolato come l'avevo lasciato ma, dicevo, ridotto a una discarica di bucce, croste e, per l'appunto, cartacce perché i due compari erano andati a dormire ma io no e fui cenerentola fino a mezzanotte in punto... mi sembrò persino che da qualche parte risuonasse di nuovo una specie di regale gong di fine seduta al contrario, per qualche ora potevo ritornare principessa dormiente nel castello dei letti... e ero così stravolto che mi sognavo piatti e ancora piatti che cioccavano e mandibole in movimento che si allontanavano e si avvicinavano per ghermire anche i miei glutei stagionati e appesi all'insù al mio tronco come prosciutti, e poi saltò fuori che sogno del tutto non era stato, perché i due si erano alzati, neanche tanto in punta di piedi visto che a una risata fragorosa dal corridoio avevo aperto gli occhi e guardato il quadrante luminoso della mia sveglietta: le quattro e dieci.

Per fare uno spuntino, si erano alzati, e non era avanzato niente, ma niente niente, neanche la piperita – e per fortuna che non si erano accorti che nella dispensa avevo messo qualche scatoletta di sfiziose specialità di pesce che in Italia non si trovano, le sardine con l'escabeche, por ejemplo, una vera schifezza tutta aceto che regalo alle pesche di beneficenza del quartiere tramite suore indiane e peruviane che ne vanno matte, ma comprare scatolette di tutti i tipi (e barattoli di vetro con gli asparagi bianchi giganti) è un mio debole e anche lì da loro due a ogni spesa ne compravo un paio, una volta una mezza dozzina di ventresca di tonno da 250gr l'una, così, per sfizio, e poi non si sa mai che una volta le scovassero e non gli andasse di traverso la latta o almeno la chiusura a strappo.

Avevano spazzolato via tutto forse avendo già compilato quel menu così divertente da piegarsi in due dal ridere e poi via, fuori, a vedere nelle offerte delle tenebre del giorno prima che all'alba arrivassero gli altri, concorrenti o clienti, chissà.

Sotto lo stesso divano dove con me sopra era schiattata una gamba anteriore di legno tarlatissimo tanti di quegli anni prima che forse non era stato inventato neanche il sushi e il profilattico a forma di cactus, due di quei blocchi di cemento detti prismi della vecchia edilizia dei poveri che spesso se li facevano da sé per tirare su uno stabbiolo per viverci dentro, grigi, gli stessi prismatici laterizi di calce e sabbia di sempre a me ben noti sin dall'infanzia, più un forato dal classico rosso mattone in bella mostra fregato in chissà quale cantiere... nemmeno l'installazione fosse un autentico, piemontese campione di arte povera pronto per un'asta truccata: c'avessi buttato su un biellese zerbino caccoloso, avrebbe raddoppiato il prezzo... reggevano il fianco definitivamente collassato e distrutto che *el especialista de Barcelona* evidentemente non era più riuscito a sistemare.

Distolsi lo sguardo e mi dimenticai di tutto, e per una settimana lo stupore di essere assurto al rango di uno straccio supersonico, indistruttibile, magico fu tale che mi dimenticai di me, e non mi fu difficile, visto che da vent'anni pago una domestica più perché se ne stia a casa sua che nella mia, e che felicità quando mi telefona per annunciarmi che non può venire perché si è slogata una caviglia facendo pilates o che ha la febbre da eccesso di spiedo ("Senza uccelli, neh?") e vino sfuso alla sagra di Borgosotto o che ha deciso di prolungare le ferie al mare perché è al mare o in montagna perché è in montagna o entra in maternità, finalmente, anche se so già che è isterica anche questa. Del resto una, per sopportare me che non ho né sbalzi di umore né di pressione, che nutro un rispetto pratico e senza paternalismi anche per lei, che l'ho assicurata sin dal primo giorno, che le ho insegnato a mandarmi a quel paese se mai mi scappasse di farle un'osservazione in malo modo, che la spingo a fare viaggi, dieta, controlli regolari al seno senza chiamarli mammografie se no va nel pallone, ginnastica e corsi di salsa, il ballo, che l'accolgo con due baci sulle guance quando le permetto di entrare dopo che ha tanto insistito per venire a dare un'occhiata alla casa e a me già che passava da quelle parti per andare in palestra o dal ginecologo o, per l'appunto, alla sagra di Borgosotto, deve essere ben più equilibrata della media. Siccome è come avere una moglie a metà con suo marito, temo sempre di dimenticarmi che non è venuta al mondo per servire me e che niente è più umiliante per un uomo che impartire ordini a chi non può che ubbidire, tanto che la prima e sola istruzione che seguito a darle è "Fammi sapere solo quando vieni, quando non te la senti lo do per scontato, ti capisco. Cosa continui a farmelo ripetere?". Non deve essere facile per nessuna fare la domestica da qualcuno per essere poi costretta a farla con maggior agio a casa propria. Non mi stupirei se un giorno saltasse fuori che mi considera uno schiavista incapace della minima comprensione umana: avrebbe tutta la mia soliderietà.

Volli la luce? Andai a comprarmela la mattina del secondo giorno: quattro lampadine a torciglione da cinquanta watt per le applique e due a bulbo da trenta per la plafoniera. Volli la pace della coscienza ecologica? Andai a comprarmi anche quella, una provvistona di settecentocinquanta sacchetti biodegradabili e compostabili per fare la raccolta differenziata. Volli un po' di refrigerio per farmi vento, anche sotto? Mi comperai un ventilatore, ma sparì nella loro camera la sera stessa che me li ero appena sventagliati per bene, perché quei cosi lì in mezzo, come smetti di fargli mettere il naso fuori per usarli facendoli sputare quella specie di bile bianca, secernono solo sudore e pizzicorio e arrossamenti e non puoi detergerli con Saugella e acqua sessantanove volte al giorno, quindi ti apri la vestaglia o ti sollevi il grembiule, abbassi i pantaloni della tuta, colpo di vento elettrico, velo di borotalco e via che per un po' riparti senza impegnare le mani per grattarteli ogni due per tre.

Sì, fu una settimana intera di un dies irae via l'altro, perché anche se per sei giorni non stacchi e fai e fai e fai e gli altri disfano e disfano e disfano, alla previsione del settimo la cosa si fa biblica che tu lo voglia o no: o ti riposi con le buone per un po' e poi ritorni mansueto a sfacchinare o mandi tutti al diavolo, al creatore e a quel paese e ti riposi per sempre.

Ti riposi l'ottavo giorno, ecco, quello che lo mette in culo a Caos, a Cronos, a Lucifero, a Dio e a tutti gli altri sfaticati, sperando che non sia il giorno del mai come gli altri.

Perché se uno ha la vocazione della serva della gleba ventiquattro ore su ventiquattro, cambia giaciglio solo per ritrovarsi sulla nuda terra.

3

Dell'anzianotto, ma guai a ricordarglielo, giovanilissimo professore – che avevo incontrato nel 1985 a un seminario di italianistica contemporanea nell'università in cui tuttora, ossa rotte e milza permettendo, dovrebbe insegnare letteratura portoghese due ore la settimana e che non vedeva l'ora di andare in pensione dopo una vita sacrificata alla cultura e ai simposi di alta gastronomia ministeriale banditi dal Pen Club per liberare gli scrittori in carcere e ai *chaperos* più corazzati sul mercato della carne immessa e ritirata un tanto a botta –, come dicevo, avevo fatto in tempo a conoscere, ben prima che a forza di pestare i piedi la convincesse a accettare di separarsi, anche la moglie e i due figlioletti, e da allora, in tutti questi anni, non ho mai mancato di invitarlo a cena e poi di andare in giro per locali *de ambiente* quando capitavo in città, sempre che lui non dovesse fare da balia ai nipotini, perché sia il figlio che la figlia erano rientrati definitivamente… da Minorca, Maiorca, no, un'altra isola, ma adesso non so… a Barcellona e qui si erano sposati, giovanissimi come il padre, anzi solo il figlio maschio si era sposato, con una di Livorno, la figlia era ancora ragazza madre, due volte, becca e saltuariamente prostituta per amore del disamore del suo bel tenebroso basco col suo bel pelo sullo stomaco anche lui… e già vedova bianca, almeno ufficiosamente… e entrambi generavano alla speraindio, e delegavano le nuove bocche da sfamare all'*especialista* nonno gay, di persona, e agli altri cinque nonni, tramite vaglia.

Né il figlio né la figlia avevano una laurea, non avevano imparato a fare niente e non avevano alcuna voglia di lavorare, sicché più che lavoretti saltuari non trovavano e non avevano alcuna intenzione di trovare altro. L'unica cosa che avevano portato a compimento erano spermatozoi e gameti, che una loro strada per fare carriera almeno all'anagrafe la trovano sempre: lui si era specializzato in tre femminucce, lei in due maschietti.

Anzi, adesso che ci penso, a parte *el especialista de Barcelona* per entrambi i figli e dunque anche per cinque nipotini, agli aiuti in denaro i due neogenitori, per non dire tre con quella di Livorno, delegavano gli altri tre nonni, ovvero quattro, cioè la nonna isolana e il nonno extra che l'aveva sposata e spostata, l'ingegner Morales... un cognome così è indimenticabile, grazie a un moralista come me, anche per me... "quel vecchio babbione col conquibus" acquisito con il matrimonio della ex moglie e che tanto non contava niente perché le finanze gliele gestiva lei e lui dei due figliastri, non fosse stato per i carabinieri e la narcotici, non avrebbe mai saputo niente neanche quando ce li aveva in casa... e i due nonni di Livorno, gli unici che ormai sganciavano ancora qualcosa al genero, un inaffidabile totale ma sempre più affidabile della loro figlia alla quale avevano fatto fare la totale.

Insomma, a parte il nonno gay e i nonni livornesi, soldi ai due genitori... anzi ai tre, anzi ai quattro, con il fedifrago delle parti di Bilbao... non ne arrivavano da altri: e perché l'isolana ex dell'*especialista de Barcelona*... dopo i primi due o tre anni in cui si era comportata bene con tutti forse spaventata al pensiero che, liberatasi dei due, gliene ripiombassero in casa sette o otto... sembrava colpita da una tirchieria cronica che non conosceva ragioni, suppliche, ricatti affettivi con entrambi i disgraziati sangue del suo sangue che l'avevano resa nonna, e perché i due nonni di Bilbao erano contadini in disarmo poveri in canna e alla Almudena, la non nuora "abbandonata per la Causa con due piccoli da sfamare", mandavano solo insaccati di cinghiale marmorei come l'alabastro nuvolato, gallette acqua e farina fatte in uno stampo che metteva in rilievo il serpente attorcigliato all'ascia dell'Eta e richieste, frustrate, di informazioni sull'eroico figlio combattente per l'indipendenza dei Paesi Baschi scomparso senza più dar notizie, salvo però prendersi sul groppone i due nipotini tutto il mese di agosto, così quella poveretta di nuora tuttora mancata poteva fare qualche servizio a ore in più nella stagione turistica di punta... come se a Barcellona ci fosse mai una stagione turistica di bassa, solo considerando i crocieristi a migliaia che sbarcano notte e dì dal porto dove non vedi uno striscio di ruggine che è uno o una cartaccia per terra per chilometri di banchine supertecnologizzate e dove c'è un servizio di vigilanza tale, anche sulle impeccabili navette avanti e indietro dal casco antiguo, che è più facile essere derubati della paranoia da malattie da cunnilinguus che non di una borsetta.

In verità, secondo *el especialista* mancato consuocero dei due nonni dei dintorni di Bilbao… e mancato consuocero ancora per poco, visto con che rapidità cambiano i ruoli di parentela mentre la famiglia resta la stessa, e visto come un consuocero mancato possa da un momento all'altro diventare un nuoro o una genera… il padre dei due maschietti di sua figlia era "una rata ùnica", col baffetto sulla ù dall'altra parte, cioè un rottinculo senza uguali alla macchia per debiti d'onore e abituato a un tale "*train de vie* da puta de alto bordo" che non avrebbe mai messo piede in una boscaglia macchiata dalla mancanza di chalet con Jacuzzi e tavolo da roulette con giocatrici avvolte da piume di marabù in veranda.

Gli aveva portato via un libretto al portatore e l'orologio d'oro, ancora prima di mettersi con sua figlia, ma a quei tipi lì non puoi mai dirgli niente, sono come i preti, i fini superiori annullano i mezzi meschini, rubano per La Causa, loro, e restano basiti dal cordoglio ingiustificabile dei derubati, questi miscredenti.

La moglie e poi ex moglie del mio *especialista de Barcelona*, da lui sposata in chiesa già incinta del maschio e forse solo per questo, perché poi questi intellettuali laici e di sinistra sono quanto di più conformista esista a destra, era un'accademica anche lei, una matematica rossa di capelli, a chignon con forcine di osso ingiallito, più alta del marito, e molto meno in carne e tutto sommato meno materna, una donna simpaticamente, si fa per dire, ipocondriaca, incapace di ridere e sempre sorridente come una iena di cartongesso del Carnevale di Viareggio, serena per partito preso e aristocratica a sproposito, secondo me per principio di casta delle narcisiste esibizioniste la cui sessualità si adattava a un uomo come a un uovo come a un ufo pur di far fare scena all'emancipazione della più moderna da Eva in poi: lei.

Non riesco a dire se era stata una bella donna o se qualcuno l'avesse mai considerata bella almeno da giovane, a me diede da subito l'idea che ci era nata con quello chignon da semivergine a oltranza e quelle forcine di osso ingiallito in testa che le davano un'aria da *femme savante* che non vuole saperne niente dell'accidente di piacere o no a qualcuno per il suo aspetto fisico, tanto che aveva finito per piacere ancora meno per quell'altro. Ma qualcosa mi diceva che sotto sotto... sotto quella sorca immolatasi alla canizie precoce più per spocchia che per natura... gatta o ci covava o ci era covata o stava per covarci, che, dovesse pure aspettare un terzo di secolo, quello chignon da vecchietta nata si sarebbe sciolto e quelle forcine di clausura, impostele chissà da chi e perché, sarebbero state gettate alle ortiche.

Una così, nata vecchia, ecco, con la vocazione dell'istitutrice con la verga del castigo innervatasi in cima ai polpastrelli, non poteva che andare a ritroso, anche con gli anni, come le streghe.

Sia come sia, se solo avesse fatto qualcosa attorno a quel delizioso nasino a patatina, che era passato dal figlio alle tre nipotine, se avesse anche solo rilassato le mascelle, avrebbe potuto fare miracoli senza bisogno di farne. Ma il carattere!

Per quel po' che l'ho conosciuta e sentita esporre le fondamenta della sua spiritualità progressista, niente sembrava sfiorarla, non vedeva alcun problema in nessun problema altrui che rischiasse di passare a lei e penetrarla.

C'era del metodo nel suo manifesto della spocchia, il blablabla era organizzato in rigide griglie, invece dei globuli bianchi aveva le tabelline e invece di quelli rossi aveva lo zero. Con la scusa che la vita è la continuazione della morte e viceversa e il bene una pausa che si prende il male come Ercole che si riposa un attimo prima di attaccare la tredicesima fatica, il dolce di sale e il troppo salato non facevano differenza per lei, il rettangolo era una sfumatura del quadrato, il maschile del femminile... be', qui qualche ragione ce l'aveva... il tonno dello sgombro, "il cedro del Libano di una cedrata Tassoni comperata a Beirut" - questa me la segnai -, il vizio della castità e viceversa, il glicine della robinia senza spine - a farla fare su commissione a Nagasaki o a Seveso, neh -, il nòcciolo del nocciòlo, la trigonometria del clitoride... che essendo il dettaglio più femminile delle donne non può che essere maschile, però, a parte questo, il suo nesso con la trigonometria mi è particolarmente sfuggente, quel po' di entrambi che so è per sentito dire. Non è che la matematica non sia il mio forte, non lo è quell'altro.

E comunque una matematica che esponeva il seguente teorema, "Sarà anche una questione del proprio vissuto, ma siccome non c'è alcuna ragione perché due si mettano insieme, non ce n'è alcuna perché si separino", era nella condizione di trovare nessi impensabili a altra mente umana, quindi il calcolo economico era una sfumatura dell'abbandono dei sensi più fiducioso e altruista e il disinteressamento... da abbandono di minori oltretutto minorissimi alla mercé dei pusher e di ometti con le tasche piene di caramelle di tante marche per incontrare i gusti sempre più esigenti e incattiviti degli stuprandi... una sfumatura dell'apprensione genitoriale più amorosa, e viceversa.

Perché i figli dell'*especialista de Barcelona* e di questa educatrice fatta e finita, purché in coppia come Hänsel e Gretel e a casa entro le sette di sera, quando ormai i lupi mannari e le streghe sono immobilizzati gli uni dalle altre nei forni dei *bar de tapas* e ogni pericolo è estinto, be', i due piccolini per andare a scuola e a ricreazione o dagli amichetti prendevano bus e metro da soli già all'età di sei e di otto anni, a me veniva la pelle d'oca solo a pensare ai fraintendimenti, ai malintesi, alle calunnie, ai casini cui sarei andato incontro correndo a tirare il freno d'emergenza pedinandoli da un mezzo all'altro per precipitarmi su di loro e trarli in salvo, e quella matematica di una, quella volta che ebbi la malaugurata sorte di passare a salutarli a casa invece di invitarli a un aperitivo nei giardini dell'Ateneo Barcelonés, si mise a discutere con me, lui e i figlioletti presenti, perché lo convincessi anch'io, che tentassi di convincerlo a lasciar perdere questa assurdità di volere il divorzio solo perché aveva scoperto che gli piacevano gli uomini e voleva scriverne.

Bastava traslocare in un appartamento con una camera da letto in più, disse, se ci stavano due o tre uomini nudi ingroppati a fare il trenino attorno ai loro vestiti per terra, per terra poteva starci anche una scrivania con sopra una macchina per scrivere, e che per lei era molto più grave tirarsi giù gli anni e che la gioventù è una malattia tipica della vecchiaia e che lui non faceva niente per cominciare a combatterla; aggiunse anche qualcosa che non capii molto bene o che non ricordo molto bene, qualcosa tipo "e finirla di voler apparire più ganzo? Se tu fossi stato più ganzo forse non mi saresti neppure piaciuto", con tutto che lei aveva dieci anni più di lui e ancora sembrava che sposandolo gli avesse fatto una concessione abbassandosi di rango e sacrificandogli el Rey Juan Carlos – sposandolo oltretutto già incinta, e una cosa così a una sui trentacinque che maneggia un pischello, verosimilmente vergine, non dovrebbe accadere per svista, e forse non era accaduta.

Una considerazione svelta svelta prima che mi vada via di mente a forza di fissare quella certa foglia del platano di fronte proprio perpendicolare alla bellissima Font de Canaletes in bronzo e ottone dai quattro beccucci sormontata da quattro lampioni, foglia con la quale faccio comunella da lunedì giorno di Ferragosto, cioè da tre giorni con oggi: nessuno scopre mai qualcosa di inedito nella propria sessualità, lo scopre semmai un altro ma lui no, e questo da solo conferma quanto la moglie dell'*especialista de Barcelona* avesse mancato il bersaglio nel suo liberale qualunquismo sulla sessualità umana affermando che suo marito "aveva scoperto che gli piacevano gli uomini e voleva scriverne".

A parte il fatto che lui semmai non l'aveva mai scoperto ma da sempre l'aveva solo taciuto almeno a lei, da anni l'*especialista* mi portava a battere di qui e di là e io stesso ero complice del suo silenzio con la moglie quando tutti e tre ci si incontrava in città per un drink, anche se, a parte tacere, ancora non avrei saputo che dire di specifico sui comportamenti adulteri omosessuali del marito, barocchissime visionarietà da neurologia a parte.

El especialista de Barcelona mi raccontava di questo e di quel giovanotto all'orizzonte, ma non gli davo tanto credito io stesso, a me sembravano sfoghi verbali che supplivano a sfoghi sessuali davvero avvenuti, e anche la faccenda del serbo capitatogli in casa quando io ero presente, a ben pensarci, poteva essere stata tutta una montatura, perché, a parte sentire comiche animalità a voce alta, alquanto smodate e quasi teatrali, io non avevo visto niente, nemmeno nei suoi occhi quando riapparve sul terrazzino, intendo dire, i demoni non ne erano stati fugati nemmeno momentaneamente, perché fare sesso che altro è se non servirsi di un partner quale esorcista liberatorio dell'oscura, atrabiliare acredine accumulata contro te stesso?

Lui mi portava di qui e di là per posti che conosceva solo di fama, aspettando che finissi il mio giro di ricognizione, ma non faceva niente con nessuno e niente tentava di fare e non certo perché impacciato dalla mia presenza. Erano incontri troppo spicci tra uomini troppo liberi per lui o almeno disinvolti al punto di non dover neppure sapere il segno zodiacale l'uno dell'altro prima di scendere con le mani e arrivare al dunque; "conoscersi" anche solo in base ai "pesci" o ai "capricorni" o agli "scorpioni" era cosa troppo impegnativa e lunga, siamo pur sempre in zone industriali dall'altissimo Pil, la mattina presto bisogna correre a timbrare, una sveltina non può durare un turno o un interrogatorio, le affinità olfattive erano un passo troppo in avanti rispetto a quelle elettive ovvero socioeconomiche, anche se per contrasto, con cui era cresciuto *el especialista de Barcelona.*

Mi sembrava di capire che sul piatto di un cespuglio o di un retro poco o niente illuminato di un pub compiacente o in un sex club con cabine, video e buchi di anonima gloria nelle pareti di compensato, la pietanza esibita non fosse abbastanza speziata per i suoi gusti, nessun rito tra chi recita la parte del sacerdote castigamatti e chi della pecorella smarrita bisognosa di una tosata benedetta o di uno squartamento, anche non metaforico, per farsi portar via le animelle per il fritto eucaristico. Lì dove andavo io tutto era sciapo a puntino, o il pepe lo portavi tu o non ce n'era, lì non era contemplata che al minimo sindacale la messinscena degli spettri del sesso come riflesso del potere tra chi domina e chi è dominato, lì i soldi o il millantato potere sociale del seduttore a sbafo non tenevano banco; per me era tutto più semplice e immediato e precipitoso, sottomettere e essere sottomesso non rientra nelle regie del mio schema, essenziale, spartano, del piacere, io non amo che ciò che è già arrivato a valle, non mi interessa provocare una valanga per vedere quanto sono bravo a schivarla per poi sfregarmi le mani al pensiero che sotto c'è finito quell'altro, godo... godevo... già molto così, non avrei potuto immaginare che si potesse godere ancora di più, visto che il mio piacere dipendeva dagli altri solo quale tramite per scoparmi da me.

Lui si sentiva irresistibilmente attratto solo da chi lo respingeva, io da chi ci stava alla prima occhiata, e di solito l'occhiata apparteneva pure al primo venuto.

In soldoni: non ha mai dovuto aspettarmi molto, non facevo in tempo a prendere un sentiero... nei Jardines de Joan Maragall o a fare il giro della Fontana Magica o arrivare al padiglione di Mies van der Rohe o a entrare in una dark... che sistemandomi l'ultimo bottone ero già di ritorno, e su cinque non ne ho mai sbottonati più di tre contandoli dal basso.

Io non ho mai dovuto fare come lui i conti con il cerbero delle fantasie erotiche *a monte*, non devo discendere da cuspidi crepuscolari per mostrarmi agli umani nella mia nudità traslata dal divino di una egolatria da strambo sessuale, non mi viene nemmeno in mente di portarmi qualcuno a casa o in albergo o di andare da lui, di procrastinare di un solo attimo il tempo datomi, non ci penso proprio a arredare una cosiddetta intimità a un appetito imbolsito dal risaputo che se non si condisce con la "vergine" si condisce con i "gemelli", "il toro", la "bilancia", tanto è appetito di me, mai di quell'altro, e a tal punto che per me, da una ventina d'anni a questa parte, la fusione sessuale ideale dovrebbe svolgersi a non meno di tre metri di distanza l'uno dall'altro, fingo un avvicinamento che non sento e essere accolto mi provoca lo stesso ardore che essere respinto e non mi sposto comunque mai da una via di mezzo anche quando ci sono dentro, tanto che potrei starmene tranquillamente fuori, sono l'amante più insulso e squallido... più civile... che possa capitare, io tiro giù la cerniera sul posto o sbottono la patta lo stretto necessario e alé, il primo che gradisce lo gradisco anch'io... miliardi di cellule fa, intendo e ripeto.

Sarà che, trovando la penitenza ancora più ridicola della confessione, sono stato ben attento a non incappare in alcuna forma di perdono da benedizioni altrui o che non ho bisogno dell'espiazione preventiva per un attimo di smemoramento che chissà se viene e quanto viene o che amo troppo poco gli uomini per amare anche il martirio di doverli sopportare più del dovuto con le loro lune in Marte e i loro Saturno contro, ora ci mancherebbe pure, insieme a tutte le altre loro subculture di subumani gay/etero/bisessuali con un piede in sagrestia e l'altro al carovita, di star lì a ruminare il tic dei loro erotismi e riti scaramantici in serie, per dare più rotondità a palle che o sono da svuotare o non si riempiono comunque, girano solo, e le mie poi, solo su se stesse. Negli ultimi vent'anni, poi, gli uomini hanno questa mania canina di andare in giro col collarino che gli intrappola testicoli e verga detto "cock-ring", anello del fallo ma anche fede del gallo perché per fargli emettere un penoso chicchirichì occorre avere fede, e poi è invalsa l'inqualificabile moda della balia da latte che nei preliminari bisogna torcere e farsi torcere i capezzoli, sbocchinarli, mordicchiarli, cosa che su di me aveva lo stesso effetto che se cercassero di insufflare sensibilità nervosa alle maniglie della porta, poi bisognava sputacchiarsi addosso almeno tre minuti per dimostrare che si è uomini veri, mancava solo il gobbo per ripetere a pappagallo le battute di scena e le risate a comando e poi il numerino era completo. Nemmeno i gemiti soffocati per buona educazione mi venivano bene, invece del sesso stavo facendo un saggio di labirintite volontaria per non deludere un deficiente stabilizzato, e decisi una volta per sempre che ho di meglio da fare.

Non fare niente, por ejemplo, o almeno tentare, visto che non solo per venire qui a sedermi alla Rambla ho preso un aereo, ma che ogni respiro significa pur sempre uno spostamento verso quella cosa lì scavata in terra o aperta su un forno crematorio. Senza rimpianti, neh? Mi sembra che a forza di sopravvalutare la vita nessuno la viva più, la conserva sotto spirito e ogni suo sforzo vitale sta nello spostare la data di scadenza falsificando l'etichetta. Di gustarla non gli viene neanche in mente. Gli altri dovrebbero servirti a questo e tu a loro, no?

No.

'C'erano una volta gli altri e poi improvvisamente scomparvero dalla faccia della terra e io non fui pertanto più un altro per nessuno. E continuai a vivere come se niente fosse, perché niente è, e fra qualcuno o nessuno, nessuno è qualcuno, ma se sei qualcuno, qualcuno rimani e fino alla fine qualcuno rimane, si siede da qualche parte indisturbato e senza disturbare e si racconta la sua storia, visto che nessuno gliela racconterà e neppure la racconterà a nessuno, cara mia.'

'Avvisami quando hai finito con queste tiritere che mi do un pizzicotto e mi sveglio' sbuffa la foglia abbandonandosi del tutto a testa in giù. 'Se però il pizzicotto te lo dai tu, è meglio. Avanti con la vera storia, vecchia setola, che mi stai declorofilizzando anche le consorelle dei platani vicini.'

Mi sembrava di avere capito che *el especialista de Barcelona*, per pervenire a un attimo di autentico sesso, dovesse prima recitare e far recitare ore e ore... giorni, anche mesi... quindi montare le circensi tendine della *conoscenza* con qualcuno disposto a recitare la *sua* di parte, unica per entrambi e da lui, portafoglio alla mano, dettata per sommi capi alla spalla che si prestava, e sempre con questa segreta speranza che la spalla ribaltasse i ruoli e diventasse il protagonista, l'eroe infuriato, lo stupratore ossesso e gliela facesse pagare affinché lui, *especialista* anche di drammi artatamente fittizi, potesse ribellarsi e lottare con tutte le sue forze contro l'abuso e sputargli in faccia che era solo una marchetta e… e così via.

Per una esibizione tanto modesta tra giocolieri del chi mette sotto chi, doveva allestire tutto un tendone di peripezie da neuro e forse, a parte le botte autentiche che sembrava invocare, di mimiche di strangolamenti o niente applauso finale dai coglioni in borderò, ecco.

Già al terzo giorno di quell'ospitalità certe cose non mi quadravano, prima fra tutte il perché si era messo con quel bonaccione di stangone circoncisissimo che non l'aveva ancora nemmeno schiaffeggiato un po'.

In petto *el especialista de Barcelona* si sentiva un domatore di leoni ma alla punta del suo frustino saltavano solo le pulci, bestie feroci improvvisate dall'interesse di una lauta mancia, una pulce a bacchetta come lui, resosi bestia feroce per volontà di potenza e di prepotenza, e per una ossessiva sete di vendetta a causa di un'ingiustizia patita che non si rimarginava, una sete metafisica, impossibile da saldare nemmeno con l'aiuto di un diavolo. E di certo il fancazzismo esaltato da un sicuro stipendio statale non contribuiva alla sua quiete, aveva troppo tempo libero e troppi pochi soldi, quindi elaborava troppo erotismo per niente o troppo a caro prezzo per le sue tasche, negli ultimi quindici anni infinitamente più al verde dei dieci precedenti, mi sembrava, e non mi risultava che prima facesse redditizi lavori extra che ora non faceva più.

Mi disprezzava forse perché, a differenza di lui, non ero alla ricerca del mio assassino ideale? Perché ero così pusillanime e poco passionale da preferire una morte per cause naturali nel mio letto all'essere accoltellato da un muezzin o da un gesuita ai loro primi master? Perché non condividevo la sua cieca e cara adorazione della gioventù? Perché non c'era un mio problema che potesse anche minimamente rispecchiarsi nei suoi?

Ognuno ha la sua retorica irrinunciabile, e impronunciabile fuori dalla sua stessa psiche, quindi è inutile che io stia qui a indagare insinuandomi nel demone ultimo del soggetto: non lo prenderò mai, è proprio un fantasma e è suo, non è un lenzuolo con sotto qualcuno che abbia più o meno fattezze umane come le mie o quelle in circolazione, è uno spettro e è violento, feroce, cattivo, *genetico* e neppure io riuscii a mettergli i ceppi, a dare un nome a quel "grumo di sangue marcio nel cervello" dell'*especialista de Barcelona*.

El especialista de Barcelona scoprì semmai, contrariamente a quanto pretendeva di avere scoperto sua moglie pretendendo che lui avesse scoperto che gli piacevano gli uomini, che è infinitamente più comodo ammettere pubblicamente una vaga fantasia sessuale a costo che la luce la dissolva come neve al sole, e nel suo caso la vaghissima fantasia tabù non era che gli piacevano gli uomini, ma che ne volesse scrivere. Per darsi delle arie e poi incolpare il mondo di non saperle respirare perché troppo fini. Era alla ricerca di una causa che gli avesse procurato lo stabile piacere di sentirsi offeso per principio, per giusta causa, ecco. Credersi un genio troppo avanti coi tempi è la scappatoia dei mediocri, è risaputo, e lui vi correva a perdifiato decennio dopo decennio. La gloria negata è pur sempre una specie di gloria per il velleitario incallito e non c'è gloria, nemmeno per un tacchino, senza esporsi petto in fuori anche solo per finire nella fornace dalla brace mogia mogia dei falliti testardi che incolpano il mondo di vedere un tacchino laddove è apparsa un'araba fenice.

Essere marito e padre gay dichiarato non gli sarebbe bastato, adesso voleva la corona di spine del vero diverso: quella dello scrittore incompreso.

Proprio come tutti coloro che non conoscono nemmeno la loro più naturale verità per paura di essere tentati di riconoscerla e incamerarne la voce per poi dargliela pubblicamente, intendeva farsene promotore fingendo di voler portare a galla ciò che stava bene agganciato sul fondo del suo abisso personale: promotore e calligrafo del sentito dire, sentito vivere, sentito sentire, sentito scrivere di cui era vittima patente e attiva, sì, ma non ancora trionfante.

Ma ciò che sapeva, ciò che aveva scoperto di veramente interessante in sé, ammesso l'avesse mai scoperto, l'avrebbe tenuto coperto per sempre, anzi, avrebbe negato di avere una simile cosa, di covare un simile problema o irrisolta hybris scagliata contro se stesso in tempi andati della sua vita, a prescindere da quale fosse la punizione che si era inflitto, irrisolvibile solo per una mitologica considerazione di sé, accecato per falso orgoglio al punto di essere forzato a far diventare abbagliante agli occhi del mondo quella poltiglia di orripilante materia viva che temeva gli uscisse dalle viscere e si mostrasse in tutta la sua bassezza. Sentivo che era capace di tutto pur di mettere il morso alla gente e costringerla a tacere quanto vedeva fino a che, magia dei soldi, non lo avrebbe visto più.

Si sarebbe sentito interessante, finalmente, a scapito di quanti, tutti, che interessante non l'avrebbero mai trovato: lo *scriverne* significava, ecco, non tangere affatto l'oscura fantasia che dominava la sua mente e che probabilmente non c'entrava niente con la sua sessualità, non rivelare niente per paura di rivelarsi qualcosa, perché una cosa rivelata è una cosa persa... "vivi nascosto" è pur sempre il più azzeccato consiglio democristiano dalla notte dei tempi... e ogni consapevolezza si porta via un bel po' di emozione bruta e più fai piazza pulita dei tuoi miti o delle tue rimozioni, più la vita si fa vitale e emozionante ma al contempo si fa dura, perché non sai più e non vuoi più e non puoi più aggrapparti a niente, nemmeno a una fisima, al rammendo di un'ipocrisia su un buchino ino ino, a un'alzata di spalle, e a nessuno, a parte te, e come hai amato o odiato o creduto non vale più, obliterato per sempre. E su quanti ti ameranno per il coraggio della tua libertà dimostrandotelo con il trovare il coraggio per la propria, be', lasciamo perdere.

Un'altra considerazione, tanto neppure oggi la mia foglia di riferimento si staccherà dal platano di fronte: la moglie sapeva ben da prima con chi suo marito andava tradendola da anni, col pensiero o non solo non saprei dire, magari aveva potuto pensare che avesse una relazione con me, per saltuaria che fosse, e le andava bene così, e forse non ignorava chi lo aveva fatto studiare dal liceo all'università e come ci era finito in quell'appartamento al settimo piano tra Gràcia e Sant Gervasi a costo tendente a zero, e da un momento all'altro si vide scoperta e dovette ammetterlo come se l'avere un marito dai comportamenti o aspirazioni e orientamenti sessuali da fuori casa fosse in casa sua una novità imprevista e inedita.

Lo dovette ammettere come tutte le mogli, intelligenti e no, la cui principale e comune sapienza consiste nel far finta di non sapere che, se esiste la bisessualità, esiste esattamente come chi un whisky, essendo un must sociale tra maschi, di tanto in tanto lo trangugia col seltz. Sono rare le mogli che pretendono un uomo e che lo trattano da uomo prima che esca di casa, si accontentano di un marito che rientri. Questo vale anche per le mogli di uomini che corrono la cavallina e intere mandrie di puledre come se niente fosse: le mogli che non vedono, infine, restano le più oculate, no?

No, ma non ho voglia di aprire quest'altra parentesi e poi sentirmele dire da quell'invasata di foglia del platano di fronte che vuole solo storie di trame lisce come l'olio dalla prima all'ultima goccia.

E, col senno di poi, dirò solo una cosa, tanto per dire come lei di quest'uomo, e di qualunque uomo, non sapesse niente perché non sapere le evitava dei nessi troppo terra terra per una matematica come lei: possibile che trovasse naturale non avere una suocera, un cognato, una zia acquisita, possibile che per lei suo marito, senza un solo parente accertato o accertato vivente o morto che fosse, equivalesse all'espressione che dato un melo senza radice scuotendolo per due cade giù un fico secco al cubo e te lo sposi e ci figli assieme dei matti per le pere… perché il figlio si faceva anche di eroina… perché tanto il risultato non cambia?

Certo, non ti strappava baci e abbracci dalla simpatia contagiosa, ma non era una moglie ovvia con il solo progetto di tirare la cera sui pavimenti in attesa della reversibilità della pensione. Covava qualcosa, insomma, cosa non sapevo, ma glielo auguravo.

No, il divorzio neanche a parlarne.

Anche una seconda entrata in un nuovo appartamento, aveva continuato lei, era una follia, sarebbero passati tutti dalla stessa come lì, e i bambini, oh, i bambini si abituano a tutto, dov'era il problema, vero, ragazzi?

"Con un papà gay dichiarato, adesso potrete fare dei temi in classe più originali dei vostri compagni" concluse.

E mentre io mi limitai a tossicchiare dando la colpa allo smog, anche se, dalla polvere che riluceva in giro, doveva essere per via degli acari di una vita e dei pelucchi del divano di un rossastro già incolore che tremava tutto al minimo tentativo di scavallamento di gambe, i bambini assentirono facendo spallucce senza staccare gli occhi e i polpastrelli da un assordante aggeggio elettronico d'avanguardia su cui scorrevano immagini a raffica che io non avevo mai visto prima – quando si dice che i tempi stanno cambiando, si intende dire che il progresso, non cambiando niente, sta cambiando l'oggettistica per azzerarsi all'istante aggiornando l'involuzione.

Questo non è senno di poi: da quell'incontro e da quella paradossale polemica, con lei che quasi sbraitava che il divorzio no e poi no, non glielo avrebbe mai concesso, me ne andai subodorando che, se lui aveva l'intenzione di "scriverne", era lei a avere già un romanzo nel cassetto.

Perché, andiamo, chi non vuole scrivere al giorno d'oggi?

Solo una persona perbene fino in fondo non vuole scrivere una fiction esistenzialista o una *novela negra* di ispirazione svedese al giorno d'oggi, quindi qualcuno che deve lottare per mettere insieme ogni giorno il pranzo con la cena o salta, e uno statale è perbene solo in parte, diciamo per metà giornata lavorativa, l'altra metà, pagatagli dai contribuenti quanto la prima, cazzeggia, quindi scrive un romanzetto con personaggi terminali, magari attingendo non da quelli scritti da me o da Ovidio, ma dai suoi fumetti da adolescente e quindi dalla sua stessa vita, e per fare prima e per mentire all'insegna della sincerità cuore in mano.

Ovviamente applicando alla retorica una certa qual dimensione che sfuggì di bocca a quella stravagante così a modino e in cui sembrava avvolgersi tutta come in una ragnatela d'oro filata da un qualche Dio Ragno solo per lei: "la dimensione frattale".

Secondo la quale... perché sono andato a documentarmi, digiuno come sono di matematica... se una formica vede un granello di sabbia a un centimetro ha una certa impressione, se lo vede a un metro ne ha un'altra, se lo vede un uomo... e così via: la scoperta dell'acqua calda fattasi scienza. E nemmeno ti dice che cosa vede o non vede in un granello di sabbia se a vederlo, invece di un uomo, è un formichiere che vede e il granello di granello e la formica che vede il granello di sabbia o una donna che in ogni caso non capisce che cosa ci sia tanto da guardare.

Essendo lei garantita dal suo stipendio statale, quasi certamente nelle sue numerosissime ore lasciatele buche dalla docenza accademica, invece di ricevere gli studenti e discutere le tesi, mettiamo, su quanto a causa dei buchi nell'ozono vadano diminuendo persino i numeri infiniti, gli dava un passalà e scriveva di suo, ma non trattati di matematica più o meno moderna, bensì romanzi di un qualche genere, proprio come da noi un comune magistrato o un parlamentare di grido, altrimenti non si capirebbe lo stato in cui versano l'Università e la Giustizia e l'Italia tutta, con cinque o forse dieci milioni di processi pendenti e un debito pubblico ingigantito dai costi occulti e occultati della politica di questi politici che sarebbero da infilzare, per l'appunto, sui forconi e poi da bruciare come le vere streghe del nostro tempo, per non parlare del disboscamento dell'intero pianeta per fabbisogno di altra martoriata cellulosa destinata a scoli modesti e scopi molesti.

Chi l'avrebbe mai detto che avevo ragione in pieno?

Io.

Se solo non fosse preferibile avere torto sulle ipotesi che avere ragione in anticipo sui fatti che ancora devono comprovarla... Quindi non feci ba, li lasciai entrambi nel brodo inchiostrato del loro divorzio nì divorzio no e me la svignai con la solita spedita eleganza di chi, pur non avendone, si fa i fatti suoi.

E chi l'avrebbe mai detto che quel loro figlioletto morettino, quel mingherlino così poco navigato nelle cose della vita, fisicamente così inappariscente per quanto carino e già alto come suo padre, ora invece, forte del suo metro e ottantadue e di anni di esercizi fisici nelle comunità di recupero con i migliori attrezzi della Technogym, andava "a posare", faceva passerelle di moda e comparsate per spot commerciali, usufruiva di un proprio sperma e con una slandra di Livorno aveva già varato *Las Tres Carabelas*?

Fatte di carne, ossa, vele di pizzo rosso ciliegia fosforescenti e poppe al vento, perché quelle della piccola Santa Maria... più propriamente Marìa ma con il cavalluccio marino sulla i sdraiato sull'altro fianco, alla castigliana... non erano capezzoli come gemme su un torace bambino, erano tette, e che tette! Perché, e La Nina allora, alla Nina che mancava, a parte la tilde sopra che nella tastiera della mia memoria non trovo perché non c'è? Forse la terza per fare una quarta, ma una seconda di taglia era tutta là sul trapezio, radiosa come marmo rosa soffuso dal pulviscolo dorato che s'insinuava dal terrazzino fino al tinello o atrio che dir si voglia... stranissimo, senza lucernario, un solo buco in alto, forse di un'antica canna fumaria, ora chiuso con una lastra traforata della stessa tinta color pulce della parete, il soffitto di due metri e passa più alto rispetto al resto che precipitava sotto in quella sequela di celle mortuarie dove il circoncisissimo e colossale giovane fidanzato ci stava giusto giusto... e gliele colpiva come facendogliele emergere da una volta celeste da Crazy Horse. E alla Pinta, allora? Se quelle delle due sorelline stavano tra la coppa di champagne e la scodella del caffelatte, quelle della Pinta stavano in una pinta di birra con in più tutta la sua schiuma.

Si sono mai viste al mondo tre diavoline di quella meravigliosa, indescrivibile, lussuriosa, criminale bellezza?

Las Tres Carabelas, apici della solarità insondabile del caldo, caldissimo Mediterraneo più profondo e insidioso e dove ormai si moltiplicano anche i barracuda semplici e transgender, erano già decise a rinnovare i fasti del burlesque a stelle e strisce, a quattordici, tredici e dodici anni.

E chi l'avrebbe detto che quella fantolina così docile e tanto modesta fisicamente da sembrare votata a una vita da monastero e non alla vorticosa frenesia di una girandola da marciapiede, però previo appuntamento, l'unica di cui ricordi il nome, Almudena, si sarebbe un giorno innamorata persa di un dongiovanni basco col vizio del gioco e del bel mondo? Secondo lei un eroico combattente dell'Euskadi Ta Askatasuna e secondo l'*especialista de Barcelona*, dicevo, "un hijo de puta madre" che faceva il mercenario a cottimo per l'Eta, che poi è il biscotto rappreso del pan bagnato per esteso di Euskadi Ta eccetera, per pagare i debiti da poker e che si dava lui stesso, ai telefoni delle ultime cabine rimaste in circolazione, per "desaparecido en misiòn de guerra"... mi si passi la ò male accentata, ma prima o poi le do io una di quelle raddrizzate... quando i veri terroristi, i creditori beffati, gli mandavano i picchiatori alla Teixonera – in un seminterrato: lì viveva l'Almudena coi due figli di degno padre, un bilocale dove, a causa dell'immenso parco naturale limitrofo, c'erano più lucertole, grilli, edera e malintenzionati in agguato che comodità domestiche, era già tanto che i servizi sociali non le avessero ancora tolto i figli.

Mai sposata, l'aveva anche fatta battere incinta del secondo a Nizza davanti all'Hotel Negresco per rimediare un'ultima fiche e lei, la complice incosciente, a dire a destra e a manca e anche in casa... il secondo o terzo giorno che ero ospite si fa per dire, perché lo ero definitivamente a pagamento, per quanto indiretto... e come fosse una recita rituale concordata, che il "suo uomo" era stato certamente assassinato per mano dei servizi segreti dopo il suo ultimo attentato, quello del 2006 al Terminal 4 dell'aeroporto di Madrid, e il padre a sfotterla... con un certo qual tono da saggio scolastico di fine anno, mi parve... e a ribadire che al massimo era scomparso in una turca del Casinò di Montecarlo, turca nei due sensi, anche se in spagnolo significa divano e non buco del cesso come in italiano, visto che le turche sono le più ricche e girovaghe del mondo e si sapeva che, salpato su uno yacht, per quattro mesi era finito tra Cipro e Izmir "ufficialmente a lanciare bombe carta nella parte greca dell'isola per distogliere il turismo da lì, in verità a fare da spezia a un ménage ormai sciapo", perché quando non faceva il protettore, faceva il protetto, perché bello era bello, aveva aggiunto *el especialista de Barcelona*... sempre con la figlia e i due nipotini lì la prima volta che vennero tutti e tre insieme a mangiare che avevo cucinato io... "joder se è... se era bello, due gambe così, due spalle così, villoso dalle nocche dei piedi al pomo d'Adamo, una schiena da far invidia al Vello d'Oro. Qué macho tropical!".

Perché alla figlia glielo aveva presentato lui, ma questo lo sapevo già prima della nostra rottura.

Assaggiatore di veleni di tendenza, intenditore a colpo sicuro, *especialista* di lungo corso, eh, lui: da futuro suocero premuroso, l'aveva provato – e, secondo me, continuava a provarlo di nascosto.

Di lui, sì, mi parlava, e me ne parlava troppo male e con un carico di rabbia tale che non poteva non esserne innamorato perso, anche ora che stava per sposarsi con quell'altro.

Poteva resistere a tutto, il mio *especialista de Barcelona*, ma non a un delinquente così pregno di promesse di guai, di minacce, di ricatti, di scazzottate una più deliziosa dell'altra, di piazzate da fargli mantenere, prima o poi, fino all'ultima goccia di fiele, tutto miele in prospettiva – e di trichomonas tenax di sicura, eccitante origine vaginalis oltretutto ottomana, visti il tubetto di Canesten e le due confezioni di Flagyl scaduti col Post-it di una farmacia internazionale di Smirne trovati sotto il lavandino nella *fioriera* in cui stavo per fare il ragù alla bolognese.

Tanto per dire che altra aria genitoriale avevano respirato sin dal primo vagito Almudena e il fratellino: da divorziata controvoglia, la madre matematica ex coniugata con l'*especialista* aveva approfittato di una leggina per andare in pensione praticamente con quasi tutto il suo stipendio intatto e si era traghettata all'isola... all'isola... mi verrà in mente... a scrivere gialli... come volevasi dimostrare... "dall'anorgasmica simmetria euclidea"; vi aveva traslocato col nuovo marito più vecchio di lei di vent'anni, un uomo abbastanza abbiente di suo da permettersi una badante, una governante e un giardiniere, marito della governante, e tanto malandato di salute e sordo e impotente che lei diceva... mi aveva riferito il mio *especialista de Barcelona* coi due figli ora appena adolescenti lì in visita, di passaggio come me, che su quel divano da risacca ascoltavano quelle enormità e facevano ruttini che a naso sapevano di fumo di erba come tutto l'ambiente... di non essersi mai innamorata così di lui nemmeno da giovane, intanto perché la villa e il giardino erano abbastanza grandi che se non aveva voglia di vederlo poteva anche restare una settimana senza incontrarne le rotelle, cioè la carrozzina, il che era una sfumatura di qualcosa di profondamente elettrico tra lei e il suo Morales, e poi perché era stufa marcia di sentir dire che le donne dovevano avere una loro sessualità specifica e quindi delle specifiche esigenze sessuali che una sana di mente nemmeno arrampicandosi sugli specchi deformanti più psichiatrici avrebbe mai raggiunto e che l'unico, vero piacere sessuale di una donna consisteva nel toglierlo anche all'uomo, mandarlo in bianco. Il che era a sua volta la sfumatura di un orgasmo senza fine perché procrastinato senza fine e comunque mai tramite lei.

"Anche la ninfomane più incontentabile è una frigida che la prende per le lunghe per entrare finalmente in un negozio e fare shopping" è stato lo slogan da lei proposto insieme all'inoltro del manoscritto del suo primo giallo bocciatole dagli editori, e si capisce il perché.

Una può essere femminista quanto vuole ma, se fa la giallista o se scrive romanzi d'amore, per lei, se è vero che una rosa è una rosa è una rosa, o una donna è una donna è una donna è una donna femminilissimamente femmina o cambia mestiere, perché a tutt'oggi un protagonista maschile che ha per le mani una donna così donna è disposto a ammazzare gli altri ogni tot di pagine pur di tenersela stretta e crea suspense da togliere il fiato, se invece ha tra le mani una femminista che "la ciorla è mia e la gestisco ia", non c'è storia: ammazza subito la femminista e fine, anche del sequel.

Il resoconto fattomene dall'ex marito coi figli lì tutt'orecchi in attesa della salatissima lesbica a ore canaria di Las Palmas diplomata puericultrice fornita dal servizio lgbt nonché animalista convinta con la quale sarebbero andati a spasso "ma non oltre la mezzanotte e non più di uno spinello a testa"... e a questa concessione devo avere strabuzzato tanto gli occhi, eh, ma certo stava scherzando, di sicuro era una assurdità pedagogica per dire lecca lecca e invece intendeva proprio hashish tale e quale perché "che ci vuoi fare, i bambini sono bambini e non sarà una canna a..."... mi induce alla seguente morale oggettiva epperò mettendoci inevitabilmente un certo qual che di mio:

a) un marito ricco, forse molto ma molto ricco, vecchio, sordo, malato e impotente senza rimpianti né sensi di colpa e per soprammercato su "carrozzella elettrica" - "Mi ha detto proprio così invece di carrozzina elettrica" commentò *el especialista* "quindi involontariamente intese dire 'grosso passeggino', come se quel riccastro ripulito fosse un pupattolo da scarrozzare in giro per tenerselo buono indisturbata fino all'eredità" - e però con badante che si faceva carico di tutto, dall'enuresi alla pappa, era la ciliegina sulla torta di una vera scrittrice, "con dépendance per la creatività", investita per unzione divina e pensionistica e istituzionale del diritto all'inoperosità erotica e domestica propria di una signorilità, anche di scrittura, ormai imperfettibile, perché da quando era diventata isolana non aveva mai e poi mai dovuto sprecare cinque minuti nemmeno per far bollire un uovo alla coque né per sé né per i bambini;

b) per fare sesso c'erano... volendo, e lei non lo voleva... i personaggi della trama, bastava che non si denudassero fino a fare scoprire l'assassino anzitempo, il che sarebbe stato come una sfumatura dello scoperchiare la serra d'inverno con ancora la neve fuori – coltivava le camelie e le orchidee, lei, tra una sudata pagina di sangue a fiumi e l'altra senza mai l'ombra di un petting neanche tra due colombi, di un bikini steso sulla corda a asciugare, di un paio di manette se non ai polsi del colpevole, del bordo di una pancera scappato fuori dall'orlo della gonna, e pertanto senza ancora essere riuscita a pubblicarne una stilla;

c) se volevi fare sesso dal vivo, lo facevi fare agli altri sulla carta e lei ancora non glielo faceva fare, e per vendicarti facevi fare cilecca a tutti quei personaggi che ti stavano antipatici – e lei, l'incauta, gliela faceva fare.

Altrimenti che te ne facevi del dono della parola se poi dovevi farti anche il bidè in prima persona? Col tempo e con la paglia sarebbero maturate anche le nespole ovvero gli editori del settore: e purtroppo maturarono. E a grappoli. Improvvisamente, cambiò stile e registro. Di vita, innanzitutto. Poi di capigliatura. Poi di…

L'inflessibile, altera, femminista detective, la frigidona per principio a spasso tra i bassifondi… che io poi mi sono sempre chiesto come faceva una borghese così perfettina a conoscerli, 'sti bassifondi, mica li potevi descrivere servendoti della cartina di Barcellona, ma andiamo avanti… si mise a denudarsi davanti ai sospettati e a concedersi a profusione, e mai più un accenno di "calo del desiderio" in nessuno, tanto che, dopo il primo, non ci fu romanzo senza qualche sospettato di troppo, per ingrossare la foliazione, che poi erano le sole pagine non superflue ai fini delle vendite, perché, prima di sparire dal plot, non c'era sospettato per niente che, dopo estenuati e arabescati preliminari, non se la ingroppava alla grande fino a farle fare la crema.

Preliminari! Il preliminare in medias res senza contorno, senza un bacio, una carezza, uno sdilinquimento di occhi, niente, giù le mutande lei dalla prima riga e a metà della seconda ginocchioni lui con un palmo di lingua fuori, il sospettato per niente di turno, tutto un cunnilinguus via l'altro, compariva il sospettato per niente e trac un cunnilinguus, in cella, in tribunale, sulla celere, nelle officine dei meccanici, dal dentista, in sagrestia, nel suo stesso ufficio e ovviamente nell'angiporto, dietro un'ancora del Museo Marittimo, nella gita al faro in cui se lo fa fare da un sospettato per niente due volte perché era il fratello gemello del guardiano e trac deve ritornarci, in una variazione prosodica invero petrarchesca che, oltre a allungare il brodo sia della detective che, per l'appunto, della foliazione, aveva fatto gridare la critica del settore al miracolo di stile: dei cunnilinguus così variati, così magistralmente spennellati nella più delicata delle arti della lingua che avrebbero potuto competere con quelli di Virginia Woolf – se mai ci si fosse provata.

Eh, una leccatina al posto giusto, quella sì che ti cambia la vita, altro che un dispersivo diluvio universale sui valori dei rapporti di civiltà tra uomini e donne! Perché la neogiallista senza clemenza per nessuno a parte i sospettati per niente, per sua stessa esternazione fuori dai denti tra pochi intimi poi diventata di dominio pubblico, all'incirca verso i sessantasei era stata sessualmente sverginata, eh, e aveva recuperato un po' di mercede verso se stessa, con grande giovamento delle tirature anche editoriali.

Ma ritornando a quando la sua follia non era ancora diventata così redditizia, quella matematica con lo chignon da maestrina frigida per principio per decenni era stata una matta lucida a perdere che più lucida non si può, povere creature di figli sbalestrate tra un padre assente e, quel che è peggio, una madre che, sebbene per poco, era stata presente! Per poi negarsi del tutto non appena erano diventati genitori a loro volta, lei, che oltretutto ora nuotava nell'oro su entrambe le sponde!

E improvvisamente non tollerò più di essere chiamata "nonna" nemmeno al telefono, come se una tale vergogna dovesse rimanere segreta tra le mura di famiglia e ne andasse del suo buon nome. La gatta aveva covato una pantera.

Quanto all'ingegner Morales invalido, ora messo kappaò dall'ischemia miocardica, per dirne solo una di una anamnesi che, paralisi a parte, vantava trombosi, pacemaker, colesterolo alto e un quadro di eccetera dei più interessanti, aveva a suo tempo fatto il teleriscaldamento da Minsk a Ottawa a Seul e un bel monticello di soldi investiti benissimo in negozi, garage e monolocali vacanze in quell'isola lì che non mi viene in mente, "uno senza figli né matrimoni precedenti né alimenti da dare a nessuna ex", quel vecchio babbeo o babbione col conquibus, come lo definì *el especialista*, che se l'era sposata tramite agenzia matrimoniale, né più né meno, lo saprà lui perché, fermo restando che un perché è pur sempre l'ombreggiatura di un perché no e morta lì.

Lei lui di sicuro, matematica com'era, lo aveva sposato per una specie di non calcolo ovvero per amore del pensiero di restare vedova inconsolabile non al più presto, ma un giorno sì, e, col senno di poi, di guardarsi attorno per la sua di vecchiaia da consolare, magari proprio tra i virgulti che gattoni le scorrazzavano tra le aiuole isolane... ma anche questo innesto tra la vecchiaccia e l'efebo ispano-tedesco-americano non fa parte della mia presente e ultima storia da dimenticare, quindi pietra sopra subito e sopra anche una bella calcata a piedi pari.

Già, povere creature di figli messi e abbandonati al mondo! Nate corrotte e cresciute marce, erano andate diventando sempre più innocenti sino a invertire il corso delle cose e, senza idea di cosa fosse il bene, a non vedere mai niente di male in niente, da lì quella ghenga schizzata di nipoti... tre dal maschio e due dall'Almudena, dicevo, schizzati fuori furiosi tutti e cinque... dell'*especialista* portoghese e dell'autrice di genere autori di figli del genere.

In generale, però, prima di accettare l'ospitalità... l'anno scorso, sì... io non sapevo granché dei trascorsi famigliari dell'*especialista de Barcelona* perché, non avendo niente e nessuno del suo sangue di cui veramente vantarsi, non amava molto parlare dei fatti suoi, non della prestante inguinaglia al soldo che si era fatto, intendo, ma fatti da lui di persona maschile cogenerante con persona femminile implacentata, come viene viene, suppongo, e con lei per principio sopra di lui nel coito non clitorideo in via eccezionale, sicché è possibile che io ora faccia risalire a confidenze di lunga data cose che invece ho saputo dal primo all'ultimo minuto in quella settimana di gironi infernali a catena, per quanto algidi e come ibernati in un orrore in sospeso e tanto più spaventoso, supposizioni indiziarie coagulantesi poi in certezze messe insieme più che altro dalle beghe improvvise che scoppiavano tra i due morosi o dai discorsi rappacificatori che ne seguivano nel salottino e nella loro camera, dalla quale potevano togliere la porta per vendere anche quella, era sempre spalancata.

L'importante è che non le mischi... tanto è impossibile, e poi che importa la paternità delle informazioni se la paternità stessa non importa... con quelle confidenze che per quattro giorni, per non dire cinque con la mattinata della partenza, riceverò dal momento in cui mi lasciai alle spalle la porta di quell'appartamento del settimo e ultimo piano a destra dell'ascensore in cui stava *el especialista de Barcelona* - a sinistra ce n'era un altro e solo quello, quello della vicina ex vicino della candeggina -, mentre, dicevo, agli altri piani ce n'erano tre ciascuno, da qui il mio sospetto che la Fata Morgana nel suo ci stesse alquanto spaparanzata per il lungo e per il largo, impressionante terrazza piantumata a parte, e che fosse una signora di consistenti, consistentissimi mezzi, oltre che di vaste conoscenze personali, dato il viavai non esattamente di proletari.

Di quei quattro giorni supplementari a Barcellona con addosso quella divisa a strisce arancione, giallo e blu dalle brache alla zuava e un baschetto, piumato, sulle ventitré dando il gong del "Pronto in tavola!" con l'alabarda, saluto e dietro front non dirò ba, a parte che fui contento di constatare di persona che i gong che mi era sembrato di udire in precedenza stando dall'altra parte del piano non erano scherzi dei postumi dell'otite e del mio unico trago... sono completamente sordo all'orecchio destro dalla nascita... ma gong reali e che ancora non ero così imbizzarrito da sentire le voci di santi e madonne che danno dettagli sull'apocalisse del giorno prima.

Fine del ba... a parte che non solo non ho proseguito verso la Navarra e le Asturie ma che non sono arrivato nemmeno a Saragozza perché, dopo essere riuscito a imbarcarmi sul mio volo per l'Italia dietro suppliche e proteste visto che la limousine con autista aveva dovuto deviare un paio di volte e avevano chiuso il check-in da sessanta secondi e si sa quanto le disposizioni per il passeggero della Ryanair siano fiscali e intransigenti, sono rientrato difilato a casa mia a rodermi il fegato e le unghie, finte, là, a casa mia dove, tra lenzuola fresche di bucato e gladioli e rose mie e lilium e amarilli, in attesa del mio amato calicanto, avrei ripreso a stare bene per niente senza più dare la colpa che a me o all'umanità intera, il che è come buttare acqua sulla morta cenere o leggere *L'Orlando Furioso* a alta voce a una pendola tirolese aspettando un'ora perché ti faccia almeno un cucù pieno, lì a rodermi quelle unghie "rosso petunia che fanno impazzire il Calisto, il bancario sposato della mia caverna di Ali Baba al Sanfecundo", fissatemi dalla Fata della candeggina coll'Attak, a rodermele per una settimana prima che mi venissero via dopo impacchi emollienti a non finire, perché nemmeno la sega elettrica avrebbe avuto la meglio su quel corno chimico e a tagliarle rischiavo di portarmi via quelle sottopelle e tutto, e che mi avevano costretto a andare in giro per Montichiari-Munticiàr con i guanti a primavera inoltrata nemmeno avessi la lebbra.

Tanto che quella del mignolo della mano sinistra mi venne via del tutto in Svezia.

No, in Lituania.

O in Lituania o in Polonia.

E poi io non sono curioso dei fatti degli altri, le uniche confidenze intime che registro sono quelle fatte al megafono nella pubblica piazza, non faccio mai domande dirette alle persone, semmai proprio le cose degli altri me le scopro da me, ci metto il mio tempo perché non ho niente del segugio, ma poi, come le scopro io, non potrebbero scoprirsi nemmeno se, volendo saperne di più, si scoprissero da sé. Inoltre, che le scopra o no non fa differenza per le cose e le persone delle cose scoperte, cambia solo me, mai loro.

Ormai non amo più nessuno a tal punto da dirgli cosa ho scoperto sul suo conto e cosa non va e come potrebbe rimediarvi: chiunque potrebbe al massimo passare dalla zuppa al pan bagnato, tanto vale che resti nel suo brodo, inutile fargli sapere ciò che o già sa o che non vuole sapere, il risultato non cambia più, proprio come me.

Così, per esempio, dopo tanti alberghi West Coast dove c'è tutto sotto nella hall e niente sopra nelle camere dove ti mettono, non avevo fatto caso più di tanto che in un palazzo dal più eclatante stile modernista, seppure senza portiere, con una entrata tutta ferro battuto e diafane vetrofanie e marmi bianchi e neri e stucchi al soffitto e sofà d'attesa e ascensore con la panchetta in raso porpora, ci potesse essere una tana per bassotti come quella dell'*especialista* dove, anche se non potevi schivare caccole di ogni spessore, più stavi accucciato più stavi bene nel tuo elemento spinale.

Insomma, ho impiegato venticinque anni per capire che quelli dell'*especialista*, in origine, un secolo fa, erano stati i locali della servitù solo perché per me è impensabile che esista una servitù e quindi un'edilizia apposta, collaterale, e quella opposta, padronale!

E che, mentre i padroni hanno anche i soffitti, i servi è già tanto se hanno i pianciti e che non sprofondino nell'Ade ogni volta che si ritirano dal servizio.

Anche quando la moglie matematica del mio *especialista de Barcelona* coi figli poco più che decenni si era dunque trasferita nell'isola, in quell'isola che non era né Minorca né Maiorca né Formentera ma mi verrà in mente, quando lei, insomma, era smammata per sempre e il mio *especialista* viveva da solo nella stessa casa e andavo a prelevarlo lì e per educazione salivo cinque minuti invece di aspettarlo in strada, non era cambiato niente in fatto di pulizia malgrado a sporcare ce ne fossero tre di meno: si aveva l'impressione di scivolare sulla polvere nelle zone secche e sull'umidiccio di perdite fognarie nelle altre, non aveva nemmeno una creola delle pulizie in nero, e non vedevo l'ora che si uscisse da quell'odore di freschino da calzini imputriditi e cuoio ancora sotto concia, di tanfo da spazzatura a cielo aperto, di piatti lerci gocciolanti squame e pelli di merluzzo, di lenzuola cambiate di rado, di muffa, di frittate con aglio e cipolla decantate in frigo nello strutto della padella, di fondi di bottiglie stipate da qualche parte fuori vista, quelle, che contribuivano all'odore di fondo con un'increspatura di madre dell'aceto.

E di preservativi appena usati di taglia, per poco che me ne intenda, extralarge, sbucati da sotto il divano ormai slavato da far pietà allorché mi si è schiantato sotto cedendo tutto su un fianco e sono finito col naso in mezzo ai due budelli raggrinziti ma neanche poi tanto, ancora freschini di impiego, ecco.

Lui lo risistemò come se fosse abituato a compiere quell'operazione mattina e sera, ma tanto fu l'imbarazzo che volevo comperargliene uno; se non lo feci fu perché mi sembrava di rovinare un'armonia da rigattiere introducendo in quell'appartamento qualcosa di nuovo e di non solidamente precario e raffazzonato come il resto.

C'era un terrazzino che si affacciava nell'orrido rettangolare dei palazzi circostanti e una volta, vedendo due pianticelle secche secche, con il mio bicchiere di vinello da cartone in cui avevo solo fatto finta di appoggiare le labbra... era scheggiato e c'erano tracce di un rossetto marrone davvero troppo fuori moda per fidarsi e non beccarsi malattie debellate da decenni... mi ero precipitato a dar loro da bere, ma erano morte da chissà quanto tempo e tanto morte che nemmeno riuscii a indovinare di che specie potevano essere state, forse di due diverse, forse di due uguali, forse di una che non richiede alcuna cura e che si compra o si ruba già così, seccata, in coppia.

Be', io un anno a metà e più dei Novanta o nei primi del Duemila, dicevo, come sempre quelle rare volte che passavo da casa sua – per avere una compagnia a cena e quindi per uscirne alla svelta, magari per bighellonare, non sempre fianco a fianco, nel Parco di Montjuic... dieresi sulla i se solo riuscissi a incoronargliela sopra... sopra Plaza de Espana... porgendo le mie scuse all'imboscata tilde sulla n... tirando almeno le otto, le nove di sera –, intanto che aspettavo si togliesse il pareo o si cambiasse di camicia, il che non significa che ne indossasse una pulita, sono andato a fumare sul terrazzino e ho spento il mozzicone in uno di quei posacenere di latta con stampato tutt'intorno il marchio di una birra messi lì apposta nei locali per essere sgraffignati, credo, e poi l'ho svuotato nella pattumiera e passato sotto il rubinetto del lavello annerito, e siccome subito dopo è piombato in casa uno, un serbo, come dicevo, uno spilungone biondo e triangolare dal mento al bacino che "non costava molto, ma sempre troppo, data l'etnia buon'ultima nel ramo", e io volevo togliere il disturbo o che ci si incontrasse più tardi direttamente al ristorante, lui ha insistito che rimanessi, intanto potevo dare un'occhiata a un libro di racconti gay che aveva appena pubblicato, in catalano.

Mi sono messo bello tranquillo a godermi il sole fuori sul terrazzino, rinfrancato dagli sciabordii cadenzati da un invisibile e calmo nuotatore che arrivavano a rinfrescarmi l'udito da una qualche piscina pensile e dagli effluvi di essenza di eucalipto e di agrumi macerati che talvolta mi aprivano le narici e il cuore, forse proprio dalla terrazza sovrastante alla mia destra, una terrazza lunga non meno di venti metri rifilata da un'alta siepe frangivento, e frangisguardi, dell'agrifoglio più rigoglioso che io abbia mai visto in terra e in cielo, e ho letto la storia dell'iniziazione di un adolescente, della cui fisicità nulla è dato sapere, spinto dalla madre lusitana tra le braccia di un imponente vedovo dell'Ufficio del Catasto di Lloret de Mar... e l'*especialista de Barcelona* era di Lloret de Mar.

Un giorno di tanti, tanti anni prima ci eravamo andati in auto con i bambini a fare il bagno, l'avevo noleggiata io; la sua, una Porsche, niente di meno, a dare retta a lui, era dal carrozziere, sfondatagli, sempre secondo lui che alla guida non avrebbe lasciato nemmeno Fangio, tre giorni prima da uno "scavezzacolli, pardon, scavezzacollo argentino che non mollava l'acceleratore, una fifa che non ti dico, è un ex parà slanciato e maestoso come la Cordigliera delle Ande che è qui in Spagna già da un paio di anni, di un tropical da svenire dal calore, e poi quel maledetto serpentone e improvvisamente quella barbona col carrello, l'auto si è ribaltata due volte, il giro della morte, e tutto solo per non prenderla sotto, quella lurida cagona ambulante, io niente, resistente come un carrarmato, lui un paio di ematomi di nessuna importanza, spero che adesso non mi faccia anche casini, quello è capace di tutto", quest'ultima affermazione pronunciata con una specie di languore da vero *connaisseur* dei supplizi più deliziosi.

Nella mia irredimibile innocenza, immaginai un aviatore fuggito da Buenos Aires al primo o al massimo al secondo ordine di salire sull'aereo per scaricare lontano dalle coste per la gioia dei pescicani altri descamisados comunisti oppositori dei militari golpisti, non bisognava fare tardi in spiaggia, *el especialista de Barcelona* con l'argentino non era ancora "arrivato al dunque", ma aveva un appuntamento alle nove la sera stessa e voleva farsi bello, "un appuntamento riparatore", eh, malgrado il prestante esule... o fuoruscito, chissà... non fosse proprio uno di primo pelo – il che significava nella sua esaltazione per la gioventù che doveva avere già compiuto i ventisette minimo e dunque fosse lì lì per imputridire – ma dimostrava un dieci anni di meno di quelli che aveva... e dunque, visto che l'*especialista de Barcelona* ne aveva una decina più di lui anche se se ne tirava via un lustro e talvolta due, uno scarto di vent'anni in tutto a colpo d'occhio di vertiginosa e oriunda e maschia spavalderia doc da esibire al mondo invidioso dell'*ambiente*, perché qui sono ben più avanti che in Italia, non si dice "locali gay", bensì "de ambiente", con una sua atmosfera e Kleenex a portata di mano e di tutto che gli altri locali si sognano.

E i due figli sui sedili dietro, che non si perdevano una parola, zitti zitti, se non che il maschietto, sulla strada del ritorno dalla spiaggia di Lloret de Mar, quindi dopo averci pensato un cinque ore, con noi che stavamo parlando di tutt'altro mentre io lo ripregavo di andare un po' più piano, si sporge in avanti tra le nostre teste e gli fa, "Tanto non era mica tua, la Porsche, papi".

"Chiudi il becco, gilipollas, cosa vuoi mai saperne tu?"

Un vedovo etichettato come "bisessuale", dunque, quel romanzesco direttore dell'Ufficio del Catasto di Lloret de Mar "alto come mezzo campanile del villaggio", dal quale la madre si aspettava grandi colpi di batacchio sociale grazie a quelli inferti dall'energumeno al figlioletto recato in dono... però i due contraenti ancora non apparivano dalla camera con la porta aperta, così ne ho letto un'altra di storiella gay, del tutto uguale alla precedente: una mamma era sempre tra le palle e, zac, castrava, e se no era una nonna, madre della madre, e, zac, convinceva il nipotino che era femmina anche lui, solo con *el musclo*, cioè con la cozza fessurata, un po' più sotto e più dietro di quella delle femmine e che quello che la sormontava e gli spuntava fuori davanti non contava niente e non doveva farsene un problema, anzi, perché "la vita è un circo e più gente entra, più animali si vedono", perché quanto a luoghi comuni l'import-export tra Italia e

Spagna è sempre andato più forte delle corse dei tori di Pamplona, delle reginette di Miss Italia e della passione per l'Unione Sovietica di Dolores Ibàrruri, con quella falce sulla à martellata dall'altra parte... è un peccato tanta complicazione per via degli accenti acuti e roba simile, ma la mia testa non riesce ancora a staccarsi e a emanciparsi dalla tastiera italiana su cui si è plasmata, ci vuole un po' di tempo per ricreare l'organo sagomandolo alle nuove funzioni richiestegli!

Un mito da mitomani scaricabarile, quello della castrazione materna, se posso dire la mia.

Mettere su famiglia e poi fare una vita da castrati... da mezzi falliti sempre socialmente e professionalmente, sempre da insulsi incivili per pigrizia e mancanza di responsabilità e mani bucate, mai solo sessualmente... o dare la colpa alla genitrice di non averti castrato bene fino a ridurti del tutto alla reattività di una cima di rapa è un gran comodo, sicché la mamma ha il merito di avere tutte le colpe lei e tu mai nessuna.

Ecco svelato il mistero del perché in genere la mamma è sistematicamente insostituibile anche nella valutazione del verdetto nei processi a carico del figlio fuorilegge reo confesso: perché se no, invece di sfangarla sempre, andrebbe difilato in galera.

E dovrebbero mettere le sbarre direttamente attorno ai confini nazionali.

Povere donne! Santa vagina! Quando non fanno le porche e le vacche e i manichini nelle vetrine impellicciati in un sacco di altre bestie, fanno da capre espiatorie e, per vendicarsi, educano le figlie al machismo più inveterato, perché l'unica vendetta tuttora meglio riuscita delle donne è sottomettersi ad arte per mettere sotto.

Vendetta magra, eh, ma oltre non arrivano: una volta che l'hai messo sotto, soffocalo, no?

Ma parlare all'*especialista de Barcelona* di autocritica sarebbe stato come chiedere al Circo Lina Orfei di usare, per cortesia, solo paraplegiche in bikini per il triplo salto mortale senza rete.

Certo che pacchia, poter star bene e scegliere di star male *per vizio* e dare la colpa agli altri preferendo su tutti darla alla mamma! Sarebbe piaciuto anche a me provare una cosa tanto insolita, un giorno...

E venne.

4

Già allora e ben prima di andare ospite, non incontravo grosse difficoltà nemmeno con il catalano. In gioventù, di ritorno da Monaco di Baviera e in cerca di un'occupazione, ero stato a Playa de Aro in Costa Brava a vendere appartamenti agli stranieri e per sei mesi con la popolazione locale non avevo parlato altro che quella lingua senza saperne una parola servendomi del bresciano... il dialetto è la mia lingua madre così come il portoghese era quella dell'*especialista*, dunque, visto chi lo aveva adottato e allevato, anzi, addirittura comprato, come sorprendentemente sarei venuto a sapere, non certo da lui, durante quell'ospitalità una e doppia, doppia in ogni senso, ma non sono sicuro che il raggiro pianificato che sospetto non sia tutta una mia favola.

Quindi non erano i passaggi ostici per gli inevitabili idiotismi inintelligibili a farmi cadere le braccia nella lettura, ero solo un po' stufo di questi edipi autobiografici del mio *especialista de Barcelona* che non sfociavano mai nella licenza sottobanco di un minimarket almeno in seconda linea di spiaggia per far fare il salto sociale alla mamma-nonna o alla nonna-mamma e mi sono detto... e è stata questa mia irrequietezza da casalinga mercuriale a scavarmi la fossa un dieci, dodici anni dopo, cioè l'anno scorso, sì... fa' qualcosa, almeno non lo senti intanto che armeggia col serbo, e allora ho coperto quegli urletti per niente soffocati che finivano con un "joderrr qué tropical!" nitrito e un "joderrr qué tropical!" squittito mettendomi a fare i piatti sporchi, a mano.

Ho avuto anche il tempo di passare lo straccio sul pavimento e di nettare il ripostiglio dove stava la pattumiera di non so quali avanzi verminosi sparsi sulla fòrmica e di uccidere con una spugnetta non so quante dozzine di formiche, sono ritornato sul terrazzino che sudavo freddo, il "joderrr qué tropical!" barrito non arrivava ancora, ho letto un altro estratto gay: un giovane vergine marxista-leninista che tiene il poster del Che Guevara dappertutto va con la nonna fascistona franchista dal dentista, segreto amante di giovinezza squadrista della piissima vegliarda antica ragazza pompon della Falange, un gobbo nano orripilante ma eccetera… l'eccetera si suppone, l'eccetera si spera, cioè una proboscide tra le gambe propria di un bestseller quasi a colpo sicuro, a dirla tutta; la nonna ha origliato l'origliabile dall'anticamera e va in brodo di giuggiole per spirito vendicativo, non ho capito se contro il dentista gobbo nano ma eccetera o contro il nipote filocomunista abbastanza ricettivo sebbene terrorizzato dalle tenaglie attorno a quel dente del giudizio piantato in mezzo al palato in cui si sta per aprire una voragine, oddio: un buco, un semplice buco.

Buco che si richiuderà, e se non è del tipo che si richiude ma pompa e ripompa le sue trentasei pieghette, avrà le sue ragioni, che bisogno c'è di farci su un patema per quella volta che si apre? Un po' di filosofia del disimpegno, o voi giovinetti e giovinette che ignorate il boudoir della piccola, cara, bravissima Eugénie (euforica, "Oh, per davanti no, mi farebbe troppo male! per di dietro finché volete… Oh, amici miei, inculatemi! Prendete, ecco le mie chiappe! Oh, cielo, Cavaliere, ce l'avete più grosso di Dolmancé, mi state sventrando, risparmiatemi, vi scongiuro… Mica mi prenderete alla lettera, spero!"; Il Cavaliere, "… la mia sborra sta colando nel culo della bella Eugénie… Ah, cane d'un dio cane, che piacere!", Eugénie, "Ah, fa' quel che ti pare, ora, ormai è tutto dentro. Oh, godo, come godo, sto per venire! Mi piace da morire sentire il pelo di un cazzo che mi strofina le pareti dell'ano. Sono brava così, signora de Saint-Ange?", Signora Saint-Ange, "Ah, siete un mostro!", Eugénie, "Potete dirlo forte!": ricordando a spanne, eh)!

Insomma, l'eccessiva teoria ansiogena è infinitamente più nociva che un minimo di pratica: via il dente via il dolore, no?

Che poi è tutt'altro che un dolore, è un piacere duraturo che bisogna conquistarsi stringendo i denti solo un paio di minuti iniziali, ma io non voglio imporre ragguagli a nessuno, che poi dicono che tiro acqua al mio mulino allorché macino solo la farina, inforno e lo sfilatino se lo cuccano i maldicenti.

C'era una doppia lettura di non detto molto gay in quei racconti dell'*especialista de Barcelona*, allusiva e reticente allo stesso tempo, ecco, troppo sottile per me, perché io sono spiccio: o dentro o fuori, e se dentro deve essere, che sia consistente e, se è vero che è consistente, lo vedremo non appena viene fuori, una perdita di sangue o un "fa' piano!" non fa primavera, non sempre è una garanzia che non sia la pagliuzza a esserti finita nel culo mentre la trave, ahitè, t'è rimasta nell'occhio.

Insomma, sia il lettore che la lettrice, proprio come il non lettore e la non lettrice, che se mai leggono è "per vedere come va a finire", certe cose le vogliono vedere tirate fuori, non gliele puoi solo far annusare di rinvio in rinvio e poi tenerle nella tana fino alla fine e chiudere la storia con il letargo della Bestia vestita: è forse troppo minidotata per un lieto fine con le mutande alle caviglie?

Non è bello ingolosire con un miraggio e poi dimenticarselo strada facendo, devi farlo apparire in tutta la sua onirica consistenza, alla fin fine. La sostanza è un vapore doppiamente fumoso senza il suo corrispettivo di apparenza: se non viene da sé, metticelo tu un po' di dado, no?

Morale: tanto il tramestio simbolico attorno a 'sto trapano, ma di più l'ideologia brutale.

Malgrado la legge di compensazione bassezza uguale cazzezza che già aveva fatto ben sperare, invano, il lettore - che poi è una non lettrice, a guardare le statistiche di chi entra in libreria senza lo scopo di ripararsi intanto che piove - circa il disvelamento prima o poi degli attributi di Quasimodo il gobbo, e nano, di Notre-Dame su cui Victor Hugo non spende un tarzanello, il mio *especialista* non aveva fatto sua la lezione che non si rendono eccezionali i luoghi comuni se non lo sai fare e lui non aveva saputo sfruttare a fondo nemmeno la figura del dentista gobbo nano per quel poco che poteva dare secondo il cliché delle aspettative pruriginose del mercato.

Alla fine della storia, uffa, non si sa nemmeno quanto è dotato e mandrillesco il maraviglioso dentista e quanto trapanato e redento il nipote asessuato filocomunista, se, infine, è stato iniziato a dovere fino al piloro e è quindi pronto a recarsi con lei, la nonna degenere, a pregare all'Abadia de la Santa Cruz del Valle de los Caidos... oh, ci saranno degli accenti strani da qualche parte, ma non è il momento... voluta da Francisco Franco anche per il proprio eterno riposo... *eterno*?... quale *reliquia absolutamente absoluta*, perché un certo ardore lo devi avere nel sangue per fare certi pellegrinaggi senza il preciso scopo di far saltare la cappella con la dinamite e anda.

Un po' come i boyscout che da noi vanno a Predappio non con un ananas a linguetta nello zainetto che gli dia l'estremo requiescat e amen, ma a impetrare l'intercessione di Mussolini perché santa Claretta faccia loro una grazia o perché Lui ritorni presto sul balcone di Piazza Venezia.

Dalla storia letta, spostata molto in avanti rispetto alla biografia del suo autore, solo la nostalgica nonna arrivista, entrata troia, troia esce, e nemmeno lei saprà mai perché.

Insomma, tu scrittore metti in scena un dentista gobbo e nano e poi nemmeno un capoverso per dirci che sì, noi lettrici non ci eravamo sbagliate, in effetti il trapanone gli arriva al ginocchio e che possiamo riprendere a respirare e a guardare da un'altra prospettiva il pericolo delle carie?

Insensato: o ci fai venire voglia di aumentare i dolciumi o sta' sicuro che non ti leggeremo mai più.

Visto quanto ma quanto se la prendeva comoda - io al suo posto, a quell'età, ne avrei fatte già sei più sei pagine scritte riscritte sei volte tra l'una e l'altra -, ho avuto tutto l'agio di pensare che:

a) *el especialista de Barcelona* doveva essere stato sverginato o fatto sverginare da una signora anziana, una portoghese della sodomia più balnearcommerciale, quindi da sua nonna stessa, una intraprendente battagliera originaria di Lisbona troppo piccolo-borghese per non tenere nel chiosco, insieme ai gelati e alle angurie, dei dildo tipo rosario con grani di 10cm di diametro in nichel e dei falli in resina, se non proprio di fine e duttile gomma arabica, già a fine degli anni Settanta: con tutto quello sviluppo turistico a Lloret de Mar erano più urgenti di fognature adeguate;

b) l'unico scopo dei vecchi è inoculare il grandguignol della nostalgia ai giovani affinché, invece di vivere la loro vita, perpetuino quella dei loro untori e della loro scoria da Escorial della Memoria, incanalando i ricordi entro i dovuti argini di moria pregressa e putrescente prima ancora che possano avere avuto il tempo di farsene di propri;

c) la storia si ripete solo perché non è mai cominciata la nostra Storia, sempre la loro;

d) sarà uno Scrittore con tutte le opere della sua vita, opere letterarie comprese, a darle il là, intanto nel senso di "altolà" al malaffare dei gerontocrati, poi per il 𝄞la𝄞 e per il 𝄞si𝄞 si vedrà;

e) il mio *especialista* era solo un fotografo dell'alfabeto che ricopiava la sua storia già vissuta da altri, che gliel'avevano inoculata perché neppure lontanamente si sognasse di vivere la sua da una prospettiva diversa e perché neppure lontanamente si sognasse che quella che aveva vissuto e continuava a vivere non era la sua.

Siamo tutti figli di vampiri e si figlia per avere sangue fresco da suggere, non occorre andare in Transilvania e appoggiarsi allo steccato del castello di Dracula per rendersi conto che è così – sono stato a smemorarmi di me anche lì, adesso con i voli low cost ti viene di meno andare te da Dracula che fartelo recapitare a casa da amazon.com.

Ma l'impressione finale che quella lettura mi lasciò... e anche quella dopo di anni e anni dopo, intanto che sono stato ospite da lui e dal suo bellimbusto... fu di inibizione eccessiva che puntuale subentrava a scombiccherare le premesse, un certo qual che di manierato che non aveva niente a che vedere con *el especialista de Barcelona* per come lo conoscevo, o meglio, l'impressione che una mano esterna, un editing forzato fosse intervenuto nel testo finale... una censura?... perché troppe cose che avevano un capo non avevano una coda e facevano a pugni con altre parti squisitamente manieristiche, e non puoi essere manierato e al contempo manierista, e non sapevo se lui era l'uno o l'altro e se fosse l'altro, la mano editante e informante, l'altro o l'uno.

Siccome l'autocensura è premessa al capolavoro ben più dell'allentare i lacci del tutto e vuotare il sacco, la sporta e il cuore, in quel caso non era proprio il caso di scomodarla.

Guardai all'interno dell'appartamento e poi dentro l'orrido dei palazzi e dissi a voce bassa, "Ehi, laggiù, c'è qualcuno che non vive per procura di sangue altrui? Che viva di sangue suo? Vieni fuori, sono qui, siamo in due!" e poi finalmente sono arrivati entrambi con una birra in mano, *el especialista de Barcelona* a petto nudo in pareo e stivaletti nemmeno dovesse sfilare per Victoria's Secret e il serbo, taciturno e torvo per look di mestiere, come stufo di sistemarsi nei jeans l'usato ancora barzotto da destra a sinistra e da sinistra a destra - tanto che io per fortuna mi sono trattenuto se no stavo per consigliare un antiparassitario –, fino a che si è ripreso entrambe le mani nella più convincente razionalità dell'automatismo e si è arrotolato una sigarettina con tutto un rito di sbriciolamento della solita poltiglietta in carta argentata e di insalivate e di sputini che non ti dico, e figurarsi se io ho accettato di fare un tiro, schifiltoso come sono, e poi l'ha spenta in quel posacenere di latta da me appena svuotato proprio mentre li lasciavo, malgrado le sue proteste e le sue piroette e fisiche e metafisiche sul cogli l'attimo col suo scroto fuggente che di doman non v'è certezza, e un trimestre dopo, in mezzo a altri mozziconi tutti col filtro, quello dello spinello del serbo era ancora lì nel portacenere sul tavolino di vimini sulle cui gambe traballanti aveva attecchito una specie di alga cilestrina che era l'unica decorazione un po' intenzionale di tutto l'ambiente, intenzionale perché bisognava essere senza cuore per non correre a staccarla e riportarla nel suo habitat marino.

Ah, che casa, che tugurio di casa, che crepe, che tarli, che spoliazione sistematica dei pochi mobili di un qualche valore che sparivano uno dopo l'altro! Un armadio déco via, una consolle dorata via, un tavolinetto a intarsi con scacchiera via, non ritrovavo mai niente di quanto ricordavo ci fosse la volta precedente.

E che soffitti bassi, quello dell'atrio a parte, che sembrava fosse appartenuto a un'altra ala tranciata per annetterlo.

Vi regnava l'aura di un risparmio più maniacale e forzoso che monastico e la conseguente brama di più beni materiali, più soldi, più giusti e dovuti onori sociali e lauri letterari, vi si acquattavano levrieri e servitù allocata in dépendance e entrata di servizio e trionfi di calle e sterlizie e servizi di porcellana Herend da ventiquattro e un armadio per ogni cambio di stagione e lampadari di Murano e di Lalique di due metri di diametro e un giardino d'inverno alla Ermitage di San Pietroburgo e pose di gruppo insieme ai reali di Spagna sparse su mobili Luigi XVI e tappeti Tabriz e Gobelin seicenteschi alle pareti, il tutto *in absentia*, ovvio, ma idealmente a portata di mano, anzi, a un centesimo di tiro di schioppo usato nella caccia alla volpe da cui il signore sarebbe rientrato bel bello nei suoi appartamenti aviti con uno sciame di paggi – di favoriti, prelevati direttamente dalle patrie galere per un tozzo di pane.

Per dirla come meglio non si potrebbe: il vecchio ganzo al verde viveva come se, cioè da milionario in yuan renminbi.

E i due figli erano stati tirati su lì, tirati su per modo dire, perché più di tanto su non potevano andare a meno di non sfondare i sottotetti, e infatti direi proprio questo di quei due lontani bambini: rialzati nel superfluo, schiacciati nel necessario. E non certo per via di un'esistenza stentata, non era una questione di stipendi, quelli erano lauti per entrambi i coniugi, no, i soldi pochi possono determinare lo sconforto di non farcela a arrivare a fine mese, ma a maggior ragione non possono, non dovrebbero minare una dignità, e quella era stata una dignità minata oltretutto nel benessere economico. Forse addirittura in un benessere superiore, di gran lunga superiore, in tempi andati, andatissimi, di un professore a stipendio più che buono ma fisso, misteriosi soldi... misteriosi come quella Porsche dell'incidente con su il parà argentino... di cui in famiglia non era mai entrata più di una mica, e anche quella per svista: sputtanati fuori tutti, come fossero farina del diavolo e più che miraggi non potessero comprare.

Come un nobile decaduto, era terrorizzato dall'eventualità... ormai cosa fatta da un bel po'... che si scoprisse che nobile non lo era mai stato ma solo un parvenu innalzato dalla pedana di soldi non suoi – eredità, sinecura, rendita, lotteria, bottino, ricatto, chi lo sa – sfilatagli da sotto i piedi da un contraccolpo della fortuna.

Predicare ex cathedra e trovare ascoltatori compiacenti era diventata un'impresa sempre più stressante nel suo stato, ecco, e non mi riferisco alle sue lezioni di letteratura portoghese culminanti con l'involontaria metrica prodotta in Angola dalle mogli più liriche degli schiavisti lusitani che, spero per lui, avrà sciorinato senza anche cantarle ai suoi disgraziati studenti.

Più faceva finta di rialzarsi in uno splendore urbanamente oggettivo, più sprofondava nella sua privata tenebra, ma come non sono mica scemo io, nemmeno gli altri lo sono.

Il mio *especialista de Barcelona* doveva essere stato, come dire, *viziato*, stregato dal vizio di disporre di tanti soldi senza far niente e poi dal vizio supremo, diabolico... subìto da chi gli aveva tagliato il cordone ombelicale in presa diretta con un conto bancario non suo... di non averne più a sufficienza nemmeno per far finta di continuare a averne.

5

Il terzo giorno che ero ospite lì inseguivo per conto mio un afrorino di rancido bestiale che da ore stava diventando un'ossessione per il mio delicato olfatto e che, più per fissa che per realtà, andava a corrompere il profumo del ragù alla bolognese che se ne stava a cuocere a fuoco lentissimo là in cucina; siccome il mio sogno sarebbe di scrivere finalmente un romanzo con gli ingredienti sicuri - cento grammi di sangue sparso dall'assassino da scoprire, duecento di sesso, trecento di passione e morte, cinque grammi di critica sociale, cinquanta grammi di location esotica, ottocento grammi di luoghi comuni, una grattatina di corna e una noce di bambino seviziato dalla zia adepta della setta delle Ninfomani Tranquille e una noce di un cerchietto di pistola fumante e un'ombra di triangolazione per dribblare l'embargo di A a B affinché C attraverso D possa vendere armi a B comprandole da A cosicché i soldati mandati da A a combattere B, por ejemplo, vengano uccisi almeno da un fuoco amico, anzi dal fuoco amico per eccellenza, quello di A che in guerra ce li ha mandati, e ce li avrà, sì, mandati a farsi ammazzare comunque da sé anche se ammazzati da B, ma così dando loro l'occasione di diventare o degli insensibili suicidi mancati se tornano indietro vivi o patrioti due volte se si immolano anche alla ragione superiore dell'export costi quel che costi... perché io, sempre por ejemplo, vorrei proprio vedere chi gliele vende le armi ai talebani dell'Afghanistan la cui tecnologia arriva al massimo a fargli detergere le ascelle sudate coi peli delle lunghe, lunghe barbe... amalgamate il tutto, imburrate anche negli orli una teglia rilegata in finto marocchino e, suddiviso ben bene in capitoli il giro dell'oca del giro della morte sempre violenta e portata la faccia tosta a duecentocinquanta gradi, infornatela per sessantasei minuti esatti che è il tempo di cottura di un diavolo di bestsellerista - e anche a costo di fare come gli autori che chiamano romanzi o addirittura opere di letteratura i loro libri di ricette, darò intanto gli ingredienti del mio ragù alla bolognese prima di dimenticarmelo e nel caso che un qualche folletto aspirante cuoco della mia mente volesse mai cimentarsi ancora, però anticipando subito che perché è detto alla bolognese e non, por ejemplo, alla chiavarese resta e resterà un mistero irrisolto fino alla fine:

un terzo di carne di manzo,
un terzo di carne di vitella,
un terzo di carne di maiale,
tre salsicce,
prosciutto cotto a piacere senza lattosio né conservanti,
cannella, noce moscata, chiodi di garofano più un trito di tutti i suoi sapori salvia rosmarino aglio chiusi in una garza poi spremuta,
due bicchieri di rosso... non per dire, neh, di Barolo della cantina Ratti La Morra, che a me avrà spedito cento bottiglie e non ne ho mai trovata una che sapesse di tappo, mentre come ti inculano bene i francesi (e io sono il contrario del proibizionista nazionalista), Château di qui, Château di là, una su due sembra di bere sughero sfuso, perché quel Barolo stava lì in un'enoteca accanto al Mercat de la Libertad dove i vini spagnoli erano un'opzione come un'altra, sudafricana, californiana, australiana, cilena come deve essere in un paese civile e la Spagna lo è, lo è, anzi, sofisticata al punto di vantare i divini Terra Moretti della Franciacorta, che mi riservavo per un'altra volta... ma era una marmitta formato gigante bastevole per il rancio del dì di festa di tredici e anche di ventisei coscritti, metti mai che un giorno mi sentissi indisposto e non potessi fare niente sul momento a parte asciugarmi il naso e le lacrime da sindrome di abbandono, meglio avere qualcosa di scorta e abbondante che facesse pendant con quattro confezioni di tagliatelle all'uovo della De Cecco che in cinque minuti sono pronte e, una volta scolate e servite lasciando però che un tantino di acqua di cottura irrori il ragù ben rappreso e tirato, puoi ritornare a soffocare i singhiozzi sul cuscino.

Avesse avuto i ganci, sarebbe stata una fioriera da balaustra dove ci stavano tre gerani comodi quella che avevo sul fornello a fiamma bassa bassa bassa, una grossa vaschetta rettangolare in acciaio che doveva essere stata un contenitore di gelato da banco di esposizione, qualche compiacente negoziante gliel'avrà data piena di cioccolato e fiordilatte fidandosi sulla parola tanto per fare alla svelta e non gliel'avevano più riportata indietro; la notte prima, troppo stanco per addormentarmi e per decidere se andarmene o no, l'avevo trovata nel mobiletto sotto il lavabo piena di pinze e tenaglie e chiodi e saliere e cucchiaini e posacenere e saponette, shampoo, pettini, spazzolini da denti nelle loro confezioni, scatolini con cuffie da bagno e Cotton fioc, calzascarpe d'alberghi, medicinali e preservativi scaduti, l'avevo lavata forse fino a disinfettarla e ora, intanto che quel prodigio di ragù si trasformava, tempo tre ore buone... anche quattro, data la mole, per poi spegnere e il burro mettercelo crudo, che mantechi, perché un ragù alla bolognese senza burro è come fare mara senza il meo, come mettersi la vase senza la lina, come un nano senza ano... nella sapiente manna italiana insegnatami da mia mamma, mica potevo starmene con le mani in mano, loro erano sempre fuori, io fuori non potevo andarci e ero sempre da solo e, nell'andare a fumare sul terrazzino, ecco di nuovo quella puzzetta leziosa, disgustosamente dolciastra, da piaghetta purulenta in via di espansione.

Era dalle cinque di mattina che avevo preparato la valigia, non ci avevo messo molto, in tutto dovevo ributtarci dentro un paio di mutande, una canottiera e i calzini, che usavo solo per mettermi le scarpe per andare a fare la spesa, poi ero sempre in ciabatte e vestaglia, il tempo di legarmi il grembiule e servirgli la colazione, erano già spariti, senza salutarmi, come se dovessero star fuori cinque minuti o fossero andati in bagno insieme a aspettare il turno per bestemmiare contro il boiler e poi l'uno contro l'altro e che era stato lui a aver ridotto la casa a un cesso, che non tirava mai lo sciacquone, come se in quel cesso ci fosse mai stato posto anche per una casa.

“Oh, se vuoi, non farti riguardo, prenditi pure il ventilatore” mi disse magnanimo *el especialista* quando, poco prima di sparire con l'altro, andai a riprendere il vassoio e spalancai del tutto la finestrella sull'imbuto cieco per cambiare quell'aria di indigestione, e aggiunse serafico con una punta di fastidio per la non eccellenza del servizio a domicilio, “Non avresti un paio di lenzuola pulite? Non si sono ancora asciugate quelle in lavatrice? In fondo, di notte fa ancora freschino”.

Siccome un museo d'arte contemporanea sta all'arte del mercato come una vetrina di lingerie all'impulso di indossarla comprandosi al contempo le tette all'ultimo grido *comme il faut*, la tentazione di andarmene e di riprendere il mio viaggio verso Saragozza e il Nord era stata molto forte, ci tenevo a vedere l'ultimo della serie dei Guggenheim e leggere l'ennesima pletora di didascalie in catalogo, se non addirittura su parete, attraverso le quali il design industriale, assurgendo a moda stabile nel corso della seconda metà del Novecento, assurge a arte ad arte, cioè, fa assurgere ad arte l'arte della paccottiglia... oh, quanto riproducibile, quanto falsificabile, se fosse possibile falsificare un falso falsificato alla sua origine... e assurge quindi, come dicevo, alla suprema arte del mercato dell'arte, a bieca finanza mascherata da elettività estetica per spillare soldi ai cumenda di provincia che ambiscono a farseli spillare da cumenda più internescional di loro.

Andy, quanto ho odiato la pop art a partire dalla tua e dal tuo carisma per sfigati bastardi senza collare! Almeno quanto ho odiato i poeti della beat generation e i loro addicted: loro on the road, strafatti di alcol e marijuana a tendere la mano a questo e a quello ispirati dalla giaculatoria "Om mani padme om" dei figli di papà vestiti di arancione coi campanellini che purificano la mente, io a fare lo sguattero o poco più e a studiare di notte a Manerba, Sirmione, Limone, Milano, Cortina d'Ampezzo, Lilla, Parigi, Londra, Baden-Baden, Monaco di Baviera, Berlino, Playa de Aro, Firenze, Verona, Mantova, Beirut, New York io, invece, strafatto di fame o di avanzi di cibo e di sonno e di gonorrea e di rabbia e di forza di volontà via via sempre più malinconicamente tenace, senza osare chiedere niente a parte un lavoro qualsiasi per persistere a non delinquere cominciando a chiedere la carità a gente più vecchia e meno forte di me.

E tutta l'arte che va è tuttora pop, mentre il suo mercato l'opposto, mai che abbia dedicato un nanosecondo e avuto esposto un nanotubo a prezzo popolare.

Infine l'arte contemporanea resta la migliore e più impunita lavanderia di denaro sporco mai inventata da Al Capone in poi e un linguista come me deve costantemente misurarsi con gli ultimi espedienti del luogo comune occidentale fattosi sistema di mantra pubblicistici per accalappiare gli allocchi ricchi e ignoranti e bisognosi di una ripulita sociale grazie a marchingegni con filo spinato e calcinacci e foto softcore e ceramichine affette da gigantismo e piatti rotti incollati e fascine di legna e cornici attorno a copertine di dischi anni Sessanta di cantanti con gingilli di plastica alle orecchie da esibire in casa dicendone per prima cosa il prezzo e per seconda niente, perché a parte dirne il prezzo sarebbe molto difficile per chiunque inventarsene una seconda senza, per l'appunto, ricorrere al mantra museale imparato a pappagallo dal mercante d'arte contemporanea e dai suoi scherani critici d'arte a vicendevole soldo.

Resto tuttora basito nel constatare quanto installazioni e manufatti e ninnoli artigianali e decorazioni in serie illimitata che andrebbero forse bene per fare le vetrine di Natale e poi, via, nel cassonetto della spazzatura, diventino in un museo altrettante collezioni permanenti, ci vuole un fegato dal geniaccio per gli affari unico per trasformare in qualcuno finanziariamente appetibile un cretino bricoleur che si presta alla fuffa e alla truffa o che ci tenga a diventarlo, 'sto qualcuno; ho conosciuto tanti artisti, tanti galleristi, tanti critici d'arte, tanti direttori di museo, tanti curatori di mostre e di aste, e di tutti quanti, nessuno escluso, potrei ripetere quanto avevo blandamente detto all'ultimo artista situazionista che mi aveva chiesto un parere sulla sua opera, una bambola gonfiabile crocifissa con tanto di rosario che le si sgranava fuori sul davanti partendo dal didietro, "Sei così ignorante, analfabeta, furbastro, finto modesto, pieno di te, mediocre ma leccaculo di ogni potente fascistone di palazzinaro che mi stupirei se non diventassi qualcuno di catalogo in catalogo".

Mi mancava solo il Guggenheim di Bilbao e le sue didascalie per fare il pieno di bile e metterci una pietra sopra il quartierino dell'arte e i suoi lenoni, e la visita mi entusiasmava come il patibolo un condannato a un'ennesima finta esecuzione, perché gli artisti si esprimono, anche attraverso le didascalie dei loro manager, come i calciatori: non dicono mai niente che esca dal seminato altrui cui fanno interessatamente da concime; mai una mozione civile, un correre un rischio, un dire un no, uno scoprire le carte di una corruzione, una denuncia di quanto avviene sottobanco negli spogliatoi, di una partita truccata, mai, delle poetiche amebe su due gambe da allevamento concentrate a fare soldi aumentando la corruzione pubblica; i due giorni di incomparabile ospitalità catalana erano scaduti, ma adesso non potevo certo andarmene come un ladro o per cellulare, non solo per una questione di buona creanza ma perché quei due erano talmente prevedibili che potevano denunciarmi alla polizia per sottrazione di microonde antico.

E poi temevo che a dirglielo vis-à-vis avrebbero lasciato perdere ogni scrupolo e cautela e scale di seta, se così si potesse mai dire, e mi avrebbero sequestrato immediatamente e del tutto... e poi, a dirla tutta, poi...

Poi... a parte che non è che ordini una lavastoviglie e vengono a installartela un momento dopo, dovevano ancora venire a fare un sopralluogo e a prendere le misure e rischiavo che se in casa non trovavano me, non trovavano nessun altro... poi era tanto di quel tempo che nessuno mi sequestrava contro la mia volontà che, adesso, mi piacque il pensiero di essere sequestrato per mia volontà.

Tutte storie vecchie, senza il gong di un inedito colpo di scena perché, quando mi va bene, mi ripeto sapendo di ripetermi, di raschiare un barile raschiato in altre memorie e di ridurle a patetici aneddoti che mi rianagrammo variando solo il numero di sospiri.

Tralasciando le due volte che hanno tentato di assassinarmi e che riesco così malamente a ricostruire che mi sembra di essermele inventate, ma so che non è vero perché entrambe le volte mi hanno inseguito senza acciuffarmi e si davano segnali a gran voce da un punto all'altra della notte in aperta campagna... come le volte che, per qualche misteriosa ragione, vi hanno rinunciato all'ultimo minuto e quindi di vero c'è solo la mia fantasia che gira intorno a una realtà che non riesco, che non voglio portare a galla per non morirne per mano mia... sequestrarmi lo aveva già fatto mio padre quando avevo cinque anni chiudendomi nella gabbia dei conigli con una decina di conigli d'angora dentro e mettendo due prismi di calcestruzzo... ah, la povertà esistenziale di chi compila i dizionari! non esiste nemmeno la parola "prismo", per meno di "prisma" questi stronzetti accademici non si scomodano... sopra lo sportello della gabbia, sbattevo la testa contro per sollevarlo e liberarmi ma il peso era troppo per le mie spalle che premevo con tutta forza per ricadere addosso a quelle bestie bianche sempre più spossato e i conigli erano come impazziti e si avventavano contro di me da ogni lato e gridavo e gridavo e gridavo e nessuno veniva a tirarmi fuori e non riuscivo più a trattenerla e nel fare la pipì uno mi aveva morsicato lì vicino, ho pensato che voleva strapparmelo per mangiarlo, e mi sono messo a tremare e a tremare e a tremare smettendo di colpo di gridare e tremando ho capito che potevo continuare a tremare ma che o mi mettevo a giocare con quegli animali rabbiosi o mi avrebbero scuoiato vivo.

Venne a liberarmi Oretta, una mia cugina più grande che all'Osteria del Cervo in Piazza Conte Treccani degli Alfieri aiutava mia mamma a servire, e poi era saltato fuori che mia mamma mi aveva sentito ma che era d'accordo anche lei e che mi stava bene, un'altra volta imparavo a dire di no anche a mio padre e giù una mestolata sulla schiena, e quindi un altro dolore mi ha sequestrato per sempre, il dolore di non essermelo dimenticato nemmeno quando era vecchia e la baciavo e me la stringevo contro e le accarezzavo le guance e lei non sapeva nemmeno più dov'era, chi era e chi ero io, un bambino che aveva imparato a far finta di non gridare, a far finta di giocare con finti amici perché così intanto che ci giocava assieme non lo scuoiavano vivo, a far finta di vivere; poi, come di sicuro ho già scritto da qualche parte, fu la volta di un pittorucolo milanese sulla quarantina quando avevo diciassette anni, tre giorni in uno sgabuzzino senza luce e senza acqua e solo un apriscatole e una scansia di barattoli di fagioli che aprivo a tentoni, e non ho ucciso nemmeno lui; a ventun anni lo aveva fatto un commesso viaggiatore di Roubaix deturpato dal collo all'ombelico da un'operazione chirurgica per l'asportazione di un polmone scacciacani in pugno fino a che non ho abbassato i pantaloni sul ciglio di una cavedagna e quando ho visto quella cicatrice da parte a parte m'è venuto un tal magone che l'ho lasciato fare con comodo, aveva più di un colpo in canna, il suo terrore e la mia pietà mi avevano reso paziente, di una pazienza fredda e, per calcolo, partecipe, perché se vuoi salvare la pelle, il sangue freddo deve pur sempre attivare un po' di calore per restare sotto zero; a quarantatré un pizzaiolo disoccupato egiziano della mia età, un clandestino perfettamente inserito così brutto, brufoloso e profumato di lievito e gelsomino che mi sembrava di fare un fioretto, nel cesso di un cinema di Milano che sarà stato l'essai Eldorado, prima mi ha fatto un pompino con la scarpetta e poi mi ha detto coltello alla gola che Allah proibiva questi atti impuri e che dovevo pagarlo e io non avevo soldi con me o non abbastanza per lavare l'onta che si era fatto tutto da solo, però avevo le chiavi dell'auto e lì avevo anche il portafoglio, mi ha fatto uscire dal cinema sempre con la lama del bellissimo coltello a serramanico d'argento che mi premeva sul fianco fino a dove l'avevo parcheggiata e io pensavo solo a quali sevizie e violenze avevano dovuto sottoporlo i suoi datori di lavoro e di schiavitù per farlo diventare una tale belvetta cattiva, poveretto, aveva più paura lui di me e ho capito che poteva infilzarmi per questo da un istante all'altro, non mi è stato difficile seminarlo, correvo due volte più veloce di lui, mi gridava di fermarmi che mi avrebbe scannato come un maiale, perché, anche se gridava in arabo, che non so, mica poteva ricorrere a tante variazioni, se avessi avuto un indirizzo gli avrei mandato un vaglia.

E poi solo ascensori, la prima volta dodici ore a Milano, la seconda quattro a Berlino, la terza nemmeno due a Arenzano, con uno che abitava al primo piano e voleva mostrarmi che abitava in una casa con l'ascensore, quel deficiente, e poi, sì, venti minuti il gabinetto tutto acciaio automatizzato di un espresso Dublin-Cork dieci anni prima, nessuno e ormai anche niente si degnava di sequestrarmi per un po', di sequestrarmi per un po' a me stesso, ecco.

Quindi ho rimesso la mia valigia al suo posto in piedi ai piedi dei letti a castello e, alle spese, ho triplicato le primizie.

Posso dire che i commercianti del Mercat de la Libertad si erano invaghiti di me, che per loro una mattina senza vedermi era una mattina persa? Be', e il terzo o quarto giorno, cicalando di qui e di là e dicendo che mi sarebbe piaciuto comprare un calendario o averne uno qualsiasi anche di tipo pubblicitario, il pescivendolo non me ne regala uno strabello con dodici quadri di Velàzquez... la à con la pennellata dall'altra parte, ovvio?

Adesso io non so se prima di appenderlo al suo gancio colloso tra il fornello e il frigo ho staccato due o tre dei mesi già passati... gennaio era *Las Meninas*, sono sicuro, febbraio solo la nana Maribarbola ingrandita in tutta l'aristocratica magnificenza della sua deformazione, e se marzo non era "el hombre de placer" ovvero il giullare detto *El Inglés*, elegantissimo accanto al suo pony basso come lui, aprile era di sicuro Sebastián... che strano friggio di autocompiacimento ho nella mente, che sarà mai háháhá... Sebastiàn... friggio estinto... de Morra, buffone di corte anche lui, storpio dalla nascita e bellissimo di viso, ritratto, sì, come se fosse un burattino caduto dai suoi fili recisi di colpo, ma con un'espressione di tale virile dignità, con abiti di così raffinata fattura... e a pugni chiusi, tanto da far pensare che avesse dei moncherini, e invece no, era per non rivelare le mani a tridente, dalle dita lunghe… corte… tutte uguali tipiche dei nani, ma non si saprà mai se dietro richiesta del de Morra o per una non richiesta delicatezza di Vel… dai che viene, concentrati, accento acuto, accento acuto, accento acuto vienimi fuori …ázquez! di Velázquez stesso, che forse finalmente si rendeva conto che non c'è alcuna differenza tra un buffone di corte e un pittore di corte e che, come in *Las Meninas* si era autoritratto con la Croce Rossa di Santiago ricamata sulla blusa al fine di sancire il proprio status sociale non inferiore a quello di un re, dipinse quei corpi *mostruosi* - che si guadagnavano da vivere facendosi deridere dai principi e dai cortigiani - come se fossero la quintessenza della bellezza, dell'eleganza e dello spirito umanistico, e tutte queste informazioni stavano scritte per benino in fondo a ogni mese, subito prima della relativa ricetta, tutte per cucinare il baccalà, bacalao al pil-pil de la Monstrua vestida, bacalao de la enana, bacalao de la enana mongoloide, e in una, quella del bacalao de la mala suegra enana, mi sarei anche cimentato se di punto in bianco… insomma, mi giro e mi rigiro non più di un paio di volte tra la cucina e il cesso, e il calendario è sparito, ovviamente ho guardato per terra, e anche sotto il fornello, casomai fosse caduto e poi scivolato sotto, niente, ho spostato anche il frigo, ho guardato nel bidone dell'immondizia, nel sacco della carta, niente. E ho anche fatto finta di niente con i due, visto che non avevo nemmeno avuto il tempo di fargliene menzione; se l'avevano prelevato i due nipotini o le tre nipotine non volevo si prendessero un qualche scappellotto per colpa mia, meglio, un po' d'arte era pur sempre un diversivo nella loro educazione postribolare, e nella fattispecie anche una lezione di antirazzismo per loro, che sembravano scaturiti da Venere incinta di Adone tanto erano tutti e cinque, come dire, perfetti, per non dire peggio, cioè *superiori*.

Ah, sì: la puzzetta!

Ho bloccato il pollice sull'accendino, ho messo la sigaretta nella tasca del grembiule - mi ero comprato anche quello: con su impressa la Montiel nel suo abito di *Violetera* incocuzzata di rose rosse e rami di *cupressus sempervirens* che sembrava un alce al Gay Pride - e mi sono arrestato di colpo arricciando il naso, l'infida puzzetta era vicina, sono avanzato nello studiolo dell'*especialista de Barcelona* affiancato al salottino col tavolo da pranzo e ho scoperto sotto la scrivania una crosta di formaggio e poi un'altra finché non ne ho scorto una in bocca a un grosso sorcio preso dentro una trappola a scatto e che, dall'aplomb della pelliccetta che camminava brulicante di altre vite, stava lì da settimane a pasteggiare nell'afa col boccone in gola.

Avevo già pensato tra me e me 'Che schifo!' tante di quelle volte in due soli giorni che adesso dissi in falsetto a voce alta e giubilante "Che bello!" e, raccattato il tutto con un pezzo di giornale, nel rialzarmi da sotto la scrivania ho buttato a terra un libro, sulla cui copertina c'erano due serpentoni verdastri attorcigliati a un bastone che finisce con due alette, insomma, il simbolo delle farmacie, sembra il più antico ancora in uso, detto "caduceo" o "scettro dell'araldo" e l'araldo sarebbe il gaio Ermes o chi per lui... che poi questo greco Ermes è lo stesso latino Mercurio che si traveste da pastore e, facendogli tutta una solfa incantatrice con la siringa, la fa sotto il naso a Argo malgrado tutti i suoi occhi e dalla stalla gli porta via quella vaccona di Io che Giove aveva involato e violato in una nube, nube che poi non è altri che lui stesso che, così nascosto in se stesso, pensa di fare un cornino a Giunone e di farla franca, perché anche allora le trame mica scherzavano, se volevi un best-seller da Olimpo dovevi arrampicarti sugli specchi perché solo in essi e nella sua intima Fata Morgana si riconosce il non lettore, che se compra un libro non è perché vuole leggere un libro ma leggere sé attraverso lui, e tutto ciò che sé non è lo salta... e che cosa mai annuncia un araldo visto l'abbinamento con quelle fabbriche di fatturato sul mito della salute?

Da avvocato dell'angelo e gran ruffiano delle potenti multinazionali del farmaco, annuncerà una pestilenza, tiè: "Miei cari umani, Giove mi invia a voi per annunciarvi che in men che non si dica creperete a grappoli grazie a un nuovo virus a trasmissione sessuale. Ma la ricerca deve andare avanti. Allegria, allegria, scema chi non la dà via!", cose così, da farci un musical alla Cocciante.

Sopra il bastone inserpentato c'era il nome dell'*especialista de Barcelona* e, sotto, il titolo *Sida i esperanca, poemes en prosa*, dunque di nuovo delle sentimentali frittelle in catalano sponsorizzate da una qualche ditta o cooperativa... inutile adesso che mi sforzi a mettere la cediglia alla c di esperanca, mi sarebbe più facile un'erezione concentrandomi sui capolini femminili dei platani della Rambla che maturando si trasformano in palline rugose.

Già che c'ero, ho svuotato anche il cestino, tra le vaschette di polistirolo dei takeaway ci saranno stati una trentina di Rasca-Rasca e una dozzina di biglietti della lotteria spagnola più pingue, *El Gordo de Navidad*.

Ora devo dire quel poco che c'è da sapere sui trascorsi letterari dell'*especialista de Barcelona* che risalgono a cavallo del millennio, di cui, quando poi abbiamo smesso di vederci per quel lustro e più, ho piluccato qualcosa qui e là nelle *revistas de ambiente* volantinate nei locali di tutta Spagna, perché lui, vanitoso com'era, rilasciava interviste sull'impegno per una rivoluzione dell'intera società verso un mondo più giusto arredate di foto sue a mezzobusto anche di trent'anni prima in cui sembrava un carinissimo toreador di buona stazza con sotto al busto due metri di gambe e uno di uccello.

Quel poco da dire è presto sintetizzato: solo un impenitente idealista poteva pensare di fare cassetta e di vincere scrivendo storielline gay un Premi Literari de Calldetenes, concorso multigenere per la promozione della lingua catalana nel quale al limite l'avrebbero accettato per la sezione del comico.

E infatti la commissione dei Premis Literaris de Calldetenes, ortodossa e campanilista e omofoba senza neppure sapere che esistesse una possibilità di non esserlo cominciando col prendere coscienza che lo si era, l'aveva respinto fino a tutto il 2004, quando il Premi chiuse, e il suo massimo bestseller era stato di milleottocento copie compresi i saggi stampa e gli omaggi all'entrata perché gli era stato stampato da una catena di discoteche gay di saune gay di sex shop gay che ricorrevano nelle trame: avevo saputo dal gestore del Bears' Cuchitril che era stato pagato, una miseria di mille euro forfettari, un tanto a citazione dei locali per un minimo di una a pagina, dieci euro a pagina, pardon, a citazione, come un normale giornalista che guai a toccargli la libertà di stampa. Gli avevano restituito i diritti, ma non li voleva più nessuno, nemmeno gratis.

Uno dovrebbe chiedersi: perché mai scrivere libri gay in catalano indirizzati ai gay catalani? I gay catalani mica leggono libri gay in catalano, non li leggono in castigliano, semmai, e neppure leggono libri non gay né in castigliano né in catalano, e neanche i gay castigliani leggono libri gay in catalano, semmai non li leggono nemmeno loro neppure in castigliano anche se sono libri gay e neppure se non sono libri gay: i gay non leggono. Più chiaro di così!

Quindi scrisse storie gay di gay in castigliano per i gay spagnoli in generale, i quali non leggono né in generale né libri gay scritti da gay per i gay in particolare: fu un fiasco così clamoroso che nessuno lo notò.

Ah, mio buon amico *especialista de Barcelona*, un gay non leggerebbe mai un libro scritto da un gay che non sia lui, e tu ne sei la prova vivente!

Ma il mio *especialista de Barcelona* queste cose non le sapeva: era gay, eh.

Con la dovuta pazienza, mancandomene la curiosità, avrei di sicuro scoperto che scriveva anche poesie e che per la posterità teneva colture a ettari di florilegi di versi dai titoli roboanti e inediti tipo *La voz blanca de mi silencio*, perché castra di qui, castra di là, ti viene l'estro poetico, ma la voce ne risente. E scritti in castigliano, o forse in portoghese, perché lui odiava il catalano, parlato e scritto e sottaciuto, almeno quanto odiava l'euskara, la lingua del fedifrago basco incintatore e pappone della figlia, la quale, ormai anche secondo il mio fiuto, lo dava per scomparso per tacitare i debitori e fare marchette in santa pace gestite da lui stesso, l'*etarra* dei miei due, ma se l'*especialista de Barcelona* voleva pubblicare, e fuori dalla Catalogna non c'era una tipografia che si degnasse, doveva farlo in catalano, come quello, di ignota casa editrice, che avevo tra le mani.

A parte che ogni dieci pagine di *Sida i esperanca, poemes en prosa* - con l'anca di esperanca che, ripeto, va pronunciata *ansa* per via del tirabacio sotto la c - ce n'era una piena che le reclamizzava per un totale di dieci anticamere della morte ognuna con la sua lapide di fondazione, bastava guardare il colophon per scoprire che "el lobo muda el pelo mas no el vezo": lo sponsorizzava una catena di farmacie dentro e fuori città che applicavano forti sconti per la scorta annuale di Azt ovvero azidotimidina, chiamato dai gay, perché li faceva sentire più dentro la loro intimità virile pur sempre rétro, Retrovir.

Quelle serpi benefattrici, secondo la prefazione, davano la possibilità ai famigliari di essere rimborsati del cinquanta per cento del controvalore della merce non scaduta riportata alla cassa, con debito scontrino, qualora il caro ammalato di Aids non avesse fatto in tempo a beneficiarne del tutto e fosse passato anche lui alla sua di cassa.

Comunque sono dovuto arrivare a metà cottura del ragù e a pagina novanta la pegora la canta/ la canta söl fenér/ la ciàmô el sò misér senza le dieci foto, cioè alla fine, per capire quello che chiunque altro avrebbe capito sin dal soffritto di cipolla: che, per quanto inverosimile mix di paradossi, era un tranello commerciale bello e buono, fosse solo per comperare prodotti di bellezza tout court e antisolari contro la rosacea e creme facilitanti l'introduzione di ogni.

Sono lento di comprendonio, io, e poi non ho la malizia, eh.

Ho impiegato anni, per esempio, a capire perché, invece di metterlo alla porta dopo aver consumato il patto nei suoi semplici e sbrigativi codicilli, quella volta di tanti, tanti anni prima fosse planato sul terrazzino in pareo calzando assurdamente i suoi stivaletti a godersi estasiato la sigarettina col serbo tutto abbottonato che non diceva niente, si dava grattatine di patta con una qual certa... o certa qual? eppure l'ho già usato... spaziata cerimoniosità e mi guardava in tralice inquieto e impaziente e tirando in modo forsennato mentre il suo noleggiatore era tutto scherzoso e al terzo tiro girava su se stesso per far gonfiare il pareo giallo oro dal vento autoprodotto: pensava che potesse interessarmi l'articolo da sballo dell'ex Jugoslavia gentilmente offerto, si fa per dire, dalla casa.

'Oh, foglia esimia, non potendo ergersi su niente, cercava di tagliare agli altri la testa che a lui... e ai suoi figli con lui... non era mai cresciuta, piallava gli altri a misura di se stesso?'

'Tu, quanto a questo, dovresti solo tacere.'

'Così mi piaci!'

'Se non ti piaccio, mi fa un baffo. Tanto non cado, ti alzi prima tu anche oggi.'

Anche quella casa era piallata, ma ora rischiava di essere piallata via con lui dentro.

Siccome una volta, oh, molto, molto tempo prima di essere ospite da lui, gli chiesi perché non interveniva con qualche lavoro di restauro dopo trent'anni e passa che ci abitava, a un prezzo che più politico non si può e le spese del condominio a carico del disgraziato e spremuto proprietario forse deceduto senza neanche una ghirlanda di seconda mano, mi rispose che l'appartamento mica era suo, la faccia di tolla, che i due figli continuavano, per l'appunto, a costargli anche se entrambi fuori casa, e entrambi con prole perennemente a rischio salto di pasto e di shopping anche telematico; il maschio, poi, continuava a avere problemi di droga e di calendari posati e non pagati e ospedalizzazioni improvvise, e poi c'erano i *chaperos*, in prevalenza brasiliani marocchini argentini gitani andalusi sinti rom rumeni andini e persino qualche zingaro di Manchester, più esotico, a tariffa poco variabile e sempre al ribasso, studenti palestinesi di economia a parte, prestatori di una certa qual manodopera della cui pubblica utilità il mio *especialista de Barcelona* era aperto sostenitore essendo lui molto impegnato, dicevo, nella lotta per i diritti della comunità lesbian-gay-bisex&trans della Catalogna e di conseguenza anche dei lavoranti a cottimo dell'indotto e introdotto, quindi doveva mettere in conto sia le rapine che i furti continui, oltre a un antisemitismo occasionale per strappare una tariffa migliore ai pasdaran e ai qaedisti universitari, a Barcellona per il tocco finale, e che gli tornava bene anche quando, accampando la crisi mistica, si metteva fuori dalla chiesetta di Betlem qui alle spalle della mia sedia preferita a fare la posta ai gesuiti più di fresca vocazione.

Ecco spiegato perché in casa non c'era più niente da asportare e lui non portava né catenine né orologio e solo braccialetti trovati nelle uova di cioccolato prendi tre paghi due, perché gli avevano rubato anche il cock-ring d'argento e aveva ancora i lividi viola extra, che non volli vedere.

Viveva in funzione dei ladri su appuntamento che prima, però, sarebbe riuscito a farsi e quindi, secondo lui, a fargliela, a metterglielo doppiamente in quel posto, e era proprio per questo che io preferivo stare in albergo e non da lui, formiche e scarafaggi a parte: per i topi d'appartamento ai quali lui stesso apriva la porta. Non volevo essere assalito nel sonno da gente che conoscevo ancora meno di quella che mi aveva assalito in passato da sveglio, ecco.

Il sospetto che un *chapero* non fosse un ladro, un teppista, un rifiuto da carcere minorile o un sopravvissuto da traversata in gommone o non avesse una borsa di studio da Hamas lo metteva in una tale apprensione che preferiva non rischiare di rischiare per niente, non sarebbe stato abbastanza virile, il *chapero*, immagino.

E adesso voleva sposarsi con uno che non era nemmeno un *chapero*.

Almeno in apparenza.

Oddio: in apparenza lo era, quel Re Magone di cui adesso non mi viene il nome, ma semmai proprio, per funzionare dal molle al duro doveva anche incontrare un proprio gusto, affetto com'era, come dire, dal male del nonnino, ecco, dal gusto per le gelatine di carne più di là che di qua.

Chissà se *el especialista*, anche nel raggranellare soldi dove poteva, non aveva pensato di mettere a profitto questa inclinazione del fidanzato per la terza età sessuale con me... anche con me... però me ne mancano le prove, perché un fatto senza conseguenze non è niente, ma mente mia taci.

Io pensavo ai suoi poveri studenti perché, a prescindere dalla materia specifica che insegna, un docente trasmette inconsapevolmente e involontariamente anche un mondo di valori dalle sue osservazioni buttate lì, da come va vestito, se si spazzola la forfora che ha opacizzato ormai anche le borchie d'ottone del giubbotto in pelle, se va a fare lezione sbarbato o no, se ha il fiato che puzza, se i peli del naso potrebbero o non ancora annodarsi con quelli delle orecchie, se arriva in ritardo o se è puntuale almeno quella volta che è sobrio, se è aperto agli altri per manifesta simpatia o per interessata ipocrisia, se vede un po' di mondo solo grazie alle gite scolastiche per lui gratis o a un po' di spirito di avventura e di acculturazione anche di tasca propria, se poi usa il pareo di lino misto terital anche come sciarpa e se il giallo oro assorbe o non più certe quali macchie tipo striature di lumacone virate sul terra di Siena diarroico, ma poi tirai un sospiro di sollievo allorché, incidentalmente, mi disse che erano tutte donne quelle del suo corso, tre, e essendo lui un *especialista* piccoletto, grassoccio, dichiaratamente *maricòn*... con la o accentatissima ma invertita... e povero statale, alle tre non gliene fregava niente di niente, né di lui né del portoghese né degli eteronimi di Pessoa né di un nanopolvere di *saudade* e che, tanto, "Todo es mierda", e che gli incarichi universitari erano tutta una mafia politica di spartizione tra i partiti all'interno di uno Stato ladro, e io gli ho chiesto se faceva due ore la settimana solo da quel dato anno e lui mi disse che no, da almeno dieci anni, prima ne aveva fatte anche quattro, allora c'era più interesse in generale per le materie umanistiche, e anche più rispetto locale per un socio del Pen Club, che fosse benedetto, perché tutti i viaggi spesati all'estero li faceva grazie ai simposi del Pen, non certo grazie all'università, e lì il pennivendolo magnava e beveva a scrocco anche una settimana più una somma forfettaria per le spese extra che uno ha a occuparsi di scrittori in carcere in regimi autoritari, sempre oltreconfine rispetto a quelli ospitanti.

Grazie all'impegno con pacchetto tutto compreso a spese di questi paesi ospitanti, toccava mete baluardo di libertà e di democrazia e di libero culto e di libero mercato in libero stato, L'Avana, Mosca, Caracas, Teheran, Santiago del Cile, Tirana, Tbilisi, Rio de Janeiro, Il Cairo…

Essendo lui di sinistra e antifascista e, in privato, anche anticlericale, si richiedeva la sua presenza in regimi conformi, dove oltretutto le marchette costavano un *salivazo*, uno sputo, riempiva una valigia di abiti smessi del figlio, che a differenza di lui era grande e grosso e aveva la fissa della moda firmata per prima cosa quando usciva di bel nuovo da una comunità, e via, godeva e allo stesso tempo faceva del bene anche sotto bandiere con mezzaluna e scimitarra dove i profilattici li usano per fare le selle delle fionde.

Era così teatralmente, folcloristicamente, odiosamente infrequentabile e in buonafede malintenzionata il mio *especialista de Barcelona* che la solidarietà che mi suscitava, scaturita dal ribrezzo più profondo e quasi anodino, era più forte di me, e il mio giudizio negativo, anzi, repulsivo su di lui era così instabile che mi bastava vederlo arrivare nel suo giubbettino di pelle nera troppo stretto per quel torace dalle grosse tettine più la pancetta che gli cominciava dallo sterno, i jeans di due taglie in meno e quegli stivaletti a punta con fibbia, e tacchi consistenti tanto da dargli un'inclinazione sempre un po' prospiciente, e quel tocco di giallo sfacciato girocollo per sciogliere ogni mia riserva e psichico vapore nauseabondo al minimo contatto.

Era uno che lottava dalla nascita contro la banalità del male fatto in casa e perfezionato da ogni possibile apporto esterno, uno per il quale l'espressione "vivere con i propri mezzi" era stata stravolta in "primo, vivere con tutti i mezzi a tiro; secondo, se proprio devi, vivere anche con i tuoi".

E poi, che tenerezza quegli occhiali da miope che gli facevano vedere culi giganti anche sugli anoressici, quasi tutte donne coi pantaloni!

E, con il fatto di avermi confessato di essere solo attivo e di avere un sesso "molto piccolino", mi faceva una tale allegra compassione, mitigata dallo sforzo che mi costava non prenderlo a schiaffi ogni volta, che lo adoravo come una reliquia di efferatezze proustiane alla Monsieur Charlus... oh, formato bonsai, nevvero... esibite alla luce del sole che non avrei mai più potuto ritrovare altrove.

Anche l'attivo adesso, piccola, irredenta fioraia col complesso della My Fair Lady a metà così doviziosa di stupidini puntini sulle i dal calice ai petali ai gambi agli steli! Chi gli aveva chiesto di metterceli, nemmeno fossero tante cappelle sistine sulla stessa verghina? E poi, parlare del picciolo del pisello e di ruoli a letto a me, l'antimacho per eccellenza! A me, che se un eterosessuale aspirante politico nel suo curriculum non vanta come tirocinio base di averlo preso un po' in culo non dovrebbe nemmeno potersi presentare alle elezioni, visto che semmai arriverà in Parlamento sarà anche grazie ai voti delle donne e dovrà compenetrarsi nel loro destino standard se vorrà riscattarle! E allora, quei due profilattici extralarge sotto il divano che quasi aspiro nelle narici, chi se li era messi, visto che ce l'aveva molto piccolino, la Bella della Bestia? Adesso la Bestia si mette pure i preservativi per farsi inculare senza averne l'aria qualora scoppiasse un incendio a palazzo e andassero limitati i pettegolezzi dei pompieri? Perché, a seguire la china di quella sua mesta da una parte ma dall'altra tanto più strombazzante vanteria, va bene andare a uomini, ma anche prenderlo era proprio roba da finocchi da finire a fiammate ossidriche se non fossero bastate quelle appena spente.

Inoltre, perché mai lui, che di sé non mi raccontava mai niente, nonnulla a parte... niente della sua infanzia, niente della sua gioventù, niente, infine, del suo vero passato... improvvisamente se ne era venuto fuori con queste due confessioni non richieste e che, oltre a essere o l'una o l'altra del tutto falsa, erano entrambe o fuorvianti o non portavano comunque da nessuna parte?

Perché quando un uomo si sente tenuto a rivelare qualcosa di sé di superfluo, per quanto socialmente imperdonabile e emarginante come essere gay e per giunta minidotato, lo fa per distogliere l'attenzione da qualcosa di davvero grave, una tabe morale, civile... qualcosa che rasentava una grossa magagna, forse un crimine occultato la cui bara cominciava a scricchiolare fuori terra, sì... sacrificandole la ben poca ammissione di una disgrazia di natura, se proprio non la si voleva chiamare svista fisiologica a chi tocca tocca, che poteva succedere a chiunque, come ben sanno milioni di mogli giunte vergini al matrimonio e rimaste a bocca aperta per niente – dalla delusione, intendo dire.

Stava addirittura per finire non più un secolo, ma un millennio, miliardi di girini che si credevano unici e insostituibili, che si credevano *individui*, cadevano via via nella stessa rete e nella stessa amorfa salamoia telematica, le miserie umane si travestivano di paillette progressiste catturate in grafici in movimento sugli schermi dei computer e diventavano spenti passatempi di sodomia di massa dati per scontati e indegni di una sola parola giustificatoria in più, non facevi in tempo a incontrare qualcuno che era un avatar come milioni di altri anche quando era lui e nessun altro che lui: una miseria sfacciata e singolare come quella del mio amico specialista in madrigali angolani del secolo XVI... noti solo a lui... sarebbe per sempre precipitata nell'oblio di un tempo per me introvabile in un altro presente.

Tuttavia ci fu quella rottura... a parte quella del naso, dicevo, perché un belga coloniale l'aveva preso a pugni... quando, era stato introdotto l'euro da un paio d'anni, sì, adesso ricordo, la peseta era tramontata da un bel po', a una sua ennesima lamentela contro l'iniquo trattamento riservato ai professori persino di ruolo e contro il Nobel assegnato a quella vecchia beghina eretica a bacchetta di Saramago, un infiltrato al servizio della Chiesa, con tutto che José era socio esimio del Pen, e contro la pessima ospitalità appena ricevuta a Bruxelles dal Pen indigeno... e poi Bruxelles! dove tutti, anche i senegalesi allo sbando, costavano un occhio e una montatura... gli feci osservare se, prendendo quasi tremilacinquecento euro al mese netti da trent'anni senza fare niente e andando quattro o cinque volte all'anno a gravare sulle popolazioni del Terzo Mondo con la faccenda delle ruberie legittimate dal Pen, il ladro non fosse lui.

Mi rispose che il mio Super-Ego col moralismo a "cinco estrellas" come i miei alberghi lo aveva stancato, come se lui si fosse risparmiato nel portarmi solo in ristoranti da star a duecentotrenta euro a ego senza le bevande, gli diedi il tempo di finire la seconda bottiglia di Moët, chiesi il conto al cameriere in smoking, di nuovo preferii alle altre *la tarjeta de oro* mentre la mancia, dispettosamente più generosa del solito grazie all'egotismo suggeritomi proprio da lui, la diedi come sempre in contanti e per un sei anni circa non ci sentimmo più.

Superfluo, no, che io ora mi metta a fare anche la distinta dell'invidia che provavo per il mio *especialista de Barcelona*: una persona così poteva vivere e morire, io no, io avevo dovuto scegliere.

Tra i due miraggi, l'uno.

E a condizione di non farlo sapere a nessuno, forse nemmeno a me.

Una volta scelto l'uno e scartato l'altro, dovevo dimenticarmelo.

Andavo a Barcellona come sempre, ma non lo chiamavo e, purtroppo, devo ammettere che ho un carattere talmente mite... mite per indole e battagliero per raziocinio da desiderio di sopravvivenza, come mia madre, ma mai e poi mai mite in quanto violento mancato come quasi tutti i miti, tutti in attesa dell'occasione propizia per sopraffare e fare in un momento quanta violenza non hanno potuto permettersi in tutta una vita di finta mitezza... che, come non sento rancore dopo mezz'ora da ogni affronto, calunnia o attentato alla mia vita che sia, non sento mai alcuna nostalgia per niente e per nessuno e che, se non faccio mente locale, mi dimentico completamente delle persone proprio come mi dimentico di me, se rievoco una faccia non riesco a collegarla al nome, se mi risuona un nome non riesco a collegarlo a una faccia, se ho nome e faccia non riesco a collegarli al posto, e mi metto a sedere a mezzogiorno su una sedia della Rambla e alle quattro sono ancora lì, non saprei dire cosa ho visto e cosa ho fatto, se ho guardato qualcosa in particolare o se ho risposto a qualche richiesta di informazione di turisti, non ricordo nemmeno se ho pensato a come ero quando ero portato a colmare ogni distanza e scoppiavo di voglia di vivere e mi piaceva andare a ballare e ero un patito delle mete fuori e il corpo andava in un moto perpetuo di ricerca di altra vita da altri corpi da sfamare, quando partire era vivere un bel po' di più che non restare, quando andare non era restare senza mai muoversi da una mente non più modificabile dentro occhi di vecchio vetro, quando esistevano ancora gli esseri umani alla mia portata e, se non alla mia portata, alla portata della mia dolce incoscienza che mi regalava istinti e persino desideri d'amore a getto continuo e chi c'era era umano di per sé e mi costava poco volergli bene, cercarlo, rincorrerlo, quando ancora cercavo che mi si scopasse o almeno mi si volesse bene, certo le violenze, le infamie, l'essere rifiutato senza dirmi il perché avevano tagliato la cresta ai miei slanci e soffocato la mia passionalità senza doppi fini, una passionalità a titolo gratuito, inoffensiva, a parte che proprio per questo faceva saltare la mosca al naso, perché a me dopo un po' tutti dicevano contrariati, "Non si capisce mai dove andrai a parare il minuto dopo".

Al massimo andavo a parare da un'altra parte con qualcun altro con cui non dover andare a parare senza che me ne facesse una colpa.

Perché poi la colpa massima che mi si è sempre imputata è di non vivere nascosto, di non tenermi niente per me, di non avere alcuna intimità con l'altro, di raccontare al primo venuto o davanti a una audience di svariati milioni di persone cose che uno non oserebbe confessare nemmeno a se stesso, e poi di parlare dei miei soldi e di come li guadagno e di come siano soggetti alla tassazione in un mondo in cui, per ogni evenienza, parlare di soldi senza farsi né fare sconti è considerato volgare – mentre è soltanto pericoloso.

'È vero, o foglia: non ho mai incontrato qualcuno in vita mia che vivesse meno nascosto in ogni senso di me e solo questo mi rende un umano unico e straordinario, raro e quasi irripetibile, e ineffabilmente odioso e respingente. Voglio che si impari da me e a essere come me, non ho niente da imparare da qualcuno che prima non si sia spinto come me dove mi sono spinto io nel vivere fuori il dentro, ogni specie di dentro.'

'Amen. Perché non ti compri un ombrellino contro il solleone come le due sorelline di Jerez de la Frontera?', mi risponde lei, con spavalda aria di sufficienza.

Tutte queste cose orribili, queste resistenze, queste emarginazioni, questo ludibrio, queste pugnalate alle spalle storicamente superati e vissuti per forza d'inerzia altrui, perché di meglio non avevo trovato! Ero capitato in un secolo non mio e anche il secolo si era sbagliato nel farsi capitare me, uno non di sua pertinenza né competenza.

Tutte queste crudeli e spietate sfasature del tempo, più che l'avanzare dell'età, mi avevano trasformato in un uomo seduto da qualche parte o in cammino al massimo verso una rosticceria che se si siede da qualche parte sta lì per ore e ore senza rendersi conto delle ore che ci sta, dipende dal pollo spennato che si sente, perché l'unico modo per non scivolare via del tutto dagli interni e dagli esterni di uno spazio senza un posto per te è stare seduto per un po' dentro una bolla di sapone dove, intanto che leviti, ti si ritemprano le piante dei piedi fino a che non ti comunicheranno loro che puoi rimetterli a terra, che le vesciche si sono riassorbite, che le unghie incarnite si sono di nuovo allentate un po', che i tendini rattrappiti si sono ridistesi per un'altra chilometrata e la spina nell'alluce dimezzato dall'artrodesi per un po' resterà arretrata prima di ritornare a fior di pelle.

'Allora, cara foglia, visto che le due sorelle di Jerez de la Frontera mi sa che non vengono più, secondo te si potrà parlare di progresso umano minimo fino a che l'essere umano chiamato in italiano "uomo" non si sarà staccato una volta per sempre dal modello predatorio degli animali carnivori? Infatti, non so se Amilcare Barca sia venuto qua sotto di te a far fare jogging agli elefanti prima di consegnarli ben allenati al figlio Annibale e se riesci a farti un'idea di cosa è un elefante, ma l'essere più maestoso e umano mai apparso sulla terra è l'elefante, non l'uomo... e figuriamoci la donna, una sua costola! L'elefante è una perfezione in sé, un erbivoro cosciente della propria morte che accetta e vi si prepara manducando di foglia in foglia... oh, te ti sputerebbe fuori, tranquilla... che né attacca alcun animale per mangiarlo né è attaccabile da alcun animale che se lo vorrebbe mangiare, né nutre altre specie... almeno non da vivo... né se ne nutre. E ora la mia domanda è sempre la stessa: che senso ha avere il di più se un tuo simile non ha il necessario? Perché, avendo già il superfluo, continui a erodere dal necessario di chi resta vivo già a malapena? Che te ne fai di una reggia se è circondata e sorretta da una valle di lacrime vere, di muta disperazione, di fanghiglia di ogni tipo? Una foglia di fico postconciliare potrebbe rispondermi: se non sei tu a togliere il necessario a altri per avere il superfluo, un altro lo toglierà a te, perché solo con il superfluo di scorta ti garantisci il necessario di ora in ora per raffinare i tuoi sentimenti erotici e politici e sociali e domestici; pertanto chi non ha il superfluo non ha niente, perché gli manca la tranquillità mentale per non correre a provvedere al necessario lasciando perdere tutto il resto, cioè la vita, le sensazioni, le emozioni, i sentimenti, la cultura di sé che può elaborare. Ecco, per l'appunto: restiamo vivi per elaborare l'odio necessario a compiere quella violenza che ci permetterà di sopravvivere, e sopravvivere in modo sentimentalmente raffinato presuppone un atto di forza bruta contro chi quella forza non ce l'ha, proprio come tra lupi e agnelli, tra leoni e zebre, tra leopardi e gazzelle, tra preti e pecorelle smarrite.'

'Viviamo tutti tra parentesi' si degnò la foglia del platano di fronte dandosi un colpo di altalena veramente spericolato, 'ma il cortocircuito di fauci impreviste in agguato per ognuno di noi è fuori dalle nostre parentesi, e preme, e salteranno per tutti, nessuno può sognarsi di vivere sempre protetto tra parentesi e quello che c'è fuori crepi. Quello che c'è fuori... i reietti, i derelitti, gli sfruttati, gli abbrutiti... non creperà mai perché è l'unica sostanza voracemente viva e tu... tu impersonale, mica te... tra parentesi, così nobilitato dalla tua forza bruta da cui ti sei elevato, sei già materia morta. Una rivoluzione è sempre l'unica guerra che inizia bene, pazienza per come finisce, perché il suo handicap è che finisce come una guerra, che però, a differenza di una rivoluzione, ha lo svantaggio di iniziare sempre male. Una rivoluzione è un gran bel promemoria, dài, un'occasione imperdibile per ricordare a ogni testa marcita nel potere e nei privilegi e nella violenza sistematica per mantenere i propri nobili, superiori, elevati sentimenti della vita che da un momento all'altro ridarà vita alla ghigliottina mettendoci il collo. Sarebbe bello in sé vedere certe teste asfaltate di mafia istituzionalizzata rotolare sui sampietrini. Può accadere, sai? Non disperare. Un colpo di vento contrario e... Certamente non in Italia, però, lì è possibile solo un'involuzione reazionaria senza fine. Mangiata la foglia? Ingoiala e rassegnati.'

'Ma perché qualcuno deve soffrire perché qualcun altro stia meglio? E come può stare meglio qualcuno sapendo che il suo benessere si regge sul malessere di qualcun altro? È questa questione che non mi dà pace, e è una questione di gestione politica dell'umanità, non la domanda di un idealista dissennato di livello locale che si crede più retto e civilmente più evoluto degli altri.'

'Se non ti facessero il vuoto intorno deforestando il tuo territorio natio, sterminandone la selvaggina, insabbiando o incanalando altrove le acque sorgive, lasciando te e la tua prole in balia della tubercolosi, della scabbia, dello scorbuto, della dissenteria, del colera, dell'Aids, scenderesti per due dollari al giorno a trecento metri di profondità per estrarre rame o carbone o diamante o silicio? Venderesti il tuo sangue o il tuo midollo per un chilo di patate? Ti faresti espiantare un rene o un occhio? Ti presteresti a fare da cavia ai nuovi vaccini sperimentali? Daresti via i tuoi figli perché almeno loro non muoiano di fame? Ti faresti inseminare chissà da chi affittando il tuo utero a coppiette sposate gay e no tanto amorevoli con i bambini a patto che la loro mamma sparisca come un incubo, l'incubo che a queste amorevoli coppiette permette di fare sogni a occhi aperti sul futuro del loro pargoletto venuto dal nulla?'

'Sì, sì, sì, anch'io farei tutto quello che fa una persona ridotta a accontentarsi di stare soltanto nella sua pelle tesa dalle sue ossa e per il resto di essere gettata dove si voglia gettarla ma... ma chi la riduce così, chi mi riduce così come può continuare a vivere sapendo quel che ci ha fatto, come ci riesce a vivere costui, magari buttando gemme e fiori e frutti, se per concime ha usato un solo altro essere umano? Perché io non riesco nemmeno a farmi la più pallida idea delle ragioni che potrebbe addurre se mai uno così desse mai ragione di essere quel che è? Perché io, che riesco a immedesimarmi in una foglia di platano come te, non riesco a immedesimarmi neppure per un istante nella psiche di un umano così, di un cannibale con la coscienza tranquilla garantitagli dal sistema? Perché a distanza di quarantacinque anni ancora provo vergogna per lo schiaffo che a diciotto diedi a mia sorella di quattordici? Perché dopo quarant'anni mi sveglio ancora di soprassalto pieno di sudore perché ho sognato che la mia nipotina più tenerina finiva di nuovo e sempre col piedino nei raggi della ruota della bicicletta come se ne fossi appena smontato gridando e piangendo e disperandomi più di lei? Cos'ho che non va? Cosa c'è di genetico che a me manca? Di che sindrome soffro senza saperlo? Dimmelo!'

Balla un po' sul picciolo, si blocca, mi gira il dorso e tace, però la sento che rumina qualcosa: 'Sindrome del tallone di Achille senza essere Achille? Sindrome del povero cristo mitomane che, ignorato dagli apparati scenografici di Pilato, si fa il suo calvario da solo e si mette in croce da solo per attirare almeno l'attenzione prestata a un ladrone? Sindrome del gigante mancato?'.

'Spiritosa!'

E lei, risoluta, girandosi di scatto, 'Avresti dovuto ucciderlo. Ti ammanti di tanti scrupoli e sei solo un cagasotto'.

'Se avessi ucciso lui, non mi sarei più potuto fermare, avrei dovuto sterminare l'intera famiglia. E poi cominciare dai vicini.'

'Darling, la vita degli altri è come il sentimento dell'onore: non si porta più. Siamo in troppi, con una scusa o con l'altra dobbiamo decimarci. Lo vuoi portare tu quell'onore di onorare ogni vita umana come sacra quanto la tua e essere esemplare almeno a te stesso? Portane le conseguenze e smettila di rompere. Avresti dovuto ucciderlo. Vedi da te dove ti ha portato tutta la tua umanità umana, a fare le camole su una sedia. Sindrome del culo sfranto, ti vaaa?'

Non saprei dire, dicevo, se in quattro ore di Rambla de Canaletes ho ricevuto o fatto una telefonata, dubito, perché non solo oggi, ma quando ritornavo a Barcellona non l'ho mai fatto sapere a nessuno, nemmeno a *lei*, la Fata della candeggina... perché poi l'ho conosciuta, eh, e quanto l'ho conosciuta... nessuna spinta mi ha portato a salire di nuovo a quel settimo piano per vedere chi adesso ci abita o da una parte o dall'altra, nemmeno se quella divisa arlecchinata mi stava a meraviglia, nemmeno se provocare con l'alabarda l'eco vagamente scoreggiante del clangore di quel disco d'oro al centro del salone mi elettrizzava: alla nostra età chi non c'è in pianta stabile, una volta andatosene non c'è più, a parte stare una volta alla settimana e poi una volta al mese e poi una volta ogni trimestre insieme al telefono dieci minuti e poi nove e poi otto e poi sette e poi sei... anche se ci sono stati giorni che lei mi chiamava anche cinque volte e mi aveva proibito di spegnere il cellulare di notte... tutto scemava, come il mio spirito di sopportazione nei riguardi del sesso con qualcuno, me compreso... fino a che, fosse dipeso da me, la Espejismo non l'avrei nemmeno più sentita.

Ma con quale autentico affetto mi accolse la prima volta che la chiamai... perché fui io a telefonarle, un mesetto circa... o forse solo una settimana, due... dopo il mio soggiorno da lei... perché poi, dicevo, sono stato ospite anche da lei... di questo, che fui io a chiamarla per primo, sono sicuro, quindi mi sarò fatto vivo verso metà di aprile di quell'anno lì, chissà dove mi trovavo, forse in Polonia per la prima volta in vita mia, a Varsavia, no, a Cracovia, sì, mi ricordo proprio perché mi costò un tale sforzo comporre quel numero, non so nemmeno io perché la chiamai, sentivo che lo dovevo fare, non per lei, ma per me, mosso da un'oscura cautela o premonizione minatoria, per mettere le mani davanti e tranquillizzare lei in senso vasto e la mia mania di persecuzione in senso spicciolo, tranquillizzarla, come dire, sulla mia discrezione assoluta e una tale indifferenza ai casi suoi che non potevo andarci di mezzo in alcun modo nemmeno a scoppio ritardato, non saprei nemmeno io il motivo vero, stavo riparato sotto un porticato immenso e pioveva e pioveva e pioveva che non solo Dio la mandava ma gli davano manforte anche tutti i santi e le sante di quella città tanto mistica, sempre che sia stata Cracovia, che mi piacque tanto, tanto che in autunno ci ritornai, mentre a Varsavia no, e piovve e piovve e piovve anche la seconda volta, due coglioniii... e lei aveva esclamato raggiante in italiano, "Che gioia saperti vivo, Donna Melibea! Chi non muore si risente!", io rimasi impietrito e senza parola, poi si era raschiata la gola come a rimediare la confessione che mi avrebbe preferito morto anziché lontano da lei, tanto mi voleva bene, e aggiunse, "Con tutti questi aerei che cadono!", "Ma, Hada, io non prendo Tupolev presidenziali nemmeno in Polonia! E poi io, salire sull'aereo con quell'omofobo schifoso di Kaczyński!" e lei, scherzosa, "Con te non si sa mai, e se l'avessi conosciuto... Lech era una così brava persona! Un presidente superlativo! E il gemello Jarosław, un biondino così dolce, birichino come il tuo calletto, eh, conservatori solo per modo di dire, per partito preso... E le commesse, le commesse che non mi arrivavano dal Prawo i Sprawiedliwość!", "Oh, io faccio più alla svelta di te, quel partito lo chiamo PiS, all'italiana".

L'avevo colta di sorpresa? Mi aveva dato per... morto? Anche i sinistri gemelli polacchi riabilitati, adesso! Invece di rimpiangere con me che ne restava pur sempre uno! Siccome mi aveva detto che la stavano per trasportare dal settimo piano in clinica, evitai di mandarla affanculo augurandole di finire impalata e dilaniata da quel suo marchingegno di cui vantava il brevetto industriale e la produzione stessa a pochi chilometri da Barcellona: se fosse stata al potere o le avesse fatto un ordine di Adorabili Falsìte per deflorare a forza i dermatologi più accanitamente bravi a combatterla, Hada Espejismo avrebbe trovato delle qualità anche alla psoriasi.

‘Detto questo, cara la mia foglia, non appena scoprirò da dove sono saltate fuori queste ń, ś, ć e la ł con l’ascia in mezzo, avrò mappato il labirinto per dove entra e esce la materia grigia.’

‘Già che ci sei, potresti fare un annuncio, “Damas y Caballeros, eccovi svelata l’origine della materia stessa”, no? La circolazione sanguigna fa brutti scherzi’, fa lei, scuotendosi come se fosse una testa ironicamente sconsolata.

Mi accorgo solo una volta che mi alzo senza una ragione per essermi alzato perché mi formicolano le gambe che, se non fosse perché si sono staccate dal tronco e sono diventate la quinta e la sesta della sedia, avrei continuato a dimenticarmi di me per altre quattro ore, fino alle otto di sera, perché io tra le cinque e al massimo le otto, dipende dalla fame, rientro in albergo con altre due scatolette di tonno, un etto di prosciutto, un pezzo di gruviera, una pagnotta di segale, una Perrier-Jouet, anche non millesimato ma pur sempre con due bollicine di dieresi sull’ultima e, cento grammi di Calvisius, che sarà anche di storione di Calvisano ma lo trovo dappertutto e è buonissimo, e comunque io di roba iraniana non ne compro, là uno come me lo impiccherebbero sui due piedi, mentre qui, e specialmente in Italia, riesco ancora a rimandare l’esecuzione di giorno in giorno, da noi i danni e i vantaggi dello snobismo da Ratto d’Europa sono tuttora incalcolabili e non si ammazza una ridicola pantegana poliglotta come me tradotta, da cani, e quasi contemporaneamente mandata al macero in non so quanti paesi, l’Europa potrebbe bacchettarci le dita, e non esco più dalla mia camera, raro, raro, a meno che non sia perché a mezzanotte mi sono messo negli occhi le gocce per le orecchie e allora devo stare al pronto soccorso fino a che, a mattina inoltrata, non mi tolgono le bende con l’impacco di pomata cortisonica.

Perché, come scambio chi sono con chi ero, mi è anche successo di scambiare l’Otalgan per il Colbiocin, la brace per il filtro, il sapone in crema per il dentifricio e, per l’appunto, più spingo per aprire e andare di corpo, più lo blocco e mi chiudo.

Qua di solitus non c’è più niente, tutto è situs inversus.

E non vado nemmeno più nei grandi alberghi, in fondo sono frequentati dalla gente che odio di più al mondo, i ricchi, i neoricchi, i ricchi per un weekend e quelli che come me, rari, non sanno che farsene e come farsene rappresentare, sicché ormai, anche per non incontrare meridionali in doppiopetto, garofano all'occhiello e Ray-Ban nei saloni più soavemente ombreggiati, prendo sempre pensioni dove sono parecchi quelli che salgono con gli involti e mangiano in camera, loro perché devono, io perché posso permettermelo e perché non ho più la vanagloria di cenare da solo in un ristorante come si deve e sono stanco di fingere di essere un buongustaio per dare qualche maniglia agli altri per illuderli di avere una porticina in comune con me, salgo nella mia camera dalla carta da parati come questa qua a Barcellona a Plaza Urquinaona, con pannocchie e spighe e roncole e piccoli cinghiali e con i giovanissimi volti innamorati, ormai color seppia tanta è la nicotina che hanno traspirato in decenni e decenni, di Lucia Bosè e Luis Miguel Dominguìn... con l'accento della ì che dovrebbe toreare dall'altra parte... e pilucco leccornie sempre più insapori e bevo champagne, si fa per dire, sempre più tiepidamente insipido e mi addormento felice della mia propria trappola con la mia bella crosta di gruviera tra i denti.

Oblioso di me, sì, e un po' malinconico, ma le ganasce vanno a cento lo stesso e tanto che attorno alla vita ho come due pneumatici Michelin, e finora mi sono sempre risvegliato lo stesso.

In verità, non ho mai comperato una bottiglia di champagne né del caviale in vita mia, era solo per vedere che effetto mi faceva fare lo sborone vanaglorioso e se la mia foglia del platano di fronte ne fosse così impressionata da staccarsi dal picciolo, perché ci sono foglie che si staccano dal ramo anche in piena estate, se ci fai caso, e anch'io potrei staccarmi da me in questo istante d'agosto e poi, a autunno inoltrato, qualcuno della nettezza urbana o l'edicolante dirimpetto potrebbe accorgersi che c'è un uomo anziano, probabilmente un forestiero, troppo assorto da qualche ora su questa sedia e con troppe foglie di platano addosso... accorgersene anche se non gli ha mai comprato un giornale straniero che è uno, perché io non compro più giornali italiani da quindici anni, constatata la pochezza e l'inconsistenza senza ritorno di chi vi scrive non li sfoglio nemmeno se li trovo gratis al Bar Roma o alla Pasticceria Boifava di Montichiari-Munticiàr, e poi sarebbe come comprare nell'era della videoscrittura una Olivetti lettera 32... chissà dove mi porterebbero, che ne farebbero di me cadavere, non ho neanche i documenti, anzi, domani lascio a casa anche il cellulare così, nel caso, non gli rovino il trambusto che spezza la noia degli imboscati negli uffici della *Benemérita*.

Invece ondeggia solo un po', mi fa marameo, la mia foglia dispettosa, e così abbiamo distratto altri dieci minuti.

È anche probabile che mi dimentichi di me per l'abitudine, un principio diventato inossidabile, di rendere pan per focaccia senza mai transigere di una briciola, e siccome vendicarsi del mondo, dicevo, costa meno fatica che vendicarsi di qualcuno in particolare, mi vendico del mondo e, poiché se mi vendico di qualcuno in particolare, a parte la possibilità di essere io a buscare il resto, sono escluso dal patire la mia vendetta, vendicandomi del mondo sono costretto a tirarci dentro anche me, perché in quell'altro io non ho alcun posto, ma nel mondo sì, che lo voglia o no, che lo si voglia o no dentro ci sono anch'io dalle ore 6 del 25 febbraio del 1948, abbuonando al secolo che non mi vuole i nove mesi di gestazione, e, per darci un taglio, mi vendico solo di me e, per patire meno intanto che dura, mi dimentico.

Se mai un giorno tornerò a scrivere un romanzo, lo intitolerò *Quanto dolore*, sottintendendo *per niente*, quanto dolore che non avrebbe dovuto tracimare fuori dal tempo preilluminista e premarxista e prefreudiano di quando Berta filava, anche se poi, non facendo niente per combattere chi glielo impone e chi lo assume in proprio per ipocrisia del quieto vivere, cioè loro stessi, gli umanotteri addolorati per niente, tutto quel dolore per niente che gli ha castrato la vita se lo sono meritati in pieno. Come la vecchia pensionata con la minima che arriva a metà mese squadernando e rivoltando il suo rugoso borsellino da cui esce solo fodera tarlata: se faceva a meno di investirli al gratta-e-vinci, ora farebbe meno scene strappalacrime davanti al fornaio e alla macelleria.

Quanto dolore finto anche tra sé e sé, per compiacimento, per pigrizia, per convenienza, per salvare le apparenze, per opportunismo, per schizofrenia di comodo, per, appunto, viltà! E anche per fare bella figura.

Piangi e inganna e, se vuoi ingannarti continuando a non capire niente, piangiti addosso.

Perché io non vedo poi tutto questo dolore inemendabile nemmeno nella morte di un figlio a parte quello per il figlio scomparso nel nulla di cui non hai più notizie né ancora una tomba su cui piangerlo, e a parte quello del coccodrillo che da troppo tempo non divora una preda e non sa come piangere altrimenti.

Anch'io fingo il dolore?

Io no.

Non mi pare, anche se so che come a me si è sostituita l'idea che di me continuo a farmi, al dolore si è sostituito il ricordo che me ne faccio.

Soffrire di non soffrire più è una consolazione, magra, sì, ma pur sempre da leccarsi le dita se butti il tuo finto peso sulle spalle di qualcuno così ingenuo da compatirti.

Be', magari ci torno sopra sulla questione del dolore come manfrina tra me reale e me ideale e me ricordato, se me ne resta il calore, perché sento così freddo e non si fa fuoco con legnetti bagnati e per fare chiaro bisogna prima fare un po' di caldo.

Di sicuro, nessuno ora fa le spese delle mie eventuali finte e manfrine, ma chissà in passato a quanta gente ho rotto l'anima per non rompere con un certo fantasma di me cui mi ero affezionato per vizio di indole, per mollezza di carattere, ecco.

Sì, ci devo ritornare sopra, se non me ne dimentico.

Se non me ne dimentico come ormai, quando sono a Barcellona, mi dimentico di passare per calle Muntaner a ridare un'occhiata al mio Wunderkabinet europeo preferito, il NostrOmo-Museo de las Sirenas, dove penso che la vicina ex vicino Hada Espejismo finirà imbalsamata e esposta nella teca d'onore in cima alla grande scalinata moresca... se non lo è già... perché questo era il suo unico vero sogno: vivere da morta per sempre, per sempre morta dal vivo, perché ormai ci aveva fatto il callo, e si stava scegliendo il guardaroba con cui voleva si cambiasse la sua mummia ogni quindicina per tre anni di fila prima di ricominciare daccapo il giro dell'oca dei suoi négligé, delle sue stole di volpe, di cincillà, di ermellino, di tigre, di visone... perché lei era neghittosa di indole verso le pellicce solo se intere e in questo, cioè dal ginocchio in giù, era animalista convinta... delle sue mantiglie di Manila ricamate dal cinese Ayun a metà dell'Ottocento che sembravano avvolgerti in un quadro, dei suoi pettini di "tortuga de Oceanìa"... con l'aborigeno sulla i dall'altra parte... dei suoi abiti da gran sera delle sorelle Fontana, di Givenchy, del Divino Francese e quello nuziale con strascico alla Grace che si scelse con me per la *grande première* del suo sposalizio con l'Eternità.

E sarebbe tornata a sfoggiare i suoi gioielli da regina-regina senza un solo fondo di bicchiere, una perlina da bazar rionale, uno zircone spacciato per altro: i diamanti erano diamanti, gli smeraldi erano smeraldi, gli zaffiri erano zaffiri, e l'oro era a ventiquattro carati, a cominciare dal grande gong, dicevo, di origine mongola nel salone che emetteva quel suono di fiati echeggianti da una geenna dal cui fondo dei fondi Alaska e Sara Montiel gorgheggiavano, ♫Absolutamente... sarcàstico, irònico, por no decir patético y acabaràs histérico herido de muerte por tu propia espada... despiadadamente... científicamente... absolutamente no quiero escucharte ni un segundo màs♫, lasciando perdere gli accenti, tutti stonati a parte per patético e histérico che li ho.

Ecco perché la mia cara Fata Morgana preferiva una classica imbalsamazione egizia al parallelepipedo di formaldeide con salma nuda che ormai trovi in ogni casa di collezionista medio-basso di Andorra e di Corleone: perché lasciando una buona mancia... una fortuna immensa... affinché ti cambiassero la mise, potevi restare alla moda per un bel po' e poi diventavi vintage per sempre.

Certi testamenti, come certe cassette di sicurezza al Banco Sanfecundo, non si dimenticano.

E neanche certi cassieri spagnoli dalla torva, segreta libidine sondabile solo da una *donna*.

'Foglia, foglia che pendi e che mai vieni giù' – la prima volta che mi sono messo a sedere qua, tre giorni fa, un elicotterino in volo, uno di quei pericolosissimi giochi teleguidati che questi incoscienti di asiatici vendono di frodo per strada e sulla cui testolona da rottweiler con tanto di occhioni mettono pure un berrettino con visiera di latta per farlo sembrare più innocuo e più grazioso, è andato a schiantarsi proprio contro l'attaccatura dell'ascella con il ramo precipitando a un centimetro dalla barbona accucciata a gambe larghe e da allora abbiamo la prima foglia di platano che rischia di cadere in pieno agosto – 'tu sei tanto paziente con me che ti darò del tu, quindi te ne faccio un'altra di quelle del secolo, anzi, del millennio: come fa un contribuente fiscale totale come me a riconoscere un frodatore del fisco… artisti a parte, perché si sa: l'arte è evasione… o uno che si arricchisce col lavoro in nero? Prima di averci a che fare, intendo? Prima di accettare di andare a cena da loro e lentamente di affezionarcisi per scoprire in seguito che, por ejemplo, tengono in nero il personale di servizio, italiano e no, che ti ha servito a tavola? Mica ce l'hanno scritto in fronte che i servizi sociali di quel personale di servizio se li fanno pagare da me che hanno invitato a godere della loro ospitalità sperando al momento buono di chiedermi un secondo favore dato che il primo gliel'ho già fatto senza saperlo allorché pensavo quanto fossero gentili nei miei riguardi invitandomi a cena e quanto ricambiassi io la gentilezza andandoci, sicché eravamo pari e patta all'istante! A una cena che pagavo io anche per loro e i loro aristocratici ospiti dalle materie prime, alla cuoca, al gas e probabilmente anche ai beccucci del fornello! Non sarebbe compito dello stato marchiarli in mezzo al naso per avvertire i compassionevoli coriacei come me di portare altrove il loro affetto e la loro pietà-pietà per quanto a denti stretti?'

'Fortunati i tempi della peste, del vaiolo, della lebbra, del colera, della tubercolosi, della sifilide, della malaria! Oggi le vere tare mortali sono invisibili, mio caro, proprio come l'amianto fino a pochi decenni fa. Dalle epidemie di un tempo qualcuno poteva salvarsi, altrimenti non saremmo qui a raccontarcela, da quelle di oggi non si salva nessuno, fattene una ragione. Prima ami qualcuno per le virtù che sa inscenare molto bene come la pena da fare e, quando ormai è troppo tardi, ti disprezzi per esserti fatto ingannare, sfruttare, prendere in giro, infettare da un untore invisibile. Ti disprezzi per volergli bene, infine, come se moralmente e civilmente fosse inattaccabile come non sei più nemmeno tu una volta che provi dell'amicizia o addirittura dell'amore fraterno, paterno… materno, infine… per una mela marcia così. Come è successo alla Fata Morgana con il tuo amico *specialista*, no? Nemmeno l'avesse partorito *lei* dalle sue stesse viscere… Mica sei il solo…', ondeggia la mia bisbetica foglia del platano di fronte.

'Sei una gran pettegola, guarda, e traditrice. I patti non erano questi, non puoi metterti a spifferare indizi che non ti riguardano e anticiparmi i finali. Non li conosco neanch'io!'

'Oh, scusa, non l'ho fatto apposta!'

‘Sì, proprio come me quando dico la stessa cosa.’

Quando muoio io, chi proverà ancora per qualcuno un po’ di compassione che si presta, che soccorre, che ci smena *per niente* e pazienza se non se la meritava, se ti ha fatto dannare, sputare sangue e fiele, se ne ha approfittato, se niente gli bastava mai, se ti ha minacciato di farsi ancora più male ‘grazie a te’ e ha usato la tua mano tesa per armarla di un coltello e spingervisi contro per ficcarselo nel cuore?

E lei, oscillando beffarda, ‘Che esagerato con la tua filantropia rococò! E tutto per dirmi di come, chi per una ragione chi per l’altra chi per la stessa dell’una e dell’altra, ti ritrovi da solo a raccontartela su una sedia con un sole che spacca le pietre invece di andare al mare. Senti, perché non la pianti lì con le tue alambiccate anamorfosi di critica sociale e della tua esemplare rettitudine che mi hanno fatto andare la clorofilla alle ginocchia e non vai avanti con la storia dell’*especialista de Barcelona* bella dritta negli occhi? Sono stufa di guardare di sbieco, e poi per cosa? Per vedere un teschio dilatarsi da una impercettibile strisciata di colore autobiografico? Mica sei Holbein il Giovane! Sei solo un graffitaro a spasso che si imbratta la mente per tirar sera’.

‘Hoja, ’fanculo e te e il tuo cinismo enciclopedico-sensitivo.’

‘Tana! Ha parlato il sensato. Basta morale e su col morale. Dopo tanto ordito, un po’ di trama, por favor!’

‘Sei proprio una boccalona. Non hai ancora capito che la trama sono io e le digressioni quelle altre?’

Altrimenti, se il dolore per niente alla fine del romanzo ce la fa a strappare gli artigli ai propri mostri divoratori, potrei intitolarlo *Repulisti*.

6

Poi non so come fu, dicevo, se a decretare la fine della nostra rottura fui io a chiamare l'*especialista de Barcelona* o viceversa, ma, se è stato di sera, fu come se si fosse preso appuntamento telefonico la mattina per andare insieme al Bears' Cuchitril, una tana dagli eufemismi grossolanamente depistanti, dove gli obesi si chiamano "orsi" e i calvi "teste rapate", il che sarebbe come dare del tenero di cuore a uno solo perché è vittima di colpi apoplettici o accoglie di notte bambini non abbandonati e è un prevosto, o per andare al Chapel's, che è ancora più compiacente verso le debolezze umane maschili e dove non è neppure necessario essere degli avanzi di galera per essere considerati virili, basta un tatuaggio su un bicipite ormai molliccio o un incisivo cariato.

Che ci facevamo noi due lì? Intanto insieme si faceva solo la strada, una volta dentro ognuno stava nel suo angolo, perché se arrivava il Guerriero della Notte a chiederci la mano per condurci subito giù alla darkroom a ufficializzare, non dovevamo perdere tempo nei convenevoli di presentargli l'incomodo chaperon.

Il succitato evento non si è mai verificato una sola volta.

Gli uomini, si sa, battono da soli, *le altre*, le checche in compagnia del frocio del cuore, battono in coppia, ma *le altre* neppure battono, fanno salotto per rovinare la serata a quelli che battono da soli, che poi fare salotto significa gridare per sovrastare i decibel della musica house e alla fine il risultato non cambia per nessuno, ti battono solo le tempie sia a te che batti da solo sia a quelle sderenate che fanno salotto a due a due e tutti rientrano a casina a farsi una sega, anche sperimentando su di sé la masturbazione femminile, se quell'altra non dà più gettito – battendosi sullo scroto la punta dell'indice come un picchio, suppongo.

A me piacciono molto tutti i locali gay non meno delle discoteche etero, dove andavo per sentire fino in fondo, a parte lo struggimento che è meglio ammazzarne due che procrearne un altro, il gran colpo di culo che avevo avuto nel:

a) non nascere donna;

b) non desiderare le donne;

c) non essere uno di quegli uomini;

d) non desiderare gli uomini che le desiderano, che le odiano, che le desiderano perché bisogna, che le desiderano odiandole, picchiandole, ammazzandole perché non arrivano nemmeno al pomo d'Adamo del travestito che li ha iniziati;

e in generale:

e) non dover sottostare alla spietata invenzione dell'eterosessualità normativa e del matrimonio passionale o interessato o di copertura o tanto per maledirne il giorno o un altro.

Il gusto del rumoroso macabro altrui mi rasserena e placa la mia ossessiva voglia di vita e di sesso, dopo cinque minuti che mi guardo attorno ritorno in pace con me stesso come se mi avessero fatto l'anestesia con quel grammo di morfina in più che fa festa comandata, al sesso ci pensi intanto che ci vai, in un ritrovo, una volta lì si è volatilizzato sulla soglia ancora prima di fare il primo passo dentro e l'unico che ti rimane è quello degli angeli, penso solo a sventure autenticamente aristocratiche come quelle che ho udito blaterare dagli aficionados della Fata Morgana, alla scomparsa dei fornai di quartiere, alla pasta collosa con cui ormai fanno tutto, dallo sfilatino alla torta margherita alla pizza, al pane insapore e inodore che ti stoppa lo stomaco al secondo boccone o, por ejemplo, che l'unico modo per mangiare una brioche decente a Roma sarebbe quello di recarsi a comprarla a Bucarest, dove sono rimaste fragranti, profumate di vero burro, sfornate di ora in ora e non le importano certo surgelate da Bucarest come in Italia, e ecco che la preoccupazione del sesso non fatto nemmeno quella sera lì scompare sino al primo cappuccino del giorno dopo. Per anni, e poi per sempre, spero.

È anche per questo che ho aumentato le sigarette, che mi sono messo all'ingrasso, che faccio vita sedentaria e vado su free gay porn ice: perché se sto tre giorni senza fumare o una settimana a dieta o se faccio ginnastica un'ora al giorno per quindici giorni di fila o se non mi snervo e non mi stucco con la pornografia un solo giorno mi ritorna la voglia. Dieci video al giorno tolgono ogni istinto di torno, non accumulano nemmeno quel minimo senso erotico che fino a vent'anni fa mi permetteva di uscire di casa solo una volta bello alleggerito. Ora trovo un po' di pace solo se con disciplina mi applico alla depressione. Tanto, che me ne farei dei corpi altrui? Se sono troppo belli mi dispiace il solo pensiero di essere io a sfiorarli, se sono troppo brutti mi dispiace talmente per loro che preferisco fare un dispiacere a me, crocerossino del cazzo laido. Parla della tua sessualità in qualsivoglia età della vita, sia con franchezza che con menzogna, e si vedranno solo i suoi lati squallidi; l'unico modo perché tali non siano è che siano visti innanzitutto da te che ne parli.

E poi ci sarebbe la mente sessuale.

Perché ciò che spunta gli strali di Eros non è tanto la pornografia informatica che, anche se aiuta l'inappetenza, ha i suoi alti e bassi di incognite carine nel modo in cui gli attori si incontrano e fino a che non appaiono i corpi nudi e crudi in una double penetration... rimming bareback cumeater shemale 16 inches... pur sempre accompagnata dal *Notturno op.9 n.2* di Chopin, no: è l'esplicito verbale buttato in faccia a ammosciarne la gittata. Dimmi dove godi e non godrò mai più.

In salotti così ambientati dove al posto di "Buonasera, nuovo di queste parti?" uno ti chiede "Cosa ti piace fare? Prenderlo? Darlo? Versatile?", l'unica risposta è "Un sonnellino. Per conto mio", c'è più racconto, più imprevedibilità nel mettersi a letto da solo. Se fare sesso è come confermare adesso le previsioni del tempo che deve a tutti i costi esserci domani, che differenza fa che ci sia il sole o cada la pioggia? Pago e alzo i tacchi sui due piedi, serata rovinata dalla prima battuta, meglio non dare tempo alla seconda di farsi strada. E poi, dopo i quaranta, ogni scusa è buona per non fare ginnastica sessuale. Te ne piace il pensiero, ti dà il risultato senza passare attraverso il macchinario.

Già, ma che ci facevamo noi lì in quel locale tutto stivali appesi al soffitto e copertoni e reti militari color kaki, visto che non ci facevamo niente, cioè battevamo per niente, io, poi, che ci sarei andato solo per mitragliare quel disc jockey con le sue *coplas* a tutto decibel? Ormai era lì alla stessa consolle da vent'anni, non avrebbe avuto nemmeno più il tempo per rendersi conto che era diventato lui sordo per primo e rompere le palle come tutti gli altri della sua categoria in simili locali con un medley a basso, bassissimo volume di Tina Turner in duetto col coetaneo Alberto Rabagliati.

El especialista de Barcelona, dalla sua postazione, coll'occhialuto cipiglio da macho di alto, donchisciottesco lignaggio che però lo riduceva alla parodia di un gufo ben pasciuto con le lenti appannate, sorseggiava religiosamente un doppio cognac, che esigeva nel classico e panciuto napoleon, e se non l'avevano sibilava "Hostia!" come sconvolto da tanta barbarie e, sbuffando, si accontentava di una mai banale marca di *cerveza*, mai che come me dicesse "una birra, grazie", se non era Voll-Damm, era Guinness XXX Extra Strong Stout, e che sospiro lungo e centellinato come il suo disprezzo se il banconista non aveva né l'una né l'altra!

Sorseggiava appollaiato di sghimbescio sullo sgabello d'angolo vicino al guardaroba dondolando un piede per volta per toccare terra con l'altro, stava lì a sorseggiare a sorseggiare a sorseggiare a mascelle chiuse e zigomi in su per via che teneva le orecchie tirate per sembrare più statuario e narici frementi di sufficienza aspettando e aspettando e aspettando, invano, di essere riconosciuto e omaggiato come la celebrità letteraria che pensava di essere, levitando, anzi, lievitando in un suo sogno di gloria incarognito; io me ne stavo spalle alla folla, davanti a una rivista aperta e alla mia regolare vodka semestrale senza ghiaccio, lì a affossarmi nelle spalle di centimetro in centimetro e a chiedermi, senza neppure aver bisogno di voltarmi per guardarli, quello che si stanno chiedendo tutti quei *varones* dietro di me che, da che vita è mai questa vita, vengono da gay in posti gay a rimorchiare un gay al quale un gay gli fa schifo al cazzo: se anch'io sono diventato gonfio e lardoso e giovanile come questi qua attorno, così sciatti, flippati, tristi e così svuotati che si meriterebbero di andare a donne, non solo di avere mogli e figli e analisi del sangue in sospeso o nella busta ancora sigillata.

Devo ammettere, però, che io lì, andandoci dopo cena e coi miei problemi intestinali, mi sono sempre trovato a mio completo agio a prescindere dal bruciore di stomaco e dai rutti, non solo ammessi, ma benvenuti; se poi mi scappava di scoreggiare, che per me è un gran segnale di buone novità in arrivo, ho scoreggiato in tutta la larghezza e sonorità e durata e odore come veniva veniva e il peggio che mi è mai successo da un punto di vista delle buone maniere è stato uno dietro di me che è rimasto in ascolto e che, continuando a tenere gli occhi e gli orecchi spalancati dall'ammirazione, si è fatto avanti sussurrandomi al settimo cielo, "Ma questo è un *gran fandango* naccherato" e per offrirmi un giro toccandomelo, ma gli ho detto no, grazie, perché non mi piaceva l'idea di fargli a forza tutta una serenata di quel timbro.

Era una esecuzione da maestro solista, me la ricordo ancora, avevo fatto una scorpacciata di fave fresche alla giudia, dalla partitura particolarmente ben scandita nel suo motivo *ostinato*, lo riconosco, di la minore, sol maggiore, fa minore, mi maggiore ripreso, per ben tre volte, dalla stessa armonica sequenza discendente fregandosene delle altre note, in un flautato malinconico e scapricciato allo stesso tempo, sorprendente e ammaliante quanto vuoi, sì, ma proprio per questo, come per tutte le cose belle, se vuoi che sia come la prima volta, la seconda non tentarci neanche.

'Foglia cara! Dopo questa dovuta celebrazione a quella misconosciuta e unica Miss Universo che sta alla natura umana come il *Giudizio Universale* alla Cappella Sistina, di nessuno si potrà più dire che "vale quanto una scoreggia": vale infinitamente di meno.'

'Non so di cosa stai parlando, mai arrivata fin quassù una cosa del genere. Spero per te che faccia parte della trama. O sei qui solo per darmi il colpo di grazia non appena chino il capo dal sonno? Su, un po' di brio vecchia maniera!'

'Ma tu non hai paura della morte?'

'Ho più paura per lei. È così bistrattata da tutti, povera piccina!"

Sembravano passate sei ore, non sei anni, e il mio *especialista de Barcelona* al cellulare mi disse... ma l'avrò chiamato di sicuro io, fu una telefonata lunga, doveva essere in un qualche bar a ammazzare il tempo, si sentiva il rumore assordante dei colpi secchi delle leve abbassate con rabbia e mollate con esitazione, dei refrain corti e sincopati delle slot machine... che da sei anni viveva "ufficialmente" con un compagno, sempre nella stessa casa sempre a affitto irrisorio, che erano innamoratissimi, che guai se buttava gli occhi su un altro giovanotto anche distrattamente, gli faceva delle scenate in pubblico con spintoni e sberloni da leccarsi le dita dei piedi, che era stato un suo studente, anzi, l'unico studente maschio, anzi, che poi è saltato fuori che si era iscritto al suo corso solo per fargli il filo, un gerontofilo nato come non se ne incontra più, un culturista ebreo alto due metri, dotatissimo, passivissimo, infoiatissimo, al punto di grattugiargli il Viagra nel baccalà della mensa perché non perdesse i colpi, e ambiziosissimo, pervertitissimo, perbenissimo, coltissimo, mondanissimo, introdottissimo… circoncisissimo l'ho detto? be', se era ebreo… però senza *un duro*, cioè senza una peseta, perché il modo di dire è rimasto malgrado l'euro, e se, di lì a un cinque settimane, volevo fargli da testimone di nozze.

Preso in contropiede, non trovai di meglio che chiedergli, "Ma quanti anni hai che non me lo ricordo?", "Cinquantaquattro", rispose lui, "Ah, quindi ne hai minimo cinquantotto, mascherina! L'andropausa è il momento ideale per dire sì a un altro che finalmente porti i pantaloni in casa. Ti farò da testimone", lui ridacchiò senza protestare.

A parte che facendogli da testimone era formativo per me potere andare in culo alla Chiesa cattolica anche spagnola… che ha pacificamente accettato quasi quarant'anni di sistematica repressione dei diritti umani fondamentali da parte di Franco per poi organizzare all'istante sollevazioni di piazza con centinaia di migliaia di fedeli quando un governo eletto democraticamente ha proposto la legalizzazione del matrimonio tra persone dello stesso sesso… da tanto volevo prendermi una lunga vacanza dai marasmi politico-imprenditorial-malavitosi dell'Italia e da quelli televisivi miei personali e da quell'odore di strage imminente di stato di mafia e di mafia di stato che mi opprimeva il respiro, ero appena uscito di mia volontà dal reality "L'isola che non c'è", come dicevo poco fa… dicevo per modo di dire: come cercavo di ricordare tra me e me per dimenticarmene al più presto… condotto in studio da Monnalisa Toccafondo dove in diretta avevo detto la mia sul papa così omofobo da far pensare a un omosessuale represso, poi sul governo neofascista e neofancazzista… con la benedizione della solita trinità di cardinali-pozzi di san Patrizio e dei noti sindacalisti che non nominai non per non dare nell'ovvio ma perché temevo mi oscurassero da un istante all'altro: mi ero limitato a fare solo il nome e cognome del primo ministro così inetto da non aver neppure abbassato le tasse, lui, del centrodestra che più destra antistatalista e antieuropeista non si può, ne feci il nome per una specie di riguardo di parte, lo ammetto, visto che era anche il socio di maggioranza della casa editrice presso la quale pubblicavo dal 1985 quando lui era padrone solo della sua prima televisione e di qualche betoniera e era ben lungi dall'essere etichettato "psiconano" da un comico santone genovese ormai in odore di politica... e, sempre più col fiato in gola, avevo continuato a raffica sulla sinistra bacchettona e parolaia complice e del Vaticano e del governo, e sulla stessa Monnalisa Toccafondo, alla quale, a forza di farsi tirare la pelle di qui e di là, in alto e in basso, non restava più che l'ano per piangere e tirar su un singhiozzo.

Non sempre si può articolare tutto come vorresti, e uno Scrittore non dice neppure in diretta "vaffanculo" come lo direbbe per strada, lì la morale è vincolata ai tempi televisivi e quelli li dettano i persuasori occultati dietro le ideologie a tempo dei partiti di maggioranza. Se poi Lui quando scrive avrebbe tutto il tempo per fare nomi e cognomi e non li fa, non è assolutamente per strina, è per non allungarne immeritatamente la storia addirittura in un Suo romanzo perpetuandone l'immane e deleteria scempiaggine.

L'attacco alla mania della chirurgia estetica delle stangone nanerottole dentro, non l'altro contro il papa e la papalina classe politica al potere, passato inosservato, mi stava rivoltando contro una vera e propria sollevazione popolare tanto da temere per la vita dei più, trapassati da mo', potevo andare a Barcellona anche subito, passare a trovarli un due giorni e poi fare un giro verso le città del Nord della Spagna che non conoscevo e ritornare a Barcellona in tempo dovuto per le nozze o passare a trovarli per il fine settimana, rientrare in Italia e ritornare a Barcellona un giorno prima: insomma, potevo fare come mi avrebbe suggerito il guizzo della demoralizzazione del momento, quindi, in un certo senso, viaggiavo su una tale scia di entusiasmo che potevo anche andare a incagliarmi tra le Vele di Scampia o sbattere la testa tra le rupi di Scilla e Cariddi e tante grazie.

Lo richiamai dopo nemmeno venticinque minuti, il tempo di dare un'occhiata ai voli da Orio al Serio, il rumore di fondo era cambiato, si sentivano voci tipo coro sardo con tamburelli e siringhe di Pan, il mio caro *especialista* mi disse che era dietro le quinte del Teatri Folklore i Fraternitat dove lavorava il fidanzato e gli dissi che l'indomani sarei stato a Barcellona per un paio di giorni e che però avevo altri programmi fino al giorno in cui gli avrei fatto da testimone, che lo avrei richiamato, anzi, che li avrei richiamati io da uno dei miei soliti alberghi, non appena l'avessi prenotato gli avrei fatto sapere per sms quale e dove perché ci si vedesse tutti e tre per cena, e caddi nella trappola di entrambi: stavolta non se ne parlava nemmeno, stavolta dovevo stare da loro, la mia camera da loro mi stava aspettando.

La cosa immediata che mi venne in mente pensando a due uomini sposati e riagganciando non fu tanto e solo una lavastoviglie, quanto a chi dei due mettermi lì a spiegarne il funzionamento, perché sta bene l'amore e la regolarizzazione civile e il riso da lanciare sugli sposi che poi tanto tocca agli spazzini comunali, ma se in una casa si sporca in due, come dicevo poco fa, almeno uno deve pulire, e lui, per come me lo ricordavo e per come mi ricordavo la sporcizia con l'unico comfort della sciatteria in cui viveva... lui chi, come si chiama, come si chiamava il mio *especialista de Barcelona*, ah sì, Sancho Maria... Sancho Maria Todabierta proprio no.

(*Maria* in catalano, come riportato sulle copertine dei suoi libri un tanto a battuta, quindi senza accento acuto sulla i come vorrebbe il castigliano, cioè María... se una i accentata così bene l'avessi già trovata in una nascosta sinapsi; Maria in catalano è come Maria in italiano, mentre, per esempio, se hai un negozio di ottica in Catalogna e sei obbligato a mettere nelle insegne "ottica" o lo metti nelle due lingue o solo in castigliano non puoi, dovrai scrivere "òptica" in catalano e accanto... facendo finta che ho una simile ó con un simile accento acuto nella tastiera della mia mente... "óptica" in castigliano; se non scrivi "òptica óptica" nessun catalano capirebbe che "óptica", essendo in castigliano, è un negozio di òptica, chiaro, e i negozi di ottica dovrebbero chiudere tutti e i catalani poco vedenti dovrebbero andare in pellegrinaggio sui Pirenei francesi per farsi fare gli occhiali, magari proprio a Lourdes.

Ecco spiegata l'utilità imprescindibile di mettere bene per esteso "òptica óptica" per difendere la sopravvivenza stessa degli oculisti locali - vedi, a volte, da un accento cosa può nascere: miopia, la cecità, una guerra civile - e "electrònica electrónica" per difendere i negozi di elettronica e internet tutti, cioè la vita stessa da adesso in poi.)

No, spiegare il funzionamento di una lavastoviglie a Sancho

Maria no, di sicuro a lui no, non aveva mai passato uno straccio su un tavolo in vita sua. Dovevo puntare sull'altro, sperando che avesse un minimo di senso dell'economia domestica e di amore per la casa, perché quel poco che so sui "giovani di oggi" l'ho appreso da quelli della mia classe quelle rare volte che gli concedo cinque minuti di sfogo mentre riempio il carrello della mia spesa bisettimanale: i loro figli e nipoti... ambasciator non porta pena... sanno fare qualsiasi tipo di collegamento col computer ma restano straniti se gli fai notare che i piatti che si sporcano vanno anche lavati, che le mutande che si cambiano vanno anche raccolte da terra e che i soldi non piovono dal cielo "come la manna nel deserto", che poi mi taglio le palle se qualcuno sotto i sessanta sa che cos'è quella cosa lì che pioverebbe sui deserti.

Quindi, tra tutte le referenze che sul promesso sposo mi aveva dato Sancho Maria, speravo che mancasse la più importante al fine di saperlo capace di collegare A a B, malgrado non avesse neanche trent'anni, per provvedere marzialmente da sé a ripristinare B in A e quindi a mettere in moto una lavastoviglie: un periodo di addestramento obbligatorio in un kibbutz.

7

Melchor in un kibbutz non c'era mai stato, aveva preso una laurea breve in una di quelle facoltà senza vergogna di adesso tipo Scienza del bigodino e era ancora tanto se collegava A a A – bene, ho usato anche la parola più antiscientifica e reazionaria del mondo, "scienza": infatti si vede quale progresso ha fatto mai l'umanità, nella sua propria manutenzione, andando a carretta delle scoperte della scienza... che ha sempre creato più morti che salvati, più danni alle moltitudini che benefici ai pochi e che, come la religione ha inventato il peccato per poterlo mondare a caro prezzo, ha creato nuove malattie per poterle poi debellare un tanto a fustella... invece di mettersi alla testa del definitivo ariete di sfondamento dell'etica civile e politica; e niente è umanamente più inerte e inconseguente e persino ottuso ai fini del miglioramento della vita del continuo aggiornamento tecnologico: mai la modernità è stata tanto vecchia e rimbambita e illusoria e oscurantista e noiosa e sorpassata come oggi.

Tutto gli era dovuto per nascita, al re mago Melchor, come l'aria ai polmoni, la katana al samurai, il sorcio al gatto, la discesa alla salita, Dulcinea del Toboso a Aldonza Lorenzo, l'hashtag ai disastri naturali provocati da chi lo usa e il calvario agli altri.

Sono sicuro che non avrebbe avuto niente in contrario a accostare la fronte al Muro del Pianto ma che se avesse dovuto contribuire a costruirlo anche con la sola posa di una pietra sarebbe passato subito alla religione concorrente. Sapeva molto della Metro-Goldwyn-Mayer, per via di un corso monografico sugli ebrei nel cinema fatto a suo tempo all'università, ma niente di Golda Meir, tanto che mi chiese a che gruppo apparteneva e se sapevo per quale casa discografica incideva e io mi limitai a rispondergli un esortativo, "Internet!". Oltretutto, nella sua tesina di laurea non c'era una bibliografia vera e propria, bensì una sitografia per il lungo e per il largo.

Il sesto giorno... che ancora non sapevo sarebbe stato l'ultimo da loro... siccome io mi alzo così presto che di solito gli altri stanno andando a letto non solo in Spagna ma anche in Patagonia, un po' perché non ho bisogno di tanto sonno, un po' perché dormire mi snerva in sé e un po' perché faccio sogni inappropriati, sessualmente anacronistici e fastidiosi, che non condivido e non so neanche come si permettano di farsi, anzi, di farmi, alle sette e trenta ero già di fronte al Mercat de la Libertad con quel certo filippino o forse balinese o thai in tuta o divisa di panno carta da zucchero con baschetto uguale che doveva essere a servizio da qualcuno del palazzo e che più che fare provviste per i suoi padroni sembrava mi pedinasse tanto se non mi era davanti mi era di dietro o di fianco, e quando sono rientrato dalle spese, tra le quali c'era anche una pentola da dieci litri... che non farò in tempo a usare... e una confezione di Finish Powerball, ero comunque deciso a andare a spasso tutto il giorno, o almeno fino alle tre che mi arrivavano quelli della *Sagrada Famìlia*... uffa, 'sta ì con il parente catalano invertito, perché siamo alle solite: se mettessero "familia" tale e quale e senza la penultima i con l'accento acuto, se la mettessero cioè in castigliano, nessuno capirebbe a che anagrafe appartiene, eh... *On Line*, e a stare per i fatti miei e a non cucinare per non dover poi servire in tavola, anche se per la prima volta non avrei fatto i piatti io, perché anche Melchor, il gigante Melchor dalle mascelle quadrate e l'espressione di cherubino suonato, quanto a lazzaronaggine domestica e a metodico parassitismo era uguale a Sancho Maria, se non peggio.

Il circoncisissimo sulla parola convolante Melchor era di un'indolenza così permalosa che si era rabbuiato subito allorché, alla terza volta che mi alzavo perché mancava qualcosa dalla tavola che avrebbero dovuto preparare loro due, prendendo tutto il coraggio che mi restava dopo tre giorni di totale, servile, incaprettata, affascinata codardia, gli avevo fatto notare prima a gesti che doveva togliersi dalle orecchie i due tappi dell'iPod e poi a voce, come se niente fosse, che le salviette di carta erano rimaste nel sacchetto della mia spesa.

Non aveva fatto una piega e era rimasto tramortito un secondo di troppo, come se un topo in trappola volesse sfidare un puma in libertà, mi mancava solo questa, ho pensato, un violento compulsivo represso in agguato, e poi, per la prima volta, sospirando si è alzato l'anzianotto risistemandosi la canottiera e il pareo in modo così piccato che gli sono rimaste tra i pugni alcune sparse frange, s'è messo sull'attenti, ha battuto i tacchi facendomi il saluto militare, come se la faccia di tolla impudente fossi io, e è ritornato con le salviette.

Insomma, se si esclude il primo giorno e non dovrei perché cucinai come uno schiavo in una cambusa per una ciurma incalcolabile di filibustieri alla fame, erano quattro giorni che facevo la serva pagante i padroni, e la cuoca anche per cinque, se mi conto anch'io, se c'erano solo i due maschietti orfani, tanto per cambiare, della Almudena in cerca di lavoro o chissà che, di dieci e di otto anni e con una peluria invero euskaldun da trentenni, sulle braccia, sulle gambe, sulla collottola, con sopracciglia nere grosse un dito da tempia a tempia senza interruzione sulla sella del naso e che gli dava un che dell'orsetto lavatore, i quali, intanto che giocavano a dadi truccati facendosi fuori la paghetta l'uno con l'altro e menandosi a forza di gomitate e schiaffoni sibilando in euskara stretto, a bassa voce per non farsi sgridare dal nonno, disquisivano poi coi presenti di grandi labbra in coltissimo castigliano, di *cono*... che con la tilde che mi manca andrebbe pronunciato *cogno*... e nessi, annessi e connessi, di piercing nei clitoridi, ecco, trovati in rete come io alla loro età discutevo di doppioni di immaginette sacre di malmostose trafitte da scambiare con degli arsi vivi al rogo, e insomma erano due tre quattro giorni che facevo la cuoca per sei, se mi conto anch'io, se coi figli veniva la disoccupata di professione Almudena, la madre orba del mancato marito, mancato compagno, mancato padre, mancato uomo e da qualche parte gigolò di successo, giocatore sfigato, scheletro patriota, chissà, e insomma erano cinque giorni che facevo la cuoca con aiuto cucina incorporato anche per otto... e quindi via a comprare altri piatti e posate e bicchieri in più... se invece veniva il figlio modello disintossicato a modo suo con la moglie livornese che teneva gli occhi rivolti al cielo in un afflato mistico e che sapeva di mamma maremma bucaiola, che poi sarebbe un odorino di sambuca con chicchi di hashish muschiato di impetigine ascellare e marchese costipato, con dietro le tre femminucce petulanti, screanzate, sboccate, indiavolate coi capelli color carota come le unghie laccate... anche dei piedini, perché poco dopo un dessert glieli vidi nudi, e così prensili.

Fatta la somma di tutte le somme di una tragica storia tra schiavisti senza scrupoli, gli anfitrioni padroni, e il loro servo della gleba pagante senza diritto nemmeno all'ora d'aria, l'ospite strizzato come una spugna, erano cinque giorni cinque che stavo a catena senza che il guinzaglio mi permettesse di andare oltre il Mercat de la Libertad, una volta i due profittatori potevano anche arrivarci a invitarmi fuori loro, no? O a portarli giù loro i sacchetti della raccolta differenziata, da me introdotta e imposta, nei cassonetti a trenta metri dal portone, no?

No.

Stanco di mangiare bistecche al sangue e ruggine che rimontava alla Guerra Civile ma non quella del '36-39, avevo già comperato una piastra di ghisa, due padelle antiaderenti, una pentola per far bollire la pasta, capace per noi tre commensali in una volta sola ma che non aveva risolto del tutto il mio problema se calavano all'improvviso anche gli altri roditori affamati ma non tutti in una volta, da qui quella da sei litri e poi quella da dieci litri in previsione dell'assalto di entrambe le tribù degli otto Todabierta in una sola orda per duecento, dico duecento grammi di pasta a cranio se no dicevano che ero sparagnino, perché noi italiani abbiamo questa fissa del fare bella figura, che poi è la fobia di non farla e che non è una figura retorica e neanche un'espressione che esista in altri popoli e lingue, diamo davvero il meglio di noi stessi per non deludere, non è una cosa che puoi fare solo finta di fare, siamo davvero tesi all'eccellenza, vogliamo colmare le aspettative altrui in una certa qual cosa... perché poi un *certo qual* stilema che è uno è pur sempre una consolazione anche se "scrivi proprio bene" come mi dirà di lì a poco Melchor... e nulla lasciamo di intentato per uno scopo filantropico-mondano di cui ci siamo incaricati noi in prima persona, lo scopo di fare bella figura, anche a letto, se è per questo, ce la mettiamo tutta fino in fondo, e ci piace sentirci dire "bravo" per quella volta che abbiamo centrato il buco e ce lo meritiamo davvero.

Abbiamo vanità da vendere a caro prezzo, ecco la realtà, e comunque contiamo sul fallo di rigore dell'ultimo minuto che ci viene sempre bene e che garantisce il goal sicuro a tutti i connazionali: l'innata ipocrisia dell'ecclesiastico di turno che benedicendo il cadavere gli fa quei complimenti che lo portano dritto a insediarsi alla destra dell'Onnipotente che non deve essere un onnipotente da poco, visti i miliardi e miliardi di destre che può permettersi per accontentare tutti quegli insufflati di "bene, bravo, bis" e mai in un posto di loggione, o alla Sua destra o ciccia.

A essere sincero, adesso che ci ripenso, in una settimana "bravo" non me l'ha detto nessuno, nemmeno per le lasagne... sempre che non si voglia considerare un *tre forchette* della lode culinaria quel "gallina vieja hace buen caldo" che mi buttò lì una volta Melchor alla terza fondina di cappelletti in brodo... di tartaruga, come avevano desiderato i signori, due cartoni da un litro, costatomi quanto un'immersione alle Galapagos abbracciando la bestia e spillandoglielo direttamente dal buco del gnao già salato e tutto... guardandomi come fossi io stesso il suo peccato di gola più doveroso, cioè un forziere da scardinare col suo filone, ovvero piede di porco, d'oro, d'oro secondo lui e d'oro del Giappone secondo me.

E pensare che, allungandomi il guinzaglio da solo, ho cercato per mari e per monti finché non ho trovato il crudo di Parma affettato sottile sottile sottile, perché *el jamón Pata Negra* loro... mi sbaglio o quella ó m'è venuta stagionata bene?... sarà anche *de bellota* da farti venire due ghiande così a forza di sentirtelo ripetere ma per certi piatti sofisticati strapaesani d'Italia ci vuole ben altro, intanto i marroni per mettersi a cucinarli e poi il maiale italiano stagionato a puntino affettato come un velo di galaverna che si sciolga all'alba ma non del tutto.

Ah sì, le Tre Caravelle, le smanianti porchette rosso pel di carota e il regalo che tutte e tre insieme avevano orchestrato di farsi comprare per Pasqua dal nonno gay che stava per convolare a nozze! Senza uovo di cioccolato intorno, ovvio, data la stazza.

"Ora, io dico, va bene il laicismo spinto all'estremo, ma che senso ha chiamare la più grandicella La Santa Maria se poi i genitori non la battezzano?", chiesi a Sancho Maria intanto che sul fornello mescolavo la besciamella dopo avervi grattugiato dentro la noce moscata perché stavano per venire a pranzo anche oggi e volevano le lasagne, le lasagne volevano, le lasagne alla bolognese, puttanissimo di un Adamo straserpentato su per il retto dentro il canarozzo, "cane d'un dio cane" come dice il Divino Marchese che quanto a bestemmie avrebbe fatto meglio a sciacquare i panni in Lambro, le lasagne alla bolognese con quella teglia bucata e quel forno ancora da sgrassare, e se aspettavo quel gagà polifemico con l'occhio incollato al computer a specificare le sue misure ai peterpan dalla terza età in su o Sancho Maria che sfogliava le bollette luce-acqua-gas-telefono scuotendo la testa incredulo stavo fresco!

Il giorno prima, siccome non volevo toccare il ragù, gli avevo fatto gli spaghetti con zenzero fresco e scorza di limone grattugiati, salmone fresco appena appena marinato in succo di pompelmo e pepe rosa e olio extravergine... spagnolo, buonissimo e insuperabile, per carità, se ancora non sai cos'è quello della Feudo Arancio, un siciliano spremuto dalle biancolilla, le nocellara, le cerasuola... e due polli alla birra, che almeno si strafogavano con l'intingolo e la polenta, però l'istantanea Caber, che fa la sua porca figura, basta usare un terzo di farina in meno in rapporto all'acqua di come dicono le istruzioni perché se resta morbida è più buona, e poi per quei trogloditi firmati da capo a piedi, e addirittura con le sigle degli stilisti stampate sul davanti come il Todabierta junior e il suo matrigno in pectore Melchor, menare una polenta i quaranta minuti di rito senza lasciare un fraticello o tre primi e trenta secondi il risultato non cambia. Avessi fatto un pastone di crusca, fieno e paglia amalgamati con cera gialla usando il Momendol per salare, sarebbe stato lo stesso.

Mi aveva colpito Melchor, positivamente per una volta, che trattava le tre bambine con una specie di adorazione, trasfigurato da un affetto imprevisto in lui, paterno, soccorrevole, encomiabile, e pazienza se le aveva incoraggiate a mangiare con le mani e poi a succhiarsi le dita invece di pulirsele nel tovagliolo e se le tre sorelline sembravano pazze di gioia a quel nuovo gioco scimmiesco che ne completava l'indole arborea già alquanto spiccata, avrei preferito che gli dicesse che non ci si mette i coltelli in bocca per ciucciarne la lama, ma visto che lo faceva anche lui come tutti gli altri...

"L'hanno chiamata, insomma, La Santa Maria in omaggio a te?"

"Ma no", mi aveva risposto l'*especialista de Barcelona* intingendo il dito qui e là... cosa che a me fa uno schifo ma uno schifo, e era il quinto giorno che ficcava quel dito dappertutto, prima lo intingeva nelle padelle e poi con la mano intera entrava dalla cinghia dei pantaloni fin sotto il cavallo piegandosi in avanti sulle punte degli stivaletti e si dava una grattatina bella forte, bestie *d'antan*, eh, depositate da cicognini migratori dell'epoca del maresciallo Tito o da condor sfuggiti al generale Videla e da lui rimpianti come perdite inconsolabili, e ecco che il dito prendeva a librarsi sulla prima padella a tiro come un calabrone e io che deglutivo vomito in silenzio... "Intanto non era un omaggio a me, e neanche al Cristoforo Colombo che all'inizio pensava di raggiungere le Indie e poi di averle raggiunte, lo scombussolato", mi aveva spiegato lui, "e poi La Santa Maria è battezzata, sono le altre due che non lo sono, il nome di battesimo e quindi il battesimo della Santa Maria sono stati imposti dai genitori di quella svampita di sua madre, cattolicissimi, forse gli unici cattolici praticanti rimasti a Livorno, perché lei è una toscana che andava regolarmente al Pacha, sai, la discoteca più famosa del Mediterraneo..." - mai sentita - "e lì ha incontrato quello strafatto di mio figlio e è rimasta incinta, lei ventidue o ventitré, lui venti o poco più, e i due nonni livornesi, quando è nata La Santa Maria, gli hanno detto, al genero ancora in forse, a quel degenere di mio figlio che è un mangiapreti come me, o ti sposi in chiesa e la battezzi o niente appartamento... perché te non credere ma mio figlio abita in un attico superlusso all'Eixample, pignorato, sì, ma chi li butta fuori quelli?" - e io stavo per dirgli, 'E chi ti butta fuori te?', ma ho stretto le mascelle e Sancho Maria ha continuato come se niente fosse, come fossero solo gli altri farabutti a rendere infernale la vita di un disgraziato proprietario di appartamento dato per perso - "Fatto il matrimonio, in chiesa, di sera, cena per noi di casa a *Els Quatre Gats* dove siamo stati anche noi, ti ricordi, e stop, lui rientrato in comunità la sera stessa. Fatto il battesimo alla Santa Maria subito dopo il sì e lo scambio delle fedi, comperato l'appartamento all'Eixample."

Erano passati quattordici anni dall'evento e era la prima volta che me ne accennava: questo mi diede la misura di tutte quelle cose che mi aveva sempre taciuto e avrebbe continuato a tacermi, e mi andò un po' il sangue alla testa ricordandomi di tutte le cene passate nei ristoranti senza niente da raccontarmi, lì a tracannarsi le sue due bottiglie di rito scegliendo le marche dal costo più attraente e basta, mentre non facevo in tempo a sedermi sullo sgabello del Bears' che il gestore, se mi vedeva da solo, mi spifferava l'ultima sul mio compagno abituale, nel senso di ultima sua conquista esibita nell'*ambiente* per ogni dove. E adesso Sancho Maria era tutto loquacità, mi trattava, come dire, in modo insolito, famigliare, ecco, il che non era normale;

non era neppure normale che io facessi una domanda e che lui mi desse una risposta senza tergiversare o impermalirsi.

Puzza di bruciato? Non con me: io, dall'istante in cui accendo una scintilla che prende, non mollo mai il fuoco, e spadello tutto regolare.

Cominciai a sbollentare le lasagne e a disporle nella teglia strato su strato, ma se avessi potuto distogliere Melchor dal suo gaydar.com gli avrei dato i soldi e gli avrei chiesto di andare a comperarmene una nuova di ghisa. Sancho Maria andava avanti, con la bocca e con il dito, "Quando a quarantena appena finita lei era di nuovo incinta e è nata la seconda, chiamarla così è stato più forte di loro. Prima gli è arrivato un bonifico da Livorno grosso come un'altra casa, sputtanato dalla sera alla mattina, e poi addio battesimo concordato coi nonni baciapile, e siccome all'anagrafe uno gli può mettere il nome che vuole, la tentazione di seguire le scie di Cristòbal Colòn è stata più forte"... gli accenti del Grande Turista Cattolico andrebbero dall'altro verso del maestrale, ma finché non riesco a sapere dove li hanno messi i caratteri stranieri su questa tastiera che ho in testa... "e quando i nonni livornesi si sono resi conto, inorriditi, che stavolta non ci sarebbe stato alcun battesimo in chiesa, sono rientrati sui due piedi, La Nina!"... tilde, se solo riuscissi a snidarla... "gridava la suocera, come osi, La Nina, gridava il suocero, che vergogna per tutti noi! E poi con la nascita della terza... tanto che poi lei l'hanno costretta a farsi l'isterectomia, tutte quelle tubazioni che vengono legate, chiuse, che cazzo ne so, e anch'io ho dato man forte, hostia, io ero per la totale partendo dall'ipofisi e amen... cosa vuoi mai, chiamarla La Pinta è stato automatico e col tempo anche quei due invasati cristiani di Livorno si sono addolciti, adesso speriamo che gli tolgano l'ipoteca...".

"Ma scusa," gli ho fatto io intanto che tiravo fuori anche i cetriolini dalla salamoia del vasetto per il loro aperitivo "se Cristoforo Colombo avesse scoperto prima qualcosa a bordo della Royal Caribbean, la seconda l'avrebbero chiamata Costa Crociere?"

Infornai.

Poi si sentirono degli squilli ossessivi al citofono, non udii alcun ciabattare o tip tap di tacchetti, "Hanno suonato, mezz'ora e tutto è in tavola", ho buttato lì intanto che sistemavo la Coca, light, per le bambine, e entrambi i fanagotta all'unisono, dal divano rinforzato coi laterizi dove gli ho servito l'aperitivo con salatini, olive e sottaceti, mi fanno, "Vai-tu-a-aprire-grazie" senza neanche metterci un po' di punto interrogativo.

La genia di tutti quei malnati invase salotto e terrazzino e si fiondò sui salatini e il resto degli affettati in tavola. Nessuno si offrì di darmi una mano. Notai... molto di sfuggita perché non avevo tempo per i convenevoli e mi ero accorto che non avevo la paletta per fare i riquadri nelle lasagne e questo, non le doglie della preparazione, può buttare a terra il granitico morale di un fanatico della bella figura... che anche stavolta Melchor, semiaccucciato come un orango, giocava con le tre divine in crescendo perfettamente a suo agio, spensierato, anzi, trasognato ben più del giorno precedente, particolarmente con la più piccola, più alta di due dita della maggiore, assumendone persino la voce, i gesti, i vezzi infantili, come se lui fosse la quarta barcarola e la minore di tutte, ma a me sembrò anche che... lo so, è assurdo e insensato e probabilmente meschino quello che sto per dire... anche che lumasse sotto le mini dette alla scozzese ovvero a portafoglio con cerniera... di buon auspicio, l'augure del guardaroba di ogni bambina dal temperamento artistico, eh... delle tre tremende.

Io di lui, delle sue origini, sapevo solo che, giovane com'era, era figlio unico di un padre che al momento aveva novantadue anni e di una madre che andava per i settantaquattro, aveva dribblato i genitori uscendo direttamente da lombi di nonni, tutto regolare, ma qualcosa in un parto così tardivo va sempre storto, specialmente se se ne cava come figlio unico un maschio: un embolo di qualcosa, dovuto forse a come e da chi era stato allevato, doveva essergli esploso nel cervello, si vedeva a occhio nudo che era normale.

Come Davide con Golia, secondo me, amava troppo le persone anziane per non desiderarne la morte, violenta, se necessario, e io ero anche più vecchio di Sancho Maria, avevo tutto l'interesse a trattarlo con le molle e a tenerlo a distanza.

Visto che il cavallo delle sue mutande era di Troia, che esercitasse altrove e con altri quella sua fionda per farsi avanti nella vita.

Noi due sapevamo bene perché e a seguito di che cosa io restavo affabile e servente ma sulle mie, e ribadisco che finché sono stato lì non ho mai pensato nemmeno per una frazione di secondo che anche Sancho Maria sapesse forse ancora meglio quanto fosse stato intraprendente con me il suo fidanzato, ma lasciamo perdere, questo dettaglio è già dimenticato e comunque non lo rivango.

'Ecco, per l'appunto' - notare che io non le ho chiesto niente, che la foglia del platano davanti si è messa a parlare per prima, e poi 'per l'appunto' di che? - 'voi umani state vivi per elaborare l'odio che porti all'industria per eccellenza, quella della guerra, da cui tutto rinasce e verso cui tutto ritorna, l'odio è una necessità psicologica come la fame per il carnivoro che nella catena alimentare sta sopra l'altro animale, quello da sbranare, l'odio non è psicologico o personale, è un riflesso meccanico collettivo e globale per far girare i vari regni della Terra. Una società giusta di umani equi e caritatevoli l'un l'altro sempre e comunque sarebbe un mondo senza domani, dove la razza umana si sarebbe estinta da ieri.'

'Vedi che neppure tu sei esente dai pistolotti da zia sapiens sui fini primi e ultimi, bella mia?" le ritorco contro.

'Con me non funziona di farmi dire le cose che pensi tu. Questa me la paghi. Almudena e suo fratello non erano...'

Ma che fa? Piove?

8

No, non pioveva. Piccioni.

Maledetti piccioni o straincuIate tortore che tubano fra i rami e si stubano in volo per portarti fortuna.

Sarà.

Be', verso le nove e qualcosa del sesto giorno rientro dunque dal Mercat de la Libertad con i miei, miei si fa per dire, miei di tasca mia rifornimenti da ritirata senza domani in sottomarino o in bunker postatomico e Melchor è lì con su le mutande con la decalcomania di Batman e Robin che si baciano dal cavallo all'elastico, e che alterna alla Donna Ragno che slingua con Catwoman secondo me senza mai lavarsele, aggrappato all'asta di acciaio nel tinello che fa su e giù a gambe in su e testa in giù con le mani incrociate dietro la nuca, una montagna di carne che scuote l'appartamento dal soffitto alle pareti e che spiega i calcinacci che avevo spazzato via anche il giorno prima dopo quella scena madre corale tra sala da pranzo e atrio.

Perché non è la prima volta che lo vedo fare ginnastica qui, anzi, se è solo con me in casa, eccolo sprizzare fuori da giacca e cravatta dal taglio regionale, catalano, leghista di loro, ecco, e mettersi comodo, e non è neanche la prima volta che vedo qualcuno fare esibizioni di dubbio gusto a quella sbarra, perché il giorno prima…

“Hai preso gli yogurt al cocco? Sancho Maria è andato alla Teixonera a stare con i bambini finché Almudena non ritorna dall'ufficio di collocamento… di collegamento, una cosa così, e poi deve andare a prendere le tre caravelle e portarle al Born dalla Pipa Frega Iricarne Ballet e poi a riprenderle e poi portarle da me alle prove.”

Non mi aveva mai profferto una frase tanto lunga. Dove voleva arrivare? E poi: quali prove? Che tipo di prove? Quelle di una qualche compagnia di prefiche di Benevento, le più lagnose? O *le proprie*?

La Pipa Frega Iricarne Ballet al Passeig del Born era la loro *escuela de dansa* finanziata... la scuola stessa, non solo loro tre... da una sconosciuta filantropa che amava tanto la danza perché lei stessa figlia di ballerina classica portoghese specializzata in *fandanguillos con castañuelas*... ma guarda, chissà da dove salta fuori questa ñ perfetta... mi avevano spiegato il giorno prima le tre rosse pel di carota prima di scomparire nell'atrio rimpinzate come oche all'ingrasso di lasagne e arrosto di vitello - con la sua pancetta e rosmarino e alloro tutto attorno con lo spago che sembrava la Clinton travestita da Giulio Cesare pronto per il *tu quoque* dei coltelli - e siccome alle tre grazie mediterranee grecolatinoarabe-italospagnole non mancava nemmeno la parlantina, a parte ignorare la parola "grazie", al budino con pan degli angeli e zabaione... sbattuto nel pignattino a olio di gomito con un moscato a filo di poca e nulla gradazione date le minorenni e poi, non disponendo di una bastardella, tenuto un venti secondi sul vapore di una padella senza fargli mai toccare l'acqua bollente e continuando a menarlo... avevano detto in coro, dicevo, di avere già scelto il regalo per il lunedì di Pasqua, dovevano aspettare ancora un mese, quasi, non vedevano l'ora, intanto si allenavano come potevano, aggiunsero, anche ai tronchi più piccoli e lisci dei giardinetti che così intanto testavano il gradimento dei vecchietti e degli algerini a spasso.

Volevano un tubo di acciaio infilato ben saldo in una pedana circolare, non come quello di zio Melchor, non per il lungo con le due aste laterali come quello nell'atrio fissato al soffitto, ma un palo di acciaio in verticale per girarci intorno come un disco volante e far fare il palloncino alle mini e poi strusciarsi contro a tempo di musica come tale Lolita *la Rabiosa* de Figueras conosciuta su facebook che gli aveva dato la sua amicizia a tutte e tre e che ci si aggrappava e girava come una bandiera e poi, fichissima, anche a testa in giù e gambe pari, "e anche dispari", figura di cui non riuscii a farmi un'idea.

E nessuno che diceva niente, perché quella era lap dance nuda e cruda, una danza del ventre attorno a un simbolo fallico per allietare i papponi che, intanto che le ragazze si strusciavano al palo, facevano il palo ai clienti in forse e raccoglievano le ordinazioni per il dopo spettacolo! Niente da obiettare nessuno, padre, madre, nonno, *tío* Melchor prossimo *abuelo* anche lui a pari diritto, nemmeno quei tre candidi gigli volessero fare teologia e poi entrare in clausura a mettere su i loro numeri per burattini di legno inchiodati a braccia larghe e piedi sovrapposti!

E quando le tre ragazzine si alzarono e non so perché andarono nel tinello, io, sgombrando la tavola avanti e indietro dalla cucina, a un certo punto sentii dei bisbigli e mi misi a origliare: "Come starebbe bene un grande specchio sopra la porta della camera!", prese a mormorare La Santa Maria.

"Nonno gay non vuole specchi, lo sai" continuò La Pinta con lo stesso tono di cospirazione.

"Be', non dev'essere un gran bel vedere per lui. Specchiarsi! Ma Melchor dove va a fare la sua sessione di specchio?" commentava La Nina… con una fettuccia di tilde che prima o poi arriverà a farsi strada del tutto e che qui non vuole venire.

"Oh, Melchor è sempre davanti alla finestra del terrazzino a rimirarsi. Per fortuna che noi abbiamo preso dai nonni italiani. Slanciati, un metro solo di gambe."

"Ma scusa, perché, cosa manca a papi?"

"Papi o ha preso da quella brutta spilorcia milionaria di nonna Mercè" – ecco come si chiamava la matematica giallista, Mercè! – "o è un bastardo, grazie-alla-provvidenza-divina. Pensa se eravamo né nane né normali come lui."

"Ci è andata bene. Povero nonno gay! Mezzo alcolizzato com'è, assomiglia al Puffo Quattrocchi! E ha anche il doppio mento!"

Ridevo tra me e me scuotendo la testa divertito da tanta innocente malignità, pensai, 'Eh sì, altezza mezza bellezza', ma senza davvero pensarlo, intanto perché la bellezza non ha canoni se non per l'industria dell'immagine cui si agganciano i vani prodotti dei desideri indotti ovvero imposti agli stupidi che da soli non ce la farebbero a desiderare niente e men che meno un po' più di amore per la giustizia sociale e un po' più di buonsenso nella gestione della loro economia, perché uno, fosse pure padre di famiglia da sfamare con le sue braccia, se cancella dal suo budget, dicevo, l'acquisto del telefonino nuovo, del televisore all'ultimo plasma, della droga del sabato sera, dell'alcol quotidiano, delle prostitute di entrambi i sessi, del trattamento per far ricrescere i capelli, delle pasticche della virilità e ogni altro aiutino farmacologico per prendere sonno da una coscienza ormai troppo sporca anche per slavarsi via alcune ore e se poi eliminasse i costi per seguire la sua squadra del cuore e per tentare la fortuna incrementando solo quella della mafia al potere che, dopo apposite legiferazioni, gliela fornisce attraverso biglietti della lotteria e slot machine dai luccichii di astri impazziti al baretto dell'angolo e se smettesse di fare oblazioni *volontarie* per rituali benedizioni a garanzia di una vita ultraterrena dopo, come dicevo, il sacro vincolo con l'avemaria che lo porta diritto al fonte battesimale di altro superfluo plancton imbecille gaudente come lui e come lei e sostituisse tutto questo spreco di tempo e di denaro e di materia grigia con un prestito, gratuito, dalla biblioteca di quartiere, non verrebbe mai e poi mai ricattato con il grimaldello della crisi dai cravattari e dai banchieri e dai maghi della finanza e dai suoi governanti e dai santoni che… repetita iuvant… creano la malattia del peccato per mondarti poi dal male che ti hanno inoculato, metterebbe lui in crisi il sistema che gliela impone e finalmente vedrebbe in faccia chi, smascherato e ridotto a mendicare per strada, ha campato sulla sua rovina scientificamente programmata dal primo vagito all'ultima ragade, o estrema unzione di Antrolin, il superno emolliente che consiglio anche agli sfinteri più scettici e ermetici.

Quanto a “quella brutta spilorcia milionaria” di nonna Mercè c'è da dire, ‘precisandoti, o mia foglia bella da morire, un accenno che forse mi sono già fatto', che un quattro anni prima di quelle mie lasagne si era sbarazzata della detective anoressica frigida delle sue insipide storiacce a manovella che non voleva pubblicarle nessuno trasformandola in una donna fatale tutta curve e sospiri di vogliosa sfrenata dando un giro in più alla manovella degli stereotipi della lingua sul maschile e sul femminile e su chi fa bene o fa male a ammazzare chi, che, sguinzagliata a colpi sicuri la lingua sul punto G senza neanche più bisogno di cercarlo, aveva avuto tre offerte da tre editori diversi e che del primo sexy hard boiled aveva venduto in sei mesi quanto io in sei anni, e la volta dopo in tre mesi quanto io in altri sei anni, e così via. Era stata tradotta anche in italiano e aveva fatto promozione a Roma, a Milano e a Palermo, ripetendo il successo spagnolo, francese, inglese, russo e tedesco, mentre tutta la serie rischiava di uscire addirittura in Cina per via che lì è un po' come se il cunnilinguus rientrasse in patria dopo tanto esilio, perché i cinesi, come è ormai ben provato anche dalla Facoltà di Scienze delle comunicazioni di Macerata, oltre a avere inventato la carta tremila anni prima di chiunque altro, per non parlare della seta, della porcellana e della polvere da sparo, hanno inventato il cunnilinguus mille anni addirittura prima degli Inuit della Groenlandia – 'Che... e tu cara foglia cadente del platano di fronte mi perdonerai una digressione che è una... vi s'imbatterono andando alla ricerca di combustibile naturale a basso costo in alternativa al grasso di foca, e se non per il riscaldamento dell'igloo, per mantenere costante la temperatura del corpo, sbrinare il cavo faringeo e ritrovare la favella'.

Richiesta durante un'ospitata a "Caldo de cultura" se davvero stava per essere tradotta in Cina... un orizzonte di milioni e milioni di copie lette con una mano sola... la Mercè Mercedes ha detto facendosi piccina e inalberando una modestia da demo-etno-antropologa come sarebbe stato forse possibile solo a Bronislaw Kasper Malinowski illustrando il suo concetto di "reciprocità", "Sarebbe più che naturale, lì il cunnilinguus ha il valore simbolico che noi occidentali diamo al ritorno a casa del figliol prodigo. E chissà che dalla Cina non rimbalzi qui, dove ce n'è tanto bisogno".

E chi la coadiuvava, anzi, chi la dirigeva nella difesa e ottimizzazione dei diritti spagnoli e esteri? Il figlio del giardiniere e della governante dell'ingegner Morales, niente di meno! Che pretendeva per sé il trenta per cento, visto che grazie a lui, invece del solito 8-10 sul prezzo di copertina, aveva imposto e ottenuto il 15, e al netto dell'Iva, nonché un à valoir pari a centomila copie che l'editore spagnolo le vendesse o no e al quale sui diritti esteri aveva concesso, anziché il solito 30, il 10. E-book a parte, per il quale aveva strappato un fifty-fifty da podio. Un vero tesoro di ragazzo, un ramo di pesco in fiore tempestato di pietre preziose, non c'è che dire. E non era il suo mestiere, visto che, per quel poco che ancora si sapeva di lui, entro il 2015 si proponeva di diventare il coordinatore della Morgan & Stanley Europe.

Non si poteva nemmeno dire che il successo le era andato alla testa, era la testa a esserle andata via alla Mercè: nei suoi cenni biografici sull'aletta, si era scalata niente di meno che vent'anni in un colpo solo, sicché si ritrovava di dieci anni più giovane dell'ex marito *in realtà* più giovane di lei di dieci, e guai a contraddirla, diventava una furia scatenata capace di mettere in atto tutti gli assassinii sessualmente più efferati che andava accumulando di pubblicazione in pubblicazione... di bestseller in bestseller, duole dirlo, dove, a differenza dei racconti del marito, alla fine il gay deve morire, e ce n'era sempre uno, quando non due o tre, sulla cui morte violenta la Mercè ricamava pagine e pagine di orrore a filetto che da sole, secondo me, le garantivano cinquantamila copie a uscita, tutte comperatele dai gay sia catalani che castigliani che di altrove, che adorano rispecchiarsi in un destino.

Che dicevo? Ah, sì, che anche il dogma "altezza mezza bellezza" convoglia un desiderio indotto: il desiderio di scalzarti dalla tua natura con mezzi impropri quando le tue fattezze non corrispondono al canone industrial-estetico del momento, un canone dispoticamente immaginifico, e da quel solo fiocco di disistima di sé alla valanga di odio che ti sotterra da vivo è un tutt'uno.

Stavo pensando che a me non verrebbe mai in mente di frequentare qualcuno o di desiderare la sua compagnia perché donna o perché uomo, alto o basso, bello o brutto, ricco o povero, giovane o vecchio, casto o libertino, bastava fosse un po' più leale della media e non mi desse più di una pugnalata alle spalle troppo ravvicinata alla precedente e me lo facevo andare bene. La gioventù, la bellezza, la ricchezza non mi hanno mai attratto più di tanto, da sole mi sembravano una disgrazia, toccata ben di più a chi se ne lasciava invaghire.

Anche da giovane ho sempre pensato che costasse ben più fatica all'altro stare in mia compagnia che non viceversa, quindi già il fatto che qualcuno riuscisse a sopportarmi per la mia mancanza di debolezze e di vizi e di servilismo e di spirito compromissorio e per essere diretto come una zanzara tigre in un occhio me lo rendeva caro abbastanza da non avere richieste speciali a monte, pregiudizi scolpiti da un mio ideale di perfezione cui io per primo non corrispondevo, e che era alquanto bestiale pretendere da altri ciò che io per primo non potevo fornire. Por ejemplo, la mediocrità, che dell'amore e negli affari è il salvacondotto ideale. Mediocre non lo sono stato mai; sarei riuscito a essere straordinario anche nella mediocrità, se mi ci fossi provato, quindi ho lasciato perdere subito, non faceva per me.

Be', stavo pensando a tutto questo e a altro che non ricordo mentre avevo smesso di dare retta alle tre pettegole che confabulavano nel tinello e ero ritornato a vuotare sui piatti nel lavandino… eh, no, per le mie lasagne niente piatti di plastica, no e poi no… l'acqua fatta scaldare in due pentole perché la caldaia era di nuovo ammutolita, quando sentii le tre bambine-prodigio che supplicavano Melchor di andare da loro lì nell'atrio e poi ecco a un certo punto, saltellando tra una pignatta e l'altra sul pavimento perché non sapevo più dove mettere tutto quello che andavo ritirando dalla tavola, sentii le Tre Caravelle cantare *You can leave your hat on* imitando la voce rauca di Joe Cocker e però con un sottofondo come di strappetti di cerniera che non cede al primo colpo.

Misi la testa fuori dalla cucina e vedendo planare una camicettina sull'attaccapanni tra l'atrio-tinello e il corridoio, feci tre passi e allungai la testa oltre il profilo della parete, e loro nemmeno mi videro, per via che ero in controluce, o forse perché a me proprio non mi vedevano nemmeno se mi vedevano.

E le vidi io, lassù, appollaiate sulla sbarra.

Volevo dire qualcosa ma la voce non mi usciva dalla gola tanto era il turbamento da strozzo, e anche un certo qual capogiro, nelle narici e dappertutto mi era arrivato un acre, viperino profumo di cioccolata calda amara e cialda di vaniglia più una sfumatura di pesciolino in salamoia, perché questo era il loro inebriante odore, odore di baffo di cioccolata sporca di wafer agli angoli della boccuccia a ravioletto e di mutandina bagnata seccata addosso che aizzava ogni possibile peccato di gola e, in ogni demente non provvisto di un dovuto autocontrollo per quanto forte, rendeva giustificabile la voglia di mangiarle vive: per me erano nude, nude e canterine; secondo loro nient'altro che delle acrobate professionali in riscaldamento.

Chissà come avevano fatto a issarvisi sopra, là sulla sbarra a fare lo striptease!

Le scarpine, i calzini, i vestitini, due reggiseni tutti a terra uno sopra l'altro, tutte e tre si erano raccolte con un elastico i lunghissimi capelli rosso aranciato a coda di cavallo, io ho gridato "Nooo!" e loro "Sììì!" e le due maggiori erano senza top e già a gambe larghe in mutandine di pizzo rosso ciliegia uguale fosforescente con una fettuccia tanto sottile a fargli da cavallo che gli era entrata dentro e gli spartiva le glabre figucce a metà esatta e La Pinta… addirittura senza fettuccia divisoria perché senza mutandine, e sul pavimento non c'erano, quindi non le aveva portate proprio… stava togliendosi la sua di camicetta quando, non sapendo che dire colto alla sprovvista com'ero, ho gridato più forte, "Ma farete un'indigestione!", mi ha raggiunto la voce sonnolenta e cantilenante del padre modello, "Ma lasciale fare, sono delle testone come la loro madre", la voce di Sancho Maria un po' alterata dal vino, "I bambini sono bambini e le bambine di più", quella baritonale e sprezzante di Melchor ritornato macho machista, "Intanto si allenano… È pronto o no 'sto caffè?", e la madre… la madre maremmana niente.

Io ho pensato, e non per la prima volta, 'Si allenano a fare che?'.

"Scendete subito da lì e rivestitevi alla svelta, subito subito subito" gridai più piano che mi riuscì, e loro all'unisono, traumatizzate, forse rimproverate per la prima volta nella loro infanzia di selvaggio libertinaggio propedeutico a un futuro di fregne da tregenda, "Pero qué, tío A…", e lì mi sono messo proprio a sbraitare con i miei di accenti, "*Tìo tìo tìo!* Non sono vostro zio, lo volete capire sì o no? Io non ho nipotine che fanno quelle carriere lì! Giù subito o… o…".

Non sapevo come andare avanti dal nodo in gola: o… o… o vado di là nella mangiatoia e li picchio tutti quanti, avrei voluto minacciare, ma non ero a casa mia, e poi le avrei prese io.

Le ragazzine si erano messe a piagnucolare e improvvisamente non sapevano più come scendere da quella remota età stellare.

In quel momento alle mie spalle, annunciata dal suo odore di pollaio chiuso di chioccia fumata, è comparsa la madre, mi ha sorvolato senza espressione e, placida, ha declamato l'ultima e estrema verità pedagogica livornese che non sarebbe venuta in mente né a Jean-Jacques Rousseau né a Maria Montessori né al mostro di Marcinelle fissandomi: "Se continua così, le farà cadere".

Solita morale anche qui: il criminale da perseguire non è chi commette i crimini, ma chi li denuncia.

Ciò che mi ha scocciato di più è che i cinque parenti, non solo si sono rimpinzati di lasagne come neppure Arlecchino di chiacchiere in una vita, ma, trasformando me in servo di due padroni, mi hanno decurtato metà ragù alla bolognese della mezza vaschetta che mi restava, per portarselo a casa, in un finto Tupperware del Set Crystalwave appena comprato dai cinesi che si chiamava Pietro torna indietro e che indietro a tutto il tardo pomeriggio del sesto giorno non è tornato.

Quei due sposi imminenti di autentico avevano solo una boccetta di aceto balsamico, di losca provenienza, che io userei solo sulle fragole, un frutto che non mi piace, perché per me l'aceto è aceto di vino, perché odio il dolceamaro indiscriminato del nostro tempo dolciastro, il che non significa che non vada pazzo per il cardo e il rabarbaro e il radicchio di campo e le radici amare e, coi bolliti, il cren, vegetali che non sono dolciastri, sono quel che sono e sono una delizia, come odio ogni rafforzatore di sapore di marca asiatica, soia a parte, e americana mentre adoro un pizzico di granulato Star o Knorr senza glutammato e, anche se io normalmente non compro niente di finto e niente dai cinesi… a parte nuove sacche a sette euro per riempirle di indumenti da sparpagliare tra le popolazioni affamate anche di moda se vado nei villaggi del Mali o della Costa d'Avorio o del Nicaragua o dei terremotati italiani che hanno un debole per le camicie e le cravatte Roda che ne ho un sacco e, non andando più in televisione, non metto più e da dimenticare sul posto una volta arrivato e svuotate… ovvio che dai cinesi compro anch'io come tutti, che lo voglia o no, i computer, i cellulari, le pile, le ruote dell'auto correnti e antineve, le lampadine, i televisori e chissà quanti altri prodotti made di qua made di là e di fatto l'è madincina, a un certo punto dovevo adeguarmi: quei due di funzionante avevano solo un forno a microonde, mangiavano solo cibi precotti con su uno zigzag di una qualche brillata schifezza chimica e era rispettoso non traumatizzarli con troppe cose vere tutte in un colpo.

Un vero contenitore finto di finta plastica ma resistente al microonde era alla portata del loro apprezzamento presente e futuro.

E poi, bisogna decidersi a precedere i tempi, che lo si voglia o no: l'unico modo per un'azienda europea di prodotti di gran qualità di far fronte alla concorrenza asiatica non è produrre e commercializzare da sé i propri falsi? Anzi, di produrre di eccellentissimo solo uno sparuto specchietto per le allodole da lanciare in campagne d'immagine interplanetarie a ridosso di tonnellate e tonnellate di falsi del medesimo? Siccome io arrivo sempre un bel po' dopo, è probabile che da anni lo stiano facendo in sordina.

Io stesso già verso la fine del secolo trovavo qualche difficoltà a rimpiazzare i vasi di terracotta e sottovasi uguali dell'Impruneta che mi si rompevano o si crepavano in inverno; nel mio orto e sui miei balconi e davanzali mai e poi mai avrei messo dei vasi di plastica dello stesso colore di quelli di terracotta e poi, dal 2005 in poi, trovare i vasi di terracotta dell'Impruneta è diventato un'impresa e coi prezzi che aumentavano nemmeno fossero di onice mi passava la voglia di anno in anno; già la gente comperava sempre meno piante da appartamento, figuriamoci se pur di non risparmiare qualcosa le pretendeva in vasi di terracotta dell'Impruneta, magari col fregio o cordati o addirittura festonati! Le aziende dei vasai avranno cominciato a chiudere, temo, visto che i vivai e i fioristi all'ingrosso non li tenevano più e anch'io mi sono rassegnato ai vasi di plastica, cinesi o no.

Comunque ora i due fidanzati non avevano più neanche il Tupperware cinese e neppure gli sarebbe servito per riscaldare alcunché nel microonde: di notte si erano alzati... e da notare che alle dieci gli avevo servito anche la cena, ancora cappelletti in brodo, ma di gallina stavolta... una carcassa di gallina, per la verità, buttatami gratis nel sacchetto allungatomi dal macellaio, che non ho mai capito se fosse strabico o mi facesse l'occhiolino e che comunque mi venerava nemmeno fossi un Vitello d'Oro che cagasse banconote da cinquanta... e dei semplici nodini alla milanese con sopra pomodorini ciliegia e basilico più la loro frittatina della panatura... e avevano scucchiaiato via il quarto di vaschetta rimasto del ragù più la carcassa della gallina più un mezzo chilo di arrosto della fesa di vitello alla Clinton del giorno prima coi cracker più un rimasuglio di budino o zabaione, non ricordo più – ma con i due pacchetti di Mostaccioli del Priore, troppo buoni perché li passi un convento, che non so come siano planati da Perugia in Catalogna e che al Mercat mi ero subito accaparrato io – e era già tanto se si erano poi risvegliati vivi lo stesso, visto che dal russare erano passati ai rantoli e poi più niente.

Come svenuti, con il telefonino di uno dei due o forse di tutti e due che squillava a vuoto, come spirati nel sonno.

A parte Melchor che verso le cinque s'è messo a fare a altissima voce la vocetta da bambina che recita le preghierine prima di coricarsi e poi improvvisamente ha gridato, "Oh, Signor Rabbino, che gran Torah che ha! È di carne? È di carne? È di carne?", ho sentito che stramazzava di nuovo sulle molle e lì, nel sentire che Sancho Maria, tornato a riubriacarsi a sbornia ancora in corso, non batteva ciglio, mi sono svegliato del tutto, forse toccava a me chiamare un'ambulanza.

Il frigo era di nuovo vuoto come se fossi appena appena arrivato dall'aeroporto, però fa niente, alle sette e mezza sarei stato davanti al Mercat de la Libertad, che apre ben più tardi e che, fosse stato a Madrid, avrei potuto dire di conoscere come la sezione vanitas vanitatum del Prado, anzi, che conoscevo come le mie tasche, sempre mie e solo mie, anche se al Libertad quaglie e pernici di magnificenza fiamminga non ne ho mai trovate, faraone sì.

'Scommetto che adesso ci darai la ricetta del ripieno, eh, tiratardi?' fa la foglia con sussiego.

'Guarda, a te non ti rispondo neanche... e comunque occorre sbriciolarci dentro tre amaretti di Saronno e aggiungerci un cucchiaio abbondante di marmellata di sambuco e uno raso di arance, tiè.'

Poiché non ho malizia, dicevo, e penso ogni male possibile dei puttanieri, focomelici e comunque handicappati in carrozzina compresi, ma niente in particolare delle noleggiatrici dei propri orifizi e men che meno se su d'età, ovviamente ho impiegato ben diciotto ore circa, dalle sedici del giorno prima alle dieci del giorno dopo, a capire il sottofondo puttanesco e a radiografare le oscure implicazioni di quella innocente richiesta della Pinta quando, non appena scese tutte e tre da quel trespolo in acciaio... con l'aiuto di Melchor, che ve le aveva issate e che mi sembrò si attardasse un momento di troppo all'altezza di un seno... e asciugatesi le lacrime, disse infilandosi la camicetta, "Mamma, domani che stai fuori tutto il giorno con zia Almudena, quando nonno gay Sancho Maria viene a riprenderci alla Pipa Frega Ballet possiamo andare con lui a vedere le prove al teatri i fraternitat, sì, fraternitat 'sta figa, di zio Melchor invece di aspettarti anche stavolta ai giardinetti che poi Las Damas de San Vicente vengono a rompere i coglioni e ci dicono che a noi ci rinchiuderanno nel riformatorio e butteranno la chiave?".

"Ma papà non doveva essere di ritorno?"

"Ci ha già detto che domani non può perché deve andare a posare per il calendario onlus gay 2011, niente luna park."

"E stare invece un po' in casa vostra a studiare?" mi inserii io "Vengo io, se volete, possiamo studiare insieme il testo in inglese di una canzone di vostro gradimento... o vi insegno a attaccare un bottone, come preferite. So fare anche le marmellate, con e senza pectina... è un conservante per conservare le conserve, viene dalla mela, poi vi spiego bene cos'è, basta anche tritarcene dentro una e... mi dite un frutto che troviamo e... quella di limoni, por ejemplo, si gratta via un po' la buccia e..."

Le tre non fecero in tempo a dire, "No, te no" che la mamma livornese spiegò, "Molto gentile da parte Sua, ma non è il caso, adorano il teatro e i vustel".

"Ah, würstel a parte, non s'era capito. E perché io no?"

"Perché non sei nostro zio" ha iniziato La Santa Maria "e poi perché ci rompi con la raccolta differenziata. E adesso pure coi limoni. Stringitelo da te, il culo!"

"A noi non ce ne frega niente della tua raccolta differenziata di merda", ha aggiunto La Pinta facendomi uno smagliante sorriso e scoppiando a ridere.

Pensai che partisse uno sberlone dalla madre, invece niente.

"La fai solo per sentirti superiore a noi rifiuti umani, vero nonno gay che la fa solo per sentirsi superiore a noi rifiuti umani? Il rifiuto sei tu e le tue lasagne facevano schifo" ha concluso La Nina... con la maledetta tilde che come viene mi scompare dai neuroni... e tutte sono scoppiate a ridere, tutte e quattro intendo dire, e sono andato a vedere se la moka, la grandiosa Bialetti da otto nuova di zecca, si decideva a gorgogliare. Ma ero un po' sottosopra e teso.

Ho sentito la livornese che diceva a una delle tre, "E quel succhiotto lì sulla areola chi te l'ha fatto?", e una vocetta che rispondeva, "E cos'è un succhiotto? Mi sono sfregata sull'asta nello scendere" e il caffè era nelle sue tazzine, nuove, di Sèvres. Sei, sei euro. Coi piattini.

Va bene, come non detto per il testo in inglese della canzone o per la lezione di ago e cucito o per la marmellata, ma adesso volevo solo sottolineare che, por ejemplo, nessuno mi aveva mai detto che le due cognate fossero tanto affiatate, e che ci sono arrivato da me a mettere insieme i capi di un certo sotterraneo collegamento, alberghiero, tra le due tristissime donnine allegre occasionali. E ci sono arrivato prima ancora di uscire per sempre da quella casa e che la Fata della candeggina ci pensasse lei a tappare i buchi della mia ingenuità a tentoni.

Ah, prima che me ne dimentichi dico subito che nella casa della Fata Morgana:

a) il gong entrava in azione solo per gli ospiti più illustri;

b) l'ho dato solo due volte in quattro giorni e con tale malagrazia che se ci penso mi rintrona ancora la testa, bastava uno sfioramento e invece l'ho fatto suonare con tutta la forza del braccio e dell'alabarda, una volta all'una del mattino per un arcivescovo di culto greco ortodosso di uno di quei paesi col -kistan in fondo a nord del Libano e l'altra per una ministra delle pari opportunità sudamericana membro onorario dell'Unicef che volle essere picchiata anche lei e sottomessa alla macchina per il massaggio proctologico ma solo fino alla seconda velocità e senza bondage né sessione di oppio a seguire... oh, una minuscola pallina nella pipetta dentro un piccolo fumoir a pareti stagne o addirittura in sauna, in terrazza, niente di più, puzza di cassonetto in fiamme a parte, nessuno è restato mai a smaltire le sue visionarietà più di una notte;

c) il catering con cibi etnici piccanti e interi agnelli sacrificali allo spiedo era da scenografia estense;

d) non ho mai servito in tavola né ho mai rimescolato in una sola padella né riposto piatti e pentole né sfregato pavimenti né, ovviamente, portato giù i sacchi dell'immondizia;

e) venivo chiamato con deferenza "Capitàn" – il picciolo su quella svizzera mela di à al contrario – "Guillermo" in presenza di estranei, e tra me e la Fata della candeggina "jefe" alternato a "jefa"... a parte "Melibea" nato da un suo riguardo verso il senor Calisto con la tilde sulla n, e che si veda bene che è la coda a ricciolino di un maiale... quel paio di volte in tutto... per un suo recondito desiderio di quando ancora faceva tirocinio nella Legione Straniera del Sahara Occidentale e, da uomo, si era innamorata di un raìs che l'aveva ricambiato fino a farla sentire irreversibilmente donna e quindi *sua*;

f) la casa era di una moralità intransigente e il mio anfitrione non ha mai avuto a che fare con minorenni se non accompagnati da almeno un genitore;

g) lei faceva... prendeva... come devo dire per non dare a intendere doppi sensi? disbrigava, ecco, clienti ventenni, per fortuna rari, solo per deontologia professionale e per non venire meno al suo buon nome di pedagoga di grido, i giovani maschi per lei erano un vero incubo, l'unico che ancora le faceva stringere i denti e andare avanti fino in fondo malgrado la pena da cui usciva stravolta tanto da reggersi ai bordi dei mobili per stare in piedi, perché loro non venivano per raccontargliela su o per farsela raccontare su, loro volevano passare al sodo, per modo di dire, perché lì di sodo c'erano solo le tibie tenute insieme dai lacci ben stretti dei sandali, dal tacco spropositato, e al mio anfitrione non restava che farsi il segno della croce e sottoporsi al "sacrificio della carriola" che l'avrebbe sgarrellata tutta dai calcagni alla dentiera;

h) la sgargiante divisa mi stava bene, me la toglievo solo per andare a letto e non ho mai sentito nostalgia nemmeno della mia vestaglia.

Dirò subito anche, prima che mi dimentichi o che mi si taccia... la foglia, chi altri mai... di tacere di troppe cose per ruffianeria verso la mia Fata della candeggina, che:

a) non ho mai presenziato, dopo aver dato il gong, a una cena o a uno psicodramma o a un'orgia o a un'oppiata nemmeno tanto per favorire, a parte che un po' di residuo di quel tipo di acre incenso da messa nera poi mi dava di tanto in tanto le ali ai piedi per tirarmeli piacevolmente giù e le cose un po' mi si sdoppiavano e ingrandivano e io restavo per qualche istante immobile, come fulminato, immemore del corpo mentre la mente esplodeva in una sequenza cromatica dal beige al rosa al lilla al viola al rosso al nero al bianco e infine di nuovo al me;

b) le camere di tortura dei loro riti propiziatori con mimesi di erotismi andati a male... da scacciare dalla mente o da rievocare in tutto lo splendore incendiario della loro peccaminosità di cui oggi persino Torquemada farebbe spallucce... erano insonorizzate e, anche se presumo si gridasse, si fustigasse, si ululasse e si piangesse molto e si implorasse come al solito pietà per non averla, io non ho mai sentito una mosca volare da lì;

c) alle cene - imbandite solo per gli ospiti più esigenti, gli altri era tutta roba al minuto che restava al massimo un paio d'ore - non era ammesso nessuno nel salone, nemmeno io;

d) il servizio di catering provvedeva solo alle vivande e ai vini senza personale, senza tovagliato, senza chincaglieria, senza supporti di carne umana viva e vivace a bacchetta, il che si giustifica da sé: con quel portento di robot bisex, la sua inventora non si portava di certo la concorrenza in casa, a parte che nessuno dei suoi clienti avrebbe saputo cosa farsene di un fallo umano vero e proprio;

e) solo l'inserviente in pianta stabile della casa, che tanto non capiva una mazza, le serviva e, per quel poco che ho potuto orecchiare della conversazione in inglese di Hada con questo patriarca molto maronita... al quale la stessa prima sera del mio soggiorno lì avevo dovuto cedere la camera riservata alle signore con la gigantografia del negro acefalo vestito di tutto punto col coso fuori... questa era ristretta a uno small-talk da sala biliardo: le rosee aperture commerciali grazie al programma di energie rinnovabili di Ahmadinejad, il rafforzamento delle missioni cristiane e genericamente multitasking in paesi emergenti come l'India e il Brasile, le nuove raffinerie di petrolio e di tiramisù sintetici da ottimizzare in Libia e in Messico, i pomodori che sanno di cetriolo acido, la baguette di origine rumena, per l'appunto, arrivata nei container refrigerati persino nei più sperduti villaggi del Peloponneso e del Libano e se davvero le corride stavano per essere proibite in tutta la Spagna e, sì, certo, i problemi con il personale e le perpetue al giorno d'oggi; questo fu tutto quanto carpii, senza alcuna volontà di carpire niente, dei suoi clienti, oltre alla triste epifania di una aristocratica francese capitataci tra capo e collo a notte inoltrata che poi, oltre a quella che le fu grattugiata sulla pasta, si ciucciò un'intera stecca di bottarga tra una confessione e l'altra, nemmeno fosse un chupa chups;

f) l'unica telecamera a circuito interno da me percepita era esterna al palazzo, sull'entrata e sulla strada nei due sensi, e presuppongo ce ne fosse al massimo un'altra interna sulla hall e, per quanto inverosimile possa sembrare, nell'appartamento ove simili portenti sociali e finanziari e politici depositavano le loro infantili miserie non è mai esistita, a parte l'indebita auscultazione di fatti pur sempre suoi attraverso una lunghissima e filiforme cucurbitacea; non è mai esistita, dicevo, una ripresa, una cimice, una registrazione, e dalla Fata della candeggina, almeno circoscrivendo la sua integrità morale a quel luogo di supplizi dal piacere eclatante, non è mai partito un ricatto a nessuno, e avrebbe potuto mettere in crisi interi governi e diocesi e partiti e agenzie di rating e indurre parecchi al suicidio, o così mi illudo; lei non era così ingenua da proporsi un doppio fine con i suoi illustri e potenti clienti deliberatamente a buco ritto dietro lettera di credito con cifre da due a tre zeri, per questo poteva semmai sbizzarrirsi con povera gente a tonnellate, con la quale però, una volta sottomessa con attiva abnegazione ai suoi disegni, non era ingrata, anzi.

Basterebbe vedere l'entità del regalo che aveva fatto a me; certo, anch'io, ai suoi occhi, facevo parte, se non delle tonnellate, delle quintalate, magari solo delle libbre o mettiamo pure dei grammi, ma di un peso specifico dell'umaneria in vendita come chiunque sì; a meno che la sua sete di adamantino affetto che le colmavo quasi senza neanche rendermene conto non l'avesse fatta ammattire del tutto.

Occhio, però: uno poi non poteva pretendere di entrare e di uscire per come gli girava da quell'enclave a corsie preferenziali e tappeti volanti e stivali dalle sette leghe – che corrispondono in un primo ministro faccendiere... honni soit... a altrettante leggi ad personam.

Usciva? Scompariva.

Non perché lo so di persona, ma perché questo è il bello della tribù, del comitato d'affari, del clan, della setta, della cosca, della 'ndrina, del partito, della giunta da che mondo è mondo: o grande vita entro la muraglia del fortino ad personam, manovali d'onore compresi, finché sta in piedi, o morte subitanea per chi vuole alzare i tacchi e non sono quelli delle scarpe. Riesci a fuggire? Ti prendono il primo figlio a tiro e o te lo sciolgono nella calce viva o te lo iscrivono a Diritto canonico alla Pontificia e comunque non lo rivedi mai più, o, se sì, ti chiede chi cazzo sei, cazzo vuoi.

'Quanto dolore! Vieni, vento, staccami quando ti va. Sarà un sollievo anticipare novembre'... ma l'ho detto io o l'ha detto lei?

Se cadesse, la raccoglierei e la poserei sul guanciale accanto. Ma lei ne approfitta subito per allargarsi: 'E, mio buon codormiente del guanciale accanto, che relazione c'è, ovvero, che differenza di trappola c'è tra una mano posata a tradimento su una coscia e il dono di un diamante dai carati spropositati?'.

'Stai infrangendo i patti, sai che questo non fa parte della storia, ricomponiti immediatamente entro le nervature dateti.'

'Allora te lo dico io: nessuna, se il proprietario della coscia non fa una piega alla lusinga sessuale del commensale accanto e se il diamante ricade al suo posto dentro il donatore. In entrambi i casi non ti è stato facile, eh, marpione, confessalo.'

'Chiudi quella guaina! Il tradimento è la tua linfa. Quest'altro parto è un abuso d'ufficio del discorso! E considerati in quarantena.'

'Anche a rapporto adesso ti metti? Ah, cosa non faresti pur di averne uno!'

E, prima che me ne dimentichi, aggiungerò che lì dalla Fata Morgana tutto era così normale che mi sembrava di essere in un altro mondo: il loro.

Unico per tutti, anche per chi crede di vivere nel suo o in un altro.

'Hai presente, foglia di platano accanto a quella pettegola in quarantena, non dico uno che viaggia in Suv e raccoglie il pizzo di negozio in negozio a ghignetto spianato ma un inespressivo stilita in Cirenaica che si nutre di cavallette? Ecco: lì è arrivata la sua Hada Espejismo di riferimento e lo controlla, lui è lì perché l'ha deciso *lei*. Nessuno le sfugge, nessuno!'

Globalizzazione della Fata Morgana!

Ah, e poi un'altra precisazione prima che mi esca di mente tutto: le signore, per quanto orgasmiche vecchia maniera, non potevano fare un uso indebito della Falsìta… questa blasfemia Hada Espejismo non l'avrebbe mai e poi mai permessa in casa sua… la cui pista di scorrimento era una e anale per tutti e s-ciao – sottintendendo che Falsìta per me e Fals… insomma, la i con accento acuto per lei.

E un'ultima altrettanto civile precisazione: come in tutte le case delle persone veramente colte che hanno letto intere biblioteche, in quella non vi era traccia di un solo volume in bella mostra, nessuna parete era deturpata da inutili *mostradores* di quanta carta scritta e rilegata uno vuole far sapere agli altri di avere alle spalle solo perché alle spalle ne ha gli scaffali pieni. Quei pochi libri che ho visto erano intonsi, sparsi in giro, freschi di libreria, o appena iniziati o ancora da leggere… "Hostia qué chic, chavala!", volli congratularmi con lei.

Hada Espejismo in questo era uguale a me: troppo elegante per non far sparire negli scantinati, propri o di altre prigioni già abbastanza sovraffollate anche di ridicoli dépliant salvifici, ogni libro una volta letto.

Se io non ho alcun tipo di guardaspalle, i suoi erano ben altri.

9

"Di nuovo alla Teixonera? Sempre a fargli da balia, povero Sancho Maria! Ma un padre non ce l'hanno quei bambini?" dissi con collera di circostanza, più a me che alla mastodontica marionetta al trapezio.

"Lo sai bene che il padre è scomparso..." bofonchiò Melchor a mezzo fiato.

"Sì, a Las Vegas."

"E il passaporto chi gliel'ha dato?" ribofonchiò lo splendido bruto, prendendo alla lettera la battuta di sfottò.

Io ero lì sul pianerottolo a trafficare coi quattro sacchetti della spesa e la confezione da sei di Cabernet sauvignon novello di Costers del Segre... infilata nella pentola da dieci litri... in offerta, lo ammetto, paghi quattro prendi sei, senza fiato e idratato in un lago di sudore, sembravo Madre Coraggio multistuprata al rientro dal mercato nero, anche per via della mia sbadataggine, poiché solo in quell'istante mi accorgevo che ero andato al Mercat senza togliermi il grembiule con stampato su quel delirio di violetera.

"... è che Almudena è senza lavoro, sempre avanti e indietro dalla Caritas all'Ufficio di collegamento... di collocamento, una cosa così" ripeté pari pari Melchor, con un tale finto buon cuore che temetti avesse battuto la fronte sulla sbarra.

"Questa della Caritas mi mancava. Sì, sì... Sono sicuro che adesso lei e il basco sono insieme in qualche albergo e che il lavoro glielo sta procurando lui, come a Nizza... basta che non la rimetta o non la faccia rimettere incinta..." - lo so, questa allusione era del tutto fuori luogo, i figli dell'Almudena corrispondevano anche geneticamente al padre ufficialmente ascritto loro, ma era come se la mia mente avesse cominciato in anticipo a vagare tra le paternità di altri spermatozoi solo pretesa o fatta credere - "E tu non potresti darmi una mano a prendere tutti i sacchetti che ho lasciato sul ballatoio perché nessuno è venuto a far scattare il portone sotto e ho dovuto aprire persino la porta con la mia chiave?" sono sbottato, e ho avuto come il sospetto che uno spiraglio si fosse aperto nella porta accanto a fine ballatoio.

"Hai comperato 'sti yogurt al cocco, piuttosto?" e con un salto mi si è piazzato davanti minaccioso e offerentesi in tutta la sua beota bellezza scolpita dall'abbronzatura artificiale e da una forza di volontà inferiore secondo me solo alla spinta che le davano gli anabolizzanti.

"S...ì."

"Bene. Preparameli, intanto che ti passano le tue cose, vecchia bacucca. Puzzi di scoreggia morta."

'Smettila di eccitarti facendo dell'autobiografia' gli ho risposto del tutto en passant come se fosse uno non normale, e ha infilato la porta del bagno.

O lo uccidevo con qualcosa non appena girava le spalle o mi asservivo, quindi ho fatto finta di niente e mentre prendeva a farsi la doccia sono corso giù a prenderglieli senza aspettare l'ascensore, per fortuna quelli li comperavo alla latteria di fronte al palazzo, quindi nemmeno si è accorto, perché lui sotto la doccia ci sta quanto altri meno spurganti nel purgatorio e poi mezz'ora al giorno solo per rifilarsi le sopracciglia e la zazzera alla mohicana, lì, a armeggiare con le sue pinzette e il rasoio elettrico curvo sullo specchietto del bagno che gli arriva poco sopra l'ombelico e tanto basso che io, dopo i primi due giorni, ho smesso di farmi la barba dal mal di schiena che mi veniva, e nello scendere a piedi i sette piani di scale, cosa che non avevo mai fatto, ho notato il silenzio innaturale, quasi tombale, di quel percorso, nessun minimo scricchiolio o voce provenire da tutte quelle porte, nessuna che si è aperta per farvi entrare o uscire qualcuno su nessun piano, e nelle narici mi è entrato un odore come di stanze dove si veglia una salma circondata da candele coi moccoli agli sgoccioli e fiori già un po' appassiti; poi invece l'ascensore l'ho preso per risalire con gli yogurt al cocco di mamma come lui, e infatti l'ascensore era a pianoterra anche stavolta e ho pensato che tutte le volte che l'avevo preso o era a pianoterra o al settimo, mai, che ne so, che provenisse, calcolandone il tempo di discesa, dal terzo o dal quinto o dal primo, mai una volta, o dal settimo a pianoterra o viceversa difilato, oh, avrei potuto anche fare il giro dell'isolato per sbollire la rabbia con comodo, perché quando Melchor è riapparso in accappatoio arancione appena sotto l'inguine, un che di allentato sul davanti, già col gel sui capelli lanceolati, patinato e depilato come un maialino da latte-salvadanaio con la sua fessura pronta a incassare e io ho tenuto lo sguardo ben alto per non dargli soddisfazione nemmeno stavolta, secondo me erano già intiepiditi e il cocco aveva cambiato vocale.

Si siede dunque nel salottino, prende a scucchiaiare nel primo dei quattro vasetti a raggiera davanti, gli porto il caffè e la spremuta di agrumi - misti, per carità, due mandarini un pompelmo un'arancia e mezzo limone - e noto che sul tavolo ci sono una pila di cartoncini da una parte e una di buste dall'altra, tutto un pergamena color paglierino che non ti dico, e in mezzo una lunga lista di nomi stampati al computer, tutto un "Dona", e la mia enne psichica non ha la tilde nemmeno questa volta, un "Don", un "Duque", un "Ingeniero"... be', ho pensato, sarà il marito di Mercè, un invito ciascuno, un invito per lei e uno per l'ingegner Morales, strano... un N.H., un "Eminencia", un "Ilustrìsimo Profesor"... se è per questo non ho neanche la í con l'accento acuto, ma questo è risaputo... un "Doctor", un "Diputado", un "Hidalgo", e lui, mentre entra col medio nel secondo vasetto e arriva dove il cucchiaio non può, mi fa "Scrivi bene tu?" e ritira a guizzo una lingua da anaconda socchiudendo estatico per un attimo gli occhioni supercigliati da bambola menatorrone all'occorrenza.

"Oh, non so, è un genere completamente diverso da quello di Sancho Maria."

"Ah, lui è proprio negato. Mi fai vedere?"

Io non capivo, anche se volevo con tutte le mie forze non contrariarlo, non capivo cosa c'entrasse adesso quella domanda così strana, sullo stile, i contenuti, il flusso di coscienza e come tenerlo a freno e poi lanciarlo al galoppo aderendo in modo simbiotico ai suoi fianchi arrestandolo di colpo a un millimetro dall'ostacolo senza rompere il collo né al purosangue né al cavaliere né all'estetica né al godimento della tribuna, in un dressage degno della spagnola Hofreitschule di Vien... insomma, le mie cose di scrittore, immaginavo, eppure dovevo prendere quella domanda alla lettera e rispondere, ero pur sempre un ospite, se non se lo ricordavano loro, io non potevo dimenticarmelo, anche se a me sembrava mi avesse chiesto "Come ti viene il mestruo a te?" e un po' dovevo rifletterci.

Stavo per aprire bocca e iniziare a fare delle premesse importanti sulle unità aristoteliche, che poi tra epopea, tragedia, verosimiglianza, azione diretta o indiretta e quindi narrata da terzi e loro diacronica interpretazione umanistica saranno una trentina, e sul romanzo europeo in generale in cui quello italiano non aveva posto, a parte su un banco di chiesa e al catechismo scolastico obbligatorio, allorché lui mi disse, "Dài, prendi la penna e scrivimi il tuo nome su qualche pezzo di carta meglio che puoi, leggibile, elegante".

Dietro il cocuzzolo delle buste c'era un calamo con tre pennini, a castelletto come una volta, e una boccetta di inchiostro, color magenta.

Mi mancò il respiro, ho temuto davvero che mi venisse il colpetto, ma ho intinto il pennino e poi ho scritto meglio che potevo

Vivere, ma perché?

e lui si è aperto in un sorriso entusiastico senza fare alcun caso al senso della frase che un qualsiasi non normale avrebbe capito anche se in italiano.

"Ma è una calligrafia splendida! Scrivi proprio bene!"

Non c'era ombra di sarcasmo o di ironia nelle sue esclamazioni, ero io a essere precipitato pari pari nel mondo delle ombre e dei dubbi identitari.

"Grazie, molto lusingato. Sai, ho cominciato a scrivere a sette anni."

"L'avrei giurato. Saresti in grado di falsificare persino un testamento... certo, poi resterebbe il problema di come liberarsi dell'importun..." si arrestò sulla vocale finale come se stesse tradendo un vero segreto e si mise a ridacchiare a denti stretti.

Io facevo degli sgorbi su un pezzo di carta del salumiere più prosciuttesco e sexy del Libertad non per scaldare il pennino e temprare il segno, ma per non ficcarglielo in un occhio.

"Dovresti smetterla di leggere i gialli di quell'altra che ti ha preceduto in abito bianco all'altare" esalai strematissimo.

"Senti, io devo correre in teatro a ricevere la compagnia di folklore rumeno, la Ileana Biragaulerez, conosci?"

"No, e neanche ci tengo."

"Ti darei una mano ma proprio non ho tempo, e ti sarei così grato, altrimenti quello là comincia a rampognare se arriva a casa e non sono ancora pronti da spedire. Dice che per certe cose la mail fa volgare. Che antica!"

Lo fissavo imbesuito, imbestialito, infartato fin nelle mie primigenie radici alfabetiche, strinato e dimentico di me come un san Coglione ricamato su una pianeta.

"Sono gli inviti, questa è la lista degli invitati alle nostre nozze, solo sulla busta nome e indirizzo intero, i biglietti sono prestampati con data, sede del banchettificio e tutto, ripeti solo il nome. I titoli, mi raccomando, per esteso."

'Come ho già ricordato en passant a un intero viale di platani perché tu, foglia mia, sei di compagnia ma una gran sparlacciona anche in limine mortis e non ti tieni niente per te', e ricordato anche grazie al linguaggio colorito delle Tre Caravelle, il Melchor era "addetto stampa con delega alle relazioni esterne" del Teatri Folklore i Fraternitat, in altre parole per ora faceva il tirapiedi a mille euro netti al mese e senza diritto al rimborso spese a parte se, autorizzato per iscritto di volta in volta, portava fuori la gente a mangiare e a parte l'abbonamento ai mezzi pubblici, ma non era poco alla sua età, intanto non aveva orari fissi, poteva intrufolarsi ovunque, nei cinema e teatri ci entrava gratis, e poi era un trampolino di lancio eccezionale se un giorno si fosse messo a fare politica data la solidità dell'istituzione che, proprio come il Pen, aveva scambi con tutto il mondo e godeva di un sistema di raccomandazioni ministeriali di amici di amici che si spartivano una bella torta con le loro sagre *en tour* e il Melchor vi era salito perché mentre già stava con Sancho Maria... spintovi o no da costui, detto col senno di poi... aveva intortato un onorevole, un sottosegretario madrileno onorario del ministero della Cultura poi morto, alquanto stranamente, per cause naturali, però, sembra, morto per colmo di euforia, e per una pellaccia di settantasei non è che ce ne voglia poi così poca, perché ci sono dei vecchi, ho sentito dire, che non si accontentano di far venire, nemmeno di far venire alle donne la voglia di fingere con un po' più di credibilità se il gruzzolo è all'altezza: venne anche lui, quindi, e nello stesso istante se ne andò.

Melchor, già ebreo, si era perfettamente amalgamato allo spirito imprenditoriale della famiglia Todabierta in cui stava entrando di diritto: vorrei poter dire che ormai mi era chiaro che arrotondava saltando di nonnetto in nonnetto, ma non è così, ero pieno di stupore e meraviglia, ero candidamente disarmato, mi bastava schivare le tegole in testa, non ricollocarle al loro posto di cui avevo solo una vaga idea, ancora non sapevo neppure da quale tetto stavano precipitando o se invece erano frane della mia mente.

"Posta urgente, urgentissima, prioritarissima, mettine pure su tre per busta, non si sa mai, su quella della Cay, la *Duquesa de Alba*, mettine quattro di francobolli": nemmeno li avessero rubati!

A me tre francobolli da un euro ciascuno sembrò esagerato, nemmeno il Franco Generalìsimo... ah, ma presto lo sistemo io questo despota di un accento... era riuscito a mettere le supposte di nitroglicerina nel culo ai postini, figurarsi poi la concorrenza di internet! Potevi metterci tutti i francobolli che volevi su una busta: come il bonifico bancario a trasmissione elettronica galoppava con la celerità della lettera di credito ai tempi dei Medici, il tempo di consegna di una missiva affrancata era ritornato quello dei piccioni viaggiatori.

Non obiettai. Soldi loro, contenti loro.

"Manca la spugnetta per incollarli" feci notare tanto per dire qualcosa.

"Che cos'è la spugnetta?"

"Fa niente, userò la lingua."

Ridacchiò, stava per dirne una delle sue ma io mi misi a capo chino e presi a scorrere i nominativi, capì che era meglio se smammava prima che cambiassi idea e infatti sparì... sparì per sempre, vorrei dire, e aggiungere che non l'ho mai più incontrato nemmeno per caso, in ascensore, sulle scale, all'entrata, nemmeno il Sancho Maria, ma non fu così... e questa è un'altra storia.

Io mi ero fatto comunque la mia idea su questo venente-andantesene *diputado* madrileno di natica leggera e spensierata malgrado mezzo secolo di calloso attaccamento alla poltrona ministeriale: se, oltre a avere inserito Melchor in una struttura pubblica dove per caso o per merito non passa uno spillo, avesse anche fatto un testamento consono o il protetto avesse conosciuto un falsario all'altezza, Melchor non sarebbe stato lì a farsi rimbrottare da Sancho Maria che "una volta in sei anni quasi sette con l'anno sabbatico che mi sei costato potresti pagarla anche tu una bolletta della luce, hostia, con tutti i vecchi luridoni impestati minimo di Cialis che ti spari nel culo!" e lui, inviperito, "E l'investimento a Lloret, allora? Mi ci pago cento anni di bollette! E tutto per le tue fissazioni! Che se lo vuoi rivendere, oggi ti danno meno della metà di quello che io... che noi l'abbiamo pagato. Di' la verità, hai un amante! Vecchia schifosa di una cagna bassotta in calore che non sei altro!" e come cominciavano a sbraitare dando vento alle cattiverie più oscene col rischio di venire alle mani, cosa che mi auguravo facessero fino a un mutuo assassinio, io prendevo su e scendevo giù in latteria e, sgranocchiando un Magnum al pistacchio ricoperto di cioccolato, pregustavo la vista dei rivoli di sangue che dalla soglia mi avrebbero condotto ai due sfigurati mutualmente assassinatisi.

Magari Melchor dal Sancho Maria stava facendo tirocinio proprio per imparare un mestiere da politico pro che deve fingere di essere contro, e le beghe e le scenate in pubblico e il rinfacciarsi questo e quello facevano parte dell'andare a bottega del discente, quindi non era del tutto cretino. Però, plagiato, ne era plagiato. Anche in spilorceria.

In una settimana, l'aspirante *jefe de prensa*, ancora più tirchio della sua aspra e più anziana metà, non aveva portato in casa una busta di pistacchi o una confezione di datteri senza nocciolo rimasta nei camerini, che ne so, della Compagnia delle Vecchie Berbere Sdentate Ululanti dell'Antiatlante. Che guadagnasse degli extra e come o no, che li scialasse o se li mettesse da parte di nascosto, per le spese della casa non tirava fuori un centesimo e anche lui gravava la sua parte sulle spalle dell'imminente partner civile.

E tuttavia sembrava aver contribuito non poco "all'investimento a Lloret". Mah!

E tuttavia ora gli gravava addosso non per indigenza, ma per partito preso, come se gli fosse dovuto e non ci fosse sconto da fare. Era troppo di tutto, agli occhi del Sancho Panza con le arie del Don Chisciotte: troppo giovane, troppo bello, troppo alto, troppo invidiabile e troppo da invidiarglielo e forse... perché tra le tante assurdità ho pensato anche questa... troppo poco omosessuale dalla cintola in giù, solo dalla cintola in giù, per carità, dalla cintola in su era maschio non meno di Penelope Cruz, una diva fatta e finita.

Sicché non una volta sola in quelle ultime ventiquattro ore lì da loro ho pensato che... un rapido, ridicolo pensiero, niente più, un'ipotesi campata in aria subito scacciata da ogni benché minima ombra di prova a parte la storia del segno come di succhiotto sul seno di una Caravella a seguito di uno sfregamento nello scendere dal trapezio, storia che non poteva essere stata inventata lì per lì dalla ragazzina, era troppo sincera...

Non riesco neanche a articolarlo, quello che ho pensato, è così strampalato... be', ho pensato che...

Ho pensato che segretamente i suoi di soldi li scialasse a donne, li sputtanasse, ecco. Molto giovani, anzi: troppo, troppo giovani, e molto, molto care... a meno che non gli venissero graziosamente offerte dal Pipa Frega Iricarne Ballet per allungargliele.

Una follia affabulatoria del tutto gratuita, la mia, lo riconosco, ma mi dava un tale sollievo! L'idea che Sancho Maria e Melchor si sposassero per sbranarsi e per tradirsi in ogni direzione possibile con il placet delle istituzioni civili placava non poco i miei attacchi di bile mentale.

Da un punto di vista ideologico e politico, il matrimonio tra due uomini e tra due donne aveva il mio placet in pieno, da un punto di vista pratico mi sembrava una gran complicazione, e delle trecento coppie sposate dopo che era passata la legge Montón, duecento erano congiunte ormai non dalle montate tra montoni ma dalle pratiche di divorzio tra checche isteriche. Dio, che normale rottura di coglioni doveva essere anche per le altre cento che resistevano insieme!

Cominciai a scrivere sulle buste. Ero già contento che non mi avessero mandato a comperare i francobolli – senza darmi i soldi, superfluo sottolinearlo.

E, già che ci sono, prima che me ne dimentichi, dirò che la coppia non poteva essere meglio assortita e affiatata fino alla reversibilità della pensione del Sancho Maria: in una settimana non ho mai sentito un solo "joderrr!" - anche da solo, senza quel "qué tropical!!!" che in una coppia ormai affiatata suonerebbe un tantino zelante garbatezza - nitrito o squittito o cinguettato o belato o ragliato o latrato o miagolato o frinito o bramito provenire da quella camera ora addirittura attaccata al mio letto a castello dal muro così poroso che sembrava mi russassero in faccia e i telefonini, nel cuore della notte, mi mugghiassero dentro l'orecchio quel loro sommesso e devastante grugnito elettronico... telefonini si fa per dire, telefonini per me, perché per loro due se non erano iPhone erano smartphone.

E quella è stata anche l'unica colonna sonora di tutte quelle scene mute: qualcuno chiamava, Melchor di solito rispondeva, rilasciava un paio di monosillabi prendendo nota dove capitava, si ficcava in tasca il pezzo di carta, anche strappando pagine del libro che gli era capitato a tiro, e via, giù di corsa per le scale.

I due, alla fine della sonata, quanto a sesso, giacevano nel loro letto come fratello Sole e sorella Luna – a voler infiorare uno sterpo secco.

Be', niente di insolito in questo, no? Solo certi bisogni impellenti si espletano dentro casa, in ogni casa contenitore di abitudini decennali tra sposi, diciamo pure nel gabinetto e talvolta alternando la destra alla sinistra se il crampo è persistente, dove una masturbazione ha lo stesso effetto liberatorio di una cagata e niente più e non si capisce perché, se caghi da solo, per un orgasmo tu debba ricorrere a una marito-sorella o a un fratello-moglie, ci impiegheresti mesi e l'emicrania da crampo psichico per trovare sessualmente eccitante un parente-robot sarebbe insopportabile per un altro tot di mesi; quei bisogni invece... quei trasalimenti del sangue dal fuoco al gelo, dalla vetta al precipizio, dal sogno del piacere al sogno di piacere... che richiedono anche sfizio avventuroso, concentrazione sullo stupefacente nulla di un orgasmo grazie a un altro, che reclamano passione e abbandono perché reclamati da un altro corpo, da un altro sistema onirico in fiamme, l'ardore incontenibile dell'effimero di un gioco ormai struggente, il raptus poetico del sangue deciso anche a far godere e farsi rimpiangere, fuori.

Allenati, affiatati, raggiunta la remoticità fisica o l'indifferente alienazione del corpo con l'altro corpo quale sposante Hochzeit ovvero momento più alto, aureo, insuperabile di una coppia, già vedovi l'uno dell'altro senza accusare alcun lutto, Sancho Maria e Melchor erano perfetti per convolare a nozze.

Che fossero nozze gay era un di più, potevano anche essere tra due carciofi e quindi carciofate, tra due melanzane e quindi melanzanate, tra due cavoli e quindi cavolate, come tra un uomo e una donnola, tra una donna e un omino, proprio etero come tra un uomo e una donna che fanno talmente tutt'uno che anche volendo non saprebbero nemmeno più come fare a sporgere fuori l'uno dall'altra per toccarsi senza inciampare ancora in se stessi ognuno per conto dell'altro e quindi in proprio e dopo un po' uno è femmina non più di quanto l'altra sia maschio.

Potrebbero essere due spaventapasseri di paglia e cuffietta da notte nello stesso letto e nessuno dei due noterebbe un cambiamento sensibile al tatto involontario di un bacino contro l'altro, al massimo si renderebbero conto che non può essere stata una poiana.

Una coppia è una coppia, può essere assortita così o cosà ma coppia è, così come l'alba e il tramonto, che non si vedono mai, fanno il giorno sia a oriente che a occidente, come disse il poeta e dietro di lui la propaganda per un focolare a automazione domotica dalle luci esterne al forno all'aria condizionata all'aromaterapia e perciò coi letti separati pur sullo stesso materasso come già concepito dall'interior designer.

Tuttavia... non so neanche io se andare avanti o fermarmi qui, è talmente eccitante, volevo dire conturbante a sproposito e moralmente reprensibile, anzi, così osceno da essere inincasellabile, almeno per me che mi faccio un punto d'onore di non essere mai stato un rovinafamiglie, anche per non dargli una scusa per sbattere la porta e rompere e far fare a me da detonatore a una bomba già scoppiata da un bel po'... una certa qual tensione tra i due c'era, morbosa gelosia a parte da parte del più giovane, una tensione che fu appiccata sotto sotto anche a me... perché c'è un fatto, è successa una cosa, e senza preavviso, preparazione, un colpo di mano così di colpo che...

No, questa non la racconto.

No!

Però, visto che non dovrei essere in grado di dire niente della luna di miele dei due sposini, nemmeno se c'è stata... ma direi una bugia, perché poi io invece ho saputo tutto tutto tutto e avrei continuato a saperlo lì da casa mia a Montichiari-Munticiàr e ovunque io sia stato anche lontano da casa mia e da Barcellona, anche a Oslo, a Bratislava, a Atene, a Parigi, l'aggiornamento sui casi dell'*especialista* e dei suoi odianti cari mi ha beccato dappertutto, anche a Cracovia ricordo di aver ricevuto una telefonata... non quella di aprile che sono stato io a fargliela, questo è assodato e fissato una volta per sempre, anche se non so quanti anni fa... mi sembra un quarto di secolo che è caduto quell'aereo col Kaczyński che si distingueva dal fratello gemello solo per la verruca sulla guancia sinistra, il tempo passa così per niente... bensì la telefonata ricevuta da *lei* proprio lì a Cracovia sotto lo stesso porticato a ripararmi dalla stessa violentissima pioggia in un mese d'autunno dello stesso anno, dello stesso anno di sicuro... anche se quella litania di sibili mi è entrata di qui e uscita di là man mano sempre di più.

Perché una spia che non richiesta mi faceva la spia, quindi più per spiare me da lontano che per dirmi cosa di nuovo aveva spiato, era rimasta in quel palazzo degli incubi a occhi aperti fino a qualche mese fa... sei? otto? quand'è che è morta la centenaria mecenate del NostrOmo? ma sì che l'hai letto su "Shangay": a gennaio, febbraio di quest'anno? allora a Cracovia l'ultima volta che c'ero è stato solo l'autunno scorso, possibile?

Rimasta a sorvegliare la sua cavia preferita da laboratorio psichico, e psicotico come il riflesso che le rimanda lo specchio di tutta una vita di incubi a occhi aperti, sì, di incubi perseguiti per sé e per chiunque altro all'altezza di volersene far schiacciare per scattare come un pagliaccetto a molle nelle alte sfere della società, incubi deliberati, attivati dalla più ferrea volontà di annullarsi, forgiati come gioielli di alta oreficeria per adornare i migliori diavoletti in terra, perché *el especialista de Barcelona*, per quanto povero diavolo venutole male e forse proprio per questo, è il suo vero specchio, l'odio che le dà forza, anzi, che dava forza al suo amore per la vita, perché il mio anfitrione preso al volo sul pianerottolo morta è morto da un bel po'.

Questa mia spia, chiaramente la Espejismo, dicevo, ha continuato a riferirmene di cotte e di crude via etere, mentre io porto... portavo... pazienza e poi le dico... le dicevo, le dissi... che no, non ho in programma di ritornare a Barcellona e finisco con "Muchos besos!", una formula, e lei non saprà mai che magari proprio in quel momento stavo guardando i voli della Ryanair che da poco tempo in qua non fanno più scalo solo a Gerona ma direttamente al T2 di El Prat, non saprà mai che a Barcellona magari c'ero proprio in quel momento in cui i minuti insieme al telefono erano diventati cinque e poi quattro e poi tre e poi... ormai devo decidermi a vincere la meravigliosa paura e fare una capatina al NostrOmo-Museo de las Sirenas a calle Muntaner.

Ah, la brezza della Rambla de Canaletes! Ci starei vivo, io, a caffelatte, pane secco e brezza de Canaletes. Dovrebbero dare il Nobel per la Brezza alla Rambla di Barcellona, sì, e l'Oscar per la Migliore Pisciatina Occasionale.

Comincio a sentire un certo languorino da signora col maggiordomo autista con scatola di Rocher da porgerle tra una camporella e l'altra, a mezzogiorno non ho mangiato niente, ma la colazione è stata abbondante… non che mi penta di quella salciccia piccante e delle due uova fritte alle sette e mezza in punto, certo è che peperoncino rosso, pepe di Cayenna e coriandolo farebbero pentire di avere un buco del culo anche un orso bianco in ammollo in un glaciale mare artico… posso tirare avanti ancora un po', mi sollevo e scuoto il sedere sulla sedia per lasciar rinfrescare il ferro e me, che ore saranno?

Oh, non ho voglia di pescare il cellulare dalla tasca, accenderlo e vedere che ora è, si sta così bene qui, e poi, quando cala la brezza incanalata su per la Rambla dal mare, si alza come per incanto dalla discesa della metro lo zefiretto delle ventole che ossigenano il sotterraneo di Plaza de Catalunya.

Certo, sono ben strani gli scherzi della mente che avanza mentre il corpo arretra: vai in un posto per ricordarlo e basta.

Di quanto avvenne in quel cuchitril del Sancho Maria al settimo piano potrei riferirne a mia volta delle belle di ben altra portata e gravità e… e questa cosa qua potrei anche spifferarla. Infine, è passato tanto di quel tempo…

No, non la dico. Altro che tiro… Nooo!

'Tanto per cominciare, sarebbe una faccenda di corna sotto lo stesso tetto col cornuto presente', butta lì la foglia più stronza del mondo, così, come se niente fosse.

'No!'

'Lasciatela dire, suvvia, sono solo corna tentate!'

Ebbene: altro che tiro della sorte e strologare tanto sull'estate indiana del tuo membro risorto! Io non so per quale ragione o investimento sbagliato o velleità borghesi o perfidia andate a male, ma quei due erano pappa e ciccia solo per l'acqua alla gola e avevano un disperato bisogno di soldi e erano alla ricerca di un tesoro… di un tesoro di vecchio da abbindolare, perché…

No, non mi sto riferendo al fatto che una volta avevo trovato la mia valigia coricata sulla cuccetta in basso allorché io la lascio sempre in piedi ai piedi dei letti a castello, tanto ha il lucchetto e la chiavetta del lucchetto è al sicuro nel taschino dei miei jeans o nella tasca cernierata dei pantaloni della tuta, no, non me ne frega niente, e anche se fosse stato, pazienza, no: è che Melchor già la primissima sera...

Taci!

'Parla, minchione! Ormai non sto più in me!'

Perché ho impiegato altri due anni e qualcosa, ma no, sarà un anno e mezzo al massimo... ma no, che dici, ci avrai impiegato al massimo un mese dopo il tuo rientro a Montichiari-Munticiàr, al massimo fino a che lo stravecchio padre di Melchor Levi non fece le sue rivelazioni su quel che pensava lui di Sancho Maria e non apparve quel video su youtube... be', sì, c'ho impiegato una mezza dozzina di settimane prima che mi fulminasse una certa ipotesi, l'ipotesi di avere schivato una trappola mortale.

Ma attraversare le trappole è stata la mia attività principale, lavoro a parte, anche perché se c'è uno che non ha mai considerato la vita stessa come una chimica trappola mortale sono io, quindi ho sempre avuto occhio per ogni altra in agguato, quelle spicciole, di tutti i giorni.

Siamo tutti intrappolati nella vita contro la nostra volontà, e allora, tutti Leopardi e Nietzsche per così poco adesso? Tutti fumettistici nichilisti? Tutti stalker zombie, anche via web, della vita? Tutti a ignorare che *La ginestra o il fiore del deserto* e *Così parlò Zarathustra* sono altrettanti *Non crescono fiori per Abigaille* e *Riaccendi la tua lampada, Gipsy*, gioiellini di Liala, con effetti speciali splatter? Ma va'!

Basta, bisogna smetterla di fiancheggiare la trappola e avanti col liberare la vita dall'odio che gli umani si producono e si scagliano addosso! Perché liberarsi dal proprio dolore per niente per buttarlo addosso a un altro non è che migliori la qualità né della vita né della specie, ma solo della trappola mortale anzitempo.

Oddio, non bisogna pensare a quello che resta da fare in tal senso e per quanti altri millenni... 'un momento, foglia mia, ora li calcolo'... se no ti viene voglia solo di buttarti nel primo orrido di cimase o, non appena spunta il convoglio dal tunnel, di buttare giù nei binari il bambinello o la piccolina più vicini alla linea gialla ogni volta che prendi la metro – per risparmiare la pena, se non a lui o a lei, alle centinaia di generazioni per niente cui eviteranno così di dare il via coi loro corpicini.

Ma quei due dovevano detestarmi non male e forse si erano proposti un piano per spennarmi senza neppure inventarsi l'alibi che ero talmente detestabile da meritarmi quel piano, spennarmi e morta lì e sotto un altro vecchietto libidinoso, dicevo, come individuare una oreficeria nella cui parete comune fare un buco di notte senza nemmeno sapere chi è il proprietario della cassaforte dall'altra parte, ma io ero allenato ai pericoli, li ho sempre fiutati in tempo, anche a costo di evitare pericoli frutto solo della mia immaginazione, perché, come dicevo, se è vero che non uso la furbizia per andare all'attacco ma solo l'intelligenza, per stare a guardia della mia incolumità, la furbizia di generazioni e generazioni di contadini che ho nel sangue mi basta e avanza.

Se preferisco ormai starmene seduto da qualche parte a occhi socchiusi, por ejemplo, è proprio perché ho meno occasioni di sentire la mia impotenza di fronte al male subìto dagli innocenti indifesi e quindi di testare la mia vigliaccheria, per quanto saltuaria, perché non sono intervenuto per impedirlo o per castigare i colpevoli.

Troppe volte, denunciando di petto un male per quanto indifferente alle conseguenze per me, l'ho triplicato per chi l'aveva subìto o l'innocente indifeso che l'aveva subìto mi ha detto in cagnesco di farmi i fatti miei... proprio come fece Sancho Maria con la proprietaria di una pensione venuta in camera a liberarlo da quella specie di impiccagione bianca all'appendino di ottone murato fuori dalla doccia a due metri dalla moquette... perché non l'aveva subìto abbastanza da pensarci da sé o piuttosto, sedotto dal suo aguzzino, per farci l'abitudine e poi rimpiangerlo se ne fosse *guarito*.

Non simulo per ingannare, non me ne voglio capace da sempre, semmai dissimulo per salvare la pelle o indietreggiare da un favore che mi si vuole convincere a lasciarmi fare per poi incastrarmi a vita; non porgo uno zuccherino mielato a un orso per strappargli la pelliccia, mi fingo morto e trattengo il respiro se improvvisamente me lo trovo sopra.

Volessi ammazzarlo, gli sparo in faccia, il che richiede sempre un minimo di premeditazione e di preparazione, non si è mai risoluti il solo istante che lo si è.

Comunque, con un fucile in mano a caccia di un orso, mi sentirei così ridicolo! Capirei con un pugnale o un'ascia in un corpo a corpo come tra due gladiatori di specie diverse e ugualmente potenti, ma da un casotto in cui si nasconde il vile cacciatore munito di veri e propri cannoni che oltretutto si confronta con delle anatre o delle allodole! È il presupposto odierno della caccia come sfizio, hobby, prova di virilità, caccia all'uomo compresa, che mi ripugna.

Che cosa cambia nella mia vita un orso vivo o un orso morto? Ma che viva, mica devo salvaguardare delle greggi o ammaestrarlo per un circo o rendere più calda la zona caminetto!

I conigli, invece, li ho sempre ammazzati e scuoiati e mangiati volentieri, polenta e tocio, con aglio e prezzemolo e conserva, sono il vero angelo protettore della tavola, quelli là della gabbia con i due prismi di calcestruzzo sopra, por ejemplo, li ho ammazzati per la mia mamma tutti io con le mie manine uno dopo l'altro, il primo con gusto, dal secondo in poi con lo zelo disattento della routine, la forza non serviva, occorreva la tecnica della carineria fattasi abitudine, crepano in un istante a dargli un colpo di striscio sulla collottola e poi col coltello li scuoi partendo dal sottopancia.

Quello che so, ammazzare e scuoiare conigli, cucinare, lavare, stirare, allacciarmi le scarpe, pulirmi i denti con la salvia, palpare il culo alle galline per vedere se c'è l'uovo e tirargli il collo, raspare via le setole dal maiale ancora caldo, fare il sanguinaccio e i ciccioli col rosmarino e ricamare e l'igiene personale e il senso del risparmio e di riutilizzare tutto me l'ha insegnato mia mamma, e questo non riuscirei a dimenticarlo nemmeno se non me la sognassi tutte le notti, villana, scontrosa, sfacciata, esigente, mai contenta, mai una parola gentile o un po' di pazienza e io che ancora ogni notte la riverisco, le corro dietro, faccio tutte le cose che vuole, una più scombiccherata dell'altra, e lei è senza fondo, non le va mai bene niente, non le va bene il mio amore infinito, nemmeno lo avverte, e pazienza, il mio amore infinito e caparbio ritenta il sogno dopo.

Perché si ama sempre infinitamente, sebbene tardi, chi ti ha insegnato contro la tua volontà tutto ciò che in seguito ti è tornato utile come l'aria. E lo ricordi come se ti fosse qui davanti e ancora gli dici grazie per averti, por ejemplo, spinto a forza con la testa dentro il mastello per lavarti i capelli e almeno le orecchie e non sai più che fare per sdebitarti.

Da quando è morta, non so quante lavatrici e cucine nuove mi ha costretto a comperarle per niente, perché non appena le giro la schiena continua a buttarle giù in un burrone una dopo l'altra, notte dopo notte, e riprende a lamentarsi che se dipendesse da me andrebbe ancora al Vaso Reale a fare il bucato coi secchi nella carriola e dovrebbe ancora andare a fare la legna coi platani di confine degli altri per far da mangiare con la stufa perché in tutta la mia vita non sono stato capace neanche di farle una cucina nuova; da viva qualche volta ho pur reagito, invece adesso niente niente niente, remissivo e rassegnato come fossi più morto io di lei, non la sopporto più, quindi continuerò a sopportarla, perché è lei a non dimenticarsi di me – forse, prima di lui che non mi ha insegnato nemmeno come si lancia un sasso, semmai proprio avrei fatto meglio a uccidere lei, che mi ha insegnato a non dipendere da nessuno e che non si chiede e che gli unici torti indimenticabili sono quelli che tu fai agli altri.

Mi ha insegnato il punto di vista di chi ti guarda, mia madre, niente meno, e il dispiegarsi delle azioni malvage nelle loro conseguenze anticipandone l'ovvia conclusione una volta messe in moto, dandomi al presente lo sviluppo del presente nel suo attimo successivo, inculcandomi la sincronicità del tempo, e che non esiste un passato un presente un futuro ma un unico tempo in cui se sbagli non la fai mai franca, quindi mi ha insegnato a portarmi dentro l'irrimediabile intelligenza di sentirmi giudicato anche quando giudicare spetterebbe a me o di impedirmi di giudicare se non me stesso. Mi ha insegnato a inibire gli appetiti illegittimi e a disprezzare le pozzanghere umane, chi non li incanala entro argini di condivisa civiltà. E una simile, connaturata infelicità uno vuole dimenticarsela almeno prima di morire.

Perché io, insisto, mi dimentico mi dimentico mi dimentico anche di me e di ogni torto se dimenticarmi e quindi dimenticarmi delle brutte esperienze che non voglio ricordare dipendesse solo da me, ma poi, ecco: un'illuminazione che ottenebra tutto e, per trauma da cortocircuito, lo rilancia a chiare lettere sullo schermo delle immagini che credevi immagazzinate e sepolte per sempre nell'oblio dove niente è più da aggiungere o cambiare, il passato, la gente, la memoria, l'ultima inconsulta e favolosa erezione della tua vita o una corsa stranamente lunga su un'auto di servizio lungo un percorso mai praticato prima per arrivare a un aeroporto; ecco invece che le immagini fanno la muta dalle icone che le hanno mummificate, impazziscono, si rivoltolano, ruzzolano giù e scoppiano, si spaiano, si deformano e c'è un nuovo fermo immagine e intanto... intanto che gira su se stesso quel carosello dell'auto in aperta campagna a Viladecans lungo quello strano percorso a ostacoli per arrivare a El Prat, sempre più alle nostre spalle... arriva in questo altro impensabile preciso istante il sospetto che Sancho Maria stesso avesse architettato di...

No, basta, fa' che togli il freno dalla porta, sollevi la valigia, ti lasci quella tana di umanotteri disperanti alle spalle e slam.

10

C'è una cosa che mi sta qui sul gozzo, una cosa che mi duole dire e che non volevo confessare neanche sotto tortura perché magari è originata da traveggole da astinenza sessuale, da senescenza visionaria, da speciosa apologia della saggezza solo perché mi conviene apprezzare la terza età, e non riguarda il fatto che quando sono sceso in latteria a comperare gli yogurt al cocco a quella loffia sinagoga di muscoli ho visto Sancho Maria con la fronte sudata nella caffetteria accanto che, forse concedendosi dieci minuti di ritardo prima di arrivare alla Teixonera a tenere bordone a un certo qual part-time della Almudena - che lo teneva a quello della cognata - badando ai due nipotini che non so perché a quell'ora non erano già a scuola e dunque sempre che non fosse una balla, stava tutto concentrato a schiacciare i bottoni luminosi a intermittenza di una slot machine di ultima generazione, senza leva, quindi aveva più posti di sfogo costrittivo e di salasso di portafoglio... no, non è quella la cosa che mi sta qui come una spina in gola, anche se da sola male non è come indizio di tanta indigenza e avidità e possibile causa della losca premeditazione congiunta contro di me.

È un'altra, anche se non tutt'altra, visto che si tratta di bisogno disperato di far soldi fosse solo per ritentare la fortuna di bar in bar e di slot in slot, se non addirittura di bisca in bisca, perché poi a ben pensarci nella vita di un umanottero non c'è mai niente da buttare via e basta una setola per risalire al porco.

La cosa è che la prima sera, il giorno stesso che ho varcato quella soglia infame invece di andare in albergo, alla primissima cena, la disposizione dei posti era così, visto che la tavola l'avevo preparata da me: io da solo sul lato del tavolo più vicino alla cucina per praticità di alzate e sedute e di fronte a me i due colon, sempre col senno di poi, a getto continuo uno accanto all'altro.

Anche se poteva sembrare un'atmosfera di romantica intimità amicale a lume di candela, non era esattamente così: nell'accendere la luce, mi ero reso conto che tutte e quattro le lampadine a torciglione delle applique a muro erano bruciate come pure due dei quattro bulbi della plafoniera, e con la pancetta su a friggere e la pasta che volevo al dente, anche se in due pignattini, non potevo certo correre di nuovo dal ferramenta dove avevo preso la mezzaluna.

Arrivo con la carbonara dentro la bacinella di plastica che stava piena di calze sporche sopra la lavatrice perché di una zuppiera in giro neanche a parlarne e vedo che i posti sono stati invertiti, Sancho Panza, cioè, Sancho Maria seduto da solo e Melchor di fronte, di qua accanto al posto vuoto, al posto che lui o d'accordo entrambi avevano riservato a me.

Non faccio in tempo a riempirgli i piatti e a sedermi che, da sotto la cerata a quadrettoni bianchi e blu lavata con acqua e sapone e sbattuta e ribaltata e strizzata e ribattuta come neanche la Maddalena tra le greggi del Calvario il primo e il terzo mercoledì del mese che c'è lo sconto al Grosso Affare Delle Donne 1 e 2 di Montichiari-Munticiàr e quindi ci sarà stato anche in Palestina con le bagasce di lago sebbene la banda dei quattro evangelisti *embedded* ometta di dircelo, sento la manona di Melchor che mi si appoggia sulla coscia e ristà.

Sento un mancamento, una forte scossa emotiva, ma non sensuale, un mancamento dovuto al terrore di arrossire di botto e di tradirlo, di tradire lui, il disinvolto traditore davanti all'ignaro tradito lì di fronte a me.

Non preme, non struscia, non palpa, quella destra ardente sta lì immobile come un'imposizione di brace consacrante l'invito a un numerino a due, a tre, appena possibile, subito dopo cena o nel bel mezzo, non capisco e non voglio capire, voglio solo far finta di niente, esattamente come lui, che ingurgita tutto da mancino come se niente fosse, perché è chiaro che non è mancino, neanche il dirimpettaio tutto giulivo davanti al piattone di pasta fa caso a quelle forchettate maldestre del Melchor, anzi, guarda divertito la televisione accesa sul "Gran Hermano".

Per distrarre loro dagli schiamazzi sotto la doccia dei concorrenti e me da quel calore che mi si va trasmettendo verso l'inguine e che non so se è il mio per reazione a quello del palmo o per via del vapore della carbonara, avvio la conversazione sulla prima cosa che mi salta in mente, il caso Gürtel, ovvero del Cinturón, nome in codice dell'inchiesta giudiziaria sulla speculazione edilizia, la distrazione di fondi pubblici e la corruzione delle giunte di decine di amene località balneari, dell'entroterra e metropolitane, tutte nelle sgrinfie di politici di punta del Partido Popular di Rajoy...

'In risalita nei sondaggi, cara foglia, come tutto ciò che attualmente è di destra *liberale* e quindi antiabortista e antigay perché noblesse oblige: non si capisce perché al giorno d'oggi una destra che si voglia liberale davvero non possa essere abortista e aconfessionale e, anzi, anticlericale, mistero...', e lei, sbuffando, 'Già che ci sei, non potresti andare avanti, possibilmente senza trasformare l'affare del Cinturone in un cilicio?'

... e i due fanno sì col mento senza distogliere entrambi gli occhi dallo schermo e Melchor la mano dalla mia coscia, ma, dico sempre più a precipizio, ci sono dentro anche sindaci e giunte del Partido Socialista Obrero Espanol...

'Con la spina della rosa ondulata sulla n, nevvero?'

... a essere inquisiti da colui che, continuo io tutto per conto mio, dipendesse dai meriti istituzionali e per integerrimo senso dello Stato e ferrea e intransigente apoliticità e terzietà nell'amministrazione della giustizia, dovrebbe succedere a Zapatero, il giudice Baltasar Garzón, che anche nella tomba persegue i criminali della dictadura argentina e della repressione franchista e i terroristi dell'Eta e Pinochet in persona e, se potesse, anche Henry Kissinger, oltre a ogni altro possibile delitto universale di lesa umanità...

'E che, cara foglia, presto dovrà sostenere un processo che mira a liquidarlo esautorandolo da ogni incarico giuridico, a svuotarlo di ogni potere grazie a un cavillo sulla liceità di intercettazioni ambientali segrete, da lui ordinate, di conversazioni in carcere tra avvocati e reclusi loro clienti, implicati nel caso Gürtel, secondo Garzón, quanto i loro stessi avvocati, non solo legali, ma paraninfi della stessa immensa ragnatela criminale... oh, faranno di tutto per farlo fuori, ci hanno provato tante di quelle volte, i fascisti di qualsivoglia orientamento non perdonano e un giudice davvero grande è quasi una contraddizione in termini da disambiguare a tutti i costi.'

‘Ovvio’, fa lei col tono di neutra constatazione per cose risapute, ‘Garzón è davvero grande perché ha un passato di cameriere e di manovale come te, la vera Giurisprudenza l’ha fatta prima di laurearsi, lui, mica è un figlio di papà che si diverte a darsi un tono con gli ermellini e a sputare sentenze ammazzasentenze. È questo che volevi sentirmi dire?’

‘Sì, puoi continuare a scrollare la testa, grazie.’

‘Per completarti il servizio a domicilio, posso aggiungere che senza rendertene conto, dopo aver fatto finta di avere una ó con l’accento acuto che non ti è venuta subito per “Garzón”, hai fatto finta di riavere la dieresi dei würstel della livornese per “Gürtel” et voilà, a forza di fingere di averla, ce l’hai? Servizio completato’.

“Cinturón? Gürtel?”, dice Sancho Maria distrattamente, puntando la forchetta con gli ultimi spaghetti penzoloni verso il teleschermo come a dire, ‘guarda, guarda cosa ti perdi!’.

“Hanno un riciclaggio di denaro sporco all’estero per miliardi, e adesso il colpevole è Garzón che li persegue. Solita storia.”

E i due, silenzio.

“Ma se è implicato anche un genero di Aznar!”, sbotto io, piccato da tanta insipienza, facendo traballare un istante la mano dalla mia coscia, che però non molla la sua postazione, nemmeno le importi qualcosa che ci sia attaccato io o un altro.

‘O forse, mia complice foglia col senno del poi, Sancho Maria era solo infastidito dall’argomento, come se io non dovessi distrarmi per tanto poco da quanto stava succedendo sotto il tavolo proprio sulla mia coscia sinistra? Non sapeva davvero niente nessuno dei due di questo affare, e sui giornali non si parlava d’altro, o non gli andava di parlarne? Ne erano implicati dei loro diretti conoscenti? O stavano solo cercando di farmi capire che non si trasgredisce a quel divieto, incomprensibile agli intelligenti, secondo il quale a tavola non si parla di politica perché sarebbe come parlare di merda? E perché mai non si dovrebbe parlare di merda a tavola, sentiamo! Chi, cosa lo impedisce?’

‘Il buon gusto?’, fa lei, con sufficienza alto-borghese.

‘Ma se è il primo gusto di merda al mondo!’

Io continuo imperterrito sul tema, spiegando ai due la rava e la fava dell’antecedente che lo vogliano o no, con quel grande amore per i particolari che potrebbe mandare in bestia anche sant'Antonio, visto che si tratta di un affare di riciclaggio di denaro sporco a opera massimamente di politici del Partido Popular in quantità devastanti per l'intera Spagna, e me ne frego se lui è ancora incacchiato per via della storia della candeggina e dei campanelli suonati.

"Oh, è così difficile", dico, ma penso 'Che fine ha fatto la tua indignazione da izquierda divina, Sancho Panza dei miei due?', "e massimamente per chi si fa mantenere a privilegi dalle istituzioni e quindi dai soldi pubblici che a questi privilegiati qua... politici, assessori, sindaci, gli stessi giudici... sembrano impersonali, astrazioni cartacee o plastificate in carte di credito piovute aprendo un rubinetto a piacere, come se dietro, nelle tubature d'emissione e ancora di più nelle fogne di scarico, non ci fossero i patimenti e i sacrifici e le umiliazioni di un popolo..." - loro sempre concentrati sulla carbonara alla fine e basta - "È così difficile anche per un magistrato, che dovrebbe essere al di sopra di ogni miseria massonica, non lasciarsi permeare dall'aura della classe dominante che decide dove far scorrere quei soldi pubblici che finiscono in tasche private! Difficile anche per lui... per nove giudici su dieci... non scambiare il relativo, cioè ciò che gli conviene ovvero chiudere un occhio per volta secondo i vari gradi di giudizio, per l'assoluto, cioè ciò e chi sarebbe giusto castigare e quindi necessario per l'emancipazione della democrazia ma poco retributivo per lui, per il togato che fa i suoi bei conti della serva come qualunque altro servo, della classe dominante intendo dire, anche in termini di avanzamento di carriera e quindi di prestigio tra le persone della classe finanziaria e reazionaria cui mira, intimamente desioso di farne parte o convinto di esserne già parte, la classe dominante delle sfere terrestri quale faro in cuor suo che gli farà evitare tutti gli scogli, gli scontri, i pericoli, i rischi, i sacrifici, l'emarginazione, infine, di un amore davvero terzo per la giustizia."

"Ma ti si raffredderà", dice Sancho Maria.

"Oh, non ho fame, e poi a me una pastasciutta così di sera... Nove giudici su dieci arrivano, sì, in porto, ma non in quello della giustizia sociale, nel loro e dei loro eletti consanguinei, da essi risparmiati, graziati, assolti se possibile con formula piena per poterne godere lo yacht attraccato ben al riparo da ogni vento, maroso e difficoltà di ormeggio. Ecco, il giudice Garzón è il decimo, uno dei rari giudici che da quest'aura mondana non si sono mai lasciati corrompere, non è un umanottero di giudice, è uno che se ne impipa della classe sociale dei rei, dei loro soldi e del loro potere o della loro miseria e della sottomissione che vantano o lamentano, delle loro relazioni sociali, dei loro clan, dei loro partiti, delle loro Grandi Cause del cazzo perimetrate entro un campo da golf. Se un disoccupato o un negro o un mussulmano uomo o donna cristiana o un ateo convinto ruba una mela o ammazza qualcuno lui lo giudica come se fosse una occupatissima bianchissima cattolicissima persona della famiglia reale e viceversa... Non è impregnato di classismo né in un verso né in un altro. Più di aver fatto indagini sul Psoe di cui è stato onorevole in Parlamento!"

Ma i due manducano e non dicono niente, a parte *el especialista de Barcelona* che accoglie la conclusione della mia mica tanto small talk con "Pancetta affumicata e uovo, verdad? Devi insegnarmi come si fa. Non ce n'è più?".

"Guarda che era più di mezzo chilo di pasta in tre..." mi alzo, vado in cucina, metto su a cuocere il secondo già infarinato e tutto, ritorno, mi risiedo e, plof... un plof senza rumore... la destra di Melchor mi ritorna al suo posto di prima.

"Strano che nell'affare del Cinturone", riprendo giocando la stessa carta della loro ottusa insensibilità con quanta disinvoltura mi viene facendo finta che invece di una mano mi si sia posata sulla coscia di nuovo una mosca, "non vi sono ancora coinvolti né i pugliesi né i napoletani, nemmeno un'ombra di Casalesi, ormai i più rinomati a livello internazionale, si stenta a crederci, mentre di sicuro i siciliani avranno scelto altri lidi, oh, se implicati non lo sono, lo saranno, non sono così distratti da non sapere dove essere presenti, certo la mafia russa mica scherza, la concorrenza non è più quella di una volta per nessun italiano d'onore, prima c'è stata la meridionalizzazione del Settentrione italiano, poi la 'ndranghetizzazione dell'Europa e ora l'iranizzazione dell'Europa medesima, un doloroso fallimento al suo massimo punto d'arrivo, un punto morto via via sempre più frazionato in sé che non avrà nemmeno più la forza per limitare le derive autoritarie di una nazione dopo l'altra, Italia, Portogallo, Ungheria, Grecia, di nuovo la Serbia, la Romania, la Bulgaria e magari pure la Svezia..." e loro due ascoltano, con una certa impazienza, ma non ribattono, non aggiungono, nemmeno vivessero in un altro paese e io stessi strologando sulle eclissi di luna, e infine l'improvvido palpone mi chiede se ho mai sentito i canti popolari della Compagnia del Cece Nero di Fonte Amara, quella del Tavoliere delle Puglie, che era in cartellone proprio a Barcellona di lì a un mese e che si era offerta di venire il giorno delle nozze a cantare e a danzare la *Pizzica della sposa*, una tarantella dalle grandi convulsioni per terra, all'Ajuntament di Barcellona in Placa Sant Jaume... Placa con la cediglia, che resta per la mia tastiera mentale un sogno tipografico... e io, no, che era pugliese e non, per esempio, montenegrina o algerina venivo a saperlo in quel momento, e anche che esistesse il cece nero, mi ero fermato alle fave viola violetta di Parma a pallini neri come i maggiolini.

"Al Mercat de la Libertad si trovano di sicuro" commentò disinvolto quel boccalone di Melchor, da lì forse l'idea di farmi trovare il promemoria scritto in stampatello non appena mi fossi svegliato.

E la crisi, ecco che prende a dire Sancho Maria durante lo stacco pubblicitario, mica è crisi per tutti, adesso a Lloret de Mar al prezzo di una villetta a schiera te ne tiravano dietro due, anzi, "Prendi tre, paghi due" disse, e anche loro due avevano diversificato gli investimenti, modesti, ma adesso o mai più, e io, invece, io l'esimio scrittore, buttò lì l'ingordo *especialista* che faceva già la scarpetta, non avevo mai pensato a compr... e la mano dell'ebreo che incandescente stava lì sopra la mia coscia e non errava di un millimetro e, allorché penso 'fa' pure, mi fai un baffo', a me cresce un'erezione come non mi succedeva dal servizio di leva obbligatoria come l'alzabandiera mattutino, e ho su le sogliole alla mugnaia che, anche se a fuoco lentissimo, staranno bruciacchiandosi, la mano sale e me lo afferra come se volesse stritolarmelo mentre con la sinistra continua a spingersi un grissino in bocca e a sbocconcellarlo fissando la tivù, ingoio imperterrito una forchettata di carbonara ormai fredda come se fossi isolato in una camera iperbarica o sordo come un corallo di resina in un acquario, non sento niente, nessun rumore, sto galleggiando come una mongolfiera sul raccordo anulare di Saturno, e dispiaciuto a morte per Sancho Maria alla seconda forchettata salto su dalla sedia e grido, "Hostia, los lenguados!" e mi metto in salvo.

In cucina faccio così con l'elastico dei pantaloni della tuta e gli do un'occhiata, perché con certe agnizioni da miraggio non c'è tempo da perdere, e gli dico tra me e me, bentornato all'ovile, a quando la transumanza? Adamello, Gran Sasso, Ararat?

Non avevo finito la frase che era già riparato chissà dove nell'altro mondo, tutto avvallato.

Le sogliole mi erano venute benissimo, nel frattempo si erano divisi anche gli spaghetti, ormai rappresi nell'uovo come fili di spago nel sego, che avevo lasciato indietro, ne servii una e mezza ciascuno, dissi che avevo un po' di inappetenza, solito problema da megacolon e stitichezza, che preferivo masticare qualche prugna essiccata e denocciolata... mi ero portato in valigia sette confezioni di *Viva la prugna senza conservanti* della Noberasco... e, dopo avergli servito anche le tre bistecche, presi il telecomando e con un colpo di mano, sbuffando e indifferente alle proteste dei due, mi sbarazzai di Telecinco e del "Gran Hermano" e mi misi a pizzo sul divano a guardare "Noticias24horas" senza vedere niente, a parte, neanche a farlo apposta, l'irreale realtà di una sfilza di centinaia e centinaia e centinaia di semigrattacieli in prime e seconde linee di mare senza una sola luce accesa, migliaia e migliaia e migliaia di nuclei famigliari squadrati in cemento dalla Costa Brava alla Costa del Sol: tutti invenduti, tutti deserti, tutti in sfacelo, come in Lombardia... dove in dieci anni hanno costruito sette città grandi come Brescia... e quindi come a Montichiari-Munticiàr, la mafiosetta, la trivellata, la rimbombante, la sibilante, la mugghiante, discarica d'Europa impestata di pappataci, democristiani resistenti a ogni diditì, zanzare, preti che sembrano padrini, pantegane, assessori di fede leghista che firmano pubbliche delibere con inchiostro verde, bigotti, drogatini e piccioni a migliaia, la Montichiari-Munticiàr puzzolente di bruciato di liquami di maiali, di carogna dolciastra, di plastica in combustione e tanto che io, per non sentirne più il fetore, ho cosparso le mie fioriere davanti all'entrata di un nauseabondo concime equino bulgaro che mi brucia, sì, le piante, ma che però, anche se raddoppia il puzzo, lo uniforma in un unico marasma creato però da me, così do colpa a lui e quindi a me stesso e mi si dimezza la rabbia rispetto a quando la do per intero al sindaco menefreghista quanto l'Asl e, ovviamente, a quei maiali di delinquenti inquinatori chissà quanto di frodo, ah, Montichiari-Munticiàr la sfruttata e poi scaricata, l'abbandonata a se stessa e alla sua più intima lega di dormitorio del Nord in decomposizione dove è impossibile prendere sonno, dove l'unico modo per ventilare gli ambienti è non aprire le finestre e cambiare aria del tutto!

Un inconsulto proliferare di edilizie selvagge per fare numero per fare scempio per fare soldi per farne niente e riprendere da un'altra frazione, in un altro paesotto, in un'altra provincia, in un'altra regione e poi da un'altra parte che ormai sarà la stessa.

Che erezione fu quella erezione!

Una erezione che dovrebbe essere come tutte le altre, non per automanipolazione da sforzo di buona volontà ma perché il divino si manifesta nell'umano in quanto divino trasmessosi a te dall'umano di un tuo simile e io di fenomeni così su di me ne avrò patito… è il verbo esatto per godere… tre in tutta la mia vita, risvegli a parte, perché anche adesso che ho la mia età… be', ce l'avevo già quando piuttosto che mettermi a fare sesso con qualcuno avrei preferito infarinare e friggere tremila sogliole per gli indignados accampati in questo momento a Plaza de Catalunya o infiorare altri milletré inviti a nozze - le terze, anche queste del secolo, imminenti, a ottobre, si dice, come il processo al giudice Garzón - per la duchessa Cayetana anche sotto sua dettatura, basta che la quasi centenaria duchessa di Alba di oggi non mi stia lì davanti in bikini e a piedi nudi come al suo solito a fare le faccette da primate albino raggrinzito liftato invano dalla chirurgia plastica e non si aspetti dalla mia arte calligrafica a pennino e inchiostro un ritratto da Maja Desnuda come quello che Goya fece alla sua trisavola trisavola tre volte, perché tra gli invitati alle nozze gay del trimestre c'era anche lei, gli sfrontati, mancava solo il Dalai Lama e poi avevano fatto bingo, ma la busta era grande tre volte le altre per via della sfilza dei titoli della gran dama invaghitasi di un aitante e imperterrito sessantenne, un impenitente Melchor gerontofilo dell'altra sponda, che la ricambiava e che, probabilmente, la cambiava anche e come regalo di fidanzamento le avrà fatto una carrozza reale stracarica di pannoloni… anche adesso, dicevo, c'è questo alzabandiera la mattina, ma è una roba del tutto neutra drenata da ogni prospettiva di ponte teso all'altra riva, opposta, sì, ma in vista, che si fa vedere, che vuole farsi vedere, che si spoglia di ogni nebbia d'inibizione o ripulsa o paura per farsi vedere e accoppiare con la tua, che vuole sedurti e essere sedotta, e che ha tempo da investire in te e non ti fa fretta e lancia la sua parte di campata sul vuoto mentre tu lanci la tua in quel raro, coraggioso, esaltante, sfacciato, politico atto di un'attrazione speculare così piana e diretta e volitiva da apparire scontata eppure così giocosa e frizzante, spumeggiante di correnti sotterranee felicissime di essere solcate presto da un ponte qualsiasi, e così eccitante da dare le vertigini tanto è lo sfarfallio segreto dei cuori liberi di attraccare dall'altra parte e farsi intanto prigionieri in un unico incastro, poi per l'amore si vedrà.

È un'erezione quella uscita dal sonno che non provoca scintille di accensione di chissà che nel sangue, è un priapismo senza alcuna frizione di desiderio, senza brividi lungo il fil di schiena che si liberano dalle tempie e precipitano in un'unica discesa là, promettendoti che il piacere non sarebbe una scalata a due su due pareti rocciose diverse uno sulle Alpi l'altro sulle Ande, e invece quell'erezione sembrò un dono immeritato, non perseguito, non immaginato, un dono della natura dimenticatasi di me e improvvisamente precipitatomi dentro da un tiro della sorte... da un tiro mancino, perché ricordati solo, o vox clamans in deserto memoriae, con quale mano quella sera, la stessa prima sera, Melchor delibò.

Siccome non sapevo che Melchor mi piacesse a tal punto, una volta saputolo, non mi piacque più, proprio come non mi era mai piaciuto quando sapevo che non mi piaceva affatto.

Tanto per dire: con tutte le volte che mi ha fatto la posta seminudo, non saprei nemmeno dire se un simile tipo da tatuaggi ne avesse uno. Se fossi stato un cane, non mi sarei servito di una sua gamba nemmeno per pisciarci contro.

Se anche ho sventato un piano, non mi è costato niente, quindi non saprò mai quanto invece mi è costato, se lì c'era, oltre al gruzzolo dovuto per l'entratura, anche uno zampillo di vita pronto per me e ho preferito non considerarlo tale, senza alcuno sforzo o ripensamento, non dico disdegnandolo, ma sorvolandolo con doveroso spirito di sopportazione come fossero le raccapriccianti ramificazioni di un cervo a una parete in casa d'altri.

Io non so se i momenti di debolezza vadano accolti come i veri momenti di forza di chi vi si abbandona a costo di ogni conseguenza, specialmente se si è vecchi e hanno del miracoloso, ma in quella circostanza il debole sarei stato solo io, un debole pinocchietto sbugiardato appeso ai fili di un burattinaio dalle mosse imperscrutabili e maligne.

‘So di non suscitarLe alcuna simpatia, signora foglia del platano di fronte, da quando mi sono permesso di darLe del tu e di metterLa in quarantena, ma non mi costò molto sacrificio sfuggire al rogo della sua immensa, rapace vanità di manipolare, annettere, spogliare e incenerire.’

‘Ti credo, purtroppo. Magari per te non fosse così!’

‘Guarda che ti ci rimetto.’

‘E tu con me.’

‘Sono stato vulnerabile quando aveva un senso esserlo, ora non mi piacerebbe più. Che faccio alla mia età, il forte che però dentro è vulnerabile, come le donne che gestiscono un potere o un’azienda e che ancora a ottant’anni, dopo aver dissanguato migliaia di lavoratori, fanno lo sguardo di fragile, inerme fanciulla sperduta nel bosco bisognosa solo di un abbraccio di sincero amore, le troie? No, faccio il forte perché lo sono e perché esserlo del tutto ormai mi conviene. Contenta?’

Non so perché si chiami Super-Ego un istinto di mera sopravvivenza, forse perché la ragione la si tratta in generale come se fosse il deterrente principale al vivere pienamente e si disprezza chi, al contrario di te, non cede d’istinto e con gratitudine a qualsiasi bassezza o passione o tradimento gli si offra, non importa se col cartellino del prezzo bene in vista, il prezzo in vita a venire non appena è compiuto quel momento vissuto da te e messo in atto dal tuo mimo che condivide a contratto la tua bassezza o passione, complice di se stesso e delle sue mire economiche, non complice tuo e del tuo solitario, arbitrario abbandono grazie a lui, un attore a cachet, lo specchio che accoglie il tuo riflesso forse con schifo di sé, di sicuro con schifo di te.

Melchor, da quell’istante in cui si vide sessualmente respinto, perché per il resto io continuavo a provare una specie di instancabile e buffa tenerezza riparatoria anche per lui, prese a disprezzarmi in modo viscerale, e quindi, per mia buona sorte, a temermi, e anche a desiderarmi, credo, a desiderare di corrompermi, se non altro per non darmela vinta, per ripristinare il suo amor proprio ferito, chissà, per la prima volta in vita sua. Sicché, se per me l’aria che respiravamo in comune quando era in casa era aria come quando lui era fuori, per lui era carica di pulviscoli contrastanti, e io non accusavo affatto quel suo disprezzo che si poteva tagliare col coltello da un punto all'altro della tana, io me ne sbattevo alla grande.

Ero solo sinceramente dispiaciuto, profondamente dispiaciuto che lui avesse finito per considerarsi quella succulenta bisteccona che mandava avanti per essere considerato dagli altri in qualche modo, cioè nient'altro che quella, un quarto di carne appeso a delle mutande con decalcomanie gay.

Aveva fatto di tutto per essere irresistibile e ora qualcuno gli aveva resistito, un vecchio stitico, un catorcio gonfio di merda stagnante che stava pensando di sottoporsi a un intervento chirurgico da cui forse neppure si sarebbe risvegliato.

Lui pensava ininterrottamente a farmela pagare, io ai suoi segreti traumi infantili da cui non sarei mai riuscito a aiutarlo a sdebitarsi una volta per sempre e ai quali un vampiresco e giovanile picaro borghese come il soccorrevole, il mentore, il paterno, il mefistofelico, il... il *protettore*?... Sancho Maria poteva dare solo il colpo di grazia.

L'avvicinamento più strepitoso che ho avuto con Melchor è stato allorché, pensando che forse le istruzioni per la lavastoviglie dovevo passarle a lui e che era meglio se cominciavo a insegnargli qualcosa di più semplice per la sua testina contorta, una mattina l'ho chiamato in cucina e lui mi ha seguito di buonumore, l'ho messo davanti a un tagliere in ulivo di fresca compra con su il prezzemolo e due spicchi di aglio e gli ho detto porgendogli la mezzaluna, "Visto che ti piace tanto il trito di aglio e prezzemolo, perché non impari a fartelo?".

Mi ha lanciato un tale sguardo di disprezzo come volesse tritare me, ha girato le spalle e se n'è ritornato al suo computer a chattare con quelli di gaydar.com, i quali per i contatti tra di loro mettono tipo, colore, periodo di fabbricazione, uso e, dicevo, misure, omettendo solo se vanno a manovella o a batteria o a manico di scopa sulle reni.

Siccome lui se ne frega di tenere lo schermo rivolto di qui o di là, Sancho Maria pure e io ancora di più, che lo faccia sul serio o per riderne, ho potuto constatare anche non volendolo che lui va nella zona "Daddy", tutti uomini che, dicendo di avere cinquant'anni, minimo ne hanno sessanta, quindi chatta solo con quelli che, dalle foto a mezzo schermo crudelmente esplicite, gli avranno detto di averne sessanta.

Beata gioventù! Non c'è mai stata e non se ne va più.

"Non potresti farmi un caffè?" mi ha gridato una volta dal salottino.

"Stavo giusto chiedendomi se per piacere potevi chiedermene uno."

Glielo porto, vedo un vecchietto in jocks e baffi e ninnolo a stella davidica che gli pende tra gli spuntoni grigi dei pelazzi depilati, questa deve essere una webcam e quello un ebreo morto.

"Dovresti lavorare nei servizi segreti del ministero della Previdenza Sociale, faresti carriera, sai quante pensioni potresti prevenire tra Mancia e Castiglia visto che specifichi sempre 'disposto a viaggiare'? Fai servizio di eutanasia a domicilio?"

Lui ha fatto spallucce.

"Scusa se non ti chiedo di mescolartelo per poterti dire grazie che mi hai permesso di mescolartelo" e sono ritornato in cucina.

Io ho fatto il mio trito come al solito, zufolando il *Bolero* di Ravel dando un po' d'anca per accompagnare lo sgheo della mezzaluna... che situavo sinuosa e arrapante sul palcoscenico della Scala in un pas de deux *à trois* con gli eterni innamorati infelici, l'aglio e il prezzemolo, che mille volte su mille finiscono sotto la lama crudele di un destino trito e ritrito... e togliendo prima il cuore dei due spicchi di aglio, perché il cuore, si sa, è sempre tossico.

11

E siccome trito chiama soffritto, ho pensato: qual è il cuore di una cipolla?

Dentro la cipolla.

Ma dentro quanto, a che altezza si può dire di essere arrivati al cuore?

Agli ultimi tre strati.

No, eh, togli un altro strato minimo, il cuore starà senz'altro dentro gli altri due e anche quando hai sfogliato l'ultimo strato resta una pellicola: è questo il cuore della cipolla?

Ammesso che lo sia, che te ne fai, ci fai forse un soffritto con una pellicola trasparente, appiccicaticcia e inodore? No. Quindi il cuore della cipolla è quando non c'è più cipolla, quando, tolta la pellicola, sempre che non sia venuta via con l'ultima foglia, hai il vuoto: il cuore è quando non c'è più. Se vuoi gustarti il cuore della cipolla, più ci stai lontano, più te lo gusti.

Non ci vuole il Super-Ego per saperlo, basta un mero cuore.

Qual è il cuore del tuo tempo? Qual è il cuore di una vita? In un evento, in un amore, in una nascita, in un successo, in un lutto? Ma no! Nella sua inavvertita preparazione inafferrabile nel suo farsi e subito dopo nella separazione che ne segue, oblio compreso.

Il vero cuore è quello che non calcoli mai nella sua infinita bontà di non farsi considerare, di non farsi avvertire.

Quando ti sembra di non vedere niente e ancora niente, il cuore è lì, pronto all'attacco, e al soccorso.

Il Più Grande Miraggio starebbe non nel vedere un'oasi immaginaria quando stai morendo di sete, ma nel contare sulle risorse del deserto, che non sembra, ma è un gran niente pieno di vita inaspettata, e se no, fa niente: è l'oasi immaginaria… il sognare a occhi aperti… che accelera la morte, non la fonte che non c'è.

Se in testa hai solo la fonte immaginaria al massimo arrivi fino all'oasi immaginaria, ma se dal tuo punto di lontananza sai che non c'è alcuna fonte davanti o che hai una possibilità su mille che ci sia davvero, vai oltre, non trovi l'acqua sognata, ma forse una radice e un ghiotto scarabeo sì, e fai un altro passo in avanti.

E intanto continui a vivere.

Ma perché?

Perché miglior vizio del continuare a vivere ancora non si è trovato, è l'unico, complessivo incubo a occhi aperti ammesso.

Nessuno è in grado di correggere il proprio errore, di cambiare le proprie idee, di modificare la fissità del suo schema ricorrente, di saltare fuori dal cerchio maledetto del proprio giro dell'oca e dell'oca starnazzante per niente che è in lui, nessuno vuole rompere la malia della iterazione di un disastro che conosce già e al quale si è affezionato in modo così viscerale da prepararselo tale e quale nel momento stesso in cui sorride pieno di fiducia e di speranza alla stessa faccia d'angelo che sta per rivelarsi la stessa feccia umana appena lasciata nella casella precedente.

'Adesso te ne racconto una, cara foglia, una storia vera, come dicono quelli bravi a inventarsele. Non potrò mai dimenticare la risposta, non richiesta, di Hada Espejismo a quella stagionata francese di alto lignaggio, una vandeana di Poitou, niente di meno, che, mai sposa né madre pur essendo il matrimonio e la maternità e la misericordiosa grazia di Dio in cima ai suoi propositi e desideri, era passata dalla gioventù a una settimana prima di quella cena a tre... se mi calcolo anch'io, assente ma presente lì accanto nell'office... da una relazione all'altra con protestanti già sposati e già padri che l'avevano tutti indistintamente piantata. Be', io mi trovavo nell'office, come ti ho detto, dove stavo piluccando qualcosa da solo leggendo "... nulla è mai stato per l'uomo e la società umana più intollerabile della libertà! Non c'è per l'uomo rimasto libero più assidua e tormentosa cura di quella di cercare un essere dinanzi a cui inchinarsi..." da *I fratelli Karamazov* proprio in francese, come la conversazione che avveniva a meno di sette metri da me, e la porta che dava sul salone era rimasta socchiusa, non era mia abitudine origliare, ma quella donna era capitata all'improvviso, trafelata nemmeno arrivasse a cavallo dalla Guerra dei Cent'Anni, e aveva supplicato di essere ricevuta mentre il suo jet privato teneva in caldo i motori sulla pista di El Prat perché doveva ripartire subito subito per una questione istituzionale della massima gravità, far fuori, a titolo dimostrativo, intanto, altri settecento ugonotti che stavano mettendo su troppa cresta e troppe lobby e chiedere l'appoggio politico non ho capito bene se di tale Miuccià Pradà stesso o stessa, mai capito di che genere fosse, se è solo un uomo o anche una griffe; Hada aveva dovuto rivestirsi in fretta e furia e aveva ordinato una cena alquanto spartana a Cincin, "Uova in camicia, Cincin, molto pepe e un filo di olio di oliva e sopra ci grattugi una bella stecca di bottarga di muggine, che stimola il latte prostatico nella *hembra*", cioè nella femmina, "e la predispone al piacere per lei più arcano", e non mi fu chiesto di rivestirmi anch'io per dare il gong; quella francese strepitava fuori di sé, nemmeno volendo non avrei potuto non ascoltare la sua lamentela e il rumore della Falsìta... ovvero della *Falsíta*, se mai avessi nella mente una í così accentata... che ne seguì. Insomma, era così scossa e provata dal ritrovarsi di nuovo sola con tutti i suoi soldi... e forse, data l'età, sola per sempre con la sua sterilità... che aveva sollevato il capo dal piatto mentre faceva la scarpetta per papparsi anche l'ultima scaglia di bottarga e aveva detto come tra sé e sé, "Perché incontro solo calvinisti sposati che mi prendono in giro, mi costano un patrimonio e poi mi buttano via? Perché non ho mai incontrato un cattolico celibe o divorziato o che per me volesse divorziare e che facesse sul serio? Che ho io meno di Carlà" e la Espejismo aveva cercato e incontrato il suo sguardo pieno di lacrime e aveva detto, "Perché a te solo quelli piacciono e perché sei porca dentro pari pari, mon chou" e lei, affranta, "Che cosa mi consigli?", "Vieni" disse Hada dolcissima alzandosi e facendola alzare, "Lo so io quel che ti ci vuole", le mise in bocca una stecca di bottarga da ciucciare e poi per l'appunto sentii che entrava in funzione lo smaniante pigolio del modulo Maratona della madre Abadessa a quinta velocità, la più straziante e ritemprante a un tempo, e io omisi... nel senso che mi trattenni da piombare su di lei dal mio office... di dirle che quelle erano lacrime di coccodrillo pronto a rimpiangerle e a ripiangerle non appena asciugate – e non appena fosse riuscita a riaccostare le gambe l'una all'altra, perché i benefici saranno anche notevoli, ma la terapia è estrema e, se il piacere lo è altrettanto, il bruciore decanta il suo tanto. Non so se mi spiego.'

'Proprio come te, quella finta pentita, mio buon uomo addormentato sulla Rambla: tu non vai a ripararti sotto una grondaia se non hai la premonizione, che già è una certezza e o l'invoca o l'avoca a sé, che ti cadrà una tegola in testa come l'ultima volta. Possono avere appena rifatto il tetto, ma ci sono persone e tegole in testa fatte le une per le altre, si attirano come incudine e martello, uno va sotto la grondaia e ecco che la tegola, che nemmeno una tromba d'aria potrebbe schiodare, sbalza dal suo letto repentinamente e gli precipita in testa, è una calamita naturale, e reciproca. Ma non so se capisci.'

'Pfff! E con questo Le ho detto tutto quel che c'è da sapere, mia cara foglia del platano di fronte, sugli affetti senza affetto, sugli amori senza amore, sulla solidarietà senza solidarietà, sugli slanci, le parole, gli incontri senza riscontro, i pedicure dati senza mai un pedicure reso. Infine, Le ho detto tutto del punto di vista di colui che La sta rimirando, mia dolce moriente per niente, per un elicotterino cinese telecomandato! Ma non creda che me ne lamenti. Come Prometeo incatenato alla sua roccia solitaria, se la punizione per essersi ribellato al dispotismo accentratore di Giove e aver recato di nascosto il fuoco agli uomini è vedersi ogni mattina roso da un'aquila il fegato ricresciutogli di notte, dopo un po' ci prendi persino gusto e con l'aquila ci scambi anche due chiacchiere… anzi, compiangi gli altri di non aver mai provato un'esperienza così inebriante, così antidivina, così definitivamente umana. Non è mica poca la soddisfazione di aver anticipato i tempi a fronte di tutti gli altri in ritardo su una civiltà con meno dolore per niente, o foglia che pendi che pendi e che mai vieni giù!'

'E a te, chi ti si incula?' fa lei, preoccupata che mi stia venendo il coccolone per l'afa vulcanica del tardo pomeriggio e prenda a delirare olimpierie, ma voleva dire, 'E chi verrà mai a liberarti da quella roccia, da quell'aquila, da quello strazio che ti fai piacere per non morirne?'

'Oh, gli dei no per ovvie ragioni e un umanoide, un umanottero, come dire, un umano meno ancora per ragioni ovvie. Scusi, mia vezzosa, ma adesso devo ritornare alla lavastoviglie.'

Alle tre del sesto e ultimo giorno, dunque, ha suonato l'elettrotecnico della *Sagrada Família*… í! centrato! ma non è la prima volta, credo… *On Line* e ho dovuto interrompere il mio compito da liliale scriba masochista per delicatezza, è venuto su con l'idraulico, i bocchettoni sapeva già dove metterli perché il sopralluogo per prendere le misure l'aveva fatto tre giorni prima e io avevo già scelto la marca e il tipo e né Sancho Maria né Melchor avevano fatto ba, sembravano così entusiasti che non hanno aperto bocca nemmeno per dirmi che grazie ma non dovevo eccetera.

Di quel marchingegno lì non gliene fregava niente, diciamolo, lo tolleravano nemmeno facessero loro una concessione a me, di sicuro avrebbero preferito un regalo in soldini, magari, per l'appunto, tutto il banchetto de *La Circe de Mar-Pescado y nada más* ("Nemmeno diciottomila euro. Vini no, ma band inclusa", aveva buttato lì Sancho Maria mentre con due dita pescava una patata arrosto semicruda dall'imperial vitello alla ilare Clinton)... e centrata anche la á!

Non avevano ancora finito di sballare la lavastoviglie dallo scatolone che ho saldato il resto subito, anzi, non subito, strano, credevo di avere i soliti duecento euro nel portafoglio che lascio sotto il guanciale - senza le carte di credito, eh, e i documenti - e invece erano solo cinquanta, a me in tasca dopo le spese ne erano rimasti altri cento, sono ritornato nel bugigattolo, ho aperto il lucchetto con la chiavetta, ho preso dalla trousse nella valigia quanto mi mancava togliendo l'acconto pagato con la carta di credito e gliel'ho dato, più trenta di mancia, li ho lasciati a fare quel che dovevano e sono ritornato di là a continuare il mio lavoro di amanuense sotto torchio, chiedendomi quanti sarebbero stati quelli tra tutti quei nomi altisonanti che gli avrebbero fatto un regalo di nozze costoso come il mio, a prescindere dai seicentosessantasei euro giusti che mi erano già costati in vettovaglie e stoviglie varie, perché io calcolo fino all'ultimo centesimo il prezzo del mio capriccio di generosità togliendolo dai miei altri capricci.

Por ejemplo, la mattina che avevo deciso di andare nel primo pomeriggio in una sauna con piscina e centro estetico a Salò, non ti vedo, o proletaria tredicenne desolata, che alle otto e tre quarti vai avanti e indietro dalla farmacia vicino al Grosso Affare Delle Donne 2... non quello per andare ai Chiarini, che è 1, ma quello per andare all'Ospedale di Montichiari-Munticiàr... oh, me ne ricordo perché l'ho scritto da qualche parte, anche se non ricordo dove... che non è civile per statuto ma incivile di fatto, visto che una volta una scriteriata di anestesista mi ha bucato la duramadre e ha fatto finta di niente, preferendo che ci rimettessi la pelle, visto che niente ha fatto affinché non fossi dimesso, piuttosto che riconoscere il suo errore, e infatti mi ha salvato per un pelo il professor Desenzani al terzo giorno che mi stavo affossando su me stesso come un sacco di patate sempre più vuoto... e siccome ti conosco perché tuo padre è il figlio di un mio compagno di banco delle medie e un tuo zio è quel che è, un famoso orco intoccabile che non manca mai di fare la comunione ogni santa e strainculata domenica dell'anno, ti chiedo "Hai bruciato la scuola, eh?", e tu niente, e io, "Che ti succede?" e tutto in un fiato mi dici che:

a) sette settimane prima hai fatto sia la tua prima settimana bianca con le Giovani Pecorelle dei Fraticelli del Ponte dell'Arzaga, all'Aprica, che fa anche rima, sia la tua prima scopata senza preservativo;

b) ti sei fatta da te il test di gravidanza, quello non è un problema, hai usato lo stick di tua mamma, una pisciatina e via;

c) non hai idea di chi sia il padre, con tutti quegli sciatori di fondo dell'ostello ("Quindi intendi dire che è stata la tua prima scopata di gruppo a tappe senza preservativo?", "E io che ti ho detto?", e lì capisco che menti, che non è successo così, ma non sono affari miei, l'origine del dramma non è di mia pertinenza, ma della famiglia, dei parenti, di uno di loro... e non avrei neanche il tempo di lavarmi le mani dopo averlo ucciso, quindi me ne lavo le mani subito, devo occuparmi delle conseguenze di origini originate da altri).

Morale con punto di domanda finale quindi di cui tener conto nel tono sin da "non hai né", alla spagnola: non hai né i soldi né l'età né il beneplacito del tutore, del prete, del giudice - ho sentito che ci sarebbe bisogno dell'ok anche di gente simile - né i genitori adatti per permetterti un aborto, non sai neanche con chi parlarne, a parte me non lo sa nessuno e all'Aied di Brescia la tirano per le lunghe, lo psicologo non lo scavalchi nemmeno lì neanche coi trampoli, e al consultorio delle Pie Marie a una nel tuo stato non danno neanche il numerino d'attesa per la pillola del giorno dopo senza certificato di battesimo, comunione e cresima, figuriamoci non accompagnata dalla mamma, da tre medici obiettori di coscienza malvagi come le tenie e da cinque perpetue pro-life in loco che si strappano i capelli strepitando che sei un'assassina, una sporcacciona e che lo puoi sempre dare in adozione senza neanche prenderti la briga di buttarci un'occhiata a acque rotte?

Be', io non solo ti trovo un dottore obiettore di coscienza come piace a me e che, dopo avertici portato in auto, in culo alla legge ti rimette in sesto in un'ora e cinquanta e che mi fa penare per fargli accettare anche cento euro per il disturbo e il rischio penale... un pacifico anticlericale laico al mille per cento eroico come il "dottor Morte" Giorgio Conciani, al quale nel 1975 ho avuto una volta l'onore di mettere a disposizione il mio appartamentino in via dell'Inferno a Firenze per fare un aborto e, senza che chiedesse una lira, a una mia compagna della scuola privata dove facevamo entrambi il diploma, e mettendoci di tasca sua pure gli strumenti usa e getta del caso... ma ti do pure dieci euro per una bella vaschetta di gelato al limone, che restringe, però dopo in sauna nel pomeriggio non ci vado più, sicché non solo sono andato alla pari ma ho risparmiato quaranta euro, perché tra benzina, entrata, massaggio, pulizia viso, manicure, pedicure e spuntino, con meno di centocinquanta a Salò non me la sarei cavata.

Dodici vasche di numero e dodici minuti di bagno turco e dodici comedoni schiacciati sulle pareti del naso e venti unghie tagliate e limate in più o in meno a me non mi cambiano la vita, ma a questa messa incinta a tradimento da suo zio baciapile sì, e pazienza se la stravolge del tutto a un indesiderato e inopportuno umanottero in sovrannumero già per ipotesi.

Se poi si sparge la voce tra le ragazzine, e anche tra le ragazzone, e l'esborso arriva a quattrocentoquaranta in un mese, comincio a eliminare i taxi da e per l'aeroporto, a spegnere ogni display, a portare il termostato a sedici gradi e a stare in casa col paltò e la berretta di lana, a mangiare cosce di pollo a € 3.60 al chilo invece di nodini di vitello e sottofiletto di puledro a € 18.99 che poi io la carne rossa nel mio stato dovrei persino dimenticarmi che esiste e, invece della coda di rospo a € 21.50 al chilo, compro i coregoni del Garda a € 7.60 (in offerta il venerdì, giorno di mercato), che oltretutto sono stati pescati la notte prima, e vado avanti a cuocere cavolfiore spinaci catalogna nella stessa acqua già bollente, a mangiare il pane avanzato invece di quello fresco di forno e prendo una pensione invece di un albergo, perché un po' è anche per questo che qui a Piazza Urquinaona sono andato a stare dove sto, cose così e è presto fatta, e non solo rientro dai costi, ma alla fine c'ho pure guadagnato.

Insomma: a me perdere non piace, s'è capito.

L'unica remora che mi rimane è che magari, dato il rumore dell'aspirazione del tubo in vagina, poi le bimbe non vogliano più passare l'aspirapolvere per casa e non curino abbastanza la disinfestazione degli acari finché campano.

Oh, si prenderanno una cameriera, non posso pensare a tutto io, qualche sfizio dovranno pur toglierselo da sole.

Melchor aveva anche aggiunto che sarebbe stato carino da parte mia aggiungerci, alla lavastoviglie, un iPad e un iPhone e un Asus di nuova generazione… nuova come la sua, immagino… ma che potevo portarglieli tranquillamente alla vigilia, quando sarei ritornato a Barcellona per le nozze vere e proprie, perché così faceva "más sorpresa".

'Scusa, neh', attacca la foglia di punto in bianco 'ma perché continui a mettere tutti quei tre puntini di sospensione di fila visto che non sospendono mai niente?'

'Perché non ti fai le ramature tue?'

'Che permaloso! Io non li capisco, sembrano più pause per segnare una recitazione a alta voce che altro, voglio dire, non sono lì perché alludi a qualcosa che manca, a una malizia, a un finto pudore, a un che di scandaloso che è meglio sottacere… non sono schizzetti isterici alla Céline che se a quel trombone finto mesto gli togli i tre puntini dalla pagina resta solo carta bianca e l'alone di forno crematorio. Se non alludono a parti mancanti o reticenti del discorso, che li metti a fare? Dài, dimmelo.'

'Perché la cosa che odio di più dopo i testicoli di toro è il secondo trattino seguito da una virgola di un inciso tra due trattini brevi, che cerco di limitare come gli insaccati, le carni rosse, l'aceto, il vino, i ravanelli, le arance, i legumi, le rape e le spezie se no scoppio da otturazione fecale. E perché il pensiero non è fatto solo di soggetto verbo complemento punto, ci sono anche gli incisi e gli incisi degli incisi e i tre puntini funzionano a meraviglia sia per segnare una pausa sia per interrompere un pensiero principale inserendo lo svincolo di uno secondario per poi rimettere tre puntini e ritornare sulla strada maestra… a ritrovarla! Sono pause, solo pause del recitato, il fiato che prende fiato e poi riparte. Una specie di pietra miliare dello *stream of consciousness* di noialtri, per arginare la libera rappresentazione di un evento principale che è compatto solo se fluisce nelle sue diramazioni secondarie, che secondarie non lo sono mai. Il fatto è che, come non esiste più un centro, non esiste più un pensiero principale. È tutta una periferia. L'Europa stessa è periferia. Contenta?'

'Contento tu... Già è tanto un pensiero, ma un pensiero nel pensiero! Al giorno d'oggi! Con la gente nella rete che o dice tutto quello che ha da dire in centoquaranta caratteri o ciccia! Già che c'è un fuggifuggi dalle librerie che levati e adesso anche un pensiero nel pensiero! Sarebbe come dire un punto di vista nel punto di vista, la luna nel pozzo nel pozzo vicino o addirittura sotto il pozzo stesso. Ti credo che vendi poco!'

'Che c'entra? Non vedi che non ci sono nemmeno i caratteri tipografici soliti? Mi hai visto finora con delle doppie freccette aperte e chiuse su una frase di dialogo o una cosa simile, por ejemplo? Io scrivo tra me e me e subito dopo scritto e letto, cancello, mica ho intenzione di pubblicare niente di tutto ciò. Quelli là stavolta mi manderebbero un sicario.'

'Ah.'

Intinsi la penna nel calamaio.

Chissà com'era Barcellona fuori e se al Corte Inglés la scatoletta di tonno da 135gr sgocciolato del Consorcio costava ancora € 2.60 invece di € 5.90 come allo Stimazzi di Vighizzolo o addirittura € 6.20 come ai Centri Commerciali Grosso Affare Delle Donne 1 e 2 però € 5.58 con lo sconto del primo e del terzo mercoledì del mese e quindi meno che allo Stimazzi di Vighizzolo sempre!

In un'ora e un quarto, in cucina i due della *Sagrada Família On Line* avevano già finito tutto, il capo che stava chiudendo il tubetto del silicone voleva star lì a spiegarmi il funzionamento, a me, ma se ce l'avevo uguale! Sotto i loro occhi ho messo dentro la pastiglia di Powerball, ho fatto tric sul generico e trac sul bottone dell'economico con prelavaggio e è partito il primo ciclo di prova a vuoto, tutto in ordine, quando finisce la spengo da me, no, grazie, per ora una lavatrice meno antidiluviana neanche a parlarne, per un istante ho pensato, 'Ma se l'acqua calda va e viene, non è meglio se gli faccio dare un'occhiata alla caldaia già che sono qui?', ma poi l'ho scacciato come un incubo in arrivo, visto che sapevo che avrei finito per non prendere un granchio, adesso non potevo risalire anche alle tubature e ai dispositivi antisismici, li ho accompagnati alla porta, per pranzo, tardi, mi sono fatto una scodella di caffelatte e otto prugne e ho ripreso a vergare gli inviti.

Il romano, il corsivo, il barocco, il liberty, il graffito da murale di barrio hispánico off-limits, almeno una lettera per busta fu di un ornamentale postribolare da scottare la sclera, non mi sentivo più la mano, non mi sentivo più il braccio, il gomito mi si era rattrappito sotto l'ascella, non mi sentivo più nemmeno io, ma a questo c'ho fatto il callo, e per punirmi fino a raschiare il fondo della boccetta di magenta mi sono esibito in un numero spropositato di ghirigori fuori programma, di svolazzi, di vuoti e pieni ortografici da elettrizzato segretario cardinalizio cavia del primo galvanismo per eiaculare senza toccarsi, in talune maiuscole ho disegnato anche del vischio, dei licheni, dei chicchi di riso, degli sprizzi, la O di una Odette di Biarritz l'ho trasformata in ghianda col ciuffetto sottosopra, nelle tildi delle *doñas* ho fatto le estremità a cappella con taglietto sborrosino, tiè, sessantasei titoli con nomi e cognomi fuori e dentro, esclusi gli indirizzi e i codici postali, compresa una Infanta di Spagna, un Conte, due Marchese di cui una conteneva persino "de... de... de Machos Picchos", che poi in italiano, a avercela una località del genere, sarebbe Marchesa de' Grandi Cazzi e andava nel Liechtenstein, due Principesse, quattro Principi, la baronessa Carmen Cervera von Thyssen dell'omonima collezione madrilena in persona col figlio, 'sti illusi di gay usciti per mania di grandezza da una costola di Isabella di Castiglia, e un invito non poteva certo mancare alla ormai nota giallista isolana, però strano, si erano dimenticati di aggiungere il nome del marito Morales, visto che l'Ingeniero della lista non era lui... la ex di Sancho Maria aveva appena pubblicato l'ennesimo thriller... uno ogni quadrimestre, foliazione standard di pagine 192... che stava per venire a presentare a Barcellona da un giorno all'altro, un thriller anche horror, avrei detto dal titolo finalmente più che onesto anche da un punto di vista "del proprio vissuto", *Amnesia o el orgasmo de los demás*... che poi sarebbe per un'autrice così matematica l'unico orgasmo ottenibile, quello degli altri... polpettone che schizza morti ammazzati e assassini à gogo ambientato, sembra, in una discoteca di Ibiza che di assassini aveva solo gli sguardi dei debosciati ammosciati e niente più... ma se io ci sono persino stato all'Amnesia Ibiza Club! C'era lo schiuma-party e ho fatto dietro front alla prima bolla di sapone che mi ha colto all'entrata, inoltre avevo già compiuto quarant'anni, mi avrebbero usato per integrarmi nell'alzatina di linoleum che faceva da argine intorno alla pista, ahahah, Ibiza! eccola qua sulla lista degli indirizzi l'isola maledetta in cui la Mercè Mercedes era andata a abitare tirandosi dietro Almudena e l'altro figlio, l'isola che non mi veniva in mente!

Il che spiega anche da dove ha inizio l'odissea stupefacente del figlio adolescente adulto inseminatore a tradimento fintoebete succhiasangue e di quella demente livornese almodovariana pentita per intervento chirurgico coatto che se l'è messo tra le gambe in movida.

E via: sessantasei arabeschi senza rompere il pennino, senza fare una macchia di inchiostro sessantasei su sessantasei, senza sprecare un invito, senza buttare via una busta, un biglietto, una citazione di bestemmia, gridando soltanto ogni tanto "Siamo dooonneee!" in falsetto stridulo stridulo stridulo come a darmi un pizzicotto per rinvenire.

E lì mi parve di udire una vocina remota che mi fece eco, in italiano, "Anche nooiii!", ma ero troppo stordito per prendermi sul serio.

E la "María del Rosario Cayetana Alfonsa Victoria Eugenia Francisca Fitz-James Stuart y de Silva", che poi è solo un terzo dei suoi titoli, Duchesa de Alba per gli amici? 66 minuti primi di ricami a pennino solo per la sfacciata, che ha più titoli lei che l'intera Borsa.

E le Dolores Arrepentida, le Carmen Adolorada, le Sofía Asunción, le María Angustias, le María Martirio, le María Navidad, le Virgen Candelaria, Tre Piccole Criste... Cristina María Santa, Cristina María Inconsolable, Cristina Rosario... e i Carlos Pío, i Nazario, i Juan Carlos Santo e i Carlos Felipe María Felix Flageladora?

Che Quaresima di nomi!

Un Carnevale, per un boia illuminato. E che Consolación per me.

Di maghrebini e slavi e brasiliani e russi e palestinesi e argentini e seminaristi della chiesa di Betlem neanche uno, tutti troppo, troppo tropical per una funzione di tale pubblica e squadrata rappresentanza. A proposito: mica m'aveva più detto come era poi finita con l'argentino della Porsche sfasciata, se "l'appuntamento riparatore" di quella sera di ritorno coi bambini da Lloret de Mar s'era concluso come sperava lui, quindi, secondo me, non s'era concluso come sperava lui, ancora tanto se l'esule o fuoruscito che dir si voglia non l'aveva preso a botte per il rischio cui l'aveva esposto o denunciato per danni perché per me alla guida c'era lui, Sancho Maria, non quell'altro, che per quel che me ne aveva raccontato non mi era parso uno sprovveduto che le prende solo e se le porta a casa... ma come mi saltano in mente certe cose? Saranno passati minimo venti anni!

E neanche la vicina di pianerottolo Hada Espejismo, la Fata della candeggina prestata e resa, c'era nella lista degli eletti.

Be', stramba era stramba, forse in fondo non potevo dar torto a Sancho Maria di non averla invitata, forse non era adatta a un banchetto di gente così scelta a *La Circe de Mar-Pescado y nada más*, anche se, per quel poco che ho intravisto dalla porta, con un semplice spioncino come tutte, non sembrava stare malaccio per décor e animo adeguatamente pio, sulla parete di fronte c'era persino un altare con Madonna e bambino... con troppi boccoli biondi per non assomigliare a una femminuccia, anzi, a un femminiello... con candelabri e vasi di gigli e pungitopo, quando gliel'ho riportata s'è fissata sull'etichetta e è impallidita e è rimasta come un'anguilla con le branchie a pala d'elicotterino, le vibravano le orecchie a punta, insomma, si è stretta nella vestaglia di ciniglia rosa pastello con intagli di pizzo nero come se volesse farsi in due dal busto in giù, io ho detto "grazie" tre volte e lei neanche una, ciangottava, ecco, e una lacrima ha fatto capolino tra l'eyeliner azzurro, ha avuto un lieve sbandamento sui tacchi, perché era sì, in vestaglia ti-vedo-non-ti-vedo come la prima volta, ma ai piedi aveva delle scarpe coi tacchi esagerati che la rendevano alta quanto me in ciabatte.

Continuava a fare esercizio anche in casa per non dimenticarsi che doveva sentirsi donna fino in fondo e mantenere le sue regole fino all'ultimo respiro?

Del resto si sa che, specialmente nella donna, sono i piedi a determinare la testa che determina l'ancheggiare che determina le erezioni che determinano le gravidanze isteriche e no e quindi, quando gli aborti vanno male o gli uomini sono incauti, la specie umana.

Sono sicuro che, se fosse riuscita a recuperare la voce malgrado continuasse a cercare saliva passandosi la lingua sulle labbra dal rossetto marrone... ecco a chi apparteneva quel rossetto marrone sul bicchiere scheggiato di decenni prima il cui contenuto avevo versato nelle due piantine del terrazzino!... mi avrebbe invitato dentro per un caffè, invece è riuscita a dire solo "Cincin!" brandendo la bottiglia di candeggina e rientrando a precipizio.

Sì, disse proprio "Cincin!". È che queste chimere di se stesse se ne fanno dietro di ogni avanguardia clinica pur di avvicinarsi sempre più al sogno a occhi aperti di sé e non mi stupirebbe se si scolassero anche un tonico a base di, che ne so, Emulsio Parquet o Cif Vetri E Superfici Brillanti per uno sdilinquimento degli occhi veramente femminile: estrogeni, espianti, trapianti, trattamenti, tiramenti, stiramenti, liposuzioni, non hanno il tempo di togliersi le garze da un tessuto a suo tempo duro che già si sono fatte fasciare un tessuto molle, una cartilagine, un pomo d'Adamo... ma non so se viene via... e tutto per assomigliare a una creatura che non esiste nemmeno più in natura, una donna!

Quella tipa della candeggina doveva essere una che se la mesce e se la beve mica male, eh.

Oh, non è mica l'unica. Io, per esempio, ho svuotato intere cave della mente brindando a aria fresca e parole d'ordine in falsetto tra me e me, però posso dire a mia difesa che non ho mai parlato a nessuno col cuore in mano, e nemmeno scritto niente col cuore in mano per fargli bere che:

a) ne avessi uno;

b) ne avessi uno alla sua portata.

Un cuore, se c'è, batte anche da solo, non si atrofizza mica se non lo dai a pesare come se la tua mano fosse il piatto della bilancia conclusa dalla mano dell'altro e aspettasse la riscossione dello scontrino della pesata.

Lui sta dove deve stare, anche sulla punta del naso, in un battito di ciglia, in un modo di stare zitti o di piangere non visti o in tre puntini di sospensione, por ejemplo, non è un aggeggio che devi tenere in mano per ricaricarlo o fartelo ricaricare, e chi te lo fa pesare è perché non ce l'ha.

E basta così.

A parte forse questo: che se la vita della gente non ha cronologia nel ricordo che gliene resta, perché mai dovrebbe averla la sua storia?

Nessuno capisce all'istante l'istante che sta vivendo, magari riaffiora dopo dieci giorni, dieci anni, mai o ripetutamente, e ogni volta gli dai una spiegazione diversa, se hai la fortuna di dargliene almeno una in seguito, e se invece la spiegazione è sempre la stessa vuol dire che qualcosa non ti ha permesso di spostarti da lì, che da quell'istante in poi la tua vita si è fermata.

Ogni cronologia è fittizia, serve semmai alla compilazione della Storia, ma la nostra con la s minuscola non ha di queste pietre miliari, te le inventi dopo e subito dopo le sradichi o per sostituirle con altre o per tenere pronta la buca.

La donna sarà anche mobile, ma la memoria, se resti vivo finché sei vivo e non sei immobile solo perché sei un uomo, molto di più.

Scoprirò l'acqua calda, ma la memoria che crediamo di avere è la pillola indorata per farci mandar giù l'oblio che ci ha già digerito. La memoria della nostra storia non è altro che l'immemore memoria del nostro oblio, e nessuno, nemmeno io, può scrivere una storia simile, nemmeno tra sé e sé.

Me la racconto come voglio e me la ascolto come posso, ecco.

Tanto, dicevo, nessun altro lo farà per me.

'E neanche per te.'

12

Per me, i due *pactantes de bodas gay* puntavano sui regali di nozze dei normaloni e dei diversoni in vena di progressismo con ritorno di visibilità mediatica, regali da rivendere se non erano in contanti sull'unghia, o su inviti da diramare a certi vip solo per riempirsi la bocca con qualche giornalista di *prensa rosa* e di *revista de corazóòn*... ò o ó, buone le due, una vale anche in Sudamerica, enfatizziamo, sììì, non si sa mai! "Siamo spagnoleee!" urlai in falsetto turandomi il naso e mi parve che la stessa vocina di prima confermasse "*Y exageradaaas!*", forse era meglio se mi alzavo e mi buttavo un po' di acqua fresca sulla faccia... o di guida agli eventi *de ambiente* tipo quei mensili "Shangay" o "Tantum ergo", oh, tutta una manfrina S&M, 'sti eventi, il cui clou da anni non era più la tratta degli schiavi all'alba e chi non ti piscia addosso in compagnia è un ladro o una spia bensì il tè danzante delle cinque tra gay e lesbiche e i loro genitori... ma io avevo compiuto un capolavoro di scrittura lo stesso.

Alle sei e mezza del pomeriggio avevo finito anche, da ultimo e tutti assieme, con l'instancabilità di un formichiere, di leccare i francobolli a macchinetta, avevo la lingua salmistrata dove potevano essere spuntate le bacche di ginepro, il pepe nero, la cannella, i chiodi di garofano, i crochi e un non so che di cresta di gallo cedrone, e non era ancora rientrato nessuno e nessuno mi aveva fatto uno squillo magari per propormi che ci si incontrasse allo stagno delle oche nel chiostro della cattedrale dell'Eulalia martire e vergine, oca più oca meno, per andare poi a cena, tanto avrei pagato io, o alla Fundació Tàpies o a Casa Milà... à proprio tale e quale, come quella á di prima per me contronatura che ho creato grazie a un particolare sforzo mentale, perché la funzione crea l'organo per qualsiasi necessità e ovunque; por ejemplo, prendiamo la sodomia applicata alle signore al fine di una parità che non sarà mai politica fino a che non sarà prostatica: se una qualsiasi umanottera di buona volontà ci dà dentro, ma dentro dentro dentro, e con irrefragabile abnegazione lo prende tutti i giorni diciamo per quindici anni accompagnando la ferrea disciplina con una rigorosa dieta a base di uova in camicia e bottarga di muggine, ma anche di tonno, ecco che già a ventotto un primo, ipostatico accenno di prostata le fa capolino nel...

Superfluo sottolineare che la teoria non è mia e di chi fu e su quale in particolare delle Tre Caravelle si poteva secondo *lei* iniziare a sperimentare l'ipnosi sodomitica per forzare quel prodigio ghiandolare nelle vere signore e poi promulgarlo di generazione in generazione verso tutte le rappresentanti dell'altra metà del cielo anale, ma di questo sarà, chissà, per un'altra sedia... tanto che poi lei, per non sbagliare e da brava, anonima nonnina elettiva non fare preferenze, puntò su tutte e tre – per delega, si intende, e senza neanche farglielo sapere, povero bamboccio di un Melchor!

A forza di ghirlandare buste, ero come disossato dallo sfinimento e dal mal di schiena e dal torcicollo, volevo buttarmi sopra qualcosa che non mi urtasse, non mi pungesse, non mi respingesse, non mi facesse contrarre, non mi si avventasse contro da tutte le parti, che non mi volesse castrare, ma non c'era niente del genere, a parte l'orrido oltre il terrazzino, era troppo tardi anche per la mia pazienza senza orlo disposta a sfilacciarsi all'infinito, avevo esaurito la tela degli scrupoli, ho preso il cellulare e l'ho spento, ho buttato i vasetti dello yogurt nel sacchetto vicino alla pattumiera dove metto vetri e lattine, ho messo nella lavastoviglie le tazzine e i piattini e i cucchiaini lì dal mattino senza farla partire e sono rimasto a guardarla incantato, sorridendo al loro ricordo a venire e al mio a andarsene, ho rimesso dentro la valigia la roba in giro che avevo usato, poca anche dopo sei giorni, ho riempito la pentola da quattro litri, nuova come quella da sei e da dieci, e gliel'ho messa sul fornello col coperchio appena discosto perché vedessero che c'era l'acqua e che era piena quanto bastava, accanto gli ho messo il cartone del sale grosso e, resistendo alla tentazione di mettermeli in valigia, i maccheroni trafilati al bronzo della Ricci di Ferrara.

Il sugo di pomodoro e scalogno e tonno e origano e salvia e aglio e prezzemolo e peperoncino cuoceva intanto che gli apparecchiavo la tavola per due, ho grattugiato il grana e l'ho messo in un piattino ricoprendolo con la Cuki trasparente anziché col foglio d'alluminio Domopak perché non facessero degli sforzi concettualvisivi fuori della loro portata, poi ho spento il gas col sughetto che emanava un profumino da Settimo Cielo con il diavoletto del *pimiento*, ah, se ne sarebbero accorti, quanto gli sarei mancato! e avevo già messo il duplicato delle chiavi in bella vista sul tavolo sotto la bottiglia del Cabernet sauvignon in offerta sei per quattro Tempranillo de Mancüláben quando mi è venuto in mente che non potevo andarmene come un innocente da una casa di ladri, non sarei stato tranquillo.

Ho preso un cartoncino, quello destinato a me, non rubavo niente, destinato a me Ilustrìsimo Escritor... e pazienza per l'accento grave di quella ì, adesso non ho voglia di correggerlo anche se saprei psichicamente come fare, sulle i ora devo fare presto a mettere i puntini normali prima che mi scappino via, perché dimentico dimentico dimentico per fare tabula rasa e dimenticarmi di me.

Essendo io lì e non essendo da nessuna parte per nessuno, riguardando me, un fantasma in cui non mi riconoscevo per come veniva riconosciuto, il cartoncino lo avevo lasciato in bianco. Illustrissimo io? Ma come si permetteva di assimilarmi a uno scribacchino da Pen?

Intinto adesso il pennino... e approfittando di quel punto esclamativo rovesciato all'inizio di frase così particolare da non aver uguale nell'interpunzione di nessuna altra lingua a parte lo spagnolo, che all'inizio di frase ha anche il punto di domanda capovolto che già ti fa capire il tono interrogativo dell'espressione dalla prima nota, punto esclamativo che sembra un fallico pistillo in via di erezione col prepuzietto che si stacca e prende quota... ho confezionato con un "¡Adiós!" un sublime trionfo di petali molto vulvari tipo orchidea Calypso capovolta e quindi con la sua portio sottosopra che poi il magenta è la sua morte, basta contornare il labello e fare il centro più scuro con la biro, senza neanche firmarmi, ma perché mi sono dimenticato, non per spocchia, e poi, quando stavo per firmarmi trasformando la A del mio nome di battesimo in un cuore trafitto dall'asticella trasversale trasformata in un dardo, mi sono detto a mezza voce, "Eh no, troppo drammatico, dal loro dio dove rincontrarsi dopo l'addio si vedranno loro, io avrò di meglio da vedere", allora l'ho completato neutralizzandolo con "¡Adiós! Sancho Maria y Melchor, muchas gracias", sono uscito e ho pensato, 'Eh no, troppo onore, troppa civiltà, troppa grazia, troppa superbia: grazie di che?'.

E tutto quel ben di Nettuno di scatolette?

Ho schiacciato il freno alla porta con il tacco della scarpa e in più ci ho messo contro la valigia, mi sono girato e sono andato a recuperare quel portento di natura morta e mi sono infilato in tasca cotanto cartoncino immeritato, già che c'ero ho riempito la mia sacca blu di cotone resistentissimo ripulendo la dispensa della ventina di scatolette che io avevo comperato per loro e che da sole mi accrescevano il peso di un quattro chili buoni, e non sapevo come l'avrei sfangata con la limitazione del bagaglio a mano della Ryanair ma fa niente, tanto avevo fatto solo l'andata, avrei fatto il biglietto con un bagaglio in stiva o magari non era necessario, sono così contrario ai diritti elementari per i quali devi pagare un extra, le presi su a costo di lasciarle giù al metal detector, poi ho suonato il campanello della vicina della candeggina che è apparsa spalancando di botto la porta come se non aspettasse, se non altri, altro, tanto che stavolta era vestita di tutto punto, in un abitino di tulle verde speranza, tenue, poco accollato e sempre troppo trasparente ma vestita, non in négligé.

Restammo a guardarci imbambolati per non so quante eternità cerebrali.

Certo doveva avere anche lei le sue fisse, dicevo, per stare in casa in sandaletti aperti su un tacco tredici, e doveva essere stata giovane anche lei ben prima di quando lo ero stato io, ma le nostre corride di metà Novecento per lei e di metà della seconda metà per me erano state tali e quali quelle dell'Ottocento.

Sia per lei che per me il secolo capitatoci era sfasato, era di cent'anni prima, e comune doveva essere la totale mancanza di nostalgia per il nostro passato che trascinavamo sui garretti e nelle vescicole dei piedi.

Come dire? Noi due sapevamo qualcosa in più rispetto alla media, la nostra leggerezza era stato l'antidoto al troppo peso morto altrui da portare. Volenti o nolenti, eravamo stati costretti a essere coraggiosi per salvare la pelle e quindi eravamo diventati intelligenti come raramente può esserlo un umanottero che combacia con il suo tempo e il relativo sistema e non si fa mai veramente l'idea di un mondo diverso per il quale dover lottare per niente, cioè, in perdita finché sta vivo lui, e eravamo riusciti a fare di una disgrazia incommensurabile una inutile fortuna.

Avevamo fatto persino i soldi: io di che vivere senza strafare ma benone, lei di che morire e perpetuarsi come la Cleopatra del terzo millennio... ma questo è senno del poi, la mia antispecialità, pertanto l'avevo già ben da prima.

Perché nessuno è sincronico al suo tempo, chiunque viene limato e piallato da gente vecchia per niente e quindi da amori e da interessi e da modi e da pregiudizi e da inibizioni e da convenevoli e da crudeltà e da sessualità e da onanismi e da politiche e da culti e da dogmi e da misoginie del secolo prima, non fai in tempo a nascere fresco fresco che devi conformarti al sorridente putridume che ha le sue idee, mai le tue che stai ancora per farti.

Avevamo un lascito di due secoli minimo a cranio di cornate e di tragicommedie e di anacronismi subìti e ora volevamo solo il meritato intervallo, senza altri atti, senza altri umanotteri di cui farci carico e dirgli anche "grazie", ammennicoli viventi troppo, troppo vecchi persino per noi che magari eravamo all'anagrafe anche più vecchi di loro.

Io, per esempio, solo nascendo nel 2011 sarei riuscito a vivere una vita decente dal 1948 in poi, seppure mettendoci ancora molta testa di mio per ovviare alla mentalità dei più anziani che impartivano ordini e dettavano norme di normalità, decenza, senso comune del pudore, di autorità costituita una volta per sempre tra Principe e Papa e di sottomissione incontestabile a quell'ignobile orpello tribale chiamato religione – in cambio di scappatoie infinite per godersi la vita a patto che fosse doppia e anche tripla, bastava non coincidesse con quella semplice e unica vita che ti era toccata e non ci sarebbero stati problemi, quella la dovevi sacrificare a loro, gli impostori, dicevo, che tengono sotto controllo Dio, l'origine, la fine del mondo e il fine dell'uomo... che è quello di mantenerli, gli impostori... allorché dovrebbe essere ormai risaputo che se una cosa non è sotto il mio controllo di Scrittore e quindi di semplice uomo umano, non è sotto controllo di nessuno.

Non è né controllabile né degna di essere controllata.

Elementare.

Si potrebbe rifare tutto daccapo e ripartire da qui?

Sarebbe l'unico modo per dare un senso a questi primi, stupidissimi centomila anni persi a causa degli ultimi duemila. Spazzare via dalla faccia della terra cristiani e mussulmani, se possibile ebrei, buddisti e ogni altro satanista, ripristinare i bellissimi e tantissimi e multietnici dei scoperecci che confluiscono nell'Olimpo e mai più spostarsi da lì, quattromila anni dovrebbero bastare... 'Ecco, foglia mia, li ho calcolati, per difetto, naturalmente'... io non ho fretta, tanto io o chi per me ci sarà sempre a gioire per me che per un banale lapsus di tempo non sarò riuscito a essere presente di persona, io sono il futuro degli altri e degli assenti, io sono la loro creta e pertanto lì ci sono come e quanto adesso.

E la Fata della candeggina mi ha fatto un sorriso grande e largo come quello della matta nelle carte da ramino.

Mi guardava per niente interrogativa, ha fatto un passo in avanti così di slancio, così pieno di vita e di amore del rischio per amore malgrado tutto che temevo avesse capito anche il mio scoramento non visibile e volesse abbracciarmi, ha visto l'altra porta aperta con la valigia contro.

"Lei volevo salutarla, perché è stata l'unica persona gentile con me su questo piano", le ho detto quasi leggessi un verdetto tribunalizio, e è diventata addirittura radiosa tanto è arrossita.

"Nessuno mi ha mai restituito niente a me, lei è stato l'unico."

"Grazie ancora."

"Ma a lei! E nessuno è mai venuto a suonarmi per chiedermi della candeggina in prestito. È stata l'esperienza più sconvolgente dopo la... il... del... dei due... come saprà, io..."

Era paonazza, nella fissità di una sfinge dolente.

Ci siamo stretti la mano, anzi, lei me l'aveva porta da baciare, cosa che non ho fatto perché io certe cose non le faccio, è rientrata, sempre con quella improvvisa congestione lì alla coda degli occhi.

Poi non volevo essere maleducato del tutto con il mio *especialista de Barcelona*, ho fatto dietro front, mi sono reintrodotto nel mio ex appartamento di contenzione, ho preso il manuale delle istruzioni della lavastoviglie e lì sulla copertina, a corona sopra l'oblò, ho scarabocchiato con la mia biro

Vivir, pero por qué?

e sotto, sì, non solo stavo per ringraziarli di essersi accontentati di centocinquanta euro del mio portafoglio allorché l'ammontare dei francobolli era di centonovantotto più l'euro in più per la bustona della Cayetana, ma stavo per firmarmi con nome e cognome!

Seppure in stampatello, per non dargli soddisfazione di andarselo a vendere su eBay magari per farmi sapere che non l'aveva comprato nessuno.

E poi ho messo solo le mie iniziali all'inverso, BA, che in spagnolo non significano niente, a parte sulle targhe se mai qualche Zarzuela Ensemble di Sierra de la Culebra ricambia il favore al Cece Nero e finisce per affittare un furgoncino in qualche sperduto aeroporto della già non poco sperduta campagna pugliese, ma che in italiano sono quasi un mezzo bacio.

In quell'istante ha squillato il fisso lì nell'ufficetto e è scattata la segreteria che era calibrata su tempi da saga alla "Dynasty": "*Cariiiñooo!*" - era la voce affettuosissima di Sancho Maria, finalmente aveva capito che doveva invitarmi a cena fuori! - "Mi senti? Non riesco a contattarti sul cellulare, ce la fai a preparare qualcosa alla svelta per noi, mia moglie e il suo assistente o accompagnatore o quel che è... c'è un limite a tutto, il marito ha tirato le cuoia quattro giorni fa, sepolto stamani, ottantanove anni, quel vecchio babbione insolente d'ingegnere, alla faccia dell'arteriosclerosi tanto incensata come causa di precoce mortalità! Non te l'avevo detto? È morto, il Morales è crepato del tutto! Mercè ora va in giro per le librerie con il figlio del suo giardiniere, niente di meno, sono curioso anch'io di conoscerlo, compie ventitré anni proprio domani, il terzo giusto giusto di lei, sarà il suo istinto materno, dice, e che in fondo l'ha tirato su lei tra un'aiuola e l'altra. Carino, eh? È completamente scoppiata, ora è anche ereditiera oltre che ricca sfondata di suo con i suoi libercoli, guarda, dovrei querelarla per plagio, ma sono troppo buono... la famiglia, sai com'è... i due sono appena atterrati a El Prat e lei vorrebbe tanto salutarti dopo la presentazione di *Amnesia* e rilasciarti un'intervista se ci tieni, in Italia te la piazza lei, se non ci si dà una mano tra noi scrittori..." - chi dava una mano a chi, lei a me? - "Sai com'è mia moglie" - e per che cavolo avrei mai dovuto saperlo? - "Mercè odia i giornalisti e le cene ufficiali, come finisce qui all'Ateneo Barcelonés di firmare, fugge" - e perché tante informazioni? voleva farmi sentire in famiglia, l'ultimo dei trucchi disperati per far cadere qualcuno in una trappola? – "Poi, naturalmente, ci sono io, c'è Melchor, c'è Almudena con i bambini, le Tre Caravelle con i genitori... perché sai com'è quando arriva la nonna milionaria... e poi... e poi... e poi, ah, sì, ci saresti tu. So che stamattina hai fatto le tue solite spesine, ma magari, se ti serve qualcosa di rimpiazzo, il Mercat de la Libertad chiude alle ventuno! Chiamami, saremo lì attorno alle nove e mezza, dieci e mezza, tanto noi spagnoli, lo sai, ceniamo volentieri anche alle undici. Sei andato a imbucare gli inviti? Spero di no, anche se di te mi fido, sono proprio curioso di vederli, Melchor ha detto che scrivi benissimo" – chioccia risatina – "Ah, te lo dico subito: dopo, Almudena inizia un nuovo lavoro di relazioni pubbliche al Gran Alfonso XIII y Millán-Astray" – di notte? – "che hanno appena riaperto a restauri ultimati, c'è la notte bianca dell'inaugurazione" – a una inaugurazione qualcosa da mangiare l'avrebbero pur messa a disposizione, non potevano infiltrarsi tutti lì e dire a me di raggiungerli? – "ma il buffet inizia solo a mezzanotte e noi, con tutti questi bambini... te lo consiglio per la prossima volta se da noi stai un po' strettino, dillo a me che ti faccio fare uno sconto, piscina on the roof, palestra, massaggi... allora i due discoli pelosi restano a dormire da noi, ma non è un problema, c'è il divano che è abbastanza grande, è solo per stanotte o magari per una volta vai fuori, sempre lì rintanato... Chiamami. Ah, e non disturbarti per il gelato, la vaschetta la portiamo noi. *Un abrazo muy, muy fuerte* da tutti... e se no ti faremo una sorpresa."

Avrei fatto tredici.

E per di più a tavola. Un'Ultima Cena coi controfiocchi, a rimettere in sesto i controcoglioni a terra. Quasi quasi... magari a base di scatolette di non meglio specificata materia ittica, con l'escabeche ne avrò avute minimo otto nella sacca, sperando che vomitino anche le budella.

Certo che lei, con tutti quei soldi che aveva fatto in un verso e nell'altro, poteva anche invitare tutti fuori al ristorante me compreso, anche tirchia di buone maniere, ora, sempre e solo tirchi toccano a me, o tirchi o bisognosi o tirchi bisognosi.

Ho guardato il divano coi due prismi di calcestruzzo e il forato sotto e gli ho detto in cagnesco a mezza voce, "Non mi riavrai".

Quando sono uscito la valigia in pugno e ho tolto il freno alla porta, *lei* era ancora lì, anzi, aveva solo fatto finta di rientrare e, con un dietro front anche lei, era rimasta di sentinella.

"Sei uno straccio, eh? Ma dove vai con quella cera e quella barba lì?" mi fa passando al tu come se le avessi restituito non una bottiglia di candeggina ma la vita e scuotendo la testolona biondo cenere senza che il vaporoso toupet faccia una piega più di tanto.

"In albergo, in un albergo."

"In albergo? E perché in albergo?"

"A riposare, poi vedrò."

"Ma tu sei matto!" e poi si presentò, come a dare le credenziali, come a tranquillizzarmi, a farmi capire che da lei sarei stato assolutamente al sicuro, che lei era affidabile al mille per cento, "*Hada, encantada*", e di nuovo allungò il braccio per darmi la mano da baciare e di nuovo gliela lasciai penzolare per niente, stretta gliel'avevo già stretta prima.

Ero impalato, impietrito, senza saliva per spiccicare parola, col petto in fuori, già pronto alla difesa: troppa gentilezza, troppa simpatia, troppa amorevolezza, troppo rispetto, troppo senso dell'umorismo, troppo... affetto, ecco.

Ritrasse il braccio come se l'avesse allungato per darsi una sbirciatina alle unghie per vedere se erano al loro posto.

"Qui si riposa anche l'ottavo. Ho un appartamento che è quattro volte il suo... sì, *el suyo mis cojones*... di quel balordo scroccone lì, io sto nella parte padronale del mio di piano, del piano tutto mio... e fosse solo quello... quello lì era adibito alla servitù di quando facevo ancora la suffragetta e, se orfani e orfane si adottavano un tanto all'ora, gli amanti bisognava sistemarli, non vedi come tutto è basso lì? Da me ci sono specchi a non finire anche a tre ante, puoi raderti anche il pelo matto sulla schiena, a parte il fatto che ho chi può farti barba e capelli e depilazione al laser qui sul posto, e tutti i soffitti sono alti cinque metri, tutti, non solo come quello lì nel suo tinello! Suo, suo no, ma prima o poi riuscirò a cacciarlo via, a costo di mettergli una bomba, a tutti e due quei morti di fame gliela metto. E chi credi che abbia fatto da madrina al battesimo della Santa Maria? E come credi che la Sancho Maria sia finita a stare lì? Ah, ma se sperano che nel mio testamento troveranno qualcosa... preferisco farmi imbalsamare da viva e stare al Museo de las Sirenas in pompa magna con le mie flebo di azoto liquido. O gli amanti o i diamanti, tesoro, e me ne sono fatta una ragione in tempo."

S'era fatto un silenzio di vecchie coronarie in pena che tendevano l'una verso l'altra, come a significare, 'accontentiamoci, non avremo mai più nessun altro'.

In verità, non sapremmo neanche cosa farcene di *un altro*.

Come muoverci, come girarlo, come girarci in uno spazio comune, finalmente abbiamo più bisogno di uno che non ci sia che di uno che c'è.

È stato sempre così, ma adesso almeno lo sappiamo, lo ammettiamo. Noi gli altri, e quindi ogni tipo di altro, li abbiamo sempre e solo subìti. Io parlo per me: nessuno mai ha condiviso un solo neurone di me che non fosse il riflesso di tutti i suoi trilioni di inutili neuroni messi insieme.

'Accontentiamoci spasmodicamente' udii provenire da una riva così arcana che poteva essere la mia.

"Sta' da me, vieni" implorò lei... o ero stato io?

"Ma dice... dici davvero?"

"Sono da sola come un dobermann impagliato male al Museu d'Art Contemporani, figurati se mi lascio sfuggire uno che mi restituisce la candeggina e di una marca superiore. Da' qui, da' qui, qui è come un cimitero a cinque stelle più cometa, come ti riposi qui non ti riposi da nessun'altra parte", e in falsetto, in italiano, "Siamo dooonneee! Anche nooiii! E esagerateee!"

Ci guardammo e scoppiammo a ridere: di sicuro aveva fatto mettere una cimice nell'appartamento di Sancho Maria. Sì, per ascoltare: ma per ribattere? Come aveva fatto? Mah!

Mi ha preso la valigia con fare seccato da ruffiana che sa a naso chi si combina con chi e chi no, si inventò dei modi bruschi da maliarda scafata tanto doveva mascherare la sua gioia irruente, ha alzato appena la voce per dire a qualcuno nell'interno, "Cincin, vieni qui, presto!", e un istante dopo si è affacciata una figurina con gli occhietti a mandorla sgranata sotto un piumato baschetto blu sulle ventitré e dentro una livrea tanto variopinta che sembrava copiata pari pari, seppure di tre misure in meno dello standard, dallo stilista vaticano Michelangiolo Buonarroti. Ma era l'esserino che incontravo al mercato! Disponevo già di una vecchia conoscenza e non lo sapevo. Mi fece tutto un balletto intorno che mi diede da subito un vago senso di vertigine.

"Mostra la camera al signore amico nostro, Cincin... no, non quella con l'orologio molle che cola a terra del nostro caro Salvador, qui il tempo si è fermato da quel tempo, qui è rigidamente sempre l'ottavo giorno, e neanche quella col San Sebastiano trafitto da... oh, lo vedrai da te da cosa è trafitto quella finta santarellina... e lo sling e il modulo della mia prima máquina per il massaggio proctologico che libera... fuoco fatuo, per nostra fortuna... dai bollenti spiriti della morale sessuale cattolica e tutto l'ambaradan del perbenismo di facciata cui mi sono conformata io per prima... oh, tesoro, sapessi, la Lombardia e la Sardegna mi stanno dando tanta soddisfazione, non so più quanti ordini ho evaso solo in quelle zone lì." - ordini evasi di che? - "Tutte famiglie distintissime, un pezzo a Arcore, due a Macherio, e non so quanti tra Porto Rotondo e Porto Cervo, ah, se solo tu mi facessi da rappresentante di zona con dimostrazione in loco del prodotto! Tante promotrici a domicilio sono passate dalla Avon a me con grande successo, sai? Ma il nostro amico, Cincin, non ne ha di quegli spiriti lì bollenti, non è un feticista, non ha un diavolo per capello e tre per pelo, è un tipo un po' così, come dire, Cincin, un po' diverso, non è affatto...", e qui fece una pausa e si passò la punta della violacea lingua sull'inesistente labbro superiore, "... 'tropical-joder' come quel disgraziato del nostro vicino, non gli piace farsi né legare né picchiare per essere mondato dai peccati del mondo e godere di un po' di redenzione, e non ama i paradisi di alcun genere. A parte quelli fiscali, sono tutti artificiali per lui e li farebbe saltare tutti in aria indistintamente, anche i miei, povere isole Cayman, poveri noi caimani iniquamente perseguitati dalle tasse... Cincin, mettilo in quella col negro a grandezza naturale di Mapplethorpe, in quella delle signore che c'ha il catafalco normale... non spaventarti, mio dolce tesoro, ha i tiranti ma è apribile e dentro è tutto piuma d'oca... vedremo di convincere il maronita a sistemarsi in un'altra camera, e prepara la tavola, Cincin. Con le candele, mi raccomando, Cincin, quelle per i grandi pettegolezzi, le rosse a torciglione, tanto prima di mezzanotte l'ortodosso bizantino non arriva neanche stavolta... Oh, per la virgensantamadrededios, come mi sento tutta flamencata!" – Cincin ovviamente non capiva una mazza e le saltellava intorno cercando di inseguirle l'eloquente labiale a canotto sgonfio sopra quello splendido collo di cigno che lei oltretutto teneva sempre un po' teso all'indietro per occultare il pomo d'Adamo, cioè Cincin capiva quanto me di questo miracolo oracolare compiuto sul mio passato.

Hada Espejismo aveva capito di me in un colpo d'occhio quanto anni e anni di psicanalisi o di confessione o, peggio, di abbandono di ogni reticenza con uno sconosciuto in treno non avrebbero mai fatto afferrare, e cioè che:

a) mi erano state tese tante tagliole;

b) ero sfuggito a tutte;

c) nelle tagliole ci avevo lasciato chi me le aveva tese;

d) avevo l'unico vizio di essere stato e di essere rimasto virtuoso, integro e spiritoso e che a tal riguardo preferisco il mio spirito di patatona al sicuro aforisma del cinicone che fa centro perché intorno al suo centro non vede più niente e nessuno;

e) chiunque mi avesse sfidato, aveva perso; non c'è verso di avere la meglio su uno Scrittore, le sconfitte e le vittorie pertengono agli altri, non a Lui;

f) non avevo bisogno di lei né di alcuna altra spalla, stampella, specchio abbellente, teatrino scaramantico, bunga bunga del rinco bagonghi, consolazione dello stronzo afflitto coi dané;

g) con me o si giocava alla pari e a carte scoperte, e tutto stava lì sulla mia faccia anche per chiunque altro, ma lei lo vide e arrivò istantaneamente alla sintesi di chi ero io, qualcuno che non le avrebbe permesso di operare alcuna proiezione o progetto o fine, pena essere scagliata oltre il suo stesso specchio e inghiottita nei suoi stessi cocci;

h) ero un homo più faber che sapiens sapiens e quindi un uomo più buono che cattivo con i suoi simili che come me dovevano giocarsi la propria sorte attraverso il lavoro quotidiano e non con una rendita sullo sfruttamento del lavoro altrui o da capitale o da conflitto d'interessi licitato tramite legislatori criminali chiamati "esperti del diritto", e che ero anche un buon ometto in balia di uno stress da punti cardinali sottosopra.

Capì e, se mi è permesso intervenire col senno di poi, se ne strafregò.

Intanto che mi dava a intendere che se ne era fatta una ragione e gettava la spugna quanto a intrupparmi nelle sue fila, raffinava una strategia di conquista, di annessione, di travaso di plasma – dal mio al suo, *naturalmente*.

E a raffica Hada Espejismo continuò, “Cincin, e tira fuori una taglia… una taglia…” - mi squadrava per il lungo e per il largo - “… una taglia cinquantaquattro delle guardie svizzere che così sembrerà della casa! Finalmente una taglia da uomo umano! Sai, jefe” - da “tesoro” era passata in un fiat a “capo” - “col personale è un bel problema al giorno d’oggi, non si trova più nessuno sopra il metro e quaranta, tutti nani per niente. Ma in compenso mangiano così poco! Entra, avanza!”

L’unico inconveniente dell’ottavo giorno è che di solito, se vuoi fare un pedicure, devi farlo ai piedi di un altro perché ormai ai tuoi non ci arrivi più.

Quando devi scegliere l’uomo o la donna non più dei tuoi sogni ma dei tuoi bisogni e non sei, per l’appunto, un feticista, fa’ l’esame pedicure e chiediti: se glielo faccio, poi me lo fa? se glielo rendo, poi me lo restituisce o nasconde il ribrezzo per quelle unghie ingiallite e quei calcagni secchi e squamati e sgattaiola via lasciandomi coi piedi a bagnomaria?

Tutto qui.

Quando non hai più l’istinto di rapina degli artigli che ti morde e strappa via e nella propria mente generatrice fruga dilaniandosi nei corpi altrui che non può più ghermire per darsi vita togliendola e afferri l’inconsistente e sciocca autonomia della mente stessa che ti ha ingannato tutta la vita facendoti sentire onnipotente e impunibile onnivoro invece che misericordioso e frugale verso la tua e l’altrui finitezza e è solo una questione di unghie troppo lunghe che nelle scarpe ti rinculano sotto le dita dei piedi e ci arrivi sempre di meno a tagliartele da te, sai che non puoi più sbagliarti di persona: o adesso dove non arrivi tu arriva un altro e viceversa o farai tutt’uno con le pare per sempre.

Già mi immaginavo i nostri vecchi piedi in ammollo nel catino con l’acqua tiepida e una cascatella di sali minerali e accanto le forbicine, il credo tagliacalli, il tronchetto, la limetta e la spazzola con le monouso tipo pietra pomice della Callus Peeling per i calcagni più la sua crema ammorbidente e il bendaggio che stacca la pelle morta e, presumo, una lacca marrone per le unghie dei suoi, e io che, attaccando un callo, amorevolmente le dicevo, "Piantala di scalciarmi in faccia, fata d'Egitto, che c'è solo l'ultima puntina ina ina ina! Se fai la brava, dopo ti faccio il linfodrenaggio a tutti e due 'sti badili da paesana. Dovrò cominciare dalle orecchie staccandoti i pendant, ma guai a te se ti metti a ragliare" e le si sarebbero inumiditi gli occhi.

Sarebbe stato normale scambiarci per una volta nella vita una cortesia tanto pedissequa e lei aveva i piedi, che sono la quintessenza dello spirito di un retto, giusti per i miei.

"Avanza, avanza! Ah, ne ho proprio delle belle da raccontarti anche lasciando perdere il *mio* di passato! Sai, il basco, il Gran Peloso, l'aitante *terrorista desaparecido*... Aramburuzabala!", non le ho detto subito che, a parte quella formula di abracadabra finale o magica interiezione mai sentita, sapevo già molto sul tizio, "Sai, sembra che il Sancho Maria e il Gran Peloso... e quell'idiota di ebraica gommapiuma gonfiata senza il frenulino naturalmente non ne sa niente...", è scoppiata in una risata di gola amplificata dalle tube dei cherubini che mi svolazzavano sulla testa dall'affresco della superba entrata, e, lasciatami una porta alle spalle, mi sono infilato in quell'altra.

Vivere, ma perché?

Ma perché io so perché vivere, e se mi si chiedesse... anche se nessuno si darà la pena... che cosa mi manca per essere del tutto felice, direi che mi manca solo da invitare una ç e poi ho passato il segno di ogni coronata esperança.

Sarebbe una battuta da calligrafo arrivato, ma le cose non stanno così e la cipolla è una cipolla come sempre, sarà transgenica o a chilometro zero o dello Zhuzhou, ma non è diventata un ravanello cammellato bianco fuori e blu dentro dal sapore di caramella mou, e quella di Tropea resta la più buona.

Be', cos'è 'sto formicolio alle gambe? Mi si è addormentato tutto dalla chiappa destra in giù, sarà meglio che mi alzi, basta Rambla per oggi, basta sentirmi chiedere se il Barri Gòtic è a destra o a sinistra dai papa-boys&girls che, dicevo, hanno infestato la città... non solo questa, tutte... per la Giornata Mondiale della Gioventù in attesa di trasferirsi a Madrid per la visita del loro capo carismatico che non so se è domani o venerdì e che è lì sul soglio del Pietro solo perché fare carriera nelle Giovani Marmotte delle SS a un certo punto, precisamente dopo lo sbarco in Normandia, non è stato più possibile... e che, pagati e spesati, non fanno che andare in su e in giù da Plaza de Catalunya fino in fondo alla Rambla cantando a squarciagola le loro angoscianti filastrocche sull'amore e la pace e la fratellanza e, in particolare, sulla misericordia della figura più mostruosa mai inventata da mente umana, un Padre addirittura Eterno.

Perché passi una Madre dalla Concezione Immacolata, pazienza, saranno stati pur cazzi suoi, ma un padre coi suoi coglioni a bloccare i tuoi in eterno, no, e 'sti ispirati dalla paghetta di Dio cercano la rissa con gli indignados e gli atei e i disoccupati e i democratici convinti che li mandano al diavolo di ritornello in ritornello e di cento metri in cento metri e loro che per ripicca cantano ancora più a squarciagola nemmeno fossero tutti martiri cristiani che devono farsi sentire sugli ultimi spalti del Colosseo prima di sbranare i leoni, ho i timpani che mi scoppiano, e anche questa fricchettona qua con la chitarra in mano che bussa e ribussa alle porte del Paradiso di 'sto cazzone incartapecorito del Dylan ancora in giro a fare concerti e a raschiare gli ultimi dollari dal barile, non l'ho mai sopportato neanche da giovane, non c'è il Paradiso e pertanto non ci sono porte del Paradiso alle quali bussare, oh, se questi sono i giovani, io sono ancora lo spermatozoo che si sta infilando nell'ovulo di mia madre, e basta sentirmi chiedere se ho un euro, se gli faccio la foto e dagli italiani se sono proprio io, quello che era a "O la va o la spacca", perché mi riconoscono e quindi mi conoscono, secondo loro, ma si confondono anche di reality.

Su, datti una mossa, dài, esci dal letargo del turista per autoimposizione.

Alzati e cammina, lazzarone.

'Cara foglia, io ti pongo ora la domanda del secolo: come fa una persona sana a rendersi conto in tempo di avere a che fare con qualcuno che è schizofrenico perché da tre anni, mettiamo, passa dodici ore al giorno davanti al computer a inventarsi di essere la Maga Magò o di avere una vagina per ascella o di essere il nuovo Messia e poi si imbottisce di un qualche derealizzante Xanax antipanico per poter ritornare un quarto d'ora nella cosiddetta realtà inneggiando a Dio, al Papa, a Sé e a altre immonde maiuscole del suo minuscolo mondo al quale, con la scusa della pace nel mondo e per la pancia piena sua, vuole annettere anche te? E perché inevitabilmente un deficiente simile sobillato per delega parrocchiale dalle verità assolute altrui cade addosso proprio a me? Ma perché l'unico modo per me per avere a che fare con una persona mediamente sana è ammalarmi preventivamente in modo medio ma stabile per starle alla pari? Come si fa a snidarli in tempo questi spudorati fanatici egolatri irrecuperabili e a evitare la paranoia di salvarli che porta te alla rovina, a una rovina che loro, nella loro infinita pochezza di senso civico, nemmeno se la sognano? Già che c'ero, volevo raccontarti in poche parole una delle mie ultime storie di disamore...'

Nell'alzarmi ho fatto il solito sorrisino d'intesa alla mia foglia di riferimento del platano di fronte come a dirle 'Hasta la vista' e via, come se niente fosse, perché niente è, anche se la scolorita e flaccida menestrella da strada che da mezz'ora mi strimpella addosso la sua *Knockin' on heaven's door* pensava stessi sorridendo a lei pronto a depositare nel suo bicchiere di plastica l'obolo per tanto soffocato giramento, e anche se la foglia ha preso a sparlarmi alle spalle:

'Qua di foglie attorno ce ne sono a migliaia, tutte verdi, vibranti di vita, tutte ben salde al ramo: perché quel presocratico dell'ostia non si chiede perché si è identificato proprio con me che vacillo per il colpo di quell'elicotterino cinese fuori controllo e che tra un istante potrei essere volata via? Gli piace solo chi è più di là che di qua, si china su qualcuno già a terra per il piacere di finirlo dando a intendere a se stesso chissà quale nobiltà d'intenti. E se fosse lui il sadico deficiente umanottero a cadere addosso solo a certi altri ben precisi bisognosi e a dargli il colpo di grazia? Se ero sana, mica mi vedeva... o ero io a non accorgermi di lui? Ehi, torna indietro, italiano! Stanno ritornando le due sorelle di Jerez de la Frontera che abitano qui dietro!'.

Per carità! Ma non le avevano tumulate?

Carinissime, le due vecchie bamboline a braccetto, così semplicemente agghindate, fresche di permanente e le mille rughe ben incremate e incipriate, stanno arrivando proprio di fronte a me, faccio finta di non vederle ma loro fissano me con un certo qual sorriso, da sotto l'ombrellino a campanula coi squillanti colori della bandiera spagnola mi fissano senza riconoscermi, voglio dire, con la disinvolta sfacciataggine con cui le nonnine senza occhiali guardano chiunque e le peripatetiche consumate un uomo da solo… ma allora… vuoi vedere che ieri le due tentavano di abbord… nooo! Sono due stagionatissime troie che lavorano in coppia!

Questa è troppo grossa, questa è troppo bella, questa me la devo proprio raccontare: finché c'è vita c'è puttanaggine, su col morale! È proprio vero che le donne hanno qualcosa in più degli uomini: un vuoto extra da vendere in eterno.

Quante invitanti vetrine! Toh, quello lì riflesso tra i manichini già con le cuffie invernali sono io e anche quello lì, quel musone inebetito lì, tra gli orologi di marca, che combacia con il cucù di una pendola antica sono io… e adesso perché mi viene in mente che qui davanti alla stessa vetrina una volta Sancho Maria mi diede un appuntamento?

Stava di spalle al negozio, me lo ricordo perché credo sia stata l'unica volta che, arrivando puntuale come la barbona piscione dell'una, l'ho trovato sul posto senza doverlo chiamare per chiedergli dov'era, perciò mi ricordo che gli dissi, "Guarda che bellissimo cronometro del Settecento", ma lui nemmeno si girò, rispose, "Andiamo, andiamo, sai che il tempo che passa con troppa precisione mi dà fastidio", ma non era questa la ragione!

Sancho Maria detestava doversi guardare anche solo di sfuggita e ancor più involontariamente.

Ci penso e ci ripenso, rivedo alcuni frammenti di passeggiate in centro, quel suo saltino all'indietro di spavento… cosa vedeva Sancho Maria quando gli toccava fare la piega di guardarsi? Per radersi, mettiamo? O a causa di una vetrina in cui la sua immagine intera gli cadeva dentro insieme al suo occhio che la coglieva? Cosa provava se costretto a prendersi le misure da una vetrina importuna e neutra, non manipolabile?

Raccapriccio.

Io sto sempre alla pari tra il me fuori e il me dentro e tra il dentro e il fuori in generale e ho dovuto metterci tutta la mia testa sin da bambino per cercare di coincidere, per aggiornarmi tra chi mi credevo e colui che gli altri vedevano e credevano fossi, tra chi ero e colui che ero diventato senza mai fermarmi a un istante precedente per amor proprio e non essere consapevole del pezzo cadutomi via strada facendo ma che la vanità non registrava, sicché, accettando di invecchiare senza nostalgia o rimpianti o rimorsi di alcun genere e grado... a parte quello incolmabile di avere scritto i miei libri in italiano e quindi di non avergli dato la possibilità di essere letti nemmeno in originale... in verità, dipendesse da me e non da chi mi vede, invecchiare non so nemmeno cosa significhi, e nemmeno la morte mia mi fa una impressione a parte, non mi rimpiangerò, proprio come nessuno che conoscevo e che finora è morto ha mai lasciato un vuoto in me, mai un battito di ciglia di sorpresa, di sgomento, di dispiacere, nemmeno mi avessero comunicato che era morta la pulce Tizia o la blatta Caia, sono tutti morti in me ben prima di quando gli è toccata, gli altri.

Nessuno morendo mi ha mai portato via un briciolo di identità che dipendesse da lui o da lei, che me la recava dandomene o togliendomene, la sua morte non ha mai potuto essermi più indifferente della sua vita o che continuasse a vivere. Morendo, non ha interrotto o menomato o sollevato niente. Io non farò eccezione, la morte mi è stata proscritta.

Morendo sarà come se morisse il tafano Sempronio sulla schiena di una mucca pazza, nemmeno la coda che mi darà il colpo se ne accorgerà.

Ma io, a differenza di Sancho Maria, sono stato alto e di per sé "mezzo bello" e non so se questo accidente mi abbia portato o no qualche vantaggio con gli altri e nel sesso in particolare, di sicuro non mi ha dato i complessi di cui può soffrire uno basso, per quanto mi restino incomprensibili... a Granada, nella Casa de Campo, ho visto il lettuccio in cui dormiva Federico García Lorca fino a che nell'agosto del '36 i falangisti non lo prelevarono dall'abitazione di un amico, dal quale si era rifugiato dopo la fucilazione del cognato, per ammazzarlo senza mai neppure farne ritrovare il cadavere (e nemmeno il giudice Garzón, che ha fatto scavare una fossa comune via l'altra, c'è riuscito): era alto e minuto come un adolescente a metà sviluppo, avrebbe potuto coricarsi in una culla, era forse anche più basso di Sancho Maria e non credo proprio che se ne sia mai fatto un problema per avvelenarsi la vita avvelenandola a tutti gli altri, ma Lorca era intelligente, era spiritoso, era coraggioso, aveva coltivato un istinto naturale per le cause perse e quindi verso i più deboli, certo, era solo un poeta e un drammaturgo così così, ma sapeva scrivere, era un gigante come chiunque si vada bene per quel che è senza prendere in prestito tacchi altrui per "essere all'altezza", be', del resto lui lo hanno fatto fuori, e nel mio piccolo, anch'io sono stato fatto fuori nel modo più subdolo, lasciandomi qui a vegetare evitando il polverone che la mia carne ammazzata avrebbe comunque comportato, Sancho Maria e quelli come lui... e come Hada Espejismo... dominano il mondo, e io sono stato anche un bell'uomo, diciamo parecchio più della media e comunque, come gli specchi li ho oggi, li avevo anche allora e posso affermare che sono stato proprio un gran bell'uomo fino ai quaranta e qualcosa, intelligente lo sono forse oggi addirittura più di prima.

C'è qualcosa che oggi mi affascina nella mia mente ben di più, mi piace non pensarmi più in prima persona, mentre, fino ai quaranta, mi dava più fastidio che piacere sforzarmi di essere terzo rispetto a me stesso, e tuttavia quando volli piacere sia fisicamente che per carattere mi è stato facile riuscirci e adesso il non piacere più coincide con il mio neppure essere tentato dal poter ancora piacere e tanto che piacere in prima persona non mi piacerebbe nemmeno più, una fatica già essudata abbastanza da lasciare per sempre in soffitta, e oggi non mi guarderei mai intenzionalmente in uno specchio e men che meno in una vetrina se non per salutarmi... se sono passati giorni e giorni senza un saluto, qualcuno deve pur decidersi al primo passo... o farmi il verso e una smorfia e ridere di me e di quanto sono splendidamente franato dalle borse sotto gli occhi in giù, ma se mi ci vedo riflesso senza averne avuto l'intenzione nemmeno faccio un saltino all'indietro nemmeno dovessi schivare un pugno in piena faccia come lui... e...

E la moglie non ancora diventata giallista non usò la parola "ganzo" quella volta della faccenda del divorzio che gli negava, ma la parola "alto". Disse esattamente: "E finirla di voler apparire più alto? Se tu fossi stato più alto forse non mi saresti neppure piaciuto", un bel saltino in cui un plagio ci sta tutto, vista, come dicevo, la differenza di età tra i due coniugi, un giovanottino di ventitré anni alla mercé... perché questa mi viene porta su un piatto d'argento... di una Mercè di trentatré.

'A me suona come se sia stata lei a mettere incinto lui, cosa posso farci, foglia del pensiero? La più bassa di tutti in questa storia è lei. Una calcolatrice nata, una con un passato strano, e sconosciuto...'

Ma la foglia, ormai un bel po' alle mie spalle, tace, e chissà se sta facendo un saltino di sorpresa che la stacchi una volta per sempre da quella situazione tra la vita e la morte che me la rende così cara, così vicina.

E questo faceva Sancho Panza... Sancho Maria, suvvia anche tu... quando, seppure di sbieco, inavvertitamente, cadeva dentro il riflesso di una vetrina: un saltino all'indietro, di orrore istintivo. Come quello che deve aver fatto in cucina trovandosi inaspettatamente faccia a faccia con *El Inglés* o con il Sebastián de Morra del Velázquez, nemmeno fossero crudeli caricature intollerabili al suo amor proprio, tanto da strappare all'istante il calendario e correre giù a sbarazzarsene nel cassonetto, lui, che non ha mai portato giù una sola volta i sacchetti della differenziata. Perché di sicuro è stato lui a farlo sparire dalla cucina, mica i nipoti, ingenuo che sono stato a pensarlo.

Messo di fronte a se stesso, veniva colto dai sudori freddi della morte dell'alta e alata opinione di sé, raso al suolo, ecco, questo è quanto mi si fa chiaro ora che scendo tra le vetrinette laterali del passaggio a esedra in cui ormai saprei orientarmi bendato per risalire dall'altra parte dove c'è il Corte Inglés.

Sarebbe stato un clown fantastico, il clown più buffo di tutti: un clown triste... il nano che a Lloret de Mar lo vendette alle Caudilho madre e figlia, allora ancora maschio all'anagrafe, era in realtà suo padre? Nana anche l'ignota puerpera? E perché non portava il suo nome, Caudilho, ma Todabierta? Hada Espejismo non l'aveva mai adottato, l'aveva adottato e poi diseredato, insomma, non era tenuta a dargli la legittima? Certo, a quel tempo, gli anni Cinquanta, i bambini te li tiravano dietro senza tante burocrazie, era più facile che te ne dessero dieci anziché i servizi sociali ti togliessero come ora anche quello che hai, i pervertiti non avevano ancora trovato rifugio salariato tra gli assistenti sociali delegati dai tribunali e tra i giudici dei minori. E a che età glielo vendette? Quel nano saltimbanco glielo vendette perché Sancho Maria era troppo alto per essere un nano e troppo basso per essere "uno normale"? Glielo vendette perché più cresceva, più stonava con il resto della compagnia di giro? Perché, tra tutti quegli altri nani normali, avrebbe finito per essere l'unico mostro?

Perché il razzismo dei disgraziati di natura, compresi i bellissimi, è senza confini, eh.

Ma non mi pento di non aver dato ascolto a quanto Hada Espejismo stava per dirmi ormai negli ultimi minuti prima del commiato diretto a El Prat e poi a Orio al Serio, non ero disposto a farmi carico di altri svuotamenti affabulatori, anche se non solo a sua propria discolpa, perché lei Sancho Panza... Sancho Maria... lo amava di un amore di pancia, lo amava che lo volesse o no.

Lo amava come io sono costretto a amare la spina nell'alluce sinistro che mi tormenta passo dopo passo: se me lo facessi amputare, sarebbe peggio.

Faccio il mio giro nel solito negozio sotterraneo di *gourmandises* del Corte in cui compro tutto meno le *gourmandises*: a parte che non mi sento nemmeno più in dovere di fare il goloso per far piacere ai golosi di natura, ho il braccino troppo corto e mi piace troppo fare regali per spendere soldi per me, faccio regali utili, dicevo, risucchi o sminuzzamenti abortiferi a parte: borse di studio, spese mediche, dentista, bollette da pagare, asilo nido, libri scolastici, affitti e tasse universitarie, anche all'estero, e anche lune di miele e... qui lo dico e qui lo nego... cupole di chiese che crollano; quest'anno ho fatto follie e non ho badato a spese, e siccome, dicevo, sono un filantropo minuzioso come Giuda, lo so numeri alla mano: su un reddito totale di circa ottantacinquemila euro al netto delle tasse, e senza un centesimo in nero, sono già a quarantaduemila di regali, oh, entro la fine dell'anno saranno sicuramente arrivati a cinquanta e passa, ma guai a chi osa chiedermi uno spillo, lo sbrano.

"Nessuno ha il diritto di chiedere niente a nessuno, a parte chiedergli di lavorare", decretava mia madre, meglio se con mio padre presente, perché si stava rivolgendo più a lui che a me, a lui che una cosa così, di lavorare, non l'aveva mai chiesta e non l'avrebbe mai chiesta in vita sua.

Chiedere secondo lei e ormai secondo me, a meno che non siano bazzecole in prestito che poi sono necessarie anche come chiavi per aprirsi alla fiducia e raccontarsi qualcosa della vita, è il modo più subdolo di rubare.

Insomma, a un certo punto della mia gioventù mi sono ribellato all'intellettualistico fascino del male e dell'arraffare il più possibile per sé e a qualsiasi costo umano. Come c'era gente che nel '69 faceva l'inedita esperienza di andare sulla luna, io ben da prima volli fare l'esperienza del bene e della condivisione dei miei beni.

E la prima domanda che mi si presentò fu: ma anche tagliare la calotta cranica di un malato di cancro al cervello contro la sua volontà per guarirlo e farlo o vivere a lungo o morire anzitempo è fare del bene? Non ero tenuto a rispondere: prima di una situazione limite ce ne sono milioni in cui contare sull'esercizio della volontà del beneficato per sempre o ammazzato subito. E comunque modificare una calotta da dentro non può che fare del bene a chiunque, non è necessario che abbia un cancro da asportare: asportate, asportate, qualcosa più di prima resterà, di sicuro si disvelerà un bagliore inedito, un'intelligenza sepolta, fosse pure un istante prima di morire sotto il bisturi. Non sarebbe poco.

Questo, tanto per dire che nessuno mi era d'aiuto in un'impresa del genere.

Molta la pubblicistica sul Bene e la Carità, che sembravano un monopolio dei santi e mai un libero scambio fra cittadini non liturgicamente calendariati, ma di bene concreto o di analisi di cosa poteva mai essere un bene concreto, niente. Esiste il Bene Concreto? E di che creta era fatto?

Cominciai a sei anni come potevo con le mie scarse ma concrete risorse a disposizione: condividevo le figurine degli indiani, ovetti di Pasqua… perché in prima elementare me ne ritrovai ben due e fu uno sforzo immane staccarmi da quei trenta grammi di cioccolato con dentro la sorpresa senza neanche poterla vedere… biglie, fichi secchi e, man mano, organi sessuali e, man mano ancora, i soldi che guadagnavo e risparmiavo con grande fatica e salti di pasto, e non ho mai smesso, testardo, deciso a non arretrare malgrado i sospetti, la sufficienza, lo sprezzo che suscitavo offrendo qualcosa di concreto, qualcosa che era concretamente necessario a me, che chiunque a parte me avrebbe considerato necessario per sé senza esserlo.

Era come atterrare ben oltre la luna, sul sole stesso senza nemmeno strinarsi o non a tal punto da ammetterlo e smettere di farvi andata e ritorno e riandata.

E come ho goduto quando vidi arrivarmi sul conto sempre più soldi grazie al mio detonante eloquio televisivo! Al netto delle spese legali per tutte le querele che collezionavo, qualcosa mi restava pur sempre. Potevo scapricciarmi a mani piene.

Questa generosità sistematica presupponeva una rettitudine e una correttezza civili difficilmente emulabili se ci mettevi solo *il cuore* e la vanità di essere elogiato per la bella figura che facevi e non la testa. Che si dicesse che lo facevo per mettermi in mostra o perché ero un invertito in tutto, non mi riguardava. Esperienza più inebriante non l'aveva fatta ancora nessuno, mi sembrava, e ero andato perfezionandone la metodologia estrapolandola da ogni singolo caso e riaggiornandone la sintesi sociofilosofica. Con questo, non credevo di fare del bene a nessuno, né concreto né liquido, culturale, quindi non mi davo arie, era più facile che me ne lamentassi che non me ne gloriassi, mi seccava di privarmi delle cose di cui mi privavo, ma sentivo che dovevo farlo se erano doppioni di cose, e che una doveva bastarmi, anche se la seconda non si sarebbe presentata magari per anni.

La lezione implicita cui stavo pervenendo dandomela da me? Non accumulare, e non avere paura della eventuale carestia del domani: essa non poteva toccare solo a me, semmai saremmo stati in tanti a patirla e avremmo tutti insieme pensato a come affrontarla e superarla, a come avere di che sfamarci e coprirci tutti quanti.

Ai regali e a quanto ammontino e a chi farli, por ejemplo, ci devo arrivare da me, li faccio, come dire, mirati a casaccio, come una grandine di rugiada ristoratrice che dove cade male non fa, rischia solo di fare bene, e sia chiaro, non risolve niente a lungo, alleggerisce però il momento di stallo e dà... darebbe... la possibilità a quel qualcuno di rialzarsi e rimettersi in marcia; li faccio perché mi piace tantissimo che mi si dica "grazie", questo sì, ogni tanto qualcuno mi capita, e sono così felice di averlo reso contento per un istante con tanto poco, "un pensiero", come mia madre chiamava qualsiasi dono che faceva o riceveva inaspettato e non richiesto.

Lei, una volta smesso di picchiarmi perché se no gliele avrei restituite come un giorno che avevo diciotto anni le restituii con un pugno in piena mascella a mio padre che smise di mettermi quelle mani artigliate addosso, diceva che "un pensiero ti ritorna sempre indietro, è un peccato non farlo, a noi va male ma a un sacco di gente va peggio, fallo e dimenticatene, ma esigi che ti dicano 'grazie', poi nessuno ti deve niente, un pensiero per qualcuno fa bene a te, ecco perché ti ritorna comunque indietro".

Mia madre era *cattiva* con me e buona con gli altri: mia madre era buona fino in fondo.

E ancora di più mi piace fare doni non richiesti, almeno non sfacciatamente, perché, per l'appunto, per principio non chiedo mai il benché minimo favore in cambio a quanti li faccio, ci resto male solo se non mi si dice "grazie" perché mi sembra di offendere mia madre che così mi aveva insegnato, perché se uno non dice "grazie" vuol dire che nemmeno accusa il fatto di averlo ricevuto, il tuo pensiero, e quindi il pensiero potrebbe essere andato perso e bisognerà fargliene un altro per sincerarsi, ma poi se "grazie" non me lo dicono... anche se il dono, arrivato a destinazione, non è stato respinto al mittente... me ne faccio una ragione: la timidezza, l'imbarazzo, l'impossibilità di sdebitarsi, l'arroganza del bisognoso ma complessato dall'orgoglio, il disprezzo per me che mi sono permesso di pensare che la vittima della mia non richiesta generosità potesse mai volere un regalo da uno simile, da me.

Mi dava pena, ma non abbastanza dal desistere: svenarmi mi faceva sangue. E in culo anche agli ammonimenti di de Sade al riguardo: "Di pericoloso al mondo ci sono solo la pietà e la beneficenza: la bontà non è altro che una debolezza di cui le brave persone si vedono costrette a pentirsi a motivo dell'ingratitudine e dell'insolenza dei deboli. Che un buon osservatore faccia il calcolo di tutti i danni prodotti dalla pietà e li metta a confronto con quelli causati da un'inflessibile fermezza: vedrà se i primi non prevalgono", anche se scrivere una cosa di proprio pugno non significa condividerla e de Sade era troppo intelligente per non mirare oltre le proprie stesse parole, sadici sono gli altri che le prendono alla lettera o solo alla lettera, mica lui. Del resto, già Marziale ha scritto la cosa definitiva su de Sade e più ancora su di me, "Lasciva est nobis pagina, vita proba" – 'Foglia, siccome sono sicuro che non sai il latino né avrai il tempo di impararlo, il senso è che i miei scritti saranno anche impudichi, ma la mia vita è onesta' –, e non potrebbe essere diversamente: come i mafiosi pluriomicidi hanno veri e propri altari nei loro nascondigli e si professano pubblicamente ardenti fedeli, solo le finte santarelline e gli ipocriti rottinculo scrivono prose edificanti di esemplare castigatezza ripiene di insegnamenti morali atti a raddrizzare le gambe ai cani, cioè agli altri, mentre io, che non ho versato una sola goccia di sangue altrui in vita mia e ho vissuto tutto sommato una vita di astinenza da crimini grandi e piccini e comunque priva di ogni abuso di qualsivoglia genere, non ho in casa e fuori casa nemmeno una sacra immaginetta cui votarmi, anzi, sarei per bruciarle tutte insieme a quanti le vanno distribuendo raccogliendo simonie, e scrivo come scrivo.

'Scusa', salta su la foglia ormai del tutto mentale, 'tu non me la stai raccontando giusta. Hai fatto solo finta di stare qui seduto davanti a me: visto che dici di essere tanto smemorato, come hai fatto a ricordarti per filo e per segno, a parte la citazione latina, una citazione di sei righe? Non avrai per caso *La Philosophie dans le boudoir* davanti e sei seduto, sì, su una sedia, ma a quella della scrivania di casa tua e stai battendo sui tasti del tuo computer a tutta birra?'

'Maledetta pettegola!'

'Sofistico!'

La sintesi per resistere al dolore di fare del bene per niente, del bene in sé, non aveva alcun fondamento nella semplice bontà, che già possedevo per prudenza come tanti bambini nati dopo la guerra, occorreva mettere all'opera un sistema di resistenza a ogni possibile e prevista frustrazione.

Tanto per cominciare, poiché non sono un ingenuo, bisognava creare una spietatezza al contrario, la lotta senza quartiere al cinismo dei semplici che schifano il fare del bene perché "nessuna buona azione resterà impunita", dovevo armarmi del cinismo più inattaccabile: l'anticinismo. Il che significa che questa presa di posizione non contemplava la possibilità di sbagliare un solo colpo; parole e azioni e conseguenti echi dovevano essere lo specchio le une delle altre senza eccezione e senza iato e senza contraddirsi o smentirsi l'un l'altra: e così è stato.

Sono troppo strutturato nel voler fare del bene, niente è lasciato al caso del sentimentalismo o a una supposta mia debolezza nel covare una segreta gratitudine di ritorno, no: io non chiedo mai niente a nessuno e non accetto niente se non premettendo che sono io a fare un regalo a chi permetto me lo faccia perché si è meritato di farmelo e è comunque un regalo simbolico, una confezione di olio da sei che divido con altre cinque famiglie del vicinato, un maglione sferruzzato da una lettrice che non sapeva né leggere né scrivere ma che voleva farmi un maglione a tutti i costi e le ho dato il mio consenso, un sacchetto di mandorle sgusciate che mi sarebbero letali, dei casoncelli fatti in casa o un tegamino di trippa che non posso respingere e che mi vengono dati surgelati e dopo un'annata che sono lì finiscono nella pattumiera, mentre ho respinto due volte degli appartamenti e un terreno e una anche soldi in contanti di gente che, non sapendo niente di me e non avendo letto niente di mio, mi "adorava" come uno Scrittore d'oro a prescindere.

Io non voglio il di più, io non voglio più degli altri... anche se mi sarebbe piaciuto essere un feudatario signore di una marca e di qualche migliaio di servi della gleba per permettermi il gesto principesco di distribuire le terre senza franchigia a chi ha saputo dimostrare di saperle coltivare, cosa che avrebbe mandato a ferro e fuoco l'intera marca, e avrebbe attecchito in quelle vicine.

Perché senza più un padrone la gente impazzisce, eh.

Calcolato anch'esso: il caos purificatore è preferibile a che esista un solo schiavo e un solo schiavista sulla terra, il padrone dovrebbe essere semplicemente colui che organizza il lavoro di date collettività pur in un sistema capitalistico senza tirarsela tanto e, soprattutto, senza mai disporre, per sé, non per l'azienda, di un capitale o di uno stipendio superiore a tre volte quello dei lavoratori da lui gestiti. Figuriamoci poi la sua pensione! So di un ex ministro che, tra multipli incarichi tutti statali, ha una pensione mensile di trentaseimila euro: niente in contrario a che sia tanto amato dall'Inps, a patto che poi qualsiasi maestra d'asilo o operaio della Alcoa di Portovesme goda di una pensione mensile di euro dodicimila. Altrimenti gliela si taglia d'ufficio, al tanto amato, o la pensione o la testa. Fila, no?

No, ma non certo per colpa mia.

Rifondare l'umanità sui rapporti della reciproca debolezza e fragilità e vulnerabilità anziché mantenere quelli di forza, ecco. Niente a che fare con quel figlio di Bernardone di san Francesco, lui distribuisce quanto non gli è costato una goccia di sudore, fa un'ostia di niente andando in giro a chiedere l'elemosina, quella faccia di bronzo, fa accoliti adoranti e intanto mette un piede dove ciabatta la Sacra Pantofola del Potere e, di lì a poco, dove si installa il torchio che fabbrica santi per vendere reliquie e agriturismo e agenzie viaggi e alberghi tutti catalogati come luoghi di culto e quindi esentasse.

Io propaganda fide non ne faccio: nessun seguace, nessun club, nessun riconoscimento istituzionale, nessun centesimo dallo stato mai. Ma se non ho neanche la minima e ho pagato milioni di contributi all'Agenzia dello Spettacolo che di me ho dato!

E poi, vuoi mettere lo schiaffo di fare tutti i regali da persona a persona senza alcun tramite, scavalcando associazioni tipo la Caritas, l'Unicef, la Croce Rossa che, da statistiche internazionali, spendono il novantatré per cento delle donazioni per l'amministrazione interna e i propri stipendi e benefit? Una soddisfazione al di là dell'erotismo più scatenato e appagante, come aver portato via una falange a uno sciacallo.

E tuttavia mi resta sempre troppo rispetto ai miei bisogni sempre più modesti, un vero problema smaltire tanta ricchezza superflua, perché è vero quel proverbio che dice "solo chi ha tutto si accontenta di poco". Metti solo che un giorno mi venga in mente di trascrivere queste fisime della mente e pubblicarle: sarò costretto a prendere o a pretendere tanti e tanti di quei soldi dall'editore che il problema cacciato dalla porta rientrerà dalla finestra.

'Ma tu avrai sempre più degli altri, tesoro!' mi fa la foglia del platano ormai a mezzo chilometro alle mie spalle, baluginando un ghignetto di presa in giro.

'Sarebbe a dire?'

'Uno che come te non chiede niente, uno che piuttosto di rubare o anche solo di togliere una capocchia di spillo a qualcuno, uno che si nutrirebbe di neve e vischio piuttosto che sedersi alla mensa di un padrone è destinato a avere sempre infinitamente di più di ogni possidente o comunque non di meno: tu hai il tempo, anche se non sai che fartene, loro credono di sapere cosa ne farebbero ma, per loro fortuna, non l'hanno; tu hai l'arte della solitudine, loro l'abiezione della compagnia a tutti i costi, e più che stare tra di loro abietti non hanno altri con cui stare. Uno come te, por ejemplo, non lo avranno mai. E poi tu ancora oggi puoi restartene quindici giorni a leggere ininterrottamente senza fare uno squillo o lasciando il cellulare e il computer spenti, in compagnia di una salsa verde a prezzemolo, capperi e tonno e gallette di riso. Uno come te non solo è capace di patire la fame ma anche di nutrire migliaia di affamati con il vomito di una sola digestione se non c'è altro per nessuno a parte il tuo bolo, è naturale che i frutti della terra fluiscano più a uno che li ridistribuisce... quasi per uggia come te... che a chi se li tiene a marcire nella stiva delle sue paure di carestia. Sei un lavoratore e ti pieghi a fare quel che c'è, hai spirito di adattamento e di sacrificio, sei operoso e inventivo, non sei un lavativo, un parassita, uno scroccone e non hai vizi che comportino alcuna spesa o alcun ricatto... a parte quello costosissimo di pensare e ribaltare dalla tua lingua ciò che ti devi e non ciò che dovresti e ti converrebbe. Fattene una ragione, non potrai che essere sempre più ricco della media: l'indigenza insieme all'orgoglio e all'onestà affina la scaltrezza che sfocia nell'abbondanza calmierata dalla generosità ricompensata di nuova abbondanza. E poi hai delle maniere squisite, il sorriso pronto, sei sempre grato per qualsiasi bazzecola, sai essere ruffiano senza darlo a vedere... volevo dire che preferisci ringraziare una volta di troppo anziché far finta che non devi dire mai "grazie" a nessuno, soprattutto se ti si offre di sbarcare il lunario facendo il guardiano di porci fuor di metafora. Suvvia, che tu lo voglia o no, sei affidabile e adorabile fino alla banalità, sei troppo ricco di spirito per patire una qualche povertà di cose, ne avrai sempre infinitamente di più di quante te ne occorrano, rassegnati. Se si sapesse che hai bisogno di qualcosa, in mille si farebbero avanti per dartene il doppio, gli altri sono generosi forse più di te, è che con te non gli si presenta mai l'occasione di dimostrarlo...' – e ridacchia di gusto la mia foglia e per farlo usa un venticello che forse le sarà fatale, sta' a vedere che ora dice tutto il contrario – 'Gli altri mica sono buoni di fatto e di mente come te, anche se tu insisti a affermare il contrario, che sarebbero addirittura migliori e più meritevoli di te, ma gli altri hanno i loro religiosismi sulla materia e sullo spirito e su cosa è successo ieri sera in televisione, hanno l'aldilà per rifarsi, mica sanno come te risorgere ben prima di morire, gli altri hanno i beni materiali, gli status symbol, l'appartenenza di classe e la scalata sociale, l'apparire e l'essere e l'avere e il vivere nascosti e addirittura la trasmissione uterina dei propri geni irrinunciabili per il progresso dell'umanità! Gli altri sono rassegnati alla mancanza di scrupoli della furbizia e del doppio fine, hanno nanificato la loro intelligenza e ingigantito la paura di venire scoperti, ma tu? Gli altri, avendo paura della morte, temono di non vivere mai abbastanza; tu, troppo. E poi un'altra cosa, visto quanto stai arrossendo per tutti questi complimenti e quanto ti lasciano senza parole: gli altri usano la lingua per nascondere, depistare, mentire o al massimo per "confessare" e ricominciare daccapo a nascondere, depistare, mentire, tu per rivelare, dire, ammettere e andare avanti. Che gli altri siano più completi di te sono balle, mio caro, balle! Rispondono solo all'etica dei pidocchi, si moltiplicano per darsi man forte, costituiranno la maggioranza vociante anche da silenziosa e tacitata, ma pidocchi restano, hanno bisogno di sangue altrui; se fosse per quello che producono da sé, morirebbero tutti per anemia. Ti faccio un esempio: hai mai ricevuto in affetto, soldi, premura, apprensione, cure, calore umano e rispetto un millesimo di quanto ne hai dato tu? E allora piantala con questi peana all'umanità. L'umanità è e resterà umana a modo suo, mai a modo tuo, quindi di che umanità stiamo cianciando? Di umaneria, semmai, non di umanità. Quanta gente hai incontrato, por ejemplo, che sinceramente condivide il tuo raccapriccio per il comperarsi una donna o un uomo per andarci a letto? Solo negli ultimi tempi ne hai incontrati tre, senza contare Sancho Maria, che ti hanno risposto con la stessa similitudine mercantile, nemmeno si fossero scambiati le parole d'ordine del disordine più sessista, "Ma scusa, come ti comperi un paio di jeans o una borsetta o un orologio, che male c'è a comperarsi una marchetta? Per loro è come per me andare in ufficio, è uno scambio di servizi e di merce come un altro".'

'Sì, o mia preziosa e satiresca e saccente foglia ormai fuori vista, tanto che per un po' sono stato incerto sul da farsi, stavo per cancellare dal cellulare il numero di tutti e tre, poi mi sono detto se non stavo esagerando, dovevo apprezzare, almeno apprezzare, che mi avessero espresso una simile autodifesa allorché avrebbero potuto tacermela, alla fine il numero non l'ho cancellato, perché, casomai fossero stati loro a chiamarmi, non riconoscendoli dal nome sul display, avrei risposto. Ho fatto proprio bene a non cancellarli, così non gli ho più risposto. Da vecchi bisogna sfoltire o rischi di diventare tollerante anche con te stesso.'

'Continua a sfoltire, tu, non ti resterà nemmeno il becchino. Se uno... oh, i più... considera un'altra persona un corpo equivalente al costo di un paio di jeans, è perché non considera se stesso più di un'asola o di una cerniera o dei passanti per la cintura che li tiene su. Il mercato li fa e poi li mette assieme, sono della stessa specie, non è che da una parte ci sia un satiro di mammut e dall'altra una verginella di falena, nessuno viola nessuno, nemmeno Ovidio qui sarebbe capace di trovarci una metamorfosi. Come è potuto succedere che gli esseri umani si siano tanto svalutati di millennio in millennio ai loro stessi occhi non si sa, ma di sicuro è cosa fatta, e sono contentissimi così. L'umanità non è un valore in sé che per te e il risultato è che ai suoi occhi a valere poco, molto meno di chiunque, sei tu, un bastiancontrario che non ha capito niente e che ha vissuto di meno ancora a forza di far chiedere compermesso anche agli istinti e agli appetiti. "Scusi, posso avere fame o disturbo di meno se aspetto ancora un po'? Comprendano, signore mutande già col rigonfio, è compermesso o per chiavare ripasso un'altra volta? Che ne direbbe, signorina mano di Sempronio, di smetterla di toccarsi il Proprio e di afferrare il mio che il Suo potrei, sempre se è lecito, afferrarglielo io?" Sempre 'sta paura di peggiorare un trauma, come se poi toccasse a te sanarlo, a te, come se tu avessi mai sanato i tuoi! Se tutti stessero lì a considerare come te che dietro un adulto che si vende c'è forse un bambino abbandonato, maltrattato, seviziato che nasconde bene il suo pus, il pus subìto, non ci sarebbe più alcuno scambio perché ogni scambio presuppone che qualcuno darà di più e qualcuno prenderà di più, il mondo si fermerebbe del tutto, nessuno oserebbe chiedere nemmeno più un'informazione stradale se fosse ossessionato dal principio di parità e non da quello del rapporto di forza che mira a offendere, fare bottino e farla franca. Solo tu tratti gli adulti come se fossero bambini buoni per natura venuti su male e ti fai tanti riguardi, solo tu non hai metabolizzato la tua infanzia, gli altri se ne sbattono, il trauma gli conviene, è l'abicì del mestiere e l'alibi del delinquente pentito a bacchetta, sono tutti finti deboli che anche dai traumi traggono partito e li rievocano solo per incassare un extra dai sempliciotti teneroni come te. La tua delicatezza è stucchevole e suscita invece di stima solo diffidenza. Smettila di voler guarire e di smascherare il mondo da morbi politici che non ha e di cui non soffre che nella tua testa. Se dovevi togliere ogni sacralità a qualsiasi divo post Nerone per darla tutta a ogni umanoide indistintamente, non era meglio se andavi tutte le mattine a messa prima per farti il sagrestano con le braghe alla zuava? Nessun animale umano considera sacro e intangibile un altro animale umano, a parte se stesso. Se siamo tutti carne gratis da cannone, potremo ben essere anche carne da sveltina a pagamento e a riscossione, no?'

'Foglia del platano ora di fronte a qualcun altro, devo sciropparmi le tue autodenigrazioni di me ancora per molto? Ho fame, voglio rientrare in pensione e mangiare. Non potresti rimandare a dopo i tuoi verbosi pencolamenti?'

'Gli esseri umani sono meravigliosi non perché sono, come si suol dire, dotati di intelligenza... come se fossero gli unici animali a avere qualcosa di equivalente almeno secondo le parole inventate per attribuirglielo... ma perché non la usano; è l'irreversibile meschinità dell'umanottero millennio dopo millennio e minuto dopo minuto che lo rende meraviglioso ai suoi stessi occhi, mica il coraggio saltuario di un umano-umano ogni dieci milioni! Pensa quanto sono prodigiosi costoro: dotarsi di un'intelligenza sempre più sofisticata di era in era per non usarla se non per lavorare sempre meno per sopravvivere! Per darla poi tutta in pasto a un uomo travestito da un qualche tipo di prete o di scienziato o di software che gliela conta su! Non è da tutti, si potrebbe dire, se non fosse da parte di tutti. Poi arriva un coglione come te e... Devi cambiare registro al vento di scoregge che a mulinelli sempre più concentrici ti gonfia dentro, anche tu continui a credere di essere qualcuno che non c'è più. Non c'è una sola tua cellula che sia rimasta quella di quando avevi vent'anni, dalle ossa ai neuroni sei una somma di corpi che vanno sottraendosi l'un l'altro verso quello finale e che non hanno niente a che vedere l'uno con l'altro, ti rievochi idealmente ma non sei più reale dei discorsi che ti fai a mente, sei lì avvitato a una nostalgica e utopistica identità di comodo come tutti gli altri e soffri di un dolore ormai di routine come tutti, dello stesso dolore per niente perché non sai più procurarti una gioia vera e nemmeno ne accetti, come tutti, una artificiale, da import-export della carne un tanto a illusione, cioè vera nell'unico modo in cui può esserlo una gioia umana alla tua età e anche a meno: il modo economico.'

'C'è dell'altro?'

'Certo che c'è: dovresti smetterla di divertirti con lo stesso lutto, il lutto di non averlo ucciso. Nemmeno la tua generosità incresciosa è tua, ma sua anche quella, la tua è una reazione di contrasto, bontà contro crudeltà, è la sua crudeltà che dirige la tua bontà, sei come uno schiavo incatenato alla galea, la rotta mica la scegli tu, la sceglie sempre tuo padre, tu non c'entri niente, a te non interessa niente essere generoso con gli altri, vuoi solo sopravanzare lui, metterlo sotto almeno da morto facendogli vedere che hai sempre le mani colme di doni, tu.'

Perché lui ritornava a casa dai suoi festini col suo amico del cuore Melchiorre e parlava delle pastasciutte… una frenata stridente e l'imprecazione "Gilipollas!", cioè "testa di cazzo!", fuori da un finestrino che sfreccia via a un centimetro da me… degli arrosti, dei lessi, della polenta taragna, del baccalà mentecatto, mantecato, una cosa così, l'osso dello stomaco con i crauti, la lepre in salmì, persino dei canederli al cane col tartufo che noi non sapevamo neanche cosa fossero i canederli, della frutta forestiera che aveva mangiato, una che si chiamava "nanasso", un'altra "fichi di cavallo d'India", ne parlava ai clienti dell'osteria con l'ostentazione di un riccone in proprio e noi due bambini, mia sorella più piccola e io… gli altri due copartoriti lavoravano già fuori dall'osteria… e nostra madre mentre li servivamo, con lui che sembrava un cliente di riguardo come pochi, allungavamo le orecchie affascinati e affranti perché lui, che odiava lavorare perché si sporcava le mani, scompariva al mattino col suo amico del cuore Melchiorre… detto Melchiorre del lievito perché andava in giro a venderlo ai fornai… per rientrare a pomeriggio inoltrato a ruttarci in faccia i suoi succhi gastrici tanto ci disprezzava perché ci vedeva come tante palle al piede, ritornava a casa sempre a mani vuote, non ci portava niente, mai una ciliegia, un'arancia, uno spiedino di lombo di maiale tra due fringuelli coi loro lardelli, un pezzetto di cioccolata, un cappone per lei da esibire ai clienti benestanti, mai niente, solo l'epica carnascialesca dei suoi quotidiani bagordi culinari, e noi intanto si viveva di stenti, io di stenti e di botte e cinghiate e colpi di bastone, verga di salice piangente lui e io piangente e disperato sempre di più, scope, spazzettoni, mestolo, canna della polenta, punta delle scarpe, nocche, e a causa di tanto fiero, brillante, impeccabile egoismo di quel saprofita accentratore di tutto il cibo sulla terra, e a forza di tirare le gole a quei racconti di leggiadre gozzoviglie, io ho la fissa che devo sempre procacciarmi qualcosa e poi portarla da chiunque ovunque vada, ho questa insana mania di nutrire, di proteggere, di riscaldare, di accarezzare, di consolare, di curare, di difendere come se fossero tutti indistintamente bambini doloranti, affamati, infreddoliti, pieni di lividi e di bitorzoli, e per colpa di mio padre non saprò mai se invece anch'io avrei potuto essere un normale scansafatiche profittatore e un implacabile goloso felice di non lasciare una briciola per nessuno in giro se non facendogliela pagare come un intero pane.

Chissà se come lui avrei potuto invece diventare un ipocrita che dice di togliersi il pane di bocca per gli altri, che dice di ammazzarsi di lavoro e di sacrifici per la sua famiglia! Perché la sua faccia di tolla era pari solo alla sua abbronzatura naturale.

Ah, diventare come lui, uno che intanto si lima le unghie aguzzandole, l'aggressivo vanitoso, l'invidioso delle mani lisce e senza calli e diafane e uncinate dei signori, ai quali non apparteneva per colpa nostra e le nostre bocche da sfamare, uno che si gode la vita maledicendosi per essersela sottratta dandola per svista a qualcuno, a noi, vermi partoriti dai suoi spermatozoi più incautamente generosi almeno di sé, a qualcuno come me che perciò non sarà mai disprezzato, umiliato, picchiato e sfruttato abbastanza per l'affronto di comparirgli davanti agli occhi e ricordargli il fallimento delle sue aspirazioni sociali!

Ho cominciato a desiderare di morire e di far morire quasi subito dopo essere nato, tanta era la paura che mi faceva la sua programmata e determinata e pacifica abiezione, la sua natura bestiale senza mai un cedimento per la pietà e per me bambino, una natura cesellata nella raffinatezza più sofisticata del male più nettamente crudele e indifferente come categoria etica e politica superiore a ogni altra mai sperimentata da essere umano, la sua, e tanto mi debilitava vincerla e contrastarlo, sfidarlo apertamente per non morire né in una maniera né in un'altra, né a causa sua né diventandone il doppione.

E suo alter ego non lo sono diventato di certo e questa è stata la sua vendetta più calcolata senza farmelo sapere, perché io non ho mai avuto nemmeno una sgocciolatura della sua brama di vita, di piacere, di prendersi piacere, di mangiare, bere, giocare a carte e alla morra, fare merenda con gli amici nelle ville di mezzo Lombardo-Veneto e scialacquare così i magri proventi finiti nel cassetto dell'osteria a forza di quartini di chiaretto e scodelle di trippa e piattini di lumache con gli spinaci e baccalà rosso e in bianco, fino ai quaranta non ho mai avuto come lui tempo e voglia di dormire fino alle dieci, farmi bello allo specchio, sbarbarmi e profumarmi le guance di Proraso anche due volte al giorno, farmi la doccia e indossare una camicia pulita ogni mattina, non portare roba rammendata né scarpe passate dal calzolaio e via verso la bella vita delle merende con l'amico del cuore Melchiorre che invece di un cammello aveva un furgoncino!

Ah, il suo disprezzo istintivo per i deboli e gli afflitti e i subordinati e i miserabili tutti! Se nell'osteria entrava una zingara o un mendicante o un manovale sporco di malta, li cacciava fuori a spintoni e persino a pedate denigrando la loro sporcizia, le loro mani sudice, la loro impudenza e io, per reazione, ho cominciato a amare quasi solo quelli o spossessati simili, gli sfruttati, i deboli, i taciturni, gli esseri che non avevano parte in niente.

Solo la passionalità sessuale mi ha trasmesso tale e quale mio padre, anzi, forse raddoppiata dalla disperazione di non vedere un'uscita al mio tormento e alla mia voluttà autodistruttiva, ma senza insegnarmi cosa farne di tanta sensualità, di quell'ardore simile a un rogo che mi consumava, come gestire quella smania selvatica di sborrare con chiunque, invece di mollarmi un calcio, mi faceva un sorriso, tutte quelle blenorragie e uretriti e stenosi, tutta quella penicillina e bismuto, quando arrivò la sifilide, tutto quel vagare da un paese all'altro in balia di un incubo da cui non mi svegliavo da nessuna parte andassi a slordarmi di quel brutto dolore per niente, affamato, insonnolito e gonorroico ormai per debolezza mentale e debilitazione fisica, sempre a fissare vuoti da una qualche altura, persino le iniezioni ho imparato a farmi da me per risparmiare, e poi man mano mi sono rassegnato a quella spinta indietro più forte di tutto ciò che mi attirava verso il basso laggiù in fondo a un selciato, un fiume, uno strapiombo, una tromba di scale, e sono sceso di livello in livello, una sola rampa, un albero, un'altalena, uno steccato, una sedia…

'Oh, picciuiiino! Mi spezzerai il cuore!', eccola, la mia persecutrice, che riecheggia, 'Ma smettila di divertirti con l'immaginario lutto di non sapere ucciderti oggi perché ancora non ce la fai a lasciarti saggiamente, umanamente cosificare e non riesci a cosificare un umanoide come chi vuole e aspira a esserlo e, essendolo, ci campa e tira sera e si risveglia come meglio gli riesce, morendo poco per volta in sé, mai tutto in un colpo come credono i superstiziosi che vedono nella morte fisica una svolta finale e addirittura una novità mai sperimentata prima. Guardati come sei ridotto, senza un solo punto di riferimento con un nome e cognome, senza nessuno al quale dire qualcosa a parte la tua voce così poco interiore anche quella, immobilizzato su una sedia pubblica a parlare con me anche una volta tolte le chiappe da lì, con me, una foglia di platano! Anzi, l'idea che te ne fai. Guarda che, seduto o no alla scrivania, non mi sei più seduto davanti, apri gli occhi prima di attraversare la strada, è la seconda volta che non ti stirano per un pelo. Dove stai andando a naso in su? Guarda che non hai con te nemmeno la tessera sanitaria se finisci su una barella.'

'Mi permetto il lusso di non saperlo, dove sto andando, ti sta bene? Vado alla pensione, no, dove vuoi che vada? Ciao. Arrivederci a domani, se saremo ancora abbastanza qui con la testa da potercela raccontare.'

Io non voglio pasteggiare le mie voglie con gli interni rassegnati dei crani in vendita. E non voglio più degli altri per illudermi di meritarmi di stare vivo più degli altri che farei morire un po' di più pur di vivere io di più. Anzi, mi ha sempre pesato anche quello che ho chissà, per quanto involontariamente, a scapito di chi, di quali e quanti bambini derelitti e di madri dal seno smunto, è orribile il pensiero di nutrirsi della carne altrui solo perché il sistema in cui rientri per nascita e domicilio e zona geografica te lo impone. Io semmai pretendo solo, pretendo con le buone o con le cattive, ciò che a fronte di un lavoro mi spetta da chi un regalo da me non lo riceverebbe nemmeno in saldo... e rientro alla pensione, sovrappensiero, va da sé, perché, pensa tu che penso anch'io che ci ripenso, ricordo solo i regali che mi hanno fatto e non quelli che ho fatto e nemmeno a chi, se ricordo questi ultimi è perché sono incancellabili i fraintendimenti e i ricatti e i voltafaccia e i risvolti drammatici che ne sono nati, perché bisogna provare per credere cosa ti succede a dare una mano a qualcuno caduto per terra solo per rialzarlo e non per rubargli al contempo il portafoglio.

E farei e darei molto, molto di più se il prezzo da pagare in umiliazioni e calunnie non fosse ormai diventato troppo alto per il mio morale, perché chiedi a uno zingarello spaurito da solo in treno se puoi essere d'aiuto e sei un lupo mannaro, dai ospitalità a un'eroinomane strafatta abbandonata a terra nella sua stessa piscia, la lavi, la vesti, la rifocilli, le dai di che vivere per un mese e poi ti accorgi che ti ha portato via tutto il portafoglio e dice che hai tentato di venderla ai tuoi amici solo perché non l'hai scopata tu, vai a consolare la vedova di un suicida e te la volevi fare e, se non lei, il figlio militare, carichi in macchina una coppietta di autostoppisti sotto la pioggia e ti rapinano e ti buttano in una scarpata e scappano con l'auto, insomma ci vuole un bel fegato a fare del bene solo per farlo e poi a resistere alle dolci sirene dell'autocommiserazione almeno tra sé e sé.

Occorre un coraggio da leone per insistere a essere compassionevoli, disinteressati e bastonati, e a non fare dei lividi degli stendardi della propria superiorità, disinteressati per preciso puntiglio di esempio politico da dare innanzitutto a me stesso e al mio istinto di rapina comune a tutti gli altri che ho voluto azzerare riuscendoci, e stavo rientrando, dicevo, alla pensione tanto soprappensiero che ho preso per Ronda Universidad e poi per la Gran Via invece che per Urquinaona, è come se venissi sospinto dal cigolio canticchiante di una sirena verso la sua dimora finale.

E che suono meraviglioso fu già la sua presentazione al quarto incontro

"Hadaaa, encantadaaa"!

Chissà se poi si è *specializzata* del tutto e per sempre come voleva lei, sulla sua ultima sedia, la più speciale, un trono o una biga o un delfino o un ippogrifo o un Pegaso dalle ali di cigno o un carro di Tespi con due guardie svizzere di cera ai lati ("Ah, vecchi amori di gioventù, quando fui ricevuta la prima volta dal Papa e la seconda direttamente in fureria. Con l'Istituto per le Opere di Religione a un tiro di alabarda! Che fido, a toda hostia, mi fecero, che fido allo Ior!").

Oh, anch'io, a ben pensarci, sono uno specialista: di sedie di ferro, di sedie di plastica, di sedie in travertino, di sedie in cemento armato, talvolta anche di steccati attorno a rovine di manieri della Valacchia dalla fama sinistra e seggiolini di altalena in una landa scandinava punteggiata di betulle e nessuno in giro per chilometri e chilometri, passo di penultima sedia in penultima sedia, io, di preferenza da una città all'altra con sedie pubbliche speciali, come quella della Rambla dalla quale mi sono alzato solo poco fa, checché spifferi ai quattro venti la foglia del platano di un chilometro fa.

Della locandina di un nightclub adiacente l'entrata di un grande e altrettanto pacchiano albergo Alfonso Qualcosa sparatami in faccia strada facendo con le sue tre donnine attaccate a un palo da lap dance non voglio dire niente, a parte il numero in cartellone che in italiano suona

LE TRE CARAVELLE TRE
in
Mai più mutandine a mezzanotte

Niente di più di questo registrerò, anche se, fatta la frittata, un gentiluomo con la cultura del lavoro come me dovrebbe andarci a vederle, sedersi a un tavolino in prima fila, ordinare una bottiglia di champagne, farsi ricevere in camerino e complimentarsi: tre disoccupate e tre studentesse scioperate di meno; lo farei, ma sarei costretto a farmi carico di troppe novità e, mammola come sono, una frottola potrebbe essermi raccontata troppo bene e rischierei di cadere nella trappola della compassione e non ho voglia di rimettermi a spadellare per un branco di diseredate senza niente sotto l'ombelico e poco sopra la cervice.

Sono proprio invecchiato anche per fare da strutto, nessuna ulteriore rovina mi stuzzica più e non abbastanza da andare a vedere se invece non era un manicaretto in attesa di me.

Sulla coda lunga non meno di cento metri di uomini soli e sudati di tutte le età degli ematomi mentali, anche handicappati fatti e finiti con accompagnatore, e bagarini e un paio di coppiette di incartapecorite amiche che avranno esercitato insieme in vecchi lupanari rimasti poi art déco per sempre tanto la loro tremebonda postura, più che eretta, è per abitudine tuttora inclinata in avanti da far pena, intendo con quella certa qual prontezza a prendere su da dietro una certa qual scappellata cosina improvvisa, e un terzetto di pimpantissimi e vivacissimi ometti Down accompagnati da assistente sociale...

sempre che non siano loro a accompagnare lei… sorvolerò. E non è che lo spettacolo preserale, ce ne sono ben due dopo.

E neanche voglio dilungarmi sul bellissimo cinquantenne sui quaranta portati da Apollo trentenne improvvisamente apparso fuori dalla porta girevole dell'albergo Alfonso XIII più Qualcosa, che si è acceso un toscanello, anellone con smeraldo nel medio della destra con il bricchetto d'oro massiccio e vistoso braccialetto d'argento al polso della sinistra col toscanello tra le dita portato alla bocca da lontano tumida e incolore, bellissima, un tipo alto, dinoccolato ma dalla solida struttura muscolare, con un che dell'oriundo sudamericano coi nonni friulani, veneti, comunque settentrionali, dell'ex gaucho delle pampas avrei detto dalla posizione o piuttosto dalla posa petto in fuori e gambe innaturalmente aperte e ben piantate tipica dei cavallerizzi o di chi tale vuole dare a intendere di essere, in un doppiopetto di lino color crema fine come una garza, una cravatta arancione ben stretta al colletto in segno di sfida anche all'afa, scarpe di vernice e tela beige traforate, un simpatico dandy rozzamente provinciale, ovviamente con occhiali da sole di gran marca, un gaglioffo ripulito di innegabile fascinosità da drammone neorealista, anzi, da soap opera messicana, folti capelli brizzolati appena lunghi sul collo, la fronte alta, le labbra ora più da vicino carnose e increspate, il naso camuso asimmetrico e quegli occhi così chiari, cilestrini… sotto sopracciglia spesse come cespugli e ciglia ancora sfacciatamente arcuate alla Bambi… che quando mi hanno fissato… come se si togliesse apposta gli occhiali da sole per riporli nel taschino della giacca… accompagnandosi con un cerchietto di fumo e un mezzo sorriso carico di… di… qualcosa di… di non palesemente cattivo, anzi, come se volesse dirmi "buongiorno", attaccare bottone, non so, ho sentito un balzo nel costato e una voce mi ha gridato dentro, 'È lui! Salieri!', non ho pensato nemmeno per un istante con rimpianto, 'E pensare che Hada voleva presentarmelo…', no, ho tirato dritto, facendo solo un gesto col mento per buona creanza qualora vi fossi tenuto ma per il resto inespressivo e senza neppure ricambiare di un terzo l'invitante occhiata insistita.

Io e Hada non abbiamo mai fatto una foto insieme, forse gli aveva parlato di me, al massimo si sono divertiti a rivedere la scena registrata dalla telecamera, quella dell'ascensore con noi due che attraversiamo l'atrio in tali ghingheri con alle spalle Sancho Maria e Melchor che vi stanno entrando coi loro cibi precotti tra le mani, il Salieri è andato su internet e ha visto che faccia ho veramente, sebbene anche lì siano più le foto che mi ritraggono nudo di spalle, ma adesso sono doppiamente irriconoscibile, non sono donna e da allora, da quelle foto di scena nel mio cammeo nel film in costume *Mutatis mutandis* di ambiente romano in cui sono alle terme di Caracalla con tre schiavi armeni che mi massaggiano e mi sbattono per bene sul triclinio, sarò invecchiato di alcuni secoli, chissà chi ha visto per sorridermi così... così dolcemente e virilmente, da gran signore, magari ha visto proprio me, invece, e nessun altro che me, uno sconosciuto totale svagato e sciattone e gli sono andato a genio per come facevo dondolare oziosamente il mio sacchetto della spesa su un indice, chissà, e mica mi sono voltato, vogliamo scherzare?

E mi sono fatto forza dicendomi tutto di fila che: a) era troppo tardi per tutto e anche per qualcosa; d) erano tutte fantasie, alla fine della sonatina, visto che la b) contempla che entro domani mi compri un cappello di paglia per ripararmi la testa dai troppi, troppo persistenti raggi di inqualificabile natura e la c) che quello lì, l'ex parà argentino di Sancho Maria che, stando a lui, gli aveva scassato la Porsche, come secondo lavoro extra portineria poteva fare qualsiasi cosa su commissione, anche scavezzare i colli e farne poi a pezzi i proprietari, non solo dargli una lezione indimenticabile.

Proprio la stessa cosa che ho pensato dal momento in cui l'anno scorso lasciavo Hada davanti all'ascensore del settimo piano e, con la portiera apertami dall'autista impeccabile che aveva preso in consegna valigetta e sacca di cotone blu, salivo sulla limousine diretto all'aeroporto e dentro ho sentito quel tonfo di qualcuno che si schiantava all'istante dalla cima del mio affetto, e che al *Salieri* fuori dall'albergo, mettendo in dubbio col corsivo che fosse proprio lui, per guardarmi con tanta accogliente trepidazione magari ho ricordato un generale a riposo di cui si era invaghito in gioventù tra l'occupazione di uno stadio quale luogo di detenzione e di tortura di massa e un volo notturno alla chetichella per sganciare giù nell'oceano i disturbatori della quiete del sanguinario regime di Videla-Viola-Galtieri-Bignone sostenuto dalla Chiesa cattolica non meno di quelli di Mussolini, Hitler, Salazar, Franco, Pinochet, De Pedis Renatino alias Dandi della Magliana, perché chi tace acconsente e chi acconsente benedice… ce ne fosse uno che non sia stato alto uno e una spanna, tutti predisposti a illustrare il prossimo calendario dei mostri del pescivendolo del Mercat de la Libertad, anzi, poteva prendere il solo Franco, sezionarlo per dodici dalle piante dei piedi alla nuca e, a forza di 13,6 centimetri per mese più la relativa ricetta di paella coi suoi frutti di mare, alla fine avrebbe avuto pur sempre il suo bel metro e sessantaquattro di gustoso gioppino epocale.

Perché, per capirne le segrete pulsioni, non si applicheranno mai abbastanza a queste fisiologie del cazzone mancato, a queste merdine tronfie di sé alzate da un letamaio incorporato, a queste riserve di lacrime in tasca i parametri del Lombroso, in questo caso sanamente razzisti, e criminologicamente esatti fuori da ogni ambiguità – Francisco Franco, por ejemplo, implacabilmente crudele con i suoi nemici o anche semplici oppositori e freddamente distante con i suoi subordinati, era un famoso piagnone, si commuoveva per tutto, anche alla prima comunione o parlando di Alfonso XIII, gli spuntarono lacrime in presenza di Hitler e di Eisenhower tanto era travolto dalla commozione di conferire con simili potenti alla propria tavola, la voce gli tremò bambinescamente e gli occhi gli si inumidirono quando ricevette la laurea honoris causa della Pontificia di Salamanca. Gli occhi gli restavano tersi e immobili solo quando doveva ordinare una condanna a morte.

Escrementi? Che c'entra la parola *escrementi* adesso?

C'entra che una volta, a Buenos Aires, una domenica di buonora di una quindicina di anni fa che me ne stavo seduto a dimenticarmi su una panchina davanti al monumento equestre di non so più quale condottiero a Plaza de Mayo e contemplavo il rosa della Casa Rosada che il sole andava accendendo e immaginavo Evita Perón che da un qualche balcone parlava alla folla dandosi di tanto in tanto una grattatina alla felepô perché aveva già il cancro al collo dell'utero, venne verso di me uno sulla quarantina, cosa rara incontrarne uno, che vendeva becchime per i piccioni, gliene comperai un sacchettino per compiacenza e gli chiesi a che ora si sarebbero radunate las Madres e, così, parlando più del più che del meno, mi disse che tra i trentamila desaparecidos di quella *guerra sucia* tra il 1976 e il 1983 lui contava una sorella e due cugini suoi coetanei e che tra le torture più accreditate, a parte le solite scariche elettriche a alto voltaggio, c'era l'immersione della faccia negli escrementi fino al soffocamento, ecco cosa c'entra.

Ah, Bartolomé Salieri! Chissà con quale estenuata dolcezza altruistica fa all'amore uno sbrigativo sicario al soldo!

Pietra sopra.

Anche su quell'avviso accanto al manifesto delle Tre Caravelle col culetto per aria alla trifoglio con sei petali di chiappe con autoreggenti e bustino coi colori dell'arcobaleno non voglio spendere una parola ma solo, o quasi, quelle che vi erano stampate:

ALLE ORE 19.45 LA FAMOSA SCRITTRICE
MERCÈ MERCEDES KENNEDY
PRESENTERÀ IL SUO NUOVO ATTESISSIMO GIALLO EROTICO
SE TI RIFIORISCE L'AIUOLA
DAL PRIMO SETTEMBRE IN LIBRERIA
(oggi le prime 1000 copie autografate in vendita qui!!!)

perché per non pagare le tasse il nightclub sarà minimo un centro multiculturale o se no un luogo di culto diocesano senza fini di lucro, eh. A meno che... per malafede, lo ammetto... non abbia letto male e la presentazione si tenga nel prestigioso, stuccato e stucchevole salone delle feste dell'hotel più state-of-the-art and of the fart della Catalogna, il Gran Alfonso XIII y Millán-Astray.

C'è invece un'altra piccola cosa che...

Giro l'angolo... ma questa è calle Muntaner, ancora trenta metri e sarò davanti al NostrOmo-Museo de las Sirenas!

Di sicuro più vive delle sirene del museo televisivo per come l'ho conosciuto io.

Li ho conosciuti bene, io, quelli e quelle che lavorano in televisione, nessuna idea di un sé diverso e vivo e di nuovo combattivo contro la morta polvere di pixel che li agita per niente li attraverserà mai più affinché si vedano sotto una luce diversa e ne traggano una illuminazione impensata che ridia fuoco vitale alla polvere morta, sono tutte delle belle statuine, alcune ancora bellissime... perché la Terra non infila spesso una dietro l'altra nello stesso spiedino tre perle di rara suggestione, secondo la mentalità comune dei clienti, paradisiacamente diabolica, morbosa, *peccaminosa* come La Santa Maria, La Niña e La Pinta… statuine poste a ornamento del proprio monumento funebre per i patiti dei cimiteri da intrattenimento buoni per ghiandole andate a male, ghiandole nazionalpopolari, eh, e già è stato inevitabile che Las Tres Carabelas siano planate in televisione dopo un telegiornale della sera, le ho viste coi miei occhi ieri sera in camera mia — inutile dire su quale canale, e quali canali delle tre svestite prediligevano i primi piani di "Ti regalo una mossetta".

Sì, le ho conosciute tutte le primedonne donne della televisione italiana, commerciale di Stato e commerciale-commerciale, si distinguono le une dalle altre solo per la tinta della stessa pula che hanno al posto del cervello le primedonne donne da prima, seconda e terza serata, che poi è la stessa segata un po' prima o un po' dopo le 21.

Che omuncoli con la tetta pronunciata, vili né più né meno dei loro colleghi col pene di rigore!

Dei bambolotti lobotomizzati con la vulva mimetica, quando ce l'hanno, ecco, e la sensibilità di un clitoride telecomandato a circuito chiuso.

Quando penso al vano affetto che mi sono costate una dopo l'altra queste burattinaie di se stesse e del Sud e del Sud che è diventato anche il Nord - perché la televisione ha come target le zone e le popolazioni più disastrate e descolarizzate di un paese, mica le altre, e altre non ne sono rimaste -, mi sento svenire dallo svuotamento, dall'inutile e solidale pena che mi facevano i loro fidanzati finti, i loro mariti finti, i loro figli finti, i loro amori finti, le loro facce finte, i loro seni finti, le loro interviste finte con le loro foto piallate dal photoshop, i loro cachet veri solo per giustificare la globale finzione.

Le Ughine, le Barbarelle, le Filippe, le Monnalise, le Marte, le Alici in salamoia usano la scaletta anche per infilarsi i salvaslip, nelle orecchie suppongo, tanto ti ascoltano se non sei l'eco delle loro ecolalie, e lo share di gradimento regola le loro minzioni intellettuali e esistenziali e interpersonali e civili e, temo, fisiologiche, sono brave solo a tenerla stretta anche quando gli scappa da far paura, mai una perdita remotamente umana, un pensiero fuori programma, non riescono a mettere insieme nemmeno una frase di senso compiuto se il senso non è compiuto da un capo non loro, e quando sono brave è perché, invece di leggerlo avendolo davanti, hanno il gobbo cattomertoso incorporato sottopelle.

E mai che abbiano letto un libro, non dico mio, uno a caso, a parte quello sulla propria vita che si sono fatte scrivere a bacchetta da una qualche sfigata di universitaria in pensione, e dei giornali solo gli articoli che parlano di loro, be', se no non sarebbero lì e non avrebbero tutto quel successo, eh, il successo ce l'hai solo se riproduci la voce del padrone e del prevosto massimo, mica perché un giorno ti svegli e pretendi di usare la tua di voce, il che poi sarebbe anche peggio, perché magari una tua voce mica ce l'hai, sei stata bene attenta a crescere afona voce bianca sin dal primo provino.

Com'è difficile ricordarmene senza disgusto almeno una di quelle primedonne donne, mai una mezza volta che mi sia venuto in mente in tutti questi anni di apparizioni televisive, di reality da protagonista o di ospite occasionale anche di telegiornali condotti da donne, di pensare 'Come mi piacerebbe rivederla' di una di quelle donne clonate in primedonne coi tre neuroni indispensabili per farle su, botox a parte.

Il che è poi l'unica cosa che non gli perdono, di essersi fatte dimenticare come una loro puntata precedente anche se tuttora in onda, perché non credo neppure che abbiano mai avuto un'intelligenza da sacrificare quelle ricchissime poverette, i capi del Partito-Oratorio le hanno prese proprio già precotte e scolate come animali pronti da impagliare, quindi sono scusabili, la natura quella era, un talento unico per la crudeltà mentale, intanto contro se stesse; anche se sono solo delle bestiole da telecamera, tant'è vero che il massimo complimento che possono mai fargli è "animali da palcoscenico", ma un animale ammaestrato ha successo ovunque, non solo sul palcoscenico o quel palcoscenico lì.

Basta non tracimare una goccia dall'ambito del subumano e della demagogia e del populismo e del sentimentalismo e del dolorismo e minimo diventi pontefice da qualsiasi riva di merda secca su cui ti mettono a ciliegina.

Spenti i riflettori e scambiati i bacini sulle guance, mai sentita la benché minima nostalgia non dico di una cena insieme, che non c'è mai stata perché per me non avevano tempo, ma di uno sguardo, di una parola, di un caffè alla macchinetta del corridoio con una di tutte queste pecorone robotizzate di primedonne donne per contratto, mai, dalla più mascolinizzata alla più nonnesca alla più esasperatamente femminiloide alla muliebre politicizzata così così, mai a una sola di tutte queste puntine gracchianti sul medesimo disco rotto ho rivolto un pensiero tipo 'Suonala ancora, Sam', mai, e anche Monnalisa Toccafondo è un nome d'accatto perché come si chiama quella là non me lo ricordo neanche più, tutte tette rifatte scivolate via come acqua fresca di lavatura, così come stanno scivolando giù nel tombino dell'oblio tutti questi umani tra Fontana e Gràcia, di Teixonera, dell'Eixample, di Montjuïc, di Lloret de Mar, di Montichiari-Munticiàr, Roma, Milano, Parigi, Londra, New York, Berlino, Firenze e cento altre località del mio vagolante passato.

Perché se mi dimentico, mi dimentico mi dimentico mi dimentico, e se non mi viene la voglia di fare uno squillo a nessuno e tanto meno di mettermi in coda a quell'obbrobriosa orda di maschi decotti e vecchie prostitute lì fuori dal night attaccato al Gran Alfonso XIII y Millán-Astray ormai alle spalle, non ho tutte le colpe io e la memoria che non c'è da soli è la conseguenza di ciò che non c'è stato insieme, e è dura fissare ricordi solitari e tenerli stretti, non sai a cosa e a chi tenerli stretti se non c'è stata condivisione, a parte sedie spaiate, steccati, altalene, banderuole sui comignoli e sui silos, e quella foglia del platano che prima mi stava di fronte sul punto di staccarsi.

C'è un'altra piccola cosa che potrei dire, e eventualmente scrivermi, leggermi e cancellarmi…

'Prova, o foglia del platano di fronte' le dirò domani 'a pronunciare il sostantivo italiano "falsità" senza l'accento: "falsìta" non suona già come uno spagnoleggiante aggettivo di genere femminile? Un'altra cosa, tutt'altra cosa. Parola inventata dalla cara e eruditissima Hada… erudita non significa colta, intendiamoci, non aveva neppure letto un mio libro… "Una falsità dichiarata è falsa appena appena", diceva, "è falsíta per convenzione": salva le forme di una terribile e impronunciabile autenticità. E così, da un accento sì o da un accento no, da un accento grave a uno acuto, un sostantivo si fa aggettivo per ritornare sostantivo e ciò che era drammatica sostanza si trasforma in una trascurabile sfumatura mondana e l'identità è un'araba fenice che migra senza sosta… e alla fine senza più genere. Hada Espejismo docet, eh.

Si vive in do di petto, si muore in falsetto.

'*Siamo dooonneee! Siamo falsìteee!*'

E la foglia mi darà ragione, una volta tanto, fosse pure per canzonarmi. E infatti, semistaccata com'è, attacca:

'È un po' tirata per i capelli come metafora, e un po' barbosa, ma è più forte di te essere insopportabile, proprio come quando dici "io" e mi parli di come ti percepisci senza nessuno che ti percepisca e venga a darti qualche raddrizzata o almeno qualche dritta. Bada che non puoi pretendere di essere persona se ti metti a raccontarti, tanto vale che ti descrivi come un personaggio tra tanti, perché nessuno che ti stesse a ascoltare ti percepirebbe come tu pensi di rappresentarti. Be', vedi? Fai diventare noiosa anche me. Tuttavia, sorvolando sul fatto che dovresti avere un doppio cancellatore incorporato per eliminare anche tutte le fole lungagginose a venire di questo tuo "io" tanto edificante che mi butti addosso, vedere il nido dell'identità appeso alla grondaia non significa niente, magari è vuoto da anni o dove credi nidifichi di anno in anno la stessa rondine si è installato da decenni un corvo o veglia una tarantola o si disgrega un ovetto marcio di civetta. Nessuno ha un'identità se non ha qualcuno che gliela dà e gliela registra e aggiorna o gliela sottrae ignorandolo per sempre da un certo punto in poi. L'identità di per sé non fila se qualcuno non le fa il tagliando periodicamente, e tu questo qualcuno non ce l'hai e l'identità che hai te la sogni, è il tuo incontrastato sogno a occhi aperti'.

La perfidia elegiaca è più forte di lei, pazienza.

'Ti sbagli. Nessuno mi ha dato la mia identità e nessuno me la può togliere. La mia identità la devo al mio sguardo a me *contrario*.'

Già: c'è un'altra piccola cosa che potrei dire, e eventualmente scrivere – sempre tra me e me, eh.

13

C'è un'altra piccola cosa che potrei dire, e a suo tempo eventualmente trascrivere se me la ricorderò, e quest'altra piccola cosa la potrei dire senza andare a inficiare la storia dei due promessi sposi gay che seguì dopo quei miei dieci giorni complessivi di permanenza tra un appartamento e l'altro del settimo piano e la posso raccontare proprio perché accadde il decimo e ultimo giorno dei quattro che rimasi a fare la guardia svizzera dalla Fata della candeggina e quindi è entro il tempo e gli avvenimenti di cui mi è lecito riferire senza stare lì a cincischiare con interpretazioni su fatti che, né visti di persona né riportatimi da Hada o dal gestore del Bears' Cuchitril, inventerei di sana pianta pur di diramare un albero genealogico a tutti i costi.

Sancho Maria e Melchor, sì, li ho incontrati ancora dopo che ero andato a stare da Hada Espejismo, il cui vero nome in origine, per quanto lei non vorrebbe che si sapesse e per quanto a me sembri più elettivo che anagrafico e già d'arte anch'esso, era Donato Rosario Caudilho; l'età invece non la dirò perché, se nessuno crederebbe a quella che millantava lei, meno ancora crederebbero, vedendola vestita, e a maggior ragione vedendola vestita imbalsamata, a quella vera che confessò a me.

Certo che ho incontrato Sancho Maria e Melchor mentre a loro insaputa stavo da Hada! Li ho incontrati che stavano aspettando l'ascensore da cui noi due uscivamo, elegantissime e sobrie, lei almeno, a parte il suo episcopale nonché faraonico pastorale da passeggio, dirette al Banco Sanfecundo per vedere il suo tesoro di gioielli "da far invidia a Liz Taylor, pace all'anima sua".

Il quarto giorno, non appena sbarazzatici della ministra delle pari opportunità sudamericana membro onorario dell'Unicef che aveva fatto fuori l'intero agnello arrosto del catering e della sua puzza di capra selvatica, quando le dico che l'indomani dunque partirò, Hada mi fa, sospirando, "Sai che cosa mi manca di più?" e io ho pensato: 'Convertire Ratzinger./ Sostituirmi a lui'.

"No, quando una non ha niente a parte il tutto più insulso, che cosa può mai mancarle, o balorda del mio cuor?" le ho risposto, lei adorava essere presa in giro, bastava una cattiveria ad arte per commuoverla.

Con una voce da adolescente, anche se leggermente cavernosa, cominciò a dire trasognata e sospirando ogni quattro parole, "Un'amica del cuore. Un'amica del cuore e niente più".

"Cioè?"

"Sì, un'amica del cuore con la quale fare una passeggiata a braccetto, una passeggiata a braccetto della mia amica del cuore, ecco quello che mi manca, non so cosa darei per farmi vedere a braccetto di un'amica del cuore mentre passeggiamo, andiamo a prendere un tè, all'opera, a fare shopping, anche a un funerale, mi accontenterei di un funerale."

Io non sapevo cosa dirle, come rimediare, se una o uno non ha un'amica o un amico del cuore non è che, malgrado tutta la tua buona volontà, si possa rimediare sui quattro piedi, occorrono anni di liti e di riconciliazioni, di malintesi a tavolino e no, di amanti soffiati all'altra di nascosto e restituiti al legittimo proprietario quando non ti interessano più o cominciano a pretendere le garanzie di una moglie anche se sono uomini, occorrono non so quanti lustri di squilibrati do ut des azzerati ogni volta e mai del tutto per disporre di un ombrello da passeggio così, il classico ombrello da Assicurazioni Universali e da sorelle di Jerez de la Frontera: quando non piove.

"Hada, se vuoi, io posso venire a passeggio con te dandoti il braccio e anche portandoti a cavalluccio, posso accodarmi anche dietro il tuo feretro se è per tenerti compagnia un altro po'."

"Ma tu non sei un'*amiga*..."

"Ma io ti voglio molto, molto bene."

"Anch'io, jefe, ma i sogni non si possono né dimenticare né scavalcare più di tanto... li puoi solo calpestare e poi cancellare, anche se..."

"Anche se?"

Ero trepidante.

E anche che, sì, prima che me ne dimentichi, potrei dire... e forse trascrivere un giorno chissà... quanto segue: ho scoperto solo la mattina del quinto giorno con l'autista giù a aspettarmi che il mio lillipuziano aiutante filippino con la sua alabardina su misura non aveva il dono dell'ubiquità, perché svelto era svelto, ma troppe volte me l'ero lasciato alle spalle che puliva la sauna a vapore o la piscina o il semicupio di legno intarsiato di rame o che potava grandi rami dell'agrifoglio sul terrazzo per ritrovarmelo che dava di Sidol all'argenteria nell'office o che ripristinava il velo di olio di paraffina sullo stantuffo standard... che coperto da profilattico extra extralarge serviva per tutti i neofiti passeggeri che non ne avevano ancora uno proprio con targhetta in codice nelle vetrinette di casa... o che stava disponendo i rami di agrifoglio nelle anfore ellenizzanti posate su tripodi eburnei, gli stessi rami di agrifoglio che non aveva ancora finito di potare – e che nelle camere riservate ai trattamenti non avevano solo uno scopo decorativo, visto che più erano secchi e scricchiolanti, più facevano un effetto da urlo.

Ah, sì, le anfore! Ellenizzanti per non dire ottomane, per non dire delle "volgari imitazioni di olle greche un tanto al chilo tanto sono porose, mica posso metterci l'acqua dentro, ingenuo regalo di un mio protetto che avevo mandato a fare tirocinio da una carissima amica cipriota e anche lui ora in disgrazia a causa del vizio del gioco, ma prima o poi lo ripescherò dalla quarantena, è troppo bacato per non tornarmi utile... Hai capito di chi sto parlando, jefe?"

"No, Hada."

"Ah, andiamo bene" sospirò. "Del basco peloso, e di chi altri se no? Aramburuzabala!" – e dai con l'abracadabra – "Anche se resterà sempre un caino fallato."

Sono così lento di comprendonio e, certo, l'ambiente era dei più incantatori di suo, le cose e le persone fluivano sia nel discorso che nello spazio, mica stavano e se ne andavano, apparivano e scomparivano come tanti Cincin, e poi ho sempre questa paura di immaginarmi la realtà e prima di tutto interrogo me, penso di avere la pressione troppo bassa, troppe scorie in circolo che non faccio in tempo a smaltire perché il nuovo lassativo sul mercato non fa effetto, che mi sono calate le diottrie o che devo rifare la blefaroplastica all'occhio destro a seguito dell'ictus di vent'anni fa allorché in quel gelido dicembre, subito dopo aver fatto colazione, rientravo da Torino di prima mattina col finestrino giù e ero stressatissimo per i due giorni disperatamente spesi cercando di scovare dove teneva i genitali uno della Basilicata del posto, piemontese già da due generazioni e quindi uomo perduto minimo per le prossime due, e poi, conseguenza di quando sotto militare mi venne la nevralgia del trigemino a forza di chiedere Nazionali esportazione e Alfa alle burbe, restai con la bocca storta un mese e mezzo per il colpo di freddo o paralisi a frigore, l'angolo della bocca pende, la guancia si appiattisce partendo dalla narice corrispondente, ti fanno fare la ginnastica facciale eccetera e prendere corticosteroidi e vitamine B1, B6 e B12, mentre il torinese che te l'ha procurata continua impunito a tenere i genitali occultati chissà dove e quindi a fare strage di trigemini di uomini, e donne, di buona volontà, sempre che uno così possa mai centrare qualcosa e quindi non c'entra.

Difficile che se vedo qualcosa che non mi quadra non dia la colpa a me, dicevo, troppo triangolare, troppo spigoloso, io, che sono a margine di troppi svincoli e tangenti e sottopassaggi e uscite di sicurezza e rotondità senza il minimo spigolo che gli altri hanno e io no, e se un puff tutto sformato, mettiamo, viene a dirmi, "Io sono una palla", io gli credo, proprio come non mi stupirei se oggi saltasse fuori... dalla mia mente, ça va sans dire, perché di me mi fido, di come gli altri espongono e dispongono i cosiddetti fatti no... che la vera terrorista sotto le mentite spoglie della miserella compagna del terrorista basco dei miei due era l'Almudena o che era lei a tenere e a organizzare il carnet delle marchette del padre dei suoi figli, che lei l'aveva portato a battere a Nizza e a Cipro e che lei l'aveva conosciuto ben prima che le fosse presentato da Sancho Maria e perciò che avrebbe potuto essere stata lei a metterlo sotto a suo padre per una qualche mira o vendetta o capriccio o sfida. Sono umanotteri appena appena umani, quindi sono umani: non avendo alcun ordito, le trame le sprecano.

Gli credo, io, al puff, intanto perché non gli ho chiesto di giustificarsi come materiale o provenienza o forma pallosa, quindi se mi dice sua sponte che quella è la sua forma e la sua forma secondo lui è quella di una palla, gli credo, poi perché accetto l'ipotesi che il cerchio non sia più quello di una volta, di una volta sono io e non sono al passo coi tempi della geometria moderna, abbozzo e mi adeguo al fatto che ora va di moda un'altra sagoma di cerchio, che l'archetipo della rotondità per come lo conoscevo io è superato e che pertanto da quest'anno, per esempio, la Coppa del Mondo verrà giocata con un puff a centrocampo e a me, come a quei sardi del Nuraghe Quartet di Macomer col "e pigamindi" in fondo al verso, non resta che cantare "Morte, quando vuoi, vieni e portami via".

Sicché io sono stato in sincera ammirazione di Cincin, l'ubiquo Cincin, per quattro interi giorni più la mattina del quinto, mi rivolgevo a lui come a un elfo dei venti - tanto non capiva una mazza, su questo non ci piove - e anche il quarto giorno non ho dubitato un istante della sua sostanza divina o paranormale, e io odio l'occultismo e l'esoterismo e l'oroscopo e Yin e Shen e il Rotary e il Lions e la confraternita e il clan e il club e l'Opus Dei e la squadra e il compasso e il cappuccio e la cabala e l'interpretazione dei sogni e i corni e le spade che ti battono sulla spalla e sei un investito dei loro e del loro mondo di fetentissimi balordi ciarlatani d'élite, però poi quando il quarto e ultimo pomeriggio che ero già in ghingheri di tutto punto e ho visto che Cincin addirittura si rincorreva standosi davanti con le ciglia di visone e dietro con l'Attak e l'astuccio delle unghie finte mi sono detto, 'Un momento, non sono io balengo dentro, qui c'è qualcosa che è balengo fuori'.

E il globo terracqueo, da schiacciato ai poli come avevo pensato fosse diventato a mia insaputa, ritornò tondo, di un tondo secondo l'archetipo del cerchio per come mi si era fissato in mente a suo tempo, e anche il pallone della Coppa del Mondo e la palla di Pallade, perché una con un nome così una palla da qualche parte ce la deve avere.

E sia chiaro… perché ho imparato a mettere le mani avanti pur di essere costretto intanto a togliermele da dietro, non sia mai che il cielo voglia spingermi su qualcosina controvoglia… che malgrado la fata del mio cuor mi facesse trovare sulla sponda del letto un che di tintinnante del metallurgico Paco Rabanne o una mini di Mary Quant o un che di fine borghesia brianzola della povera Mila Schön a ogni risveglio, l'unica concessione al suo amorosissimo assalto "per raddrizzarmi" sono state due gocce di *Gilda Esencia de Hembra* una per lobo in tutto e che non mi sono mai messo niente da donna, i primi tre giorni.

E che mai e poi mai mi sono inginocchiato con lei per la prece serotina a uno dei molti altari e altarini pieni di Cristi e di Santi e di Sacre Maternità fatte fare su commissione... coi bambinelli che avevano messo di sembrarmi dei trans in erba: lo erano... disseminati per l'appartamento, alcuni, per la verità, sormontati da un gargoyle in marmo o rosa del Portogallo o verde Guatemala – impressionante più di tutti, in marmo nero assoluto, il doccione che si masturba a imitazione di quello della chiesa Lonja de la Seda a Valencia (già due giorni prima, inginocchiandosi davanti a uno dei suoi altarini, aveva cominciato a farmi tutta una predica perché mi rifiutavo di inginocchiarmi con lei, "Non ci sono né Santi né Madonne, i diavoli restano gli angeli più belli anche per i vescovi. Suvvia, jefe, e che sarà mai un 'dona loro l'eterno riposo al più presto', por ejemplo? Ma tesoro, è solo una preghierina per restare calata nella parte, per non perdere l'*allure* e la tenuta del listino prezzi della Falsíta, come fai a non capirlo? Oh, jefe, come dice quel sant'uomo di de Maistre, che lessi nelle mie notti bianche leningrrrr... pietroburghesi *d'antan*... e le uniche della mia vita che abbia mai passato in bianco, boia d'un can, ciucca persa e rammollita e sbiancata più dei membri del Kgb che spasimavano per me senza mai che una sola volta abbiano pagato il fio, sempre gratis mi sbattevano... 'dove c'è un altare, c'è anche una religione', e dove c'è una religione, dico io, c'è anche una sacerdotessa, e si sa, le sacerdotesse non dispensano i loro beni voluttuari a buon mercato. Dove c'è rito c'è morte e dove c'è morte c'è soldo, mi amor. Se non c'è rito non c'è niente, crolla tutta l'economia del peccato e del perdono, della grazia e della disgrazia! Senza l'immanente e il trascendente non sarei riuscita a pagarmi neppure una permanente! È l'aureola che fa il santo, non viceversa! Toglìgli l'aureola e diventa un pezzente senza più alcuna forza contrattuale come altri mille zelanti, gli dai un calcio nel sedere, mica un obolo di tasca tua, e salato! Cincin, sgrulla un po' di incenso con l'aspersorio, svelto, che mi arriva quella cristiana talebana di Poitou là! Jefe, quanto sei duro di comprendonio! Se stai trenta secondi ginocchioni davanti a un altare bisbigliando una fregnaccia qualsiasi, poi ti viene naturale farci restare chiunque tre ore facendogli dire a alta voce la litania che gli hai fatto imparare a memoria tu. Perché tanta ostinazione? Perché ti vuoi così poco bene?", la mosca mi saltò al naso, perché va bene il rispetto per i vecchi soprattutto se vecchie, ma già al secondo giorno non la reggevo più, anche se ne ero sempre più affascinato e ancora non pensavo minimamente a levare i tacchi, e dissi perentorio, "Intanto io mi amo al massimo grado e poi il principio resta: a tutti coloro che per fare carriera sulla pelle altrui asseriscono che l'essere umano nasce cattivo perché inficiato dal peccato originale va mozzata la testa"; lei si irrigidì, alzò il collo come una giraffa pronta alla lotta, strinse le dentiere, ma rilassò infine anche il pomo d'Adamo e tacque, scuotendo la testa con sufficienza rassegnata, il che non significa affatto con sufficiente rassegnazione per non tornare all'attacco alla prima occasione e prese a borbottare un abracadabra senza capo né coda a cui la cantilena a intermittenze e l'ininterrotto gorgoglio conferivano la veridicità di una prece).

"Anche se?" ripetei.

Lei sembrò come svegliarsi da un suo trasognamento a più strati, anche se non era tipa da vivere sulle nuvole, materia che lì era evocata solo sui soffitti affrescati, e sussurrò, "Jefe, non ti piacerebbe vedere le mie parure, i miei bracciali, i miei anelli, le mie cavigliere, i miei solitari da ombelico, i miei diademi, i miei gioielli, i miei diamanti, i miei... solitarissimi solitari di una solitaria, il mio scrigno segreto?"

"Non so cosa darei per buttarci un occhio" dissi per farla contenta. "Magari anche chiudendoci sopra una mano a pugno e quel che resta attaccato me lo tengo."

"Allora andiamo, in fondo hai il quarantaquattro di scarpe come m... come la mia povera mamma, io ho il trentotto per principio, sappilo. Come puoi ben immaginare, qui non si butta via niente, neanche il proprio cadavere, tutto può tornare buono. Vieni, oggi sarai la mia amica del cuore, oggi colmerai la mia cruna più vergine. Togliti la Michelangiolo, vieni nel mio guardaroba, ho delle cosine alla Amor y Muerte, un po' fuori moda, eh, che ti staranno d'incanto, erano di mia madre, molto più formosa di me, le portò la prima volta che si esibì all'Alhambra di Granada e da lì la strapparono per sempre dal porto di Lisbona, povera donna, aveva un talento tanto innato... chi l'avrebbe mai detto che sarebbe finita sciancata a vendere stringhe di liquirizia e angurie a fette... comprese le sue, povera martire... su una spiaggia poco distante da qui, a, ovvio, Lloret de Mar? Io, l'avrei detto. Mi ha fatto fare una vita! A farle da palo e a buttarle dentro gente... uomini, già con le infradito e in mutande da spiaggia... lei e le sue angurie! E poi sulla spiaggia abbiamo trovato questo bambino, appena nato... be', non noi, il nano che ce lo vendette già battezzato e registrato e tutto col nome del circo Todabierta, tutti alla fame, tutti vecchi e rimbambiti... e prima gli ho fatto da fratello maggiore... maggiore di un bel po'... poi da... be', mi capisci... poi da padre, poi da madre. E poi da nonna, da bisnonna, da trisavola, e senza che la Mercè sospettasse mai niente o non volesse nemmeno prendersi la briga di sospettare qualcosa per non doverlo dare a vedere" – ma questa precisazione mi suonò un po' forzata, non so perché, un bel po' falsìta, ecco – "fino al battesimo della Santa María, in cui ero solo la vicina di porta che faceva da madrina e niente più, e poi ho detto basta e ho messo il chiavistello a tutti... Cincin! Prepara tutte le mie cose alla *petineuse*, e prendimi quella parrucca a riccioli neri un po' all'annegata sul dietro... il nero a te ti dona, hai già la pelle olivastra, a me no, con questi occhi pervinca che ho e la carnagione bianca, no... Cincin! E prendimi anche i sandaletti di vernice cremisi della povera signora mamma che fanno tanto anni Quaranta e perbene, quelli chiusi in punta che non gli si vedranno le unghie e facciamo prima, se no il Sanfecundo mi chiude che poi lo devo fare riaprire solo per me, e portami quegli scialli che sono nella cassapanca piccola smaltata di rosa... però le unghie delle mani bisogna... che mani grandi che hai, jefe, un po' troppo corte di unghia, ma ho io quello che fa per te, sembrerai una pantera estinta dell'Estremadura uscita dalla tenda di Cincinnato. Cincin, l'attaccatutto e le unghie rosso petunia che fanno impazzire il Calisto, il bancario sposato della mia caverna di Ali Baba al Sanfecundo, presto! E le ciglia di visone, Cincin, dove sono le ciglia di visone? Oh, qué guapa que vas a ser, jefe, virgensantamadrededios! Come lo preferisci il rossetto? Cincin?" – rarissime le volte che lei gli abbia mai chiesto dove mai s'era cacciato quel sogno di asiatico, il suo Ariel tuttofare, Cincin appariva anche prima di essere convocato, Cincin si muoveva come una energia astrale, come se le leggesse nel pensiero quanto non le leggeva sul capace Morse labiale – "Io solo toni pastello, marrone per le unghie e le labbra a parte, ma a te dona forse più un rosa carico, un rosa antico da odalisca malgré elle alla Ingres... Oh, devo disdire l'appuntamento con il commercialista, l'avvocato, il capo della polizia, il broker, l'ispettrice del ministero del Tesoro e delle Entrate, il segretario del ministro dei Beni della Cultura dello Spettacolo o come-si-chiama-accidenti-a-lui, e poi... e poi... sì, avrei da disbrigare il figlio venticinquenne un po' tontolone del comandante dei vigili urbani al quale devo rendere almeno un favore fuori busta, 'allargargli la mente' attraverso chissà mai quali canali, povera me... Oh, c'è sempre un cavillo legale tra i piedi. Poi devo vedere il governatore per far passare in Regione un ultimo comma sul trattamento delle salme umane da esposizione per fare la mia vita eterna in santa pace, ungere ungere ungere, sempre ungere e farmi ungere, senza paraffina e vaselina sarei persa in questa città, ma oggi disdico disdico disdico, oggi non ci sono per nessuno, neanche per la direttrice del NostrOmo che mi cura il sito locale, la incontreremo sul posto, è come un'ancella per me, non ci sono neanche per la segretaria che mi tiene l'agenda e la mail corrente col portafoglio clienti... oh, tutte care sorelle di sventura, di ventura sono la sola, tutte le altre sono delle subordinate, delle vere donne *nature*... al giorno d'oggi, pensa che sorte irreparabile, nascere già donna per fatalità, non potere nemmeno diventarlo per estro o per testardaggine o quale sublimazione del machismo e però anche suo conseguente sfruttamento... Quanto si perdono! Che ingiustizia! Donne povere di sostanza, eh, quelle costrette dal genere a essere donne vere anziché assurgere con un colpetto di bisturi a vere donne!"

"Tutto 'sto personale ti deve costare una follia" l'ho interrotta io, non fosse altro che per farle tirare il fiato.

"Magari! Già straricchi di loro grazie a me, da me esigono di essere pagati in natura, gli esosi. Sai, è tutta gente altamente specializzata, i migliori in circolazione, mica te la puoi cavare così, col vile denaro, è gente molto esigente, vogliono il massimo, vogliono me e il mio trattamento che li solleva fino a sfiorare il divino... cioè me stessa" e rise di cuore, e mentre rovistava nel mucchio di scialli, scialletti e maestose mantiglie portatile da Cincin le rimase tra le mani una vestina rosa a pois bianchi dalle corte maniche a sbuffo molto scollata che poteva arrivare alle caviglie di una bambina che al massimo avesse otto anni e anche meno, ebbe un istante di smarrimento e subito la fece scomparire sotto il mucchio, che prelevò in blocco e mise tra le braccia di Cincin.

"Ah, che divertente! Una vestina simile e dello stesso terital, ma ancora più minuta, l'ho vista tra le braccia di Sancho Maria... Sai, un paio di giorni prima di passare qui da te era ubriaco fradicio e russava forte ma così forte che...", e le raccontai l'episodio degli stivaletti toltigli e rimessigli ai piedi e della vestina identica spaccata a quella vestina lì ma di una taglia o due in più, e a come se la stringeva al petto, senza che lei facesse una piega o un minimo commento, presa com'era dalla sua iniziativa di travestirmi per andare a spasso con un'amica del cuore.

"E niente maestro di yoga, Cincin, e nemmeno per il mio caro, *carissimo* dottor Bartolomé Salieri ci sono... un tesoro di ragazzo che mi costa un tesoro, ma li vale tutti, ne vale di più, e li avrà... lascialo squillare, capiranno, e niente maestro di danza, neanche con la regina in persona oggi farei camarilla, oggi ci sono solo per la mia amica del cuore! Quel naso è mastodontico, jefa, bisognerà rifilarlo un po' con un cerone più scuro e sfumato rispetto alla cipria delle gote... Cincin!"

"Mi devo anche radere?"

"Radere? È il minimo: barba e peli. Mica vorrai andare in giro con quelle gambe! Non c'è collant che tenga con quei peli da orso. Cincin, scaldami la ceretta, non c'è tempo per il laser! Anche sugli avambracci, almeno fino ai gomiti, tesoro. Un'amica del cuore è un'amica del cuore almeno fino ai gomiti menischi compresi. Cincin, le perle, tirami fuori il triplo giro di perle di maman e i due *boutons* a scatto. Devi sembrare più di mia madre, devi sembrare la regina madre di tutte le regine come l'hanno composta lunga e distesa il giorno delle esequie, ma tu in verticale dritta in piedi e ancora viva..." e poi, come di nuovo trasognata, "*Lei*, la Christa, povera, resta il cadavere più bello della storia di Spagna dall'invenzione del dagherrotipo, ma il mio lo batterà, mi tratteranno la mummia con lo scrab esfoliante...", ridacchiò tutta furbetta, poi fece una pausa inarcando le reni in una posa che per l'immobilità lapidaria doveva essere di suprema e insuperabile regalità come se un flash al magnesio stesse per immortalarla.

Io non avevo la minima idea del magnifico catafalco che a passo d'oca le solcava la mente, nemmeno potevo giurare che stesse usando il femminile per una donna vera perché anche in spagnolo, come con queen in inglese, quando cominci a parlare di reinas è come parlare di regine in italiano, non la si finisce più di specificare l'inspecificabile, puoi riferirti a un'Antonietta, a un'Amalia, a una Isabella, a una Elisabetta, a una Maria, a una Margherita, a una Cristina o alla Mabilia della Compagnia dialettale dei Legnanesi o a Platinette o a Alfonsina la Pazza o a Cristiano Malgioglio che nessuno coglie una qualche differenza vuoi storica vuoi di genere, sempre che non si riferisse sempre e solo a se stessa e al suo ultimo Funerale di Stato, ultimo di lei Hada Espejismo, data la sua camaleontica essenza di fata di ogni vita e di morti quante gliene facevano comodo, e, ritornando giuliva e folleggiante in punta di piedi da un cassetto a un baule come se fosse rinata ninfa sulla spuma di un'onda.

"Sì, devi sembrare un po' mortuaria, tenebrosa", riprese a cicalare, "tutta in nero ti voglio vestire, e un tocco di rosso. Tutto questo sorpassato abito di scena virile! Repulisti! Repulisti!" - ove chiunque avrebbe visto due matte che si agghindano, lei, truccandomi da ferale Lady Macbeth pronta per il marciapiede o per fare da merceria ambulante coi suoi fermagli forcine bottoni bottoncini pizzi nastri passamaneria tutti neri, a parte le spille da balia nascoste, lei vedeva un repulisti, ovvio - "Oh, jefa!" - avevo già cambiato genere? - "Amore mio, gli spagnoli vanno pazzi per un tocco di morte nella donna, la morte è il mascara più provocante nella femmina, la fa più viva, più sensuale. Una creatura sfavorita che è costretta dalla natura a darti sempre e solo vita bruta come un rubinetto acqua fresca, se non ci mette un po' di suo con gli uomini che già mette al mondo! Il tocco di morte nella donna li svezza, gli mette il fuoco al culo, ecco, da figli mansueti li fa diventare maschi, e che maschi! Maschi animali! Peccato che poi non si fa in tempo a staccargli il cordone ombelicale che ti chiamano mamma e ti va giù. Oh, la vita è tutto un incesto di succulenta vergogna, alla lunga."

Anche lei, come qualsiasi pincopallino che non abbia più alcuna pratica in proprio suppergiù da quando Bruegel il Vecchio ha dipinto *Il trionfo della morte*, andava aggiornando le sue teorie sul maschile e sul femminile e la loro immaginifica sessualità.

"Cincin! La scatolina coi nei da due pound che mi regalò il buon Ezra al Cipriani! Cincin! Ecco, così sei perfetta, jefa. Sei rinata, sei te. Ah, los pruritos de la Creación!"

"Assomiglio a un vero *Capricho* di Goya, un disastro della guerra delle guerre, la madre delle madri dolenti, la madre del Milite Ignoto il giorno della rimembranza, vorrai dire" commentai guardandomi alla fine dell'operazione, quasi chirurgica, nel grande specchio dalla cornice di ambra del salone dei ricevimenti con al centro la copia dell'*Ermafrodito* del Bernini che lei si è fatta fare, posando, quando era all'apice del suo splendore e nessuno ancora si sarebbe mai sognato di "usarla a carriola", sacrificio, dicevo e diceva, da cui usciva tutta stravolta e sgarrellata per intere mezz'ore; immagino che la girassero pancia a terra, le dicessero di farsi forza, cioè di sollevarsi sui gomiti premendo sulle palme delle mani, la impugnavano per le caviglie nel loro tacco 13 e la sollevavano da terra fino a che le gambette diventavano due manici, un unico colpo fino in fondo senza lubrificante, stavolta, e via andare.

"Oh, tesoro, sei così perfetta che se avessi solo trent'anni di meno ti farei", uggiolò.

"Ma tutti questi pettini e forcine nei capelli sono necessari? Sai che ho già un'ernia cervicale... Non mi prenderanno per Frida Kahlo acconciata con le sue placente abortite pronta per il museo delle cere?"

Fece spallucce come se le avessi chiesto la funzione dell'abbecedario in prima elementare o, quale primo gesto di benvenuto agli ospiti, l'etichetta di quale altra corte imponeva un assaggio dello stantuffo della máquina folladora o fuck machine, di cui aveva registrato il brevetto ben prima degli americani di deepinside.cum, coi quali era in contenzioso da una vita, perché invece di averla in franchising come tutti gli altri, se la fabbricano e se la distribuiscono da sé e alle fiere non degnano l'omaggio di una menzione alla sua inventora ibérica.

Quindi, dicevo, quando abbiamo raggiunto il pianoterra e aperto la porta dell'ascensore, ci siamo trovate faccia a faccia con Sancho Maria e Melchor che, impassibili nemmeno reggessero uno scettro e una corona, avevano tra le mani uno una vaschetta maleodorante di soia e ali di pollo e l'altro una di patatine fritte annegate nel ketchup, e Hada stava per sibilargli fino in fondo "Ladr... gilipo..." e lui "Vieja put..." a lei quando entrambi si sono arrestati di colpo nel loro minuetto di contumelie, lei rendendosi conto dall'espressione di lui che non era sola e lui che dietro di lei c'era una signora, forse una vedova in gramaglie tanto teneva gli occhi bassi dalle ciglia così lucenti che dovevano sembrare bagnate da un pianto recente e la mantilla in pizzo nero trattenuta su quasi tutto il viso a coprire un dolore inesprimibile, forse anche emorroidale da come incedette verso il portone, e decisero all'unisono che non era il caso, che per quella volta non se ne sarebbero dette di ogni.

Passammo tra Sancho Maria e Melchor e i loro cibi precotti in un fiat, non ebbi alcun tentennamento di tacchi, rigida come se avessi una pertica nel culo tanta era la paura di cadere, e, anche se di certo non passai inosservata per la mia altera compostezza d'altri tempi, dovevo proprio sembrare "el triunfo total de la curva" fattosi donna propugnato da Gaudí nella sua Casa Pedrera.

Non mi riconobbero, non sospettarono, e niente di davvero controproducente, anzi, sospettò poi il bancario sposato addetto alla cassaforte nel bunker del Banco Sanfecundo, filiale di Carrer d'Aribau con Avinguda Diagonal, non lontana da niente se non da noi, e particolarmente da me in quelle claudicanti condizioni peripatetiche.

La sua banca del cuore, sempre che non fosse sua e basta, si trovava praticamente in centro e mica è andata in linea retta, siamo passate ovvero abbiamo deviato anche per calle Muntaner come ciliegina sulla torta dei calletti che cominciavano a pompare vendette.

Al NostrOmo-Museo de las Sirenas la Grande Dama benefattrice è stata accolta come una regina, inchini, offerte di tisane e tè freddi e pasticcini, siamo state a vedere l'installazione del nuovo tableau vivant in cantiere che doveva scatenare code e code di visitatori a furor di popolo e di contestazioni di associazioni alla Militia Christi, pagata da lei sottobanco per il servizio di disturbo e conseguente copertura mediatica: un sepolcro scavato in una roccia nera... tutto di cartapesta, ovvio... una bara color crema col coperchio spostato di un venti gradi e ai lati due culturisti vivi a fare da angeli – i due prescelti si spogliarono solo per noi per darci un'idea di come sarebbe venuto non solo l'insieme ma chiunque – e, sopra il cofano, invece della classica sindone del Cristo deposto, un frac rosa con accanto un contratto per una stagione a "Sálvame Deluxe", un talk pomeridiano tra possedute dal demonio che va da dio.

Degli operai con gli occhietti a mandorla issati su delle scalette stavano disponendo sopra la sacra deposizione rivisitata il lungo cartiglio proprio in quel momento, “Resurrezione? Patrocina una checca!”.

Certo, era come chiedere a Don Giovanni, “Beatificazione? Adotta una figa a distanza!”, ma notevole, sinceramente notevole e pasquale tutto l’anno, nonché messaggio infinitamente più ecologico per il miglioramento dell’ambiente tutto di tutta questa carne incontentabile che si fa polvere e polvere che, dipendesse dal cervello che la tiene assieme, si rifarebbe carne avanti e indré.

Volle anche passare dal grande albergo tutto cristalli e acciaio e appena restaurato e inaugurato, il Gran Alfonso XIII e qualcosa, cui aveva fatto riferimento Sancho Maria nella sua telefonata lasciata in segreteria, proprio lì a pochi passi dal Museo de las Sirenas, ma, dietro mia insistenza, colto da una timidezza da panico, la convinsi a entrare da sola con un birichino “così intanto mi guardo in giro che mi sento un certo qual friccico tra le cosce”... figurarsi, avrei fatto la figura di una adescatrice morta vivente... e lei ne riuscì quasi subito, appena appena delusa per non averci trovato, dedussi, “una certa persona che poteva interessarti...”, la testarda, “Volevo farti una sorpresa, cara!”, ché io intuii di chi si trattava, del da lei stimatissimo... e sinistro... maître argentino Bartolomé Salieri – e già il giorno prima le avevo detto che il tipo non mi suscitava alcuna particolare curiosità e che non stavo cercando un posto quale segretaria alle prenotazioni o una cosa così, che desistesse dal tentativo di fare una combine tra lui e me; nel vedermi irrigidire adirato... una reazione in ritardo, oltretutto, e doppiamente mi maledissi per questo, perché fingere bene è la massima manifestazione di affetto che si possa tributare a un’amica del cuore... e già pronto a fare fagotto senza preavviso e marsc’, ogni contrarietà le si era cancellata dal volto.

Ora, uscendo dalla porta girevole preceduta da un liftboy in divisa color malva e kepi dal nastro sottomento dorato come gli orli della giacca e bianco che la ossequiò con un inchino a novanta gradi, sospirò, “Trovato niente di maschio fricativo, tesoro?”, “Sì, un gabbiano che voleva completarmi il nido in testa”, “Oh, sei un tale schianto di femmina, jefa, che o sarà stato lo Spirito Santo o non c’è più religione!”, e ritornammo garrule e ridenti, mi diede dei bacetti infiniti strada facendo e finalmente arrivammo in vista del Sanfecundo.

Solo in vista. All'insegna color marrone, viola e oro mancavano ancora duecento metri: i duecento metri più intasati di boutique di lusso di ogni genere di Spagna. Non so davanti a quante vetrine dovemmo fermarci e ogni volta dovendo io fingere di ammirare quanto ammirava lei, vestiti, sì, ma soprattutto gioiellerie. Volle entrare in una, che sembrava la sala dei ricevimenti di Versailles e dove accorsero in dieci vestiti di nero come becchini, perché si era invaghita di un orologino tempestato di non so quanti brillanti che stava in vetrina, si fece togliere un microchip all'interno della cassa, suppongo la batteria al quarzo, poi le lancette, sempre di diamante, che senza dirmi niente né chiedere il mio parere mi infilò nel décolleté e, respingendo dieci mani e infilandoselo da sé al polso, disse prima rivolgendosi a me che stavo per dire qualcosa, "Zitta, va bene così. Sei tu quella che spacca il secondo, a me il tempo non serve" e poi, rivolgendosi al direttore che le baciava la mano, "Passerà il mio molto onorato señor Salieri" e uscimmo.

"E zitta, ti prego. Caspitina! Per due lancette!", disse non appena la porta si era richiusa alle nostre spalle e riprendevamo la marcia verso il Sanfecundo – tutti e sei, perché avevamo due maniaci davanti e due di dietro che non smettevano di starci alle calcagna, tanto che lei mi sussurrò, compiaciutissima, di non guardarli per non dargli confidenza, "perdigiorno, maschi sbaragliati dalla nostra sensualità, playboys con la mano nella tasca dei pantaloni per tenerlo giù e intanto fargli il grattino, tesoro. È normale per due sciantose come noi".

Allorché vide due hipster, due esistenzialisti, due gay, come dire, due uomini pacificamente e affettuosamente e disinvoltamente mano nella mano si ritrasse inorridita dalla sconvolgente visione... forse catastrofica per lei e un certo tipo di business che fiorisce nei nascondigli organizzati del sesso, nell'organizzazione economica della paura, dell'ipocrisia, della noia... e la cosa mi piccò tanto che volli io, stavolta, mettere qualche puntino sulle i che le mancavano, e, dopo tanti cicalecci su chi era più donna, se lei, io o Carmen Electra, ebbi il fegato di tenerle un'intera profusione, come avrebbe fatto lei con me: spietatamente.

"Ma Hada, perché ti scandalizzi tanto? Non è da te! L'omosessualità funziona se ha una qualche base ideologica, un supporto di determinazione politica che la difenda dagli assalti dei venti da ogni direzione legislativa, religiosa, normativa, moralistica. Proprio come l'eterosessualità, che non è mai abbandonata a stessa e a tal punto dall'avere imposto nel corso dei secoli di essere lo specchio mirato della natura fino a sentirsi la naturale natura stessa, l'omosessualità ha bisogno di costruirsi una zavorra. Senza, abbandonata a se stessa e all'esclusiva fruizione di atti sessuali impliciti tra uomini e tra donne esplicitamente non liberi e non civilmente, giuridicamente, politicamente coesi e autodeterminati e alla luce della pubblica piazza, essa non regge né vola. Per godere fino in fondo in due, bisogna essere in molti a aver prima patito. E smettila di guardarli con quell'aria di riprovazione come se avessero preso lo scorbuto a forza di mangiare cibo solo fresco e bere acqua imperfettibilmente potabile! Guarda che quei due vengono qui e ci menano, se insisti."

"Patire? E perché mai, mia cara? Menarci? Farebbero prima a dire le ultime preghiere", fu tutto quello che mi rispose.

Come tutte le persone molto *intelligenti* che avevano usato la loro intelligenza solo per allisciare il potere e per avere potere, era *molto* stupida.

Un'intelligenza che ci guadagna non è mai tale, è bieca, per quanto brillante, imprenditorialità che si serve del mondo per com'è e per tenerlo com'è, se no gli salta il fatturato, quindi meglio allora che salti il mondo del tutto.

E di punto in bianco, arrestandosi sulla soglia del Sanfecundo mentre i primi impiegati cominciavano a scivolare fuori sospirando e le piccole persiane laterali venivano abbassate dall'interno, mi prese una mano fissandomi con infinita mitezza e disse, "Jefa, amore mio, tesoro, per come l'umanità è messa e per come ha voluto mettersi, tagliare le tasse ai ricchi significherebbe tagliare i coglioni ai poveri. Ti pare bello? Oh, señor Calisto, volevamo farle un'improvvisata, facciamo ancora in tempo?"

"Per lei, mia egregia doña Hada, siamo aperti giorno e notte", lei gli fece il sorriso del più grinzoso arcobaleno al contrario che le ricordi, me lo presentò e poi mi presentò battezzandomi allo stesso tempo, "E questa dama è la mia amica del cuore Doña Melibea", lui ebbe come un lampo di folle felicità e sgranò gli occhi fissandomi con trasognata ma pur sempre luciferina lussuria, fece un secondo inchino, si attardò un che di troppo con le labbra umidicce sul dorso della mia destra... portagli con l'indice teso in fuori come mi aveva insegnato lei prima di uscire... sentii chiaramente la punta della lingua passarmi sulle nocche e le unghie, e entrammo. Ogni suola in movimento verso l'uscita si arrestò di colpo come di ladri colti in fallo.

L'appena appena attempato gran ricciolutο sale e pepe señor Calisto, gioviale e robusto sportellista dai folti baffi giallognoli a manubrio in camicia nera a maniche corte, ceruleo, come quelli di sangue veramente caliente, dalle labbra a bancomat come lame di coltello a serramanico, le più avide di poppate dove non batte il sole, e di natica alta e prognata da callipigio amazzonico, mi trattava con una tale galanteria, un tale zelo, una tale venerazione pensando a cosa potevano mai fargli quelle mie unghie rosso petunia di tre centimetri buoni lungo la schiena che ho pensato che non solo avesse mangiato la foglia, soprattutto dopo avermi osservato le narici nemmeno fossero di minotauro, ma che facesse scintille dalle chiappe tutt'intorno e aspettasse solo di mangiare con la foglia anche il rametto, il tronchetto della felicità dello sportellista tipo che va a fare un giro dopo cena per digerire.

Mi fissava con una specie di pudore selvatico, rispettosamente ma con gli occhi iniettati di sangue, già domato ogni volta che poteva farmelo capire, il porco perbene, emanando attorno a sé un improvviso odore di stracotto d'asino che liberava il Chiaretto con aglio, cipolla, alloro, pepe nero, noce moscata e tanta, tanta cannella in cui il tipo era a bagnomaria dalla notte dei tempi.

Non vorrei entrare di peso nella storia con fatti miei personali, ma mi perdonerò una divagazione che non c'entra niente con i normali tessuti della memoria affabulatrice in questione ma con quegli altri: gliel'avrei spento più che volentieri seduta stante, quel fuoco al culo, stando seduto con lui su e giù a imbuto premendogli sulla bocca, per sicurezza contro i prevedibili ragli, quel suo bel mazzolone di chiavi delle cassette del caveau.

'Che uomini e che voglie di una volta ci sono anche adesso, fiiiga!' ho pensato sentendomi rimescolare dalla rabbia: gli stessi uomini che se mi presentassi con gli abiti di tutti i giorni mi guarderebbero con sufficienza e non oserebbero mai focalizzare il loro sguardo volpino sulla sella del mio naso camuso da fante romano e, girato l'angolo, mi darebbero del diverso con i colleghi del tutto uguali a loro e la cui morale della favola sessuale non detta è 'Perché mai dovrei ciucciare l'uccello di un uomo quando per trenta euro posso ciucciare senza alcun rischio quello di una donna?'.

Donna formulato donna, non *donna*; il machismo, che sta vivo a roboanti falsità, non conosce né falsetto né corsivo.

Ecco perché anche stamattina prima di andare a sedermi là alla Rambla de Canaletes sono passato davanti al Banco Sanfecundo di Aribau con Diagonal, ho buttato dentro l'occhio, con finta noncuranza, e infatti il Calisto-in-del-cul-te-lo-pisto non l'ho visto, neanche oggi, il culone bancario addetto al forziere dei privati; l'unica differenza rispetto a quella volta là che avevo quelle unghie rosso petunia lunghe come uncini è che adesso in più ho due molari in meno, e ho proseguito come se niente fosse, poiché niente è, fino alla mia sedia di ferro ansioso di rivolgere un pensiero alla foglia, se ancora c'era, del platano di fronte.

Se io alla fine così travestito sembravo la reincarnazione più nera e intabarrata della Bernarda Alba... seppure in tacco otto rosso e borsello a tracolla di cinghiale nero che mi batteva il pelo sullo stomaco ("Mia cara, per ogni evenienza tu di' sempre che è astrakan") e che non mi sarei mai potuta togliere senza togliermi prima la parrucca... sì, sembravo la Bernarda dell'omonimo dramma del caro García Lorca o la Celestina, quella ruffiana usuraia dell'omonimo dramma di Fernando de Rochas, una roba più per loggionisti già in volo di loro che per un inclito pubblico maschile da palco reale poco incline alle ascese ardite a scatola chiusa del volatile... per sé Hada Espejismo Caudilho per la nostra passeggiata a braccetto da amiche del cuore aveva scelto un tubino viola pastello in crêpe di seta al ginocchio e fiocco giallo tenuissimo a contrasto sullo scollo orizzontale, un altro Dior e nulla più, come bracciale un semplice choker a serpente in argento bagnato in oro bianco con occhi di brillanti e dei sandali open toe stiletto tredici in pitone e plateau con scultura, dal calice in iguana, a pompon di cristalli Swarovski sotto cui si intrecciavano i listini tempestati di polvere di lapislazzuli - prezzi solo su richiesta e pagamento per lettera di credito - su cui sembrava da sola tutta Hollywood corretta Buckingham Palace con aura... grazie al suo altissimo bastone in ebano, rame, argento e avorio, un vero e proprio emblema di potere dal pomo a melagrana aperta fatta di rubini che lei, per pertinenza da dea egizia, preferiva chiamare "il mio inseparabile aukh" anche se non vi si appoggiava per niente... da Valle dei Re.

A parte il bancario nel suo più intimo e bollente calore, gli uomini si giravano per guardare me, ma inseguivano lei, perché il sesso se non è laido a puntino non arrapa, però Hada non se ne curava da decenni, la cosa aveva finito per sconsolarla del tutto: nessuno la tallonava più per i suoi soldi, volevano proprio il suo corpo, la sua carne "*faisandée* come quella di un fagiano accapponato", e lei non amava troppo i pervertiti fuori dall'orario di lavoro.

Ogni tanto, stringendosi al fianco il gomito dell'altra, se l'una chiedeva "Siamo donne?" l'altra rispondeva "Se non lo siamo noi!" o "Sono bambola?", e la risposta concordata era "Di più", e giù a ridere come bimbette mattacchione, la conversazione non toccava vette fenomenologiche sull'essere e non essere, a parte un suo insistito e convinto riferimento alle nostre mestruazioni in ritardo che non seppi sviluppare.

Malgrado il suo continuo sbuffare, "Qué sofoco! Y a ti, Melibea?", cioè "che caldane e a te?" e il mio amichevole di cuore, "A mí doble, Hada", di prendere un taxi o un autobus neanche a parlarne, la mia Fata della candeggina mi fece scarpinare in su e in giù per un sei chilometri buoni di cui tre da quando era stata punta dalla vaghezza di chiamarmi Melibea... insieme alle due guardie del corpo dall'altra parte della strada e le altre due dietro di noi a cinquanta metri di distanza, di cui mi accorsi solo al rientro, perché io per tutta la passeggiata li avevo scambiati per quattro playboy particolarmente maniaci del genere nostro da non guardare per non dargli confidenza, aprii gli occhi davvero solo allorché si accommiatarono inchinandosi e facendoci il baciamano, fissando me, di certo su consegna di lei, nel caso avessi dei miei propri desiderata dell'ultimo momento che loro avrebbero soddisfatto all'istante, anche in falange tutti e quattro assieme con la stessa disinvoltura con cui si sarebbero detersi una goccia di sudore in più o in meno... perché lei voleva passeggiare passeggiare passeggiare a braccetto con la sua amica del cuore e se ne tolse la voglia e io le permisi di togliersela ancora e ancora e ancora, volle arrivare anche alla boutique di *Alta costura* di Joan Antoni Fàbregas dove dovetti consigliarla sull'abito, da sposa, con cui voleva debuttare al NostrOmo per la prima quindicina di esposizione e, per farla felice, puntai su un quindici metri di strascico da far cadere dalla balaustra centrale del Museo de las Sirenas e non ci fu verso di lasciarmi convincere a scegliere per me un tailleur di broccatello rosa vivo e arancio sparato ma sotto il ginocchio, anche se, secondo lei e il direttore, mi donava molto e mi snelliva i fianchi, poi, rientrate affrante e spossate e ognuna sazia per una propria ragione... prima di richiudere la cassetta di sicurezza, aveva insistito per regalarmi, dopo le lancette, un diamante a ventisei carati senza montatura, uno gnocco sfaccettato da un paio di milioni di euro per parte... fu tutto un pediluvio reciproco fino all'arrivederci che sapevamo non ci sarebbe stato, e a lei Sancho Maria non espresse alcun dubbio su quella sontuosa *señora* in lutto con lei nell'ascensore, né in seguito né mai, dicevo, e lui non mi chiamò mai più e di me non seppe più niente, anche se, invece, lo so io come è finita la sua storia delle nozze con Melchor, quell'altra storia di cui qui non è e non sarà questione.

'Anche se, a ben vedere, farebbe sempre parte della stessa storia, visto che è cominciata con te che avevi accettato tanto di buon grado di fargli da testimone': di chi è questa vocetta peregrina?

'Non vorrei allargarmi, ecco, tutto qua.'

'Ma che sarà mai? Un'eccezione al dire qualcosa conferma la regola di tacere tutto il resto.'

Ma la foglia del platano che persiste a pedinarmi per starmi di fronte sempre!

Ebbene...

Sì, lo so come è andata il giorno delle nozze gay tra Sancho Maria e Melchor: sono saltate.

E persino l'Almudena è riuscita a svenire tra le braccia di suo fratello per franare con lui addosso alle Tre Caravelle svestite di rosso tipo sottovesti messe addosso in fretta e furia – c'è un fermo immagine nel video su youtube, come se il telefonino o telecamera che sia abbia subìto uno stop da sbandamento per riprendere con le immagini in movimento pochi secondi dopo. In quel primo piano delle facce stravolte di Almudena e del fratello accostate, qualcosa negli occhi, un lampo di sorpresa, o forse lo stesso violetto, pervinca quasi, delle pupille dalle iridi blu per entrambi, o che sia stato per via degli zigomi spigolosi e alti per entrambi, quei lineamenti mi hanno ricordato qualcuno, ma non sono stato in grado di mettere a fuoco chi; a Sancho Maria, è vero quanto avevano spettegolato le tre sorelline prima di farsi issare sul trapezio nell'atrio, non assomigliavano né tanto né poco, e neanche alla Mercè o non così tanto da dire "sono tutti loro madre", a parte il nasino a patatina del figlio, ecco, mi hanno ricordato qualcuno, una frazione di secondo, ovvio, e anche le Tre Caravelle, i due piccoli-delinquenti-crescono baschi, ma non tanto i loro due genitori fratello e sorella e loro cinque della prole globale e loro otto in tutto con la Mercè madre e nonna, quanto un tratto sfuggente di qualcun altro, che non vantava legami di parentela alcuna, non ufficialmente, ma l'impressione come mi attraversò la memoria svanì e tanto vale che qui nemmeno la metta troppo a fuoco, è pura follia da autore di mélo tra sé e sé.

Tanto il titolo sarebbe o *I due figli di nessuno* o *A babbo morto* sempre e comunque.

Il sindaco o chi per lui dell'Alcaldía, in castigliano e, se non si capisse, dell'Alcaldia in catalano di Barcellona, ovvero del Municipio di Plaça Sant Jaume, a tracolla la sua fascia gialla con lo stemma nazionale con i suoi castelli d'oro, i leoni rampanti, altre strisce rosse verticali rosse su sfondo oro, melograni sotto una corona reale, due colonne d'Ercole in tutto ma con il distintivo Plus Ultra e nulla più entro due strisce rosse... proprio come l'ombrellino a campanula delle due vecchie baldracchine di Jerez de la Frontera... non ha fatto in tempo a avvisare "Chi ritiene che questo matrimonio non debba svolgersi parli ora o taccia per sempre" che una voce con acuto da mezzosoprano si è levata dal fondo della Sala del Consiglio: "Io! Farabutto!"

Si sono girati tutti.

Compresi una sorprendentemente raggiante, femminilissima quasi settantenne Mercè... e bellissima come non lo era stata nemmeno a quaranta, e pienamente, visibilmente assoluta in sé, ogni orpello di "dimensione frattale" gettato alle ortiche... liscia come un biscuit vestita di giallo oro intonato con un cappellino a girasole di seta sopra una tale massa di capelli rossi alla Rita Hayworth lunghi e vaporosi fino alle scapole che non tutti dovevano essere suoi e, accanto, anzi, attaccato come l'edera, il giovane armadio ibizenco figlio del giardiniere che potrebbe essere suo figlio, anzi, suo nipote, al quale arriva poco sotto l'ascella, proprio come a suo figlio tossico, con la differenza che il ventitreenne che le dà il braccio… oltre a tenerle a sandwich la destra sulla destra di lei a braccetto appoggiata sulla di lui sinistra, perché come entrava nei dettagli descrittivi la Espejismo ci sarebbe arrivato solo uno specchio, forse… è un uomo di tale splendore che non si può guardare a lungo pena improvvisa tachicardia e uno svenimento assicurato da sindrome di Stendhal, perché la bellezza o ti stronca se si dà a te o ti stronca se si dà agli altri, non se ne esce.

Mi è stato riferito che era di una possanza unica, mai vista nella penisola iberica arcipelaghi compresi, una testa del più bell'Antinoo che si possa trovare nei ginnasi della Licia, della Bitinia, della Panfilia, della Lidia, della Tracia e della Grecia tutta messi assieme, con una barbetta ricciolina biondo miele che senza staccarsi dai favoriti chiudeva una montagna di chiome ricciole biondo grano in cui nessun pettine, phon, gel e scuola di parrucchieri erano mai passati, occhi di acquamarina dall'iride un po' stupita ma non insolente, un naso retto da narici grandi, prepotenti e frementi come froge di toro, la bocca dal porpora un po' frusto, come già molto baciato via da matrone fameliche d'amore, la fossetta nel mento volitivo, gli zigomi alti, con un certo qual che di principe unno, carnagione scurita dal sole e lucente ancor di più nella penombra e mai sfiorata da una sigaretta, da una droga, da una sbronza, da una crema depilante, lì, nel suo semplice e tanto più abbagliante abito intero color carta da zucchero fuori moda, forse di suo padre quando si è sposato, col primo bottone della camicia bianca slacciato, non un anellino, non un piercing, non un elastichino ai capelli, non un tatuaggio, non una collanina, non un braccialetto, non un orecchino, non un'ombra di occhiaie da social network, non teneva in mano alcun iPod o cellulare, un portamento da squadrato guerriero germanico con l'eleganza di un assiro uscito fuori da un bassorilievo di timpano plasmato dall'aria aperta, mare, pallacanestro e studio otto ore al giorno sabato e domenica compresi per finire accanto a quella… a quella…

"Che spreco!" sentenziò il coro.

I due colombi, anzi, la poiana rifatta e il canarino magno splendida fusione tra un Icaro con ali di suo e i piedi ben piantati per terra di un Vulcano… sempre secondo la versione che me ne ha fatto il gestore del Bears', la volta dopo che sono ritornato a Barcellona, il quale era presente alla cerimonia e che a me non risultava affatto nell'indirizzario degli invitati ufficiali... stavano un po' isolati, un po' dietro, anzi, in fondo alla sala consiliare e per conto loro rispetto agli altri parenti tutti nelle prime due file, come se verso la Mercè, anzi, loro due, non tirasse aria buona, perché quell'intruso del Kennedy che ancora puzzava di latte materno, a distanza di un mese da quando erano apparsi insieme a Barcellona per la presentazione del giallo con l'amnesia, non si era ancora dimostrato il classico fuoco di paglia del vecchio Creso in gonnella che vuole ringiovanire tutto d'un colpo.

Insomma, suvvia... mi pare di sentirli, i Todabierta fattisi una sola anima e un solo corpo e una sola legittima eredità in pericolo... una vedova recente, una madre, una nonna non si porta un toyboy in famiglia, non lo stesso due volte, almeno per decenza, e poi che senso aveva smerdarli tutti perché il *suo* Esteban Kennedy era laureato in economia e commercio mentre loro due, i figli, a malapena avevano un diplomino comperato entrambi tramite scuola privata? che senso aveva un toyboy che inoltre, di certo mantenuto da lei mentre a loro da anni non dava più una palanca che è una, vantava un master alla School of Economics and Political Science di Londra e che, oltre all'inglese, parlava e scriveva Hochdeutsch alla perfezione, grazie alla madre tedesca, e stava studiando cinese? Dove voleva andare a parare col suo inedito istinto materno quella vecchiaccia senza cuore per nessuno? Una che se ne frega del sangue del suo sangue?

"Non avete preso niente né da vostra madre quando ancora era un padre... in culo! Volevo dire né da vostro padre né da vostra madre! In culo, in culo, in culo!" – come gongolò Hada Espejismo nel ripetermi al telefono questo trittico sfanculante della Mercè!

E se si tiene conto della scarsissima considerazione in cui teneva Sancho Maria, i due figli avranno avuto di sicuro un momento di vertigine: possibile si riferisse a lui? Non era contenta che non avessero preso niente da un simile padre? Che cosa voleva dire in effetti con "volevo dire"? Che nemmeno lei era mai stata una madre? Loro madre? A tal punto li ripudiava? Una *bruja*, ecco.

Be', l'avrebbero scoperto entro 66 minuti esatti cosa rimestava quella strega nella sua *pentolina* – di necessità rimessa a nuovo in un day hospital con un intervento di vaginoplastica che, immagino, ne avrà trasformato l'espressione di vecchio mastino napoletano dai nerastri e penduli bargigli in una di leprotta nana con una boccuccia madreperlacea così stretta che non si crede ci possa passare un grissino piemontese, figuriamoci uno sfilatino spagnolo con sangue tedesco-americano irrorato di globuli rossi irlandesi.

E tutti hanno visto chi era a vociferare e a brandire delle scartoffie con il braccio slanciato sulla testa mentre si faceva avanti verso il sindaco o chi per lui in tutta la sua efferata e abbronzata e irsuta bellezza e i due bambini cominciavano a gridare "Aita, aita!" mentre la Almudena li afferrava per il colletto della giacchetta uno per parte e li tratteneva con una forza impensabile e loro, scalciando come puledri, passavano dall'euskara al castigliano, "Papá, papá!", senza per questo attirare il minimo sguardo dell'intruso.

"E questo è il contratto di matrimonio del qui presente farabutto Sancho Maria Expósito Todabierta con me, il qui presente Erramun Peli Aramburuzabala. Perché la legge spagnola permette, sì, il matrimonio gay, ma la bigamia non ancora. ¡Que viva Eta!" – e siccome l'Eta si può considerare ammorbidita da un paio d'anni visto che ha formalmente promesso alla Spagna che non ammazzerà più nessuno, forse con lo scopo di far liberare intanto i mille e passa prigionieri in carcere e poi riprendere il suo furibondo mestiere alla grande per niente, l'avrà gridato con la stessa cognizione di Causa con cui avrebbe gridato "¡Que viva l'Ammorbidente Felce Azzurra per i Capi più delicati!", perché più sono jefes, più sono delicati.

E indietreggiando fino alla porta senza girare le spalle, quella stazza di maschione alto due metri... già con pancetta bella in vista, per la verità, il cinturone un bel po' sotto l'ombelico... è scomparso subito dopo, dandosi di nuovo *alla macchia*.

Mentre i due maschietti, disperati, non sapendo più come attirare l'attenzione del fedifrago, seppure solo verso loro madre, cominciavano a gridare "Papà! Nonno! Papà nonno! Nonno bis!" all'imprevisto *matrigno* della mamma nonché padre al contempo nonnastro loro, arrivarono le telecamere di "Hablar Sin Verguenza" e di Sancho Maria lì all'Alcaldia o Alcaldía che scriver si voglia non c'era più traccia, sparito come un coniglio in un gioco di prestigio, e qualcosina, come dicevo, è finito anche su youtube.

Un putiferio, un caos, e i regali pretesi indietro e i due smoking *gangbang leather* presi a noleggio e uno rientrato selvaggiamente strappato come se chi lo aveva indossato fosse stato trascinato da una trebbiatrice e poi passato sotto un rullo compressore e la Maserati biposto d'epoca, noleggiata anch'essa, un catorcio... Sancho Maria, specialista in prontezza di riflessi pronti come nessun miraggio potrà mai essere, si era dato alla fuga e al volante della fuoriserie era andato a infilarsi sotto un camion della nettezza urbana... e il banchetto a *La Circe de Mar-Pescado y nada más*, seimilanovecento euro solo di aragoste, granseole e capesante già cotte, decorate e pronte nei vassoi a fronte di una caparra irrisoria, data tutta la bella gente che avrebbe dovuto venire secondo le notizie trapelate dalla stampa scandalistica e quindi il grande ritorno di immagine per il locale, tutto lo scompiglio all'Alcaldia è finito in diretta, con il povero Melchor che si era abbattuto sulla sedia e andava avanti da mezz'ora a frignare con voce da bambina con un belzebù per capello lanceolato, "Voglio il mio papi, voglio il mio papi! È di carne! È di carne! È di carne!" e sua madre, tutta in organza bianco latte come una sposa, che gli ripeteva, "Il tuo papi è qui, il tuo papi è qui, tesoro, ne troveremo un altro, ne troveremo un altro, e poi lui era troppo giovane di carne per te" e intendeva dire che papi era lì perché era lì lei, perché per *certi* madri o il padre sono loro o altro padre non c'è, non perché ne faceva le veci, tipico.

Perché il genitore propriamente padre del Melchor non aveva presenziato a *las bodas gay*, per lui certe cose non erano ancora ammissibili e nessuno gli toglieva dalla testa che il Todabierta gli aveva plagiato il figlio per impossessarsi al più presto anche della loro villetta con giardino a Montjuïc - che solo grazie all'ultimo, cristiano pestaggio mancato nell'omonimo parco, pattugliato dalla Guardia Urbana che protegge gli uomini a zonzo nei cespugli, ho scoperto che significa Monte dei Giudei - e che il Melchor due anni prima era arrivato al punto di chiedergli la legittima e adesso il Todabierta era cointestatario di un appartamento con terrazzo-giardino in prima linea a Lloret de Mar senza averci messo *un duro* di suo.

Uno scandalo vero, finalmente, grazie anche al pronto intervento delle telecamere extra di "Extra rosa" che, per battere quelle di "Hablar sin Verguenza", si mossero veloci come la luce, e quindi come il pettegolezzo, da Plaça Sant Jaume all'imbocco della rotonda per la B-23 dove era avvenuto lo scontro con il camion della nettezza urbana fin sopra l'ambulanza stessa, al pronto soccorso e alla Barceloneta dal banchettificio - mai più saldato, causa in corso - della *Circe* e da lì alla villetta del vecchio Santiago Judas Levi al dibattito in studio in edizione serale speciale con:

a) una signorina di buona famiglia di Ávila, lontana parente della più celebre e santa delle vispe Terese, che dava l'utero in affitto;

b) il massimo esperto in diritto matrimoniale, un sacerdote imparziale, decano dell'Opus Dei, favorevole a riconoscere alle coppie di fatto monosessuali l'impiccagione però non disgiunta l'uno dall'altro;

c) la prima donna spagnola che era diventata uomo, ormai un anziano obeso con la barba finta;

d) due gay litigiosi, per via di chi doveva passare gli alimenti a chi, che si erano separati dalle mogli per sposarsi e che erano già alle pratiche, dolorose, di divorzio e quindi a chi dei due doveva restare un beagle che latrava per dieci secondi ogni dieci minuti esatti anche di notte, che nessuno dei due voleva prendersi in custodia;

e) la signora Levi in persona, sempre di biancovestita, madre di Melchor, che in breve è diventata un'icona gay come neanche Carmen Miranda e tanto che l'anno dopo... cioè quest'anno, ci giurerei... ha partecipato al reality "La isla de nunca jamás", l'omologo spagnolo de "L'isola che non c'è"... prova inconfutabile dell'avvenuta globalizzazione delle isole del mondo tutte indistintamente sottoposte allo stesso regime di ottimizzazione di indigeni passati al trucco, naufraghi di scorta, banani cinesi, granchi cinesi, ricci cinesi, squali con sola pinna di poliuretano a fior d'acqua e il motorino sotto che la mantiene a galla, pellicano impagliato, pappagalli impagliati, cestini pasto per maestranze e poliziotti, con dessert al crack per tenere duro nei climi tropicali, telecamere, cavi, gruppi autogeni e concorrenti e società di produzione... e anche la Levi come me è stata buttata nell'oceano da una mongolfiera per raggiungere a nuoto lo stesso mio isolotto con le finte noci di cocco sulle palme e le finte razze in acqua perché razziatissimo dagli affamati naufraghi pseudofamosi delle edizioni precedenti, perché tutto il mondo è paese e non c'è isola che sia rimasta un'isola per quanto sperduta, perché ormai anche ogni isola che non c'è c'è e è solo un'appendice della stessa terraferma un po' più fuori porta del retro con piscinetta di casa tua per esigenze legate al fuso orario della diretta.

Lo scandalo delle nozze gay mancate, però, è subito rientrato, perché comunque la morale dimostrava che non solo certe cose dovevano restare in famiglia e per restarci dovevano confermarlo nell'intimità della televisione, ma che, con quel matrimonio segreto del Todabierta con il mancato genero *etarra* un tanto più a colpo di reni che di detonatori, non vi erano mai neppure uscite, dalla famiglia, anzi, vi erano da prima, quindi da sempre e più di prima e di fatto in saeculaculorumamen e che la Famiglia, quale sacra e fondante istituzione della società, era salva, anche a non volerlo, era tanto più salva quanto più perduta.

Due parole sugli invitati effettivi e presenti che posso aggiungere di mio senza le confidenze telefoniche di Hada Espejismo e di persona del gestore del Bears' Cuchitril: dal video su youtube... dove purtroppo non c'è traccia del semidio Esteban, sicché devo credere sulla parola alla voce fatata al telefono che me lo decantò e a quella raucamente estasiata del gestore del Bears' e magari è un pendolone di primo della classe con gli occhi strabici, l'espressione da cretinetti lunare, tre peli rossicci unti in testa, il naso a becco e tardo di comprendonio... posso dire con tranquillità che, a parte quattro spiritate con le ciocie e dei pettini bianchi alti mezzo metro dietro la nuca di una qualche Compagnia delle Tate della Pomerania più pugliese con le loro ninnenanne, tutti gli altri erano clienti del Bears' Cuchitril o del Chapel's vestiti a festa, quindi tralascio di dire che tipo di festa e di abbigliamento, e poi una mezza dozzina di lesbiche del collettivo Velo de Isadora Duncan, tra le quali due cani giallognoli ormai grossi come vitelli fatti, finiti e sfiniti e più di là che di qua, di certo due cagne sottoposte o alla totale o a troppa procreazione assistita per venderne i cuccioli, e la loro invecchiatissima e obesissima proprietaria canaria di Las Palmas baby-sitter della lgbt riconoscibilissima e distinguibilissima dai due gelatinosi alani stravaccati per terra perché non si era mai cambiata neanche di marsupio attorno ai fianchi, al massimo gli avrà allungato il girovita, ma io nel video non sono riuscito a distinguere le saffiche Isidore dagli altri uomini con gli anelli nei capezzoli: o erano tutte dei normali portuali in sciopero che avevano invaso il municipio o saranno state vestite a festa anche loro.

14

Già al mio secondo giorno da Hada... quella sera inoltrata allorché, dopo esserci appena liberati del maronita del Barebackinstan e sparecchiato e rimesso in ordine il salone e il suo personale stantuffo nella vetrinetta d'onore, stavamo aspettando l'arrivo tra capo e collo della vandeana abbandonata dagli uomini e dalle ovulazioni e che, novella Caterina de' Medici, meditando per il 23 agosto una Notte di San Bartolomeo, era venuta apposta a Barcellona dalla Fata Morgana per fare scorta di adrenalina, grazie alle sue personali "nozze vermiglie" con la folladora, in vista del suo incontro con questa fantomatica Miuccià Pradà per esporle, ammesso sia anche donna e non solo un marchio di fabbrica, il suo piano e confidare nel suo regale appoggio... la Fata della candeggina cominciò a lavorarmi ai fianchi triplicando la soavità del suo sincero affetto e io, stupido, che per compiacerla, finita la sua recita di preghiera e rialzatasi dall'altarino, per pura, compiacente gentilezza mi ero messo a pareo attorno ai fianchi uno dei suoi scialli antichi ovvero una delle mantiglie dell'Ayun!

E, col senno di poi, anche quello straccio variopinto, ma da museo della seta ricamata a piccolo punto dei motivi floreali e paesaggistici più incredibili come dopo non fu mai più possibile a dita umane, fu da lei interpretato come una mia brama di resa. Me l'ero messo attorno solo per coprirmi le mutande, visto che mi ero già coricato e non mi andava di lasciarla sola davanti a quell'incombenza intanto che la sua cliente alla quale non si poteva dire di no stava arrivando da un momento all'altro, tanto che avevo chiesto a Cincin di farmi un caffè ma di portarmelo nell'office per lasciare sgombera la cucina, ma a Hada, che non abbassava mai la guardia se non per sferrarti da lì un colpo ancora più basso, fece comodo vedere quel pareo come un segnale di debolezza, nemmeno fosse una bandiera in cui avvolgere un caduto per la patria, un invito a farsi avanti per intrupparmi nel suo disegno per un mondo migliore, anzi, per il migliore dei mondi, il suo.

"... potrei lasciarti un portafoglio clienti come neanche Turandot, e poi la quadreria, la Fondazione..." sussurrò con ogni possibile dolce serietà. "E poi, ovvio, ti lascerei la mia pietra preziosa più fulgida. La Adorable Falsíta non solo è esse-pi-a, ma è quotata in Borsa, sai?"

"Scusa, Hada, hai tante di quelle imprese... che cos'è adesso di preciso la Adorable Falsìta che continui a nominare e che hai in Borsa?"

"Ma come, è la mia fabbrica di máquinas folladoras a corrente elettrica, è la biomeccanica fattasi tecnologia avanzata computerizzata! È all'insegna della Fullgravity con la massima gravità a sessanta gradi, con le braccia tese in avanti e i gomiti che sfiorano il pavimento! È il tempio del design architettonico applicato alle piccole cose di comfort della vita quotidiana! Quaranta operai e otto ingegneri, a Viladecans! È un prodotto in costante evoluzione! Mica è un motorino apriscatole! Presto avrà anche un doppio uso, produrrà energia pulita al contempo! Più energia alternativa pulita di quella! Mi hanno anche fatto Amazzone del Lavoro per La Adorable Falsíta! L'ho già presentata al Greenenergy di MilanoFiera e a ArcoMadrid dopo averla testata all'Expo di Shanghai l'anno scorso, caspitina! Ma cosa credi che sia venuto a fare il maronita fino a un quarto d'ora prima della messa vespertina che gli lasciamo dire a Sant'Eulalia per carità d'Iddio? Il modulo del Calvario, tutte e quindici le stazioni, un'ora ciascuna ma difilato una dopo l'altra velocità a passo d'uomo sciancato. Per mia fortuna, io devo fare solo quella dell'incontro con la madre e poi la Veronica che gli asciuga il volto dopo avergli asciugato il..."

"Ma esiste la parola 'falsíta' o 'falsìta' in castigliano o in catalano? Da 'falso'? Mai sentita."

"Perché, esistevo io? Quanto socialmente poteva mai esistere Io, una ninfetta costretta da Giove adultero a restare nascosta in una nube, in un fumetto, come in un fotoromanzo, mentre lui ripetutamente le ruba il pudore! Io, una non io per antonomasia! Mi sono inventata dal niente, anzi, ero sotto zero gradi di esistenza e da lì sono diventata una Iside, se come lei mi metto due corna di giovenca in testa, il sole verrebbe a appoggiarvisi per scaldarsi, oggi. E se una creatura riesce a inventarsi una vita partendo dall'oltretomba... dal vapore spermatico altrui ovvero dal sottobosco delle drag queen per intrattenere legionari, mercenari e militari in libera uscita... ah, se non fosse stato per il buon Millán che mi prese a cuore! Io, jefe, in un tableau vivant, nelle campagne private di Castelgandolfo, ho fatto in tempo a imitare persino madre Teresa di Calcutta in guêpière per le mie guardie svizzere e una scelta comitiva capeggiata dal buon cardinal Marcinkus! Oh, non ti dico i ganci e i doppi tiranti sotto al cavallo per nascondere il pacco regalo, un pacco invero regale, jefe, ah, se solo avessi trent'anni di meno ti... be', una reietta di portoghese che si ribalta in una regina d'Egitto in Spagna potrà pur inventare una parola o no? *Mentirosilla* o *mentirosita* non mi piaceva, nessuno mente a nessuno qui, la mia macchina è un'adorabile bugiardella che dà molto più di quanto non prometta, il sottinteso di falsità minore o di bugia bianca *entre nous* è il suo tocco subliminale, e allo stesso tempo dichiarato, sottoscritto dai suoi adepti, e guai se non ci fosse! Mica potevo quotarla in Borsa dicendo il suo nome per esteso! Mica potevo essere descrittiva, mica potevo prenderla alla lettera! *Macchina inculante s.p.a.*? Sarebbe stato ucciderla, caspitina! Non mi sarebbe mai entrata nei conventi e nelle canoniche di mezzo mondo e nei buen retiro dei capicosca più pii e nelle segreterie dei partiti e alla Moncloa, alla Casa Bianca, al tuo stesso Quirinale, a Palazzo Grazioli, conosci, no?"

"No. Per niente."

"... all'Eliseo, a Downing Street, al Cremlino! Le due Corée che se ne contendono il franchising! Hai mai visto un uomo, un normalissimo uomo secondo tutti gli standard virili e familistici, fare sesso con un trans non operato? Ecco: si comporta come sotto la folladora. Oh, lo so ben io! Chiama forse membro il membro che sta succhiando o che il trans gli sta infilando nel retto? No, dice sempre 'Oh, che bella passerina che hai, te la mangerei tutta' e intanto se lo infila fin giù nel canarozzo e 'Tiè e tiè e tiè, prendilo su tutto, sì, fino alle palle, troia, ti piace il mio cazzo, eh?' e è lui quello sotto che non ne lascia indietro un millimetro. Fare una cosa e chiamarla il contrario, ascriverlo all'altro quello che vuoi fare tu o che addirittura stai facendo tu. È l'inversione, l'invertitismo, l'inverso, chiamalo come vuoi, che fa rigare dritto il mondo, jefe. Il codice che va per la maggiore, il codice dei narcos, proviene da lì. Non c'è bisogno dell'intelligence dell'Fbi per decrittare un vostro pizzino siciliano, basta un femminiello di Portici con la seconda elementare che abbia fatto la quindicina a Palermo. Perché io certe cose e certe leggi italiane le so, e ho fatto anch'io la mia parte, sponsorizzata da un baldo parroco della Basilica di Sant'Apollinare, insieme alla mia cara amica Merlin per togliere quelle poverette dai casini di Stato e riportarle nei night, non credere".

A parte che "fare la quindicina", significando fare marchette due settimane in una casa chiusa e poi fare tappa in un'altra città fino a che non ritorni nella prima - perché poi "l'eterno ritorno" e "ciclo e riciclo", storico o che, provengono da lì, dalla stessa marchetta rinnovata -, non è riportato da alcun dizionario, lei mi spiegò, ma lo dirò con parole mie e forse anche con qualcosa di più, che se il trans col membro dicesse al suo spasimante tra le gambe, "Guarda, caro, che quello che stai succhiando non è una passerina ma il mio giocattolone brasileiro" o "Guarda, caro, che veramente sei tu quello che si sta facendo palombare a sangue", non solo salterebbe ogni magia ma il cliente farebbe saltare le cervella alla *tipa* che gli dice un'enormità del genere: sarebbe come dargli del frocio, a lui, che sta vivo sulle false piste del linguaggio e per questo si sente il re dei maschi di Formula 1 e per questo paga!

Infine, non starebbe bene dire in faccia "Il finocchio è nudo!" a un re, a un re oltretutto a culo scoperto che si sta facendo inchiappettare pagando una donna affinché faccia l'uomo, visto che lo è, e acqua in bocca.

Nelle operazioni erotico-estetiche, ma innanzitutto nevrasteniche, guai se la lingua batte dove il dente duole, guai! La lingua batte dove il dente gode, e l'unico dente che gode qui è il dente del giudizio perduto, del giudizio rimosso, del giudizio negato, della sospensione di ogni giudizio che sfocia nel linguaggio falsato. Chiama una sola volta una cosa con il suo nome e è la fine, spesso anche fisica di chi la dice, perché dire e dare il loro nome alle cose significa denunciare chi non glielo dà, scoprirgli la mistificazione che lo tiene in piedi, l'ipocrisia, condivisa, che lo ingrassa – quando le usciva la parola "ipocrisia", Hada non se ne sentiva minimamente sfiorata nella propria lingua, era un suono esclusivamente per gli ipocriti timpani altrui, i soli a riprodurla poi con le loro lingue sottostanti e a produrla con i loro di comportamenti, i suoi manco pel c...

La mattina del mio quinto e ultimo giorno degli undici in tutto... ma l'undicesimo non lo calcolo, non fu un vero capitolo della storia, o semmai solo per il fastidio di non aver trovato un paio di guanti subito per stare nel gate di El Prat e poi sull'aereo, con tutti gli occhi puntati su quelle unghie rosso petunia così da checca pterodattila e poi fissi nei miei se erano occhi di italiani e tanto imbranato nel fare qualsiasi cosa che dovetti farmi scartare una caramella dalla hostess, per non dire delle difficoltà che ho avuto per una settimana con la ritrovata tastiera vera e propria a Montichiari-Munticiàr, giusto per disbrigare le mail, non altro, e la carta igienica già allo srotolarla... be', la mattina del mio quinto e ultimo giorno degli undici in tutto fu tutto un precipitare di confidenze dell'ultimo minuto... dall'alba alle sette e mezza, quando finalmente quell'ascensore salì vuoto e scese con me dentro, e così svuotato che forse la cabina era anche più leggera di suo e non registrò alcuna variazione di peso.

I due promessi sposi non erano in casa e Hada, chissà come, lo sapeva... chissà come un corno: infilava nell'ex canna fumaria una lunghissima cornetta, una cucurbitacea abnorme a forma di didgeridoo ma ricurva e leggerissima portatale da un pezzo grosso del San Raffaele, da uno yachtsman che nel suo immacolato, a sentire lui, verziere ormai ultrasessantenne necessitava di uno stantuffo doppio perché gli dava al contempo il senso e di comunione e di liberazione, anzi, se proprio doveva fare il test prima dell'ordine all'ingrosso per la Regione di quel sanitario che si intendeva robotizzare in ragione di dodici pezzi a distanza di un metro l'uno dall'altro... il che fa più apostoli e ultima cena prima della camera mortuaria... con telecomando per le emergenze, tanto valeva che lo stantuffo di prova fosse triplo in omaggio, oltre che al Padre e al Figlio, allo Spirito Santo... e, con quella lunghissima zucca birichina su per la cappa, dalla piccola lastra traforata sul versante della parete nell'atrio di Sancho Maria aspirava ogni informazione con una tale nitidezza che sembrava di averli lì a raccontarcela su di persona... e inviò Cincin, sempre nella sua uniforme vaticana, con un cellulare e la sua alabardina a fare la guardia fuori dal palazzo e, già che c'era, con una tazzina di caffè, per l'autista in attesa.

L'autista mi aspettava nell'atrio seduto sul sofà accanto alla tazzina e stava al cellulare e mormorò solo un affrettato "Sí, sí, jefa, sí, vale" scattando in piedi davanti a me che uscivo dall'ascensore con il mio eroico bagaglio a mano 55x40x20cm del low cost (max 10kg: il vecchio computerino di un chilo e cento grammi, spazzolino e dentifricio formato piccolo, però niente forbicine per le unghie, niente collutorio, niente sciroppo anticatarro se no te li sequestrano, un flaconcino delle 12 Erbe, alla confezione di prugne senza conservanti storcono il naso ma te la lasciano passare, una bomboletta di schiuma da barba Noxzema da 50ml, e lì non possono dirti niente nemmeno richiamando le disposizioni aeroportuali UE – i rasoi usa e getta li compro sul posto, usa e getta per modo di dire, con uno mi ci faccio la barba anche tre volte –, uno spolverino in caso di pioggia, un paio di pantaloni lunghi oltre a quelli che ho su, un maglione, legato a girovita, eh, un paio di scarpe di ricambio, un dizionario di peso medio, un paio di ciabatte di pezza, una giacca, tre mutande e tre T-shirt che mi fanno anche da canottiere e tre paia di calzini e due camiciole colorate che mi lavo nelle camere d'albergo man mano che li sporco, una tuta col sopra e il sotto e sono dieci chili giusti, così risparmio il denaro di una valigia in stiva e tempo all'andata e al ritorno a aspettarla al nastro e sono subito fuori dal terminal a gustarmi la prima sigaretta; mi dispiace perché così non posso più fare scorta di scatolette di tonno del Consorcio Conservero se sono in Spagna o di busiate trapanesi se sono a Favignana o di marmellata di bacche di rosa se sono a Antalya, ma con i trenta euro di stiva che risparmio me ne compro!) però, come dicevo, con a tracolla la mia adorata sacca strapiena lo stesso.

Quella volta lì dell'anno scorso dovetti fare il check-in proprio per via della sacca di resistentissimo cotone blu a uncinetto, fattami da mia mamma decenni fa, che, come dicevo, avevo riempito di scatolette di sgombri, sardine, calamari, gamberetti, seppie col loro nero, filetto di tonno comprate coi miei soldi al Mercat de la Libertad di spendere illimitatamente e che non avevo avuto voglia di lasciargliele giù a sbafo a quei due esosi ingrati, un rigonfio tale e tutto tintinnante che nell'unico bagaglio a mano concesso dal low cost proprio non ci stava neanche a riempirmi di scatolette le mutande e ogni possibile tasca prima che all'imbarco le hostess della

Ryanair calassero la valigetta nel misurino per vedere che non fosse fuori formato e ti mandassero indietro alla biglietteria e quindi avevo dovuto travasare le scatolette dalla sacca nella valigetta e le cose che erano nella valigetta, quelle più leggere tipo le pantofole di pezza e la peretta di gomma da due litri e il maglione e il dizionario e la biancheria sporca nella sacca di cotone quale bagaglio a mano concesso e fare via internet e stampare lì da Hada Espejismo un biglietto con supplemento bagaglio, perché, ovvio, non sapendo quando sarei rientrato da Barcellona se poi andavo verso il Nord, avevo fatto solo l'andata, bagaglio che mi era costato una follia punitiva, tanto che il gioco delle scatolette non valeva la stiva che mi costava, ma fui ben contento di giocarmelo lo stesso, anzi, benedii il momento in cui me le ero riprese dal mobiletto della dispensa di Sancho Maria, se no non mi sarei mai accommiatato da lei con due ore e mezzo di anticipo sul volo riuscendo così a prendere l'aereo malgrado tutti quei testa-coda sul percorso in limousine per El Prat.

Per fortuna che avevo la scusa buona per svignarmela un'ora e mezza prima che se non avessi dovuto fare il check-in! Perché io ero in preda a una certa oscura frenesia e temevo di tradirmi.

A dirla tutta, è da un bel po' che mi sta sul gozzo: non solo non avevo avuto il cuore di buttarle via, ma già all'alba del terzo giorno da Hada vidi quelle scatolette come una via di fuga o almeno come l'alibi per fuggire via da lì con un'ora e mezza di anticipo sulla data e l'orario di cinque giorni dopo al massimo che già le avevo specificato la prima sera in cui mi trovai a tu per tu con lei. Novanta minuti primi, non è poco, quando ti sembra che ogni ora grondi sangue tuo da un secolo. E a parte che lei mi aveva già detto scrollando la testa, "Ryanair, biglietti prepagati, code da fare… che sciocchino! E io che ce l'avrei a fare un jet privato? Puoi andartene quando vuoi in qualsiasi momento… o quasi" e non mi era stato facile convincerla che mai e poi mai, che non mi andava di prendere proprio adesso "delle buone abitudini da satrapo".

"Contento tu…" aveva concluso, ma si vedeva che lei contenta non era, cioè, le piaceva molto la mia capacità di resisterle ma, infine, avrebbe preferito la sua capacità di farmi capitolare.

Avrei voluto andarmene almeno la sera prima da lì, la sera del quarto giorno una volta finiti passeggiata a braccetto e reciproco pedicure… quelle mie spropositate unghie rosso ciliegia permettendo e che con raccapriccio constatavo non fossero poi così posticce, con lei che cinguettava, "Ma perché vuoi togliertele, jefa? Ti donano tanto anche da uomo!", lì, piedi tra i piedi a bagno nel semicupio in terrazza, i suoi, dall'alluce visibilmente più lungo del secondo dito, egizi e i miei, in cui la lunghezza dell'alluce è al millesimo di millimetro uguale a quella del secondo dito, romani… ma non sapevo come fare a dirglielo e come giustificarle questa mia improvvisa variazione di programma e poi avrei dovuto dirle il nome dell'albergo vicino all'aeroporto che avrei preso, sempre che mi avesse permesso di prendere un taxi, e per me il diamante a ventisei carati non ha mai costituito un problema, io sapevo già dove l'avrei collocato, non certo in un barattolo di polipetti in escabeche avvolto nel cotone; insomma, non ho chiuso occhio tutta notte la notte dal quarto al quinto giorno, a ogni rumore o scalpiccio tendevo le orecchie e mi dicevo, 'Ecco, stanno arrivando' e non c'era chiave o chiavistello alla porta della mia camera, e poi non mi sarebbe servito a niente, a parte coprirmi di ridicolo, e comunque se era solo il diamantone che volevano indietro, lei o chi per lei, era lì in bella vista sul comodino… con le sue lancette sempre di diamante ma di valore più che altro simbolico una per parte… potevano riprenderselo e lasciarmi stare, ma prima, dicevo, molto prima di prendere l'ascensore e di scendere finalmente dabbasso come sgravato e anche graziato dal peso stesso del mondo, mentre alle sei del quinto e ultimo giorno noi due stavamo prendendo il primo caffè seduti di fronte l'uno all'altro al tavolinetto dell'office e Cincin in cucina ci preparava il desayuno, inaspettatamente Hada mi prese una mano e guardandomi fissamente scandì, "Non devi volergliene alla Sancho Maria".

Io? A lui? Lui non mi aveva mai dato i brividi della mor… mentre lei… e anche ora, ma certo erano frutto della mia fantasia al galoppo, questa mia fantasia persecutoria che con lei mi obbligava ancora di più a far finta di brucare pacifico la solita erba spagna, sana e rifocillante, che passa la generosa e disinteressata madre badessa alla sua consorella del cuore. Non avevo parole, risposi sgranando gli occhi dalla meraviglia e basta.

"Gli lascerò l'appartamento nel testamento, questo grande, intendo… senza gli arredi, a parte che non sa distinguere uno Spagnoletto da una spagnoletta e un El Greco da una greca… più la sua tana di là di sempre, gli lascerò questo piano per intero, con l'obbligo di prelazione alla Mercè in caso di vendita, qualcosa devo pur sempre anche a lei… oh, ma questa è un'altra storia, insignificante per tutte e due, lei l'avrò incontrata non per caso due volte in tutto… voglio dire, quattro o cinque coi battesimi e le comunioni, non voglio neanche ricordarla, errori, debolezze, vanità, pezze di gioventù… ma Mercè non è una donna cattiva come sembra, in fondo…" - *vanità*, *pezze*? nel senso di "metterci una pezza" a un guaio, a un problema, a un… un buco? e di quale altra gioventù stava parlando? quante ne aveva avute? - "Sì, questo appartamento più un libretto al portatore per le tasse di successione gli lascio, tanto al Sancho non gli durerà niente a lungo, ha le mani bucate peggio di Cristo, ma non dirglielo, perché quello è uno che gli dai un dito e si prende tutto un museo di storia innaturale come il NostrOmo".

Fece una lunga pausa, che io mi guardai bene dal riempire.

"Perché, vedi, jefe, l'unico modo per noi di continuare a amare qualcuno senza che la storia si concluda in tragedia per te o per lui è impedirgli di portarci alla rovina trascinandoci nella sua e troncargli i viveri di netto… e permettergli di odiarci fino in fondo, che poi è l'unico modo per uno così di ricambiare il nostro amore infinito finito solo in apparenza. Caspitina, non potevo giocarmi l'imbalsamazione e il museo, jefe, io non potevo permettermi di spendere e spandere, io avevo il dovere di accumulare, potevo fare solo profitti e reinvestire, non avevo scelta. Una come me la butterebbero nella fossa comune da viva. Jefe, una didascalia quando ci vuole ci vuole, è inutile star lì a menare la merda del mistero e del come andrà a finire, qui non è mai cominciato niente da che vita è vita. Tra di noi, jefa…".

Non mi aspettavo dicesse una cosa così dopo tutte le infami mire, le scroccherie, gli inganni, le carte di credito clonatele, i finti suicidi, le pagliacciate in pubblico che mi aveva raccontato di Sancho Maria, ovvio invece che la vicina Mercè, se non il vicino Sancho Maria, l'avesse invitata almeno ai battesimi e alle conseguenti marchiature sacramentali dei figli, e certo Hada Espejismo non si sarà presentata a mani vuote.

Che la Mercè sospettasse anche i vincoli, gli antichissimi vincoli, di morboso odioamore tra Hada Espejismo e il marito, è un altro paio di maniche e davvero non saprei dove attaccarle, a parte la gratitudine che la Fata della candeggina potesse provare per quella ex moglie per averle sposato e tolto dai piedi per qualche decennio quel ben più di un disgraziato figlioccio senza arte né parte di Sancho Maria.

Passammo in cucina dove mi attendeva la mia bella scodella di caffelatte fumante con crostoni di pane secco e uovo alla coque, pancetta affumicata quasi bruciata come piace a me, marmellata di arance e fette biscottate e Hada con uno sguardo ordinò a Cincin di andarsene e, sempre con uno sguardo, addirittura di portare giù un caffè all'autista che stava arrivando per prelevarmi, o tale mi sembrò l'ordine e l'esecuzione scaturiti da quest'altra selenica telepatia.

Quella diga di confidenze su Sancho Maria aveva cominciato a aprirsi sin dalle prime ore in cui avevo messo piede nella sua casa, e adesso non posso mettere in ordine cronologico le sequenze di tutta la fiducia al dettaglio che lei doveva riporre in me per raccontarmi simili intimi, delicati spropositi esistenziali, contraddittori in parecchi dettagli e quindi molto più che sinceri, insinceri di una sincerità a orologeria, secca, brutale, incadaverita, ecco, e poi il tempo lì aveva cessato di essere frazionabile come negli altri posti, nel ricordo mi sembra che non ci sia mai stato un prima e un poi e un durante, era tutto il tempo un unico attimo psichico, una bolla fluttuante nello spazio della percezione, comunque sarà stata la mattina del terzo giorno che già ci si predisponeva per l'accoglienza della sudamericana dell'Unicef… ah, che notte quella notte! ancora non era stato liberato il salone dall'odore di culo pignolo, un tantino troppo benedetto e golosastro in proporzione, della vandeana di Poitou che c'era stata un'emergenza delle più gravi che non si poteva respingere, e lei ancora non si reggeva in piedi per via di un *sacrificio della carriola* infertole alle tre di notte da un sedicenne "epilettico *à la page*" accompagnato dalla supplice madre superraccomandata disperata che, con la borsetta piena di contanti, intanto ne aveva approfittato per fare, accudita da Cincin, un assaggino di duecento metri a velocità 1 per le più timorose del nuovo che avanza, il piano e piatto modulo Tour de Indurain che include al contempo un po' di aerosol alle foglie di coca se no tanto varrebbe non farlo… che Hada mi disse, "E le Porsche sottrattemi dal garage e lanciate a duecento all'ora tra i semafori della Diagonal e sfasciate una dopo l'altra? Tre, tre! E lui mai un graffio, anche se poi tutto il male non viene per nuocere, perché una volta, sulla seconda, si trovava il suo bello del momento, che Dios lo benedica, un ex militare che ha preso il largo verso la Spagna quando le cose hanno cominciato a rimettersi male e negli stadi d'Argentina si ricominciava a giocare al pallone, quei barbari comunisti! Bello del momento si fa per dire, perché Sancho Maria lì non ha delibato né tanto né poco, a parte l'incommensurabile libidine di non concludere mai niente a nessun... costo, pur avendo ogni costo possibile, perché quello là mica era scemo, l'ha spremuto... spremendo me di riflesso anche lì... come un limone, no, un limone è troppo grosso: come un tamarindo. La polizia è risalita in quattro e quattr'otto al vero proprietario... ormai proprietaria, nevvero... dell'auto e lui, il bel Salieri del sedile accanto col Sancho Maria alla guida della Porsche, dopo due giorni dall'incidente e dal ricovero cautelativo in ospedale mi ha fatto scrivere una lettera da uno degli studi legali più in vista di Barcellona, chiedendomi una cifra iperbolica pronto a fare causa a me e alla assicurazione e al Sancho Maria stesso. Lì ho capito che non doveva essere male, il tipetto argentino, ho sganciato... prendendo la sua parte contro la mia assicurazione... e l'ho agganciato. Per sempre. Il migliore affare della mia vita. Ah, il mio buon Bartolomé Salieri! Si è rivelato un maître insuperabile, un uomo d'oro, e un direttore del personale tutto come neanche Adolf Eichmann. Sai, i suoi bisnonni erano delle tue parti, Verona o giù di lì, chissà che buon sangue non menta nemmeno con te... Ligio al mandato, studioso, lui, verdad, vacanze solo di ripasso e aggiornamento, gli ho fatto fare uno stage anche da Ratko Mladić, conosci, lo chiamano "il boia di Srebrenica" ma è una così brava persona, nient'altro che un patriota alla vecchia maniera, un professionista come pochi. Sai, il Salieri mi aveva perso un po' la mano con questi discoli di operai asiatici di Viladecans. Oh, i suoi capricci non vanno lontano, più che nostalgia per un giro di vite contro il lassismo dei costumi non prova, un aspetto da dandy e una vita da eremita. Non ho mai saputo di un parente, di una relazione, di un amico. Un asceta. Non manca una messa e un'oblazione. Che cosa ne farà della montagna di soldi che deve avere accumulato grazie a me, non si sa, secondo me non ne fa niente di niente, a parte abiti di sartoria e puros cubani che possono costargli anche tremila dollari l'uno, tirerà sì e no tre boccate in tutto, mille dollari a cerchietto di fumo. Un idealista. Ora ha i suoi anni, anche se sembra aver fatto un patto con il diavolo e due con gli spinaci di Popeye tanto è bello e fresco, forse a te piac… Te a lui sono sicura… Vuoi conoscerlo, jefe? Una vera gemma di uomo e un frutto maturo a puntino per te… una mia parolina e… Sei o non sei il mio raccomandato di ferro, jefe?".

Li aveva messi a frutto tutti.

E poi, tutti a partito: il suo.

15

Ho talvolta pensato di aver fantasmato troppo su Hada Espejismo e la sua onnipotenza, la sua illimitata maestria stregonesca di piegare a sé la volontà di chi cadeva sotto il riflesso del suo disegno oltre lo specchio di cui si serviva per catturare, e che troppe erano le incongruenze, le linee non rette tra causa e effetto, come se il suo effetto sulle sue *vittime* lasciasse alquanto a desiderare e che l'interesse che le tornava indietro da questo effetto o risultato pratico fosse molto più modesto per lei che non per i suoi prescelti umanotteri, ma mi sbagliavo. Non ne ho le prove, e questa è la prova più grande a mio favore: di quella bella compagnia, e del suo lessico interno dettato dal suo profeta, non ho conosciuto l'alfabeto per intero perché sono riuscito a saltarla a piè pari.

Alla Fata Morgana non interessava dove andava a cadere la palla, perché sapeva che non poteva predeterminarne né il tragitto né l'impatto della caduta né dove sarebbe caduta né dove sarebbe finita di rimbalzo in rimbalzo, a lei interessava lanciarla: ovunque fosse finita, sarebbe finita... prima o poi... entro il raggio del retro del suo specchio accecante di promesse, di sogni, di illusioni e di denaro apparentemente facile, dove stava nascosto, semplice e nitido, il suo disegno di assoluto dominio sul tempo degli umani a lei riservati dalla sua data di nascita in poi.

Se il caso le aveva assegnato costui e costei e costoro, lei volle trasformarlo nel destino di farli suoi determinando il destino di chiunque, per qualsivoglia ragione, quasi sempre meschina, volesse vendersi appallottolandosi nelle sue mani. Si era impossessata anche del destino dei discendenti inconsapevoli di quella stirpe infame. Era come un polline venefico, Hada: si propalava e impollinava, come dire, dalle stesse radici e intanto occupava il terreno limitrofo dove sarebbe cresciuto il giovane germoglio.

Se io non vedevo i nessi, e se non sono mai riuscito a trovare la coda del capo di certi fili tirati da lei e da lei annodati nel cervello dei complici o aficionados o compiaciute e prezzolate vittime che dir si voglia, è perché per me il tempo ha le sue scadenze ben calendarizzate e i crediti o tornano indietro entro un certo periodo o sono dei debiti irreversibili, ma per lei no, come se lei fosse un messia e la sua stessa chiesa, una Chiesa in piccolo intenzionata a durare millenni, ecco, e portasse una pazienza infinita solo perché non sentiva alcun bisogno di stressarsi portando una pazienza qualsiasi. Tutti quei Todabierta... e chissà quanti e chi altri... che a me sembravano in balia solo di se stessi, in verità erano trottole che potevano prendersi qualsiasi libertà di giri e velocità una volta in moto ma non potevano darsi il tocco di mano che in moto le aveva messe una volta per sempre.

Una volta che la palla era lanciata da lei finiva inesorabilmente nel suo mirabile canestro, e le deviazioni... dei singoli appallottolamenti umani a lei vendutisi, anche in autosuperofferta, tipo paghi la mamma e ti prendi su un figlio o paghi il nonno e ti prendi su una nipotina in regalo... facevano parte del percorso per arrivarci dentro e non uscirne più.

Uno specchio è come un fiume: sa aspettare senza neppure mettersi a aspettare. Un fiume sa che non c'è carogna sepolta sulle nevi della cima più alta che prima o poi non fluirà nelle sue acque. E chiunque... prima o poi, ma da vivo... cade dentro uno specchio.

Se sei un umano intelligente, entri e esci e stai dappertutto ma non ti sposti mai dalla tua intelligenza, niente e nessuno e a nessun prezzo al mondo può smuoverti da lì, se sei intelligente lo sai e se lo sai, sai anche che la tua intelligenza di umano intelligente che intelligente si vuole non è negoziabile, mentre se non l'hai, la baratti e chi la compra sa che compra un umanottero ubbidiente e amen, perché di quello ha bisogno.

Perché chi compra un umanottero ubbidiente e amen, se voleva un umano intelligente se lo sarebbe fabbricato da sé cominciando da se stesso e non sarebbe stato così umanottero da essere servito da uno umanottero quanto lui ma meno socialmente arrivato a sembrare intelligente e quindi a essere furbo quanto il padrone che se ne serve; se sei un servile idiota di umanottero e basta, per l'appunto, uno spirante furbo, un politicante in pectore, uno in sé già organico a un clan e a un sistema di potere contro chi... di solito singole persone, singoli lavoratori senza forza contrattuale o non omologabili a una élite... clan non ne fa e potere non ne ha alcuno a parte la sua umanità e la sua forza lavoro giorno per giorno, non ti parrà vero di disintegrarti per integrarti in una ferita infetta di lusso e tutti gli altri umanotteri, gli umanotteri in miseria e ai quali la miseria ben gli sta, invece di disprezzarti, ti ammireranno per le palle che non hai mai avuto e mentre le perdi te ne verranno riconosciute quattro: e una Fata Morgana sarebbe stata lì pronta a accoglierti tra le sue misericordiose braccia o, secondo me, spire, ma vedi tu.

A differenza di me, che puntavo sul risollevare ogni afflitto bisognoso d'aiuto e togliere il disturbo al più presto per non fargli pesare quanto ti era costato chinarti e tirarlo su e sentirti dire dal medesimo di andare affanculo te e la tua umana pietà, Hada Espejismo da ogni criminale anche solo potenziale, da ogni mostriciattolo crudele e spietato e traditore, da ogni poco di buono intenzionato a migliorare, a *ottimizzare* la sua pochezza, da ogni psicopatico maniaco di un ordine qualsiasi da imporre agli altri, i disordinati per eccellenza, da ogni disgraziato con un suo chip fascistoide nel cervello, anche da quello più in disgrazia - salvo Sancho Maria: "Oh, né Caino né Abele, quello, un deficiente irrecuperabile da qualsiasi parte tu lo prenda e lo tiri, la mia croce, perché una bisogna pur averla tutti, e per fortuna che la Mercè se n'è presa metà buona, le dovrò fare un regalo, alla fine, ma sì, se lo merita su ogni piano, magari di piani gliene lascio sei" - aveva saputo estrarre una pepita e addirittura un filone d'oro senza mai smettere di alitargli sul collo, modulando sia il sollievo rinfrescante che la fiamma perforante del castigo e della retrocessione di grado in agguato.

Da questo Bartolomé Salieri, il Caino dei suoi sogni a occhi ben aperti - il che con una persona del genere non significa affatto aperti e basta come per me: aperti non per parare il colpo, ma per sferrarlo -, il coronamento di tutti i suoi sforzi pedagogici e filantropici, di investimento e resa... e creando chissà quali conflitti di gelosia e di astio in Sancho Maria che si sarà sentito doppiamente rifiutato e scavalcato... sembrava che Hada avesse saputo portare alla luce niente di meno che una miniera di prezioso morbo senza fondo né fine, capace di insinuarsi in ogni collina e montagna limitrofa, come un veleno volatile che da un polpastrello si diffonde per tutto il corpo disponibile, sino a che tutto il corpo sociale diventa mera appendice contaminata del tuo, untore mitridatizzato.

Era il suo figlio prediletto, questa è la realtà, la creatura venutale meglio, il suo erede spirituale – sempre che non avesse stretto un patto segreto con Mercè Vattelapesca, visto che intendeva lasciarle, mi sembrava di aver capito, un immobile di sei piani ubicato chissà dove... e ancora non sapevo che si trovava proprio sotto i miei piedi... perché qui alla normale normalità degli intrecci segreti si arriva solo pensando l'impensabile.

Che cosa poteva desiderare la Fata della candeggina, la Fata Morgana, prima di morire, amica del cuore a parte, se non crearne una ancora più perfetta, anzi, tirando dentro quella più perfetta che c'era già e che le era piombata addirittura in casa sposandole quel paria di Sancho Maria?

Quanto avrebbe voluto in cuor suo che non mi accontentassi di un diamante grosso, sì, ma mai quanto quello appartenuto a Maria de' Medici proprio lì accanto nella cassetta di sicurezza di un trenta centimetri per cinquanta, tra un numero imprecisato di Van Cleefs & Arpels, di bocciuoli a Serti Mystérieux, di Tiffany uno più abbacinante dell'altro, lì in un astuccio di madreperla in cui ci sarebbero stati i fegati di tre neonati da fare infarinati, olio, cipolle, salvia, limone alla veneziana!

Niente l'aveva fermata e nessuno uomo di carattere indomito e irraggiungibile di per sé la scoraggiava tanto da desistere dai suoi sortilegi corruttori, nemmeno io, anzi, più uno era figliuol prodigo, o testardamente e incorruttibilmente intelligente, più si scatenava la sua brama di redenzione e di riscatto per lui, da scientifica benefattrice dell'umanità allo sbando, e raramente, rarissimamente aveva fallito, lei.

Che donna!

In tutti aveva visto una possibilità e una rinascita e una eternizzazione: la sua.

La sua anche qui, anche con me, sempre la sua.

Un Pifferaio Magico o una Sirena non conosce altra musica, e nemmeno quelli che gli vanno dietro.

Io, al confronto, ero un campanellino crepato, un clarinetto senza tasti, una trombetta di Carnevale dei Bambini senza pernacchia e senza linguetta srotolabile, le mie note non arrivavano a tal punto a nessuno che non le sentivo nemmeno io. Quindi dovevano essere potenti, da qualche altra parte, in un diverso pianeta, dentro altri timpani, ma questi no, di sicuro questi di questo pianeta no.

Che bello mi sentii, che meraviglioso strumento avevo mai inventato! Un io così in barba al secolo e in culo all'apologia politica del Caino!

"Jefe, mi sembri un po' imbambolato, a cosa pensi? Non mi hai detto se vuoi o no conoscere il mio prezioso Bartolomé Salieri, mi hai solo guardato un po' così..."

A me non solo mi era già andato via di mente, ma neppure c'era mai entrato.

Andavo già davvero forte, almeno tra me e la considerazione che mi dovevo, accelerai: "No, grazie, Hada, non vedo una sola ragione per conoscerlo, anche se solo per il cognome Salieri è una tentazione irresistibile, non sto cercando alcun impiego, e sull'uso degli stadi in Argentina e dello Zyklon B in Germania sai che non la penso come te, quindi nemmeno come lui" buttai lì con quanta disinvoltura mi consigliava il mio senso del pericolo da scampare senza dare a vedere che mi ero accorto esistesse rendendo così incerta e bloccabile la mia fuga che speravo apparisse una partenza fino all'ultimo istante – fino a quell'ascensore che non chiamava ancora, che non chiamava mai.

"Ma sai che io non la penso affatto sempre come me! Dipende dalla musica che passa il convento, ci faccio l'orecchio e via. Se è Mozart tanto meglio, se è Salieri raddoppierò lo sforzo per stare a tempo. L'importante è che il teatro delle loro sonatine resti mio. Ma a un altro Mozart potrei cederlo, il mio teatrino..." mi concesse Hada Espejismo.

Che risata, un delirio da strozzarsi. Quanto si sentì lusingata che io non facessi una piega! Chi avrebbe mai potuto resistere a quell'ipocrisia al contrario, chi non si sarebbe perdutamente innamorato di Hada Espejismo fino a inginocchiarsi ai suoi piedi per baciarle entrambe le mani per l'unzione che ti tributava?

Io.

Avevo un unico scopo: vincere il panico, non darlo a vedere e tuttavia arrivare dove volevo: andarmene via, salvare la pelle e non restare in credito. Salvare la pelle non solo al momento, bensì non lasciare accesa su quel piano alcuna ipoteca sulla mia vita.

E proprio all'ultimo desayuno insieme ripartì con gli aneddoti più gustosi: e quella volta che avevano conciato il Sancho Maria per le feste tanto da renderlo irriconoscibile?

S'era sparsa la voce nell'ambiente che due giovani cugini superdotati di origine portoricana alquanto metrosessuali, proprietari di una rinomata bottega della musica, ogni volta che scoprivano un ladruncolo abbastanza di primo pelo tiravano giù la saracinesca e lo inchiappettavano *a pelo*, cioè senza preservativo, fino a farlo diventare un cliente onesto e fedele anche fuori dall'orario, be', una volta il Sancho Maria, già un po' passatello ma senza che lui passatello si sentisse, si era infilato apposta tre cd nelle mutande e l'allarme antitaccheggio sulla porta non era squillato, era ritornato dentro il negozio e, quasi a protestare per l'iniquo trattamento, se li era sfilati davanti ai due mastodontici portoricani dicendogli "Ve l'ho fatta, eh? E adesso che mi fate?" e i due avevano, sì, tirato giù la saracinesca, ma per dargliene tante e tante da finire zitto e mosca al pronto soccorso: non era il loro tipo, tutto qui.

"Sai, jefe, i due portoricani non hanno mai più tirato su la saracinesca del loro negozio. Scomparsi dalla sera alla mattina. Oh, sono in buona compagnia." – mi appoggiai a una natica del Bernini ricreato facendo finta fosse una posa, non un mancamento, per quanto rapidissimo nel venirmi e nel lasciarmi – "Nessuno può fare impunemente del male a Sancho Maria."

"A parte te" le dissi con una smorfietta da giullare alla fine delle sue risorse canzonatorie a comando: mi andò bene, scoppiò a ridere di gusto.

"Sai, jefa, perché nessuno ti avrebbe mai aperto una porta di tutte le diciotto del palazzo per darti o negarti un po' di candeggina? Sono tutte fintíte, fintarelle, ecco, e tutte murate all'interno... c'è una capace scala a chiocciola nella dispensa che attraversa tutti i sei piani fino a pianoterra, avrei tanto voluto farti fare un giro in quegli appartamenti, costituiscono il mio privato gabinetto delle meraviglie, oh, può ben competere con quello dei Borgia e di Cagliostro messi assieme, non credere. Ma tu te ne vai, tu non mi vuoi poi così bene, mentre io..."

"Ma Hada!" esclamai io, fingendo risentimento.

"A parte qualche scheletro, sono tutti vuoti. E tutti miei", mi guardava come se quel suo pervinca negli occhi contenesse un'iride a raggio ultravioletto, poi scoppiò a ridere, "Scherzo, simplón! Scheletri a parte, non solo sono tutti miei questi, ma anche quelli abitati sotto la mia terrazza, ma quelli sono già intestati alla Fondazione NostrOmo, quelli del palazzo attaccato che fa angolo con la Avenida!"

"Ci avrai stipato la tua biblioteca nascosta, sei piani di libri" - 'esclusi i miei' pensai, mai che ne avesse fatto mezza parola neanche lei - "i tuoi scheletri negli armadi dal sesto al primo, una Torre di Babele occulta e ascendente. Hostia qué chic, chavala! Però, sono già le sette, meglio che mi sbrighi o perdo l'aereo."

"Allora, mi prometti che non gliene vorrai al Sancho Maria?"

"Ma io non gliene voglio affatto, Hada, che ti salta in quella mente mirabilmente malata? A me Sancho Maria non ha fatto alcun male, anzi, mi ha liberato per sempre dell'unico che poteva farmi: lui. Non ho alcuna intenzione di rivederlo mai più."

"Puoi giurarlo. Cioè, io non ne sarei tanto sicura. Tra altri sei anni, magari... Non ha nemmeno una vera nonna portoghese... voglio dire, mia madre tanto portata ai mocciosi non lo è mai stata, nemmeno con me, lui è uno ancora più respinto di noi, lo è dal primo vagito. In principio lo trovò il nano capocomico del Circo Todabierta-Para Toda la Familia, dei fricchettoni tutti naneschi col tendone lì a Lloret..." - non so se mise o no un qualche accento su quel "Familia" quindi lo lascio in castigliano senza í, perché temo che il circo avesse due tipi di cartelloni e quindi due tipi di "Familia/Família" e di "María/Maria" per i suoi affiliati a seconda della località in cui si trovava, altrimenti erano guai per il botteghino - e Hada mi guardò di nuovo in un certo modo, ma la sua ipnosi non mi toccò, il che significa che feci finta che non mi avesse colpito in pieno.

Stava ritornando all'attacco con l'Ultima Versione Di Come Stanno Realmente I Fatti della Vita, ma anche stavolta, dicevo, feci finta di niente ovvero di crederle: troppa verità troppo tardiva emendava solo un'altra menzogna vecchia o giocata d'anticipo, tutto mi suonava come se lei insistesse per lasciarmi a intendere che in verità Sancho Maria era nato da una sua relazione col nano Todabierta capocomico e che l'aveva partorito come Zeus o come Era dalla fronte, per non dire altrove. Tanto, una così, come uno così, sbrodola i peccati privati solo per meglio nascondere le infamie pubbliche, e poi non avevo davvero voglia di farmi carico di altre rivelazioni ormai importune, perché seguendo quel filo in quel labirinto dove l'oblio si inventa un passato qualsiasi pur di ricordarsene uno, e tanto inventato da essere quello vero ormai del tutto inverosimile, sarei arrivato a concludere che dietro la catena di discoteche gay di saune gay di sex shop gay e di farmacie dentro e fuori Barcellona c'era lei, e forse anche dietro il Gran Alfonso XIII y Millán-Astray, probabilmente uno di una catena di hotel e affini in tutta Spagna, e dietro parecchio altro, e parecchi.

Intendo dire che se mi avesse confessato... perché questo è il verbo che usa la gente tarata per dire "dire"... che Mercè era sua figlia, un errore di gioventù prima che cambiasse sesso... sempre a credere che operata lo fosse... con una dentista nana o la direttrice dell'Ufficio del Catasto di Lloret de Mar non le avrei creduto, se invece ci fossi arrivato da me con i miei colpi di fulmine... cerebrali, non semplicemente romanzeschi... a concepire una simile assurdità, be', a me avrei creduto.

"È come se Sancho Maria avesse un grumo di sangue marcio nel cervello, jefe, non può farci niente, non sa darsi pace: non è abbastanza basso per essere un nano, non è abbastanza alto per essere normale, proprio come hanno detto le tre porche in erba l'altro ieri, ma dalla Pipa Frega Iricarne Ballet sono così brave, danno tanta soddisfazione in quelle loro scarpettine a punta e tutù! E trovare pertiche di maschi che ci stiano a fingere di farsi abbassare alla sua altezza ha dei costi illimitati, nemmeno il tesoro di Ali Baba e i Quaranta Ladroni gli basterebbe mai alla Sancho Maria, compra e compra e compra uomini alti, e a te ti ha sempre odiato e perché sei più alto di lui di un bel po' e perché non è mai riuscito a piallarti, tutto qui. Ma sono pochi quelli che si possono disprezzare perché non si vendono, quelli che si possono disprezzare perché si vendono, oh, di quelli ne trovi a bizzeffe a ogni piè sospinto, basta avere soldi, ricchezze illimitate per magia, nemmeno la magia fosse magia e non un duro lavoro criminale come un altro. Sai che è capace di fermare per strada uno sopra il metro e novanta e offrirgli cinquecento euro solo perché entri con lui nella doccia e si pieghi a raccogliergli una saponetta? E se quello non ci sta a cinquecento, raddoppia. E dopo che quell'altro ha raccolto la saponetta, indovina chi si gira protestando come una furia nemmeno fosse stuprato controvoglia? Tipico. Una volta l'hanno trovato in un alberghetto a ore di Sant Adrià de Besòs legato con un asciugamano in bocca appeso a un attaccapanni con la tendina di nylon della doccia e quando l'hanno tirato giù s'è messo a sbraitare con la padrona dandole dell'impicciona, sparito tutto, portafoglio, orologio, un anello con smeraldo che mi aveva rubato... Dimmi tu come potevo fare io con un salasso vivente così in seno... avrei dovuto spedirlo in qualche repubblica delle banane, in un paese latinoamericano, là avrebbe trovato la sua strada di dittatorello osannato, qui ha solo ostacolato la mia, là avrebbe potuto fare Napoleone proprio come da voi uno stornellatore di navi da crociera da voi in Italia senza nemmeno avere fatto un po' di accademia militare, più sei testina di vitello, più ti usano come testa di ponte per il grande sbarco, amici a grappoli e nemici pochi e inconsistenti che non vedono l'ora di rompere le righe e passare dalla tua parte" - accidenti a lei, persino di arte della guerra da Sun Tzu a von Clausewitz si intendeva, e la Legione Straniera le aveva dato un tocco di umana compassione che certamente Scienze della comunicazione o Giuris-prudenza! non dà - "E poi, zac, quando mi ha chiesto centomila dollari... di allora... per andare a farsi allungare le gambe non ci ho visto più, però glieli ho dati, e non mi ritorna dalla Louisiana alto quanto prima? E sai che cosa è saltato fuori a forza di scudisciate legato come un salame da un mio paggio nubiano d'antan? Che li aveva sperperati dietro a un cestista dei Black Balls incontrato qui a Barcellona alle Olimpiadi Gay che si era prestato a fargli da canestro stando per terra e prendendosi le caviglie con le mani da dietro, a girotondo, mentre lui gli palleggiava attorno e gettava la palla dentro il cerchio del negro nudo. E sai cosa diceva di scudisciata in scudisciata legato alla sedia con la faccia contro lo schienale? Implorava che adesso faceva sul serio, che ne voleva altri centomila, centomila per dieci centimetri di protesi alle tibie e poi basta! Gli ho detto che o scompariva entro ventiquattro ore dalla mia vita, pur continuando a stare nell'appartamento attiguo, o... o... ci siamo capiti."

Certo che capii.

E poi, facendosi pensosa ma finalmente levandosi anche lei

dalla sedia, continuò, “Non so come definire la sua malattia, il suo tormento che niente può sradicare, la sua insana caparbietà”.

“Già...”

Nemmeno io sapevo come chiamarla, mi sembrava di averla sulla punta della lingua... della lingua, come dire, tutta italiana, ma come se fosse incistata storicamente in Sudamerica... però non mi venne, avevo solo la vaga sensazione che fosse un’ennesima scoperta dell’acqua calda, la più difficile da rifare, e sospirai tristemente da italiano molto, molto provato per i danni subìti da una sindrome del tutto simile che da oltre mezzo secólo aveva colpito i miei concittadini dal più basso al più alto.

E sì, avevo capito che soluzione finale avrebbe adottato Hada: via il mezzo nano, via il dolore intero. Magari si sarebbe uccisa subito dopo, ma prima avrebbe ucciso lui. Sciolto nella calce, murato vivo, buttato a mare incaprettato, ma l’avrebbe ucciso senza battere ciglio né versare una lacrima per non disperdere una sola parvenza dell’estremo affetto con cui lo toglieva dalla faccia della terra sollevandolo da una pena senza requie.

E figuriamoci se lei insegnava spagnolo al serale e a chicchessia, come mi aveva detto Sancho Maria! Ma se aveva tutta la convenienza a non insegnarlo neanche al folletto Cincin, che non andava oltre il verso di squillante raucedine di una cinciallegra in cattività! La Espejismo faceva opere di bene in certi ghetti specializzati in una razza o in un’altra e, con tutta l’aria di battersi contro il razzismo e l’emarginazione, si procurava il personale, ormai solo asiatico, a prezzi stracciati, perché soltanto un dio commercialista poteva sapere in quante attività aveva le mani in pasta quella capitana d’industria indicibile se non col pissipissi e di quante braccia avesse bisogno a parte quelle domestiche.

E un dettaglio prima che me ne dimentichi, cosa di cui non feci parola a Hada per timore che cambiasse idea e si risolvesse sui due piedi a ritorsioni di tipo ereditario contro Sancho Maria: era normale che lui in venticinque anni non mi avesse mai e poi mai fatto il minimo accenno alla sua esistenza di Fata Buona o Cattiva ma pur sempre una persona reale che tanto posto aveva avuto nella sua vita?

E se invece non ne avesse mai e poi mai avuto alcuno, di posto?

Succede, no, uno ti sta insieme cinquant’anni e lo fa solo per spirito di sopportazione, per convenienza, per parassitismo cronico, per indolenza da nanomacchina, attiva una mimica qualsiasi con te per non lasciar trapelare la sua totale indifferenza già imperfettibile sin dagli albori della vicinanza, dell'amore o di quel che è, della vostra storia, insomma: la storia che non lo riguarda né se sei vivo né se sei morto, la prima che si dimenticherà quando non sarà più costretto a fare finta di ricordarsela ricordandosene davanti a te che insisti a esistere, te la ricorda per distrarti dalla sua più profonda verità, l'indifferenza, il fastidio, l'insofferenza, la noia che gli hai sempre suscitato e tanto da non avere aggiornato nemmeno il tuo vero nome e potresti essere Lucciola anche se sei Lanterna, perché Hada Espejismo non era un nome d'arte, come diceva Sancho Maria o come aveva voluto dire a me, lei era ufficialmente registrata così in ogni atto pubblico spagnolo e internazionale, e data l'assoluta improbabilità di creare omonimie, questo scelse, volle e impose all'anagrafe una volta operata e clinicamente dichiarata ufficialmente donna e da quel momento in poi e da quel momento indietro e, per magia del potere universalmente corruttore del denaro, il sotto diventava il sopra, il basso l'alto, il fuori il dentro e il davanti il dietro per legge.

La Fata Morgana si istituzionalizzava, questa è la realtà.

E la duplicava intorno a sua immagine e somiglianza, e con l'effetto domino di chi domina ben ritto in piedi.

Hada Espejismo ovvero Espejismo Hada: la novella Ecce Homo a tutto tondo.

L'eterna rediviva.

16

Uscimmo sul pianerottolo, lei mi precedeva senza smettere di parlare, quindi si mise davanti alla porta dell'ascensore, ma non lo chiamò, sembrava avesse solo cambiato parete per appoggiarsi e parlava, parlava, parlava, come se niente fosse, come se io non avessi alcun aereo da prendere ma pugni di mosche e granchi.

La cosa… la cosa più le due cosine… che tenevo chiusa in pugno sembrava aver preso fuoco, non vedevo l'ora di restituirgliela e sbarazzarmene, stavo in agguato del primo attimo disponibile, aspettavo ormai con angoscia che Hada Espejismo si distraesse un attimo, ma lei non si distraeva mai e la tromba dell'ascensore restava muta tra me e lei che non voleva, non voleva lasciarmi andare, questo ricordo bene di quel nostro stare davanti all'ascensore senza che lei facesse una pausa e si decidesse a chiamarlo e io che non osavo assumermi la responsabilità di schiacciare il bottone, questo e il peso della valigetta che mettevo giù e riprendevo in pugno di continuo e che era comunque di quindici chili e non un grammo di più, pesati sulla bilancia in bagno, di cui sette minimo di scatolame, malgrado tutta la roba nella sacca blu a tracolla.

"Caspitina, capisco l'oppio, indicato più per i transoceanici, ma sei sicuro che prima di andartene non vuoi almeno un po' di procto a terza velocità? Ti faccio il modulo minimo, un chilometro cinquanta colpi. Sono poi solo quindici minuti, altrimenti prendi quello dopo o il mio jet privato o fai ritorno qui, a casa nostra. È così indicato anche per gli sbalzi di pressurizzazione della cabina di volo! E magari, se fai il modulo Maratón de la madre Abadesa tre chilometri centocinquanta colpi alla quinta velocità, che fa miracoli, ti va via quel tappo che quando spingi per aprire chiudi e eviti quella brutta operazione all'intestino…", per lei era come dare spazio al programma Mille Miglia dell'Iberia.

"Ma perché mi lasci, avrei tanto bisogno di una vice! Ti potrei lanciare nel mondo più stratosfericamente celeste che esista in terra, se tu lo volessi. Tu sei forse ancora più adatta di me per la mia causa industriale, amica del mio cuore. Per accogliere le miserie umane e trarne partito bisogna non averne di proprie, basta simularle e simulare di comprendere quelle degli altri senza mai dare dello schifoso a nessuno, e la Sancho Maria e la Melchor... sangue povero, poverine. Di missionaria quelle due sbandate hanno solo la posizione... per non parlare di tutte quelle altre, l'Almudena, il Marcelo, mia nuo..." – ecco come si chiamava il figlio di Sancho Maria, Marcelo, non mi stupisce che non mi venisse in mente, una l in più e è il nome di mio padre.

"Io non voglio simulare niente, Hada, ormai sono sette miliardi e passa a far andare le ganasce divorando tutto a man bassa per prodursi ipocrite miserie e defecare sogni a occhi aperti e poi fare bella figura in piazza, non ce la farei mai a simulare per tutti, li terrò come sono e non torcerò un capello a nessuno ma io non cambio."

Sull'espressione "non torcere un capello a nessuno" non fece una piega, come se fosse stato ovvio che nemmeno lei aveva mai torto un capello a nessuno.

"È davvero una follia, un miracolo, un suicidio sociale non averti ancora ammazzato, jefe, se non lo hanno fatto è perché tutti credono tu menta, le spari così grosse... così piatte da sembrare in effetti quel che sono... che si stenta a credere che tu stesso intenda dire ciò che hai detto. Tu registri il movimento della materia, jefe, e ne aggiorni i nomi, ma gli uomini esigono l'illusione di averla immobilizzata con le loro costruzioni ideologiche e religiose e scientifiche, e l'illusione di immobilizzare la materia immobilizzandone le parole gli serve oltretutto per respingere il fatto di invecchiare e di dover cedere il posto a materiali più giovani. Jefe, per come gli umani sono ancora messi, eri proprio negato, tu, con la lingua netta che ti ritrovi, a suscitare il benché minimo amore, tu non hai simili e nessuno vuole essere simile a te e se anche qualcuno volesse non ce la farebbe mai. La verità sborsa, la menzogna paga, e senza menzogna non c'è amore possibile... a parte il mio. Io per uno come te avrei anche accettato di finire in una fossa comune, io... ti potrei veramente lanciare nella..."

"Hada, sarò anche una palla al piede per questa società, ma io non sono una palla", dovetti interromperla e interrompere anche me stesso, perché stavo per aggiungere a denti stretti 'Io non cado e non cadrò in nessuno specchio, tanto meno nel tuo'.

"Ti prego, jefe, ti prego, resta, domani passiamo dal notaio e..."

Vedi, a volte, da una parola... e neppure si rendeva conto di quante parole io, per amor suo, dunque profondo o superficiale non lo so, le avevo taciuto, perché la menzogna più assassina sta nel risolversi all'omertà.

Mi sentivo in pericolo di minuto in minuto, tutto qui, in pericolo di vita, tanto per cambiare.

"E ciò che hai scritto, se tanto mi dà tanto, le cose che avrai nominato con il loro preciso nome, non ti hanno di certo aiutato per il meglio a trovare anime gemelle... ti sono restate alla larga anche quelle spaiate o ti si saranno offerte alla degustazione giusto quelle impazzite come maionese..."

"Ciò che ho scritto? Ma scusa, che ne sai tu di quello che ho scritto io?"

"Se non fosse che ti seguo dal 1985, direi che ti conosco dal 1948..." disse a sguardo basso. "È da tanto che ti aspettavo, jefe."

"Ma scusa, te ne ha parlato lui?" le chiedo.

"Sì, certo, mi disse subito che come scrittore non valevi un granché e che ti davi solo un sacco di arie, però che eri un tipo particolare, simpatico, arrogante, strafottente, anticlericale, telegenico..."

"Lui a me di te non ha mai detto una parola che è una" dissi, cercando di renderle pan per focaccia.

"Lo so. Aveva e ha la consegna di non fare una sola parola su di me. Non solo con te, con chiunque. Che cosa mai sarebbe venuta fuori da quella bocca?"

"La verità?"

"Fosse pure, ma non sarebbe stato poi in grado di maneggiarla. Tanto vale tenga il becco chiuso, quel povero diavolo, se non vuole fare una brutta fine, altrimenti quelle mani bucate gliele facevo legare io e..."

"Hada, io sono tradotto da cani sia in catalano che in castigliano, ma tu hai mai letto niente di mio?"

"Oh, a me non interessa niente di come scrivi, non ho i complessi di inferiorità che ha la Sancho Maria. A me interessi tu come sei. Tu sei molto di più per me di uno scrittore. Io sono pazza d'amore per te, jefe, come uomo."

Lì sentii il primo strappo ventricolare e la torre che sbucava fuori dal mio cuore... che in me non è mai il ricettacolo delle debolezze della mente e dell'etica civile... svettando precipitevolissimevolmente e preparava gli scalini da far salire ai due contendenti, lei, Don Chisciotte razionalista come l'architettura, e il suo pupillo, Sancho Panza senza archi né fondamenta, come il boia prepara il suo patibolo.

Uomo? Mi amava "*come uomo*"? E che specie era mai codesta, cosa c'entrava con me? Io non ho mai avuto una vita da uomo, ma sempre da scrittore, anche quando non scrivo; non lo faccio notare buttandone addosso il prismo esclusivamente a me, ma il mio resta uno sguardo da scrittore, uno sguardo invero prismatico in ogni senso. Nessun uomo in natura guarda così.

Mi sentii amato per qualcuno che non c'era, dunque non si sbagliava, dovevo proprio essere io. Anche stavolta, anche con lei.

"Hada, sono le sette e mezza, devo proprio andare" e chiamai io l'ascensore.

Ci abbracciammo a lungo, in silenzio, me la stringevo forte al petto con una mano sola, il fatto che chiamasse "amore" l'affetto mi diede lo scandaglio per sondare anche la profondità della mia solitudine, la mia solitudine solo e da solo, la sua era attutita e persino galvanizzata da troppa gente dentro e fuori e attorno casa perché me ne dessi pensiero, io non avevo miei simili, lei era il faro e la carta moschicida di milioni e milioni di simili a lei. La profondità della mia solitudine non mi impressionò più di tanto, anzi, mi ravvivò: nessuno sarebbe mai riuscito a calarvisi per portarmela via.

Lei tratteneva a stento i singhiozzi, perché si sa, barbarie e sentimentalismo vanno a braccetto, eh, io volevo solo darci un taglio, mi sembrava di abbracciare più il condensato di una trasfusione criminale che lei, di abbracciarne il sangue versato altrui e anche il mio, volevo abbracciarla senza giustificarla, ecco, ma non era possibile.

Rividi come lei poteva dormire soporosamente tre ore di fila sulla dormeuse del salone o nel semicupio in terrazza mentre Cincin le scacciava le mosche e le faceva vento con una palma di piume di struzzo e, persa in un sonno "absolutamente reconfortante, jefe", svegliarsi come rinata e come se niente fosse stato perché il sangue versato altrui niente è, fa parte del *c'est la vie*, e mi staccai da lei trattenendo il ribrezzo... e anche il ribrezzo da invidia, e dal mio lancinante affetto per lei più forte di tutto, doloroso da morire, perché al suo posto vidi il ragazzino che faceva da palo alla mamma puttana nel chiosco sulla spiaggia a Lloret de Mar e mi sentii mancare dalla tenerezza... e aprii l'altra mano all'altezza della sua scollatura e lasciai che scivolasse dentro, lei fece un saltino all'indietro, temetti di averla graffiata con una di quelle maledette unghie finte che non venivano via, invece era stato un soprassalto come a evitare un affronto simile, ma il diamante era già finito tra la panciera e il resto e, scivolando scivolando, le era andato a finire sotto il Monte di Venere creandole un bozzo che per un attimo le parve aver annullato trent'anni e passa di onorata carriera.

Lanciò un gridolino di terrore, perché ventisei carati di sesso, senza contare quelli delle due lancette che non facevano volume, sono tanti per chiunque come bitorzolo, le lancette non le avvertì, minuscole com'erano e certo incagliatesi molto prima in qualche ripiego della sottoveste, ma il sasso che le tirava appena sopra il cavallo, sì, e prese a frugarsi spostandolo di qua e di là come se avesse addosso le fiamme del morso di una tarantola.

"No, jefe, no, è tuo, tuo!", e nello stupore addolorato lasciò perdere il collo di cigno teso all'indietro, lo allentò e, se le saltò fuori il pomo d'Adamo in tutta la sua geometrica impiallabilità, non rivelò peraltro alcuna ruga e doppio mento, al naturale quel collo era ancora più bello e, data l'età, più straordinariamente impressionante per l'eburnea levigatezza della pelle di mousse di pesca bianca.

"Ma piantala, vecchia specchiera dei miei due, piantala di darti tutte quelle arie da martire di rinculo, mica alimenti il rogo da cui sei scampata per un pelo! Dài, fa' la brava e non volermene, Hada. Ti metti a fare la suffragetta con me adesso? Tra di noi... Che me ne faccio, io, di questo coso? Se almeno mi servisse per andare di corpo senza perette! Che cosa potresti darmi mai ancora? Ne hai più bisogno tu, al Sirenas ti imbalsameranno e ti vestiranno ancora meglio, sai che l'eternità è un tirar tardi dai costi salati" e a lei spuntò una lacrima per occhio.

Sentivo il rumore della cabina nella tromba delle scale, ma non arrivava, non arrivava, non arrivava più.

E quando lei ordinò, senza nemmeno portarsi all'orecchio il cellulare, "Cincin, non si saluta Capitán Guillermo?", io, pensando avesse inserito il vivavoce, ingenuamente le dissi, "Ma Cincin è all'entrata, Hada, ce l'hai mandato tu a fare da sentinella con una tazzina di caffè in mano, l'ho visto io dalla finestra, lo saluterò giù", lei sembrò non capire e in quel momento sulla porta apparvero due Cincin identici al terzo andato giù a vedere che non arrivassero Sancho Maria e Melchor proprio nel momento in cui io me ne andavo sano e salvo. Mi portai una mano alla bocca dall'incredulità, lei capì che non me n'ero mai reso del tutto conto prima e ho ancora nelle orecchie la sua ultima risata precipitata nella tromba delle scale con il controcanto della risatina metallica dei due filippini o che che sembravano mossi da un ventriloquo e che, secondo me, tuttora non avevano capito e non volevano capire una mazza, pena il licenziamento in tronco.

I battenti dell'ascensore non avevano ancora fatto a tempo a chiudersi alle mie spalle che sentii i due bip con cui rimetteva in funzione il cellulare e chiamava qualcuno.

"... *l'Almudena, il Marcelo, mia nuo...*"

Mia nuo cosa?

17

Tanto per dire a che punto di follia si sono spinti nell'arricchire il loro Gabinetto delle Meraviglie qui al NostrOmo-Museo de las Sirenas in calle Muntaner: mesi e mesi fa ho letto da qualche parte che ora vi sarebbe esposto il prepuzio di Sigmund Freud passato dalle mani della figlia Anna a quelle di Wallis Simpson a quelle di Helga, la Sexy Belva delle SS, a quelle di Gala a quelle di Eva Braun a quelle di Céline, Dion la sublime, a quelle di Heidi a qui!

Non finirò mai di amare gli spagnoli, sono così simpatici e burloni e intraprendenti, si dice che abbiano saputo mantenersi veraci come i nostri meridionali e che nel complesso ricordino un po' i primi albanesi a sbarcare sulle nostre coste e i primi calabresi sulle loro.

Toh, vedo che c'è una mostra dei disegni *segreti* di Tom of Finland, ma non di quelli più ambiti alle aste come altrettanti Rubens o una pioggia dorata del Parmigianino versione per soli uomini tra di loro o un michelangiolesco ratto del Ganimede con Giove che fa l'aquila e glielo schiaffa tra le fette appena appena spiccato il volo; dal placard si tratterebbe di una serie notevole di marine e di renne alla slitta e di abeti nella neve e di mamme che versano latte nelle scodelle, leggono lettere, allattano il loro bebè a lume di candela che lascia intravedere uno scorcio di fiordo. Una roba alla Vermeer, che delusione! Non credo che il target abituale farà a gomitate per entrarci.

Lascio dondolare un po' il sacchetto delle cibarie al polso...

"*Sta' da me, sta' da me, sta' da me, vieni...*"

Una fame improvvisa, incontenibile, dai morsi nevrotici più che nervosi, mi fa girare i tacchi e prendere la direzione opposta verso la mia pensione, devo subito subito subito mettere qualcosa sotto i denti, e poi ho proprio bisogno di una doccia.

No. Scarto il gruviera, ne strappo un morso coi denti e... dietro front.

Cara, cara Hada Espejismo! L'ultima volta che l'ho sentita è stata proprio quella successiva alla telefonata in cui mi diceva della milza mai guarita e definitivamente spappolata del Todabierta, un anno fa, no, credo un sei, otto, no, un dieci mesi fa... datti pace, ti trovavi a Cracovia e nessun altro aereo con su il gemello senza la verruca sulla guancia sinistra era caduto, ci eri ritornato a Cracovia, andata e ritorno costavano uno sputo, ti ricordi la sedia in quella piazza d'armi che si chiama Ryneck qualcosa e che anche quella volta pioveva che il loro Dio inondato da Giove Pluvio e spruzzato dal divo Karol la mandava... le avevano tolto la maschera dell'ossigeno per telefonare a me, la voce era argentina come sempre, sembrava uscire da un'inalazione di eucalipto e aloe nel bagno turco della terrazza col pungitopo e mi disse... ma non dovrei riferirlo, perché è già fuori dalla mia storia, ma ormai, che sarà mai un'appendice... che, sì, ovvio, Las Tres Carabelas con *Nunca más bragas a medianoche* avevano debuttato, al Gran Alfonso XIII y Millán-Astray, nel nightclub sottostante l'hotel in cui madre e zia Almudena erano tanto di casa e camerino e camere, e che la polizia era arrivata proprio a fine spettacolino di mezzanotte, non a quello delle 18 o delle 22, la quarta sera, e aveva chiuso tutto, "Be', era ora, delle minorenni!", l'ho interrotta io, ma no, aveva continuato la mia intraprendente Fata, che avevo capito!

Visto il passaparola da strepitoso successo delle tre sorelline senza mutandine a mezzanotte che cominciavano a togliersele nel tardo pomeriggio per portarsi avanti, c'era stata una denuncia per sfruttamento del lavoro minorile con sospetta induzione alla prostituzione - seppure solo generica, non minorile: nei paesi civili i minori non esistono più, esistono solo bambini; dopo i quattordici anni, e spesso anche meno, sono solo mostri meglio organizzati tecnologicamente dei minorati che li hanno partoriti, cazzi loro per tutti equamente distribuibili - da parte dell'Associazione dei Diversamente Abili di Catalogna... "i più viziati del mondo per scale mobili e quant'altro, possono persino fare le scorribande in carrozzina sulla funivia di Montjuïc, jefe, è una vera scalogna non avere almeno un moncherino di ginocchio o una sclerosi multipla o non essere focomelici a

Barcellona, 'sti handicappati di lusso sono così assatanati di privilegi che rinuncerebbero a farsi raddrizzare e rimpolpare le parti mancanti pur di non perderli, caspitina"... associazione che, allarmata dalle continue proteste dei loro soci e fratelli di disgrazia, evidentemente respinti all'entrata con tutto il loro armamentario su due ruote, aveva mandato una sua ispezione interna e, constatato che dal pianoterra giù al night ascensore non ce n'era e non erano stati installati i dispositivi di legge per i disabili e che "i moralisti in carrozzina restavano a bocca asciutta dopo tanta acquolina in bocca", aveva allertato le autorità... "tutti amici miei, jefe"... e, per far scena e soprattutto pubblicità occulta, il posto era stato chiuso e sigillato fino a nuovo ordine davanti a una schiera di giornalisti freelance foraggiati sottobanco dal Salieri, ordine liberatorio in vista solo a lavori ultimati, quindi di lì a trentasei ore al minimo, però che perdita, che mancato incasso! Non avevano fatto in tempo a riaprire, che avevano accumulato prenotazioni per quattro mesi di fila, arrivavano anche dall'estero a vederle. Quanto liquido pronto cassa!

E di royalties per Melchor, che, tra l'altro, gli cura l'immagine e il sito, perché le tre Todabiertas... un nome, una garanzia, verrebbe da dire... dei genitori non si fidano, basta vedere che carriera ha mai fatto lui, il Marcelo, che adesso posa in pantacollant a rete mostrando il didietro per una marca di carta igienica gay, e che carriera ha mai fatto lei, la mamma livornese, che entra in scena dopo le figlie con un fusto mascherato che fa il gorilla, uno con la pancia sempre più cascante, fa la fanciulla sperduta nella foresta, lei, quando i cingalesi, gli indiani, i filippini o che cominciano a mettere le sedie sopra i tavoli e passano con il bastone a morsetto a raccogliere i Kleenex intanto che si sbrigano e si ricompongono gli ultimi tiratardi. Ancora un paio d'anni e le Tre Caravelle si esibiranno con i due pelosissimi cuginetti, già instradati anche loro verso la Pipa Frega Iricarne Ballet al Passeig del Born, "ah, jefa, come fa curriculum quella mia scuola di danza non lo fa neanche il Bolšoj!", perché la richiesta artistica di giovani talenti è enorme, così anche l'Almudena avrà il suo conquibus dalla prole e farà nell'albergo qualche camera in meno o molto più selezionata.

Ah, disse Hada in un sospiro quasi finale da ultima memoria che rammento a braccio senza andare troppo sul dettaglio perché fece troppe pause anche per ridacchiare, "l'omaccione che fa il gorilla, del gorilla ha solo la testa, peloso di suo com'è, inutile che ti dica chi è, è il desaparecido basco redivivo", e del perché... per soldi, soldi, soldi... si dice che il gorilla stia insidiando anche fuori scena la pseudocognata livornese nonché figliastra acquisita, grazie alle nozze con Sancho Maria, la quale livornese non solo si è tolta l'ipoteca dell'appartamento all'Eixample da sé ma ne ha appena comperato un secondo a Madrid vicino al Reina Sofia e viaggia in Bmw superaccessoriata, perché il Melchor avrà pure le sue provvigioni, ma la tutrice dei guadagni delle tre talentuosissime danzatrici di lap dance è lei, e con la lingua che hanno, stanno muovendo i primi passi e quei culetti, nati per la mossetta, a Telestrés.

Inutile dire che al gorilla basco non basterà circuire la madre per arrivare alle figlie, che sarebbero nipotine acquisite a pieno diritto se lui si fosse mai sposato con Almudena invece che, per l'appunto, con il padre di lei, perché di mezzo adesso c'è pur sempre il produttore e agente teatrale Melchor che, gira e rigira, non si perde un numero di quei due forestali che mimano un more ferarum... mimano ma non necessariamente, dipende dal Viagra ingollato dal gorilla... a mezzanotte e tre quarti e si rivestono all'una e mezza.

Sembra che abbia già perso la testa anche lui, il Melchor, per l'*etarra desaparecido* ormai stabilizzatosi a Barcellona in pianta stabile, cotto di lui a patto che non si tolga la maschera animalesca, perché il corpo sfatto e grinzoso dell'Aramburuzabala fa vecchio e va bene ma la faccia non di gorilla è pur sempre di carne un filino troppo giovane per i suoi gusti e quindi dei gusti di sua madre al suo posto, tanto varrebbe andare a donne e, affinché gli estremi si tocchino, che siano di primo, di primissimo pelo, anzi, che in talune non ci sia nemmeno il primissimo spuntone.

"Melchor, nel giro di un trimestre, le ha varate tutte e tre", sospirò Hada al telefono, mentre io sotto un porticato a duemila chilometri minimo di distanza guardavo una certa sedia solitaria sotto una pioggia da uragano.

"Cosa? Non ho capito spiegati."

"Le ha varate, come dire, le ha brevettate, le ha timbrate tutte e tre. Per non fare torto alle due più piccole delle tre caravelle, il Melchor le ha già sverginate tutte e tre, jefe. Cosa fatta capo ha, jefe. E poi, sempre meglio uno zio un po' così di uno sconosciuto totale, anche secondo la livornese. Lei, in fondo, è quella che più ci tiene a tenere insieme la famiglia da quando ha scoperto questa sua passione smodata per le auto di lusso e l'investimento immobiliare. La cupidigia le ha cambiato così tanto l'espressione che ora sembra addirittura intelligente e non si fa più di una canna al giorno", e, di appendice in appendice, e quasi di rantolo in rantolo, Hada Espejismo disse che il Melchor, per tenersele strette senza troppe complicazioni per sé e rivalità sentimentali tra loro tre, si era fatto un piercing scartavetrato sulla punta della lingua, cosa che ha il vantaggio e di mandare le donne in bestia e di tenerle buone buone a cuccia sin dalla più tenera adolescenza.

Se Melchor a un simile piercing encantador ci sia arrivato per propria illuminazione o grazie allo sfogo della Mercè di cui è stato testimone la mattina delle nozze ibizenche, non è dato sapere; certo è che, da quando le fa il doposcuola lui, La Santa Maria ha saggiamente pensato di piantare il liceo e darsi solo all'arte. Le altre due sono ripetenti della scuola dell'obbligo, quindi la liberazione dai banchi dell'istruzione obbligatoria ancora non si presenta, per la più piccola men che meno, il suo squirt, seppure, per l'appunto, tutto digitale o per autoipnosi da coito anale, non sarebbe ancora così da delirium tremens come quello delle sorelle maggiori.

Per l'appunto perché, quanto alla protezione e alla profilassi, le bambine non corrono alcun rischio e pericolo di niente per il davanti, lì la strada è sbarrata senza eccezione né trasgressione. Non si può mettere a rischio con uno stato interessante una carriera già tutta in discesa "deo gratias, hostia"! E Hada aggiunse un'osservazione che al momento non mi suonò strana... nel senso che mi suonò come quando si dice di me che sono "un nipotino del marchese de Sade" e che mi lascia male solo perché mi dispiace per lui che nelle sue vene non sia corso un po' del mio sangue... disse, "Eh, ne faranno di strada quelle mie tre nipotine!": *nipotine*? tanto che io ribadii, "Semmai nipotine d'elezione di tua madre danzatrice di un certo tipo ante litteram! Tu non hai mai ballato, Hada, o semmai me lo hai nascosto" e lei, "Eh, sapessi, jefe, sapessi fin dove si spinge l'amore materno di una uoma come me...".

Aveva fatto montare e mettere incinta la Mercè da un suo donatore di sperma di fiducia?

Quanto a Mercè, invece, non è neanche andata a fargli visita all'ospedale dopo il patatrac col camion della spazzatura, malgrado sapesse che il Sancho Maria stava tra la vita e la morte... "sì, tra una vita e le altre nove come i gatti!"... ma è ripartita subito per Ibiza col suo aitante e geniale amante giovanottone biondo e bello come il sole, e affabile, sì, ma di poche parole, e che a tutti si rivolgeva non col tu ma de usted e non nascondeva il fastidio che nessuno applicasse con lui la stessa etichetta highbrow in terza persona.

Partiti in volata alla volta di El Prat non prima che lui fosse da lei presentato come fidanzato ufficiale ai parenti la sera stessa a fine cerimonia mai davvero cominciata e in pieno bailamme delle nozze gay saltate da una parte e confermate come già celebrate a suo tempo dall'altra.

Perché in volata? Perché la Mercè doveva pensare alle sue di nozze, lei, imminentissime, "e chi viene viene e chi non viene faccia a meno, noi a fine rinfresco, in piedi, partiamo per la Grande Muraglia e da lì in Mongolia", con grande subbuglio emotivo e categorico rifiuto dei due figli di tenerle bordone in un simile folle, ridicolo scandalo. E si può capire facilmente il perché, economico, tant'è vero che nessuno della famiglia si è presentato e Melchor è stato l'unico a presenziare a quelle nozze... dietro incarico dei suoi figliastri mancati... che, dicevo, erano ben più strane che non se fossero state solo tra un uomo e una donna, perché era come mettere la vera al nesso che mai può esserci tra il cedro del Libano più bello e imponente e giovane e verde e profumato del pianeta e una bottiglia di sciroppo di vecchie cortecce di cedreto comperata già scaduta.

Be', grazie alle confidenze raccolte da Melchor a Ibiza stessa e poi sfarfalleggianti di lobo in lobo qui a Barcellona tra l'Eixample e la Teixonera e il Gran Alfonso XIII... e il Chapel's e il Bears', perché il Melchior ha ripreso a andarci da solo... sappiamo anche che di lì a quindici giorni esatti dalle nozze gay saltate ma anche no, la Mercè col Sancho Maria ha rotto definitivamente perché sembra che lui abbia parlato al telefono, trovando le forze non si sa come e nemmeno grazie a chi in traumatologia o, forse appena dimesso, grazie a quale marsupiale della lgbt gli reggeva a casa il cellulare all'orecchio, con quel redivivo Antinoo dell'Esteban Kennedy, secondo i resoconti di Melchor "già in un tight alquanto ordinario di volgare fresco di lana nero opacissimo, spentissimo, e senza nemmeno il farfallino, anzi, primo bottone della camicia slacciato, con gardenia vera all'occhiello, il cafoncello!", gardenia appuntatagli dalla sua fierissima mamma bavarese molto, molto più giovane dell'imminente suocera, mentre il suo orgogliosissimo papà, un ex hippy californiano ex reduce dal Vietnam ex disertore e di nuovo hippy ma assunto come giardiniere dell'ingegner Morales, aveva provveduto al bouquet della sposa.

Anche la mattina delle nozze stesse e la Mercè pronta per salire sulla Rolls e precedere l'Esteban Kennedy in chiesa, dunque, lo ha tampinato al cellulare il Sancho Maria per dissuaderlo dal passo in quell'abisso di rovi dicendogliene un sacco e una sporta su quanto fosse malvagia e tirannica quella vecchiaccia di una virago della Mercè Mercedes (nom de plume, poi arricchito con lo stratosferico cognome del marito), quella *rata*, quell'arpia taccagna che aveva fatto i soldi copiando e ampiando e eterosessualizzando i suoi racconti gay. Giovane e promettente com'era, non facesse l'errore di impiccarsi accasandosi con "un simile capestro di stronza satanica fuori di testa, una gorgone che un giorno ti dirò io perché non c'è bettola del porto che lei non conosca come i suoi algoritmi del cazzo e come ha avuto la cattedra", che non facesse un simile passo nemmeno per interesse, taccagna taccagna taccagna, l'avrebbe spompato e poi gli avrebbe dato un calcio senza lasciargli nemmeno una piantina di nontiscordardimé né a lui né ai suoi genitori tuttofare, e l'ha invitato, piuttosto, a trascorrere un periodo di riflessione al suo capezzale, visto che, non fosse stato per un cingalese a ore, non era nemmeno in grado di innaffiare le sue adorate piante sul terrazzino, e che presto… per grazia ricevuta dal suo solito sogno di grandezza a occhi aperti, eh… sarebbe entrato in possesso di un'eredità che al confronto quella della Mercè Mercedes era un *salivazo*. Tra l'altro, dell'intero palazzo modernista di sette piani nella zona più signorile di Barcellona, lo stesso in cui era stato "con quella nottola vampiresca" un mese e mezzo prima che poi erano saliti e ridiscesi perché "il cameriere italiano si era licenziato all'improvviso e non aveva preparato niente, a parte un insipido sughetto al tonno che al massimo potevi condirci un grissino" – e erano finiti tutti a racimolare qualcosa da mangiare al takeaway cantonese di Sant Gervasi con menu fisso a sette euro e novanta litchi in scatola compresi.

E si è accommiatato dicendo all'Esteban che aveva bisogno di instradare al più presto un nuovo direttore d'albergo, cinco estrellas, in pieno centro di Barcellona, lanciatissimo, non solo stipendiato, ma con compartecipazione agli utili, niente di meno!

Albergo suo, come il palazzo modernista di sette piani, l'illuso.

'E, adorata foglia del pensiero, lontana ancorché vicina" - l'"ancorché" mi mancava - "vuoi sapere che cosa è sbottata a dire Mercè quando l'Esteban Kennedy ha finito di relazionarle per filo e per segno della telefonata poc'anzi ricevuta dal Sancho Maria, col Melchor lì presente, confessandole anche che era l'ultima di una serie interminabile su cui aveva preferito tacere?'

'Non vedo l'ora.'

'Ambasciator non porta pena, ti avviso.'

'A parte il fatto che è una balla perché senza l'ambasciatore che la porta non ci sarebbe alcuna pena e che l'ambasciatore può anche essersela inventata di posta in posta strada facendo o per fare il doppiogioco o per farne uno tutto suo, sputa il rospo.'

'Non ti scandalizzi, vero?'

'E perché non dovrei? Una tantum male non mi farebbe, non è che quassù a testa in giù gli svaghi siano tanti... quasi quasi rimpiango un volo di elicotterino...'

'Be', la Mercè ha tirato il fiato a pieni polmoni e ha gridato con la rabbia inconsciamente accumulata da decenni: "Non mi ha mai leccato la figa una volta, una volta!', ha tirato il fiato fino a riempire di nuovo i polmoni e è partito il delirio elencatorio: "Adesso posso dirtelo chiaro e tondo: ti rendi conto, Esteban Kennedy, che se non fosse stato per te...? Mai una! Neanche lui! Quel deficiente, quel demente, quel beccamorto, quel finocchietto di merda mi ha rovinato la vita, la vita! Come potevo mai sospettare, io? Come potevo, io, arrivarci da sola a una cosa così?".

Ci mancava solo che il solito Melchor ruttasse dalla sua mente obnubilata un consiglio tipo, "Ho sentito dire che basterebbe farsi togliere una costola per parte a un uomo e due, forse tre, per parte a una donna e ci sei", nell'anelito di venirle incontro e la Mercè Mercedes lì lì per diventare una Kennedy avrebbe fatto bum nel suo vestito color prugna attillato sul seno, nuovo di zecca, e sui fianchi come una guaina su una scimitarra a più curve.

Io comunque dico e chiedo: se a leccarsela ci fosse arrivata da sola, avrebbe continuato in piena autonomia a fare a meno di un uomo?

Non si sa, ma mi sa di sì, nel senso che di un uomo non avrebbe mai fatto a meno, per feedback sociale, ma di quello che a lui inevitabilmente sarebbe avanzato tra le gambe sì.

Comunque, sembra che nessuno abbia dato un qualche rilievo a quella sottolineatura, "Neanche lui!", nessuno dei suoi cari ha mai messo nel novero delle possibilità sessuali della Mercè che potesse avere avuto un altro uomo prima di Sancho Maria e durante era da escludere come atto matematicamente improprio, le era sfuggito, così, forse per darsi delle arie, per quanto di bassa depressione.

E comunque, comunque bis, se la prendiamo alla lettera, la neocolpita da rivelazione da leccata di interno cosce, cosa aveva voluto dire con quel "Neanche lui!" dando per veritiera quella lamentela sfuggitale nella foga dello sfogo di una vita da figa negletta e sfigata al massimo? Sì, ovvio che qualche esperienza l'aveva pur avuta anche lei prima di mettersi col Sancho Maria... magari proprio in uno di quei bassifondi metropolitani che nei suoi gialli dava prova di avere conosciuto tanto a menadito... ma aveva dovuto limitarsi a un tale minimo indispensabile per definirla almeno figliante, cioè appena appena penetrante, che va a suffragare in pieno quello che io sostengo da cinquant'anni: che non ci sono più gli uomini di una volta. Tutti che chiacchierano e chiacchierano e nessuno che ci mette più il muso sprofondandolo ben bene.

Certo è che alla Fata Morgana non mancavano gli informatori, secondo me anche senza contare sulla cucurbitacea su per la cappa del camino o su quella Pipa Frega Iricarne della scuola di danza al Born che anonimamente finanziava o su quel Bartolomé Salieri suo *vecchio* direttore d'albergo o del personale tutto che dir si voglia, ma a una così, e con uno schiocco di dita, non sarebbe mancato nemmeno un arcangelo custode con tanto di ali e spada infuocata e, quale estremo effetto speciale su richiesta, l'arma di distruzione di massa per eccellenza: un cazzo celestiale, sempre dritto sull'attenti per ottemperare agli imperscrutabili disegni di Dio e, di conseguenza, suoi.

Credo che Hada abbia esalato l'ultimo respiro proprio col cellulare in mano proprio subito dopo avermi detto: "Addio, amico del mio cuore, sei stato molto buono con me, e ricordati: se avessi anche solo trent'anni di meno ti farei e ti rifarei. E vieni a trovarmi, mio bel Capitán Guillermo Tell! Adesso sai dov'è Las Sirenas e dove sarò, ci siamo anche entrate... Non dimenticarmi, jefe, non farmi mai morire del tutto", e lì cadde la linea o, meglio, visto che non rispondeva più, riagganciai.

Quest'altra fola del Guglielmo Tell, dicevo, o forse no, era originata dal comandante delle guardie svizzere con il quale, in tempi ancora preoperazione, aveva avuto una relazione che per un decennio, mentre fungeva da madre badessa onoraria del Sacro Collegio delle Cantoniere Redente della Valtravaglia, le ha permesso, con passaporto diplomatico della Santa Sede e quindi mai frugata sotto il saio, di sviluppare le entrature... e i depositi, non solo suoi e al tasso del quindici per cento quale passatore... con le banche elvetiche più rinomate nonché con intere caserme, dall'Engadina ai Grigioni, da Losanna a Zurigo, da Berna a Ginevra, per una preselezione personale delle future milizie vaticane che le andavano più a pennello secondo parametri non difficili da immaginare.

Certo che me ne aveva raccontate di cose, e ricordo benissimo che, durante quei quattro giorni si può dire guancia a guancia, a ogni nuova confidenza mi si raddoppiavano i brividi lungo la schiena: perché si fidava tanto, perché si era fidata incondizionatamente di me? Alla mal parata... rispetto a un suo progetto che le avessi mandato in frantumi... a che exit avrebbe mai potuto risolversi nei miei confronti?

A nessuno, visto che io a casa mia e lei nella sua clinica... sua a tutti gli effetti, secondo me... stavamo tuttora cinguettando via etere e che tra i due il mitomane affetto da ansia di persecuzione, e forse anche di grandezza, almeno storica, ero io.

Avrei tanto voluto inviarle per estrema unzione un'ultima cattiveria telefonica, dirle che tutti i fatti, anche i suoi, ormai erano fatti degli altri e fatti dagli altri e che come io non avevo posto in essi e in loro, loro e essi non ne avrebbero avuto più alcuno in me, ma il groppo in gola... non per lei, ma per me.

E tuttavia, bisognava mettere insieme Evita Perón, Grace Kelly, Margaret Thatcher, Imelda Marcos, Dolores Ibárruri versione monarchica, Marlene Dietrich, il beato Josemaría Escrivá de Balaguer, Madonna e monsignor Ersilio Tonini per fare una donna così.

Che donna!

Infatti non lo era.

Ho letto che le esequie sono avvenute nella cattedrale della Santa Croce e di Sant'Eulalia, a officiarle è venuto un cardinale molto suo amico di gioventù quando lei faceva ancora i primi passi, felpati sia dentro che fuori, nello Ior ovvero nel già evocato Istituto per le Opere Religiose, c'erano rappresentanti del governo e dell'aristocrazia e anche alcune oche del chiostro sono riuscite a assistere alla cerimonia più che indisturbate, perfettamente mimetizzate tra il coro di voci bianche in saio bianco, e da lì è stata portata direttamente dall'imbalsamatore per scolare, il che non significa che ne sia poi uscita e abbia raggiunto la sua tanto agognata postazione eterna qui dentro.

Ma sì, faccio il biglietto, al NostrOmo-Museo de las Sirenas coda non ce n'è mai stata tanta comunque, scolaresche poi neanche a parlarne, salgo la prima rampa e, al giro in cui si biforca in due, non oso alzare la testa.

Ho così paura di trovarcela e… e anche di non trovarcela.

Prima che me ne dimentichi: quando me ne sono andato via da lei, è stato nell'attimo stesso in cui l'autista in divisa con cravatta nera, berretto con visiera e occhiali scuri riponeva il cellulare nel taschino della giacca per prendermi i due bagagli… glieli lasciai tanto per fargli fare qualcosa… e aprirmi la portiera e farmi salire sulla limousine che ho avuto una prima avvisaglia di mancamento, di crepa nel costato; è stato mentre sventolavo la mano verso un Cincin che rientrava nel palazzo con la sua alabardina in resta che ho saputo condensare in una ragione articolata quel sottile malessere che, pur in tanto agio e calorosa ospitalità, mi aveva fatto talvolta rimpiangere di non essere di là, nell'altro appartamento, in quella miseria morale e materiale così dichiarata, così denudata e esposta di Sancho Maria, così smascherata e senza trucco, così umanamente inerme, inerte, disarmata, isterica, insanabile, ineluttabile… infantile come un neonato abbandonato su una spiaggia di Lloret de Mar che non sa nemmeno più frignare, e l'alta marea ha cominciato a gonfiarsi e quel fagottino ignora se diverrà il pasto delle meduse o un trovatello tra le mani di un saltimbanco avido e dal cuore nanizzato: Hada Espejismo e tutti i suoi sceltissimi clienti avrebbero saputo come contattare un picchiatore e anche un killer prezzolati, Sancho Maria e io no.

E lì ho sentito di nuovo una lieve contrazione intercostale, un piccolo strappo, anzi, il completamento di una fitta lancinante, una recisione netta da bisturi psichico che si ripercosse come l'immagine di un tonfo e di chi precipitava, una morte istantanea senza possibilità di rimbalzo al punto di partenza, una dimenticanza che andava a ammassarsi con tutte le altre ormai senza lineamenti, come se nel mio cuore uno dei due cadesse dal gioco della torre, ma non dirò quale, tanto nessuno dei due lo saprà mai.

Ho fatto il tragitto verso l'aeroporto in uno stato di semincoscienza, di sopore rassegnato alla comodità dell'ineluttabile, se non mi sono addormentato di schianto è stato grazie a un certa qual fragranza o remota essenza al tabacco nell'abitacolo che proveniva forse dalla divisa del guidatore, non era odore di fumo, era profumo di tabacco, era impensabile che qualcuno potesse mai fumare su una simile auto di altissima rappresentanza, peccato non me ne ricordi la marca, certo non era una Fiat, e quando l'autista, formalissimo in blu scuro e che mai si era tolto né il berretto con visiera, sotto il quale forse nascondeva un accenno di capelli lunghi, né gli occhiali da sole, mi fece scendere agli Internazionali di El Prat, mi resi conto che non solo non l'avevo mai guardato una volta in faccia almeno grazie al retrovisore tanto ero concentrato nei casi miei e quindi dell'intera umanità, ma che neppure gli avevo rivolto una sola parola e mi sentii improvvisamente così in colpa che, prelevata da me la sacca di cotone blu, presi la valigia che lui mi porgeva dal bagagliaio e dissi "Grazie" già mezzo girato verso l'entrata, sovrappensiero e con la testa china, tanto che gli vidi solo le gambe e il modo che aveva di piantare i piedi per terra, e a questo punto senza osare dargli la mancia, e poi c'era l'imbarazzo che per allungargli una banconota avrei dovuto mettere in evidenza quelle maledette unghie rosso petunia che non venivano via, e senza neppure salutarlo perché avrei dovuto almeno mirare verso i suoi occhiali da sole e non era più il caso di aggiungere ai casi miei anche quest'altro, mi sentii un verme in coma e amen, tanto più che aveva fatto dei giri della madonna, code o incidenti o sensi vietati per lavori in corso neppure segnalati dal tomtom tanto dovevano essere stati improvvisi, presunsi, senza mai dire una sola parola neanche lui e io quasi indifferente al ritardo che si andava accumulando un ostacolo via l'altro, non volevo inquietarlo inutilmente, mica lo faceva apposta, stava facendo del suo meglio, ci eravamo trovati addirittura in aperta campagna, a un certo punto ho sollevato le palpebre e un cartello stradale indicava "Viladecans", mi diceva qualcosa ma non ricordavo o non volevo ricordare cosa, però l'avevo cercato a suo tempo su internet e mi sa che era più a nord di El Prat e ben oltre, e per un paio di minuti ho avuto l'impressione che non sapesse neanche lui, poveretto, se andare a destra o a sinistra, ha pure fatto due volte il giro di una immensa discarica a cielo aperto dove c'erano un paio di minuscoli manovali che sembravano spiccicati a Cincin e che in effetti non facevano niente, stavano appoggiati contro il parafango di un'automobile ordinaria da cui si sono staccati entrambe le volte che stavamo per avvicinarci nemmeno volessero venderci fazzoletti di carta o rose scongelate, fino a che l'autista, irenico, aveva potuto imboccare di nuovo la superstrada e sono riuscito a fare il check-in per un pelo e, come dicevo, dietro implorazione e dopo parecchia stizza, anche se avevo già messo in conto che, se era destino perdere il mio volo per Orio, se mai fossi arrivato all'aeroporto avrei preso il primo per Bilbao; per rientrare occorre una casa per farlo ovvero qualcuno dentro che ti aspetta, e per me è sempre stato più facile avere qualcuno che da qualche parte si aspettasse che non rientrassi anziché il contrario: cambiando direzione il risultato non cambiava, bastava ci arrivassi io e la meta era la stessa, polverizzata sin dall'andata, non occorreva prefissarla, fosse pure stata una meta dell'altro mondo. Tanto di mondo non c'è che questo.

E poi io sono stato troppo di qua per andare al di là tutto in una volta, sarebbe solo una delle tante mete per restare qua, sicché io qua e di qua senza mai andare al di là ci sarò per sempre, un altrove è solo per i mortali che non se ne vogliono fare un ragione, 'sti umanotteri immortali mancati che a forza di stare in troppi posti contemporaneamente non sono mai da nessuna parte, in questa poi men che meno, che poi a me piacerebbe così tanto stare in loro compagnia!

E una precisazione: circolava cocaina in casa e nella famiglia di Sancho Maria, qualcuno tirava, qualcuno spacciava, potrebbe essere questa una delle cause del perenne bisogno di denaro che li attanagliava e muoveva ogni loro azione e reazione e fine?

Sarebbe come chiedersi se nelle taverne per turisti o nelle feste comandate spagnole circoli sangria: nessuno se lo chiede, chiunque o la trangugia o la respira, fa parte dell'utensileria base del folklore e del focolare domestico che è da decenni l'unica cultura assunta anche dalle classi dirigenti nostrane, che senza un tacco di supporto, senza una spintarella in alto decadrebbero dalla loro posizione di assoluto privilegio cannibalico.

Perché, se consideriamo quanti morti ammazzati comporta la coltivazione del papavero, la sua trasformazione chimica, l'import-export da un paese all'altro, la guerra tra clan, lo spaccio e l'assunzione, intere famiglie dissanguate per colpa di un tossicodipendente, la corruzione di politici e capipartito e poliziotti e giudici e direttori di banca, che altro è la cocaina se non sangue umano in polvere da pagare un tanto al grammo per arricchire il proprio di una celestiale chimera che procrastini di un altro po' la realtà, artificialmente regale, della propria nuda, meschina miseria terra terra?

Qualcuno che non sappia nemmeno cosa sono gli psicofarmaci si chiede mai se quella persona con cui ha a che fare in quel dato momento della sua giornata, del suo lavoro, della sua vita, del suo letto, quella persona tanto contraddittoria e snervante, tanto aggressiva per niente e improvvisamente tanto remissiva per niente e quasi assente e insistentemente indifferente faccia nascostamente uso di ansiolitici, antidepressivi, neurolettici, antinfiammatori, per così dire? Di Prozac, Oxycontin, Percocet, Vicodin... tutte varianti del famoso Koptacaz degli anni Ottanta tanto incentivato in Germania da Frau Jasmine Belart... e, pur non essendo affetta da epilessia in alcuna forma, trangugi antiepilettici che tanto graziosamente le stabilizzano l'umore per un po' cosicché, ritornando normale per un po'... normale come lo era Melchor, intendiamoci... può continuare a essere del tutto schizzato e dare a te la colpa della sua infelicità, dei suoi fiaschi, delle sue scroccherie, a te che stai su di morale e trovi il meritato sonno solo a forza di minestroni, carne di cavallo aglio e prezzemolo, acqua e limone e olio di gomito, e tuttavia ti chiedi in cosa hai sbagliato nei suoi confronti?

Hai sbagliato a non darle un calcio in culo definitivo prima, ecco il tuo solo errore in umanità, la sola pecca dei tuoi scrupoli, interrogativi, autocritiche malriposti! Non essertene liberato alla prima pillola che trangugiava.

Io di roba simile non ne ho mai vista in casa del Todabierta, il che ovviamente non significa niente e, anzi, potrebbe essere la prova della pistola fumante.

Dirò di più: ma perché mai non avrebbe dovuto esserci droga? Dove erano i freni morali dello scrupolo, il senso della vergogna, del lecito e dell'illecito, la cognizione del male e del "non si fa" in quella casa come in milioni di altre, perbene solo nelle apparenze, che avrebbero potuto impedirlo? Una volta chiesi a un giudice con cui avevo stabilito una certa confidenza perché un grosso spacciatore, non un pesce piccolo, trovato con due chilogrammi di cocaina, era stato rilasciato, per sempre, dopo tre giorni di carcere e lui mi rispose "Perché sennò l'economia mondiale per come è bilanciata oggi andrebbe a rotoli", tale e quale. Dai rotoli del Mar Morto ai rotoli per calcolatrici ai rotoli di carta igienica ai rotoli di filigrana della zecca universale la cellulosa è unica. Come a dire, 'Ordini dall'alto, mio caro'. Cioè, daccapo, così è la vita.

Sarebbe stato strano che dei tipi così millantatori e senza barriere di sorta come Sancho Maria e il suo scudiero ebreo non ne facessero uso o non se ne servissero per tappare i buchi della loro economia a colabrodo.

E poi, io non sono malizioso, dicevo e ridico, se non capisco il perché, se non riesco a mettere insieme i pezzi di una data persona e di un dato accadimento è colpa mia, e magari quella persona che mi manda in crisi è uno che fa uso di psicofarmaci e io non lo so. Non usando alcun tipo di droga, nemmeno i videopoker o le chat da social network, la normale realtà allucinata degli altri che si calano questo o quello mi sfugge e mi lascia ai margini, devo rassegnarmi a essere giudicato io un asociale, un misantropo, un anormale, un moralista sia di persona che alle mie spalle. Non comportando alcuna alterazione fisiologica ma solo una rivoluzione politica senza psicologismi, non sono desideri, i miei, replicabili e condivisi, quindi nemmeno le conseguenti frustrazioni. Se tutti fanno gli astronauti e io solo sono rimasto qui, non sono speciale io, è la Terra che si è spostata altrove lasciandomi indietro in un non luogo imprecisato e il marziano sono diventato io che più terra terra di così si muore.

Sono già contento, tenendo io la valigia permanentemente sottochiave, di non essere diventato, al caso, un ignaro corriere di quei due squinternati.

Pensa solo a dove avrebbe potuto portarmi l'aver risposto a quella mano sulla coscia! Minimo a Palazzo Madama e, in scala crescente, sui Navigli o al Gilda. E quel diamante, se me lo fossi tenuto? Alla Casa Bianca. Primo Presidente degli Stati Uniti d'America non negro e checchescamente asessuato.

Farò così, tirerò tre respiri profondi dal naso e al terzo solleverò la testa verso Hada sì o Hada no.

Uno.

Due.

Tr... e se per uno sterzo di nemesi storica o per uno scherzo del destino che, stufo di essere predestinato, si fa uno scherzo e si dedestinizza o se per un fraintendimento del testamento l'avessero posta cavalcioni sulla folladora, la fuck, la macchina inculante, la fintarella-da-chiappe che dir si voglia con una scopa in pugno? O se per un disguido dello strascico dell'abito da sposa Fàbregas da far pendere dalla balaustra l'avessero messa piegata a retto ritto perpendicolare allo stantuffo come se stesse prendendo la mira per l'eternità senza sapere bene cosa prende di mira cosa, se lei lo stantuffo o lo stantuffo lei? E se *lei* non fosse lei nemmeno adesso?

Perché a me è capitato di pensare che il Generalísimo Caudillo Francisco Franco non sia in verità morto nel 1975, che all'Escorial del Valle de los Caídos abbiano sepolto un fake ovvero un sosia e che lui fino a pochi mesi fa abbia continuato a vivere sotto le mentite spoglie di *lei*, la Hada Espejismo Caudilho, aspettando tempi migliori per risorgere: questi, i migliori in assoluto.

Sì: *questi*.

Perché il popolo può vivere senza pane e senza acqua e senza un tetto sulla testa ma senza riti propiziatori che ne innalzino le miserie al divino Superiore e pulizie etniche degli inferiori del momento, sempre tra le sue stesse fila, e un duce che non lo metta nella condizione di doversi esporre gridando "Il re è nudo!" per abbatterlo, no, non può vivere, e, di conseguenza, anche la Hada Espejismo che potrei vedere alzando la testa potrebbe essere un fake a sua volta, perché i falsi di uno che non è mai stato vero se non da falso sono come le ciliegie, una tira l'altra, purché il ciliegio resti nelle stesse mani e i noccioli sputati giù al popolo gaudente e alle sue gioie e al suo giogo della Madonna Morgana del momento.

E la didascalia, cosa dirà la didascalia se invece Hada Caudilho è stata addirittura imbalsamata *attorno* allo stantuffo? C'è modo di interagire come in tanti action painting che tuttora spopolano? Uno, mettiamo l'insegnante che guida la scolaresca in visita culturale, le infila la monetina in bocca o nel cranio e sceglie il modulo e la velocità per vederla vibrare tutta, mentre i suoi scolari fanno la ola a ogni colpo andato a buon fine? A carriola? Infatti io sento che da lassù, dalla cima dove convergono le due scalinate laterali, proviene un cigolio di macinatrice che non mi è nuovo, e neppure l'odore di paraffina mi è nuovo...

Tre.

"*Caspitina!*"

18

Penso che i prossimi viaggetti li farò in Polonia, Szczecin, Bydgoszcz, Rzeszów, Poznán, ormai quel poco che succede in Europa succede in Polonia.

So già dove lo sposterò stavolta sollevando di tanto in tanto prima un gluteo e poi l'altro per facilitargli la circolazione quando ristagna da troppe ore e dove andrò a mettermi.

L'ultima volta che sono stato un due, no, un tre anni fa a Cracovia... ancora con 'sta storia? ma che vaneggi? non abbiamo stabilito una volta per sempre che il Novecento era finito da un bel po' o hai paura di rinunciare a almeno un tormentone? ci sarai stato a ottobre, al massimo a novembre dell'anno scorso che non hai nemmeno saputo trovare un estremo saluto adatto per la Fata della candeggina e subito dopo ti hanno chiamato per proporti di interpretare il cammeo di donna Rachele nel cinepanettone peplum *La scoria siamo noi* e hai fatto tutto quel teatrino dello scandalizzato offeso al produttore e hai detto tre volte no per alzare il prezzo che avevi tutti quei regali di Natale in scadenza e poi sei rientrato a precipizio direttamente a Cinecittà... be', a Cracovia ci sarò stato quel che è, non c'è due senza tre, e ho notato che tutta la medievale Piazza Ryneck Główny è stata concepita, accidentalmente, va da sé, attorno a una certa qual sedia in ferro che mi ha colpito molto perché tutte le altre stanno in gruppi di tre e lei da sola, da lì si vede tutto e niente.

L'ho solo scorta, da sotto i portici, non l'ho sperimentata perché pioveva sempre, siamo stati un bel po' a guardarci l'uno di fronte all'altra, lei così lontana da me e io da lei anche se l'effetto ottico del trasparente sipario della pioggia spiovente creava un avvicendamento di punti di vista, e anche di vita, tanto che ho avuto l'impressione di essere io laggiù sotto l'acqua a essere mirato da lei riparata sotto i portici, entrambi imperturbabili eppure così partecipi delle reciproche sorti.

Sedile e sedere, dei veri amici del cuore.

Se non avessi temuto l'intervento del locale 118 avremmo potuto fare a turno un po' ciascuno, un po' seduto io sopra di lei, un po' lei sopra di me.

Ho già pronte le prime domande da fare a una banderuola a forma di gallo che c'è su un torrione alla sua sinistra.

La prima è: 'Come si fa, o folle banderuola, folle banderuola del mio cuore a snidare in tempo il finto vinto, il finto debole e vero furbo che non osa chiedere niente, sta composto e dignitoso in disparte sotto un ombrello con due stecche rotte con la sua faccina triste e sconsolata e i suoi occhioni infelici da pulcino bagnato e, come una libellula nel retino di un mocciosetto crudele, sa che prima o poi qualcuno si impietosirà e attaccherà discorso con lui e gli offrirà da bere, da mangiare, da dormire, da studiare e sarà fatta, il povero soccorritore si troverà spolpato, perché il pulcino bagnato è in realtà lessato dalle anfetamine e mica vuole diventare un pollo secco come tutti gli altri che per vivere devono anche guadagnarsi il becchime o almeno un po' di becchime deponendo anche lui un uovo di tanto in tanto, eh no, troppo volgare per uno che si crede un'aquila nata destinata alla più alta vetta del Parnaso, e il suo soccorritore o mecenate o un semplice amico pietoso e buono diventerà, da umano che era, il cane a due zampe di una zecca di mestiere?'.

La seconda è: 'Oh mio bel galletto che prendi posizione a seconda di come tira il vento, come si fa a presagire nel brillante chansonnier di piano-bar il tetro primo ministro con le mire autoritarie di un triste clown che, seppur con l'accompagnamento dell'immancabile chitarra, scorderà una intera nazione per fare gli affari suoi lasciandola scordata e corrotta per decenni?'.

Poi la terza, che è un po' il riassunto delle prime due, e poi basta, perché non voglio che metta su troppa cresta: 'Senti un po', o mio bel gallo di latta dipinta, come si fa a neutralizzare in tempo il giovane di buona famiglia pieno di buone intenzioni, amoroso, sincero, premuroso che si mette con la più bella e innocente fanciulla di modesta estrazione sociale del quartiere sapendo di essere sieropositivo e la infetta e la porta alla tomba ancor prima di sposarla e, come se niente fosse, le sopravvive pronto a fare la stessa manfrina con la prossima sventurata spalleggiato da tutti i suoi parenti di buona famiglia come lui?'.

'Praticamente mi chiedi come si fa a evitare di scegliere di essere investiti, tra le migliaia d'auto a norma in circolazione, proprio da quella il cui proprietario abbia lasciato scadere l'assicurazione. Se incidente deve essere e devi subire, che tu sia almeno garantito dal risarcimento dei danni patiti, pensi: eh, no, troppo comodo. Ma che pretese! Non ti sembra di esagerare? Che danno con beffa sarebbe? E poi, sono una banderuola di gallo, mica un'aquila olimpica!'

No, ce n'è una quarta che riassume tutte le altre: 'Come si fa a neutralizzare il Benito anarco-socialista del volemose bene che cova in seno il Mussolini fascista delle leggi razziali?'.

So già la sua risposta, perché altre non ne esistono, farà un intero giro su se stesso e la latta arrugginita graciderà: 'Snidandolo e neutralizzandolo in te stesso. Chicchirichì!'.

'Triviale!', lo rimbeccherò, per precisione da un *trivium* di retorica, grammatica e dialettica, punto di forza di chi per lavoro fa l'esattore di decime e stop, e quindi può permettersi di essere logico.

Comoda, la logica la impone lui, il degenerato!

Da abbattere con una fucilata seduta stante.

Più sono liriche, queste chimere del discorso, più sono reazionarie. E girano. Non è che per una volta stiano ferme su se stesse e a una parola data, stanno ferme solo su richiesta del vento che tira o no al momento.

Sono galli con la stessa mentalità delle galline, ecco.

Capirei di più l'impatto se il galletto opportunista mi dicesse, 'Ci vorrebbe un asteroide, qualcosa che stacchi la Terra definitivamente dal suo picciolo e gli umani dall'Albero dell'Ignoranza da cui non sono mai scesi e che hanno chiamato Albero della Conoscenza proprio per evitare di farsene un'idea una volta per tutte'.

Non c'è niente da fare: uno può essere gallo quanto vuole, ma se è una banderuola è un degenerato di ermafrodita di ritorno, una gallina con i coglioni in balia dello scirocco o del maestrale e di altri diciannove venti.

Com'è difficile essere sessuale per un uomo virile con un po' di gusto al giorno d'oggi! Non sa proprio come e con chi e da chi prendersela. E le donne, allora? Poverette che si sposano con un uomo e poi devono accontentarsi del pressappochismo anche nel fare le lesbiche con lui per restare almeno incinte e essere proclamate mamme senza mai essere state femmine con nessuno e per nessuno!

Peccato non ci siano platani per farci pisciatine e altro lì a Piazza Ryneck Główny ma solo fioriere piuttosto altine con siepe bassa bassa bassa di bosso, anche se neppure le polacche barbone la mollano per strada, perché lì la mentalità è tutta diversa da qui in Spagna, il pudore è religioso, il senso del decoro e della pubblica decenza sfiora il blocco intestinale non appena oltrepassato l'uscio di casa propria, vedono una colomba bianca passare per aria e si fanno il segno della croce e con due mani inviano un bacio allo Spirito Santo, secondo me non sanno neanche cosa sono i borlotti o ne sono terrorizzate al solo pensiero che li passi oggi il convento verso cui sono dirette con il loro carrello stracolmo di masserizie ambulanti.

Poiché bisogna pur credere in qualcosa come esigono gli idolatri con patentino di credenti doc convinti che il privilegio già fuori del comune di avere una vita gli maturi oltretutto degli interessi alle stelle per dopo morti, credo che a Cracovia persino le polacche signore distinte debbano prima pregare o farsi pregare per andare in bagno: i genitali in Polonia sono trattati con un tale riserbo!

I genitali lì appartengono più al soggiacente corpo sociale che non al tuo proprio, sono le sole reliquie che non devono essere esposte per attirare più pellegrini e da lasciar vivere... visto che non si possono distrarre né possono distrarsi... nella più totale oscurità.

Capisci che i genitali ci sono, che ci devono essere, dalla gente polacca che vedi in giro e deambula portandosene sicuramente appresso uno scampolo a testa, ma se c'è stata un'azione intermedia di queste benedette pudenda ognuna per sé o tra di loro, da una deiezione solitaria a un previo accoppiamento, non si sa; come in Piemonte.

Perché:

a) i piemontesi esistono;

b) per esistere devono essere stati concepiti;

c) per essere stati concepiti occorre che per ognuno di essi un uomo e una donna si siano congiunti carnalmente, che, insomma, si siano scambiati un rapporto sessuale animale e non una litania di magia nera per corrispondenza;

d) come è stato possibile in Piemonte che una gravidanza sia stata l'effetto di una causa così, un interscambio sessuale animale tra un pene e una vagina?

Non ci riesci proprio a fare l'associazione piemontesi/sesso o addirittura piemontesi/sesso/piacere e è un rompicapo dei più bui, perché, infine, essi esistono, come i polacchi in Polonia.

Saranno genitali abituati a trovarsi a tentoni e a lasciarsi alla chetichella, che vuoi mai che ti dica.

Ecco perché a Cracovia, città prediletta dalle pellegrine piemontesi in generale e dalle Carismatiche cottolenghine in particolare e che ha più chiese conventi missioni case della giovane ostelli del viandante con relativa cappella che ritirate pubbliche, quando trovi un bagno, senza mai un finestrino, non trovi la luce: perché non ce l'ha.

Anche la luce adesso! Ma se non ha neanche la chiave o un catenaccio per chiuderti dentro e puoi dire "Occupato" quando ti sono già addosso e già te la stanno facendo sopra!

Quindi, tastando a casaccio talvolta trovi gli stessi genitali che ci hai portato tu per scaricarteli, talaltra, oltre ai tuoi, quelli che c'erano già e già nel pieno delle loro funzioni, e, fatti i tuoi bisogni, ti adegui a quelli ambientali e quindi sociali e poi nasce un polacchino là o un piemontese qui, cioè, là in Italia.

È un'ipotesi, nient'altro che un'ipotesi.

Ecco perché, ipotizzando che nell'oscuro bagno ci sia stato un Carismatico cottolenghino e la sua ignara e inconsapevole vicina di bisogni sia stata una signora polacca accavallataglisi sopra a causa dell'esigua libertà di movimenti, se il nascituro ha la sventura di essere sia un maschietto che una femminuccia, si è inverata la statistica secondo la quale il più alto tasso di mortalità al mondo per cancro al collo dell'utero si registra tra le polacche a causa del più alto tasso al mondo di fimosi, portatrice di batteri alla perdindirindina, registrato proprio tra i polacchi: come fanno a vedere che hanno la fimosi, poveretti?

A parte il fatto che basterebbe un po' di naso per via del puzzo di puina che comporta, ma lì c'è molta nebbia, molta pioggia, molta neve e le cappelle, votive e no, sono sottozero quasi tutto l'anno, come a Novara, Vercelli e a Cuneo.

A Torino, poi, non parliamone neanche.

Una torinese, è provato, pellegrina generica o Carismatica eletta che sia, basta non perdere il suo aplomb che al buio fa di tutto anche con uno o più polacchi, etnia famosa per avere certi manicotti grossi come cuccioli di castoro epperò chiusi chiusi chiusi come il traforo del Frejus prima che venisse traforato, ma una torinese una cosa così, una fimosi, non ammetterebbe di vedergliela neanche con un riflettore puntato sopra e il cilicio di filo spinato stretto attorno al collo. Annusargliela, poi!

E, se non la vedono loro, gli interessati del posto, se non sono in grado neppure di vedersela da sé, la fimosi, chi glielo dirà mai, chi la vedrà mai per loro se si vedono solo al buio e vanno a senso e nel disbrigarsi tra cintura, bottoni, cerniere, collant, assorbenti, fazzoletti, rosari sguscianti fuori dalle tasche, sciacquone, catenaccio, maniglia e "prego, prima lei", "ma no, dopo di lei, prego" senza neanche capirsi un'acca a testa con tutte quelle preghiere anche all'interno della porta del cesso, se si incastrano genitali con genitali con la stessa chance che hanno di centrare il buco della turca o del water?

Ci risiamo: Piemonte puro.

Da dove hanno origine i piemontesi, da dove sono usciti fuori, accidenti a loro? E questo già insolubile indovinello è niente in confronto a quello più angosciante di tutti: e i torinesi, da dove sono saltati fuori i torinesi?

Mica puoi rispondere, "Dal Sud Italia. I meridionali hanno importato il sesso penetrativo negli anni Cinquanta e adesso eccoli qua". Eh no, ormai si sa che non è andata nemmeno così, perché un po' sarebbe rimasto, no?

No.

Insomma, roba che solo a pensarci ti fa venire prima la nevralgia del trigemino, non per niente detta la malattia del suicida per il vero rompicapo che comporta, e poi la bocca storta al primo colpo di freddo come a me quella volta là del basilisco di Torino ormai con dei non genitali dopo che era piemontese da due generazioni ovvero con dei genitali fantasma, savoiardi o friabili che dir si voglia.

Per me, dal modo immacolato ab ovo in cui è nato, concezione inspiegabile secondo i parametri delle comuni ginecologie umane, quella tal venuta al mondo era più concepibile in un capannone di Mirafiori o a Tychy, sede della Fiat Polonia, che non a Betlemme.

Uscendo dal NostrOmo-Museo de las Sirenas e avviandomi

stavolta a passo veloce verso la mia pensione dall'altra parte della Gran Via e di Plaza de Catalunya, colpito da una zaffata liberatasi da una ascella, mia, mi tornano in mente gli stivaletti di Sancho Maria: in effetti, non ha portato altro che stivaletti in tutti quei venticinque anni che l'ho frequentato, stivaletti su misura assolutamente uguali anno dopo anno... lui si chiudeva a chiave nel bagno, a differenza di Melchor che, anzi, era pure contento se gli lanciavi un'occhiata, occhiata che da me non ha mai avuto una sola mezza volta, a parte sulle pinzette indaffarate fra le sopracciglia... e anche quando ne usciva con l'accappatoio o ancora l'asciugamano sulle spalle e il suo immancabile pareo aveva i suoi stivaletti bell'e calzati, mai una volta l'ho visto in ciabatte o a piedi nudi... be', a parte una volta, ma perché, a fin di bene, ho violentato una situazione per la pena che mi faceva.

Improvvisamente, non ricordo più se il terzo o quarto giorno, all'arrivo, in ritardo, del tecnico per il sopralluogo in vista dell'inserimento della lavastoviglie, la casa si era completamente svuotata dei suoi mangiatori, avevo sentito dei saluti e dei ruttini, avevano salutato anche me, ma non di persona, collettivamente stando fuori, nel passarci davanti, ero in cucina a ripulire quel bordello di stoviglie e a differenziare i rifiuti mentre il tecnico trafficava al mio fianco col metro e le tubature e stavo pronto con la mia carta di credito nel grembiule per la caparra, i convitati si erano scolati sei bottiglie di Alconte Crianza, Sancho Maria di sicuro tra le due e le tre da solo più, al dessert senza dessert perché lì nessuno rispettava le scansioni delle portate e magari il dessert era sgombri, fagioli e cipolle, mezza bottiglia di Cardinal Mendoza, che è un brandy di non so quante centinaia di gradi, sempre da solo, e dopo tutto quel putiferio era sceso un silenzio precipitoso che mi faceva riflettere sulla mia sorte tanto strana anche per me, perché pensavo che fino a una ventina di anni prima avevo fatto qualche tentativo di imbarcarmi in qualcosa di stabile con qualche uomo che appena appena mi piacesse, pur sapendo quanto flebile fosse in me la necessaria attrazione sessuale che tiene insieme le coppie grazie alla quale si inventano una qualche passione a due.

Il Vinavil spermatico per me non è mai stata una priorità, perché non potevo, nemmeno da ragazzo, cambiare il mio gusto smodato per tutto ciò che era immediato e effimero e senza poi, mi sembrava che nessuno fosse più nobile del cane randagio che monta la prima forma canina a tiro e poi passa alla prossima senza provare alcuna voglia di tornare indietro a rimontare quella precedente per creare i riti di una relazione stabile, cosa così poco cinofila e anche così poco umana, a ben vedere, ma solo per chiederle come va e se le va di andare a caccia di ossi e di gatti assieme, e di altri cani da montare, che così intanto si fanno due chiacchiere e si ride di una vita da cani sanamente randagi. Mi è sempre costata parecchia forza di volontà anche la sola intenzione di stabilire una relazione un po' meno caduca con qualcuno, quindi pensavo che se mi fosse piaciuto... perché per fare sesso non era nemmeno necessario che qualcuno mi piacesse, come dicevo, mi piacevo io, questo mi bastava, era la mia garanzia... mi sarebbe stato un po' più facile vivere talvolta meno da solo.

'Oh, foglia cara del pensiero, come fa qualcuno a piacerti? Cioè, come fa a piacerti qualcuno? Una volta che da sconosciuto passa a conosciuto, intendo? Come fa a piacerti ancora una persona una volta che, uscita dalla tua voglia di immaginartela, è tanto reale di per sé da calpestare ogni tua proiezione e gusto? Come fanno gli altri a svegliarsi insieme il secondo giorno e resistere allo spavento e trovare una scusa per svignarsela senza dire "scusa, mi sono sbagliato"? In altre parole: come si fa a abituarsi alla ritualità dell'amore a due, alla ritualità dei ruoli, alla ritualità delle frasi fatte, dei gesti fatti, degli orgasmi fatti? Alla routine dei fatti fatti e finiti?'

'Oh, querido, ma a nessuno è mai piaciuto qualcuno a lungo, mica sei un caso speciale! Ti piace chi ti fai piacere, per una e mille ragioni nessuna delle quali ha a che vedere con il fatto che ti piaccia intellettualmente o almeno sessualmente: ti fai piacere qualcuno perché sei una carcassa vecchia, ammalata, obesa, depressa, senza soldi, incapace di provvedere a te, svogliata e lazzarona, perché c'è un figlio di mezzo, perché il tuo partner sa riparare un computer, perché ti tira dentro e fuori dalla serra d'inverno le piante di limoni a seconda delle stagioni, perché ti accudisce e in cambio di vitto e alloggio e due stracci ti fa da serva ventiquattro ore su ventiquattro, perché nessuno altro saprà mai più farti male tanto bene, perché sporca meno di un koala e non richiede neppure di essere condotto fuori a pisciare come un macaco e, credimi, anche se tutta questa gente che sembra forzata a farsi piacere qualcuno che non gli piace avesse la possibilità di scegliere un altro che davvero gli piaccia e al quale piacesse da morire, mica lo sceglierebbe, vorrebbe restare dove e con chi infelicemente già è. Passare da una sicura infelicità a una felicità incerta fa paura a tutti. È la paura di perdere l'identità che hanno, e che gli dà l'infelice con cui l'infelice condivide la sua vita, col rischio di non trovarne mai più un'altra, nemmeno altrettanto infelice o almeno più infelice, che gli fa paura.'

Anch'io come Biancaneve ho cercato di far convivere nella stessa gabbia una tigre e un cavallo, il sesso selvaggio con sette nani per volta e l'amore coniugale con un unico principe o palafreniere che fosse, e non ci sono mai riuscito, dall'amore coniugale sono stato respinto una volta dopo l'altra e ormai posso ammettere che non ho mai provato la benché minima eccitazione verso gli uomini di cui mi sono innamorato e che ho mentito spudoratamente anche nel mio primo romanzo allorché scrivo che la sola presenza di... come si chiamava, ah sì, Bertolino... di Bertolino accanto... ma quale Bertolino e Bertoldino e Cacasenno, si chiamava, si chiamava, be', quello che era... mi procurava delle erezioni dolorose. Mi sembrava inverosimile dire la verità e cioè che non mi procurava alcun istinto sessuale, un adolescente passionale e perdutamente cotto come me doveva avere erezioni improvvise, involontarie, impreviste, lì lì per diventare stupranti o non era romanzescamente verosimile: tutte balle, non mi ha mai procurato un'acca di niente, a parte quelle usate per farne l'immortale ritratto del fighetto figlio del dottore che ti respinge da ragazzo proletario e anti-boyscout quale sei e marchia la tua vita per sempre.

Sapendomi respinto socialmente e a malapena tollerato intellettualmente, anche la mia vita fisiologica, insieme alla mia gestualità affettiva che a quel Lino o Pistolino avrebbe dato carezze e baci a non finire, si era ritratta per non sbloccarsi mai più... non solo verso di lui, ma in seguito verso chiunque altro, temo.

Se non provavano attrazione per il mio cervello e i miei comportamenti sociali e politici e tanto da farli propri, io non avrei provato alcuna attrazione per i loro corpi, non gli avrei procurato un solo brivido, li avrei lasciati immobilizzati in sé, insaccati nei loro intestini a digerire morte senza mai un soprassalto calato dai miei polpastrelli;

nell'impossibilità di prendermene come intendevo io, nello splendore della mia ragione senza infingimenti, combattiva, netta, non avrei mai e poi mai contribuito al piacere sommario di cui si pascevano loro, fino a rinunciare al mio.

E mi ci sono attenuto.

Se non potevo fare a meno di amare un umanottero di tanto in tanto, se la mente mi sfuggiva per conto suo a girarsi un ennesimo e medesimo e compiaciuto racconto dell'errore, non mi sarei mai concesso fino a che non fossi stato rispettato e ammirato in quanto persona sociale e civile, non in quanto superficie riflettente il ghiandolare amore di sé di un gorgonzola umano che scatenava la mia immaginazione amorosa, perché per me non c'è differenza tra vermi e murene, non dovevano essere balene bianche perché mi ci innamorassi, e comunque allora non potevo immaginare che una balena bianca se la tira infinitamente di meno di un verme di gorgonzola.

Tanto più che ho sempre pensato, senza mai osare confessarlo a nessuno, che stare con qualcuno per me avrebbe significato coronare l'ideale di mettersi con qualcuno in pianta stabile solo allorché si fosse spenta ogni passione o magnetismo sessuale che dir si voglia, perché l'unico modo per avere successo è cominciare da dove gli altri che falliscono finiscono.

Questo da giovane, perché poi, dai quarant'anni in su, allorché un uomo comincia a essere visto o come un muccone foderato di quattrini o diventa invisibile come un soffione disperso nell'aria, il problema non si è più nemmeno posto: chi faceva finta di provare un sentimento per me, cioè di provarne uno vero a modo suo, era sentitamente innamorato della prospettiva di sistemarsi con me o con un qualsiasi altro erogatore di comodità e di ozio assicurato, quindi non ho voluto togliergli questa chance di sistemarsi al più presto assicurandosi con qualcun altro.

Mi sono marchiato da me, e comunque, non essendoci mai stato alcun rapporto sessuale nemmeno con... Giorgettino? Giorgino? Ginettino? Pisellino? è tanto che non mi rileggo più... non so come sarebbe andata se mi avesse accolto tra le sue braccia: non so se, almeno in quella situazione, avrei mai avuto 'sta erezione del cazzo senza manipolazione, se il felice automatismo ghiandolare mi avrebbe permesso di elaborare un affetto di appartenenza sentimentale e perciò sociale, se questo stato avrebbe lenito la solitudine sua e mia e quanto a lungo sarei stato capace di rinunciare alla mia solitudine da solo.

Al sesso fuori casa con chi capita capita... e a prescindere dal fatto che il sesso a due mi ha sempre stressato troppo per non preferirgli il sesso a tre, minimo, più rilassante, dove puoi anche prenderti una pausa e andartene quando vuoi senza alcun senso di colpa perché non lasci nessuno da solo a girarsi i pollici e se ritorni nessuno ti chiede spiegazioni di dove sei stato... non avrei mai e poi mai rinunciato comunque, perché, per quella manciata di anni che è durato il gusto più di me che di loro, io non potevo rinunciare a abusare di me tramite gli uomini, vincendo il crescente ribrezzo che m'ispirava la surreale ingiustizia che uno come me dovesse accoppiarsi con degli umani ovvero umanotteri ovvero non simili.

E non è che a me piacessero i miei non simili, è che non mi piacevano nemmeno le mie non simili. Se sessualmente non mi piacevano le donne, non è che gli uomini mi piacessero tanto di più, ma almeno non restavano incinti nemmeno per svista.

Dopo il primo toccamento, la mia mente prendeva a vagare per non dover partecipare a un rito che non mi riguardava comunque, non con uno o una di costoro, dovevo astrarmi dalla sensazione di toccare materia morta ancora bambina o vecchi bambini resi psicopatici dal loro dolore per niente. Dove uno vedeva una bocca io vedevo la carie, dove uno vedeva un corpo io vedevo una placenta abnorme andata a male, dove uno vedeva un uomo io vedevo una donna e dove si vedeva una donna io, a parte una pancia ingrossata da me, non vedevo niente.

L'unico modo per avvicinarmi un po' alle loro fisiologie di genere maschile era non mettermi nella posizione di doverne conoscere il sistema emozionale e pertanto socionervoso, era tenerli a distanza, non parlare, non raccontare niente, non lasciargli aprire bocca o trovarli nei luoghi dove o la bocca non la si apre per parlare o dove sono talmente in tanti che dovresti tenere un comizio o fare da moderatore, e ogni volta che ho conosciuto degli uomini a tu per tu sono rimasto inorridito dalla loro bassezza, miseria morale e intellettuale e civile, e ogni volta che ho tentato di farmi conoscere in tutta la vastità del mio stile sono stato respinto, o mi costringevano a respingerli per la modesta e fallace proiezione che riuscivano a farsi di me nella quale, pur con tutto il loro ormonale e puerile e fastidioso *amore*, mi sentivo soffocare tanto mi andava stretta.

E così, per l'appunto, è stato con tutti gli altri venuti dopo Anselmino o Ernestino o Riccardino o come accidenti si chiamava quell'omino del mio primo romanzo, tanto era un nome finto come colui che portava quello vero e che davvero non ricordo più, finto non in sé, povero adolescente anche lui, finto perché c'è sempre un autoinganno quando ci innamoriamo perdutamente di qualcuno e, invece del nostro, gli diamo un suo nome, il nome che non ha, il nome che fingiamo che abbia per non distoglierci dalla nostra colossale egolatria, che contiene anche tutto l'odio per noi stessi che amiamo qualcuno per amare al meglio la nostra sola anagrafe, che amiamo per niente: non so se con lui avrei o no fatto cilecca o cosa, intendo anche nell'affetto duraturo, è sempre mancata l'occasione di verificare.

Mi hanno respinto tutti, proprio come mia madre e mio padre dalla nascita, uno dopo l'altro indistintamente: che siano benedetti, se sono ancora in vita, compreso colui al quale ho lasciato tutto il tempo per morire di morte naturale invece di accelerarlo con le mie mani. Sarei stato assolto per legittima difesa anche se l'avessi ammazzato nel sonno.

Ma ora… quel terzo o quarto o quinto giorno della mia permanenza nella tana dell'*especialista de Barcelona*… il punto non era questo, era un'appendice al mio ragionamento sulle volte che ero stato sequestrato in vita mia e perché, perché non avevo preso la valigia e via e invece accettavo di pestarmi in quel mortaio di incresciosa diminuzione di me a opera di quei due spugnosi cialtroni?

Be', era chiaro: essendomi rassegnato a non poter mai fare niente che mi sarebbe piaciuto con nessuno che mi piacesse, mi ero al contempo rassegnato a fare le cose che non mi piacevano con i soli disponibili a farle con me: quelli che non mi piacevano, né d'istinto né per ragionamento.

Se gli idioti sono accoppiati dal loro idiota di un dio senza alcuna difficoltà dato il mostruoso rigurgito dalle catene di montaggio degli ovuli fecondati, gli intelligenti lo sono dall'umanità, perciò alla lunga sono meno selettivi e, anche a costo di passare loro da idioti, si fanno andare bene chiunque li aiuti a ingannare un altro po' di tempo né carne né pesce, senza infamia e senza lode, senza coraggio e senza intelligenza – indegni di restare in memoria.

Se io ero una non persona per chiunque mi aveva respinto senza mai darmi la possibilità di mettermi alla prova, era logico che dovevo stare con delle non persone come me, non era masochismo, era senso pratico, punto... e, quando il tecnico degli elettrodomestici *On Line* se n'è andato la prima volta che è venuto, stavo per andare a sdraiarmi un po' nel letto in basso del castello, sdraiare almeno la schiena che tanto mi doleva perché, come dicevo, tutto nel lettuccio non ci stavo, quando nel silenzio contaminato solo dai miei scatarramenti di nicotina sentii un grugnito che ben presto si trasformò in uno dei due soliti russamenti, ma saranno state le quattro, le cinque del pomeriggio. Siccome il grugnito non era emesso in tandem e volendo vedere a chi dei due fidanzati apparteneva questo per affibbiare l'altro a quello assente, mi alzai e andai alla porta della loro camera: era aperta come al solito, ne fuoriusciva uno schifoso tanfo di vino vomitato e Sancho Maria era lì che dormiva e russava su un fianco tutto vestito, ma non rannicchiato con le gambe a triangolo, no, dritto come un fuso su un fianco coscia su coscia e gamba retta su gamba retta, spalancava la bocca emettendo quel grugnito e poi di colpo la chiudeva e prendeva a digrignare i denti forsennatamente e con le due braccia corte incrociate sul petto si abbracciava forte stringendo una specie di straccetto di terital rosa a pois bianchi.

Non si era nemmeno tolto gli stivaletti, nemmeno si era slacciato la cintura dei jeans, e ogni tanto rabbrividiva tutto.

Quell'impossibile abbraccio datosi da sé nei vapori della sbronza più catatonica mi fece tanta commozione, non so, uno struggimento che scioglieva ogni distanza tra me e lui, sentivo che avrei potuto mettermi a piangere e a cullarlo chiedendogli scusa se qualche volta ero stato sgarbato con lui e con il suo amico, mi chiedesse qualunque cosa per poter riparare ai miei torti, l'avrei fatta sborsando seduta stante, anche ricomprandogli il suo, il loro appartamento a Lloret de Mar, sempre che non fosse già stato oggetto di finte vendite, questo no e poi no, perché uno così mica ha bisogno di un aiuto morale, si piangerebbe addosso per arrivare comunque lì, al tuo portafoglio.

Dopo aver preso una coperta per sistemargliela addosso, cominciai a togliergli gli stivaletti, facevo più piano possibile, di millimetro in millimetro, ma avrei potuto anche segargli le gambe che non si sarebbe mosso di un centimetro e, pur non sapendo ancora niente della sua storia... a prendere per buona quella raccontatami da Hada Espejismo, Caudilho di nascita... mi sembrò di avere davanti a me proprio un neonato che, pensando di aggrapparsi a un salvagente o a un pezzo di legno o comunque a qualcosa di esterno a sé per trarsi in salvo, al rompersi delle acque nel ventre di una madre morta aveva scambiato il suo corpicino scagliato fuori per un relitto esterno verso la sua unica salvezza a portata di mano.

Più si stringeva a sé, più andava a fondo.

Feci una certa fatica a togliergli il primo, sembravano essere cresciuti attorno al piede, come incollati alle spesse calze di spugna tutta smangiata. Girai la testa tanta era la puzza di putredine e andai all'attacco del secondo stivaletto.

Anche l'espressione era più che infantile, era l'espressione inespressivamente ittica di un feto per come si vede da una amnioscopia... improvvisamente, preso da una convulsione originata forse da un brutto sogno, un brutto sogno ricorrente, ecco una piega di disgusto o di furiosa ira, innata, genetica, come una corteccia primaria deturpargli la bocca serrata come se la mascella volesse abbassare e mandare fuori campo la mandibola, denti contro denti, nemici nella stessa bocca dello stesso bambino abbandonato a se stesso, con un movimento fulmineo del gomito scalzò la coperta dal torace, le braccine si allentarono un poco e mi sembrò che dallo straccetto di terital rosa a pois bianchi spuntasse ora una manichetta corta corta arricciata, come se fosse una vestina di pargoletta danzatrice di flamenco, e nel togliergli il secondo tanta fu la forza che dovetti esercitare che insieme allo stivaletto gli cavai anche il calzino e finii giù dal letto e, premendomi un revers della vestaglia contro il naso per filtrare quella puzza di carogna risvegliata, da lì gli vidi i piedi, almeno uno: era un piede davvero piccolino, con le dita rattrappite, violacee, il collo smodatamente alto, quei metatarsi che ora prendevano a brancicare simili a bianchi bruchi del gelso e come a volersi tendere trascinandosi appresso tutto quanto era loro attaccato, caviglie, tarsi, malleoli, polpacci, gambe, bacino, torso, collo, testa, dita sempre più frenetiche come tante testoline di serpi con una vita a sé, volevano allungarsi e allungarsi e allungarsi per allungare il resto, in una tenzone impari e senza altro risultato che quello raggiunto: un metro e cinquantacinque a andarci su coi piedi, cioè, al netto dei rialzi, volevo dire.

E mica lo misurai a spanne, perché una spanna può essere decisiva, perché io ho un occhio allenato per le misure che spacca il centimetro e il centilitro e il grammo.

Guardai lo stivaletto che mi era rimasto in mano, anzi, lo soppesai: era un insospettabile quanto truce strumento di tortura solo per peso, e pazienza per il tacco esterno, ma all'interno ne nascondeva un altro e, tra l'uno e l'altro, calcolai che i centimetri erano dodici minimo.

Era da quasi un ventennio, un altro Ventennio, che in Italia non si parlava che dei tacchi fuori e dei tacchi dentro le scarpe del premier, io a quelli interni non ci avevo mai creduto e ora dovevo ricredermi: qualcuno, dunque, se ne serviva davvero, a rischio che il suo stesso liquido vitale fluisse al contrario offuscandogli il comprendonio e, cosa avvenuta tramite regolari elezioni politiche, mandando a gambe all'aria un'intera nazione, corrompendone nel midollo ogni giuntura sociale, fino a abbassarla a sé e alla propria pochezza politica, civile, sessuale, economica: umana, infine.

Poi capii di aver infranto, anche se a fin di bene, uno specchio deformante non mio, un supporto della sua gloria frustrata, perché come si fa a riposare con le scarpe addosso che ti bloccano la circolazione proprio dove confluisce e riparte per irrorare e rinfrescare il cervello? Chiunque toglie le scarpe a un ubriaco fradicio che dorme, anche se a nessuno verrebbe mai in mente di dovergliele rimettere per evitare una qualche resa dei conti sull'illegittimità del bel gesto, così presi i due stivaletti e il calzino e con religioso rispetto glieli infilai al loro posto di dolore per niente, scostai la coperta, gli slacciai la cintura e gli calai la cerniera permettendo alla pancia di debordare in tutto il suo adipe enfiato, poi lo ricoprii ben bene.

Mi sembrò di rivestire il cadavere di Pisolo ancora caldo.

19

E adesso... mentre mi siedo sul bordo del letto della pensione a Urquinaona e accendo il televisore e scarto le mie cibarie e penso che l'unica maniera per sopravvivere a un'infanzia di sventure che si protrae di età in età sia far finta di non averne mai avuta una cancellando man mano tutte le altre età del passato e chi dal primo vagito all'ultimo rantolo non ti voleva al mondo... mi arriva una serie di concatenazioni rapportate alla misura del sistema metrico decimale, figure con la loro faccia inevitabili ormai anche a una mente non più particolarmente sveglia come la mia: ben più alta di lui Mercè, alto io, alto come me il figlio, il Marcelo, la figlia alta non meno di un metro e settanta senza tacchi, e spilungone il serbo, altissimo il basco, terrorista di comodo nonché suo legittimo sposo gay, una cariatide di carne Melchor, e alta, anche se non altissima, Donato Rosario Caudilho in Hada Espejismo, con una madre della mia corporatura e ben più alta della figlia nata maschio visto che, per come mi stavano i suoi vestiti e le sue... sue chissà... scarpe, avrei potuto essere io in una vita precedente, da vero portoghese dell'umanità.

Per non parlare della maestosità fisica del Bartolomé Salieri... perché ormai sono certo che le mie fantasie sono limitate di galoppo, non a briglia sciolta, e che la bellissima e inquietante statua di uomo maturo che si è acceso il toscanello fuori dall'albergo... oddio, sarà stato un sigaro più sottile, aveva un anellino di carta rosso oro tutt'intorno, un selezionato e caro *puro* cubano dall'inconfondibile aroma di *cacique*, mica di certo il *porro* da un euro che tradisce la puzza dello sbandato che a mezzo secolo di età ancora si sente alternativo... lì fuori dal Gran Alfonso XIII y Millán-Astray e al contempo controllava compiaciuto la coda dei fanatici fuori dal night che a mezzanotte le vogliono senza mutandine, ma meglio, dicevo, se se le tolgono a partire dalle sei del pomeriggio, è proprio lui, il discepolo più illustre di una classe di caini in forse e di abeli pentiti andati a ripetizione da Hada Espejismo Caudilho, sono ormai sicuro che il caino perfetto tanto ammirato dalla Fata della candeggina è proprio quello che ho visto poco fa e che mi ha guardato in quel modo di incomprensibile, desiderata complicità, e sto ancora un bene da cani se ci penso.

Sancho Maria ha passato la vita a odiarci per ripartire in giro un po' dell'odio che covava per sé, e chissà che soddisfazione ha provato quando il figlio troppo alto ha cominciato a drogarsi e a essere piallato di giorno in giorno di comunità in carcere in ospedale, come se a ogni internamento lo abbassasse lui stesso di un centimetro, e chissà come ha gioito quando ha presentato Almudena al balordo Erramun Peli Aramburuzabala della Causa Basca, Sancho Maria non poteva ignorare che uno così l'avrebbe sbattuta subito sui marciapiedi, visto che li batteva anche lui, e forse, saltate le nozze gay con Melchor come forse si augurava sarebbe accaduto, Sancho Maria si è andato a ficcare con la Maserati noleggiata sotto il camion della nettezza urbana proprio a causa della troppa ebbrezza da umiliazione andata a segno, ben due piccioni oni oni oni con una fava, piccola oltretutto.

Senza contare che tutti i contratti relativi ai *pagherò* insoluti del matrimonio, dal banchetto al noleggio della fuoriserie distrutta, erano a nome del Melchor Levi e che ora le querele civili sarebbero fioccate da ogni parte senza sfiorarlo poiché legalmente risultavano due estranei perfetti più che mai, l'incorreggibile piccoletto aveva gettato il ridicolo più insanabile su ben quattro metri di altezza in due e raggiunto il pieno diritto a un delirio di onnipotenza: pagarlo con la morte arrivata con il suo camion della spazzatura non sarebbe stato un prezzo troppo caro.

E io che non ho saputo rispondere subito a Hada che andava cercando una definizione per quel "grumo di sangue marcio nel cervello" che aveva stravolto l'esistenza a lui che l'aveva stravolta a più gente che aveva potuto, figli e nipoti compresi, e che aveva rischiato di mandare in rovina lei!

Eccola qui la diagnosi che si sta srotolando dalla punta della lingua! Non c'era bisogno di essere un esperto in nanotecnologie del Dna, ci arrivava anche un bambino senza mai neppure essere stato a un circo: sindrome dello psiconano.

Non ho dovuto inventare niente.

Sindrome, sia chiaro, che colpisce bassi e alti indistintamente, tutti coloro che non si accettano per quello che sono e non si fanno scrupoli non nell'essere quello che sono ma nell'essere quello che non sono e che tali vogliono apparire e far apparire distorcendo lo sguardo e la coscienza altrui, prezzolandone la miopia a comando, fino a sformare non solo se stessi, ma la realtà e l'umanità circostanti e anche paesi interi affinché nessun adulto osi mai gridare e constatare, "Il re gigante è una burba nana!", sindrome di cui i veri nani, così connaturatamente eroi e giganti di per sé, non risentono affatto.

Tutto qui, della blanda nanite dentro. Stalin, por ejemplo, che era basso un metro e sessanta, Putin, un altro, poco di più, mica solo Pol Pot o un nano al contrario come Mao Tse-tung, che era alto più di un metro e ottanta e ha disseminato decine di milioni di morti dietro di sé nemmeno dovesse vendicarsi contro il mondo intero per essere basso ottanta centimetri scarsi o per non essere alto un metro in più...

'Credo persino di averne già scritto da qualche parte facendo gli stessi nomi, uno più uno meno, cara la mia remota foglia del platano ora chissà di fronte a chi seduto sulla mia sedia preferita della Rambla, se solo mi ricordassi dove... credo fosse incluso anche tal Bokassa.'

'Ah, sì, se è per questo, c'è anche un certo Silviocè.'

'Sei sempre suuu?'

Che poi la nanite dentro ovvero la vocazione a raddrizzare le gambe degli umani stortandogliele come le proprie è la sindrome del governante despota in pectore per antonomasia giunto al potere non si sa perché e sostenuto da quali oscure forze di chiara fama e neppure si sa perché abbia voluto arrivarci a tutti i costi, al potere, ego ipertrofico da insulsi complessi di inferiorità e massa di decerebrati umanotteri che vi si rispecchiano a parte, e mica basta che arrivi in alto a furor di popolo perché si dia una calmata e lentamente guarisca dalla sua sindrome, anzi, peggiora di pedana in pedana, di zeppa in zeppa, di tacco *fuori* in autospintarella da tacco *dentro*, di legge ad personam in legge ad personam, altrimenti non si capirebbe perché, por ejemplo, un esempio a caso, Sarkozy continui a credersi Charles de Gaulle e, per il terzo millennio consecutivo, il figlio di un falegname becco il Figlio di Dio.

E io, io.

Anche se non governo nessuno, sovrano e despota e di me stesso e basta, e cammino da silfide con le ballerine eretto sulle mie ernie e meglio ancora a piedi nudi, nano anch'io che non riesco a prendermi le misure tra il metro che mi sogno e il metro che mi qualifica, un soffio, un grido, un dittongo con una vocale forse di troppo e l'altra che sta per staccarsi e cadere, un'eco tra sé e sé e presto neanche quella, il raglio dell'asino che fa "i-ò, i-ò" un'ultima volta cercando di capire chi è stato per tutto quel tempo di some e bastonate e stramazza a terra senza ancora essersi fatto una chiara idea di sé, la i che si stacca dalla o, la o che implode e si dissolve, l'eco che non c'è più, la mente finalmente sorda, il suono più bello: la fine di ogni rumore pronominale, l'afono e silente sonnambulismo della morte.

'C'erano una volta gli altri e ora c'è il loro spam, 𝄞ay ay ay ay ay picciooonaaa𝄞...'

Faccio presto a disbrigare le mail: non ne ho. A parte una della solita Irina Aiah, sempre di diciassette anni ma non più di Kiev, stavolta da un Rio Bo con tre casettine dai tetti aguzzi e un praticello incolto sulla Cernaia, che "lei piangere molto e sola cercare omo serio, sentire, prego, mio disperato grido aiuto, io subito venire con omo serio" e un'altra, del "Dr Amed Ouagadougouson, manager Audit & Accounting department in section Bank", del Burkina Faso, che chiede la mia assistenza per il trasferimento di 10,5 milioni di dollari americani proprio sulla mia stessa banca in Piazza ex Giuseppe Garibaldi ora Santa Maria Assurda In Cielo di Montichiari-Munticiàr, se gli do una mano per investirli al quindici per cento immediato per me e se per cortesia intanto gli do il numero della mia carta di credito con il Pin e tutto.

Su trivago.it, invece, memore che me l'aveva consigliato anche Sancho Maria che lì godeva di sconti... oggi nemmeno di quelli... la camera doppia uso singola senza colazione al Gran Alfonso XIII y Millán-Astray la danno in offerta speciale a € 366 non rimborsabile, se no regolare sarebbe € 587, la colazione, extra, costa € 49... cazzarola, per fortuna che è speciale... "solo una camera rimasta, affrettarsi, la penultima è stata prenotata un'ora e otto minuti fa".

Quasi quasi...

Un fulgente fascista vocazionale soldato di Cristo in perenne crociata contro quei saraceni di comunisti bravo a letto come il Salieri non lo si incontra due volte a nessuna età, figurarsi alla mia, una garanzia solo per come stava a gambe larghe sui suoi piedoni ben piantati per terra e per come, toltisi gli occhiali da sole forse per pulirseli, non smise di guardare in tralice… di tenere tutto sotto controllo… nemmeno quando tirò la prima boccata da cigarrillo da intenditore sopraffino e davanti al suo sguardo improvvisamente diretto, diretto a me, che lo stavo osservando da una ventina di metri prima che lui mi scorgesse, apparve quel cerchietto di fumo che aveva tutta l'aria di essere un segnale, uno che con una sola desquamazione di forfora caduta sul buco del culo potrebbe farmi fare i cerchiolini concentrici… inoltre non ho mai visto un maître vestito in modo così disinvolto e sgargiante, aveva più l'aria di un proprietario bene nella sua pelle definitivamente sulla pelle degli altri… in primis, su quella del Sancho Maria… l'eredità dell'albergo quale mancia estrema per l'ottimo rapporto professionale di una vita, e di parecchie altre, moleste, fatte sparire, la principesca buonuscita della Fata della candeggina uscita dalla scena della finanza in prima persona. Solo dalla facciata e dai sei piani un venticinque milioni di euro di immobile tutti tutti anche con la crisi… e poi, finalmente, uno sul mio cammino che non sia squattrinato e al quale non dover insegnare anche a allacciarsi le scarpe, intralcio a ogni possibile sex appeal, uno che, mi ricìto a naso, "prima di morire potrebbe offrirmi un caffè senza poi chiedermi una piantagione", offrirmi un sandwich senza farmelo andare di traverso al secondo boccone come fecero qui a Brescia con la Vanoni che, a fine concerto, stracca morta, fu invitata al rinfresco in suo onore da una famiglia di industrialotti palchettisti del Grande che avevano nel salone un pianoforte a coda così grande che solo la coda… lasciamo perdere… e la poveretta, che in teatro aveva concesso tre bis dopo non essersi di certo risparmiata, non aveva fatto in tempo a pulirsi dalla bocca le briciole di una tartina al lardo pestato… allora poteva ancora masticare… che la padrona di casa le chiese a gran voce, "Ornellaaa, amoreee! E adesso che ha mangiato, ci canta qualcosina?"… e potrei fare l'ospite di assoluto riguardo vita natural durante in uno dei più begli alberghi della Catalogna. Che se non è suo, è della Mercè, o i due avranno fatto fifty fifty tra albergo, Falsíta, i sei piani del palazzo, i gioielli nella cassetta di sicurezza et coetera et coetera et coetera. Hada aveva sotto sotto stima di Mercè, la quale doveva aver rispettato dei patti impostile dalla notte dei tempi tra una bettola malfamata e l'altra dei più squallidi bassifondi, quel patto uno e trino che a perpetuo memento mori si impone alle tre scimmie sagge compresse in una: non vedere, non sentire, non parlare.

Né male né, soprattutto, bene.

Dopo il reciproco pediluvio la sera del quarto giorno, io mi ero messo in terrazza in accappatoio e stavo fumando a lume di candela, per sbollire l'istinto di fuggire, quindi ero più calmo del solito. Hada, in un tripudio di veli dorati e viola fucsia e marrone che sotto un umile pellicciotto di ghepardo dovevano fungerle da camicia da notte, si avvicinò piano piano ticchettando su dei tacchi 7 altrettanto da notte, si adagiò di fronte a me in una sedia a dondolo e prese a ripetere le sue ultime volontà generali in fatto di eredità come se dovesse impararle a memoria per ripeterle poi al cospetto di Dio Padre Onnipotente.

"Al momento voglio morire al meglio. Voglio un tuo consiglio, amore mio. Devo lasciare tanta di quella roba... E Mercè si merita molto, jefa", io le sorridevo allargando le mani come a dire che non avevo niente né a favore né in contrario, ma non le dissi che ormai avevo capito che quando lei diceva di voler chiedere un consiglio era solo per darne uno a me.

"Povera Mercè, poveretta, poveretta! Devo farti una confidenza, jefa. Tra noi donneee... Tutta la vita a nascondere una sua abominevole vergogna di giovinezza... La Mercè sarebbe disposta anche a uccidere purché non si sappia... ma tu mi devi promettere che..."

Io tacevo, guardandola senza farle alcuna fretta, spensi la cicca ma automaticamente mi accesi un'altra sigaretta.

"Pensa che per mantenersi agli studi non c'è bettola malfamata del lungomare che lei non abbia battuto... perché inappariscente e negata com'era in un'altra casa del centro a lavorare non l'avrebbero mai presa nemmeno come zerbino... e per far cosa poi? Servire in cucina, fare la sguattera, pulire i pavimenti, infiascare, caricare e scaricare, lavare, stirare e un giorno dovette persino uscire dal guscio del retro e fare la piega di servire i tavoli perché la padrona era finita al reparto Maternità! E sai com'è che ha avuto la cattedra universitaria? Per merito! Vincendo un concorso! Inaudito. Un'onta indelebile, un disonore così... Ha fatto la cameriera! Ha lavorato onestamente! Ha sgobbato giorno e notte come una negra di una volta, capisci? Neanche l'ombra di un'ombra di una raccomandazione, di un parente influente, di un amante di panza, niente. Tutto da sola, nuda e cruda disciplina, ti rendi conto? Promettimi che una cosa così resterà tra te e me. Ne morirebbe, e ne moriresti anche tu, tesoro", e prese a ridacchiare di gusto e poi mi inviò un bacio con le mani sulla bocca a cuoricino.

Ah, prima che mi dimentichi: sono poi riuscito a sapere a quale regina col suo monarchico catafalco si riferiva Hada, a quale morta di lusso voleva essere superiore nel pubblico spettacolo della concia estrema, e non ho dovuto fare tante ricerche, ho cliccato Wikipedia: a Maria Cristina d'Austria-Teschen dai capelli giallo pannocchia detta Christa, morta sovranamente, e debitamente conciata per l'ultima delle feste, nel 1929.

Cioè a Maria Cristina Désirée Henriette Felicitas Rainiera, principessa imperiale, arciduchessa d'Austria, principessa reale d'Ungheria e Boemia, regina e consorte di Spagna e poi reggente, alla morte di Alfonso XII, per il figlio ancora in pancia Alfonso XIII (de Bórbon, superfluo dirlo), il quale prima passa il timone a Francisco Franco e poi diventa un albergo con nightclub attiguo... al quale fa propaganda lo stesso ministro della propaganda Millán-Astray, il fondatore delle Legión Española e forse uomo dei sogni di Donato Rosario Caudilho per il quale, e forse col quale, depilatissimo e già un po' Hada seppure col suo bel *quepis* in testa, balla una prima habanera tentatrice stretta tra le sue braccia, anzi, l'unico, perché quanto a handicap mica scherzava neanche il bel José... oddio bello magari no, senza un braccio e senza un occhio com'era conciato, ma pur sempre Mutilato Glorioso sì.

Alla fine, non c'è Grande Storia che non finisca sui revers con le chiavi di san Pietro di un addetto alla réception, e quando le va bene. L'ultima pensione in stile direttorio in cui sono stato si chiamava Chez Marie Antoinette, a Réaumur-Sébastopol, la proprietaria però si chiamava Jamila, una marocchina tanto distinta quanto leziosa, e aveva il gabinetto nel corridoio.

Eh, il Gran Alfonso XIII y Goebbels-Ciano franchista però... lo stellatissimo Albergo Re retto dall'Ultimo e Inattingibile Sconosciuto della mia esistenza e, forse, dell'intera umanità: Bartolomé Salieri.

Un fiorellino di campo… be', di campo di sterminio… che potrei cogliere io.

Quasi quasi… sì, quasi quasi…

Uno sconosciuto del genere non lo conoscerò mai più.

Come una volta c'erano gli altri, una volta c'era lo sconosciuto… be', se è per questo, una volta c'erano anche i corpi e una volta anch'io, avendo un corpo e piacendomi, vedevo corpi ovunque e li desideravo, non vedevo altro, non volevo altro, la lucentezza dei capelli, il fulgore degli occhi, la setosità della pelle, l'eleganza dei movimenti, la squadratura delle mascelle, i denti bianchissimi in un sorriso di intesa, la virilità della voce e delle mani, quello che di umano contenevano i corpi era incorporeo e inattraente per eccellenza, detriti di animalotteri menomati da uno psicologismo uguale per tutti, e poi tutto si è improvvisamente ribaltato, il mio corpo si è dissolto, ben prima nella mia mente che nella sua fisiologia, e sono cominciati i distinguo, il distanziamento, la diffidenza fisica, il disinteresse, la scorporizzazione psichica, il qualunquismo sessuale, la rinuncia, le sedie.

Quando improvvisamente mi sono reso conto che non avrei mai più fatto all'amore, ho capito che non avrei mai più avuto desiderio di fare sesso… a parte quelle rare volte che in seguito sono stato costretto a mimarlo per questioni di circostanza e, dopando la mia apatia sempre più incarnita a cui nessuno ha mai voluto credere ferendomi, per non ferire per una simile quisquilia qualcuno che nel fare sesso con me riponeva un suo simbolismo infantile, e ho fatto male a dargli corda allorché io stavo tutto nel collare che mi ero messo per scrupolo di perfetto padrone di casa anche di fronte a visite non gradite nella sua camera da letto, e poi non sono stato capace di andare fino in fondo alla recita di beneficenza, perché non sono stato nemmeno tanto bravo da non pentirmene amaramente provando ribrezzo per me stesso che, ingannandomi a comando, avevo ingannato invece di mandare a fare in culo altrove l'insensibile seduttore sedotto per ragioni di etichetta domestica… e nel capire che non avrei mai più avuto desiderio di toccare e farmi toccare a fini sessuali ho capito anche che non mi sarei mai più affezionato a nessuno, che gli affetti su cui potevo contare erano quelli che nutrivo già, scemassero o no, e che di nuovi non ne sarebbero più nati, di conseguenza le cose che avevo… lampade, vasi, quadri, la casa stessa, un paio di appartamenti… e che avevo, come dire, messo da parte anche per condividerle restando di mia proprietà, magari solo offrendole allo sguardo o a momentanea disposizione di altri, hanno perso ogni sostanza e valore, anche economici, poiché ho cominciato a sbarazzarmene a un terzo del loro prezzo o a regalarle o a lanciarle contro i muri e, contemporaneamente, esauriti i temi dell'amore del sesso della roba e della proprietà che va in cocci, anche della proprietà esistenziale, anche esistenziale mia e propria di me, mi è passata ogni voglia di scrivere e di essere letto e non ho scritto né pubblicato più niente, ma nemmeno tutte queste frane in una sono bastate per rendere più palatabile un suicidio visto che ci portavo un uomo tanto più vuoto di prima, per decidermi, svuotato a puntino come ero, a lasciare le sedie per andare finalmente a precipitare da qualcosa di adatto e di alto a colpo sicuro.

Anzi, grazie al vizio della morte a getto continuo tipico dei letterati con troppa trippa di scorta e proporzionato dolore per il mondo che impediscono loro la netta virtù di farla finita con un colpo secco, la voglia di vivere s'è fatta tenace e briosa come non mai e attraverso tutti quei cocci raccolti e buttati via… coi loro corrispettivi luoghi comuni… tirando un sospiro di sollievo da qui alla luna sono rinato.

Non dovevo più fare la guardia a niente e a nessuno, nemmeno a me.

È stata una gran bella scoperta che non cambia niente se rasenti i muri o se stai al centro della strada a petto in fuori e testa alta, sono attitudini a specchio tra conosciuti che, riconoscendosi nel timore accusato e nel timore causato, si rimpallano a vicenda, ma io, non essendo mai stato né l'uno che ha paura della sua ombra né l'altro che nel suo incedere schiaccia quella dei suoi referenti, io che c'entro? E alla fine della frana mi aspettava un'illuminazione con ricompensa: le sedie hanno cambiato sembiante, sono diventate tutt'altra cosa rispetto a quella cosa inerte da rassegnato al peggio… continuare viziosamente a vivere per mancanza di quello slancio finale verso il basso… e su una sedia sono stato folgorato da una ricompensa ancora più impensabile e impensabilmente vitale per me, la più esaltante e inedita di tutte: scrivere nella testa, scrivere per me un bel romanzo che potessi leggere solo io, intanto che, seduto e dimenticato da qualche parte, si sarebbe fatta sera da sé. Scrivere un gran bel romanzo solo per me e che, come me, sarebbe rimasto cancellato. Sconosciuto davvero, sconosciuto del tutto, sconosciuto per sempre, non sfogliato, non sfiorato, non irretito, non leggiucchiato, non databile e datato dalle impronte digitali dei soliti conosciuti che cincischiano gli esseri umani come palpugnano i libri per rimetterli giù.

E scrivermelo senza mai dire a voce il titolo, la trama, che tipo di struttura narrativa ha, niente di niente dalla prima parola all'ultima. Sconosciuto a tutti a parte me, sconosciuto come i libri che piacciono a me, quelli che, come certi uomini stupendi, restano sconosciuti anche una volta letti e che prima leggi e poi leggi, e non è una rilettura: resta la prima lettura che fai, e magari l'hai cominciata appena chiusa l'ultima pagina.

Dunque: c'era una volta lo sconosciuto.

20

Lo sconosciuto lo riconosci al secondo istante; il conosciuto, il risaputo, la nenia umana, il calco ricalcato dal modello imperante, al primo: da come veste, da come si muove e sta fermo, da come guarda e fa finta di non guardare, non c'è neanche bisogno che apra bocca per dire quella cosa che, avendo orecchiato per buona ultima, crede anche la più originale.

Lo sconosciuto è padrone di sé e sa cosa vuole e non vuole, sui due piedi; il conosciuto è padrone solo di quello che di lui possono dire gli altri e fa o non fa, in quell'istante come dopo un secolo, quanto gli è stato suggerito dalla morale comune e gli sembra più conforme al pregiudizio in cui acconsente a trascinarti.

Eros è lo sconosciuto, l'imprevedibile, il sorprendente per eccellenza, è un amorino delicatissimo, fragilissimo, vulnerabilissimo, per questo deve proteggere la sua luce accecante entro un guscio di pudore; se scalfisci quel guscio, la luce si disperde e non torna più indietro. Quel guscio di tenebra non è un mistero orfico accessibile solo a una congrega di eletti o uno spregevole tabù clericale, è una stupenda convenzione sociale ben sviluppata e difesa sin dai tempi delle prime tribù persiane, egizie, greche e italiche intellettualmente e sessualmente e civilmente sempre più organizzate che, come allestivano gli eserciti, cominciarono a mettere il pensiero nella manutenzione repubblicana dell'amore come cosa del popolo tutto e naturaliter democratica, lo codificarono per proteggerlo e salvaguardarlo per trarne piacere tra una guerra e l'altra, e non per sdilinquirsi del tutto nella rassegnazione alla morte, ma per trarre quel nuovo vigore che riportasse interi eserciti e singoli guerrieri a amare di nuovo la vita una volta scampata.

Se non la amavano per sé, che la amassero per l'altro che con il suo amore gliela riportava e gliela ricordava sul campo di battaglia perché lottasse allo stremo e non si lasciasse sopraffare, perché qualcuno lo amava e ne aspettava appassionatamente il ritorno.

L'altro non poteva essere una bella fighetta di donna o di uomo di cui sai già appena ti compare davanti, anche nella memoria, quanti pelazzi gli sono rimasti fra le cosce, come si lamenterà, le scenate che ti farà, le pretese che accamperà e il malcontento che mette su se non gli dici dieci volte al giorno che lo ami e quanto lo ami e perché lo ami, sempre con 'sta rogna del perché allora non glielo dimostri.

Per filo e per segno, non so se mi spiego, perché, se non glielo sgusci, non crede che dentro l'uovo ci stanno il tuorlo al centro e l'albume intorno.

L'amore si fa o si sente, l'amore non si dice, non si reclama e non si commenta l'amore fatto, l'amore ha gli occhi per parlare e le mani per recargli doni. Se gli occhi sfuggono e le mani arrivano vuote, è detto tutto. Due che non hanno niente da dirsi parlano del loro amore reciproco, che intanto sta volando altrove.

Parlare d'amore significa parlare d'altro.

Tant'è vero che per ovviare a questo limite discorsivo dell'amore per tenerlo intatto tra i due amanti e come separato da loro stessi affinché si mantengano sconosciuti e amorosi, la civiltà ha inventato la pornografia e il mercimonio con cui sfogarsi spaccando il capello e il pelo tra gli altri e con gli altri che non si amano.

A me piacevano gli sconosciuti, mi piacevano così tanto che mi sembrava un peccato conoscerli, una diminuzione di intensità erotica sempre più progressiva, come dicevo o forse non ancora: più li conoscevo, più essa veniva meno.

Una volta, tuttavia, gli sconosciuti per un po' sconosciuti lo restavano, poi, chissà com'è stato, a un certo punto gli sconosciuti non sono più esistiti. Dal primo istante, intendo dire.

Dove prima c'erano degli uomini e quindi degli sconosciuti, ora c'è lo stampino del creato increato una volta per tutte e per chiunque. Vedo lo stampino e mi cadono le palle. Il numero delle sue ondulazioni è fisso, come quello del budino che vi aderisce all'interno: la sua forma, la sua consistenza, il suo sapore, la sua biodegradabilità, sai già tutto, ti passa la voglia di farne un altro, la nausea del budino precedente, già passato nel momento stesso in cui ti fai la bocca, ne rende scaduto ogni altro a venire.

Scomparsi gli sconosciuti tali anche al secondo istante o inceneriti dal mio primissimo sguardo?

Che m'importa se lo stampino è in me, se lo stampino sono io o no? Una volta che un tale riflesso si è installato nella mia percezione, cosa cambia per me? Niente. E allora, se l'effetto della risposta non cambia niente, che faccio domande a fare? Mica mi deve rispondere qualcun altro.

Alla gente piacciono gli stampini, non vuole altro, guai a metterle davanti qualcosa di sconosciuto, degli occhi soli e una lingua muta, avrebbe la reazione opposta, non gli riconoscerebbe pari disumanità e gli andrebbe giù. A me no, al contrario.

Però, siamo seri, siamo ecumenici per una volta: nessun uomo, non solo io, e non perché ho i miei anni, ha bisogno di dare giustificazioni se non gli tira l'uccello davanti a un budino, al suo stampino pronto a ricevere il preparato o a tutti e due una volta separati, questa è la realtà. E non sarà perché con uno sforzo di buona volontà ci fai una corona di savoiardi inzuppati attorno che convinci a bloccarsi l'acquolina in bocca che non ti viene.

Bartolomé Salieri ha mai aperto un libro? Un caino perfetto che legge diventa subito un abele in crisi, non può permetterselo, se no cambia mestiere, quindi il bellissimo, l'affascinante, l'inarrivabile, l'inattingibile per chiunque ma, lo sento, non per me Salieri non sarebbe dove si trova, a un apice: che ci faccio io dopo un po' con uno che ha un solido mestiere e di sicuro una reggia in cui sistemarmi e adorarmi ma che non ha mai letto un libro e, semmai, non un libro come intendo io debba essere un libro?

Questo, por ejemplo?

Chissà quanto ci impiegherei a annoiarmi anche con *lui*… ventiquattro giorni? ventiquattro ore? ventiquattro minuti? Sempre che non sia io a annoiare lui dopo ventiquattro secondi. Perché, infine, a uno così sta a cuore il romanzo della vita, di cui si sente e pretende di essere considerato eroe assoluto, a me la vita del romanzo, in cui io stesso sono un comprimario, un figurante, un io di passaggio. Se non considero me il protagonista della mia stessa vita, figuriamoci chiunque altro!

I fascisti vocazionali sono come i gay vocazionali: non leggono, "*caspitina*".

Magari i primi, uomini di panza dal fare cortese e alla mano che personalmente non farebbero male a una mosca e che pertanto vanno in giro con picciotti armati, si danno l'aria di bibliofili e hanno biblioteche immense comperate alle aste o sgraffignate da antiquari intimiditi che poi non hanno mai saldato e hanno costretto a chiudere o fatte asportare di notte da biblioteche pubbliche in mani truffaldine, ma non ne hanno mai aperto uno, di quei volumi preziosi per niente; i secondi, ne hanno aperti molti, ma sono tutti biografie delle star, sulla moda, il look, i diritti civili sul diritto alla maternità lesbo e alla paternità gay, incivili che non sono altro e che non servono nemmeno più a calmierare il boom demografico nel mondo.

Entrambi, fascisti e gay, sono, nel doppio senso del termine, istruiti e basta, istruiti a essere quello che sono al fine di esserlo sempre, delle mummie a tempo nel tempo del solo passato, senza futuro e quindi senza presente.

Sono degli intercambiabili caini abelizzati e degli abeli cainizzati predestinati dal loro dio della madonna.

I fascisti vocazionali come i gay e i gay vocazionali come i fascisti leggono solo nell'analfabetismo della loro mente mineralizzata sui cliché della natura "da che mondo è mondo" disegnata da un solo dio e da più corvi del malaugurio in comunella, come se la natura esistesse in sé a prescindere dagli umani che la secernono culturalmente di momento in momento e il mondo fosse immutabile, la materia inerte da non fare più una piega e lo spazio immobile, inutile perdere tempo a leggere cose che magari dicono pure il contrario o aggiustano il tiro: solo gli uni possono essere gli amici del cuore degli altri.

Anzi, gli altri sono gli uni, vai con uno e ti ritrovi l'altro, vai con un fascista e ti ritrovi con un gay, vai con un gay e ti ritrovi con un fascista, come con i fratelli siamesi.

Io che c'entro?

Io ho letto tutti i libri che potevano essermi contrari e che mi potevano mettere in difficoltà rispetto a quanto avevo acquisito e credevo; gli altri libri, quelli che pretendevano di allisciarmi nelle mie certezze e pigrizie e compiacimenti, li ho sempre chiusi subito con uno sbadiglio.

Io non sono istruito in alcun modo. Io non sono un plagiabile microbo di creta dentro cui qualcuno ha insufflato la sua forma per sempre. Io non volevo neppure essere me stesso se il prezzo per esserlo era dover restare contento e cretino.

Non entrerò in quel seducente cerchietto di fumo che il Salieri, ora ne sono certo, lanciò al mio indirizzo... potresti anche dire "ha lanciato", non sono passati decenni, ma alcune decine di minuti, eh... invito tanto più tentatore perché lui non mi ha collegato con l'ospite della sua vecchia protettrice e promotrice e per lui non sono un BA prefabbricato nella sua mente e quindi un mezzo babà alla cui altra metà ci pensa lui con una proiezione, ma uno sconosciuto bello e buono che passava di lì per caso, un uomo intero, oltretutto, dicevo, un po' sciattone, e gli piacevo così, mi ha trovato bello così.

Magari in me ha visto nient'altro che un padre ideale da inculare a sangue e morta lì.

E allora, che mi importa? Ha visto quello che nel mio paese non sono più da tanto tempo: lo sconosciuto che non sono... neanche per lui? Ah, riprendermi il mio anonimato, giocarmi tutte le carte dello sconosciuto fino a che piace a me! Perché io, se non sono già una proiezione del teleutente medio e grato o del suo alter ego, l'intellettuale cattolico organico rancoroso, sarei in grado di rimanere sconosciuto per millenni. Uhm, che sesso!

Dovrei comunque avere una cosa che non avrei comunque: trent'anni in meno. Il sesso è bello farlo da ragazzi perché è esso a fare te, quando spetta a te farlo o non si sposta di una virgola o è come un tiro alla fune con te che tiri anche dall'altra parte, meglio lasciarlo fare ai giovani corpi che su quella fune ancora stanno in equilibrio tesi da una meraviglia che li trasporta avanti e indietro senza sforzo da forza di gravità tenuta sotto controllo con sempre maggiore fatica.

Perché a me non piace fare brutte figure, alla fine della sonatina, massimamente tra estranei totali.

Lasciamo perdere i miei di gusti su come uno deve o non deve o può essere fisicamente, disquisirei solo sul piacere dell'anafrodisia per autoipnosi, ma uno sconosciuto per me è come un Narciso acheo scolpito da Prassitele e a uno così non offri in voto una trippa cascante e un intestino morto e uno scatarrante raspino in gola, e certe ascelle che andrebbero murate vive dopo la prima rampa di scale, e questa pensione, senza ascensore, di rampe ne ha quattro prima di farsi raggiungere.

Sono così conosciuto, riconosciuto, risaputo e scaduto che non riuscirei nemmeno a confondermi tra il latte in polvere americano del 1945 e i sacchi di farina della mietitura 1959 del Kazakistan e i telefonini coreano-napoletani del 2009 destinati al Malawi.

Cosa dire di più? Ce l'ho fatta, finalmente!

Ma che se la prenda qualcun altro affrettato 'sta ultima camera mortuaria rimasta in offerta speciale al grandalfonso tredicesimo! Cursore sulla X e spengo.

Eppure eppure eppure...

Eppure io Bartolomé Salieri l'ho già visto da qualche parte, di sicuro lui da qualche parte ha visto me, ma dove, quando, se escludo foto o video o cose così? In che circostanza ci siamo sfiorati dal vivo?

'Cara foglia del ricordo, io, dicevo, sono morto, o è meglio se mi considero morto e morto con me l'esempio di condivisione che ho voluto dare... che riconoscenza mi aspettavo, una riconoscenza me l'aspettavo di sicuro, ma quale? Io presto un lumino a te, tu presti un bicchiere di sale a quell'altro, che a sua volta presterà a un altro ancora una spagnoletta di filo bianco per attaccare un bottone e chiunque prende e rende e l'unica vera persona gentile a cui rendere non è la stessa che ti ha dato, non sta dietro di te, ti sta davanti. Se tu rendi solo a chi ti ha dato, e già non sarebbe poco, non hai reso ancora niente a nessuno, la catena della solidarietà neppure è cominciata che già si è spezzata. Mai una volta qualcuno da me aiutato ha fatto qualcosa per qualcun altro, perché questa era la riconoscenza che io mi aspettavo e che non sono mai riuscito a mettere a fuoco fino a questo istante: se io ho fatto qualcosa per te, non era possibile che non mi aspettassi niente da te, a parte che non volevo niente per me in senso stretto, quindi cosa potevo mai aspettarmi *per me*? Che tu facessi qualcosa per qualcun altro non appena fossi stato nelle condizioni, il che significa subito. Che tu imparassi a tua volta a lenire un po' di ingiustizia, violenza, crudeltà, malattia, fame, sonno, prostituzione, droga, psicofarmaci, anabolizzanti, psichiatria, religiosismo, superstizione, fanatismo, sessismo, razzismo, analfabetismo, miseria, schiavitù, a lenire a tua volta un po' di dolore per niente. Mai, mai, mai accaduto una sola volta, mai. È questo che mi ha ucciso lentamente senza farmelo sapere, non la vecchiaia, non la stipsi da megacolon, non la morte quando verrà. Mi manca solo che qualcuno tenti il suicidio perché non mi sono spolpato abbastanza per la sua paranoia da grandezza all'orizzonte senza alcuna partenza per arrivarci e perché mi resta pur sempre un po' di carne per me e poi sì che potrei impilare mille sedie una sopra l'altra, mettermici comodo in cima e da lì staccarmi e precipitare giù. Ma, qui lo dico e qui lo nego, continuerò come ho sempre fatto da quando ho il lume della ragione, perché l'unica maniera per convivere con il proprio dolore per qualcosa è combattere il dolore per niente altrui, un superfluo lardello addosso me lo troverò sempre, bene in carne ci sono anche nato, pesavo quattro chili e sette e anch'io ho poppato per capriccioso egoismo addirittura fino ai cinque anni da una madre che non aveva forze abbastanza nemmeno per sé eppure… E addio, addio, foglia cara, dormi bene. A domani, chissà.'

Però… quello sguardo così chiaro del Salieri, di ghiaccio caldo… gli occhi di quel cilestrino che aveva la profondità di un cielo al centro della terra, dove sembra vada a finire tutto il sangue versato dagli assassini che ne mantiene in equilibrio l'asse portante… E giurerei che è il solo, insieme a me, a non aver mai sprecato un secondo e una parola in una chat, perché chi usa le parole come esche per definire cose inesistenti fuori dal suo sogno a occhi aperti e dal suo bisogno a culo stretto finisce per abboccare al suo stesso amo e non se ne stacca più, è fritto per sempre.

Il Salieri non credo proprio sia uno che si lascia infarinare da proiezioni presenti e da promesse di proiezioni future, nemmeno Hada Espejismo c'è riuscita del tutto a farne la sua copia virile e per questo lo ammirava tanto, deve essere uno che come me non proietta la realtà ma preferisce farle da schermo lui senza farsene impregnare, chiaro, altrimenti la pseudorealtà respinta dalla porta rientrerebbe indisturbata dalla finestra. Una psiche rimasta integra malgrado la sirena della tecnologia e della coprolalia antisociale dei grafomani da socialnet, un individuo di carattere, indomito, dalla superba solitudine come me… ben due antisegaioli nella stessa era si incontrano per caso e io… *Oh, Bartolomeo, Bartolomeo, perché sei tu Bartolomeo* e solo ora, che io non sono più né io né sono una giulietta dalla treccia di capelli extension?

Sempre che non lo stia a mia volta sognando a occhi aperti per come non è, sarà una testa d'uovo e non più un picciotto a cottimo del sistema, ma la gerarchia da cui discende è la medesima e tale rimane dall'alto al basso e viceversa, quello è un assassino di regime, passato e presente, e gli assassini, anche se intoccabili perché di regime, non sono tanto sofisticati, sono degli psicopatici dalla mentalità alquanto elementare e dal dio facile, un Padreterno qualsiasi cui ispirarsi e rendere conto per ricevere una pacca sulla spalla. Basta un po' di paternalismo vecchia maniera, un regalino per aver superato l'esame di maturità crivellando di colpi un puledro o una persona e quindi di ammissione al massimo sistema... di virilità, lo chiamano, per l'appunto quello che castra per sempre... un paio di sgallettate al soldo che li faccia sentire uomini veri e te li macini e li insacchi come vuoi tu, rientrano in un sistema e ne sono delle volgari proiezioni e funzioni come chiunque, che twittino o no.

O Bartolomé Salieri no?

È meglio se domani me ne vado da Barcellona.

Inoltre, sono due anni che faccio esami su esami al colon e che dovrei farmi operare cominciando dall'intestino, adesso ho preso la decisione e devo comunicarla di persona ai Civili di Brescia: ci convivrò. Tanto, come esco operato di qua, dovrei rientrare per farmi operare di là, sarebbe un avanti e indietro fino all'ultimo come neanche Hada Espejismo, non è come con mia madre che non volle farsi mettere almeno due molari per parte per masticare perché, diceva, a ottantanove anni è meglio risparmiarli. Cagherò un po' di meno e poi sempre di meno, che sarà mai? Per male che mi vada, diventerò una mongolfiera al contrario e troverò sempre il modo di far fare un giro al mondo nei suoi stessi sotterranei.

Ci sarebbe la coda.

"Venghino, venghino, chi prende la coda, prende un regalo! Giro gratis a chi prende la coda, giro gratis a chi prende la coda, giro gratis a chi prende la coda!", urletto in falsetto verso tutti quei nottambuli di buona volontà sotto Piazza Urquinaona... oddio, a ben vedere sarebbero solo le nove meno sei...

Eppure io il Bartolomé Salieri... magari non in faccia, ma l'ho visto, sento che se l'ho visto io, mi ha visto lui e che perciò chiarirei almeno quello sguardo di... di comprensione delle disgrazie umane? di profonda e rassegnata bontà? d'amore infinito e pertanto con molto senso dell'umorismo?... che mi ha lanciato dall'entrata del Gran Alfonso XIII y Millán-Astray.

E la foglia del platano non più di fronte ha un sussulto imprevedibile e mi fa di punto in bianco, 'Ti ricordi quella frase di Karl Marx che usasti a epigrafe di un tuo romanzo?'

'Chi, io?'

'Sì, tu. Sai, era quel periodo in cui facevi lo scrittore...'

'*Facevo*?'

'Facevi, eri, ti atteggiavi, mettila come ti pare. Be', la frase è, "Ogni cosa che glorifica Dio nega l'uomo".'

'Bella, e quanto vera!'

'Be', io se fossi in te e con il blocco intestinale che ti ritrovi, la riscriverei.'

'Sarebbe a dire?'

'Ci aggiungerei, "per sua fortuna": "Ogni cosa che glorifica Dio nega l'uomo, per sua fortuna". Tanto, chi va mai a vedere se in Karl Marx è tale e quale? Riscrivila così e secondo me vai di corpo subito e poi regolarmente senza prendere mai più un purgante.'

'Sei diventata il portaparola di Hada Espejismo adesso? Secondo me, invece, dovresti appollaiarti tu in testa un nido di merle bianche per ripararti dai colpi di sole, anzi, di luna, vista l'ora.'

'Il tuo errore fondamentale, cariño che non sai neanche dove sta di casa un minimo di carineria, sta nell'avere azzerato il potere di Dio per innalzare a dismisura... secondo te l'unica misura equa ovvero misurata... il potere dell'essere umano, detronizzando Dio e facendo occupare così il posto di Dio ai tuoi consimili, che per te sono Dei dal primo all'ultimo senza distinzione di merito o di priorità o di sesso o di razza o di religione o di intelligenza o di potere d'acquisto l'uno sull'altro, tutti indistintamente uguali e sacri a discapito di qualsivoglia ragione e pretesto e capriccio differenziante, tutti Dei di infinita bontà rinnegata e di onnipotenza etica ora impossibile perché repressa che aspettano solo il riscatto definitivo e che veneri come gli umanotteri venerano il loro Dio e che ti sei alienato dalla catena *alimentare* anche tua e che hai alienato da ogni possibilità di usufruirne a titolo personale e egoistico come fanno tutti gli altri che hanno già un Dio e che si sono dati un Dio proprio per usare degli uomini e delle donne sin da bambini come fanno con qualunque altro essere animato ricco di proteine, dai cavalli ai conigli ai maiali alle vacche ai pesci alle galline alle pecore. Dio, l'Intoccabile, il Non Fungibile, è stato messo lì proprio per renderci tra di noi toccabili e fungibili, manipolabili, odiabili, disprezzabili e usabili quanto le galline o le mucche o le penicilline, noi poveri e meschini animali in attesa della mattanza compiuta da un nostro simile. Dio è l'alibi ipocrita che permette ai più bestiali di macellare bestie più deboli di loro con il loro medesimo sembiante, le più desiderate e gustose in assoluto, e farne banchetto sentendosi nel giusto e nella natura e al contempo ispirati e guidati da un fine superiore cui tendere con tutte le proprie viscere ben pasciute di sangue umano. Ma se per te l'essere umano, un dio in sé e quindi intangibile, è escluso dalla catena alimentare come lo è quel tal Dio per gli altri che se Ne servono per usarsi alimentaristicamente a piene mani e che hanno inventato Dio per sublimare il cannibalismo e darsi delle buone intenzioni cui trasgredire alla prima occasione godendo della vita tanto più quanto comporta la morte di chi gliela fa godere, be', per te tutto ciò che è umano diventa astratto, remoto, inservibile, orrorifico al solo pensiero di essere tu la causa di una sola goccia di sudore estorta a qualcuno contro la sua volontà, figurarsi una goccia di sangue umano versato da un tuo istinto o paura o brama... che poi non si sa mai bene che sia 'sta volontà tanto poco è esercitata e che magari gode pure a essere violentata, vallo a sapere! Vedi, se da domani tornassi in chiesa a sentire una messa di don Euro e ti confessassi e chiedessi pubblicamente perdono a Dio per averLo tanto disprezzato e annullato in te e nelle tue azioni e nei tuoi pensieri per rendere gloria vera e imperitura all'umanità, come ne esci facendoti il segno della croce ti tornerebbe la voglia di vivere come a chiunque, come agli altri che non l'hanno mai persa, la voglia, o non certo per una pretesa antropologica come la tua, perché a nessuno è mai passato veramente per la mente di mettere in discussione il primato di Dio Eterno su noi primati dell'ultima ora... sì, forse a qualche mosca bianca, ma se le guardi da vicino, tra quelle che si convertono prima di tirare gli ultimi e quelle che per quieto vivere non appena in piazza svolazzano confondendosi con quelle nere regolamentari, più che grigie e color pulce non sono. Va' a un battesimo, a un funerale, a un matrimonio religioso, va' a una messa di suffragio, a una processione della Zoccola Immacolata, di' che quel tal Dio stesso il sesto giorno della Sua incasinatissima settimana ti ha instillato nel cervello la scintilla che ti illumina di Lui sicché neppure ti è lasciata la creatività umana di inventarteLo di sana pianta in un momento della tua evoluzione antropologica, incula Darwin e in specie la scimmia primigenia della sua teoria della nostra specie e rendi così amabili e collaborazionisti creazionisti anche gli evoluzionisti più recalcitranti, alza una sola volta gli occhi al cielo a mani giunte come uno di quei cialtroni di papa-idiots e ti tornerebbe la voglia di ammazzare, di rubare, di frodare, di ingannare, di sfruttare, ritroveresti il comune equilibrio nello sferrare un colpo di karate invece di fare comunque un buffetto, nel rivalerti invece di lasciar perdere, nel guadagnarci invece di rimetterci, ritroveresti persino il desiderio di amare qualcuno attraverso l'istinto di stupro e di rapina connaturato a ogni fedele monoteista, ti riapproprieresti del tuo cannibalismo perduto e rinnegato e sradicato sino all'ultima sua molecola e tutto si riaggiusterebbe come per magia, la magia di considerare te umano e gli altri bestie a tua disposizione o alla cui disposizione sfuggire come meglio puoi intanto che disponi di altri umanotteri al momento più deboli di te su cui rifarti denti e artigli. Basta una santa messa, una genuflessione, una faccia contrita allorché risollevi la testa piegata e ritorni in forma smagliante. Scapricciati: fa' che sia solennemente cantata! Un semplice atto di fede e ripristini l'ipocrisia che allieta l'esistenza e, soprattutto, ritrovi un nemico comune da abbattere, un capro espiatorio, un diverso, un inferiore, un saraceno, un barbaro, il che crea socievolezza, instaura il flusso sessuale tra la comunità degli eletti censiti in quella tal parrocchia, incrementa l'economia per quel che è, visto che un'altra non c'è né ci sarà, e dà il la a quei peccati veniali, come il prostituire i bambini al proprio fanatismo fideistico per meglio ammazzarli da grandi che si ammazzeranno tra di loro, del tutto perdonabili e dati per scontati. Perché se Dio toglie i peccati dal mondo, non commetterli sarebbe farGli il torto estremo, sarebbe un delitto di lesissima maestà, Lui potrebbe dire, tanto irato da dimenticarsi la maiuscola, "E io che diavolo ci sto a fare qui se mi togliete il potere di perdonarvi?". Non si può, salterebbe Lui e di nuovo tutto l'ambaradan delle chiese, dei preti, delle processioni, delle guerre di religione, delle ostie in generale e della finanza mondiale. Se non hai le castagne non puoi fare le caldarroste, no? Come fai a mondare i peccati se prima non li fai? I peccati non vanno mondati sopprimendone la nozione stessa, vanno fatti uno per uno, diligentemente, attestano l'appartenenza all'umanotteria vigente, sono l'unico esame di maturità accettato, fanno curriculum prelibato da che mondo è mondo, la Fata Morgana docet! E un altro mondo non ci sarà mai. Sei caduto sulla terra sbagliata, cariño. Arrenditi al Dio Padre degli umanotteri e la vita degli uomini tornerà a sorriderti.'

'Ma, foglia tentatrice dei miei due, sarebbe un ghigno orribile!'

'Che t'importa? Mica lo vedresti, mica te ne rendi conto, cioè, il tuo mica lo vedresti, vedresti solo quello degli altri, da buon cattolico-mussulmano-ebreo-buddista questa rimozione ti faciliterebbe e ti legittimerebbe ogni morso che dai a un'altra bestia ghignante come te e senza provarne alcun rimorso, è una bestia, è lì per quello, la usi e via, e te ne freghi se chi la fa l'aspetti. Intanto Dio uno e trino ti copre le spalle, anzi, ti nasconde, e se anche qualcuno ti ha visto, Egli risponde per te, ti monda da che mondo è mondo e ritorni in pista con un perdono di vantaggio e un traguardo, ogni traguardo, assicurato. È di un comodo... Provare per credere. Anzi, credere per provare!'

'In effetti... sono così stanco di produrre coraggio.'

'Dovresti usare il tuo coraggio al contrario, il coraggio della resa all'umaneria...'

'Questa a casa mia si chiama vigliaccheria, 'fanculo!'

'Vedi? Sei senza speranza. Sei perduto.'

'Vorrei ben vedere il contrario.'

'Non so neanche perché sto qui a perdere i miei ultimi istanti di foglia caduca per mano di un elicotterino cinese di merda a parlare con te.'

'Perché, chi altri troveresti a quest'ora?'

'Vuoi sempre avere l'ultima parola.'

'Allora tientela.'

'Allora me la prendo sì o no? Se continui a aggiungerne un'altra, domani siamo ancora qui a contendercela. Bel modo di dare la buonanotte alla sola amica del cuore che ti è rimasta!'

'Ma se te ne avrò date dodici di buone notti!'

'Ecco, te la sei ripresa di nuovo.'

'E andare a cagare nooo?'

'...'

Dieci minuti di sogni pseudoporno in meno. Dovrei perderne altri dieci, non ho sonno per niente. E se mi rivolgessi a qualcun altro invece che a quella malmostosa di foglia di platano che chissà se rivedrò mai più?

'Lucia! Tanto per dirtene un'altra', faccio alla Bosè mettendomi in piedi e girando le spalle al televisore per darle l'impressione che sto facendo io la telecronaca dell'arrivo di Ratzinger a Madrid se no magari non mi ascolta, 'e premettendo che *pornografia* non è una parola meno grossa di *fede* e che i filmetti porno sono meno porno di una qualsiasi ripresa televisiva alla Camera dei Deputati o di un discorso di questo qua sulla papamobile dietro di me: ho visionato, dagli anni Novanta in poi, insieme alle migliaia e migliaia di testi in ogni lingua, non meno di ottocento video con lo stesso cacofonico mugugno postproduzione, prima in cassetta e poi on line, video di preferenza tra uomini perché non so te ma a me quegli altri mi facevano ridere anche a crepapelle... volevo rilassare i masseteri e le mandibole in generale? guardavo un coito eterosessuale e ridevo ridevo ridevo tanto che era meglio di un massaggio facciale dal fisioterapista, e solo uno mi ha eccitato abbastanza da poter concedere che gli sono debitore di una sega piena senza soste della mano, divagazioni mentali sugli insetti domestici e l'inutile stick all'ammoniaca contro i morsi delle zanzarine nere, sbuffi di impazienza, vidimazione del versamento Iva fatto dalla commercialista e carico/scarico della lavastoviglie: si tratta di un video girato tra cinque campesinos messicani, credo, veri campesinos né belli né brutti tra i trenta e i cinquanta tutti con la barba di più giorni, cara mia, i quali, stanchi di mettere la moglie incinta a ogni scopata e ormai malthusiani fino alla nausea senza saperlo, rientrano tutti sudati dai campi in una casíta, tagliano delle fette di pane casereccio che accompagnano con un pezzo di formaggio ciascuno, si spaparacchiano su un divano, mettono su a loro volta un video che propala gemiti di donna da città... al quale non gettano mai uno sguardo nemmeno di sfuggita... e, molto alla Walt Whitman, si danno pacche sulle cosce aprendosi l'un l'altro delle lattine di birra e, tracannando allegramente, ecco che se lo tirano fuori dalle tute di lavoro sporche di fili d'erba e macchie di petrolio e cominciano a menarselo di gusto ridendo e mettendo in mostra i denti mancanti, insieme ai grossi fapopolo ora nient'altro che dei gran bei cazzi di una volta tutti belli sfilettati... genitali, insomma, che non devi stare lì a cercare come quelli di Torino ma che sono loro a trovare te anche nel buio più pesto, cara la mia Lucia... poi si sbarazzano delle tute e restano in mutandoni di flanella grigia sbrindellati qui e là, fino a che, per amore della compagnia, cominciano a darsi una mano l'un l'altro e poi a succhiarselo – anche il culo, gioia, che finiscono per prestarsi a vicenda neppure fosse una canna per infiascare... puro nettare, gioia mia, nettare puro! Oh, quelle chiappe bianche come latte coperte... be', sì, o mia splendente Miss Italia 1947, rispetto allo scollo abbronzato segnato dalla canottiera sono bianche come latte... coperte di peli neri ricciolini con qui e là il brufolo rosso di quelli incarniti! Potrebbero fare anche un fermo immagine di mezz'ora che nemmeno ti passerebbe per la testa di distrarre la manina bella infilandola nel bicchierone del popcorn, credimi sulla parola, stella. Ecco, lì con loro cinque... che, mai diventati dei professionisti, devono aver acconsentito a girare solo quel filmetto a scopi di edificazione civile dei contadini, di beneficenza, ecco, perché non li ho mai più visti in alcun altro... non mi sarei sentito a disagio, avrei funzionato alla grande senza assentarmi con la mente da dove ero e dall'uomo con cui ero per poter concludere qualcosa di sessuale anch'io; in tutti gli altri video non ho mai desiderato essere lì e di tutti gli altri non ho mai e poi mai una volta desiderato uno solo di quegli uomini nudi e bellissimi, che a me evocavano solo la mamma isterica che li aveva partoriti e le loro infanzie funeste, mi sarei sentito male dall'indifferenza che avrei dovuto violentare violentandomi e basta. Se ci rifletto, che cosa mi eccitò in quel film così sapientemente alla buona con quei campesinos? L'assenza di timidezza, la mancanza di senso di colpevolezza, di reticenza, la squisita e fulminea determinazione propria dei gentili, l'orgiastica promozione della democrazia, l'accettazione radicale del corpo proprio e altrui in gioco e, soprattutto, l'assoluto azzeramento di ogni pathos esterno dettato dalla paura del cosa dirà la gente se ci vedono, la potenza psichica di non dover dare conto a nessuno della propria volontà e capriccio sessuale visto che non riguardano nessun altro che loro cinque adulti consenzienti per mutuo accordo, l'incombenza della maledizione religiosa messa in fuga ancora prima di entrare nella baracca, nessun passaggio di analista, di prete, di dietologo, di estetista, di tecnico delle luci, di blog, di ceretta, di lookkologo, di steroidi, di shopping consultant, di crema... neanche a base di vaselina, un filo di saliva e via secondo le vecchie usanze da che mondo è mondo. È eccitante sapere che se apparisse uno in tonaca nera armato di crocifisso gridando "Vade retro Satana", lo prendono, lo rivoltano, gli ficcano in bocca i due bracci laterali del coso e glielo premono per benino dentro il collo e quando la giugulare è bella sporgente, zac, gli danno un bel taglio col coltello con cui hanno affettato il pane, chiamano i maiali a ripulire e intanto riprendono da dove si erano fermati. In una parola dopo l'altra: è eccitante la loro virilità che, essendo manifestamente politica, raggiunge in privato vertigini erotiche normalmente inarrivabili. E non vi è traccia neppure di vizio, di droga, di afrodisiaci, di fisime nel prenderlo e nel darlo, lo prendono e lo danno contemporaneamente, in modo esemplare, nessuna ombra incombente di ricatto in agguato, di pretese assurde per una sborrata insieme, di subcultura gay o etero in quei paesani sessuali messicani, rientrassero dalla spigolatura o dalla mungitura delle campesinas senza farsi il segno della croce e di pari carattere votate alla più pacifica sterilità gambe all'aria e dunque gioconde di passera e bucoliche fino in fondo, prenderebbero su e lascerebbero giù il loro tanto con immenso gaudio loro e di tutti gli altri. Non sono dei bambini vecchi plagiati e impagliati, non sono dei fighetti coi colpi di sole nella chioma che vengono quale alternativa al farsela sotto o nel vasetto più adatto, non hanno il numero di tessera dell'Arcigay stampigliato sulla cappella, sono dei lavoratori sfruttati e oppressi innanzitutto dalle troppe bocche da sfamare e hanno cominciato la rivoluzione da dove deve cominciare: dalle palle. A me una cosa così mi manda in tiro l'uccello, guarda, Lucy, è barzotto! Miracolo? No, questa è appena appena la realtà, se una buona volta si decidesse a farsi avanti anche a parte me. La gente è per come chiava: se chiava bene è buona, se chiava male è cattiva, e non c'è alcuna differenza fra una lavandaia, un capo spirituale e uno di stato. Dimmi come chiavi e ti dirò chi sei: cosa aspettarmi dalla tua gestione del focolare domestico o del bene pubblico. Vedi cosa ne pensa Miguel, mia cara.'

Neanche una piega da nessuno dei due.

E poi, chiudendo le ante della finestra su tutta questa luce che ancora inonda Barcellona con sottostante una più che mai bella e brulicante densità per metro quadro e mettendomi sotto il leggero lenzuolo, penso come sia sottile la linea di demarcazione, forse inesistente a ben pensarci, tra la mia permanenza da Sancho Maria e Melchor e quella da Hada Espejismo, tra lo sfruttare qualcuno nemmeno fosse un tubetto da spremere e il metterlo a frutto nemmeno fosse l'ingrediente di una tua subliminale conserva.

Esiste quella terza possibilità, già data per inesistente dai latini con il lapidario "tertium non datur"?

Mah!

Anzi, dillo fuori dai tuoi di denti per come hai masticato tu la vita: no.

Non lo dico in assoluto, non voglio dire che un giorno non lo saremo, dotati di questa terza possibilità e a tal punto che non ce ne apparirà possibile una seconda, ma per adesso... per alcuni altri millenni... non siamo pronti, non siamo stati preparati a un'esperienza del genere, non è che s'improvvisi un'umanità del cuore con cui andare a braccetto in questa passeggiata, un'umanità senza dolore per niente. Prima bisognerà che si tagli la testa all'istante a chiunque salti ancora in mente di fare una predica terrorizzante su Dio che vede i tuoi peccati e l'aldilà come ricompensa a una vita mancata a forza di farsi perdonare colpe inesistenti e già cassate dal codice napoleonico.

Se la Storia si inceppa, che storia vuoi e puoi mai avere tu? Una da Storia inceppata: una storia inceppata, la tua.

Fa niente, dài, è andata com'è andata, almeno tu questa terza possibilità l'hai vissuta in barba alla sua stessa inesistenza, con te avvocato del diavolo di te stesso ma l'hai vissuta, sei pur sempre qualcuno e qualcuno d'altro almeno con te, no?

Di sicuro, anche a costo di amarmi sempre meno, continuerò a amare e tutti indistintamente e le mie imperterrite violette marzoline fino all'ultima mia e loro cellula, non perché non ci sia altra scelta, ma perché miglior vizio, migliore dello stesso vizio di vivere, ancora non s'è trovato.

"Buonanotte Lucia Bosè, buonanotte Luis Miguel Dominguín", sussurro ai due giovani e bellissimi sposi scoloriti della carta da parati.

E quella gran rompi della foglia non fa di nuovo capolino?

‘Non trovi, BA ba baciami piccina sulla bo bo bocca piccolina, che abbiano finito per assomigliarsi, ormai? A ben guardare, non assomigliano in modo impressionante alle due sorelle di Jerez de la Frontera di cui ora forse si può dire, come dicevi, che abitavano qui dietro, una volta?’ Anche nella cellulosa, da parati o stampata, distesa o impilata che sia, le cellule femminili col tempo hanno la meglio su ogni altra. O accanto a una donna con accanto un uomo vediamo una donna mancata che finisce per essere la brutta copia di quella riuscita o non vedi nessuno e, infine, se ricordi qualcuno ricordi lei tutta, una donna. Tu puoi mettere dieci uomini in un quadro e mille uccelli del paradiso e ogni sorta di piante tropicali su uno sfondo di paesaggi rinascimentali, fantascientifici, metafisici o fotograficamente reali, ma se c’è una donna guardi solo lei e se non c’è non vedi che lei. Chissà perché.’

“Oh, scusa, cara foglia di quel platano là: buonanotte anche a te. Ma pensavo di avertela già data. Più volte, e scusa la sottolineatura. E grazie della compagnia.”

‘Grazie a te di avermi fatto da spalla.’

“Su cui piangere, semmai.”

‘Pensa per te. Vuoi vedere che io a novembre sono ancora su e tu sei già sottoterra? E sogni d’oro.’

“Magari!”

‘Vuoi avere l’ultima parola, eh? Tientela.’

𝄞Dammi tan tan tanti baci in quantità taratarataratataratatà𝄞, certo, tra due chiavi di violino è la sua morte, da tempo non me ne ricordavo così bene il fiorito e netto arabesco, è una vita che non canticchiavo più in prima persona.

Spero proprio di non essere vittima di sogni inappropriati, anacronistici, non li reggo più, dicevo, e continuo a svegliarmi per disperderli, via, via, tutte quelle rive alla deriva e sole, tese senza niente davanti a cui tendere e senza nemmeno poter reprimere quel loro tormentoso istinto di gettare un ponte, via, via, quei detriti di una mente avulsa dalla mia come se mi fosse stata implantata a tradimento, tutte quelle lingue brancolanti senza bocche a cui e con cui combinarsi, tutti quei simulacri di campate di ponti di mani volti sessi campati in aria, quegli assurdi priapismi dell’apparato urinario, e quell’elicotterino impazzito che improvvisamente sbuca chissà da dove e, dopo alcuni svolazzi tra i rami di un platano senza una sola foglia dritto sul fianco della discarica con un cappio invitante che pencola da un ramo, assume il musetto sorridente di Cincin e mi punta dritto tra gli occhi, e poi non era altro che l'allarme che era meglio se mi alzavo e puntavo quanto prima al water.

La vescica si scarica, quella, fin troppo! Che ore sono? Mezzanotte in punto. Aspetto cinque minuti, magari il sogno cambia strada e per un po' posso dormire. Stavo pensando che solo trent'anni fa mi fu chiesto durante un'ospitata televisiva se avevo capito la differenza tra il bene e il male, e non seppi rispondere, anche se non arrivai a dire che esistono entrambi; barbottai che di sicuro esisteva il male e la sua consapevolezza in chi lo commette, ma il bene, cos'era il bene, non seppi dirlo. Oggi lo so: il bene è la sospensione del male.

Non fare del male è l'unico bene a disposizione, ben sapendo che non fare del male non significa necessariamente fare del bene; oppure è la riparazione di un male commesso senza volontà, quindi senza consapevole predeterminazione, come quando sei vittima di un incidente stradale ma a te è andata bene e male a qualcun altro coinvolto. Il male è fuggire senza prestare soccorso, omettendo qualsiasi senso etico interno alla storia stessa e della tua umanità e dell'umanità; il bene... l'unico bene possibile, senza alcun sforzo o apporto personale, il bene istintivo, il bene minimo... è soccorrere, por ejemplo, chi è stato più disgraziato di te, e poi di lui sarà quel che sarà, la sua salvezza non dipende da te, ma di certo neppure la sua morte mettiamo per dissanguamento o difficoltà respiratorie cui un pronto intervento avrebbe trovato rimedio.

Non è un granché come bene, anzi, è talmente bene all'osso che forse neppure si dovrebbe chiamare così. Certo, la faccenda si fa complicata se, come ebbi a scrivere decenni fa, pretendi che la radice stessa del bene sia contenuta nel precetto cristiano "Non fare agli altri quello che non vorresti fosse fatto a te" che discende da quell'altro "Ama il prossimo tuo come te stesso": e se uno si odia? Se uno trova lenimento al suo dolore per niente... ma anche per qualcosa, per un male ormai infistolito nella sua *anima* andata a male... non in una inedita carezza che non sa capire ma solo nell'ulteriore bastonata che sa apprezzare?

Io ho deciso una volta per sempre: da me non avrà più né l'una che ho sempre dato a piene mani né l'altra che non ho mai dato a nessuno una sola volta.

Trattenere la mano che si slancia in un'ennesima carezza civile per quanto sbagliata e malriposta è darsi l'estrema unzione.

Come mi dicevo non so più quando, la morte non arriva mai tutta d'un colpo per chi non accetta che sia quel che è, una sfumatura della vita e morta lì: a forza di darsene stupidamente pensiero agghindando un'altra vita invece di spolpare all'osso quella che ha facendola bella per gli altri attorno e a venire, muore molto prima.

La densità per metro quadro di Urquinaona è aumentata, forse sono l'unico a non essere per strada e a rischiare di leggere qualcosa, anche i graffiti sulla carta da parati. Uno, sotto una falce accanto a un fascio di spighe, recita, "Il principe appartiene allo Stato, non lo Stato al principe". Non l'avrà scritto di suo pugno, ma sembra un buon proposito di Aleksandr Lukashenko, tanto per fare un nome a caso e un eteronimo al cubo di archetipo di tiranno, intanto che da giovane promettente promettendo tutto si faceva largo cuore in mano nei cuori dei suoi concittadini bielorussi fino a diventarne il despota senza scrupoli, la Legge, la vita e la morte, l'irrazionalità più suscettibile e permalosa e pericolosa al potere, lo sciamano di riferimento di una popolazione senza più vie d'uscita nel labirinto a circuito chiuso di una coscienza politica castrata, e tutta in falsetto, la voce bianca di un popolo intero di inchinati a cotal cospetto, tanto che provi più orrore per i bielorussi che ancora non lo appendono a un cappio che per lui che al potere ci sta e ci rimane, lì indisturbato a fare la voce grossa perfezionando l'unica cosa che funziona nella democratura di quella nostra Corea del Nord europea: il culto della sua personalità e dei suoi affari, nanescamente.

Che poi non si capisce che se ne faccia uno già in odore dei sessanta al potere - e a maggior ragione un ultrasettantenne che regga uno Stato o un clan di cose *loro* o entrambi addirittura - di un miliardo di euro in più o in meno o anche solo di mille euro in più rispetto alla busta paga di un salariato medio. Invece di pensare al destino ulteriore di una nazione che ha già messo in ginocchio con pieno successo dimostrando di saperci fare con una stregoneria da comunicatore davvero esemplare, non potrebbe pensare al proprio logoro fardello di vecchietto cascante? Invece di prendere aerei a zig zag per andare a stringere alleanze con questo del gas e con quello del petrolio e accrescere i suoi miliardi in barba alla ormai perfetta e definitiva povertà economica, imprenditoriale, scolastica, sanitaria, giuridica dei suoi concittadini, non potrebbe starsene a casa a leggere un libro, anche di preghiere augurandogli che siano le ultime?

¿Sarà che se tutti quei miliardi fatti e blindati per sé... non solo per sé, in verità: il poveretto tiene famiglia e, non lasciando niente ai figli, gli lascia miliardi di euro in eredità, cioè gli trasmette i suoi grattacapi e la metastasi della sua anima civile e, secondo me, anche le micosi tra il quarto e il dito piccolino dei piedi... sarà, dicevo, che se tutti questi miliardi fatti e blindati per sé li ridistribuisse al suo popolo affamato di stabile soppressione di libertà civili e gli dicesse, "Ora potete mangiare e coprirvi e scaldarvi e ripararvi, potete studiare in scuole pubbliche di primissima qualità, curarvi in ospedali non più del Terzo Mondo come il nostro, contare sul riconoscimento del merito personale, sulla Giustizia restaurata e sulla certezza della pena e su carceri ripristinate secondo umanità", lo prenderebbero a sassate sui due piedi?

¿Sarà che se aggiungesse "Da oggi dichiaro guerra a ogni clientelismo, nepotismo, occhio di riguardo, comitato d'affari parlamentare, raccomandazione, conflitto d'interessi, comunella tra giudici e politici e Sacre Famiglie, a ogni contrabbando d'armi, a ogni forma di lavoro in nero, a ogni appropriazione di denaro pubblico, a ogni narcotraffico, a ogni ciarlatano venditore di reliquie e di lasciapassare per la vita eterna, a ogni sopraffazione di ogni umanottero su ogni umano umanotteri compresi, a ogni violenza e particolarmente a ogni violenza su donne e bambini e anziani e persone di altri popoli, a ogni abuso di ufficio ma anche a ogni evasione fiscale, d'ora in poi potete contare sulla piena libertà di pensiero e di parola fermo restando il sequestro dei beni per ogni comprovata calunnia e campagna diffamatoria: andate e mettetevi alla prova, concittadini, ora non avete più scuse, ora lo potete fare sul serio", sarà che se proclamasse cose così con la ferma intenzione di realizzarle i suoi concittadini, terrorizzati di non potersi più lamentare di essere suoi sudditi a quattro patte e al guinzaglio, andrebbero a prenderlo coi forconi per l'affronto di metterli davanti alla loro sporchissima coscienza individuale e collettiva?

Non è bello togliere al popolo bue l'altarino del vittimismo che innalza l'idolo da odiare e da temere per farne il capro espiatorio in prospettiva e intanto da adorare alla cieca sgravandosi di ogni responsabilità personale e individuale, eh.

Mi spaventa quando si agita un solo cappio nella piazza: in Italia, por ejemplo, solo se gli appesi fossero una trentina di milioni su sessanta, a essere clementi, mi tranquillizzerei.

Forse la politica elaborata dall'alto non può che essere la mascherina della sindrome della mafia che sale dal basso, della mafia di massa di una intera etnia disgraziata di natura e segnata per sempre e, visto chi devono governare, i politici andrebbero assolti sempre e i loro elettori e sostenitori giustiziati all'istante.

Troppi ricordi italiani, rischio di non chiudere più occhio.

E tuttavia una certezza si fa luce nella camera dove non ho acceso la lampadina: che è meglio restare dentro il popolo infelicemente bue che indefessamente aiuti e ti disprezza e non può capirti e ti punisce costantemente di essere assolutamente, totalmente, radicalmente suo e di non dargli ancora la benché minima prova del doppiogioco nemmeno *sotto sotto* che passare tra i ranghi eletti dell'Unta Razza e della politica e della finanza, del *loro* sistema tutto che, decidendo tu di farti capire da un clan qualsiasi, ti aiuta se in cambio lo aiuti a spremerlo e opprimerlo ancora di più grazie a te, quel popolo mai abbastanza infelicemente bue e non ancora perfettamente oppresso, quei *non simili* che tu… *io*… potresti gabbare alla grande se solo ti alleassi *con noi*. E sposassi la nostra Aura.

Io non diventerò mai un'aureolata testina di umanottero *di rispetto*.

E poi c'è questo continuo riavvolgere il nastro delle memorie, anche le più fugaci… dov'è che io e il Bartolomé Salieri ci siamo incontrati, insomma? Dov'è che ho fatto caso a quel suo modo esagerato di stare ritto piantando i piedi per terra a gambe allargate come se l'attimo dopo dovesse estrarre la pistola in uno spaghetti western? In un aeroporto mentre sollevavo il mio bagaglio a mano passatomi da un taxista? Impossibile, mica glielo lascio, me lo metto sempre accanto, anzi, tra le gambe per non dimenticarmelo, se glielo lascio è solo o perché ha fatto in tempo a uscire dal taxi e a aprire il bagagliaio o per buona educazione. Valigia e sacca di cotone blu insieme, poi, mai e poi mai, mai una volta, la sacca sta sempre attaccata al mio fianco, a tracolla, per paura di dimenticarmela sul sedile, o forse una volta invece... Cos'è questa serie di colpi ritmati all'unisono adesso?

Nello spiazzo sottostante la mia finestra all'improvviso dei ragazzi si sono messi a percuotere dapprima gentilmente e poi con sempre più foga tre bidoni di latta, un altro accorda intanto una chitarra, un altro dà fiato a una tromba e una ragazza si posiziona un violino sulla spalla e vi reclina la testa, parte un funky irresistibile con inserti di musica classica, ma sono straordinari, ma che bravi, e una ragazza dai capelli corti castani in T-shirt bianca, calzoncini rossi e scarpe da ginnastica solca a grandi passi la piazzetta e invita a ballare un giovane meticcio in maniche di camicia bianca, anche se non deve insistere, non è un numero preparato, il ragazzo spalanca occhi e bocca dalla sorpresa e le prende la mano di slancio, sono due sconosciuti, i loro sguardi si saranno incontrati perché qualcosa in comune gli fremeva nel sangue e hanno guardato attorno se mai incontravano qualcuno con lo stesso desiderio di ballare e gli è andata bene, gli sconosciuti sanno come riconoscersi e scegliersi, la folla fa cerchio e prende a ritmare con le mani, i due iniziano a muoversi saggiando fin dove può arrivare con l'altro nell'intesa e, dopo alcuni passi incerti o come di prova, a volteggiare su se stessi incrociando le braccia, a prendersi e a lasciarsi a velocità più sostenuta, con una tale sincopata sincronicità che sta venendo il fiato corto anche a me, alternano passi arrischiati di hip hop a scivoli di valzer viennese, e adesso lui, mentre lei gira tre volte su se stessa, si toglie la camicia e resta a torso nudo, concluso il terzo giro lei lo fissa, si arresta un istante meditativa e di colpo si toglie la T-shirt bianca e resta a seno scoperto, si leva un grande applauso, lei ride e ride e ride mentre gli fa caroselli attorno, ecco che lui la solleva davanti a sé come fosse una piuma di pettirosso e la guarda mentre lei da lassù china il mento e guarda lui che ora la posa a terra lasciandosela aderire al torace fino all'ultimo millimetro e all'ombelico di lei e via che riprendono le figure di mambo sfrenato con una scioltezza di consumata spontaneità che, quando si fermano d'acchito alle prime note di una musica diversa, un tango, oh, un tango un tango un tango argentino, incanta la mezzanotte di decine e decine di finestre che si sono spalancate una dopo l'altra e mi travolge, senti come mi batte freneticamente, pum pum pum, ma ecco una coppia di ragazze slanciarsi sulla pista improvvisata e ballare allacciate, ironiche e piene di una allegria che mi contagia, comincio a muovere piedi e fianchi anch'io e un'altra coppia di due ragazzi piomba in pista e si unisce alle altre due, sfrontati, sexy, provocatori e altrettanto spericolati e dalla consumata affinità coreografica certo affinata altrove, l'applauso si triplica tra la piazzetta e le finestre, da Chopin a *Sex Machine* di James Brown al *Bel Danubio Blu*, i sei ballerini si sfiorano con le labbra e si staccano e si inseguono e si respingono e si riallacciano ora in una bachata formando nuove coppie, un brivido mi corre dalla schiena alle braccia e precipita nelle gambe e sento un fastidio insolito alla coda degli occhi, "La bellezza!", grido, e spudoratamente in lacrime, "Il tempo a tempo! Il tempo nel suo tempo! La vita!", tanto so che il rullo dei bidoni che va scemando coprirà la mia voce e se no fa niente. Le violette più imperterrite appaiono ovunque e in qualsiasi stagione e a qualsiasi ora nell'istante in cui meno te le aspetti, sono degli altri, ma non per questo meno mie, presenti quanto passate. Non pretendo che lo colgano e nemmeno che lo vedano, invio lo stesso un soffio di bacio con la mano verso la piazzetta, "Grazie", sussurro, pensiero arrivato, e grazie anche a mia madre che mi ha insegnato a dirlo, richiudo vetri e ante, spengo e sotto!

"Che gioia sapermi vivo!" mi sussurro tutto contento "Chi non muore si rivede! E si riama".

E non faccio in tempo a socchiudere gli occhi sotto il leggero lenzuolo che li spalanco di colpo perché un'eco mi è entrata improvvisamente nella colonna sonora dell'oblio che si conchiude, un ronzio cellulare, tipo quello che faceva l'elicotterino alzandosi sopra il platano di fronte e colpendo la mia foglia del cuore, un ronzio quasi da presa in giro e dapprima incomprensibile che finisce per scandirsi in

"*Che gioia saperti vivo, Donna Melibea!*".

E la voce in falsetto è quella della Fata Morgana che tutto candeggia!

Ecco dove il Salieri ha visto me anche se io non ho notato lui, non vedendo in lui chi non avevo guardato di proposito per via di quegli arroganti occhiali da sole davanti i quali, nascondendosi lui dietro, mi sono schermato io non dirigendo neppure per un istante il mio sguardo su di lui! Nella limousine con la quale, nelle veci dell'autista, mi ha portato dal palazzo di Hada Espejismo a El Prat... e forse con l'ordine di non farmici mai arrivare.

Dopo tutti quei giri dentro e fuori la superstrada, rotonde, stradine, poi Viladecans periferia, poi di nuovo in aperta campagna e infine attorno a quella discarica deserta con i due Cincin appoggiati al parafango come pronti a dare manforte a qualcosa in arrivo e io che mi dicevo che alla mal parata, se perdevo il mio volo, sarei andato a Bilbao ma subodoravo, quasi di nascosto da me, quasi stordito da quell'essenza alla foglia di tabacco dell'abitacolo e in uno stato di funzionale sopore, che al limite sarei andato all'altro mondo...

L'irenico sicario... che bel titolo... contravvenne a un ordine?

E tra le tante confidenze che Hada mi aveva fatto per irretirmi e intrappolarmi nel suo sistema, quale è stata semmai quella che l'ha portata a non avere più dubbi sulla risoluzione da prendere e a dire al Salieri di farmi fuori chiamandolo al cellulare mentre io scendevo con l'ascensore verso il mio patibolo?

Nessuna di quelle che mi aveva fatto secondo un suo disegno preciso. Più probabilmente doveva trattarsi di una cosa che aveva fatto, non di una che mi aveva confidato, poiché lei si confidava esclusivamente quale strategia per strapparle lei, le confidenze, sì, doveva proprio trattarsi di una cosa che le era sfuggita per caso, quella più imperdonabile per la mia sopravvivenza e per la memoria che di sé rischiava di lasciare se mi fosse, altrettanto per caso, sfuggita di bocca: che la mitica Fata Morgana di oggi non era altro che l'ordinario pappone di ieri. E non un pappone qualsiasi, ma un rifornitore di pedofili.

Quel doppione di vestina di terital rosa a pois bianchi appena più grande di quella tra le braccia serrate di Sancho Maria che Hada aveva sollevato con entrambe le mani davanti a me per rimetterla alla svelta nel mucchio degli scialli, della madre secondo lei e della *madre* secondo me... perché sua madre e lei erano una sola persona, chiaro, ma troppi erano i passati perché da sola li potesse contenere e giustificare tutti, sicché ne aveva distribuiti alcuni in giro, come il più maledetto degli specchi, quello che trattiene tutto e tutti e non riesce più a fagocitare o a vomitare fuori le immagini riflesse un attimo e imprigionate per l'eternità e sceglie di staccare da sé qualche coccio prima di scoppiare del tutto... chi l'aveva indossato? A chi l'aveva fatto indossare? E per fargli fare cosa dentro quella baracca con vendita di anguria a fette di Lloret de Mar? Chi faceva da palo a chi, chi vi buttava dentro gente, uomini, *clienti*? Le *fette*... le *fettine*... di chi erano state? Era così che era iniziata la sua marcia trionfale e la sua immensa fortuna di operata di alto, altissimo, paracelsico bordo? Lasciando crescere dei lunghi boccoli a Sancho Maria Todabierta, imbellettandolo e vestendolo da piccola gitana? Facendo prostituire un orfanello ancora più minuto di uno della sua età, un bambino di pochi anni "femmina anche lui, solo con *el musclo*, cioè con la cozza fessurata, un po' più sotto e più dietro di quella delle femmine e che quello che la sormontava e gli spuntava fuori davanti non contava niente e non doveva farsene un problema, anzi, perché 'la vita è un circo e più gente entra, più animali si vedono'"?

Quindi...

Quindi, se sono ancora vivo, è perché mi si lascia in vita, e se mi si lascia in vita è perché sono una tale schiappa che, vivo per niente o morente per cause naturali, non fa differenza. Come i giudici messi lì per arrivare a fine mese e basta a parte ammazzare sentenze e prosciogliere criminali patentati funzionali allo stesso comune sistema che gli garantisce uno stipendio a sbafo, per qualche recondita ragione al loro sistema sarò funzionale anch'io. Non difetta mai un innocente da dichiarare colpevole e tappare un altro buco politico e etico assolvendosi giuridicamente per cause di forza maggiore.

Ma se sono ancora vivo... potrei esserlo di più.

Quant'è che veniva la camera con l'offerta speciale del Gran Alfonso lasciando perdere quello sproposito extra per la colazione?

Veniva che adesso la pianti con il tuo sonniloquio non stop e dormi e domani rientri a casina buono buono, rifai l'esame del Psa e fai in modo che di te non si dica che, scartata ormai l'ipotesi rosa di ogni *elicotterino* in agguato sbucato dal nulla ossia dalla clemenza di un mandante nell'ombra o del suo manovale, sei morto per infarto prostatico.

Mi sembra già di sentirli: "Del resto, con la vita da retrovia che ha fatto...".

Le bulgare, le tedesche, le ungheresi, le austriache, le ceche, le slovacche, le ucraine, le russe, le serbe, le croate, le rumene, ecco, e al limite le piemontesi di stanza coi loro stracci a Cracovia magari sì, ma le barbone di cultura polacca nate e battezzate e comunicate e cresimate e cresciute in Polonia no, non ce le vedo io a montare sul carrello e con un saltino issarsi sulle siepi di bosso basso basso basso delle fioriere alquanto altine di Piazza Ryneck Główny e covare come chiocce con gli occhietti fuori dalla testa tanto è il catecumenale raccoglimento mentre la fanno davanti a tutti quei fedeli che vanno avanti e indietro innalzando inni al Signore, altrimenti i giardinieri della fiorente e fioritissima municipalità... tuttora immemori della loro fimosi perché anche se pisciano in compagnia su un prato all'inglese non se ne rendono conto, poveretti anche loro, perché se tutti ce l'hanno nessuno ce l'ha e potrà mai averla nemmeno così, in piena luce, vedendosela sotto il naso e scrollata tale e quale a quella dei suoi compagni pisciantigli a destra e a sinistra... al posto del bosso avrebbero già piantato la *Paliurus spina-christi*, più compatibile con il misticismo dei luoghi e con certi aculei che ti si schiafferebbero su anche fino a otto centimetri. Sarebbe una vera e immeritata via crucis anche per le brancolanti atee che se ne servissero nottetempo a lampioni spenti e quindi per me da cercare col lanternino facendo finta di andare a lumache.

E nessuna barbona polacca, ne sono più che certo, verrebbe comunque mai a chiederti per la sua performance da strada l'equivalente in złoty di un euro come a me quella della Rambla che piscia in linea verticale al mio sguardo e mi fissa compiaciuta, forse perché anche oggi è riuscita, giostrando col carrello e facendo finta di attraversare la strada all'improvviso senza guardare, a far sbandare un'altra auto di gran marca che non l'ha presa sotto per un pelo, sì, però che è andata a ribaltarsi e a schiantarsi un poco più in là.

A meno che da esimia scrittrice non si sia ridotta a barbona perché estromessa dal locale Pen Club "per incompatibilità con i fini prestabiliti dallo statuto e reiterata violazione dei medesimi" come è successo a un docente universitario di Barcellona che ho conosciuto tanto tempo fa... come si chiama, che si chiamava... sono stato anche ospite a casa sua una volta... be', mi verrà in mente... uno specialista in una disciplina rarissima, in haiku catalano-aragonesi del XVIII secolo mediati in Giappone dalla Sardegna occidentale,

Alghero, credo, uno che di sé non ha mai saputo niente di essenziale, a parte di essere basso di cavallo e di farsene un cruccio mortale, uno addirittura convinto di essere lui il padre del figlio e della figlia della sua ex moglie! E allora a cosa servirebbero i vicini se nemmeno ti prestano una prole, anche se sanno che non gliela restituirai mai? Anzi, che te la regalano proprio a patto che te la tenga e non ti venga in mente di restituirla al gentile e sollecito proprietario legittimo talmente sconvolto dalle ben due infrazioni ai suoi principi naturali di uranista d'annata - ai suoi tempi si diceva così - e di donna *dentro* da cambiare sesso anche fuori o quanto meno da andare vestito dell'altro pur di non essere chiamato papà?

Meno sai che non è tua, 'sta prole, meglio è per tutti – anche per la madre dei tuoi figli, la prima a ignorare che non sono tuoi, perché a forza di fingere che sono matematicamente tuoi in quanto marito e dunque padre per mutuo sacramento ricevuto resterebbe di sasso se qualcuno le dicesse che non lo sono.

Non vedrebbe il nesso, ecco.

Del resto, me lo stava dicendo proprio questo pomeriggio un uccellin di bosco... anzi, una malignetta foglia di platano su cui si posavano gli uccellini della Rambla fino a che non è finita a testa in giù a causa di un velivolo a pile o forse un aquilone elettrico radiocomandato, non ricordo bene, che le ha tranciato l'ascella quasi di netto... che tale Almudeno e sua sorella non sono figli di Juanito Maria... ecco come si chiamava, Juanito Maria! o forse Juanito María... o Marío Maria María? be', quel che è... ma di una sua vicina che una volta mi prestò una bottiglia, anzi, un flacone di gazpacho della Pimientaysol che, grazie a un conservante speciale, praticamente non scade mai, e che si chiamava, si chiama, come diavolo si chiamerà... no, il nome di questa qua non mi viene in mente, leggeva i tarocchi, una cosa così, una nonnina sempre affabile con tutti, timorata di Dio, discreta, di rara modestia, una che anche da morta non desiderava niente, come in vita, a parte che avrebbe tanto voluto essere utilizzata per dare il buon esempio perché secondo lei bisognava utilizzare i morti meglio e di più, cavarne il ricavabile ancora caldi, colonne vertebrali e piedi interi e polmoni e cuori e occhi e reni se sani e, se ricchi, il cervello da trapiantare in un giovane corpo vivo di povero di sicuro talento dal quale espiantare il suo e così fargli fare una carriera brillante, non si poteva continuare a gettarli via d'emblée senza neanche farne del compost fertilizzante, Chiesa a parte, che con i suoi faceva altari con spoglie mortali acconce e eleganti altamente redditizie e vendeva persino ossa e ossicini dei santi e delle sante più in voga, una che si scusava persino del funerale che sarebbe stato a carico del comune di Lloret de Mar e che avrebbe tanto voluto un fado quale marcia funebre con un coro di voci bianche di adolescenti portoghesi prescelti a tempo e castrati con ogni cura materna, aveva nel sangue un senso innato, estremo, per lo spettacolo, nei prefestivi e festivi indossava il suo abito migliore che le arrivava alle caviglie, sempre trovato in un cassonetto, di velluto millerighe rosa a pois neri coi volant alle maniche e all'orlo, così sospettosamente maculato perché, pallini a parte, nel mangiare era un po' sbrodolona, e metteva giù un banchetto davanti al chiostro di Sant'Eulalia e vendeva delle fette di qualcosa... di polenta, mi sembra, sì, di polenta, ma di mais bianco, e con sopra un'acciughina in escabeche... per lasciare al comune qualche spicciolo per la bara di semplici assi di compensato però con l'interno di madreperla, avorio e raso marrone, il suo colore preferito, perché sia come uomo che come donna aveva amato molti negri, tutti principi, a suo dire, era stata una gran dama dell'alta società a suo tempo, prima di decadere, non era spagnola di origine, era nata a... a... a Alessandria... sì, a Alessandria d'Egitto, eh... aveva un tale portamento da Nabucodonosor prima di cadere in disgrazia, diventare incontinente e incacarsi sempre gli orli delle sottane, e non si era fatta mancare niente, una volta era stata anche uomo, dicevo, e in quel corto frangente aveva messo incinta la moglie del vicino impotente o disappetente, il vicino era stato un suo figlioccio senza padre né madre, l'aveva trovato nella ruota di un convento dove si facevano spettacoli, fuochi d'artificio, pesche sotto spirito per raccogliere fondi per gli orfanelli, se ben ricordo, l'aveva cresimato, fatto studiare e tutto, ecco, e gli voleva bene come a un figlio, ma il piccolino poi piccoletto era un po' sui generis e lei gli aveva trovato anche una moglie, una martire di donna, grande filologa dei bassifondi barcellonesi, costei mai una parola con lui di come gli era capitata tra i piedi e in cambio di cosa, e la matrigna, visto che era ancora un uomo, per tenere il figlioccio occupato un po' e dargli un'apparenza di normale vita domestica gli aveva anche trovato due figli martirizzando sé, che preferiva per certe cose di sesso i lanzichenecchi a cavallo e le loro cappelle roane, e la martire, seppure un po' matematica, che aveva acconsentito a mettere una pezza sul patatrac e acqua in bocca per una vita, glielo aveva portato all'altare quel suo gnomesco e imbranato pupillo; la nonnina, da nonnino alquanto arzillo e mandrillesco, l'aveva fatto entrambe le volte… anche la prima, sì, che la cattedratica semivergine era rimasta incinta dell'Almudeno… per puro buon cuore limitandosi alla mera posizione missionaria tanto che la moglie del vicino, una cattedratica di osteopatia infantile, se ricordo bene, una volta sgravatasi, si era poi anche lamentata sul suo blog, "Già che c'eri potevi farmi anche un po' di contorno, no?", e la nonnina ballava ballava ballava in tondo al suo banchetto e alle sue fette facendo risuonare delle nacchere di plastica dura dura dura… cinesi, eh, come il gazpacho Pimientaysol che poi le avevo reso insieme a una bottiglia di laudano purissimo, arricchito da bile di baco da seta, estratto di aspide e polvere da sparo, perché se uno è gentile con me non bado a spese, e non lo dico per vantarmi… e ballava e ballava e ballava trincando a garganella a ogni doppia giravolta il suo elisir del cuore e snaccherando snaccherando snaccherando come una pazza, 𝄞la desdichaaadaaa𝄞, e con dei ragli strappalacrime ♫Ay ay ay ay ay cantaaabaaa ay ay ay ay ay gemíííaaa ay ay ay ay ay cantaaabaaa de pasión mortal moríííaaa cucurrucucúúú palooomaaa cucurrucucúúú no llooooreees♫ l'euforico avvoltoio ridotto a disperata palombella cantava per richiamare l'attenzione sulle sue fette di polenta di mais bianco con l'acciughina in escabeche ma col risultato di far scappare anche le oche nella fontana del chiostro della cattedrale che poi riacciuffarle tutte era un bel daffare, dame del fuoco, vigili di carità, lesbiche a ore, normali crocieristi afroamericani in risciò che a pistole spianate facevano correre le loro nanny wasp, stanghe in pugno, dalla parte opposta, compagnie di canto in trasferta dai luoghi più remoti dell'istriano, etero per fissa, gay di passaggio, bisessuali di tanto in tanto, preti in abiti civili una marea, uomini no, uomini pochini, chierichetti quel tanto che basta alla carriera accorsi fuori dalle messe sì, e parecchi massoni anticlericali quel tanto che basta a ottenere una poltrona monsignorile, perché la poltrona è clericale per antonomasia, perché o la poltrona è clericale o il culo è a terra, eh, e poi donne nate, nate donna, donne ad arte e, se così ancora si può dire, donne, tutti a rincorrere le oche della cattedrale di Sant'Eulalia su e giù per il Barri Gòtic, non si capiva neanche più chi rincorreva chi e chi starnazzava di più tra inseguite e inseguitori, era tutto un giro su se stesso, un giro dell'oca plurima come non s'era mai visto al mondo, e onomatopee "eu eu!" e "ali ali!" e "lia lia!" quanto ti pare, ma era ben intelligibile a tutti che le oche dell'Eulalia starnazzavano "Repulisti! Repulisti!" scappando di presa in presa, e quella povera nonnina con due palle così si chiamava si chiamava si chiamava... non me lo ricordo, pazienza... be', il padre dell'Almudeno e di questa sua sorella, della quale mai sono riuscito a ficcarmi in testa il nome, il padre, dicevo, era stata lei in quanto a suo tempo lui, sissignori, e quindi è chiaro che la moglie dell'Almudeno era sua nuora, altro che mia nuo cosa, la grossetana, la pistoiese, la pisana, da dove veniva poi, ah sì, da Massa, quella balenga, dentro e fuori, di Massa mica era nuora del Marío Maria María ma della nonnina, e costei, cioè lui, era tutto meno che una chimera, credetemi, o voi, voi gli altri, credetemi!

Sulla parola.

Anzi, sul Verbo.

Da bambino un po' mi dispiaceva non essere Dio e non sapevo, sciocchino che non ero altro, di struggermi per niente, perché già a dieci anni se fossi stato Dio non avrei cambiato una virgola in niente e in nessuno, non sarei stato tanto egoista da togliere agli esseri umani la soddisfazione di farcela, di non farcela e di ritentare da soli attimo dopo attimo e millennio dopo millennio, quindi, non fosse stato che per la debolezza di dare una mano qui e là e anche di prendermela, Dio lo ero già: indifferente, impassibile, neutro per la troppa compassione e *inesistente* per infinita generosità verso gli esistenti tutti, e così buono da aver convogliato esclusivamente su di sé e in sé tutto l'odio, proprio e altrui, che si prova a non poter amare qualcuno in particolare o, massimamente, non poter dargliene alcun segno amandolo.

Perché Dio, oltre a non poter amare alcun essere umano, non ha nemmeno un Dio da inventarsi e da amare e da inventarsi di amare perché Dio è già Lui.

Oggi credo proprio che al Suo posto mi sarebbe dispiaciuto un bel po' non essere me bambino.

Una parte, la Sua, di merda a circuito chiuso continuo, ammettiamolo, né Gli entra come cibo né Gli esce in tanti stronzi, gira in tondo, l'ano è talmente a filo diretto con la bocca che non si può dire con certezza da dove Gli sia entrato il Verbo che Gli è uscito.

Oltre a essere Dio, poi, quanto a farcela, non farcela, risollevarmi e ritentare da solo, ero anche Io, ero anche AB, l'inizio stesso di ogni alfabeto, di ogni lingua morta e di ogni lingua che nasce, e tutto moriva e rinasceva con me e attraverso di me, io universale collettore di ogni singolo io passato e presente, autobiografo dell'umanità.

I grandi romanzi autobiografici… 'oh, un'ultima didascalia, mia adorata foglia tra ancora un po' di vita e il tempo che fu'… mica si fanno parlando di sé!

Sì, ero proprio un umano coi fiocchi e controfiocchi, con tutti i suoi inalienabili parafernali, le sue paramnesie al posto giusto e i suoi… anche se chi si loda s'imbroda… 'sticazzi come pochi, ecco, gli 'sticazzi di chi si chiama, non del tutto da sé, a riformulare le convenzioni sul caos e a dire, questo è il regno animale, questo è il regno vegetale, questo è il regno minerale, questo è solido, questo liquido, questo gassoso, questo umano, questo è il regno politico e questo il regno alfabetico, a aggiornare le parole delle cose e quindi le Scritture, insomma, a renderle finalmente sacre come una lista della spesa.

No, a Cracovia no, non ce le vedo 'ste barbone polacche a fare i loro bisogni dove capita capita, ma vedremo, la sedia di ferro in Piazza Ryneck Główny che intendo io è proprio tra due fioriere.

Appena mi gira, guardo il tempo com'è e vado a dimenticarmi sedendomi là.

L'espressione "Ah, los pruritos de la Creación!" a pag. 250 e il riferimento alle mantiglie di Manila del cinese Ayun sono un omaggio a Benito Perez Galdós (Las Palmas de Gran Canaria 1843-Madrid 1920) tratti rispettivamente da *La de Bringas* (1884) e *Fortunata y Jacinta* (1887), capolavori della letteratura europea tuttora irreperibili in italiano.

Il riferimento all'eccitante Koptacaz, che invano cerchereste in farmacia, e alla sua spacciatrice Jasmine Belart, sono un omaggio a *Vita standard di un venditore provvisorio di collant* (1985), romanzo di Aldo Busi.

Seminario sulla gioventù, Adelphi, Milano 1984; nuova edizione riveduta, Oscar Mondadori 1988; nuova edizione totalmente riveduta, I Miti Mondadori 1996; nuova edizione riscritta e ampliata e con in appendice *Seminario sulla vecchiaia*, Adelphi 2003; nuova edizione totalmente riveduta dallo Scrittore, Mondadori 2004; (con *Seminario sulla vecchiaia*), Oscar Classici Moderni, Mondadori 2010; *Seminario sulla gioventù* con *Seminario sulla vecchiaia*, Oscar Mondadori 2011.

Vita standard di un venditore provvisorio di collant, Mondadori, Milano 1985; nuova edizione riveduta, Oscar Mondadori 1991; nuova edizione "iniziato nel 1979, pubblicato nel 1985, revisionato dal 1991 al 1996, totalmente riscritto nel 2001, con episodi inediti e un nuovo finale", Oscar Mondadori 2002.

La Delfina Bizantina, Mondadori, Milano 1986; Oscar Mondadori 1992.

Sodomie in corpo 11, Mondadori, Milano 1988; Oscar Mondadori 1992.

Altri abusi, Leonardo Editore, Milano 1989; Leonardo Paperback 1991; Oscar Mondadori 1994.

Pâté d'homme (testo teatrale), Mondadori, Milano 1989 (illustrazioni di Dario Cioli; per la versione illustrata, adattamento di Carmen Covito); nuova edizione in un unico volume con **La vergine Alatiel**, Oscar Mondadori 1999.

L'amore è una budella gentile (Flirt con Liala), Leonardo Editore, Milano 1991; Mondadori Piccoli Saggi 1994; Oscar Mondadori 1997.

Sentire le donne, Bompiani, Milano 1991; nuova edizione rivista e accresciuta, Bompiani Grandi Tascabili 1993; nuova edizione riveduta e ampliata, Bompiani Grandi Tascabili 2002; nuova edizione, con l'inedito **Il Casto, sua moglie e l'Innominabile**, Bompiani, Milano 2008.

Le persone normali (La Dieta di Uscio), Mondadori, Milano 1992; Oscar Mondadori 1994.

Manuale del perfetto Gentilomo, Sperling & Kupfer, Milano 1992; nuova edizione riveduta e ampliata, Oscar Mondadori 1999.

Vendita galline km 2, Mondadori, Milano 1993; Oscar Mondadori 1997.

Manuale della perfetta Gentildonna, Sperling & Kupfer, Milano 1994; nuova edizione riveduta e ampliata, Oscar Mondadori 2000.

Cazzi e canguri (pochissimi i canguri), Frassinelli, Milano 1994; Frassinelli Tascabili 1998; Oscar Mondadori 2002.

Madre Asdrubala (all'asilo si sta bene e si imparan tante cose!), Mondadori, Milano 1995; Oscar Mondadori 2000.

La vergine Alatiel (che con otto uomini forse diecimila volte giaciuta era), Mondadori, Milano 1996; nuova edizione in un unico volume con **Pâté d'homme**, Oscar Mondadori 1999.

Suicidi dovuti, Frassinelli, Milano 1996; Oscar Mondadori 2001.

Nudo di madre (Manuale del perfetto Scrittore), Bompiani, Milano 1997; nuova edizione Oscar Mondadori 2003.

L'amore trasparente (canzoniere), Mondadori Oscar Originals, Milano 1997.

Aloha!!!!! (gli uomini, le donne e le Hawaii), Bompiani, Milano 1998.

Per un'Apocalisse più svelta, Bompiani, Milano 1999.

Casanova di se stessi, Mondadori, Milano 2000; Oscar Mondadori 2004.

Manuale della perfetta Mamma, Mondadori, Milano 2000.

Manuale del perfetto Papà (beati gli orfani!), Mondadori, Milano 2001.

Un cuore di troppo, Mondadori, Milano 2001; nuova edizione totalmente riscritta, Oscar Mondadori 2005.

Manuale del perfetto Single, Mondadori, Milano 2002.

La signorina Gentilin dell'omonima cartoleria, Mondadori, Milano 2002; nuova edizione Oscar Mondadori 2009.

La camicia di Hanta (viaggio in Madagascar), Mondadori, Milano 2003; Oscar Mondadori 2009.

Guancia di Tulipano, Oscar Mondadori, Milano 2003.

E io, che ho le rose fiorite anche d'inverno?, Mondadori, Milano 2004; Oscar Mondadori 2006.

Bisogna avere i coglioni per prenderlo nel culo, Mondadori, Milano 2006; Oscar Mondadori 2007.

Aaa!, Bompiani, Milano 2010.

Manuale della perfetta Umanità, Mondadori, Milano 2010 (**Manuale della perfetta Mamma**, **Manuale del perfetto Papà**, **Manuale del perfetto Single**).

TRADUZIONI

Joe Randolph Ackerley, *Mio padre e io*, Adelphi, Milano 1981.

John Ashbery, *Autoritratto in uno specchio convesso*, Garzanti, Milano 1983.

Heimito von Doderer, *L'occasione di uccidere*, Garzanti, Milano 1983.

Johann Wolfgang Goethe, *I dolori del giovane Werther*, Garzanti, Milano 1983.

Meg Wolitzer, *Sonnambulismo*, Mondadori, Milano 1984.

Christina Stead, *Sette poveracci di Sidney*, Garzanti, Milano 1988.

Lewis Carroll, *Alice nel Paese delle Meraviglie*, Mondadori Classici Illustrati, Milano 1988; Oscar Mondadori 1989; Universale Feltrinelli 1993.

Paul Bailey, *Uno sbaglio immacolato*, Bompiani, Milano 1990.

Giovanni Boccaccio – Aldo Busi, *Decamerone da un italiano all'altro*, Rizzoli, Milano 1990-1991; Rizzoli 1993.

Friedrich Schiller, *Intrigo e amore*, Rizzoli, Milano 1994.

Fratelli Grimm, *La vecchia nel bosco*, De Agostini, Milano 1996.

Art Spiegelmann, *Aprimi... sono un cane, io!*, Mondadori, Milano 1997.

Zsa Zsa Gabor, Aldo Busi, *Come accalappiare un uomo, come tenerselo stretto e come scaricarlo*, Alet, Padova 2005; Rizzoli, Milano 2008.

Aldo Busi, *I dialoghi di Ruzante*, Mondadori, Milano 2007.

Stampato nell'ottobre 2012
per conto di Baldini Castoldi Dalai *editore* S.p.A.
da *Grafica Veneta* S.p.A. - Trebaseleghe (PD)